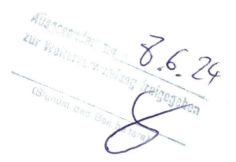
D1640413

Christoph Fromm

Die Macht des Geldes

Roman

PRIMERO VERLAG

Bibliografische Information der Deutschen Bibliothek.
Die Deutsche Bibliothek verzeichnet diese Publikation in der
deutschen Nationalbibliografie; detaillierte bibliografische Daten
sind im Internet unter http://dnb.de abrufbar.

Lektorat:
Textpraxis Hamburg, Marion Schweizer
www.textpraxis.de

Umschlaggestaltung: Carl Bartel, München

Typografie: Marina Siegemund, Berlin
www.siegemund-dtp.de

Druck und Bindung: Aalexx Druckerei, Großburgwedel
info@aalexx.de

Printed in Germany

ISBN 3-9810943-0-1
978-3-9810943-0-5

Die Schreibweise entspricht den Regeln
der neuen Rechtschreibung.

Für Tina,
die immer an meiner
Seite war

HAUPTFIGUREN

FRIEDRICH GEORG HELMS,
Bankier einer großen deutschen Bank, der Hermes-Bank

OTTO STEINFELD,
sein Ziehsohn und Nachfolger

KATHARINA HELMS,
Tochter von Friedrich Georg Helms

VERA SEMJUSCHIN

NEBENFIGUREN

KEPPLER,
junger Broker, später im Vorstand der Hermes-Bank

ALBERT REUSCH,
Investmentberater einer Privatbank und Sohn des Inhabers,
später im Vorstand der Hermes-Bank

HANS GERLACH,
Fahrer von Friedrich Georg Helms, später von Otto Steinfeld

MATTHIAS JURAS,
Hauptgesellschafter und Geschäftsführer der Juras AG

WILHELM DENT,
großdeutscher Industrieller

PETER ILK,
finanzpolitischer Sprecher der Opposition, später Ministerpräsident in Hessen, Vertrauter von Wilhelm Dent

HELMUT REHMER,
SPD-Kanzlerkandidat, später Kanzler

MAX WINTERSTEIN,
Chef des DDR-Außenhandelsministeriums

A. P. EVEN,
amerikanischer Bankier

JOACHIM KOHELKA,
Ex-GSG-9-Mann

WERNER RICHTER,
Ex-GSG-9-Offizier

DIETER SCHILLING,
Staatssekretär im Kanzleramt,
Vertrauter von Helmut Rehmer

CAROLA SCHILLING,
seine Frau

PATER HOHENBACH,
Jesuit, Vertrauter von Otto Steinfeld

JUTTA MAJEK,
Otto Steinfelds Sekretärin 1974

REUSCH SENIOR,
Albert Reuschs Vater

SONJA AMANN,
dessen Geliebte

ALEXEJ SEMJUSCHIN,
sowjetischer Kombinatsleiter, später Direktor
des inzwischen privatisierten Ölkonzerns,
Vater von Vera Semjuschin

KARLHEINZ SEEBALD,
Helmut Rehmers Nachfolger als SPD-Kanzler

PATER KASKA,
Jesuit, Vertrauter von Friedrich Georg Helms

PEPE EHNER,
Presse- und Wahlkampfmanager

PROLOG: NOVEMBER 1989

»Lauf, Otto, lauf!«
Die Stimme klang wie ein entferntes Echo aus den Bergen.
Ein flirrend heißer Sommertag, das Licht stach in die Augen. Er
war wieder vierzehn Jahre alt. Seine Turnschuhe trommelten die
Aschenbahn hinunter, hinterließen kleine Staubwolken in der letz-
ten Kurve vor der Zielgeraden, seine Lungen gierten nach Luft,
Luft, die geschwängert war vom Geruch frisch gemähten Korns,
und sein Körper war Rhythmus, Rhythmus und Geschwindigkeit.
Er hatte das Gefühl, immer leichter zu werden, kaum noch den
Boden zu berühren, während seine Fußsohlen prickelten, als liefe
er nicht über die Aschenbahn, sondern über die Stoppeln der spät-
sommerlichen Äcker. In jedem Schritt hämmerte die Gewissheit:
Ich bin der Schnellste, ich werde gewinnen. Der See so nah, dass er
das kühlende Nass in vollem Lauf auf seinen erhitzten Wangen zu
spüren glaubte, sein Atem hauchte der spiegelglatten Oberfläche
Leben ein. Kleine Wellen glitzerten wie ein Teppich am Fuß der
Berge.
Als sei er sich selbst vorausgeeilt, sah er, wie sein Körper den
Jungen passierte, der in großem Abstand dem Rest der Schulklasse
hinterhertaumelte, das NAPOLA-Turnerhemd nassgeschwitzt auf
den schmalen Schultern, seine großen, dunklen Augen waren Niederlagen gewohnt. Die Trillerpfeife des Lehrers gellte wie eine Luft-
schutzwarnung im Ohr. Sie schien bei jedem Atemzug zu wiederholen, was ihnen von früh bis spät eingetrichtert wurde: Elite!
Führernachwuchs! Starkes Deutschland!

Mit zitternden Muskeln kniete Heinrich am Boden und blickte Hilfe suchend seinen Freund Otto an. Otto, der Sieger, lächelte: Dir kann nichts passieren, solange ich bei dir bin. Seine Hand, unwirklich groß, legte sich vor den Freund, um ihn allen Blicken zu entziehen. Seine Finger knoteten Heinrichs offenen Turnschuh zu. Der Schweiß tropfte aus ihren Haaren und vermischte sich auf der roten Asche. Heinrichs Atem streifte stoßweise Ottos Wange.

»Auf die Plätze, fertig, los!«

Sie liefen direkt in die Nachmittagssonne, die sich auf den Wellen spiegelte und ihre Körper in ein goldenes Licht tauchte. Otto trieb Heinrich vor sich her, bis ihre Schuhe im selben Takt trommelten und hinter ihnen nur noch ein Schatten über die rote Bahn zuckte.

Vera öffnete die Augen und das Blau ihrer Iris verlor sich im Halbdunkel des Hotelzimmers. Zum ersten Mal hatte sie seinen Traum geträumt. Ihr entrücktes Lächeln glitt auf dem violetten Lichtstrahl bis zum Fernseher und verschwand schlagartig angesichts der stummen Bilder. Seit dem Anschlag auf den Vorstandsvorsitzenden der Hermes-Bank, Otto Steinfeld, waren sechs Tage vergangen. Die meiste Zeit davon hatte Vera mit einem Cocktail aus Beruhigungsmitteln im Bett dieses Hotelzimmers verbracht, nur zehn Kilometer Luftlinie von Steinfelds Bungalow entfernt, einem eigenwilligen Quader aus Holz und Glas, den Steinfeld bis zuletzt hartnäckig gegen sicherheitsfördernde Umbauten verteidigt hatte; zu Recht, denn sein Haus hatten sie unversehrt gelassen. Selbstverständlich hatte die Familie, inklusive Steinfelds geschiedener Frau Katharina, Vera angeboten, bis zu ihrer Abreise im Bungalow zu bleiben, aber dort hatte Vera es nicht mehr ausgehalten. Sie hielt es auch nicht in diesem Hotelbett aus, das sie wie jedes andere Bett an jenes eine Bett erinnerte, in dem sie bis vor sechs Nächten mit Steinfeld geschlafen hatte, zumindest hin und wieder.

Ihr Körper quälte sich aus den Decken auf den Teppichboden und ihre Hand griff nach der Fernbedienung, um den Ton anzustellen. Bereits die ersten Sätze ließen sie in neuem Schmerz erstarren, trotzdem konnte sie nicht loslassen. Wie eine Süchtige sog sie die Wiederholungen der immer gleichen Bilder und Kommentare aus dem Fernseher ein, als könnte sie Steinfeld dadurch wieder zum Leben erwecken.

Die erste Panzerabwehrlenkwaffe war eigentlich zu stark gewesen. Sie durchbohrte auf der Höhe der Einstiegstür die dünne Flugzeughaut mit viel zu hoher Geschwindigkeit, um ihre volle Sprengkraft rechtzeitig entfalten zu können. Steinfeld wurde trotzdem wie im Windkanal geschüttelt, ein Zinnaschenbecher löste sich aus seiner Verankerung, wirbelte wie ein Diskus auf ihn zu und schlug knapp über der Nasenwurzel in seine Stirn. Eine aufklappbare Regaltür aus Mahagoni zersplitterte in zwei Teile, die sich wie Speerspitzen in Wange und Hals bohrten. Seine Kleidung wurde mit schottischem Whisky und italienischem Rotwein bespritzt. Durch die Explosion wurde das Flugzeug in zwei Teile gerissen. Das zweite Geschoss traf den über die Startbahn schleifenden hinteren Teil am Heck, erneut ohne Steinfeld direkt zu verletzen. Der Detonationsdruck pulverisierte allerdings die Minibar, deren Stahl-, Plastik- und Glasreste den Körper Steinfelds mit der Wirkung eines Schrapnells in ein Bündel zuckendes Fleisch verwandelten. Sein Kopf wurde ruckartig nach vorne und anschließend nach oben gerissen.

Veras Augen und Gedanken gingen immer wieder durch diese Bilder hindurch, die sich weniger aus öffentlichem Material als aus ihrer traumatisierten Fantasie speisten, um dahinter auf Steinfelds letzte Gedanken zu treffen. Was hatte er gedacht, in welcher Richtung hatten sich seine Synapsen ein letztes Mal geöffnet, wie verwelkende Blumen? War es der große Deal, der Deal seines Lebens, der drei Wochen zuvor abgeschlossen und nicht mehr rückgängig zu machen war? Sie betrachtete die, die jetzt um ihn trauerten und gegen die er gekämpft hatte, Mitglieder seines eigenen Vorstandes. Es war ihm gelungen: Die Hermes-Bank, dieser auserlesene Club der Diebe, hatte ihrem Namen unter Steinfelds Führung alle Ehre gemacht und der amerikanischen Mutterbank A.P. Even ihre wichtigste Tochter im europäischen Anleihegeschäft, die Londoner Investitionsbank Even Sternway, entrissen. Mit diesem Deal konnte Steinfelds Haus zukünftig als erste deutsche Bank ebenbürtig mit den amerikanischen Banken auf dem internationalen Parkett agieren. Trotzdem hatte Deutschland, allen Unkenrufen und versteckten Warnungen zum Trotz, die Wiedervereinigung feiern konnten.

An ihrem letzten Abend hatte Vera sich gemeinsam mit Steinfeld noch einmal das Videoband der Nacht vom 9. November angesehen, die mittlerweile dreizehn Tage zurücklag, und Steinfeld hatte mit nachsichtiger Bewunderung die Menschen betrachtet, die über die bereits leicht malträtierte Mauer kletterten, in eine Zukunft, über die er aufgrund seiner Informationslage bedeutend mehr wusste als sie. Aber darum war es nicht gegangen. Die Mauer erinnerte ihn an die Grenze, die er sich selbst gesetzt hatte. Deren Endpunkt war der Vorabend des zweiundzwanzigsten November, der Jahrestag der Ermordung Kennedys.

»Wenn ich die letzten Stunden dieser Nacht überlebe«, hatte er Vera gegenüber scherzhaft geäußert, »habe ich es geschafft. Wenn die Amerikaner mich umlegen wollen, dann am Todestag ihres berühmtesten Präsidenten. Das sind sie mir schuldig.«

Wie hatte sie ihn in diesem Moment gehasst, sein überhebliches, charmantes Lächeln, das mit ihr jonglierte und sie immer so weit entließ, wie er sicher war, sie ohne allzu großen Aufwand zurückholen zu können. Sie kannte ihn! In seinem Gefühlshaushalt existierten mehrere streng getrennt wirkende Unterabteilungen, er hatte auch dort geschickt diversifiziert und legte sowohl Emotion als auch Verstand möglichst Gewinn bringend an. Wahrscheinlich hatte er, während er sie versöhnlich küsste, darüber nachgedacht, ob er nicht doch zu weit gegangen war: Man bestiehlt die A.P. Even nicht ungestraft. Er vielleicht doch! Er würde die so genannten Fakten seines Vorstands mit falschen Argumenten in Lügen verwandeln. Schließlich kannte er alle Varianten dieses Spiels, hatte es selbst oft genug virtuos praktiziert. »Ich hätte mehr Truppen um mich sammeln müssen«, dachte Vera seine Gedanken in beinahe fieberhafter Freude, denn sie spürte, wie sie immer mehr Verbindung zu ihm bekam, »mein alter Fehler, die Hybris!« Sein Vorstand würde ihm nicht gestatten, ein fähiges ausländisches Management zu platzieren. Sie würden die frisch erworbene Tochter mit ihren eigenen Investmentleuten besetzen, und die würden die Sache in den Sand setzen. Even Sternway konnte sich so nur zum Fehlschlag entwickeln. Jäh folgte die schreckliche Erkenntnis: Sie lassen mich scheitern. Sie gönnen mir nicht einmal den großen Abgang für die Geschichtsbücher, sie lassen mich einfach langsam vor die Hunde gehen. In einem Meer der Mittelmäßigkeit versinken. Nein, spürte Vera weiter seinen Gedankengängen nach, es gibt keinen gloriosen Abgang à la Kennedy, sie müssen einfach nur abwarten: Die Hermes-Bank würde ganz von alleine wieder auf das Format einer mittelgroßen Nationalbank zusammenschnurren. Er hatte das alles vorausgesehen und trotzdem den Kauf der Even Sternway mit allen Mitteln betrieben. Den Sieg errungen mit der nächsten, vielleicht letzten Niederlage vor Augen. Es höhlte ihn aus, es lähmte ihn.

Aber es hatte ihn nicht daran gehindert, mit ihr zu schlafen. Vielleicht hatten seine letzten Gedanken wieder einmal seinem Rücktritt gegolten. Auch hier zog er ständig neue Grenzen, die er wie ein Feldherr je nach aktueller Kriegslage verschob. Frühjahr hieß der letztgenannte Termin. Bestimmt hatte er wieder einmal beschlossen, es gleich morgen seinem Vorstand zu sagen.

»Ich werde gemeinsam mit Vera leben«, sprach sie stumm seine Worte nach, »ohne weitere Spuren zu hinterlassen. Ich habe den Mut besessen, gegen sie alle anzutreten, warum sollte ich nicht den Mut haben, sie alle weit hinter mir zu lassen?« Vielleicht hatte er, einem ersten Impuls folgend, sie vor dem Start seines Flugzeugs anrufen wollen, sich dann aber dagegen entschieden. Nein, das hatte er ihr bestimmt persönlich sagen wollen. »Ich mache es wieder gut«, dachte sie gemeinsam mit ihm, »ich mache alles an der Kleinen wieder gut.« Sie sah, wie er ein Glas Rotwein an die Lippen führte, wahrscheinlich begleitet von einer seiner Lieblingssentenzen, einem jesuitisch abgewandelten Aphorismus von Nietzsche: ›Wir sündigen nur, um in den Genuss der Erlösung zu gelangen.‹

Sie verfluchte sich dafür, noch einmal weinen zu müssen. Die Tränen zogen silberne Fäden über ihr Gesicht und sie wünschte sich ein neues, unverwüstliches ohne wunde Augen und schmerzenden Mund. Der Schmerz war nicht mehr so stechend, hart und unverrückbar wie vor einigen Tagen, der sanfte Druck der Barbiturate überzog ihn mit einer seltsamen Gedämpftheit, die es ihr erlaubte, die schrecklichen Vorgänge immer wieder in sich einzusaugen. Der Lichtstrahl, der sich durchs Zimmerdunkel zum hellen Rechteck des Bildschirms zog, war die Nabelschnur zu ihm.

Sie lachte kurz auf: Vielleicht hatte er in den letzten Augenblicken seines Lebens auch nur die Wetterlage rekapituliert, die ein Nachrichtensprecher um sieben Uhr fünfunddreißig an jenem Morgen verkündet hatte: Ein Tiefdruckgebiet über dem Atlantik trieb ein starkes Wolkenfeld nach Europa, das jedoch im weiteren Verlauf durch ein Hoch über Russland aufgelöst wurde und dem Osten Deutschlands unerwartet sonnige Herbsttage bescherte. Das Wetter stimmte so exakt mit der aktuellen politischen Lage überein, dass es dem Vorsitzenden möglicherweise ein letztes kurzes

Lächeln entlockt hatte. Vielleicht hatte er aber auch an Veras erstes Geschenk, die russischen Holzpuppen auf seinem Schreibtisch, gedacht, die ihn dreiundzwanzig Jahre lang begleitet und sich möglicherweise im Angesicht des Todes ein letztes Mal für ihn geöffnet hatten, um ihre verschiedenen Gesichter zu zeigen.

Ihre Gedanken öffneten jetzt den Puppensatz für ihn, und es erschienen die blassen Gesichter zweier Anwälte, die ihr vor drei Tagen unbarmherzig die persönlichsten Stellen aus ihren Manuskriptblättern vorgelesen hatten: »Es ist, als hätte ich einen Traum, der so schrecklich ist, dass er die Gewissheit vermittelt, das kann nicht die Wirklichkeit sein. Ich schrecke aus dem Schlaf und bin erleichtert, denn ich sehe die Bilder deines zerfetzten Körpers ...«

Sätze, die sie beinahe besinnungslos verfasst hatte, nachdem sie die Bilder des Anschlags zum ersten Mal in den Nachrichten gesehen hatte. Bilder, von denen sie zunächst glaubte, sie seien ausschließlich für sie bestimmt, auch wenn sie einem Millionenpublikum vorgeführt wurden. In der folgenden Nacht hatte sie die Worte, die bei diesen Bildern wie Tränen in ihr aufgestiegen waren, besinnungslos auf die Rückseite eines strategischen Konzeptpapiers von Steinfeld geschrieben, als könnten wenigstens ihre und seine Handschrift sich noch einmal vereinigen.

»... ich sehe die Bilder deines zerfetzten Körpers schwarz-weiß und bin für den Bruchteil einer Sekunde erleichtert; das kann nicht passiert sein, das träume ich! Mein Empfinden wehrt sich gegen die Tatsache, dass du tot bist, vergeblich. Also springe ich hastig in andere, bessere Träume mit dir. Ich sehe deine schlaksige Gestalt, dein jungenhaftes Lächeln, das Spiel deiner Hände, das im Gespräch mit mir nach einer halben Stunde immer natürlich wurde, wenn alle Gestik abfiel, die sie dir antrainiert hatten, dreißig Jahre lang. Der Druck deiner Hände wurde unprofessionell schön.«

Die Anwälte ließen ihr keine Zeit, sich zu erinnern. Sie hatten noch viel mehr Manuskriptblätter auf ihrem Schreibtisch gehabt, Seiten, die sie in den letzten Monaten vor Steinfelds Tod verfasst hatte. Vera hatte mehrmals zu erklären versucht, warum sie als die Geliebte von Steinfeld ein Buch über ihn schreiben wollte, und brach nach wenigen Worten ab. Jeder musste glauben, sie tue es nur, um aus ihrer intimen Kenntnis des Vorstandsvorsitzenden Kapital zu schlagen. Dabei war es ganz anders.

Sie erinnerte sich, wie die ersten Seiten entstanden waren, als

14

eine Form der Rache für Steinfelds vollständige Missachtung ihrer Person, als Vergeltung für ihre unerfüllte Liebe. Und später, nachdem er sie auf seine Seite gezogen hatte, als seine Mitarbeiterin und schließlich auch als Geliebte, war das Buch immer mehr zur intimen Kommunikation mit ihm geraten, oftmals intimer als seine Berührungen. Dieses Buch war nicht zur Veröffentlichung bestimmt, aber sie wusste, dass es keinen Sinn hatte, dies den beiden Anwälten zu erklären, die ihr wie siamesische Zwillinge gegenübersaßen und deren Hand- und Kopfbewegungen beinahe synchron zu verlaufen schienen.

In die Stille hinein war schließlich das Räuspern des vorlesenden Anwalts gedrungen, und als Vera aufgeblickt hatte, stand Katharina im Türrahmen, Steinfelds ehemalige Frau. Vera hatte sie zunächst für ein Trugbild gehalten, das ihr nach mehreren schlaflosen Nächten erschien, aber sie war es wirklich, sehr schmal und ganz in Schwarz. Sie hatte nichts gesagt, nur unmerklich gelächelt, nachdem einer der Anwälte in seinem keimfreien Büro einen Aschenbecher für ihre Zigarette gefunden hatte. Sie hatte es nicht nötig, unangenehme Dinge mit Vera zu besprechen, das übernahmen die Anwälte der Familie Steinfeld für sie.

Vera fragte sich, was Katharina wohl gedacht hatte, als sie die Nachricht von Steinfelds Tod erhielt. Katharina war am Tatort gewesen, sie nicht. Katharina war sogar in der Leichenhalle gewesen, während Vera die ersten Beruhigungsspritzen bekam. Katharina war auf der Beerdigung gewesen, sie nicht.

»In allen Männern, die du angesprochen hast«, hörte sie noch einmal die metallische Stimme des Anwalts aus ihrem Manuskript zitieren, »hast du immer mich gesucht. Du hast immer eine Frau gesucht, die ein Mann sein wollte, so wie hinter deiner männlichen Fassade etwas zutiefst Weibliches war.«

Vera verfolgte jetzt wieder die Bilder im Fernseher, die ihr immer mehr wie rätselhafte Botschaften aus einer anderen Welt erschienen. Steinfelds Beerdigung, ein Staatsakt. Der mit Blumen bedeckte Sarg war vor dem Hauptaltar des Kölner Doms aufgebahrt worden. Die hallende Stimme des Priesters. Am selben Ort hatten sich Katharina und Steinfeld vor fünfzehn Jahren das Jawort gegeben. Jetzt saß sie tief verschleiert neben ihrem Vater, dem großen Bankier Friedrich Georg Helms, der mit regungslosem Gesicht den ersten Tönen einer komplizierten Bach'schen Fuge folgte.

15

Vera fiel auf, dass die Dramaturgie der Beileidsbekundungen bei allen Stellungnahmen dieselbe war. Die Trauer und Wut artikulierenden Worthülsen unterschieden sich bestenfalls in Reihenfolge oder Details, als versperre die weltgeschichtliche Bedeutung des ermordeten Steinfeld den Zugang zu ehrlicher, privater Trauer. Aber vielleicht machte die Trauer auch diejenigen sprachlos, die ihn wirklich vermissten, so wie sein Chauffeur Gerlach, der mit im Flugzeug gewesen war und seine silberne Hochzeit jetzt in einer Frankfurter Privatklinik feierte, nachdem man ihm während dreier mehrstündiger Operationen zahlreiche Splitter aus dem linken Bein entfernt hatte. Der Pilot war ebenso wie Steinfeld seinen Verletzungen noch am Tatort erlegen. Er wurde in aller Stille beerdigt.

Im anschließenden ›Brennpunkt‹ wurde noch einmal von allen Seiten die Rote Armee Fraktion für den barbarischen Anschlag verantwortlich gemacht. Vera fand die allgemeine Festlegung in den Medien auf die RAF höchst seltsam, denn alles, was für diese Theorie sprach, die sich in den Nachrichten längst zur Tatsache entwickelt hatte, war ein völlig untypischer Bekennerbrief der RAF. Er war an einen Hochsitz am knapp zwei Kilometer vom Flugplatz entfernten Waldrand genagelt worden, von dem eine der RPGs abgefeuert worden war.

Auf dem Papier befand sich nichts außer dem RAF-Emblem. Keine der sonst üblichen weitschweifigen Erklärungen und Rechtfertigungsversuche, kein neomarxistisches Kauderwelsch, nichts. Doch das Fehlen irgendeiner Erklärung schien den Fernsehjournalisten nichts als ein endgültiger Beleg, dass die RAF zu einer professionellen Killertruppe mutiert und ihr ideologischer Impetus auf null geschrumpft war. Weite Teile des BKA sahen darin wiederum nur die Bestätigung einer längst erkannten Tatsache. Ein Zyniker der Spurenverwertung, den man offenbar vergessen hatte, aus dem Betroffenheitschoral herauszuschneiden, atmete öffentlich auf, weil er in Zukunft keine verquasten RAF-Texte mehr wochenlangen Analysen und Interpretationen unterziehen müsse.

Vera sah auf dem Bildschirm am Ende eines langen Schwenks, wie Katharina an der Seite ihres Vaters den Friedhof verließ. Mit dem schwarzen Schleier um ihren Hut wirkte sie wie eine Imkerin, die sich statt der Bienen eines Schwarms lästiger Fotografen erwehrte. Vera nahm den Blick vom Fernseher und betrachtete eine kleine Puppe in ihrer Hand, die kleinste des Puppensatzes, den sie

Steinfeld vor langer Zeit geschenkt hatte. Katharina musste sie von Steinfelds »Altar« genommen haben, einem Tisch in seinem privaten Arbeitszimmer, auf dem er über die Jahre hinweg alle Dinge gesammelt hatte, die ihn persönlich mit Russland verbanden. Sie spürte noch einmal Katharinas kühle Hand, die ihr die kleinste Puppe als Abschiedsgeschenk vor der Kanzlei überreicht hatte.

DIE DINGE NIE MEHR MIT BLUT LÖSEN, SONDERN IMMER MIT GELD. Lex Helms, die erste. Vera lächelte bitter. Die Gesetzestafeln des wirtschaftlichen Begründers der Bundesrepublik. Hatte Helms sich an seine zehn Gebote gehalten? Und Katharina, seine Tochter? Gab es Zusammenhänge zwischen der unerfüllten Liebe einer Tochter zu ihrem Vater und wirtschaftspolitischen Ereignissen? Oder waren private Empfindungen nur unbedeutende, beliebige Katalysatoren?

Die Frage war müßig, denn die Familienanwälte der Steinfelds hatten ihr vor zwei Tagen für fünfzigtausend Mark die Zusicherung abgekauft, niemals ein Manuskript, auch nicht in fiktiver Form, über die Familie Steinfeld und die Hermes-Bank zu veröffentlichen. Natürlich hatte sie zugestimmt. Es war eine letzte, bittere Genugtuung, dass sie dafür bezahlt wurde, etwas zu unterlassen, das sie überhaupt nicht zu tun beabsichtigte.

Brav war sie bei ihrem einzigen Interview mit einem Journalisten der offiziellen Marschroute gefolgt. Auf die Frage, ob auch sie den gespenstischen Zufall sehe, dass Steinfeld einen Tag nach Kennedy ermordet worden sei, erwiderte sie, möglicherweise sei die RAF nicht ausreichend mit der amerikanischen Geschichte vertraut. Einen Zusammenhang zwischen dem Mauerfall und Steinfelds Ermordung stritt sie selbstverständlich ab.

Als sie jetzt zum dritten Mal an diesem Tag im Fernsehen sah, wie Steinfelds Sarg ins Grab gesenkt wurde, kam sie sich wie eine Verräterin an ihrem gemeinsamen Buch vor, obwohl sie wusste, dass Steinfeld ihr zu diesem Verrat geraten hätte. Sie ging auf den Balkon ihres Hotels und wollte ihr Manuskript in die Nacht werfen. Dann wartete sie doch, bis der Wind die ersten Seiten aufblätterte wie Papiertaschentücher, als wolle er damit Tränen von ihrem Gesicht wischen.

Sie hatte ihr Vorhaben zunächst immer wieder als Sachbuch konzipiert, war jedoch daran gescheitert. Längst hatte sie begriffen, dass Fakten allein nichts über diesen Mann sagten, gar nichts, aber sie

17

hatte trotzdem immer wieder vergeblich einen Zugang zu der Person gesucht, mit der sie zusammenlebte. Bei allen intimen Details, die sie über ihn wusste, blieb seine Person immer schemenhaft, unwirklich, verschwommen.

Sie ging ins Zimmer zurück, setzte sich an den schmalen Schreibtisch und begann noch einmal von vorn. Zuerst suchte sie einen neuen Vornamen für sich und fand ihn im Veranstaltungsprospekt des Hotels, aus dem sich ihr eine russische Ballerina graziös entgegenbog: Vera.

Nach kurzer Zeit schien ihr Steinfeld über die Schulter zu blicken und sie zu ermuntern. Er genoss es offensichtlich, zur Vorlage einer Romanfigur zu werden, und beantwortete bereitwillig alle ihre Fragen. Er erzählte, sie schrieb. Das war ihr Spiel gewesen, ihr Liebesspiel, und so sollte es bleiben. Seltsamerweise hatte sie nie das Gefühl gehabt, dass er sie in persönlichen Dingen belog, während sie bei wirtschaftlichen und politischen Angelegenheiten ziemlich sicher war, dass er nicht immer die vollständige Wahrheit sagte. Manchmal erzählte er Dinge, von denen sie meinte, das könne sie doch nicht schreiben. Dann betrachtete er sie mit dieser unnachahmlichen Mischung aus Spott und Melancholie und sagte: »Es ist doch nur ein Roman. Da kannst du alles schreiben.« Erst jetzt, da er endgültig unerreichbar für sie geworden war, begriff sie, wie überlebensnotwendig dieses Buch für sie war. Darin konnte sie das sein, was sie im wirklichen Leben niemals sein würde: Sie konnte Steinfeld sein. »Vielleicht haben wir dich deshalb so sehr geliebt«, dachte sie, »weil du ein Medium warst, in dem unsere Träume sich tiefer und klarer spiegeln konnten als in uns selbst.«

Am nächsten Tag stornierte sie ihren bereits gebuchten Flug nach New York und ging in ein Café in Essen. An diesem Ort hatte vor dreiundzwanzig Jahren für Steinfeld alles begonnen. Dort fiel ihr plötzlich der Titel ein, nach dem sie monatelang vergeblich gesucht hatte.

»Die Macht des Geldes.«

1. Teil

1966–1975

1. Kapitel: Mai 1966

Sein Appartement lag in der Nähe des Baldeneysees gegenüber der Villa Hügel, sodass er mit Krupp quasi auf Augenhöhe verkehrte. Dennoch bekam er das Anwesen des Stahlbarons nicht sehr häufig zu Gesicht, denn er kam und ging selten bei Tageslicht.

Fünf Uhr morgens, wie immer hatte der Wecker noch nicht geklingelt. Steinfelds knapp sechsunddreißigjähriger Körper schnellte aus dem Bett, als sei das Schlafen Zeitverschwendung und er hätte schon lange auf diesen Moment gewartet: duschen, waschen, rasieren. Besonderen Wert legte er auf die Mundhygiene: Zähne putzen, Rachen spülen, Spray. Danach kämmen, anziehen, Schuhe binden. Nachfeilen der ohnehin makellosen Fingernägel. Jeder Handgriff saß und zielte auf Zeitersparnis. Ein kleines Ritual: die richtige Krawatte. Vor dem Spiegel überprüfte er ein letztes Mal seine Schneidezähne. Ein erstes Probelächeln geriet auf Anhieb perfekt. Fertig zum Kampf.

Die Appartementtür klappte hinter ihm zu, er ignorierte den Fahrstuhl und nahm schwungvoll die Treppe acht Stockwerke nach unten. Im Takt seiner schlenkernden Schritte, die seine schlaksige Gestalt noch unbekümmerter zur Geltung brachten, die ersten Gedanken, das Mantra des ehrgeizigen Aufsteigers: Die wichtigsten Stufen auf der Leiter nach oben sind die Frauen deiner Vorgesetzten. Nicht, dass man unbedingt mit ihnen schlafen sollte, das könnte sich durchaus kontraproduktiv entwickeln. Dadurch entstehen meistens Bindungen, die nicht lange genug dauern, um einem wirklich weiterzuhelfen. Es ist etwas anspruchsvoller. Sie müssen dich mögen – mütterlich, erotisch oder intellektuell, manchmal sogar väterlich.

Die Begrüßung ist das Wichtigste. Der erste Eindruck zählt ... Auf der Suche nach dem optimalen Händedruck, balancierend zwischen vielversprechender Erotik und Zuverlässigkeit suggerierender Knappheit, umschlossen seine Finger immer wieder das Geländer des Treppenhauses, ehe er in die Morgensonne trat.

Steinfeld beim Händeschütteln. Steinfeld beim Handkuss. Wichtiger als die Berührungen sind die Nichtberührungen. Das Spiel der Augen. Die Mimik des Mundes. Die Spaziergänge der Gedanken.

Guten Abend. Welches Universum an Geheimnissen kann sich hinter diesen zwei Worten verbergen? Nicht das, was wir sagen, zählt, sondern das, was wir dabei denken. Die Frauen, auf die es ankommt, spüren das. Sie lesen deine Empfindungen. Lass sie dein Herz aufschließen und du schließt ihres auf. Der Schlüssel zum Herzen der Frau deines Geschäftspartners ist wichtiger als der zu seinem Tresor. Es können ihre Töchter sein, ihre Ehefrauen, ihre Mütter. Für jede braucht man den passenden Schlüssel.

Die Trambahn morgens um halb sechs, ein ideales Exerzierfeld. In wenigen Minuten aus all diesen verschlafenen missgelaunten Menschen ein, zwei, drei Lächeln hervorzuzaubern, darin lag eine echte Herausforderung. Sein Rekord stand bei sechs innerhalb von zwölf Minuten. Alle zwei Minuten ein Lächeln. Steinfeld half einer Frau, ihren Kinderwagen auf die Straße zu heben. Steinfeld bewahrte eine Abiturientin vor einem Bußgeld wegen Schwarzfahrens, ohne selbst zu bezahlen. Steinfeld entlockte dem schlecht gelaunten Gesicht einer mittelalterlichen Büroangestellten ein Lächeln und eine Verabredung zum gemeinsamen Abendessen. Steinfeld verließ die Trambahn und überantwortete drei Telefonnummern dem nächsten Papierkorb. Es war nur seine übliche Morgengymnastik, um sich auf den Tag einzustimmen: sich ständig zum Duell fordern. Nicht der Markt, nicht deine Vorgesetzten, du selbst musst dich herausfordern. Du musst jeden Tag über dein Limit gehen. Sonst bist du falsch in dem Job.

Der Juwelier hatte ihn durch das Ladenfenster gesehen und erwartete ihn bereits. Einige besonders schöne Uhren, keine unter fünfzehnhundert Mark, lagen auf der Glasvitrine bereit. Steinfeld mochte diesen kleinen Laden, der nach Sandelholz roch, und er mochte den schmächtigen, eingefallenen Mann hinter dem Tresen, der ihm mit einem unverrückbaren Ausdruck von Melancholie die wertvollsten Uhren verkaufte, so als trauere er jedem einzelnen Stück nach, das den Besitzer wechselte. Noch nie hatte er versucht, seinen zuverlässigsten Stammkunden zu irgendetwas zu überreden. Steinfeld wies auf ein französisches Exemplar und hielt ihm sein linkes Handgelenk hin: »Die muss ich mir heute verdienen.«

Obwohl Steinfeld seit Jahresbeginn bereits zwölf Uhren bei ihm gekauft hatte, fragte der Juwelier nie nach dem Grund. Seitdem er zwei Jahre im Konzentrationslager Sachsenhausen verbracht hatte, hatte er es sich abgewöhnt, die Deutschen nach Gründen für ihr Handeln zu fragen. Er hätte auch gar keine Zeit mehr dafür gehabt. Steinfeld saß bereits in einem Taxi Richtung Flughafen und verleitete den Fahrer mit der Aussicht auf ein saftiges Trinkgeld zum Übertreten zahlreicher Verkehrsregeln.

Fünfzehnhundert Mark waren 1966 nicht nur für den stellvertretenden Geschäftsführer eines mittelständischen Betriebes ein exorbitanter Tagesverdienst. Die Juras AG war bis vor wenigen Jahren noch eine solide Firma in Familienbesitz mit fünfhundert Angestellten und 40 Millionen Mark Jahresumsatz gewesen, die ihr Geschäft mit dem An- und Verkauf von Heizöl betrieben hatte. Seitdem Steinfeld mit atemberaubender Geschwindigkeit in die Chefetage vorgestoßen war, wurde auf Termin mit Rohstoffen aller Art gehandelt.

Sein Refugium bestand aus einem neunzehn Quadratmeter umfassenden, fensterlosen Raum, der das letzte Mal vor fünf Jahren weiß gestrichen worden war. Das Mobiliar wirkte, als sei es aus einer Schule ausgemustert worden, der einzige moderne Einrichtungsgegenstand war ein Schwarzweiß-Bildschirm neuester Bauart. Juras, Hauptgesellschafter der Firma und Steinfelds väterlicher Freund, zumindest solange Steinfelds Spekulationen Gewinn brachten, hatte Steinfeld bereits etliche Male einen großzügiger gestalteten Arbeitsplatz zur Verfügung stellen wollen, aber Steinfeld lehnte stets mit der Begründung ab, der Blick aus dem Fenster sowie Zimmerpflanzen störten seine Konzentration. Nicht einmal einen neuen Anstrich ließ er zu. Die verschiedenen Flecke an der Wand erinnerten an seine größten Triumphe und Niederlagen. Der Kaffeefleck über dem Fernschreiber, der beinahe exakt die Gestalt des südamerikanischen Kontinents angenommen hatte, rührte von einem Wutanfall Juras' über eine desaströse Kupferspekulation Steinfelds her, diverse schwarze Punkte an der Decke waren die Folge von Sektkorken, die nach einer rechtzeitig erkannten Mais-Baisse verschossen worden waren. Ein Teppich erübrigte sich ohnehin, denn Steinfeld und seine drei Mitstreiter wateten meistens bis zu den Knöcheln in Informationen, die pausenlos von den drei Fernschreibern ausgespuckt wurden.

Steinfeld blickte aus dem Seitenfenster des Wagens. Draußen glitten die Anlagen des Industriehafens vorbei. Taxis und Flugzeuge waren tagsüber die einzigen Orte, an denen er sich entspannen konnte. Er liebte dieses Leben, das an den Nerven zerrte wie die Container da draußen an den Stahlseilen der Kräne.

Vor drei Wochen waren sie beinahe zahlungsunfähig gewesen. Nerven und Telefonleitungen vibrierten. Abseits aller bisherigen Informationen, die man aus den Hauptanbaugebieten in Afrika und Südamerika erhalten hatte, schien die Kaffeeernte diesmal ausgerechnet in Mittelamerika überraschend gut ausgefallen zu sein. Das bedeutete, die Preise würden fallen und Steinfeld auf seinen knapp vierzig Tonnen Kaffee mit einem Verlust von etwa 450 000 Mark sitzen bleiben.

Ein Blick auf die Ticker hatte Steinfeld klar gemacht, dass sich eine bedrohliche Unwetterfront über seinem Haupt zusammengeballt hatte. Tonnen von billigem Kaffee drohten sich über ihm zu entladen und ihn zu zermalmen. Jede weitere Zehntelsekunde war kostbar. Alle Kontrakte von Deck, raus, koste es, was es wolle. Jede Mark, die jetzt noch gerettet wurde, war eine Mark Gewinn. In Nicaragua wollten Tausende von Arbeitern weitere Tonnen Kaffee pflücken. Sie mussten mitansehen, wie Bulldozer die nicht abgeernteten Felder umpflügten. Während die Existenz dieser Arbeiter davon abhing, möglichst viel Kaffee zu ernten, konnten Menschen in einem anderen Teil der Welt nur existieren, wenn möglichst viel Kaffee vernichtet wurde und sich dadurch die Preise stabilisierten.

Während die ersten Arbeiterproteste in Managua unter den Salven des Militärs und den privaten Sicherheitskräften der United Fruit Company zusammenbrachen, befand sich Steinfeld mit Juras, zwei Zahnbürsten, hundert Tabletten eines krampflösenden Magenmedikaments und einem realisierten Verlust von knapp 400 000 Mark im Nacken in einer Linienmaschine nach Chicago. Sie tranken Tee.

Steinfeld sah auf seine neu gekaufte Uhr. Ihm blieben zehn Stunden Flugzeit, um Juras zur Kreditaufnahme einer knappen Million und zum Ankauf von Zinkkontrakten für die Hälfte der Summe zu überreden. In zehn Stunden hätte er Juras selbst zu einer Mondlandung überreden können.

Zunächst lief es alles andere als gut. Sie hatten ihren Händler an der Rohstoffbörse von Chicago in den letzten sechs Monaten dreimal gewechselt, aber auch der vierte Broker entpuppte sich als Fehlgriff. Der Mann war allein mit der Bedienung der drei Telefone, die ihm zur Verfügung standen, restlos überfordert, von dem, was durch die Leitungen kam, ganz zu schweigen. Seine Informationen waren aus dritter bis fünfter Hand. So würden sie dem Markt immer hinterherlaufen und auf Züge aufspringen, die bereits am Entgleisen waren. Der Zinkmarkt war plötzlich nicht mehr vielversprechend, sondern indifferent. Allgemeine Ratlosigkeit. Wertvolle Zeit verging, wertlos gewordene Kurszettel schneiten zu Boden. Bei einer Sparkassenfiliale in Essen begannen Schuldzinsen auf ein Konto der Juras AG aufzulaufen, auf dem bereits 950 000 Mark Soll verbucht waren. Steinfeld musterte den Saal der Chicagoer Börse. Die Händler in ihren weißen Hemden kamen ihm vor wie ein Schwarm Möwen, der sich um Fischreste balgte. Eines war ihm klar: Solange man eine dieser Möwen war, würde man immer nur Abfälle fressen, mal mehr, mal weniger. Erfolg würde nie etwas mit Können, sondern immer nur mit Zufall zu tun haben. Der Druck, entweder in den nächsten Minuten eine Lösung zu finden oder von einer halben Million in den Abgrund gerissen zu werden, ließ einen Gedanken von konsequenter Klarheit in ihm entstehen: Nicht der Strom sein, sondern die Quelle. Wenn man an die wichtigen Informationen nicht herankam, musste man sie erzeugen. Später nannte er diese Methode »einen Stein ins Wasser werfen«.

Bei seinem ersten Versuch stand viel auf dem Spiel, denn das Kapital von einer knappen Million war auch für damalige Verhältnisse nicht exorbitant für sein Vorhaben.

Auf einen Schlag warf er gegen den lautstarken Protest von Juras für eine Viertelmillion Zinkkontrakte auf den Markt. Ihre Augen hingen wie hypnotisiert am Kurs, warteten darauf, ob ihr Kieselstein Wellen auf dem Gesamtmarkt erzeugte. Die Sekunden verrannen, wurden zu Minuten. Nichts tat sich. Steinfeld musterte das Zifferblatt seiner neuen Uhr, als könne er die Zeit wieder zurückdrehen. Alles ungeschehen machen und wieder von vorne beginnen. Die Zeiger liefen gleichgültig weiter. Er hatte sich dem Markt völlig ausgeliefert. Es war ein Rausch. Auch wenn er verlor, er lief, wie in seinem Lieblingstraum, wieder einmal der Sonne entgegen.

Sein Lächeln trieb Juras zur Weißglut. Unbewusst zerknüllte der Alte Papier und warf es zu Boden, als füttere er zu Hause seine Goldfische. Wenn Juras' Goldfische nicht fraßen, gingen die Geschäfte meistens schief.

Um Viertel vor zwölf das erste Beben. Irgendwo im Ozean des Geldes war jemand durch den Verkauf nervös geworden und beschloss ebenfalls, seine Position zu schließen.

Das leichte Kräuseln der Zinkkurse trieb nach Europa, weiter nach Japan und schwappte als erste leichte Welle zurück in die USA. Um halb eins war der Kurs um fünf Punkte gefallen und Juras drängte Steinfeld, zu den verbilligten Kursen wieder einzusteigen. Steinfeld warf ihre zweite und letzte Viertelmillion auf den Markt. Sein zweiter Verkauf fegte wie ein Windstoß durch den Börsensaal von Chicago und erzeugte erste Schaumkronen. Die Welle rollte von den US-Märkten zurück aufs offene Meer und brandete mit Windstärke fünf gegen die Küsten Europas. Dort durchschaute jemand den Bluff und nutzte die Gelegenheit zu umfangreichen Zinkkäufen. Zu diesem Zeitpunkt war Steinfeld bereits mit den gesamten 950 000 wieder eingestiegen und ließ sich jetzt von der Gegenbewegung nach oben ziehen.

Er tanzte noch drei weitere Tage auf den Wellenkämmen des Zinks, ehe er sich mit einem Gewinn von fünf Millionen verabschiedete. Seine Uhr, eine Breitling, schenkte er Juras mit dem Versprechen, in Zukunft nur noch Verluste zu machen, da sein Freund die Gewinne nervlich offensichtlich nicht mehr verkrafte.

Ein heftiges Bremsmanöver des Taxifahrers riss Steinfeld aus seinen Gedanken. Ihr Wagen hatte beinahe eine junge Frau erwischt, die über den Zebrastreifen wollte. Steinfeld winkte ihren vor Schreck weit aufgerissenen Augen durch die Heckscheibe verzeihend zu und wandte sich wieder nach vorn:

»Die war zu hübsch, um schon ins Gras zu beißen.«

Er amüsierte sich über den entsetzten Gesichtsausdruck des Fahrers und fügte hinzu: »Ich mag Frauen. Ich mag sie wirklich.« Und er fügte in Gedanken spöttisch hinzu, wobei sein Blick einen gut

aussehenden jungen Mann streifte, der im Gegensatz zu ihm zu
Fuß zur Arbeit eilte: »Vielleicht mag ich sie zu sehr, um mit ihnen
zu schlafen.« Dem Fahrer sagte er mit seinem entwaffnendsten Lächeln: »Wenn sie nicht gerade im Weg rumstehen.« Er warf einen
Blick auf seine neue Uhr. »Jetzt fahren Sie schon!« Seine Maschine
nach Wien ging in dreißig Minuten. Von dort führte ihn sein Weg
per Bahn und staatlicher Fluglinie weiter Richtung Tiflis.

Drei Tage später befand er sich in einem altertümlichen Zug, dessen Lok mühsam zehn Waggons durch die kaukasischen Republi-
ken der Sowjetunion schleppte. Sein Leben kam ihm damals häufig auf wunderbare Weise unwirklich vor, wie ein Märchen, das er
sich selbst schrieb.

Steinfeld war ein hervorragender Geschichtenerzähler, und wie
bei jedem guten Geschichtenerzähler war es seinen Zuhörern völlig gleichgültig, ob er die Wahrheit sagte oder seine Geschichten erfand. Im Augenblick hing die fünfjährige Vera an seinen Lippen,
während ihr Vater, der Kombinatsleiter Semjuschin, Herr über ein
Heer staatlicher, desaströs organisierter und gewarteter Ölbohr-
türme, die wie die Finger von Schiffbrüchigen aus dem schlammigen
Wasser des Kaspischen Meeres ragten, notdürftig Steinfelds linken
Arm mit der unteren Hälfte eines Spazierstocks und zwei Mullbin-
den schiente. Seine Frau ging ihm zur Hand. Sie befanden sich alle
in einem Abteil eines Zuges, der die Ölfelder von Astrachan durchquerte. Steinfeld reiste bereits zum dritten Mal durch diesen süd-
lichen Teil des Sowjetimperiums. Er versuchte, Geschäftsbezie-
hungen zu knüpfen, mit dem Fernziel, billiges Öl zu importieren.
Bisher war vor allem eine herzliche Freundschaft mit den Semjuschins entstanden.

Die Geschichte, mit der er sein Verschwinden in der letzten
Nacht rechtfertigte, war in der Tat abenteuerlich. Sein schlechtes
Russisch, Resultat eines zweimonatigen Volkshochschulkurses,
machte sie noch abenteuerlicher. Angeblich war er von einem berüchtigten aserbaidschanischen Banditen entführt worden und
hatte diesen überredet, anstatt Lösegeld von Semjuschin zu fordern,
mit Steinfeld einen Vorvertrag über eine erste Öllieferung abzuschließen. Einzige Bedingung war, dass Steinfeld seinen Mut bei
einem Wettrennen zu Pferd unter Beweis stellen musste. Das hatte
ihm einen gebrochenen Arm und einen Vorvertrag eingebracht, ein

schmutziges Papier, mit dem er stolz vor Semjuschins Gesicht herumwedelte. Dabei wanderten seine Augen vom grünen Gras der russischen Steppe, das hinter dem Abteilfenster vorbeiglitt, zurück zu Veras Kindergesicht, das in seinen Proportionen den Ikonen glich, die hier auf jedem Hausaltar standen. Nur ihre Augen waren völlig anders. »Es wird nie einen Maler geben«, dachte Steinfeld, »der Veras Augen zu malen versteht.« In ihnen spürte er den Sturm, der ihm letzte Nacht Sand ins Gesicht geblasen hatte, bis er beinahe blind war, und er fühlte die unendliche Weite, in der er sich, betrunken von Semjuschins Wodka, mit ausgebreiteten Armen völlig verlaufen hatte, so hilflos und ausgeliefert wie im Orkan eines abstürzenden Börsenmarktes. Es waren diese Augenblicke, in denen er sich restlos lebendig fühlte.

In Wolkenschwärze und Sand hatte er plötzlich seinen eigenen Schatten neben sich herlaufen sehen und geglaubt, ein Viehhirte oder eine prophetische Gestalt sei vor ihm aufgetaucht. Schließlich stellte er fest, dass es sich um den Galgen eines Brunnens handelte. Zum ersten Mal in seinem Leben hatte er mit brennendem Durst Wasser aus einem Brunnen geschöpft. Plötzlich hatten sie vor ihm gestanden, die prophetischen Gestalten in Form einer Hand voll Banditen auf kleinen Pferden in zerlumpten Tarnanzügen. Sie hatten ihn mitgenommen, den komischen Heiligen von der Quelle. Wie Jesus Wasser in Wein, so würde er eines Tages Wasser in Öl verwandeln. Viel Öl. Steinfeld stöhnte kurz auf, als Semjuschin jetzt die zweite Binde festzog. Temperamentvoll setzte er das Streitgespräch fort, das sie gestern beim Abendessen geführt hatten.

Es war um die Frage gegangen, ob westlicher Individualismus östlichem Kollektivismus überlegen sei. Steinfeld behauptete, Letzterer sei nichts anderes als eine materielle Ausformung des asiatisch-orientalischen Mystizismus. Er lächelte Vera zu.

»Die eine große Tat kann die Welt verändern. Sie ist die letzte Schneeflocke, die die Lawine ins Rollen bringt. Es gibt unendlich viele Gesichter auf dieser Welt, die zum Beispiel dem Ihrer Tochter ähnlich sind, und doch gibt es nur ein einziges Gesicht, das exakt so ist, und es wird auch in einzigartiger Weise das Leben anderer Menschen beeinflussen. Wahrscheinlich haben wir alle Messinstrumente nur erfunden, um den Grad weiblicher Schönheit genauer erfassen zu können.«

Der Kombinatsleiter mochte diesen jungen Deutschen, auch wenn er zweifellos verrückt war. Sowjetische Öllieferungen in den Westen waren politisch nicht durchsetzbar.

Steinfeld blinzelte Vera zu: »Von diesem Geschäft muss ja keiner außer uns wissen.«

Er wollte einen Blick auf seine neue Uhr werfen, doch sie war verschwunden. Vera bemerkte seinen Blick und fragte: »Wo ist denn deine Uhr?«

»Die hab ich dem Halunken als Anzahlung überlassen«, sagte Steinfeld.

Auch ohne Uhr war er sicher, bei diesem Tempo des Zuges unter Garantie sein Flugzeug zu verpassen. Er drängte sich an Semjuschin vorbei, um dem Lokführer Dampf zu machen.

Vera begann zu weinen. Sie hatte geglaubt, Steinfeld bleibe für immer bei ihnen. Ihre Mutter nahm sie lächelnd in den Arm.

»Vergiss uns nicht«, sagte Semjuschin beim Abschied.

»Wie könnte ich das«, erwiderte Steinfeld. »Immer wenn ich ab jetzt meinen linken Arm bewege, denke ich an Russland.«

Er nahm Veras kleine Hand, und als er sie zwischen seinen Fingern spürte, war er sicher, auch diesen Augenblick nie zu vergessen.

Er sammelte diese seltenen Momente, in denen die Realität sein Vorstellungsvermögen an Intensität übertraf. Sie waren sein geheimster Schatz, tief verschlossen in seinem nach außen so glänzenden Gemüt, das wie frisch polierter Lack jeden einlud, sich auf die vorteilhafteste Weise darin zu spiegeln.

So zog er seine jugendliche Leuchtspur durch das aufblühende Wirtschaftsleben Nachkriegsdeutschlands und man wurde schnell aufmerksam auf ihn. Allerdings nicht ganz so, wie Steinfeld sich das erhofft hatte.

Die Gemäuer der Benediktinerabtei thronten oberhalb des Rheins wie ein vorgeschobener Beobachtungsposten. Die Konturen der Felsen, an die sich die mittelalterlichen Gebäude wie ein Adlerhorst klammerten, fanden ihre Entsprechung im Gesicht des Vorstandsvorsitzenden und schienen darin wie zur Miniatur verkleinert. Helms wandelte einen Kreuzgang entlang. Auf den oberflächlichen Betrachter wirkte er wie ein alt gewordener Filou, der genauere Beobachter registrierte einen mittelgroßen, immer noch beachtlich attraktiven Mann Anfang sechzig, mit schlohweißem, dichtem Haarschopf, Bauchansatz und einem eleganten, schlangengleichen Mund, der sich geschickt unter einem Oberlippenbärtchen verbarg. Seine leicht basedowschen Augen, deren Spektrum nach Aussage diverser Geschäftspartner je nach Lage der Dinge von heiterer Gelassenheit bis zu reptilienhafter Schärfe reichte, durchbohrten im Augenblick nur frisch erblühte Rosen. Neben ihm schritt, wie sein von der frühsommerlichen Nachmittagssonne geworfener Schatten, Pater Kaska. Beide Männer waren in der Hierarchie des nach allgemeiner Auffassung auch geheimdienstlich arbeitenden Opus Dei auf einer Stufe angesiedelt, die weder Namen noch Rituale nötig hatte. Helms kannte den Pater ebenso lange wie dessen Kloster, seit exakt vierunddreißig Jahren. Hier hatte er in den Tagen nach der nationalsozialistischen Machtergreifung Ruhe und Entspannung gefunden. Er liebte diesen alten, filigran zurechtgehauenen Stein, der sich in Bögen und Ornamenten über ihren Köpfen wölbte, als wäre er nie ungebändigte Natur gewesen. Das hinderte ihn jedoch nicht daran, seinem Ärger über einen jungen, wild gewordenen Rohstoffdesperado Ausdruck zu verleihen, der sich laut Informationen des Paters anschickte, gegen alle Regeln bundesrepublikanischer Wirtschaftspolitik billiges sowjetisches Rohöl nach Holland zu importieren, das er unverschämterweise mit relativ bescheidenem Geldaufwand vorher unter dem Schutz aserbaidschanischer Banditen nach Persien schmuggeln und umdeklarieren ließ. Steinfeld hatte den Ort der Täuschung sehr geschickt gewählt. Gegen Öl aus den Gefilden des Schahs hatte in der Bundesrepublik, abgesehen von ein paar linken Spinnern mit immer länger werdenden Haaren, niemand etwas einzuwenden.

Auf die Informationen des Paters war Verlass. Er verfügte allein in der Sowjetunion über ein Netz von mehreren tausend verdeckt arbeitenden Priestern. Wenn sich dort etwas rührte, wusste er es zuerst.

Kaska stimmte Helms zunächst zu. Natürlich seien Geschäfte mit den Kommunisten zu einer Zeit, in der amerikanische Soldaten jeden Tag im Kampf für Frieden und Freiheit auf den Schlachtfeldern Indochinas fielen, degoutant. Dann allerdings ließ er geschickt einfließen, die Idee, gerade in einer Zeit, in der sich der Sozialismus politisch überlegen glaube, aus einer Position scheinbarer Schwäche heraus wirtschaftliche Annäherung zu suchen, sei nicht gänzlich von der Hand zu weisen, auch wenn Steinfeld, möglicherweise nicht unbeeinflusst von den romantischen Idealen linker Revolutionäre, das mit Sicherheit nicht durchschaue. Helms blieb stehen und verschränkte die Hände hinter dem Rücken.

»Ist er blöd?«

»Nein, er ist gerissen. Und jung. Ein ungeschliffener Diamant.«

Helms nickte und ging weiter. Er hatte nicht das erste Mal Ärger mit Steinfeld. Der Junge nutzte jede Gelegenheit, ihn herauszufordern. Jetzt hatte er es auf die Spitze getrieben. Helms blieben zwei Möglichkeiten: Steinfeld zu umarmen oder ihn zu vernichten.

»Wenn ich ihn nicht unter meine Fittiche nehme«, knurrte er, »macht es jemand anders.«

»Abs zum Beispiel.« Wie immer, wenn er Helms mit einer Bemerkung zu reizen gedachte, senkte Kaska den Kopf und blickte auf den sorgfältig gerechten weißen Kies. »Mit der Deutschen Bank im Rücken könnte er Ihnen einige schlaflose Nächte bereiten.«

Über ihnen zwitscherten ein paar Vögel in der Luft. Möglicherweise arbeiteten auch sie für den Opus Dei. Helms hatte gehört, dass Kaska gelegentlich Brieftauben einsetzte. Sie waren sicherer als die meisten Telefonleitungen.

»Sie haben eine erfrischende Art, mir einen neuen Mitarbeiter anzupreisen. Ich möchte wirklich wissen, warum Gott mir keinen Sohn geschenkt hat.«

»Vielleicht, weil er Ihnen so vieles andere geschenkt hat.«

»Die Söhne großer Männer werden meistens Versager. Insofern sollte ich wahrscheinlich mit meiner Tochter zufrieden sein.«

»Vor allem, da es sich um eine sehr intelligente Tochter handelt. Wie ich höre, hat sie ihr erstes Staatsexamen als Jahrgangsbeste abgeschlossen.«

Helms knurrte abfällig.

»In der Schweiz. Kennen Sie den Unterschied zwischen einem Diamanten und einem Menschen? Bei einem Diamanten weiß man nach der richtigen Bearbeitung, dass er etwas wert ist.«

»Wir haben einige seiner Schulkameraden befragt, die mit ihm auf der NAPOLA waren.«

Kaska hatte begonnen, einen Rosenkranz durch seine Finger gleiten zu lassen. »Er besitzt etwas, das man nicht lehren kann. Er wird von allen geliebt.«

»Wie ich gehört habe, haben ihn manche seiner Kameraden zu sehr geliebt.«

»Nur schwache Menschen sind zu irgendetwas verdammt. Er ist nicht schwach. Er ist der geborene Anführer.« Kaska musterte eine der Perlen in seiner Hand. »Und wie jeder Anführer in jungen Jahren ein Rebell. Einer, der sich aufopfert.«

»Das kann eine große Tugend sein. Und wie jede Tugend eine große Gefahr.«

Kaska registrierte mit geheimem Amüsement, wie Helms sich wieder einmal hinter einer seiner Sentenzen verschanzte, die er wie Florettstiche setzte, nicht so sehr, um seine Empfindungen als vielmehr seine wahren Gedankengänge im Verborgenen zu halten. Und selbst diese Tatsache kleidete er in ein Bonmot: Wenn mir nichts mehr einfällt, werde ich geistreich.

Der Pater hätte jedem heftig widersprochen, der Helms als empfindungslos oder gefühlskalt bezeichnet hätte. Aber im Gegensatz zu den meisten Menschen wurde Helms nicht von seinen Empfindungen gesteuert, sondern er steuerte sie. Das hatte er in höchster Form bei den Jesuiten gelernt. Der Pater registrierte nicht ohne Stolz, wie perfekt sein Schüler im Laufe der Jahre geworden war. Er besaß nur einen Makel: Die Menschen fürchteten und respektierten Helms, geliebt wurde er nicht.

Sie verließen den Kreuzgang und Helms trat an die Brüstung der Klostermauer, um wie gewohnt einen kurzen Blick in das mit Weinbergen und kleinen Häusern geschmückte Tal zu werfen und sich eine Zigarre anzustecken. Ein letzter Augenblick der Entspannung, bevor er wieder der Großstadt und seiner Bank zusteuerte.

»Ich weiß nicht«, Helms reichte dem Pater zum Abschied die Hand, »vielleicht sollte ich mich zur Ruhe setzen. Kiesinger hat mir das Amt des Wirtschafts- und Finanzministers angeboten.«

Wie immer, wenn er Helms auf den Arm nehmen wollte, lächelte der Pater höflich. »Eine schöne Aufgabe.«

Die Antwort kam umgehend: »Ich bin kein Minister, ich mache welche.«

Ohne sich noch einmal umzudrehen, schritt Helms seiner Limousine entgegen, deren schwarzer Lack in der Nachmittagssonne schräge Lichtpfeile verschoss. Verwundert entdeckte er nicht seinen Chauffeur, sondern seine Tochter hinter dem Steuer. Sie sprang aus dem Wagen und umarmte ihn. In den letzten fünf Jahren war sie zu einer Frau herangereift, die jedem Mann gefährlich werden konnte. Die Blässe ihres Gesichts wurde von den schwarzen, schulterlangen Haaren und den auffallend großen, dunkelgrünen Augen unterstrichen, die, verstärkt durch die hohen Wangenknochen, beinahe asiatisch wirkten. Über einem herzförmigen Kinn wölbte sich ein auffallend sinnlicher Mund, in dem all das Blut floss, das den Lippen ihres Vaters fehlte. Wenn sie ihn auf die Wange küsste, spürte er wie ein fernes Echo die Küsse seiner verstorbenen Frau. Auch wenn die in den letzten Jahren vor ihrem Tod nicht sehr zahlreich gewesen waren.

»Hallo Paps!«

»Was machst du denn hier?«

Katharina tippte an die Mütze, die sie offensichtlich seinem Chauffeur entwendet hatte.

»Für heute hast du genug gearbeitet. Ich fahr dich nach Hause!«

Mit übertriebener Höflichkeit öffnete sie ihrem Vater die hintere Wagentür. Wie immer, wenn sie ihm nahe kommen wollte, verfiel sie in eine Rolle: die verstorbene Mutter, die besorgte Sekretärin, die frivole Geliebte, der dienstbeflissene Chauffeur. Auf dem Rücksitz wartete ein verpacktes Gemälde auf ihn. Sie war zur Versteigerung vor zwei Tagen extra nach New York geflogen. Helms musste erfahren, dass sich seine Tochter inzwischen durch ein Praktikum in einer Zürcher Anwaltskanzlei einen kleinen Nebenverdienst erwarb. Ihr erstes eigenes Geld hatte sie sofort in ein Geschenk für ihren Vater investiert. Helms missbilligte das. Sie sollte sich ganz auf ihr Studium konzentrieren. Obwohl er bisher nie Anlass gehabt hatte, an ihrem Ehrgeiz und ihrer Intelligenz zu zweifeln, erfüllte ihn jede noch so geringe Abweichung seiner Tochter vom durch ihn vorgegebenen Pfad mit Misstrauen. Wie sie jetzt vor ihm stand, mit einer Hand die Haare gegen den Wind zurückwarf und unnachgiebig forderte, dass er sein Geschenk sofort auspackte, besaß sie zweifellos das Temperament, die Ungeduld und die Grazie ihrer Mutter. Seine wenigen Schwachstellen nützte sie allerdings geschickter aus. Sie wusste, wie gern er Geschenke auspackte. Hastig riss er mit den für seine Statur überraschend klein geratenen Händen das Papier auf und musterte das Gemälde. Das interessante Frühwerk eines englischen Impressionisten, entstanden kurz vor der Hauptphase seiner Schaffenskraft. Ein Jugendwerk, in dem man erst auf den zweiten Blick das große Talent des Künstlers erkennen konnte. Wenigstens hatte sie den sicheren Geschmack bei der Auswahl von Kunst von ihm geerbt. Sie konnte sein Schweigen nicht länger ertragen.

»Gefällt's dir nicht?«

»Doch, doch.«

»So sieht man ja gar nichts. Ich hol's mal raus.«

»Nein, wir fahren.« Suchend blickte er sich nach seinem Fahrer um. »Wo steckt denn Gerlach?«

Triumphierend blickte sie ihn an. »Der ist schon weg. Mit meinem Flitzer.«

Für die nächsten Stunden gehörte er nur ihr.

»Dann kommt dein Wagen wenigstens einmal sicher nach Hause«, knurrte Helms. Er sah dem Erlebnis, von seiner Tochter chauffiert zu werden, ohne übermäßige Begeisterung entgegen. »Und wir fahren bitte auch ohne Geschwindigkeitsübertretung.«

Ihr Lachen mischte sich mit dem Glockengeläut der Kapelle. Helms sah auf die Uhr. Sie nützte den Augenblick. Liebevoll nahm sie ihm seine Zigarre aus der Hand.

»Und ohne Zigarre. Denk an deine Bronchien.«

Helms gab ein künstliches Husten von sich.

»Das ist nur der Entzug.«

Er entdeckte einen jungen Mann, der sich auf dem Weg ins Refektorium befand.

»Ah, der junge Reusch. Was für ein netter Zufall.«

Katharina war für einen Moment abgelenkt, Helms schnappte sich erstaunlich schnell wieder seine Zigarre, lachte triumphierend und hielt sie in die Luft, während seine Tochter vergeblich danach zu greifen suchte.

»Oh, du ...«

»Das kommt davon, wenn man allzu sehr nach den Männern schielt.«

Katharina warf einen betont flüchtigen Blick auf Reusch, der sichtlich erfreut auf sie zusteuerte.

»Bestimmt meditiert er mal wieder. Wie bringe ich Gott und die Finanzen in Einklang?«

»Das ist auch eine sehr schwierige Aufgabe.« Helms brachte seine Zigarre endgültig in Sicherheit. »Du hast hier auch mal sehr gerne meditiert.«

»Da war ich dreizehn.«

Helms ging auf Reusch zu, der ihn respektvoll begrüßte. Seine Worte schienen Helms zu amüsieren. Katharina wusste, ihr Vater besaß eine unnachahmliche Art, wenn er amüsiert war, seinem Gesprächspartner die Erlaubnis zum Lachen zu erteilen. Reusch lachte. Katharina sah auf die Uhr, zündete sich enttäuscht eine Zigarette an und packte das Gemälde wieder ein. Sie musterte den Beifahrersitz.

Er erinnerte sie an den leeren Stuhl, der nach wie vor bei jedem Essen zwischen ihr und ihrem Vater stand. Sie hatte sich nur deswegen so liebevoll um ihre herzkranke Mutter gekümmert, weil sie hoffte, dafür seine Anerkennung zu finden. Genützt hatte es nichts. Ihre Mutter war zwei Wochen vor Katharinas fünfzehntem Geburtstag gestorben. Sie fragte sich, wer eines Tages auf diesem Stuhl sitzen würde. Reusch bestimmt nicht. Der lachte inzwischen auch nicht mehr, sondern hörte ihrem Vater aufmerksam zu. Das würde noch länger dauern. Heftig zog sie an ihrer Zigarette. Ebenso wie ihre Mutter rauchte sie viel zu viel.

Überall wo Steinfeld auftauchte, kam Leben in die Menschen, ihre Stimmen wurden heller, ihr Lachen lauter. Gerade die einfachen Menschen liebten ihn, die Sachbearbeiterinnen in ihren Wollkostümen, die jungen Schalterheinis mit den schmalen Krawatten, die ausgebrannten Kleinkundenberater in den fünf Jahre alten Lodenanzügen. Für jeden hatte er, selbst wenn er noch so sehr unter Druck stand, den passenden Satz. Im Gegensatz zu all den herrschsüchtigen, missgelaunten, jähzornigen Vorgesetzten, mit denen sie normalerweise konfrontiert waren, vermittelte Steinfeld ihnen die Gewissheit, dass auch das Spiel mit Geld letzten Endes nur ein Spiel war, das unter seiner Anleitung sogar Spaß machen konnte.

Als er die Münchner Zentrale von Reusch, Henschel & Co betrat, erhoben sich alle erfreut von ihren Plätzen. Sein linker, inzwischen eingegipster Arm steckte in einer schwarzen Schlinge, die ihm gut stand und allgemeines Mitgefühl erweckte, selbst das von Reusch.

Reusch junior war der Sohn des Hauptgesellschafters der größten westdeutschen Privatbank, ein junger, athletisch gebauter Mann Ende zwanzig mit blondem Haar, forschen Gesichtszügen und einem Abschluss in Betriebswirtschaftslehre, der ihm ohne seine verwandtschaftlichen Verbindungen eine erfolgreiche Berufslaufbahn unter Garantie verbaut hätte. Aber Reusch war ein Mann der Praxis, hemdsärmelig, skrupellos, schnell. Mittlerweile leitete er höchst erfolgreich die Investmentabteilung in der größten Münchner Filiale. Er erhob sich von seinem Platz und streckte Steinfeld die Hand hin. Ihm, der jeden Tag unzählige Hände schüttelte, fiel wieder einmal auf, dass Steinfeld einen ganz eigenen Händedruck besaß. Er hätte ihn mit verbundenen Augen unter tausenden wiedererkannt. Nicht betont kräftig, wie bei all diesen Idioten, die im Wochenendseminar gelernt hatten, ein energischer Händedruck lasse auf eine energische Persönlichkeit schließen, aber auch nicht weich. Er fuhr Reusch nur ganz kurz mit den Fingerkuppen die Handfläche entlang, ehe er kurz zudrückte, ließ seine Zähne aufblitzen und sagte zum Auftakt: »Das war nur das Vorspiel. Jetzt beginnen wir mit dem richtigen Sex.«

Reusch, der alles andere als homosexuell war, konnte nicht verhindern, dass er das aufregend fand. Steinfeld entging es nicht. Es war nichts von Bedeutung. Nur ein kurzer Blick über eine verbotene Mauer, ehe sie sich wieder in die Räumlichkeiten zurückzogen, in denen ihre Gedanken von morgens bis abends wohnten. Unter der Bedingung völliger Verschwiegenheit erzählte Steinfeld von dem sagenhaft günstigen Preis, für den er persisches Öl eingekauft habe. Sein angeblicher Einkaufspreis lag zehn Prozent über dem, was Steinfeld Semjuschin tatsächlich bezahlte, ließ aber Reuschs Ohren dennoch klingeln. Nun befand sich Steinfeld auf der Suche nach einer geeigneten Raffinerie. Zwei holländische Firmen hatten ihm unter fadenscheinigen Vorwänden kurzfristig abgesagt.

»Dabei biete ich fantastische Einstiegskonditionen.« Steinfeld nahm einen Schluck von dem Kaffee, den Reusch extra für seinen Besuch mit etwas Zichorie hatte aromatisieren lassen. »Ich habe das deutliche Gefühl, irgendjemand sabotiert mein verbraucherfreundliches Öl.«

Reusch senior hatte inzwischen die Bank betreten. Er trug die für den bayrischen Geldadel typische Trachtenkleidung, die ihn wie eine schlechte Imitation seiner eigenen Bankberater aussehen ließ. Bei dem Anblick spannten sich die Mundwinkel seines Sohnes Albert zu einem künstlichen Lächeln.

»Wahrscheinlich mein Alter. Er hat es immer noch nicht ver-kraftet, dass wir damals nicht die Ölquellen von Baku erobert ha-ben. Rechts von ihm steht nur noch Dschingis Khan. Weißt du, was er neulich so nebenbei hat fallen lassen: Meine braunen Schuhe ste-hen immer geputzt im Schrank.« Halblaut fügte er hinzu: »Arsch-loch.« Er warf Steinfeld einen verschwörerischen Blick zu. »Wahr-scheinlich hat er mein Büro verwanzt.« Und noch einmal, lauter: »Arschloch!«

Die anderen Mitarbeiter der Vermögensabteilung und einige Kunden wandten erstaunt, teilweise empört die Köpfe. Reusch se-nior tat so, als habe er nichts gehört. Steinfeld schüttelte in gespiel-ter Empörung den Kopf: »Albert, du bist völlig durchgeknallt!«

»Ich? Du bist der Spinner. Billiges Öl! Sozialist! Zeig mal deine Hände her! Sind da immer noch Kohlespuren dran?«

»Ich hab das letzte Mal vor drei Jahren unter Tage malocht.«

Reusch hatte Steinfelds Hände gepackt und unterwarf sie einer kritischen Überprüfung.

»Könnten trotzdem mal 'ne anständige Maniküre vertragen, hier.« Er stopfte Steinfeld eine Visitenkarte in die Tasche. »Die be-dient dich gut. Weißt du, was wir machen sollten?« Seine Augen glänzten wie die eines kleinen Jungen, der im Begriff steht, seinem Lehrer Knallfrösche in den Briefkasten zu stecken. »Wir sollten die gesamte deutsche Finanzwelt mit Drogen unterminieren.«

Er sah sich vorsichtig um, zog etwas aus der Innentasche sei-nes absichtsvoll an Halbwelt erinnernden Nadelstreifenjacketts und präsentierte Steinfeld voll diebischer Freude ein Stück Würfel-zucker, das er aus einem Stanniolpapier wickelte. »Und weißt du, wo wir den Anfang machen? Bei der blöden Zicke Amann.«

Damit war eine puppenhafte Blondine in grauem Rock und wei-ßer, durchscheinender Bluse gemeint, die sich gerade im intensiven Kundengespräch befand. Der Stoff der Bluse erfüllte voll und ganz seinen Zweck. Ihr Kunde interessierte sich offensichtlich mehr für die Konturen ihres Oberkörpers als für die Konsequenzen ihrer Sanierungsvorschläge. Der Inhalt ihrer Bluse gehörte seit drei Mo-naten Reuschs Vater. Seitdem war sie Alberts erklärter Liebling.

»Mein Alter soll heute Abend endlich mal ihr wahres Tempera-ment kennen lernen, wenn du verstehst, was ich meine.«

Er ließ mit zwei Fingern den Zuckerwürfel in seine noch unbe-rührte Kaffeetasse fallen.

»Du wirst ihr jetzt den Kaffee rüberbringen, von mir nimmt sie ihn nicht.«

Steinfeld zierte sich.

»Das kann ich nicht machen, Albert.«

»Feigling!«

»Nicht umsonst«, fügte Steinfeld lächelnd hinzu. Reusch nickte langsam. Das war der Sex, für den er jede Frau stehen ließ. Der Deal bahnte sich an.

»Okay. Ich hab wirklich einen Riesentipp für dich, erste Sahne.«

»Und der lautet?«

Reusch schüttelte den Kopf, wies auf den Kaffee.

»Lauf, Hasso, lauf.«

Steinfeld schüttelte den Kopf. »Du gehst zu oft mit deinem Alten auf die Jagd.«

Er nahm den Kaffee, brachte ihn mit einigen freundlichen Worten der Blondine, kehrte zurück. »Und?«

Reusch goss sich genüsslich eine neue Tasse Kaffee ein und ließ Steinfeld zappeln. Das war der schönste Augenblick, eine Art Niemandsland vor dem Orgasmus. Für diese wenigen Sekunden waren er und Steinfeld ein perfektes Paar. Er reicherte seinen Kaffee sorgfältig mit Milch und Zucker an, rührte um.

»Wenn die Käsköpfe dich sabotieren, versuch's doch mal in Belgien. Die Belgier sind immer zu jeder Sauerei bereit.«

»Welche Belgier genau?«

»Bei der Systec tut sich was. Die Familie will verkaufen.«

»Wieso? Die stehen doch prima da.«

»Das ist es ja. Die haben einfach kein Interesse mehr. Dolce Vita. Aber du musst dich beeilen. Hast du denn die Erlaubnis für dein persisches Sonderangebot vom alten Juras schon so ganz schriftlich?«

»Krieg ich jederzeit. Der Aufsichtsrat frisst mir aus der Hand.« Er warf Reusch einen scheinbar bedauernden Blick zu. »Für den Deal heirate ich notfalls sogar seine Tochter.«

»Das kannst du dem armen Mädchen nicht antun.«

»Wir machen 'ne Doppelhochzeit. Du und die Amann ...«

»Bleibt sie wenigstens in der Familie ...«

Belustigt betrachteten sie die ersten Erfolge ihrer Sabotage der seriösen Finanzwelt: Der alte Reusch wollte seine Geliebte im Beisein eines Kunden förmlich begrüßen. Sie jedoch musterte entsetzt seine ausgestreckte Hand, stand auf, wich angstvoll vor ihm zurück. Offensichtlich löste der Anblick ihres väterlichen Geliebten unter LSD Horrorvorstellungen bei ihr aus. Reusch senior schüttelte perplex und ärgerlich den Kopf, folgte ihr, sie flüchtete sichtlich verwirrt mit wackligen Schritten, die nur mit Mühe den Weg zwischen den Schreibtischen hindurch fanden. Reusch junior hatte Mühe, nicht laut zu lachen, und schlug Steinfeld auf den Oberschenkel. Nach einem kurzen Blick von Steinfeld zog er seine Hand zurück.

»Das ist aber mehr wert als so 'n müder Tipp«, sagte Steinfeld.

»Auf die Systec wäre ich auch alleine gekommen.«

»Was willst du denn noch?«

Steinfeld lehnte sich lässig in seinem Stuhl zurück.

»Na, die Finanzierung.« Kleine, charmante Pause. »Sonderkonditionen.«

Der Irrlauf der Amann eskalierte. Die Reaktion der Bankmitarbeiter und Kunden schwankte zwischen krampfhaftem Wegsehen und hilflosem Aktionismus. Jetzt stieß sie bedauernswert heftig gegen einen Tisch, fiel über einen Stuhl, stürzte zu Boden, schrie auf.

Steinfeld eilte zu ihr, half ihr mit seinem gesunden Arm hoch.

»Was passiert?«

Sie hatte sich wirklich wehgetan. Trotz der Drogen verzog sie schmerzvoll das Gesicht, lächelte ihren Retter verwirrt an.

»Dankeschön.«

Ihre Stimme klang schleppend. Steinfeld richtete sie sanft auf. Der alte Reusch kam dazu, ehe sie sich erneut bedanken konnte. Er nickte Steinfeld so knapp wie möglich zu und führte seine Geliebte wie ein Gerichtsdiener ab. Im Gegensatz zu Steinfeld hielt sich Reuschs Mitleid in engen Grenzen.

»Werden das schöne Stunden!«

»Ja«, retournierte Steinfeld, »so temperamentvoll war sie bestimmt noch nie. Viereinhalb Prozent?«

»Fünf ...«

Steinfeld bestand auf viereinhalb. Sie ließen es noch einen Moment in der Schwebe, genossen es beide, dann schlug Reusch seine Hand in Steinfelds offene Handfläche. Der Deal war perfekt. Steinfeld hing an seinem Kredithaken. In seinem Schädel brannte ein mittelgroßes Endorphin-Feuerwerk ab.

»Halsabschneider!« Reusch grinste.

Steinfeld beugte sich verschwörerisch nach vorne. »Durch den

Deal werden sie ganz oben auf uns aufmerksam. Garantier ich dir.«

Reusch sah ihn verständnislos an. »Wie, ganz oben? Wen meinst du?«

»Wen wohl? Helms.«

Reusch runzelte die Stirn. »Ich kenn 'ne Menge Leute, die wären froh, nie seine Aufmerksamkeit erregt zu haben.«

Steinfeld schüttelte den Kopf.

»Du musst mit dem Mächtigsten paktieren, um ihn vom Thron zu stoßen.« Er erhob sich und klopfte Reusch zum Abschied auf die Schulter. »Insofern bist du sicher vor mir.«

Reuschs gut gelaunter Blick erlosch, nachdem Steinfeld aus seinem Gesichtsfeld verschwunden war. Er paktierte längst mit Helms, mehr als Steinfeld lieb sein konnte.

2. Kapitel: Juni 1966

Das Restaurant des Grandhotels in einem kleinen Kurort, fünfzig Kilometer südlich von Bonn, bestrafte seine Besucher durch eine rigorose Schwarzweiß-Farbgebung der Inneneinrichtung, was allerdings durch eine erlesene Speisekarte und guten Wein etwas gemildert wurde. Steinfeld war bisher erst einmal hier gewesen, nach seinem bestandenen Abitur. Sein Vater, ein Bergbauingenieur, dessen kranke Lunge einen Kuraufenthalt erzwungen hatte, hatte seine Frau und seinen Sohn angesichts der glänzenden Noten des jungen Steinfeld in das damals noch wilhelminische Biederkeit atmende Restaurant ausgeführt.

Der Kuraufenthalt war leider nicht von Erfolg gekrönt gewesen. Steinfelds Vater starb zwei Jahre später und seine Frau folgte ihm kurz darauf. Der Schicksalsschlag war für Steinfeld nicht so schwer, wie man hätte vermuten können. Durch seinen Aufenthalt im Internat einer nationalsozialistischen Eliteschule waren ihm seine kleinbürgerlichen, streng religiösen Eltern bereits früh entfremdet und er hatte ihre innige, von Alltäglichkeiten bestimmte Liebe füreinander nie nachvollziehen können. Bei vielen seiner Besuche, übrigens auch bei der Feier in diesem Restaurant, war er sich vorgekommen wie ein Außerirdischer, der auf seiner wunderbaren und rätselhaften Odyssee Station in einem Kleinstadtbahnhof machen musste. Trotzdem war er heute hier, trug zur Feier des Abends einen cremefarbenen Anzug aus Rohseide, der ausgezeichnet zu seinem elegant gescheitelten hellbraunen Haar und seiner Armschlinge passte. Sein Handgelenk schmerzte bei unbedachten

Bewegungen noch leicht. Wie immer hatte er sich zu dieser Feier überwinden müssen, und wie immer feierte er allein mit einem kunstvollen Arrangement aus drei Tellern, vier Gläsern, erlesenem Silberbesteck und beflissenen Kellnern. Dabei überließ er das Personal, seine Umgebung und möglicherweise auch ein wenig sich selbst der Erwartung, es könnten noch weitere Personen kommen. Eingeladen hatte er niemanden, denn die Sorte Mensch, die ihm in seiner momentanen Melancholie sinnvoll hätte Gesellschaft leisten können, existierte seiner festen Überzeugung nach nicht. Er konnte nur den Weg zum Erfolg genießen, niemals den Erfolg. Auf dem Höhepunkt stürzte er sich stets auf einen neuen Anfang, um nicht innehalten zu müssen. Nirgendwo war die Luft so dünn, waren Gefühle und Gedanken zu derart ausweglosen Kreisen verflochten wie nach der Überwindung der entscheidenden letzten Meter. Heute hatte er beschlossen, sich wenigstens zwei Stunden mit einem kleinen Souper unter dem Gipfelkreuz seines Erfolges zu quälen. Es kostete ihn zweihundertfünfzig Mark und drei charmante Bemerkungen, das Personal zu überreden, die Hausanlage für seine Lieblingssymphonie von Haydn zu missbrauchen.

Während er den Melodien der Oxfordsymphonie lauschte und hoffte, deren spielerische Leichtigkeit würde auch die Takte seines Gemüts wieder etwas beschleunigen, bahnte sich auf seinen Wink ein Hotelpage mit den Abendzeitungen seinen Weg an den Tisch. Über die Schlagzeilen erfuhr die Öffentlichkeit von der spektakulären Übernahme der belgischen Raffinerie Systec durch die Juras AG. Die Juras AG erwarb so zum ersten Mal die Möglichkeit, gekauftes Rohöl selbstständig zu veredeln. Ein Foto von Steinfeld unterhalb der Schlagzeilen ließ auch andere Gäste neugierig ein Exemplar erwerben. Unter ihnen befand sich eine junge, in einen eleganten Hosenanzug gekleidete Dame, die dem Aschenbecher nach zu urteilen seit längerem allein an einem Tisch saß und wartete. Ihr Blick und der von Steinfeld kreuzten sich kurz, als sich Steinfeld nach dem Pagen umdrehte, der bereits wieder enteilen wollte. Steinfeld streifte seine Armbanduhr – die dreizehnte dieses Jahres – vom Handgelenk und überreichte sie dem fassungslosen Jungen als Trinkgeld. Das verstärkte den süßen Schmerz der Feier.

Ein Kellner brachte ein Weinglas, gefüllt mit einer öligen Flüssigkeit, an Steinfelds Tisch.

»Von der Dame da drüben. Mit der Bitte, es nicht zu trinken.«

Es handelte sich um Salatöl. Nicht unoriginell. Sie nickte ihm spöttisch zu und hob ihm ihr Glas entgegen. Er schob seinen Stuhl zurück und trat an ihren Tisch. Das Erste, was ihm an ihr auffiel, war ihre sehr helle Gesichtshaut und das intensive Grün ihrer Augen. Sie erinnerten an zwei kalte Gebirgsseen, umgeben von verschneiten Gletschern.

»Das hat mir heute Abend noch gefehlt. Eine schöne Frau.«

Sie lächelte, als könnte sie die Doppeldeutigkeit seiner Worte verstehen.

»Darf ich Sie an meinen Tisch bitten?«

»Bleiben Sie lieber hier«, sagte Katharina Helms. »Mein Tisch ist größer.«

Er nahm ihr gegenüber Platz. »Gerne.«

Sie warf einen Blick auf das einsame, mit Salatöl gefüllte Glas auf Steinfelds Tisch.

»Sie hätten Ihr Öl mitnehmen sollen. Mehr werden Sie nämlich in absehbarer Zeit nicht kriegen.«

»Darf ich fragen, wer Sie sind?«

Sie warf den Kopf zurück und das Deckenlicht legte kurz einen goldenen Glanz auf ihre Augen.

»Spielt das eine Rolle? Wer allzu intensiv nach seiner Persönlichkeit sucht, stellt am Ende fest, dass er überhaupt nicht existiert. Sie jedenfalls haben aufgehört zu existieren, beruflich. Aber das wird Ihnen mein Vater gleich erklären.«

Steinfeld vermochte nicht genau zu sagen, wie sie das machte, aber er nahm sie auf Anhieb ernst. Sie wusste mehr über seine Geschäfte als er und er kannte nicht einmal ihren Namen. Steinfeld lächelte sein Katastrophenlächeln. Eigentlich habe er heute Abend ausnahmsweise einmal nicht über berufliche Angelegenheiten reden wollen, er habe frei.

Als Antwort winkte sie dem Kellner und bestellte zwei Pils. Sie kannte sein Lieblingsgetränk. Er konterte mit einem Scherz. Wenn ihre Andeutungen zutrafen, sollte er wohl auch zukünftig bei kostengünstigen Getränken bleiben. Gleichzeitig überlegte er fieberhaft, welchen Fehler er gemacht hatte. Die richtige Information zum richtigen Zeitpunkt, darum drehte sich alles. Sie führte mit zwei Punkten. Es blieb ihm nichts anderes übrig, als charmant nachzuhaken. Natürlich hatte ihr Auftritt etwas mit seinem Ölgeschäft zu tun. Er versuchte erneut, ihren Namen zu erfahren.

Sie ermahnte ihn lächelnd zur Geduld. Der Kellner brachte die Getränke und Steinfelds Essen an den Tisch.

Steinfeld lud auch sie zum Essen ein, Katharina prostete ihm zu.

»Zum Essen gehen doch nur Spießer.« Über die Hälfte ihres Pilsglases verschwand auf Anhieb in ihrem Mund und floss mühelos einen schwanengleichen Hals hinab. Sie wischte sich etwas übertrieben den Mund ab, eine satirische Anspielung auf Steinfelds proletarische Vergangenheit. »Wirkt doch viel besser auf nüchternen Magen. Aber lassen Sie sich nicht stören.«

Sie lächelte kurz und blies Steinfeld den Rauch ihrer Zigarette ins Gesicht. Steinfeld hustete. Ihre Bitte um Verzeihung war eine einzige Provokation. Er schob seinen Teller zur Seite. Seine Bewegungen wirkten weiterhin ruhig und gelassen.

»Ich hab mal gelesen, der Rauch sei der Atem der Toten.«

Sie lachte kurz auf. »Wo haben Sie das denn her? Karl May?«

»Ich bin ein Mann des Volkes. Und wenn's nach Ihnen geht, werd ich das wohl auch bleiben.«

»Kein Schatz im Silbersee? Sie geben aber schnell auf.« Sie blies einige Rauchkringel über den Tisch. »Die magischen Kreise ins Jenseits. Mit wem wollen Sie Kontakt aufnehmen?«

In diesem Augenblick sah er Helms. Er kannte ihn bisher nur von den wenigen Fotos, die in der Öffentlichkeit kursierten, und musste zweimal hinschauen, um den Vorstandsvorsitzenden einer der größten deutschen Banken zu identifizieren. Helms war bedeutend kleiner, als er ihn sich vorgestellt hatte, auf zehn Meter Entfernung wirkte er wie der Heiratsschwindler, den Chaplin in seiner letzten großen Rolle gegeben hatte. In der Öffentlichkeit bewegte sich Helms unsicher und tastend. Einer der Kellner half ihm aus dem Mantel. Helms verzog das Gesicht, als befürchte er, sich mit einer lästigen Krankheit zu infizieren. So sehr er Überraschungen und ihre Gewinn bringende Handhabung im Geschäftsleben genoss, in seinem Privatleben tat er alles, um sie zu vermeiden. Dabei war seine Angst, mit etwas Unerwartetem, Unbekanntem, Unkontrollierbarem konfrontiert zu werden, grundlos. Niemand im Restaurant erkannte ihn. Sein Bild erschien nicht in Zeitungen. Nur in Finanzkreisen und unter Politikern erzeugte sein Name den nötigen Donnerhall, um die Geschicke der Republik Gewinn bringend mit denen der Hermes-Bank zu verbinden, in der breiten Öffentlichkeit war nicht einmal ein schwaches Echo davon zu spüren. Als Helms im Windschatten eines Kellners auf ihren Tisch zusteuerte, wusste Steinfeld, dass er auf ganzer Linie verloren hatte.

»Du hattest Recht. Er trinkt wirklich am liebsten Pils«, begrüßte ihn Katharina.

Steinfeld erhob sich und reichte Helms die Hand: »Herr Helms, welche Ehre.«

Die Hand von Helms war kühl und mit Altersflecken bedeckt. Seit dem Tod seiner Frau trug er, dicht nebeneinander, zwei schlichte Eheringe aus dunklem Gold. Steinfelds rätselhafte Tischdame, die nicht aufgestanden war, rief ihm respektlos zu: »Die Galerie können wir vergessen. Du bist wieder mal anderthalb Stunden zu spät.« Sie bedeckte voller Ironie ihren Mund mit der Hand. Ihre langen, durchsichtig lackierten Fingernägel wirkten wie Insektenflügel, die auf einer roten Blume Platz nahmen. »Oder war das bereits Teil des Tests? Mein Vater liebt es, Menschen auf die Probe zu stellen: Indem er sie warten lässt, überprüft er ihre Selbstbeherrschung.« Sie wandte sich wieder direkt an ihren Vater: »Darf ich die Liquidation übernehmen?«

»Darf ich mich erst mal setzen?«

Steinfeld schob den freien Stuhl zwischen sich und Katharina zurück, Helms nahm mit einer langsamen Gründlichkeit Platz, die auf orthopädische Probleme schließen ließ.

»Wenn ich schon Jura studieren muss«, Katharina bestellte Champagner und frisches Pils, »will ich 's wenigstens auch anwenden.« Ihre Augen richteten sich wieder direkt auf Steinfeld. »Sie sind pleite.«

Die Katastrophe in den Träumen war immer reizvoll, in der Wirklichkeit bereitete sie zunächst nur Bauchschmerzen. Steinfeld zwang sich zu einem Lächeln: »Darauf trinken wir.«

Sie stießen zu dritt an, Helms mit Champagner, die beiden jungen Leute mit Pils.

Steinfeld verstand die Details noch nicht ganz, Helms bestellte nach dem ersten Schluck Champagner einen fünfzehn Jahre alten französischen Rotwein und überließ es seiner Tochter, Steinfeld aufzuklären. Die belgische Firma, die Steinfeld so kostengünstig erworben hatte, dass alle Zeitungen ihn als den neuen Sunnyboy des deutschen Wirtschaftswunders feierten, hatte bei ihrer letzten Bilanz nicht bezahlte Aufträge einer bankrotten australischen Firma als Einnahme verbucht. Das würde zu Wertberichtigungen in zweistelliger Millionenhöhe führen.

Steinfeld begriff: Er hatte eine bankrotte Firma gekauft und konnte den Deal nicht mehr rückgängig machen. Er war selbst ein wenig schockiert darüber, dass er keinerlei Angst oder gar Reue empfand. Im Gegenteil, seine Melancholie war schlagartig verflogen und seine Gedanken bewegten sich wie Lichtstrahlen in einem finsteren Raum.

»Ich gebe zu«, sagte er, während Helms ihn vollkommen reglos fixierte, »ich habe alles getan, um Ihre Aufmerksamkeit zu erregen. Dass ich mich dabei aber gleich völlig ruinieren muss ...«

»Machen Sie sich nichts draus«, erwiderte Katharina, »das geht den meisten Menschen so.«

Natürlich glaubte sie ihm sein Lächeln nicht. Während sie sprach, testete sie auf ihre Art den Grad seiner Selbstbeherrschung. Sie schlüpfte unter dem Tisch aus einem ihrer Schuhe und begann mit bloßen Zehen durch den Stoff der Hose an seiner Wade entlangzustreichen. Langsam glitten ihre Zehen höher. Steinfeld entfuhr ein Laut der Überraschung. Mit einem Angriff dieser Art hatte er in der Tat nicht gerechnet. Vor allem nicht mit einer derart stimulierenden Wirkung. Sie fragte unschuldig, ob sie die Musik abstellen lassen solle. Steinfeld behauptete mit zusammengebissenen Zähnen, er genieße sie nach wie vor. Was konnten ihm die nackten Zehen einer Frau anhaben? Er beschloss, sich auf ihr Gesicht zu konzentrieren, doch das war, wie er überrascht feststellte, keine hilfreiche Idee. An ihrem Aussehen konnte es nicht liegen. Er war an schöne Menschen gewöhnt wie andere Leute an ihr Mittagessen und schöne Menschen ließen ihn gewöhnlich so kalt wie schöne Blumen. Es lag daran, dass sie ihm überlegen war, zumindest im Augenblick. In seinem Gefühlsleben gab es nichts Erotischeres, als zu demütigen oder gedemütigt zu werden, und sie suggerierte ihm mit jedem Blick, mit jeder kleinen Geste, dass sie seine Mechanismen durchschaute und dazu auserkoren war, ihm bisher unbekanntes Neuland zu erschließen.

»Es kann nicht wahr sein, dass eine Frau, die ich zum ersten Mal sehe, so etwas mit mir macht«, dachte er. Alle Erfolge in seinem bisherigen Geschäftsleben waren davon gekennzeichnet, dass er völlig unempfänglich für weibliche Reize war. Im Grunde war das der Schlüssel all seiner Eroberungen und das sollte auch so bleiben. Er beschloss, sein Blut und seine Nervenbahnen zu beruhigen und ihren Vater ins Spiel zu bringen. Während ihre Zehen noch etwas höher krochen, bot er Helms an, ihm Wein nachzuschenken. Helms ließ den Schluck auf der Zunge zergehen.

»Die Kreditzusage der Reusch-Bank können Sie unter diesen Umständen vernachlässigen.«

Das war es also. Helms hatte Reusch benützt. Ihn an einem netten Nachmittag mit einem kleinen LSD-Joke den Köder in Form der Systec für Steinfeld auslegen lassen. Und er war wie ein Anfänger auf das Pubertätsspielchen ›wir legen die Schnalle meines Vaters aufs Kreuz‹ reingefallen. Jetzt lag er auf dem Rücken und zappelte hilflos mit den Füßen.

»Gute Freunde muss man haben.«

Helms stellte sein Rotweinglas ab. »Gute Partner genügen. Sie sind ein vielversprechender Mann, ein wenig zu vertrauensselig. Das gewöhn ich Ihnen ab. Sie glauben doch nicht im Ernst, die internationalen Ölgesellschaften dieser Welt würden zulassen, dass ein junger westdeutscher Manager ihnen mit billigem sowjetischem Öl Konkurrenz macht?«

Das konnte er nicht von Reusch haben. Weder der Aufsichtsrat noch Juras wussten von der wirklichen Herkunft des Öls.

»Lassen Sie die Finger davon. Sie haben sich bereits einen Arm gebrochen.«

Für Steinfeld gab es nur einen Geheimdienst, der gut genug war, um das herausfinden zu können, und es waren mit Sicherheit nicht die ehemaligen Gestapo- und SS-Leute aus Pullach. Fälschlicherweise tippte er auf die CIA. Von Helms' intensiven Kontakten zur katholischen Kirche und deren geheimdienstlichen Qualitäten ahnte er noch nichts.

»Wenn ich mich mit Ihren amerikanischen Freunden einlasse, breche ich mir das Genick.« Steinfeld hob kurz seinen lädierten Arm. »Das dagegen verheilt schon wieder.«

Helms musterte ihn wie ein Krokodil, das im Schlamm liegt und auf Beute wartet.

»Ich pflege nur Angebote zu machen, junger Mann, wenn ich die Sache, die ich will, im Grunde bereits besitze.«

Steinfeld spürte, wie Wut in ihm hochstieg.

»Das werden wir ja sehen«, sagte er.

Er wollte aufstehen. Katharina war mit dem Fuß in sein Hosenbein gefahren. Ein amouröser Anker, der ihn unter dem Tisch festhielt.

»Was wissen Sie über Russland?« Ihre Stimme klang ruhig und sachlich. Keine Spur mehr von Spott. Helms und seine Tochter waren ein perfekt eingespieltes Team. Sie war seine Musterschülerin. Steinfeld war sicher, dass sie bedeutend mehr über Russland wusste als er. Es hatte keinen Sinn, ihr etwas vorzumachen. Damit würde er sich nur blamieren. Er beschloss, ehrlich zu sein.

»Ich hab eine dieser Holzpuppen auf meinem Schreibtisch. Wenn man sie öffnet, kommt die nächstkleinere zum Vorschein, die völlig anders ist. Ich mach jedes Jahr an Weihnachten eine auf. Ich hab erst zwei aufgemacht. Ich will wissen, wie 's weitergeht.«

»Ich dachte immer, die sind völlig identisch, bis auf die Größe.«

»Meine nicht.«

Es handelte sich um Veras Abschiedsgeschenk. Er und Semjuschin hatten auf dem Flugplatz von Tiflis beschlossen, sich aus Geheimhaltungsgründen in Zukunft in Teheran zu treffen, mit bescheidenem Erfolg, wie man jetzt sehen konnte.

Vera hatte sofort begriffen, dass sie Steinfeld sehr lange nicht mehr sehen würde. Diesmal hatte sie nicht geweint, im Gegenteil, sie war sehr tapfer gewesen. Sie hatte ihre Mutter am Arm in einen der Souvenirläden gezogen und ihm kurz vor dem Abflug einen kleinen, in rotes Geschenkpapier eingepackten Karton überreicht, in dem sich ein Satz russischer Holzpuppen befand. Jedes Jahr an Weihnachten müsse er eine der Puppen öffnen, hatte sie ihm erklärt, und spätestens in fünfzehn Jahren, wenn er alle Gesichter der Puppe kenne, solle er sie wieder besuchen.

Steinfeld hatte sich gebückt und ihr in die Augen gesehen. »Dann bist du zwanzig«, hatte er gesagt und schelmisch gegrinst. »Okay, da komm ich wieder.«

»Du sollst nicht lachen«, hatte sie erwidert. »Du sollst es versprechen.«

»Und dabei darf ich nicht lachen?«

»Nein. Immer wenn du lachst, schwindelst du.«

Er erinnerte sich an ihren ernsthaften, unschuldigen Blick, den er neben seinen anderen Schätzen für immer im Tresor seiner magischen Erinnerungen gespeichert hatte. Ob die Frau auf der anderen Seite des Tisches auch einmal jemanden so angesehen hatte? Er konnte sich nicht vorstellen, dass diese grünen Augen jemals unschuldig gewesen waren. Ihre nackten Zehen auf seiner Haut erregten ihn erneut.

»Die russischen Frauen verschleppen ihre Männer immer nach Sibirien«, sagte sie mit einer tiefen, nach zu vielen Zigaretten klingenden Stimme, »in eisige Kälte und Verbannung.«

»Und die Männer gehen da so einfach mit?«

»Ja. Sonst wären sie keine Männer.«

Er fragte sich, wie weit sie in Gegenwart ihres Vaters gehen würde, und schickte einen intensiven Blick über den Tisch.

»Das Gras der russischen Steppe besitzt exakt die Farbe Ihrer Augen.«

»Wie schön für das Gras.«

Sie wich zum ersten Mal aus, blies ihren Rauch gegen die Tischplatte, von wo er aufstieg und sich wie eine Tarnkappe vor ihr Gesicht legte. Er konnte ihr Interesse an ihm spüren, und, wie einen Gegenwind, ihre Abwehr. Helms wurde ungeduldig.

Was wollte dieser Steinfeld wirklich? Ganz nach oben oder ganz nach unten? Er sollte sich bitteschön schnell entscheiden.

Steinfeld lächelte sein Mir-gehört-die-Welt-Lächeln. Dieses Lächeln konnte ihn überall hintragen. Vor dem Spiegel nannte er es sein Siebenmeilenstiefellächeln.

»Was ich will? Ganz einfach: Ich will dahin, wo Sie sitzen. Auf Ihren Thron.«

»Das dauert noch eine Weile.«

Katharina erhob sich. Sie wünschte den beiden Männern einen anregenden Abend.

»Er wird nur halb so schön sein, wenn Sie nicht dabei sind«, sagte Steinfeld.

»Das glauben Sie nur, weil Sie mich nicht kennen.«

Sie verabschiedete sich mit einem Puschkin-Zitat: »Schlag mich tot, wir sind verloren, sind verirrt, was soll man tun? Sind vom Teufel auserkoren, und nun narrt er uns herum. Überanstrengen Sie meinen Vater nicht.« Sie legte dem alten Mann kurz die Hand auf die Schulter. »Ich möchte morgen wenigstens noch mit dir frühstücken, ehe ich wieder nach Zürich fahre.«

Er tätschelte sie mit derselben nachlässigen Freundlichkeit wie einen Jagdhund und beschränkte den zeitlichen Rahmen des Frühstücks auf fünfzehn Minuten. Sie ging. Ihre Bewegungen waren von fließender Eleganz, wie die der Eiskunstläuferinnen, deren virtuose

Pirouetten und Sprünge Steinfeld immer schon fasziniert hatten: die Verbindung von Kälte und weiblicher Erotik.

Steinfeld verfolgte die Rückseite seiner Eisprinzessin, während sie sich Richtung Ausgang entfernte. »Je weiter man auf der Leiter nach oben steigt, dachte er, umso neurotischer, skrupelloser, anspruchsvoller werden die Frauen. Aber die eigentliche Herausforderung bleibt immer dieselbe: Betrachte sie ohne Leidenschaft und finde so den Schlüssel zu ihrem Herzen.«

Helms sah seiner Tochter ebenfalls nach und schüttelte unmerklich den Kopf. Sein Gesicht drückte die ernste Sorge aus, diese Welt verlassen zu müssen, ohne die Dinge geregelt zu haben.

ZU ORDNEN, WAS DER ORDNUNG BEDARF. Lex Helms, die zweite.

»Wenn du mich brauchst, um dein Imperium zu festigen und deine Tochter zu zähmen«, dachte Steinfeld, »dann nur zu meinen Bedingungen, nicht zu deinen!«

»Wollen Sie wirklich für den Rest Ihres Lebens nach der amerikanischen Pfeife tanzen?«, fragte er.

Helms missbilligte diese zu einseitige Sicht der Dinge. Ohne sich in Gestik und Ausdruck im Geringsten zu verändern, wurde er plötzlich ein anderer. Zum ersten Mal an diesem Abend vermittelte er Steinfeld schlagartig die Gewissheit, er nehme nicht nur sein Gegenüber, sondern auch seine eigenen Worte ernst.

Es habe eine Zeit gegeben, sagte er mit halb geschlossenen Augenlidern, in der er abseits allen moralischen Entsetzens, das ihn über die Taten des nationalsozialistischen Regimes bewegte, früher vorausgesehen habe als andere, dass Deutschland den zweiten großen Krieg auf noch katastrophalere Art und Weise verlieren würde als den ersten.

Steinfeld beobachtete Helms genau, aber er konnte seine Technik nicht einordnen. Helms tat nichts und war trotzdem plötzlich ein anderer.

»Er spielt seine Emotion ausgezeichnet«, dachte Steinfeld, um sich gleich darauf zu korrigieren. Alles, was er bisher gesehen hatte, war gespielt. Dies musste der wahre Helms sein. Es gab für einen der Mitbegründer und eine der wichtigsten wirtschaftlichen Größen der Bundesrepublik keine andere Möglichkeit, als so zu sein, wie Helms jetzt war. Keine Anschuldigung würde gegen dieses Bild bestehen können. Sie würde zwangsläufig als Lüge identifiziert werden. Es war, als sei Helms in einen maßgeschneiderten Anzug aus Humanität, abendländischer Kultur und Demokratiebewusstsein geschlüpft, der ihn wie eine zweite, ebenso unsichtbare wie undurchdringliche Haut umgab. Er schwieg inzwischen und reichte damit den Ball an Steinfeld weiter. Ich weiß alles über Sie, sollte das heißen, jetzt zeigen Sie mal, was Sie über mich wissen. Steinfeld lehnte sich lächelnd zurück.

Helms hatte während des Dritten Reichs das Arisierungsprogramm der NS-Regierung auf massive Art und Weise unterlaufen, indem er möglichst viele jüdische Betriebe »seinem Hause«, wie das in Bankenkreisen hieß, zugeordnet hatte, um sie während der Kriegszeit nach bestem Wissen und Gewissen zu verwalten.

Und zum Dank für seine großartige Vermehrung jüdischen Vermögens durch den verbrecherischen Angriffskrieg der Nazis hatte Deutschland nach dem verlorenen Krieg kein neues Versailles, sondern das sensationell günstige Londoner Schuldenabkommen erhalten. Helms wehrte bescheiden ab. Das sei natürlich in erster Linie nicht sein Verdienst, sondern das von Abs gewesen. Kannte Steinfeld Abs? Der begriff sofort, dass Helms sich nach der unliebsamen Konkurrenz der Deutschen Bank erkundigte.

»Aus der Ferne«, antwortete er mit einer vagen Handbewegung.

»Um ihn aus der Nähe kennen zu lernen«, sagte Helms, »müssen Sie erst bei mir noch etwas Muskeln ansetzen.«

Er bestand jetzt darauf, dass Steinfeld seinen Rotwein probierte.

»Ich weiß, auch der beste Wein wird Ihnen nicht den Anblick meiner Tochter ersetzen. Ich gebe zu, es ist eine kümmerliche Entschädigung.«

Wie nicht anders zu erwarten, besaß Helms einen ausgezeichneten Geschmack. Er verließ sich nicht auf die üblichen Bordeauxweine, die jedermann gut finden musste, Helms bevorzugte einen erdigen, mit einem bitteren Unterton gewürzten Châteauneuf. Steinfeld musterte die gekreuzten Schlüssel auf der Flasche. Sie besaßen die Form von Tresorschlüsseln. Der Wein entstammte demselben Anbaugebiet, aus dem ihn bereits die Tempelritter bezogen hatten. Es existierten unzählige Gerüchte über ihre heute noch weit verzweigte Geheimorganisation. Zählte Helms zu den Kreuzrittern des Großkapitals? Die Templer waren die erste historisch bekannte Organisation, die Geld international verwaltet hatte. Ihre Truhen waren die ersten Schatzkammern des christlichen Abendlandes. Aus ihnen waren die Kreuzzüge finanziert worden. Helms winkte ab: »Vergessen Sie den mystischen Firlefanz, den Sie über die Templer oder andere Organisationen dieser Art gehört haben. Die Initiationsrituale. Alles Humbug.« Er lächelte und seine Lippen wurden noch etwas schmaler. »Ich hoffe, Sie erwarten nicht, dass ich Sie bei der Aufnahme in meine Bank küsse.«

»Mein Bedarf an Zärtlichkeit wird anderweitig gedeckt.«

Helms nahm es mit stoischer Miene zur Kenntnis.

»Die richtigen Männer müssen zum richtigen Zeitpunkt über die richtigen Informationen verfügen und richtig handeln. Das ist das ganze Geheimnis.«

Steinfeld nickte knapp. Das hatte er auch schon begriffen.

»Je banaler die Theorie einer Wahrheit ist«, fuhr Helms fort, als habe er Steinfelds Gedanken erraten, »umso komplizierter ist ihre praktische Umsetzung.«

Er schlug einen kleinen Spaziergang vor.

Helms' Chauffeur Gerlach, ein untersetzter Mann um die vierzig, dessen Gesichtsnarben laut Helms nicht auf Boxkämpfe, sondern auf einige Rückzugsgefechte an der Ostfront zurückzuführen waren, besaß eine unaufdringliche Dienstfertigkeit, die Steinfeld auf Anhieb sympathisch war.

»Nicht, dass Sie denken, er hätte mir das Leben gerettet«, fügte Helms hinzu. »Dafür war ich immer zu weit weg von der Front. Bis auf einige Bunkernächte, in denen ich ziemlich viel Pech beim Siebzehnundvier hatte. Das wurde allerdings durch das Glück, nicht getroffen zu werden, mehr als ausgeglichen.«

Obwohl Gerlach seit über zwanzig Jahren in Helms' Diensten stand, war keine Ähnlichkeit zwischen Herr und Diener entstanden. Gerlach hatte sich eine ungelenke Eckigkeit in seinen Bewegungen und einen starken, rheinischen Zungenschlag bewahrt. Er setzte sie an einem asphaltierten Weg ab, der sich um eine der Burgen schlang, die auf den nächtlich glitzernden Rhein und die ihn umklammernden Industriegebiete an beiden Ufern hinabblickten. Der Weg war gerade so breit, dass Gerlach ihnen in seiner Limousine im Schritttempo folgen konnte. Steinfeld wurde rasch klar, dass sie nicht wegen der malerischen Silhouette der Burg, sondern wegen der Industrieanlagen hier waren. Vom Tal drangen gedämpft die Geräusche der Nachtschicht nach oben.

»Hier gehe ich spazieren, wenn ich den Puls der Zeit fühlen will«, sagte Helms.

Steinfeld warf einen Blick auf die Halden neuer Autos, die auf den Fabrikhöfen von VAG, einem der größten westdeutschen Automobilkonzerne, in der Dunkelheit schimmerten. Im Mondlicht wirkten die in Reihen aufgestellten Karosserien wie Perlenketten des deutschen Wirtschaftswunders.

»Davon gehören Ihnen aber nur zehn Prozent.«

Helms drehte so rasch den Kopf, dass es für den Bruchteil einer Sekunde auf Steinfeld so wirkte, als wolle er wie ein alter Vampir seine Zähne in seinen Hals schlagen. »Wenn ich hier spazieren gehe, spüre ich hundert.«

Darum ging es also! Die Eroberung von VAG. Er war hier, um zu beweisen, dass sein Talent ausreichte, einen Erfolg versprechenden Schlachtplan zu entwerfen. Wenn er genügend Verstand besaß, um Helms' Strategie in der Vergangenheit richtig zu deuten, war er vielleicht würdig, seine zukünftige Strategie mitzugestalten.

Mit einer knappen Handbewegung forderte Helms ihn auf, mit seiner nicht unoriginellen Analyse der Vergangenheit fortzufahren. Steinfeld suchte nach Worten, die taktvoll genug waren, um Helms nicht zu brüskieren, denen aber genügend Schärfe innewohnte, um ihn erkennen zu lassen, dass Steinfeld seine wahren Beweggründe durchschaut hatte. Sie durchquerten einen Lichtkegel, den ein Suchscheinwerfer von der Burgmauer auf den Weg warf.

Helms hatte während des Krieges auf beide Seiten gesetzt. Er hatte für den Nationalsozialismus jüdische Betriebe enteignet und den ehemaligen Besitzern glaubwürdig versichert, er betrachte diesen Vorgang nur als Verwaltungsaufgabe bis zum Scheitern des verbrecherischen Regimes. So konnte er nur gewinnen. Vor allem, da die Frage der Zwangsarbeiterentschädigung bis zum Abschluss eines ordentlichen Friedensvertrages der Siegermächte mit Deutschland vertagt wurde. Im Gegensatz zur Weltöffentlichkeit war Steinfeld dieser eminent wichtige Aspekt des Londoner Schuldenabkommens nicht entgangen, der sich hinter einer moralisch einwandfreien, offiziellen Begründung verbarg, die Steinfeld mit unterschwelliger Ironie zitierte: »Ein ordentlicher Friedensvertrag hätte uns wieder zu einem souveränen Staat gemacht. Dafür war unsere Schuld natürlich zu groß.«

Helms nickte anerkennend.

»Ein Bankier hat schließlich keine Armee«, vollendete er Steinfelds Gedankengang mit maliziösem Lächeln. »Er besitzt nur seinen Verstand. Den muss er benützen.«

»Ich nehme an, der wichtigste Punkt des Londoner Schuldenabkommens ist, wie immer bei Verträgen dieser Art, nie zu Papier gebracht worden: Deutschland hat sich verpflichtet, nie mehr gegen die Interessen der USA und Israels zu verstoßen.«

Helms schwieg zustimmend.

WENN DU JEMANDEN NICHT BESIEGEN KANNST, UMARME IHN. Lex Helms, die dritte.

Steinfeld grinste. Er kannte die zehn Gebote.

»Finden Sie nicht, dass selbst die größte Dankbarkeit Grenzen kennen muss?«

»Das sowjetische Öl«, knurrte Helms. »Sie lassen nicht locker.«

»Wenn das von vielen guten Ideen nicht meine beste gewesen wäre, wäre ich jetzt nicht hier.«

»Drehen wir noch eine Runde?« Helms wartete die Antwort nicht ab. »Sie sind doch seit Ihrer Jugend daran gewöhnt, im Kreis zu laufen.«

Natürlich wusste er das auch. »Wahrscheinlich kennt er sogar meine damaligen Rundenzeiten«, dachte Steinfeld. »Wie liege ich wohl jetzt im Rennen?« Herausfordernd blickte er Helms an. Glaubte Helms, mit Steinfelds Charme den eisernen Vorhang durchlöchern zu können? Oder wog er ab, was schwieriger sein würde – Steinfeld seine russischen Bodenschätze auszureden oder seinen griechischen Lebenswandel?

Helms beantwortete all diese Fragen nicht, er verschränkte die Hände auf dem Rücken. Der erste Eindruck des Paters traf zu. Steinfeld war vielversprechend. Er konnte nicht nur die angenehmen Dinge verkaufen, das konnten viele, sondern auch die unangenehmen. Er konnte Menschen für sich einnehmen. Sogar seine Tochter. Wenn Katharina jemanden nicht mochte, blieb sie sitzen und genoss es, ihn mit sezierenden Fragen und beißendem Sarkasmus vor den Augen ihres Vaters zu Tode zu quälen. Aufzustehen und wegzulaufen war ein untrügliches Zeichen für Sympathie und, mehr noch, Respekt. Das war bisher noch keinem Bewerber gelungen. Seine Tochter besaß einen untrüglichen Instinkt dafür, wann sie auf einen gleichwertigen Gegner traf. Helms blieb stehen und wartete, bis Steinfeld ihn ansah.

»Sie werden in meinem Hause alle Freiheiten für neue Strategien bekommen, unter der Voraussetzung, dass Sie es überhaupt bis in die Nähe meines Stuhles schaffen. Aber die deutsch-amerikanische Freundschaft ist ein Parameter nicht nur meines Hauses, sondern der gesamtdeutschen Wirtschaft und Politik, den Sie niemals antasten werden – egal ob Sie zu mir kommen oder zu Abs oder zu Beitz oder Amerongen oder was weiß ich wem ...«

Wie immer, wenn er den Rest für überflüssig hielt, brach Helms mitten im Satz ab. Steinfeld war klar, für Helms' Verhältnisse war das ein großzügiges Angebot. Beinahe zu großzügig. Wo war der Haken?

»Ich werd's mir überlegen.« Plötzlich wusste er es. Das musste es sein. »Reusch kommt doch bestimmt auch. Zur Belohnung, weil er mich flachgelegt hat.« Er sagte es leichthin und versuchte dabei zu lächeln, aber zum ersten Mal wirkte es unecht, erstarrt. Als sei sein Mund verklebt. Er hatte ins Schwarze getroffen.

Helms erwiderte voller Anerkennung über so viel Scharfsinn: »Sie, Reusch und dieser junge Mann von Delbrück, Keppler, wären ein vielversprechendes Team.«

Steinfeld hatte fest vor, überlegen zu reagieren und Helms' Angebot auch unter dieser niederträchtigen Bedingung zu akzeptieren. Und wenn schon, flüsterte eine beruhigende Stimme in ihm, er würde es Reusch irgendwann heimzahlen. Zu seiner Überraschung stellte er fest, dass er auf diese Stimme nicht hören konnte. Eine wilde, unbezähmbare Wut stieg in ihm hoch, eine Wut, die er weder verstecken noch kontrollieren konnte.

»Ich dachte, Sie kennen mich«, hörte er sich sagen, »aber das stimmt nicht. Sonst würden Sie mir das nicht anbieten. Einer meiner besten Freunde, der mich auf Ihren Wunsch ruiniert hat ...«

Helms musterte ihn verwundert. »Sie nehmen das doch nicht etwa persönlich?«

»Ich habe es nicht nötig«, erklärte Steinfeld kalt, »überhaupt darüber nachzudenken. Ich habe genügend andere Angebote. Tut mir Leid, wenn ich Ihre Zeit verschwendet habe.«

Helms zuckte die Schultern.

»Wie gesagt, ich gehe häufig abends hier spazieren.«

Steinfeld sah auf die Uhr.

»Sie hätten viel Geld sparen können«, sagte Helms. »Bei mir bräuchten Sie keinen Glücksbringer.«

Er wusste auch das. Natürlich.

Steinfeld lehnte Helms' Angebot ab, gemeinsam in die Stadt zurückzufahren, reichte ihm zum Abschied die Hand und folgte einer schmalen Stiege, die, von Weinreben flankiert, ins Tal führte.

Sein Schritt beschleunigte sich, seine Füße trommelten wieder über die Aschenbahn. Nachts war er gerne barfuß gelaufen, hatte den Sand unter den Fußsohlen gespürt, bis sie so sehr brannten, dass er gezwungen war, nur noch auf Zehen und Ballen über die Bahn zu schweben. Heinrichs Gesicht. Das Widersprüchlichste nicht nur gleichzeitig denken, sondern fühlen. Plus und Minus. Ich habe nie ein Gefühl, ich habe immer mindestens zwei. Wie ein Dompteur befehligte er die beiden Stimmen, die jetzt in seinem Kopf aufeinander losgingen: Was hatte er getan? Die größte Chance seines Lebens weggeworfen. Schwachsinn! Wenn er bedingungslos antrat, hatte er von vornherein verloren. Der alte Vampir brauchte frisches Blut, aber eine Injektion gab es nur zu seinen Bedingungen.

Er erreichte den Fuß des Weinbergs, roch das frisch gemähte Gras auf den Wiesen, dachte an Vera und die Holzpuppen, die sie ihm geschenkt hatte. Das Bild seines russischen Mädchens schlummerte wie das Samenkorn einer unbekannten Pflanze fest verschlossen in seinem Inneren, und auch dieser Moment, in dem er die Kraft besessen hatte, Helms abzusagen, war einer der magischen Augenblicke in seinem Leben, den er in seine Sammlung aufnehmen würde. Seine Schritte wurden ruhiger.

Er erreichte einen Taxistand und ließ sich zu seinem Wagen, der noch vor dem Grandhotel parkte, zurückfahren. Er hatte noch einen weiten Heimweg nach Essen vor sich und im Gegensatz zu Helms besaß er keinen Chauffeur.

Helms sah ihm nach, lange nachdem ihn die Dunkelheit verschluckt hatte.

DEN GEGNER VOLLSTÄNDIG VERNICHTEN, EHE MAN IHN WIEDER AUFRICHTET. Lex Helms, die vierte.

Als er die Autobahn verließ, nahm Steinfelds nervöse Anspannung wieder zu. Es war spät, die Straßen waren menschenleer. Er hätte schlafen gehen sollen, aber er konnte nicht. Obwohl er Helms' demütigendes Angebot abgelehnt hatte, fühlte er sich, als hätte man ihm die Eingeweide rausgerissen, sie einer eingehenden Überprüfung unterzogen und ihm frisch gewaschen wieder in den Leib gestopft. Reusch hatte Helms' Bank einem gemeinsamen Bad in russischem Öl vorgezogen. Das war völlig normal, vernünftig, aber er konnte es trotzdem nicht akzeptieren. Sein Verstand arbeitete sich zu seinen wahren Beweggründen vor: der Sehnsucht, seine Unabhängigkeit über alles triumphieren zu lassen, über jeden Erfolg, jede Karriere, jeden Plan, jegliche Vernunft, selbst den Tod; sich wie Ikarus mit ausgebreiteten Armen in die Sonne zu stürzen. Aber da war noch etwas anderes. Er hatte Reusch gemocht und ihm mit seinem spektakulären Ölgeschäft aus der Enge seiner väterlichen Filiale helfen wollen. Aber Reusch hatte seine Hilfe abgelehnt. »Es gibt doch nichts Furchtbareres als gute Menschen«, dachte er und musterte spöttisch sein Spiegelbild in der nächsten Schaufensterscheibe. Aber selbst der Spott half nicht gegen die Wut über die erlittene Demütigung.

Sie trieb ihn ins Dunkel einer Kneipe und jagte seine Augen über eine Reihe Gesichter beiderlei Geschlechts: dunkle Haare, hervorstechend große, ausdrucksvolle Augen in blassen Gesichtern mit hohen Wangenknochen, von zahlreichen Gemütsregungen gezeichnet, wie das Bild von Katharina. Wenn er es beiseite schob, erschien darunter das Kindergesicht von Vera und dahinter all die anderen Gesichter der letzten Jahre, die er zurückblättern konnte wie ein Album voller flüchtiger Zärtlichkeiten bis zu dem Bild seines Jugendfreundes Heinrich. Er verdeckte den einen Traum mit zahllosen anderen Träumen und packte ganz obenauf, wie ein großes Gewicht, um den Stapel seiner Erinnerungen nicht davonfliegen zu lassen, immer neue Wirklichkeit.

Seine Karrierestimme meldete sich: Es war unklug, was er jetzt tat. Er war beinahe am Ziel. Noch war nichts verloren. Er hatte so viel Wirbel veranstaltet, bis Helms ihn tatsächlich gerufen hatte. Seine Ablehnung steigerte nur seinen Wert.

Seine Eingeweide hielten dagegen: Der Alte weiß sowieso alles über dich. Zeig ihm, dass seine Dressurpeitsche bei dir versagt. Ob Helms Fotos von seinem griechischen Lebenswandel besaß? Wenn ja, dachte er böse lächelnd, hat er sie nicht ohne klammheimliches Begehren betrachtet. Möglicherweise war ihm ja gerade heute ein dienstbarer Knecht von Helms auf den Fersen. Die Möglichkeit, beobachtet zu werden, erhöhte den Reiz. Die Hand knapp über die Flamme halten. Er war jederzeit bereit, alles zu tun, jeden Winkel seiner Seele auf dem Altar des Geldes zu opfern, aber die Freiheit nächtlicher Streifzüge würde er sich niemals nehmen lassen. Die harte, elektrische Musik hämmerte in seinen Eingeweiden. Heinrich war ihm entglitten, Reusch hatte ihn verraten, aber er würde Ersatz finden. Zumindest für die heutige Nacht. Er verdrängte, dass sich längst ein Zwillingspaar kalter, grüner Gebirgsseen in seine Gedanken geschlichen hatte, deren Wellen seine Schritte umspülten, gleichgültig wie schnell er lief. Er nahm einen Kunststudenten mit.

Wenig später befand er sich mit seinem Begleiter auf der Dachterrasse seiner vor zwei Wochen bezogenen Penthouse-Wohnung mit Blick auf einen hübschen Nebenfluss des Rheins. Steinfeld hatte sie in sicherem Vorgriff auf seine zukünftige Karriere angemietet. Die nachtblaue Luft zitterte von der Wärme des Tages über den Wellen, die das Licht einiger Sterne davontrugen. Sein Begleiter entsprach zwar äußerlich perfekt den Anforderungen, die Steinfeld an seine Bekanntschaften stellte, legte aber eine übertriebene Begeisterung für Steinfelds Inneneinrichtung an den Tag, die Steinfeld bereits nach wenigen Minuten störte.

»Man ist bereit, der Schönheit vieles zu verzeihen«, dachte er, »zu vieles.« Er zeigte denkbar wenig Interesse an einer Führung, hatte aber nichts dagegen, dass sein Begleiter sich ein wenig umsah.

»Wenn dir was gefällt, nimm's mit«, er machte es sich in einem Liegestuhl bequem, »aber zeig's mir vorher.«

Er nahm einen Schluck von dem Gin Tonic, den er aus dem Kühlschrank geholt hatte, und betrachtete die Eiswürfel in seinem Glas. Nichts war für zwei Menschen gefährlicher, als auf demselben Grad der Einsamkeit spazieren zu gehen. Sie konnten sich nicht verfehlen. Seine Fantasie verliebte sich in die Eisprinzessin Katharina, die kunstvolle Kreise um ihn drehte, bis er registrierte, dass sein Begleiter nicht wieder auf der Terrasse aufgetaucht war.

Er überraschte ihn in seinem Schlafzimmer. Er kniete neben dem Nachttisch, auf dem wild verstreut Bildbände über das Kaspische Becken und einige angelesene Romane von Dostojewski herumlagen. Der Fußboden war mit Schallplatten bedeckt, hauptsächlich russische Klaviermusik, daneben stand eine ungeöffnete Flasche Wodka. Steinfeld verhinderte, dass seine Eroberung ein Foto von Vera in die Hand nahm, das er als Lesezeichen benützte.

Der Junge hob entschuldigend die Hände.

»Deine Tochter?«

Steinfeld schob das Foto wieder zwischen die Buchseiten.

»Nein. Glücklicherweise nicht.«

»Wieso? Die sieht doch süß aus.«

»Gerade deswegen.«

Er genoss den schockierten Blick, öffnete die zwei obersten Knöpfe und zog sein Hemd über den Kopf. Die Verwirrung seiner Begleitung war vollkommen, als Steinfeld nach einem Diskus griff und wieder auf die Terrasse trat.

»Ich werf den jetzt aufs andere Ufer.«

»Wie, vom Fluss?«

Steinfeld musste lachen. »Von was sonst?«

Der Freier schätzte die Entfernung auf mindestens fünfzig Meter. »Das schaffst du nie. Niemals.«

Steinfeld wettete um ein improvisiertes Gedicht.

»Was?« Der Junge drehte kurz die Schultern und hielt mit gespieltem Entsetzen eine Hand vor den Mund. »Und wenn du 's nicht schaffst?«

»Dann schweigen wir.«

Er ging in Stellung. Er hatte es Heinrich oft genug erklärt: Es kam nicht auf die Kraft an, sondern auf die optimale Verbindung der verschiedenen Kraftkomponenten. Es gab keine andere Disziplin, bei der man so viele unterschiedliche Bewegungen gleichzeitig und punktgenau ausführen musste. Wenn es gelang, fühlte man sich auf der Spitze des Olymps. Sie hatten damals im Internat diesen Tick gehabt, die altgriechischen Lebensideale in der heutigen Zeit zu verwirklichen. Sich zentimeterweise Gott anzunähern. Auch wenn Heinrichs Würfe stets misslangen, hatte er sich in Steinfelds Gegenwart wie ein Gott gefühlt. Zumindest hatte Steinfeld das immer geglaubt. Der Diskus stieg auf, durchschnitt die Luft, schwebte wie ein Nachtvogel über die Wellen und schlug am gegenüberliegenden Ufer ins Gebüsch. »Wenn ich mir schon keine neue Uhr mehr kaufen darf, dann wenigstens einen Diskus«, dachte Steinfeld und drehte sich ein letztes Mal spielerisch um die eigene Achse.

»Wo hast du das gelernt?«

»Bei den Nazis«, erwiderte Steinfeld trocken. Der Junge schluckte.

»Hübscher Kehlkopf«, dachte Steinfeld.

Der Junge wollte die Tätowierungen sehen. Steinfeld habe doch bestimmt Runen gekriegt und »all so 'n Scheiß.«

Steinfeld versicherte, er sei »bundesrepublikanisch rein.« Er setzte sich erneut auf den Liegestuhl und verschränkte die Hände hinter dem Kopf. »Was ist? Ich hab gewonnen.«

Der Junge brauchte einige Minuten, von denen er dreißig Sekunden mit wachsender Aufregung an seinem Zeigefinger kaute, dann zitierte er affektiert: »Ich bin klein, mein Herz ist rein, soll niemand drin wohnen als du allein.«

»Da hab ich aber besser geworfen«, sagte Steinfeld. Er fragte sich, was das wohl für eine Kunst war, die sein Begleiter studierte, und verhinderte elegant, dass der Junge seine Hose aufknöpfte. An schnellem, anonymem Sex war er damals noch nicht interessiert. Er verwickelte sein Gegenüber geschickt in ein privates Gespräch, indem er vom Schulsport auf seinen kleinbürgerlichen Vater überleitete, dessen Anforderungen Steinfeld angeblich nie hatte Genüge leisten können. So gelangte er ohne größere Schwierigkeiten innerhalb von zehn Minuten in das Zentrum der Ängste, Hoffnungen und Nöte seines Begleiters. Es bestand, sicher nicht grundlos, aus Prüfungsangst, hinter der Steinfeld mühelos die viel grundsätzlichere Angst, nicht geliebt zu werden, diagnostizierte. Wie eine Spinne wob Steinfeld geschickt seine Gesprächsfäden um sein Gegenüber. Der eine oder andere Stich, mit dem er die Nähte festzurrte, richtete sich unbewusst gegen den einen Jungen, mit dem er von den Göttern geträumt und der ihn verlassen hatte. Im Laufe der Zeit hatte er sich darauf verlegt, immer zuerst Geheimnisse von sich preiszugeben. Dadurch gewann er Vertrauen. Dabei ging er stets von einem wahren Kern aus, den er je nach Situation variierte. Ein wahrer Kern verhalf zu größerer Glaubwürdigkeit als eine gänzlich erfundene Geschichte. Als sein Begleiter ihm die hundertfünfzig Mark zeigte, die er heimlich aus dem Nachttisch genommen hatte, wusste Steinfeld, dass ihn der Junge nicht mehr ausschließlich wegen seiner Wohnung und seines athletischen Oberkörpers bewunderte. Doch er hatte eine eiserne Regel: Niemals schlief er umsonst mit ihnen. Er bezahlte immer.

Eine Woche später betrat er am frühen Nachmittag eine gotische Kirche in der Eifel. Sie war leer bis auf die dünne Melodie einiger Orgeltöne, zu der sich rasch spiegelverkehrt eine zweite gesellte, um nach weiteren Takten zu ersten orkanhaften Akkorden anzuschwellen, die sich wiederum zu geometrisch angeordneten Tönen auffächerten. In dieser Musik gab es auf jede Frage eine Antwort. Wahrscheinlich vermittelte sie deswegen so perfekt das Gefühl meditativer Ruhe. Steinfeld stieg auf die Empore, von der ihm die Fortsetzung der Fuge entgegenwehte. Es fiel ihm leichter, als er gedacht hatte. Die lange wilde Nacht mit seinem Kunststudenten hatte ihn gereinigt, zur Vernunft gebracht. »Wie einfach bin ich doch gestrickt«, dachte er. »Gelegentlich eine kleine Gesetzesübertretung, und sofort bin ich wieder bereit, mich durch die Mühlsteine des Kapitals drehen zu lassen.« Da er sich in einer katholischen Kirche befand, wollte er nicht verhehlen, dass er während des Geschlechtsaktes mehrmals an Katharina gedacht hatte. Mit der letzten Stufe aus glattem Stein beendete er seine gedankliche Beichte.

Helms saß neben einem Pater in ungefähr gleichem Alter, der in schwarzer Kleidung und von hagerer Größe wie sein abendlicher Schatten wirkte, hinter einer Orgel, bei der es sich, durfte man Helms' Sekretariat Glauben schenken, um die drittgrößte in Europa handelte. Die beiden spielten vierhändig. Steinfeld fiel auf, dass die Hände des Paters im Gegensatz zu denen von Helms noch sehr jung aussahen. »Wie unberührt«, dachte Steinfeld. »Geradezu jungfräulich.« Helms verspielte sich immer wieder an derselben Stelle. Er warf Steinfeld einen kurzen Blick zu.

»Die hat Bach extra für mich komponiert.«

Es war ihm bekannt, dass Steinfeld mittlerweile ein besseres Angebot von Abs erhalten hatte. Aber er zweifelte trotzdem nicht daran, dass Steinfeld sich nicht für die Deutsche Bank, sondern für ihn entscheiden würde.

»Meine Tochter hat mir prophezeit, Sie würden es sich noch einmal anders überlegen.«

Beiläufig erwähnte er, er stehe unter anderem mit einem jungen, vielversprechenden Manager der Ruhrgas in Verhandlungen, Alfred Herrhausen. Steinfeld kannte ihn flüchtig von einigen Empfängen. Für Steinfelds Geschmack besaß er einen zu forschen Händedruck. Helms' rechte Hand setzte einen Triller.

»Was glauben Sie, wie habe ich mich entschieden?«

»Für mich natürlich«, sagte Steinfeld. »Herrhausen hat nicht genug Fehler. Und Sie lieben doch Fehler.«

Helms verspielte sich erneut.

»Das stimmt. Es sind immer die Fehler eines Menschen, aus denen man die größten Stärken formen kann.«

»Deswegen vergibt Gott sie uns ja auch«, fügte Kaska hinzu. Er nahm kurz die rechte Hand von den Tasten und stellte sich vor.

»Auch die Übertretung der zehn Gebote« wollte Steinfeld wissen. »Zum Beispiel: keine Geschäfte mit Kommunisten?«

Helms' Mund verzog sich bei seinem erneuten Scheitern an der musikalischen Barriere zu einem schiefen Strich.

»Gehe hin und sündige hinfort nicht mehr.«

»Und heiraten sollten Sie gelegentlich.« Der Pater fiel wieder unterstützend in Helms' Spiel ein. »Alle Mitglieder unseres Vorstands sind verheiratet. Man weiß doch erst, wofür man arbeitet, wenn man Kinder hat.«

Helms hatte inzwischen mit zusammengebissenen Zähnen die ihm von Bach zugedachte Stelle das erste Mal erfolgreich überwunden. Es folgte ein leichterer Abschnitt, der es ihm erlaubte, Steinfeld seine erste Aufgabe innerhalb der Hermes-Bank mitzuteilen: Er solle so schnell wie möglich seine bisherige Firma, die Helms dank Steinfelds belgischem Fehleinkauf inzwischen wie eine reife Frucht zugefallen war, sanieren, »diesen Augiasstall ausmisten«, wie Helms sich ausdrückte, während er gemeinsam mit Kaska einen neuen Akkord setzte.

Steinfeld wusste, was diese Aufnahmeprüfung bedeutete: Er musste mindestens dreißig Prozent der Belegschaft entlassen.

Helms informierte ihn, wen er vom Management zu behalten gedachte. Es handelte sich um zwei Personen. Die anderen – er nannte die übrigen Namen und ließ ein endgültiges »Weg« folgen. Dabei setzte er rhythmisch nickend mehrere Akkorde. Bei jedem Akkord sah Steinfeld den entsprechenden Mitarbeiter vor sich. Die meisten waren verheiratet, hatten Kinder.

Helms empfahl ihm, keine Zeit zu verlieren. Steinfeld verließ die Kirche. Die Heiligen und Dämonen blickten vom Kirchenschiff auf ihn herunter, und als er sich umdrehte, die Nachmittagssonne mit der Hand abschirmte und einen Blick nach oben warf, konnte er nicht erkennen, welche Figur von göttlicher Reinheit gezeichnet und welche eine heidnische Fratze war.

Über allen ertönte dieselbe Orgelmusik.

3. Kapitel: Januar 1967

Die getönten Scheiben der Glasfassade der Hermes-Bank starrten wie die überdimensionierten Gläser von Sonnenbrillen in einen klaren Wintertag. Steinfeld betrat die Bank um Punkt neun und genoss, wie Reusch völlig perplex durch die sich wie ein Karussell drehende Eingangstür sein Gesicht musterte. Eine hastig gestammelte Entschuldigung wegen der Systec. Steinfeld buchte den Fehler souverän auf seinem Konto ab. Er hätte den Laden genauer unter die Lupe nehmen müssen. Ein Blick über den glänzenden Marmorfußboden der Bank, der sich wie ein glatter See rings um sie ausbreitete. »Was soll's, Dilettantismus wird belohnt.«

Kurz ließ er seine Schneidezähne aufblitzen. Damit war die Sache scheinbar geklärt. In Wirklichkeit blieb alles in der Schwebe. Reusch wusste, Steinfeld war in Intrigen zu geschult, um ihm keine Absicht zu unterstellen. Vorteilhafte Ausgangsposition für ihn, Reusch in seiner Schuld zu wissen. Keppler, mit einem nagelneuen Lichtbildausweis am Revers, erwartete sie bereits neben einem wuchtigen Schirmständer aus Messing. Er war bleich, massig und wirkte mit seinem Gummigesicht und der Pennälerfrisur immer noch wie ein Abiturient. Er bat als Einziger darum, seinen Aktenkoffer mit nach oben nehmen zu dürfen, und öffnete ihn bereitwillig für einen Sicherheitscheck. Er enthielt außer einer Kopie seines Lebenslaufs und diverser nicht identifizierbarer Unterlagen zwei Nachschlagewerke über Aktien und Anleiherecht. Spickzettel, wie Reusch ironisch anmerkte. Nachdem er und Steinfeld ebenfalls ihre Ausweise erhalten und einen Vortrag über die Sicherheitsbestimmungen über sich hatten ergehen lassen, ging es nach oben. Reusch spuckte vorher seinen Kaugummi in einen Papierkorb. Steinfeld fiel auf, dass sich die vorherrschende Anzugfarbe der Männer von Stockwerk zu Stockwerk änderte. Die Palette reichte von Hellblau über Brauntöne bis Dunkelgrau und Schwarz. Der Page klärte die drei über die Zusammenhänge zwischen Hierarchie und Anzugfarbe auf. Je dunkler die Anzugfarbe, desto höher die Position seines Trägers. Der Vorstand trug Schwarz.

»Ist ja wie beim Karate!« Reusch strich mit ironischer Bewunderung über Kepplers schwarzen Ärmel. »Sie waren etwas vorschnell mit dem schwarzen Gürtel.«

Keppler erklärte verlegen, er habe von dieser Regelung nichts gewusst, sonst hätte er selbstverständlich eine andere Farbe gewählt. Steinfeld und Reusch waren mit Hellgrau und senffarbenem Nadelstreifen ebenfalls nicht vorschriftsmäßig gekleidet. Die Einstiegsfarbe für das mittlere Management war ein dezentes Blau.

»Klar«, grinste Reusch, »Blaumann.« Er hustete kurz. »Bloody Monday.«

Während sie am dunkelgrauen Stockwerk vorbeiglitten, berichtete Reusch über Après-Ski-Erlebnisse aus Kitzbühel. Keppler hielt seinen Aktenkoffer wie einen Abwehrschild vor sich, als könnte der ihn vor Reuschs anzüglichen Geschichten schützen. Reusch flocht voll unschuldiger Absicht noch einige besonders schweinische Skihasenepisoden ein und wandte sich an Steinfeld.

»Na, auch schöne Weihnachten gehabt?«

»Ruhig.«

Er hatte zwischen Weihnachten und Neujahr seinen alten Chef Juras in seinem Büro aufgesucht. Er wollte das erledigen, ohne dass der Rest der Belegschaft etwas davon mitbekam. Er hatte es bis zuletzt aufgeschoben. So lange, bis Juras glaubte, er werde von Steinfeld verschont, während sich die Reihen seiner Untergebenen täglich lichteten. Als Steinfeld überraschend am zweiten Weihnachtsfeiertag auftauchte, wusste er sofort Bescheid. Sie standen nebeneinander am Goldfischteich in der Empfangshalle und Juras versuchte wieder einmal, die belegten Brote, die ihm seine Frau seit vierzig Jahren einpackte und die er seit vierzig Jahren hasste, an die Goldfische zu verfüttern. Juras hatte immer behauptet, Appetitlosigkeit der Fische sei ein sicheres Vorzeichen für ein missglücktes Warentermingeschäft, doch Steinfeld hatte in ihrem Fressverhalten nie ein System erkennen können. Die Fische ließen auch heute Juras' Quarkbrotstücke desinteressiert im Wasser treiben.

»Sie ist die schlechteste Köchin der Welt«, sagte Juras leise. »Aber eine gute Frau.«

Steinfeld nickte.

»Es ist wie beim Schach«, Juras wischte Quarkreste von seinem Finger ans Geländer, »der König fällt zuletzt.«

»Ich hab dir einen Job im Finanzministerium von NRW besorgt«, sagte Steinfeld.

»Du? Helms.« Juras spuckte den Namen ins Wasser.

»Der Job ist so sicher wie 'ne Rente. Die Zockerei war ohnehin nicht gut für deinen Magen.«

Steinfeld versuchte, den Arm um ihn zu legen, Juras machte sich los.

»Komm, lass den Scheiß.«

Steinfeld konnte nicht verhindern, dass Juras auf der Stelle damit begann, seinen Schreibtisch abzuräumen. Aktenordner, Kontrakte, Abrechnungen, Kugelschreiber, Familienbilder wanderten in immer schnelleren Abständen und wahlloser Reihenfolge in mehrere Kartons. Steinfeld versuchte vergeblich, ihn festzuhalten, und stellte überrascht fest, wie dünn Juras' Arme in den letzten Monaten geworden waren.

»Ich hab hier selber die Räume gestrichen!«, schrie Juras und wandte sich rasch ab, da sein Gesicht außer Kontrolle geriet. »Hau ab«, sagte er leise. »Ich will meine Platte noch mal hören.« Es handelte sich um eine Scheibe von Belafonte, »Komm Mister Dallimann, dalli me Banana«. Sie war häufig der krönende Abschluss einer erfolgreichen Woche gewesen. Bei Gewinnen über einer Million waren Steinfeld und Juras »wie die Schimpansen« Arm in Arm um den Schreibtisch getanzt. Eigentlich hätte Steinfeld jetzt auch seinen Schreibtisch abräumen müssen, aber er hatte keine Lust dazu, ließ alles stehen und liegen, wie es war. Als er sich bereits auf dem Flur befand, war ihm Juras hinterhergelaufen und hatte ihm Veras russische Holzpuppen in die Hand gedrückt. Die hätte Steinfeld nach ihrer Auseinandersetzung beinahe vergessen.

Der Fahrstuhl hielt auf der Etage der schwarzen Anzüge. Livrierte Bedienstete wiesen ihnen mit ausgesuchter Höflichkeit den Weg, einen mit Teppichen ausgelegten Flur entlang. Zigarrengeruch, den Reusch als Sumatra identifizierte, hing in der Luft, angeblich ein untrügliches Zeichen, dass Helms bereits im Hause war. Und guter Laune, wie ihnen eine Sekretärin zuflüsterte. Keppler musste trotzdem plötzlich dringend auf die Toilette. Neben der Tür hing in einem unauffälligen Holzrahmen ein echter Braque. Er stand symbolisch für die gesamte obere Etage der Bank. Wurde in der Empfangshalle noch mit kathedralenhaften Proportionen geprotzt, um das Fußvolk zu beeindrucken, so zeichnete sich die Inneneinrichtung im mittleren Bereich durch die kalte technokratisch und professionell wirkende Glas-Stahl-Beton-Trinität aus. Die Chefetage wiederum war von scheinbarer Intimität, beinahe biedermeierhafter Gemütlichkeit mit einem Schuss Patina geprägt. Das galt durchaus auch für die Sekretärinnen. Die scharfen Miezen arbeiteten alle zehn, zwanzig Stockwerke tiefer. Hier oben überwog eindeutig der matronenhafte Typ. Zu Helms' Büro führte kein Fahrstuhl. Man musste noch zwei Treppen zu Fuß nach oben. Dort befand sich, auf gleicher Höhe mit den Generatoren, der Wasserpumpe und allerlei anderem technischen Gerät in einem Seitentrakt, ähnlich wie eine Nebenhöhle in einem gewaltigen Fuchsbau, Helms' Arbeitszimmer. Das Erste, was Steinfeld auffiel, war seine geringe Größe, nicht mehr als fünfundzwanzig Quadratmeter, und ebenso wie sein alter Arbeitsplatz bei Juras besaß es keine Fenster. Offensichtlich war auch Helms der Ansicht, eine schöne Aussicht strapaziere nur die Konzentration. Die Einrichtung war allerdings sehr sorgfältig zusammengestellt. Ein Biedermeierschreibtisch, schwere Tapeten in Braun-, Rot- und Goldtönen, Regale aus dunklem Mahagoni und Kirschholz, je ein Original von Monet und Renoir, zwei der wenigen Gemälde französischer Impressionisten, die er nach dem Krieg vor der Sammlerwut seiner amerikanischen Freunde hatte retten können, wie er gerne betonte. Für seine Besucher hielt Helms zierliche Rokokostühle bereit, die sich nach wenigen Minuten für jeden Geschäftspartner, Bittsteller und Untergebenen als Folterinstrumente entpuppten, wie Steinfeld, Keppler und Reusch rasch feststellen durften. Dafür hatten es auf dem orientalischen Teppich wenigstens die Füße bequem. »Eine Klause«, dachte Steinfeld, »eine hübsch eingerichtete Zelle. Es fehlt nur die Besucherinschrift über der Tür: So du eintrittst, lass alle Hoffnung fahren.«

Helms reichte ihnen kurz die Hand, stellte ihnen die Mentoren vor, die sie in den nächsten Monaten durch die Kredit-, Investment- und Börsenabteilung seines Hauses schleusen sollten, um ihnen, wie er mokant feststellte, das beizubringen, was er ihnen nicht beibringen konnte. In einem weiteren Nebensatz empfahl er ihnen noch einen Schneider, der die Stoffe in den für die Bank nötigen Farben auf Lager hatte, dann wurden Terminkalender gezückt, Orte und Uhrzeiten mit den Mentoren vereinbart, die sich nach einem knappen Kopfnicken von Helms verabschiedeten.

Nachdem sich die Tür hinter ihnen geschlossen hatte, herrschte für einen Augenblick Stille. Steinfeld kam es so vor, als würde es zusehends kälter im Raum. Er warf einen kurzen Blick auf ein Foto von Katharina, das auf Helms' Schreibtisch stand, und die Möbel im Raum sowie die Bilder schienen sich mit einer dünnen Eisschicht zu überziehen.

Helms bemerkte seinen Blick, sein linker Mundwinkel zog sich unmerklich nach unten. Das war seine Art zu lächeln. Er wartete, bis er sicher war, dass alle drei auf das Foto seiner Tochter starrten. Es war ein Schwarzweiß-Foto, auf dem ihre Augen mit einem beinahe metaphysischen Strahlen in den Raum blickten. Jedem der drei war klar, das Foto war nicht zufällig so platziert, dass sie seiner Faszination erliegen mussten. Es zeigte den Preis, der demjenigen winkte, den Helms zu seinem Nachfolger küren würde. Bis dahin war es noch ein weiter Weg.

»Erholen Sie sich gut während Ihrer Lehrzeit in den diversen Abteilungen, meine Herrn«, unterbrach Helms ihre Blicke, »denn drei Tage in der Woche gehören Ihre Gehirnzellen allein mir.«

Er händigte ihnen die Unterlagen für eine erste Besprechung am nächsten Morgen um acht Uhr mit ihm aus. Problemstellung: der Erwerb der Aktienmehrheit des Autokonzerns VAG. Hauptaktionär war im Augenblick der Dent-Konzern, eine Waffenschmiede mit angeschlossener Landmaschinenfabrik, der sein Know-how mit derselben Gründlichkeit, die er früher der deutschen Wehrmacht angedeihen ließ, inzwischen in den Dienst der NATO stellte. Da es sich bei der Hermes-Bank um die Hausbank von Dent handelte, eine wirtschaftliche Verbindung, die nächstes Jahr mit ihrem fünfzigjährigen Bestehen goldene Hochzeit feiern würde, waren Helms' Absichten nicht ohne Brisanz, wie Steinfeld anmerkte.

Helms' Augen schnellten vom Papier und saugten sich an seinem Gegenüber fest.

»Jubiläen sind immer ein sinnvolles Datum für einen Neuanfang.«

»Aber bitte nicht auf diesen Stühlen.«

Steinfeld registrierte amüsiert, wie Keppler, der sich verstohlen das Kreuz gerieben hatte, mit einem Ruck kerzengerade in seinen Stuhl zurückfand. Helms hatte es natürlich trotzdem gesehen.

»Ah, ist Ihnen mein Büro nicht bequem genug? Nichts kürzt Besprechungen wirkungsvoller ab als klare Gedanken und unbequeme Stühle.« Der Hauch eines Lächelns. »Ich tue alles für das Wohl meiner Mitarbeiter. Wir treffen uns morgen Punkt acht in K 7.«

Er geleitete sie zur Tür. Der Weg war kurz.

»Ich habe es übrigens nicht erlebt, dass meine Mutter sich bis zu ihrem achtzigsten Lebensjahr irgendwo angelehnt hätte.«

Diese Probe hatten sie alle drei nicht bestanden.

Ab da begann das, was Keppler später in einem der wenigen öffentlichen Interviews, die er jemals gab, als eine »sehr lebendige Konkurrenzsituation« umschrieb. Jeder der drei Matadore legte sich mächtig ins Zeug. Helms führte hervorragend. Mindestens drei Jahre lang kein Wochenende, abends nie vor zehn zu Hause, wenn überhaupt, von Urlaub gar nicht zu reden. Für Keppler war das wie verschärfte Schule. Dort strengte sich auch jeder an und man freute sich dann für den, der die beste Note bekam. In seiner Klasse war das bisher immer Keppler gewesen.

Für Reusch war von Anfang an klar: er, Keppler oder Steinfeld. Ein anderer kam als Nachfolger von Helms nicht in Frage. Wenn sie darüber sprachen, variierten sie immer den alten Adenauerwitz: Adenauer fragt seinen Enkel: »Was willst du mal werden?« Der sagt, »Bundeskanzler, Opa.« Darauf Adenauer: »Das geht nicht, Bundeskanzler bin schon ich.«

Steinfeld wirkte am entspanntesten. Wer nicht genau hinsah, hätte denken können, er gebe sich nicht die nötige Mühe. In Wirklichkeit sondierte er das Terrain.

K 7 war ein nach dem neuesten Standard eingerichteter, denkbar unpersönlich gehaltener Konferenzraum, neutral möbliert: Lederstühle mit anpassungsfähiger Lehne und verchromten Metallrahmen, helle, zu einem Rechteck aufgestellte Tische, die Tischplatten aus widerstandsfähigem Kunststoff, mittelbraunes Parkett, weiß getünchte Wände, Dia und Tageslichtprojektor, in der Ecke sogar eine Tafel, auf der halb verwischt und kreisförmig in einigen Schlagworten eine inzwischen schon wieder überholte Strategie festgehalten war. Helms veranlasste Keppler als Erstes, die Jalousien zu schließen und die Neonbeleuchtung einzuschalten. Er nahm mit dem Rücken zur Tafel Platz, Steinfeld und Reusch saßen auf der gegenüberliegenden Seite des Rechtecks, während Keppler die erste seiner vorbereiteten Folien in den Projektor einlegte und mit einem Vortrag begann, den Helms nach wenigen Minuten mit der Feststellung unterbrach: »Ich will keine Sperrminorität bei VAG, ich will die Majorität.«

Alle weiteren mündlichen Vorschläge unterband er mit einer für ihn typischen, beinahe unmerklichen Kopfbewegung, nicht wirklich ein Schütteln, eher ein ruckartiges Anheben des Kinns, das den Fragesteller auf Distanz hielt. Nachdem Keppler wieder zwischen Steinfeld und Reusch Platz genommen hatte, regte Helms an, ihre weiteren Lösungsvorschläge zu Papier zu bringen und ihm vorzulegen. Für einen ersten Arbeitsschritt gab er ihnen zwanzig Minuten. Die Situation glich tatsächlich der in der Schule während einer Klassenarbeit und sie erzeugte bei Keppler exakt dieselbe Reaktion: Er musste dringend auf die Toilette. Hastig bedeckte er mit seiner akribischen Schrift weiteres Papier und versah das Ende seiner Zahlenkolonnen mit einem lösungsweisenden Kommentar. Zuerst musste er die Aufgabe lösen, vorher verbot er sich jegliche Erleichterung. Als er sein Blatt neben Helms legte, der sich in das Studium einer Firmenanalyse vertieft hatte, musste er bei jedem Schritt die Oberschenkel zusammenpressen. Selbst jetzt, da er seine Aufgabe erledigt hatte, traute er sich kaum zu fragen. Erst als Helms, da er nicht auf seinen Platz zurückkehrte, missbilligend hochsah, stammelte er mit hochrotem Kopf: »Dürfte ich bitte kurz austreten?«

Helms entließ ihn mit einer Handbewegung, die allen im Raum klarmachte, dass er damit auf den letzten Platz unter den drei Anwärtern zurückgefallen war.

Reusch unterdrückte ein Kichern und sah kurz zu Steinfeld. Der ging nicht auf Reuschs Angebot ein, sich gemeinsam auf Kosten von Keppler lustig zu machen. Nicht allein, weil ihm klar war, dass ein gemeinsames Nachtreten gegen Keppler Helms menschliche Schwächen offenbaren würde, die nicht unbedingt dazu angetan waren, Führungsqualität unter Beweis zu stellen, sondern weil es ihm aufgrund seiner Persönlichkeitsstruktur leicht fiel, Keppler gerade in Momenten der Schwäche besonders erträglich zu finden.

Er war intelligent genug, um die Verbindung zu seinem Jugendtrauma Heinrich herzustellen.

Während dieser Sitzungen, bei denen sie oft stundenlang schweigend über strategischen Problemen brüteten, begann Steinfeld, seinen Seelenhaushalt zu organisieren, Ablagen zu schaffen, Schubladen, die er je nach Bedarf öffnen und schließen konnte, um die entsprechende Emotion zu entnehmen oder zu verbergen. Im Augenblick war es von Vorteil, Keppler zu mögen, also mochte er ihn. Sollte es eines Tages strategisch klüger sein, ihm mit Wut, Verachtung oder gar Hass zu begegnen, so sollte auch das kein Problem sein. Nie wieder durfte das passieren, was ihm bei dem Gespräch mit Helms passiert war: aufgrund einer persönlichen Verletzung persönlich zu reagieren.

Sein Blick schlüpfte durch einen Spalt der nicht vollständig geschlossenen Jalousie. Hier saßen sie, mit noch tausend anderen, streng nach Stockwerk und Anzugfarbe sortiert, in ihren modernen Raubtierkäfigen aus Chrom und Glas. Die Käfige waren ausbruchsicher. Nicht Gitterstäbe hielten sie zurück, sondern die blanke Gier nach Geld und Macht. Und wie kein anderer verstand es Helms, ihnen gerade durch seine ständige, beißende Kritik das Gefühl zu vermitteln, anders, besser zu sein als der Rest. Er warf Helms einen kurzen Blick zu und auch Helms hob die halb geschlossenen Augenlider, hinter denen sich pausenlos Buchstaben und Zahlen zu neuen Strategien formten, die größtenteils nach wenigen Gedankenzügen wieder verworfen wurden. Steinfeld hatte zumindest einen Vorteil gegenüber seinen beiden Mitbewerbern: Persönlicher Reichtum war ihm, ebenso wie Helms, völlig gleichgültig. Ihrer beider Gedanken waren frei für das große Spiel.

An einem der nächsten Tage gab Keppler, gezwungen von seiner Blase, sein Blatt wieder als Erster ab. Helms warf einen kurzen Blick darauf, dann wanderte Kepplers Arbeit kommentarlos in den Papierkorb. Keppler war so schockiert, dass er für einen Moment seine menschlichen Bedürfnisse vergaß. Steinfeld erhob sich von seinem Platz, ging nach vorne, bückte sich, fischte Kepplers Papier wieder aus dem Korb, strich es glatt und legte es vor Helms auf den Tisch zurück.

»Es ist gut, was Keppler geschrieben hat«, sagte er.

»Woher wissen Sie das«, wollte Helms wissen. »Haben Sie bei ihm abgeschrieben?«

»Wir haben das Problem gestern Abend gemeinsam diskutiert. Allerdings fehlte uns noch ein letzter Schritt. Die Absicherung bei einem Gegenangriff von Dent.«

Er legte sein eigenes Papier neben das von Keppler. Helms nickte kurz. Nicht, weil die beiden tatsächlich eine einleuchtende Lösung für den Angriff auf Dent gefunden hatten. Aber Steinfeld hatte etwas Entscheidendes begriffen: Man konnte es nicht alleine nach oben schaffen. Man brauchte Wasserträger. Und Steinfeld griff sich nicht irgendwelche Lakaien aus dem unteren Management, er holte sich seine beiden schärfsten Konkurrenten als Flankenschutz. Das war kühn und, falls es funktionierte, genial. Helms beschloss, ihm weiterhin das Leben so schwer wie möglich zu machen.

»Das ist keine Absicherung«, bemerkte er nach einem kurzen Blick auf Steinfelds Papier, »das ist ein Danaergeschenk. Für mich.«

Er warf die Lösungsvorschläge von Keppler und Steinfeld gemeinsam in den Papierkorb. Keppler verzog sich hastig auf die Toilette, ehe Helms einen weiteren seiner treffsicheren Giftpfeile in seine Richtung abschießen konnte.

Steinfeld ging lächelnd auf seinen Platz zurück. Jeder seiner Schritte strahlte die Gewissheit aus: Gleichgültig was Helms uns vor den Latz knallt, wir wissen, wie gut wir sind. Und Helms weiß es letztendlich auch. Sonst hätte er uns nicht geholt. Mit dieser Haltung machte Steinfeld auch Reusch zu seinem Bruder. So lange, bis Reusch es nicht mehr aushielt und in alkoholisiertem Zustand Steinfeld seinen Verrat gestehen wollte. Aber der winkte großzügig ab.

IMMER NACH VORNE BLICKEN. Lex Helms, die sechste. Damit hatte Steinfeld endgültig Reuschs Liebe gewonnen. Erfolgreich unterlief er Helms' Absicht, aus seinen drei Nachwuchskandidaten erbitterte Konkurrenten zu machen. Sein übliches divide et impera, das die Geschäfte der Bank normalerweise zuverlässig wie ein Uhrwerk vorantrieb, funktionierte in diesem Fall nicht. Steinfeld konnte nicht wissen, dass Helms ihn insgeheim für diese Taktik bewunderte und sie mit jedem Widerstand, den er Steinfeld entgegen setzte, verfeinerte.

Keppler und Reusch blieb gar nichts anderes übrig, als Steinfeld zu mögen. Allein schon wegen seines Diskus. 52,15 Meter, und das ohne regelmäßiges Training. Wenn er sich bei den samstäglichen

Grillfesten zu dritt nach reichlich Bier mit nacktem, schweißglänzendem Oberkörper mehrmals um die eigene Achse drehte und die Scheibe von der Dachterrasse seiner neuen Citywohnung über den nächtlichen Main schleuderte, beeindruckte er Keppler und Reusch mehr als mit all seinen Finanztransaktionen. Sein Erfolg war ihr Erfolg, genau wie früher bei Heinrich. Seine Fähigkeit, andere zu begeistern, war unerschöpflich. Er zog sie auf die Spitze seines Olymps. Lächelnd akzeptierten sie, wie Reusch das nannte, seine altgriechischen Lebensideale. Sie mochten ihn, weil er wirklich über alle verbotenen Zäune stieg und ihnen von dort eine bislang unbekannte Freiheit mitbrachte, die sie genießen konnten, ohne dasselbe zu riskieren wie er.

Es war ein ungeschriebenes Gesetz, dass es bei ihren Orgien nur fettige Grillwürste, Weißbrot und Pils aus dem Pott gab. »Kontakt zur Basis«, nannten sie das. Mit einem jungenhaften Lachen, bei dem man sicher war, dass es nie altern würde, hob er urplötzlich einen neuen Gedanken aus der Taufe: »Alles was die Menschen besinnungslos macht, macht sie gleich. Also der größte Schmerz und die tiefste Freude. Insofern müsste der Kommunismus die Menschen in andauernde Ekstase versetzen, um erfolgreich sein zu können. Was heißt das?« Steinfeld riss die Arme auseinander, sodass sein Bier auf den Terrassenboden schwappte: »Nur mit den Mitteln der modernen Chemie ist Kommunismus möglich.«

»Mit Drogen ist alles möglich.« Reusch rülpste laut.

Keppler biss in ein fettiges Würstchen. »Ihr seid widerlich.«

Sie wussten nie, ob Steinfeld etwas ernst meinte oder nicht. Er wechselte seine Ansichten schneller als seine Krawatten. Ein begabter Schönling, immer eine zündende Idee, immer kreativ.

4. KAPITEL: FRÜHJAHR 1969

Seit sie neben ihrer Sonderhausaufgabe VAG in den Ressorts Aktienanalyse (Reusch), Kreditwesen (Keppler) und mittelständische Firmenbetreuung (Steinfeld) in Helms' Beraterstäben auf dem Level dunkelbrauner Anzüge agierten, mussten sie einmal im Monat zu den Mönchen. So nannten sie nach kurzer Zeit Kaska und seinen Jesuitenorden. Im Grunde gingen sie nicht ungern hin. Reusch, der bereits einige Meditationswochenenden dort verbracht hatte, war der Meinung, die hätten tausendmal mehr auf dem Kasten als irgend so ein beschissener Freudianer oder C.-G.-Jung-Hengst. Er verfügte seit seinem fünften Lebensjahr über Therapieerfahrung und musste es wissen. Seine Lieblingskonstellation war, wenn Keppler in den Encounter-Seminaren seinen Vater geben musste. Keppler ging, nachdem er anfängliche Blockaden überwunden hatte, in seiner Rolle als Reusch senior vollkommen auf: »Merk dir, Albino«, – so pflegte der Alte seinen Sohn wegen dessen Saft- und Kraftlosigkeit zu nennen – »wenn einer nicht mit dir auf die Jagd geht, macht er auch keine guten Geschäfte mit dir. Da muss vorher Blut fließen. Nimm die Juden. Das sind naturferne Wesen. Deswegen hängen sie so am Geld. Weil sie keinen Zugang zur Natur haben, so wie wir. Der Jude jagt nicht.«

Keppler alias Reusch senior lehnte sich bräsig in seinem Stuhl zurück: »So wie du, du dreckiger, kleiner Jude ...«

Reusch sprang von seiner Gebetsmatte auf und ging Keppler an die Gurgel, der zunächst lachend, dann zunehmend besorgt zwei Yuccapalmen umrundete und bei dem Versuch, auf die Toilette zu entkommen, auf dem glatten Parkett des Seminarraums ausrutschte. Reusch stürzte sich auf ihn. Keppler schrie in den höchsten Tönen um Hilfe, Steinfeld schlichtete lachend die Situation. Es genügte, Reusch kurz an den Schultern zu rütteln, damit der wieder Vernunft annahm. Wobei die Trennlinie zwischen gespielter und echter Wut hinter dem Schutzwall der Heiterkeit verschwamm.

Kaska und Hohenbach, ein junger Pater, der mit seinem hageren, braun gebrannten Gesicht eher wie ein Bergsteiger als wie ein Mönch wirkte, waren nicht zufrieden. Sie hätten es besser gefunden, wenn Reusch selbstständig seine Wut überwunden hätte.

»Glauben Sie nicht«, Kaska öffnete ein Fenster und kühlte Reuschs erhitztes Gesicht mit kalter Gebirgsluft, »Sie hätten es überwunden, weil Sie sich darüber lustig machen können. Das ist nur der erste Schritt.«

»Du solltest dein Verhältnis zu den Juden normalisieren, Albert.« Steinfeld lächelte mokant. »Mit wem willst du sonst Geschäfte machen?«

Keppler zog Reusch neben sich in den Schneidersitz. Die Mönche ließen ihnen freie Hand bei der Auswahl ihrer Meditationshaltung.

»Was ist das Motto des Tages?«, wandte sich Kaska an alle.

»Das Wasser in uns in Wein verwandeln«, rezitierte Keppler.

»Versuchen Sie, hinter diesem Satz Ruhe zu finden. Wiederholen Sie ihn wie ein Mantra, bis er Ihnen sinnlos erscheint, und wiederholen Sie die Sinnlosigkeit, bis es Ihnen gelingt, Ihr Denken von jeglichem Gedanken zu befreien. Versuchen Sie, diesen Zustand so lange wie möglich aufrechtzuerhalten. Verkrampfen Sie sich nicht, die Türen öffnen sich nur durch Entspannung. Einige Minuten wären bereits ein Erfolg. Wir können und wollen das nicht überprüfen. Sollte es Ihnen unmöglich sein, nicht zu denken, halten Sie das nicht für einen Grad besonderer Intelligenz. Analysieren Sie den Grund und sprechen Sie mit uns darüber. Seien Sie nicht ehrlich zu uns, sondern zu sich selbst.«

Die drei grinsten, aber sie begannen, sich möglichst viele Gedanken entgleiten zu lassen, denn die Fähigkeit, auf Kommando unter großem Druck Leere und Entspannung zu entwickeln, war eine wichtige Voraussetzung für die weitere Karriere, das hatte jeder von ihnen begriffen. Steinfeld ließ den letzten Satz des Paters einige Male durch sein Gehirn kreisen, atmete ihn tiefer, bis er durch seine

Adern zirkulierte und in Form von Bildern wieder auftauchte. Die Steilwand einer am Vortag absolvierten Bergtour, ein Panoramablick über schneebedeckte Gipfel, ein unter Lawinen begrabener Hochwald passierten sein Bewusstsein. Hinter seinen geschlossenen Augen pendelte sich die Farbe seiner Landschaften auf ein dunkles Orange ein. Er sah, in eine Gebirgswand gehauen wie die amerikanischen Präsidenten am Mount Rushmore, die Gesichter von Helms und seiner Tochter Katharina. Er erklomm die Steilwand und trieb stählerne Haken in ihre Augenhöhlen. Schnee rieselte nach unten auf seine schemenhaften Begleiter. Er begann sich zu entspannen.

Hohenbachs Stimme holte ihn zurück. Er war an der Reihe. Ein langer Blick in die Runde. Scheinbar bescheiden senkte er die Augen. Er ließ sie warten. Das erhöhte die Spannung. »So viel habe ich von Helms bereits gelernt«, dachte er spöttisch. Dann erzählte er die bewegende Geschichte von seinem Vater, dem Bergbauingenieur, dem der Kohlenstaub mit achtundvierzig Jahren die Lunge zerfressen hatte. Sein Vater hatte immer gewollt, dass er es mal weiter brachte als er, und empfahl seinem Sohn in Bezug auf die eigene, schlechte Gesundheit: »Mach weiter so. Du hast vielleicht nicht viel Zeit.«

Reusch und Keppler waren gerührt, Steinfeld lachte sie aus. Vielleicht hatte er die Geschichte nur erfunden? Tatsächlich hatte er den Schluss einer Legende um Alexander den Großen entlehnt, den angeblich seine Mutter mit diesem Satz auf seine Eroberungszüge geschickt hatte. Von ihm würde hier garantiert keiner die ungeschminkte Wahrheit über seine Person erfahren. Steinfeld hatte längst durchschaut, dass die Mönche diese Seminare bei aller Persönlichkeitsfortbildung auch dazu nützten, noch die letzte Intimität aus ihnen herauszuquetschen, um sie Helms für seine Personalpolitik zu hinterbringen.

»Dieses Kloster ist ein Trichter.« Herausfordernd sah er Pater Hohenbach an. »Oben wird ein halbfertiger Mensch reingesteckt und unten kommt ein perfekter Hermesbanker raus.«

Hohenbach widersprach amüsiert. Sie seien hier, um ihr gesamtes kreatives Potenzial auszuloten. Ja, fuhr Steinfeld ironisch fort, sie müssten lernen, ihre tiefsten Gefühle zu instrumentalisieren, und zwar ohne Zynismus, ohne Verbitterung. Nie von einem Freund erwarten, dass er gegen die Interessen der Bank handelt. Das war für Reusch bestimmt. Der senkte kurz den Blick. Hohenbach nickte zustimmend. »Wenn Sie so weitermachen, habe ich bald nichts mehr zu tun.«

»Nie von Helms erwarten«, fuhr Steinfeld fort, »dass er sich wie ein Vater und nicht wie ein Vorstandsvorsitzender verhält. Führt nur zu irrationalen Missverständnissen.« Ihre wunden Punkte und die daraus resultierenden Schmerzen seien ein großes Geschenk.

»Nur wenn wir sie als Makel betrachten, zerstören sie uns. Ansonsten sind sie die entscheidenden Triebfedern unserer Existenz, unseres Erfolgs.«

Kaska registrierte, dass Steinfeld nicht nur Keppler und Reusch, sondern auch Hohenbach in seinen Bann geschlagen hatte. Und er hatte geschickt von seiner persönlichen Geschichte auf psychologische Betrachtungen abgelenkt.

»Die Schmerzen sind ein großes Geschenk.« Steinfeld warf einen kurzen Blick auf ein romanisches Kruzifix an der Wand.

»Er spielt immer noch mit uns«, dachte Kaska, »unglaublich.«

»Durch sie können wir andere Menschen besser verstehen, wie auch andere Menschen uns durch unsere Schmerzen, unsere Schwächen besser verstehen können. Hätten wir sie nicht, wir müssten sie erfinden. Sie sind unser emotionales Kapital«, schloss Steinfeld und legte seine Hand kurz auf die Hohenbachs.

Der errötete. »Sehr sachlich ausgedrückt.« Hohenbach zog seine Hand hastig zurück. »Es sind die Widersprüchlichen«, setzte der junge Pater Steinfelds Gedanken eine Spur zu hastig fort, »die Unzufriedenen, Zerrissenen, die ganz nach oben kommen.«

Reusch dehnte seine Kniegelenke.

»Da muss ich meinem Alten ja richtig dankbar sein.«

»Die glücklichen, in sich ruhenden Geschöpfe sind für den Kassenschalter bestimmt«, sagte Kaska. »Missverstehen Sie das nicht als Zynismus. Die können das aushalten, Sie nicht! Sie müssen Ihre Zerrissenheit aushalten lernen. Dazu ist der erste Schritt, sie zu akzeptieren.«

»Und der nächste«, sagte Steinfeld, »sie zu genießen.«

Violett, führte Kaska weiter aus, sei oberflächlich betrachtet die Farbe der Harmonie, in genauerer Ausdeutung die Farbe der Unentschiedenheit, des Abwägens, kurz, der geistigen Beweglichkeit nach allen Seiten. Deswegen sei es die Farbe der Bischöfe, die Farbe des Fundaments der katholischen Kirche. »Lassen Sie sich durch die Dogmen nicht täuschen. Die Dogmen spielen innerhalb der katholischen Kirche dieselbe Rolle wie das Sparbuch bei den Banken. Es ist der Katechismus der kleinen Leute.«

Und über violett steht rot, dachte Steinfeld, die Farbe des Blutes, des Krieges und der Kardinäle.

»Vielleicht sollten wir unsere Persönlichkeiten weniger zwischen Gut und Böse auf die Streckbank legen, sondern sie zwischen den fernöstlichen Prinzipien des Yin und Yang aufspannen.«

Steinfeld erreichte mühelos, dass Hohenbach seinem Blick auswich. »Wie wir alle wissen, stehen diese Symbole für männlich und weiblich.«

Kaska hielt das für eine ausgezeichnete Idee, Hohenbach pflichtete mit gesenkten Augen bei. Gestern war der junge Pater zum ersten Mal mit den drei Matadoren beim Bergsteigen gewesen. Reusch wäre mit seinem übertriebenen Hang zur Selbstdarstellung beinahe abgestürzt und Keppler hatte sich an das Sicherungsseil geklammert wie sonst an seine Aktenmappe. Steinfeld hatte sich über Helms' Absicht, aus ihnen jetzt auch noch eine Bergkameradschaft formen zu wollen, lustig gemacht.

»Als Nächstes meldet uns der Alte zu einem Tiefseetauchkurs an. Hausse und Baisse im Nachwuchsmanagement.«

Hohenbach hatte lachend seine Hand ergriffen und ihn über einen Felsvorsprung nach oben gezogen. Auch da war die Berührung für ihn wie ein elektrischer Stromschlag gewesen. Es war nicht ungefährlich, Steinfeld anzufassen. Und geradezu selbstmörderisch, in sein Seelenlabyrinth hinabzutauchen.

Und doch kam irgendwann der Augenblick, in dem auch Steinfeld antrat zur großen Beichte. Er wählte Zeit und Ort mit Bedacht und arrangierte die Szenerie so, dass Keppler und Reusch, die eigentlichen Adressaten seiner Beichte, sich als unfreiwillige Zuhörer fühlen mussten.

Es war eine außerordentlich hübsche junge Frau in einem glitzernden Paillettenkleid mit einem sanft blickenden, italienischen Madonnengesicht und einer leichten Stupsnase, der Steinfeld eines frühen Morgens an einer mit halb ausgetrunkenen Gläsern, leeren Flaschen, vergeblichen Hoffnungen und schnell erfüllten Erwartungen übersäten Bar seine wahre Geschichte erzählte.

Eng umschlungene Pärchen wiegten sich zu melodiöser Rockmusik zwischen zusammengeklappten Sonnenschirmen auf der Terracotta-Terrasse, als wollten sie ineinander kriechen. Eine leichte Brise bewegte die Blätter einiger Pappeln. Es roch nach Blumen und schwach nach dem gechlorten Wasser eines Swimmingpools, aus dem, gedämpft durch die Musik, Gelächter und lautes Kreischen herüberdrang. Auf den ersten Blick wirkte die Szenerie wie ein ganz normales Wochenendgartenfest und nur bei genauerem Hinsehen hätte man feststellen können, dass sich alle Pärchen nicht aufgrund persönlicher Zuneigung, sondern durch finanzielle Zuwendung gefunden hatten. Wie an solchen Orten üblich, wurde für die größtmögliche Ähnlichkeit mit nicht professioneller Annäherung besonders viel Geld bezahlt. Hier erholten sich die drei Matadore von ihren Klettertouren, die von Mal zu Mal anspruchsvoller wurden. Außerdem war es ein Ort, an dem sie unter Garantie keinem Mönch begegnen würden. Reusch hatte seinen volltrunkenen Kopf auf den Tresen gelegt. Sein Schädel wurde, anders als die heilige Schrift in der Kapelle, in der sie jeden Morgen um vier zur ersten Andacht antraten, nicht von zwei Kerzenständern, sondern von zwei halb geleerten Whiskyflaschen flankiert. Keppler fummelte mit gelockerter Krawatte an einem kichernden Mädchen herum, deren Gesichtszüge und Figur ihre Abstammung aus einem der umliegenden Dörfer nicht verleugneten. Er hatte sich in den Bergen einen Sonnenbrand im Gesicht geholt, der angeblich so heftig war, dass sein Mädchen ihn nur auf die Brust küssen durfte. Er bedauerte lautstark, dass sie nicht ebenfalls unter einem Sonnenbrand litt. Jedenfalls war er so beschäftigt, dass er den Anfang von Steinfelds Vorstellung nicht mitbekam. »N-a-p-o-l-a«, hatte Steinfeld gerade buchstabiert. Nationalsozialistische Eliteschule. Ihm fiel auf, dass er gerade mit seinen professionellen Liebesbekanntschaften bevorzugt über seine Schulzeit redete. Heute hatte es einen bestimmten Grund.

»Du kannst dir trotzdem von mir Feuer geben lassen. Meine Hände sind entnazifiziert.«

Damit brachte er sie zum Lachen. In letzter Zeit hatten sie sich angewöhnt, den Grad von Empfindungen in Prozenten abzuschätzen, eine Erfindung Reuschs. Wie viele Prozent am Lachen seiner Herzdame waren professionelle Routine, wie viele echt? Er schätzte siebzig zu dreißig. Keppler weckte Reusch. Steinfeld schenkte sich ein neues Glas Whisky ein. »Welchen Freund sucht man sich in der Schule aus, wenn man der Beste ist?«

Das Mädchen zuckte die Achseln. Sie erinnerte sich nicht sonderlich gern an ihre Schulzeit. »Den zweitbesten?«

»Kluges Kind«, sagte Steinfeld. »So klug war ich damals noch nicht. Ich suchte mir den Schwächsten. Wahrscheinlich, weil er das genaue Gegenteil von mir war: zart, musikalisch, schlecht in der Schule, noch schlechter im Sport. Was auf der Napola beinahe noch schlimmer war ...«

Er brach ab und starrte nach unten in sein Glas, als könnte er dort die Vergangenheit sehen. Er sah nichts außer Whisky und einem Stück Bein seiner Begleiterin. Der Schmerz über Heinrichs Tod war nur ein Gedanke, er fühlte ihn nicht. Er schloss die Augen und fuhr mit den Händen über seine Arme, bis sie sich wieder genauso schmal und sehnig anfühlten wie damals, mit vierzehn Jahren: Otto räumt Heinrichs Spind auf, Otto macht sein Bett, Otto erledigt Heinrichs Hausaufgaben, Otto lässt Heinrich abschreiben, Otto übergibt auf der Aschenbahn das Staffelholz an Heinrich. Versucht es. Aber immer wenn Heinrichs Finger das Holz zu berühren scheinen, verschwinden seine wirbelnden Beine in der Dunkelheit ... Steinfeld schüttelte den Kopf, als habe er kurz geträumt.

»Was war dann«, fragte das Mädchen und goss ihm noch etwas Whisky nach.

»Was soll gewesen sein«, erwiderte Steinfeld. »Heinrich wurde in die nächsthöhere Klasse versetzt.«

Das Mädchen schmiegte sich an ihn. »Er hatte ja dich.«

»Ja«, sagte Steinfeld ruhig, »er hatte mich. Am Morgen nach der Zeugnisausgabe lag er mit aufgeschnittenen Pulsadern in seinem Bett.«

Das Mädchen kannte Geschichten solcher Art. Sie hatte sie schon oft gehört und wusste, wenn ein Kunde mit so etwas anfing, war es das Beste, ihn weiterreden zu lassen. Sie nickte mitfühlend. Das machte sie ganz gut. Steinfeld redete weiter.

»Er hatte sie mit diesem Dolch aufgeschnitten, den wir alle zur Abschlussprüfung bekommen hatten. ›Mehr sein als scheinen‹, stand darauf ... er wollte nicht mehr scheinen, als er war, und er war eben ... ein Versager. Er hatte sich die Adern längs aufgeschnitten. Einmal hatte er alles richtig gemacht ...«

Scheinbar überrascht drehte er sich um. Natürlich war ihm nicht entgangen, dass Keppler und Reusch hinter ihm standen und zugehört hatten. Als er ihre Gesichter sah, war er allerdings erstaunt.

Seine Geschichte war ein hundertprozentiger Erfolg. Und im selben Augenblick, als er sicher war, dass sie ihm glaubten, tauchte der Schmerz über Heinrichs Tod wie ein langer, spitzer Dolch in sein Bewusstsein und seine spöttische Selbstdiagnose lautete: bewusste Schizophrenie. Ein ständiges strategisches Versetzen der verschiedenen Empfindungszustände von Patient Steinfeld, die neben-, unter- und übereinander in ihm existierten und je nach Bedarf an der Oberfläche auftauchten oder in die Tiefe fuhren. »Eigentlich besteht unsere wichtigste Aufgabe darin«, hörte er Helms' Stimme, »Zyklen zu erfinden, die das Kapital immer wieder in unsere Hände zurückspielen. Daher ist blindes Zugreifen ebenso falsch wie vorschnelles Loslassen. Es kommt immer auf den richtigen Zeitpunkt an.« Ebenso verhielt es sich mit dem Gefühl. Man musste das Kunststück beherrschen, wie ein Zirkusreiter auf seinen eigenen, mühsam dressierten Gefühlshaushalt auf- und wieder abzuspringen. Nur wenn man seine tiefsten und ehrlichsten Empfindungen mit vollkommener Berechnung einsetzte, konnte es gelingen: die Instrumentalisierung der tiefsten Gefühle. Eine faszinierende Form der Meditation. Ein plötzliches Lachen verwandelte sein Gesicht wieder in den sieggewohnten Jungen, der die Welt erobern wird. Er legte die Arme um Keppler und Reusch, während er behauptete, er habe die Nutte angelogen, die Geschichte über Heinrich sei ebenso erfunden wie die am Morgen über seinen Vater.

»Ich wollte heute ausnahmsweise mal nicht bezahlen«, er warf einen kurzen Seitenblick auf das höflich abwartende Mädchen, »ihr versteht, was ich meine?«

Das war perfekt. Durch diese letzte Drehung, die die Wahrheit scheinbar in eine Lüge verwandeln sollte, waren Keppler und Reusch wirklich berührt. Sichtlich beeindruckt stießen sie mit Steinfeld an: auf Heinrich.

Und sie dachten: »Darauf, dass wir drei so gute Freunde werden wie Heinrich und du. Wir und unsere Bank gegen den Rest der Welt.«

Steinfeld ließ den Whisky seine Kehle hinabrinnen und wartete darauf, bis er in seinem Magen explodierte. Dann packte er Keppler an einem Arm, Reusch fasste den anderen. Keppler begriff erst, was sie vorhatten, als sie drei Meter vor dem Pool waren.

»Halt! Ich hab meinen Terminkalender im Jackett!!«

»Wir und die Bank!«, schrie Reusch.

Klatschend landeten sie im Pool. Keppler paddelte verzweifelt mit den Armen, klammerte sich an Reusch, ging unter, tauchte Wasser spuckend wieder auf. Reusch versuchte sich lachend zu befreien.

»Was ist denn mit dir los?«

»Ich kann nicht schwimmen«, japste Keppler.

»Was?«

Sie zogen ihn zum Beckenrand.

»Das gibt's doch nicht.«

»Wann, bitteschön, hab ich Zeit, so was zu lernen«, keuchte Keppler.

Reusch spritzte eine Nutte am Beckenrand nass. »He, bring mal Schwimmflügel!«

Irgendjemand warf einen Sonnenschirm ins Wasser.

Montagmorgen. Bloody Monday, acht Uhr dreißig. Der Alkohol vom Wochenende pochte noch in den Schläfen und die vom Bergsteigen und anderen körperlichen Ertüchtigungen am meisten beanspruchten Körperpartien brannten. Steinfeld hatte sein Mädchen mit einer Ausgiebigkeit vernascht, die den beiden anderen Respekt abnötigte. Dass Steinfeld offensichtlich zu einem virtuosen Umgang mit beiden Geschlechtern in der Lage war, erhöhte seinen Marktwert nur noch mehr. »Ihr wisst doch«, hatte er gesagt und ihnen dabei zugeblinzelt, »ich bin nicht mit dem Herzen dabei.« Den anschließenden Traum hatte er für sich behalten: ein weiblicher Körper, der vor ihm strippte und sich dabei die Haut abzog. Blut, Muskeln, Knochen. Für einen Augenblick hatte ihm sein Traumgebilde reglos gegenübergestanden, ehe es zu einem undefinierbaren Haufen zusammenfiel. Trotzdem hatte er durchgeschlafen.

Der Kater war nicht so schlimm, wie sie ihn darstellten. Im Sekretärinnenpool im zehnten Stock drei Aspirin abzustauben, gehörte zum Image. Abgesehen vom Mitleidsbonus bei den jungen Damen, der schon mal zu einem Abendessen und auch mehr führen konnte. Reusch war der schlimmste Fuchs im Taubenschlag. Sie waren die jungen Wilden. Sie waren in die kurze Entmilitarisierungsphase der jungen Republik gefallen, hatten den Aufbau der Bundeswehr verpasst, besaßen weder Kriegserfahrung noch Disziplin. Sie hörten Rockmusik. Auch wenn sich das bei Keppler, abgesehen von Steinfelds Grillfesten, auf Simon und Garfunkel beschränkte. Es wurde sogar hinter vorgehaltener Hand kolportiert, dass sie gelegentlich Drogen nahmen. Steinfeld ließ selbst diesen Gerüchten freien Lauf. Je geschädigter sie montagmorgens antraten, umso größer war die Leistung, in der anschließenden Sitzung bei Helms zu punkten. Der Fahrstuhl in den dreißigsten Stock und der montägliche Gang den Flur hinunter waren längst zur Routine geworden. Auf dem Weg in die Vorstandsetage verwandelten sie sich von unausgeschlafenen, verkaterten Jungmanagern in scharfsinnige, dynamische Aushängeschilder des Hauses. Der Page hielt schon mal einen Rasierapparat für Reusch bereit.

IMMER GUT GELAUNT UND GESUND ERSCHEINEN.

Lex Helms, die siebte.

Sie gingen zu dritt nebeneinander, sodass sich jede entgegenkommende Person, die in der Anzughierarchie unter ihnen stand, an die Wand drücken musste, um an ihnen vorbeizukommen. Vorständen wurde höflich, nicht ohne eine Spur unterschwelliger Ironie, Platz gemacht. Die livrierten Pagen, die wertvollen Läufer auf dem Fußboden, die holzgetäfelten Wände und die schweren Wasserhähne aus Silber waren längst eine Selbstverständlichkeit geworden. Den Originalen französischer Impressionisten schenkten sie keinen Blick mehr. Steinfeld nützte die Zeit für einen morgendlichen Schlagabtausch, ein kleines »Warm-up«, wie er es nannte, vor dem Hauptkampf mit Helms. Thema des heutigen Morgens: Überzeugungsarbeit. Steinfeld skizzierte die verschiedenen Möglichkeiten:

Jeder Kunde erwartete etwas anderes von seinem Banker. Die einen wollten einen besorgten Arzt, andere einen mitfühlenden Therapeuten. Die einen wollten eine Bestätigung ihrer Taktik, andere, dass man ihnen widersprach. Manche legten ihr Geld nur an, weil sie einsam waren. Andere suchten einen Kumpel für den gemeinsamen Thrill. Es gab Erbsenzähler und solche, für die Geld nur ein Mittel zur Verwirklichung ihrer Vision darstellte. Manche wollten belogen werden, andere ließen sich mit der Wahrheit am besten bluffen, und, darin waren sich alle einig, niemand konnte einen Kunden seriöser ruinieren als Helms.

Wenn noch Zeit blieb, hänselten sie Keppler mit seinem angeblich ausschweifenden Liebesleben. Es wurde das Gerücht gepflegt, Keppler notiere in seinem Terminkalender nicht nur Termine, sondern auch die wichtigsten Maße seiner Rendezvous-Partnerinnen.

Laut Reusch hatte Keppler sich zu einem richtigen Spezialisten entwickelt. Er konnte mit einem einzigen Blick eine Oberweite auf bis zu fünf Zentimeter genau abschätzen. Reusch hatte es mit einem Maßband überprüft.

Manchmal persiflierten sie, was Helms ihnen vermittelt hatte: Betroffenheitsblick, mitfühlender Händedruck, gegebenenfalls mit Ellenbogenunterstützung, wissender Blick, ehrlicher Blick, Empörung (notfalls gegen die eigene Bank), Hilfe. Helms hatte Recht: Meistens war Zuhören wichtiger, als selbst zu reden. Den Kunden verstehen. Nur so konnte man ihm die Lösung der Bank als seine eigene Entscheidung verkaufen. Ihn die kleinen Gewinne machen lassen, ehe die großen Verluste kamen. Die Gier war eine Konstante bei allen Unternehmungen, auf die man sich felsenfest verlassen konnte. Gleichgültig, wie vorsichtig sie zunächst agierten, irgendwann überkam sie alle die große Gier.

»Das ist der Grund, warum letztendlich immer wir gewinnen, die Bank«, vollendete Reusch.

»Anschließend leisten wir gemeinsam Trauerarbeit«, sagte Keppler.

Der mitfühlende Blick des Bestattungsunternehmers am Sarg des Kundenkapitals. Keppler beherrschte ihn perfekt. Reusch variierte einen aktuellen Werbeslogan der Bank: Leben Sie, wir beerdigen Ihr Kapital. Ein entgegenkommendes Vorstandsmitglied schüttelte missbilligend den Kopf.

Keppler schnupperte, identifizierte den Zigarrengeruch von Helms als Sumatra. Ein gutes Zeichen. Die Friedenspfeife unter Helms' Zigarren. Sie betraten sein Sekretariat. Eine wuchtige Matrone, die wie ein Schlachtschiff vor den Terminen ihres Chefs kreuzte, teilte ihnen mit, dass Helms nur Steinfeld zu sprechen wünsche.

Die letzte halbe Treppe nahm er mit zwei Schritten nach oben, zur allerheiligsten Höhle, wie sie Helms' Büro getauft hatten. Seine Aschenbahn hatte sich auf ein paar Stufen verkürzt. Er wusste, warum Helms ihn alleine sprechen wollte. Er hatte Juras inzwischen nicht nur saniert, sondern gemeinsam mit Reusch in eine Aktiengesellschaft umgewandelt und mit beachtlichem Erfolg an der Börse platziert. Dafür musste was rausspringen. Er überlegte, wie er eine Beförderung annehmen konnte, ohne die Solidarität von Keppler und Reusch zu verlieren.

Helms stand häufig mit dem Rücken zur Tür, wenn ein Mitarbeiter des Hauses den Raum betrat. So auch heute. Er betrachtete ein wenig bekanntes Gemälde von Tizian, das seine Tochter kürzlich für ihn ersteigert hatte. Es zeigte eine dunkle Waldlandschaft, gegen die sich einige helle Körper wie unterschiedlich starke Lichter abhoben.

Steinfeld zog die von innen ledergepolsterte Tür hinter sich zu. Sie glitt geräuschlos ins Schloss. Es war dunkler geworden in Helms' Büro. Die Beleuchtung setzte punktuelle Lichtflecke und verwandelte den Rest des Raumes in ein nuancenreiches Schattenspiel. Helms hatte sein Büro den Lichtverhältnissen der italienischen Renaissance-Malerei angeglichen. Man munkelte, dass er wegen seiner stark lichtempfindlichen Augen nur noch nachts spazieren ging. Sonnenbrillen lehnte er ab. Auf die dunkle Glasfassade seiner Bank hingewiesen, äußerte er: »Wenn ein Mann eine Sonnenbrille trägt, ist es billige Attitüde, bei einem Gebäude Architektur.«

»Wissen Sie, wie man Sie hier im Haus nennt?«, fragte Helms, immer noch mit dem Rücken zu Steinfeld. »Den Heizer.«

Steinfeld setzte sich auf einen der zierlichen Rokokostühle und schlug die Beine übereinander. Er hatte inzwischen Übung darin, die Sitzfläche einigermaßen erträglich auszubalancieren.

»Tja, das Geschäft mit Heizöl läuft wieder ziemlich gut.«

»Deswegen konnten wir auch einen erfreulichen Preis für das Unternehmen erzielen.«

Steinfeld glaubte, nicht richtig zu hören. Er hatte monatelange Arbeit in die Sanierung von Juras investiert.

»Sie wollen die Firma verkaufen?«

»Wir haben sie bereits verkauft.«

»An wen? An die Amerikaner, richtig?«

»An ein internationales Konsortium unter der Leitung der A.P. Even.«

Die A.P. Even gehörte zum Kreis der fünf ältesten und größten amerikanischen Investmentbanken. »Wir sind wie ein altes Ehepaar«, pflegte Helms die Verbindung seiner Bank zur A.P. Even zu umschreiben, »wir zerfleischen uns gegenseitig, um uns dann gestärkt gemeinsam auf Dritte zu stürzen.« Seit Ende des Zweiten Weltkriegs führte Helms diese Ehe nach dem Motto, der Klügere gibt nach. Zu Steinfelds Leidwesen auch jetzt.

»Für wie viel?«

»Der Verkaufspreis ist nicht das Entscheidende. Wir erhalten im Gegenzug die Möglichkeit, uns über Verbindungsleute, zu denen nur Even Zugang hat, im aufstrebenden japanischen Elektronik- und Zweiradmarkt zu engagieren. Mit einem dreistelligen Millionenbetrag.«

Für Steinfeld war das nur ein Zeichen, wie wichtig die Juras in einem Machtpoker um die Rohstoffversorgung hätte werden können. »Ich habe freiwillig auf mein Ölgeschäft mit der Sowjetunion verzichtet«, sagte er laut, »und im Gegenzug hatten Sie mir zugesichert, dass wir als Mehrheitsaktionär die Kontrolle über Juras behalten.«

Helms nahm hinter seinem Schreibtisch Platz. Steinfeld entging nicht, dass er dafür seine Stuhllehne ertasten musste.

»Ich hatte Ihnen gar nichts zugesichert«, erwiderte Helms gelassen. »Ich habe Ihnen in verzweifelter Lage die Hand gereicht.«

Das entsprach den Tatsachen und genau deshalb machte es Steinfeld umso wütender. Er hatte sich nicht zuletzt deswegen so sehr für die Sanierung der Firma eingesetzt, weil er damit sein schlechtes Gewissen gegenüber Juras kompensieren wollte. Helms hatte das durchschaut und für seine Zwecke benützt. Für einen Augenblick verlor er die Beherrschung.

»Das war das letzte Mal, dass Sie mich über den Tisch gezogen haben!«

»Ich verstehe Ihre Erregung nicht.«

»Welch hübsche Wortwahl«, dachte Steinfeld bitter.

»Sie hatten doch nicht etwa vor, die Firma erneut für heimliche Ölgeschäfte zu missbrauchen«, schickte Helms sanft hinterher. »Die Politik wird sich in diesem Falle sicherlich nicht wirtschaftlichen Erwägungen anpassen.«

Der Raum schien noch kleiner zu werden. Helms hatte Steinfelds Pläne bereits im Ansatz pulverisiert. Er zitierte wörtlich aus dem Vortrag, den Steinfeld vor einigen Wochen der neuen Führungscrew von Juras gehalten hatte. Jemand musste ihn verraten haben. Reusch? Keppler? Nein, die waren gar nicht dabei gewesen. Es war eine totale Niederlage. Wenn es ihm nicht gelang, mit einer eigenen Strategie zu kontern, würde er immer der Lakai von Helms bleiben. Er brauchte eine zündende Idee, jetzt, sofort. Etwas völlig Neuartiges.

Überrascht stellte Steinfeld fest, dass die Ausbildung bei den Jesuiten Wirkung zeigte. Seine Wut auf Helms machte überlegener Freundlichkeit Platz. Helms war nicht länger sein Gegner. Er würde den alten Mann an seiner neuen, überlegenen Strategie teilhaben lassen. Im Zustand völliger Gelassenheit war sie gerade eben geboren worden: »Keine Sorge, ich hab's begriffen. Keine Geschäfte mit Kommunisten.« Er setzte sein strahlendstes Lächeln auf. »Von Sozialdemokraten war aber nicht die Rede.«

Jetzt war es an Helms, überrascht zu sein. Steinfeld nützte diesen Augenblick, um emphatisch fortzufahren: »Unsere Chance liegt im Osten. Der Rest der Welt ist längst verteilt! Wir können ja Ihre amerikanischen Freunde mit ins Boot nehmen, nachdem Sie denen Juras in den Rachen geworfen haben.«

»Sie reden nicht nur wie ein Sozialist, sie wollen mit denen auch noch Geschäfte machen ...«

»Zu unserem Vorteil«, unterbrach Steinfeld.

Helms legte energisch die flache Hand auf die Tischplatte.

»Wagen Sie es nicht, das irgendwo eigenmächtig vorzuschlagen! Sie werden den Ruf meiner Bank mit so etwas nicht beschädigen!«

»Was glauben Sie«, konterte Steinfeld gelassen. »Das Öl ist rot und trägt Hammer und Sichel? Und wer es verheizt, wird Kommunist?«

»Wer es verheizt, unterstützt den Vietcong!«

»Dieser Krieg war doch vom ersten Tag an verloren. Genauso wie die nächste Wahl für die CDU.«

Helms winkte ab. »Sie sind doch sonst so brillant in der Vorhersage von Kriegsausgängen«, fügte Steinfeld sarkastisch hinzu.

»Und deswegen sage ich Ihnen, dieser Rehmer, dieser SPD-Gigolo im Friedensgewand, dessen emotionale Art und sein Freiheitsgetue kommen vielleicht beim Volk gut an, aber Rehmer wird sich nicht mehr lange in der Politik halten.« Helms wischte den SPD-Kanzlerkandidaten mit einer für ihn typischen, ruckartigen Kopfbewegung in den Papierkorb der Geschichte.

»Zu weich, zu labil.«

Steinfeld widersprach entschieden. Aber es gelang ihm, sich nicht von Helms emotionalisieren zu lassen. Im Gegensatz zu Helms spürte er bei den Wahlkampfauftritten von Rehmer die einzigartige Wechselwirkung zwischen dem Redner und seinen Anhängern, eine tiefe kollektive Übereinstimmung, die sich in gemeinsamer

Euphorie ausdrückte. Rehmer war kein Demagoge, kein Einpeit-
scher, er schürte keine Ängste, Wut oder Hassgefühle. Rehmer
schenkte Hoffnung, brachte Freiheit, machte Mut. Das Wichtigste
aber war: Als Emigrant und Widerstandskämpfer während des Dritten Reiches zeigte er dem Volk der Täter einen Ausweg aus der
Gefühlserstarrung, indem er Schuld öffentlich eingestand und um
Vergebung bat. Steinfeld begriff: Es war nicht wichtig, ob Rehmer
seine Ideale wirklich verkörperte, entscheidend war, dass er als Unschuldiger für die Schuld des deutschen Volkes glaubhaft um Verzeihung bitten konnte. Dadurch wurde einem Volk, das in Ausch-
witz seine Existenzberechtigung verloren hatte, das Weiterleben
ermöglicht. Wahrscheinlich verzieh das Volk Rehmer deswegen alle
seine hinreichend bekannten Schwächen.

Auch Steinfeld, der in der Rassenreligion des Nationalsozialismus aufgewachsen war, dessen Glaubensgebäude auf Elite, Arro-
ganz und einer Herrschaft der Effektivität über alle Äußerungen
des Lebens beruhte, wurde von Rehmer zumindest punktuell erlöst. Dieses Gefühl der Erlösung war natürlich längst nicht so stark,
wie er es jetzt Helms gegenüber darstellte, aber er erreichte damit
genau das, was er wollte: Helms, der weder sich noch Steinfeld von
Rehmer erlöst sehen wollte, wurde eifersüchtig. Interessiert registrierte Steinfeld, wie er, wenn er nur tief genug in Helms' Gefühls-
verliese hinabstocherte, Verhaltensweisen ans Tageslicht fördern
konnte, die jungenhaft, ja pubertär zu nennen waren. In den Ker-
kern dieser machtbewusstesten Persönlichkeit saß ein weggesperr-
tes, nie erwachsen gewordenes Kind, das besonders heftig nach
Zuneigung und Anerkennung schrie. Nicht Steinfeld, Helms wurde
emotionalisiert.

»Ich sage Ihnen noch etwas«, bellte Helms zwischen den ersten
Zügen an einer dunklen Brasil, »wenn Sie bei der Entwicklung Ihrer Strategien irgendeine Ideologie, einen Glauben, eine Emotion bei
sich oder anderen zu ernst nehmen, werden Sie fallen ...«

»Das mag auf einen Bankier zutreffen«, erwiderte Steinfeld
leichthin, »aber nicht auf einen Politiker. Und vielleicht ist es das
Einzige, worum ich Politiker beneide. Gerade wegen seiner Schwächen, auch fürs weibliche Geschlecht, wird Rehmer der mensch-
lichste Kanzler, den diese Republik jemals gehabt hat.«

Mit dieser Bemerkung brachte er Helms so weit, dass er das erste
Mal in Steinfelds Gegenwart aus der Rolle fiel: »Ich weiß nicht, ob

ausgerechnet Sie berufen sind, Qualitäten des weiblichen Geschlechts zu beurteilen.«

Er merkte, dass er zu weit gegangen war, und wollte die Bemerkung relativieren, aber Steinfeld ließ ihn nicht entkommen.

»Ach, darum geht es ...«

Helms unterbrach ihn grob: »Eines ist Ihnen doch klar. Wenn irgendwas über Ihren griechischen Lebenswandel an die Öffentlichkeit dringt, lasse ich Sie so schnell fallen, dass Sie den Aufschlag spüren, bevor ich loslasse.«

In diesem Augenblick hatte Steinfeld beinahe Mitleid mit ihm. Je schneidender Helms' Stimme wurde, je intensiver sich seine Augen in Steinfelds Gesicht bohrten, als wollten sie ihn hypnotisieren, umso rettungsloser verriet er Steinfeld sein Gefühl unendlicher Einsamkeit. Helms hatte ihn bereits bis zu einem Grad adoptiert, von dem es kein Zurück mehr gab, und all seine Wutausbrüche über den missratenen Ziehsohn waren nichts anderes als versteckte Liebeserklärungen.

»Gib dir keine Mühe«, dachte Steinfeld, »du entkommst mir nicht.« Er vergaß, dass auch er Helms nicht mehr entkommen würde. Steinfeld lächelte beinahe nachsichtig.

»Ich staune, wirklich. Ich hätte mehr Toleranz und Souveränität erwartet.«

Helms' Blicke ließen von ihm ab und wanderten zu dem Stillleben Renoirs, linker Hand von seinem Schreibtisch. Dort waren all die kulinarischen Köstlichkeiten versammelt, die Helms aus Gesundheitsgründen nicht mehr essen durfte. Steinfeld war sicher, dieses Bild würde als Erstes der neuen, dunklen Renaissance-Linie zum Opfer fallen.

»Sie machen sich strafbar damit«, knurrte Helms, »das ist alles, was ich im Auge behalten muss ...«

Steinfeld ermöglichte ihm einen geordneten Rückzug.

»Wissen Sie, was Adenauer antwortete, als man ihm zutrug, dass sein Außenminister Brentano Männern zugeneigt war? ›Was wollen Sie? Bei mir hat er es noch nicht probiert.‹ Ich werde mich darum kümmern, falls es nötig ist. Ich weiß, wie man so etwas handelt.«

Er setzte zu einem neuen Überraschungsangriff an: »Und ich weiß auch, wenn die SPD die nächste Wahl gewinnt, und das wird sie, müssen wir auf der Seite des Siegers sein.«

So leicht gab Helms sich nicht geschlagen. Er hielt Steinfeld vor, er beherrsche das ABC des Bankers nicht. Sonst wäre ihm die Pleite mit Juras nie passiert. Steinfeld sei ein Spieler, habe aber erhebliche Defizite im Geldhandwerk, zum Beispiel bei der Analyse einer Bilanz. Damit hatte er Recht und Steinfeld war klug genug, das zuzugeben. Auf seine Art.

»Deswegen bin ich ja hier«, konterte er charmant. »Um vom besten Lehrer zu lernen, den es auf diesem Gebiet gibt.«

»Diese Schmeicheleien verbessern Ihr Können nicht. Sie kosten im Zweifelsfall nur Geld. Reusch ist beim Verhandeln der Konditionen geschickter als Sie. Und Keppler mag zwar strategisch begrenzt sein, aber er setzt sich auf seinen Hosenboden und rechnet durch. Der schwebt nicht dauernd über den Zahlen wie Sie! Und deswegen sind Sie in der VAG-Sache noch keinen Schritt weiter.«

Auch damit hatte er Recht. Steinfeld hatte den vergeblichen Versuch unternommen, über eine Reederei, deren Dienste sowohl von der Juras AG als auch vom Dent-Konzern in Anspruch genommen wurden, Dent auf den Schiffen, auf denen die Juras Heizöl beförderte, günstig Laderaum zur Verfügung zu stellen, um so möglicherweise Einblick in illegale Waffenausfuhren zu bekommen. Dent war klug genug gewesen, Steinfelds Köder mit dem leeren Schiffsladeraum nicht zu schlucken. Im Gegenteil. Geradezu provokativ führte er seitdem Steinfeld vor, wie legal die Geschäfte des Dent-Konzerns waren, und gelangte auch noch auf Steinfelds Kosten in den Genuss von Laderaum zu Dumpingpreisen. Steinfeld konnte nur hoffen, dass Helms von diesem kläglich gescheiterten Versuch nichts wusste. Aber wahrscheinlich war diese Hoffnung vergeblich. Während Helms weitersprach, musterte Steinfeld Katharinas Foto auf dessen Schreibtisch. Ihre Augen, wild, ungebändigt, zu jeder Schandtat bereit, schienen sich nur mit Mühe in die Reglosigkeit des Silberchlorids verbannen zu lassen und ihr Ausdruck sprengte die goldenen Schnitte der alten Meister, indem sie ihrem Betrachter ewiges Feuer versprachen. Steinfeld war plötzlich sicher, er könnte nie zur wohltemperierten Leblosigkeit erstarren, solange ihn diese Augen anblickten, und er schloss einen Pakt mit ihnen. Wenn du mir jetzt die richtige Idee gibst, heirate ich dich, gegen deine Ängste, gegen meine Natur. Sein Körper zuckte bis in den letzten Nervenstrang zurück vor dieser abenteuerlichen Entscheidung, aber in diesem Schrecken lag auch ein besonderer Reiz. Helms entging nicht, wohin Steinfelds Blick sich verirrt hatte.

»Niemand wollte Sie hier«, sagte er, »außer mir. Sie haben nicht gedient. Sie waren nicht im Krieg. Sie besitzen keinen Korpsgeist. Sie werden hier immer ein Außenseiter bleiben.«

»Deswegen haben Sie mich doch geholt«, entgegnete Steinfeld. »Sie wissen genau, nur jemand, der anders ist, kann das Korps auf ein höheres Niveau bringen. Und dieses Niveau wird nötig sein, wenn die Bank erfolgreich die nächsten Jahrzehnte überstehen will. Den Rechenschieber kann hier jeder bedienen, außer mir.«

Gleichzeitig dachte er: »Hier ist es auch nicht anders als auf der Napola. Hierarchische Struktur, unbarmherzige Konkurrenz, ständige Auslese, jede Sekunde ein Prüfungsverfahren, machtstrategische Bündnisse. Bedingungslose Freundschaft wäre das Todesurteil, selbst die zwischen Vater und Sohn.

Helms warf ihm einen warnenden Blick zu.

»Jeder hier ist ersetzbar. Auch ich. Und das ist gut so. Denn sonst wäre die Existenz der Bank in Gefahr.«

Steinfeld nahm den Blick von Katharinas Fotografie.

»Wie geht's übrigens Ihrer Tochter?«

»Spielt zu viel Klavier. Ach ja«, die Bemerkung bereitete Helms sichtlich Freude, »in letzter Zeit geht sie gelegentlich mit Reusch in die Oper. Das wird Sie kaum stören.«

»Haben Sie den beiden ein Jahresabonnement geschenkt? Das wird mit Sicherheit 'ne Fehlinvestition. Aber Rehmer wird keine.«

»Jetzt hören Sie endlich auf mit diesem Rehmer. Der Mann ist bei seinen Wahlkampfveranstaltungen so betrunken, dass ihn zwei Wahlhelfer hinter dem Rednerpult stützen müssen, wenn er seine sozialistischen Plattheiten in die Menge blafft!«

»Die Menschen sind immer von der Lüge begeistert, nie von der Wahrheit. Sonst gäbe es keine Religion.«

»Sie haben wirklich Glück, dass meine Türen so dick gepolstert sind. Sonst müsste ich Sie wegen dieser Bemerkung entlassen.«

Plötzlich schlossen sich Steinfelds Gedanken zu einem magischen Kreis und sie war geboren, die alles zueinander führende Idee! Er nahm sie und pflanzte sie Katharina wie ein Diadem ins Haar: Nicht Rehmer würde Helms erlösen, sondern Steinfeld.

»Sie brauchen mich nicht zu entlassen«, verkündete er dem alten Mann hinter dem Schreibtisch. »Wenn ich für Rehmer kein Geld bekomme, kündige ich.« Ein letzter Blick auf Katharinas Foto musste auf Helms wirken, als nähme Steinfeld Abschied von ihr.

»Meine Tochter wird untröstlich sein«, gab Helms mit sarkastischer Stimme zurück. »Seit Ihrer letzten Begegnung vor zwei Jahren fragt sie täglich nach Ihnen.«

Zwei Jahre! Steinfeld kam es so vor, als hätte er sie vor zwei Wochen das letzte Mal gesehen. Was hatte er in diesen zwei Jahren getan? Er hätte seinen Terminkalender zu Rate ziehen müssen, um das sagen zu können. Sein früheres Leben bestand aus einem Nebel vager Erinnerungen. Er konnte sich nicht einmal mehr an alle Gesichter erinnern, die er bei Juras rausgeworfen hatte. Die Bank hatte ihn gefressen, mit Haut und Haaren. Er diente dem Tempel des Geldes, um irgendwann Priester dieses Tempels zu sein. Und um in die Tafelrunde des Kapitals aufgenommen zu werden, musste er den siechen König von seinem Leiden erlösen.

»Wir brauchen Rehmer. Er wird uns den Osten öffnen. Das bedeutet Kreditgeschäfte in Milliardenhöhe, die ausnahmslos in Form von Hermesbürgschaften vom Staat abgesichert werden. Wir können überhaupt nicht verlieren. Wenn wir uns aber dem Osten nicht nur politisch, sondern auch wirtschaftlich annähern, könnte das eines Tages sogar die deutsche Wiedervereinigung bedeuten.«

Helms lächelte unmerklich. Steinfeld wäre nicht Steinfeld gewesen, wenn er ihn nicht an seinem wundesten Punkt getroffen hätte. Wenn er nicht den Köder auslegte, dem Helms nicht widerstehen konnte. Steinfeld wusste genau, dass Helms sich wegen seiner Funktion als Leiter der Auslandsabteilung der Bank während des Dritten Reiches tief in seinem Herzen Mitschuld an der Teilung Deutschlands gab, und das zu Recht. Es waren nicht zuletzt die Enteignungs- und Kreditgeschäfte der Hermes-Bank gewesen, die der Wehrmacht ihren Ausrottungskrieg gegen die Sowjetunion ermöglicht hatten, und natürlich war auch die Hermes-Bank an zahlreichen Betrieben beteiligt gewesen, deren Kapital durch den Einsatz von Zwangsarbeitern vermehrt wurde. Andererseits hatte Helms immer nur versucht, das Schlimmste zu verhindern, und in einigen Fällen war ihm das zweifellos auch gelungen. Deswegen fühlte er jetzt auch ein spätes Anrecht darauf, die tiefe Verletzung, die ihm die Teilung Deutschlands zugefügt hatte, zu schließen. Und zum ersten Mal seit Kriegsende war er sicher, das dafür notwendige Werkzeug gefunden zu haben: Steinfeld.

»Ich verstehe«, sagte er langsam. »Sie haben sich da eine hübsche, zeitgemäße Rolle für die Öffentlichkeit maßgeschneidert. Der Anzug steht Ihnen: national, sozial, nach Osten orientiert. Deutschrussische Mystik gegen seelenlosen angelsächsischen Materialismus. Aber das darf immer nur Maskerade bleiben.«

»Ist das nicht das Paradox der Jesuiten?«, antwortete Steinfeld. »Wir spielen keine Rollen, wir leben sie. Aber nur, solange sie strategisch günstig sind.«

Helms nickte. Er erhob sich hinter seinem Schreibtisch, verharrte kurz in leicht gebückter Stellung, ehe er sich streckte, ohne die Tischkante zu Hilfe zu nehmen, und Steinfeld mit langsamen Schritten zur Tür geleitete.

»Na schön, Sie kriegen Ihren Scheck für Rehmer. Aber gnade Ihnen Gott, wenn das an die Öffentlichkeit kommt.«

Er drückte Steinfeld die Hand, der kurz mit der anderen Helms' Handrücken umschloss. Helms konnte nicht verhindern, dass er gerührt war. Nicht von Steinfeld, sondern von dem Gedanken, dass hier möglicherweise der Grundstein für eine deutsche Wiedervereinigung gelegt worden war.

»Und wehe, Rehmer gewinnt nicht!«

Er schloss die Tür und Steinfeld stieg wie in Trance die Stufen zum Sekretariat hinab. Er hatte in der Gummizelle gesiegt. Er hatte den Starrsinn des alten Mannes gebrochen. Er hatte eine Bresche in den stupiden Antikommunismus Nachkriegsdeutschlands geschlagen, den er nicht aus ideologischen Gründen ablehnte, sondern weil er nicht mehr Erfolg versprechend war. Katharinas Augen auf dem Foto waren zum Leben erwacht und verfolgten ihn.

In der Nacht träumte er seit längerer Zeit wieder einmal von Heinrich. Er versuchte vergeblich, den Stab in seine bleiche Hand zu drücken. Als Heinrich die Finger spreizte, sah er Schwimmhäute. Obwohl ein schmerzhafter Husten ihm die Luft nahm, lief er weiter. Die Aschenbahn leuchtete hellrot wie frisches Blut.

5. Kapitel: Herbst 1969

Das weiße, hochgeschlossene Kleid war aus japanischer Seide und mit roten Girlanden bestickt. Auf der Brust und den Schultern entwuchsen ihnen linsenförmige Blätter von gleicher Farbe, die bei jeder Bewegung im Wind zu wehen schienen. Helms hatte das Kleid von einer der Verhandlungen über die Konditionen einer deutschen Beteiligung an der aufstrebenden japanischen Motorradindustrie mitgebracht. Er hatte es an der Frau eines einheimischen Staatssekretärs bei einem ansonsten eher langweiligen, diplomatischen Empfang entdeckt. Obwohl die Dame verheiratet war, wirkte sie jungfräulich und unnahbar in dem Kleid, das genaue Gegenteil der ansonsten im Raum verbreiteten weiblichen Devotheit, die Helms an japanische Holzschnitte erinnerte. Jedenfalls hatte er spontan beschlossen, dass dieses Kleid auch seiner Tochter gut stehen müsste. Damit hatte er Recht behalten. Katharina saß an einem schwarzglänzenden Flügel in der Ecke eines hallenartigen Flurs und spielte eine eigene Variation eines Klavierkonzerts von Schostakowitsch. Hätten ihre Finger sich nicht bewegt, man hätte sie für eines der aus verschiedenen Jahrhunderten stammenden Frauenporträts halten können, mit denen Helms die Wand hinter ihr geschmückt hatte. Die hochgestellte Abdeckung des Flügels spiegelte verschwommen ihr blasses Gesicht. Während die Finger ihrer rechten Hand weiter über die Tasten liefen, nahm sie mit der linken eine brennende Zigarette aus ihrem Mund und legte sie, da sie wieder einmal vergessen hatte, den Aschenbecher neben die Noten zu stellen, am Rande der Tastatur auf dem teuren, schwarzen Holz ab. Die Tasten daneben waren von makellosem Weiß. Beim nächsten heftigen Akkord rollte die brennende Zigarette auf die Tastatur. Katharina legte sie zurück. Die Verbindung von Klavierspielen und Rauchen ohne Aschenbecher schien, zumindest am väterlichen Konzertflügel, noch neu. Ihr kleiner Finger wischte kurz über einen winzigen Brandfleck auf dem tiefen E, ihre rechte Hand glitt virtuos die Tastatur nach oben. Es schien, als wollte sie sich in den immer schneller werdenden Läufen verflüchtigen.

Helms nahm die Zigarette vom Flügel. Sein schwarzer Frack saß in derselben Größe seit dreißig Jahren wie angegossen. Ebenso wie seine Tochter vertrug er teure, elegante Kleidung deshalb besonders gut, weil er im Grunde keinen Wert auf sie legte. Sie war eine notwendige Selbstverständlichkeit. Nie wäre ihm eingefallen, ein Wort über Mode zu verlieren, es sei denn, es ging um die wirtschaftlichen Aussichten der Branche. Erst vor wenigen Tagen hatte er den Aufsichtsrat einer aufstrebenden Textilfirma mit der Bemerkung auf Kurs gebracht: »Nicht alles, was schön ist, ist gut. Denken Sie an Ihre Frauen!« Er erinnerte sich daran, während er in einem Jugendstilaschenbecher, der einem Schwan nachempfunden war, die Zigarette seiner Tochter ausdrückte.

»Jetzt hast du dir in Zürich auch noch das Rauchen angewöhnt.«

»Was soll ich mir denn sonst dort angewöhnen? Schweizer Käse zu essen?«

Helms reichte seiner festlich gekleideten Tochter galant die Hand, zog sie von ihrem Klavierschemel und führte sie zu einer hohen Tür aus dunklem Holz. Dahinter lag ein Saal, dessen gedämpfte Geräusche auf die Anwesenheit von mindestens dreihundert Gästen schließen ließen. Er hatte auf handgeschöpftem Büttenpapier zu diesem Empfang geladen: Georg Friedrich Helms und seine Tochter Katharina Helms bitten zu einem Hauskonzert. Auf der Einladungskarte wurden ausschließlich die Komponisten und ihre Interpreten erwähnt, nicht jedoch das sechsgängige Menü, das hinterher gereicht wurde. Ohnehin hätte es niemand gewagt, die drei Stunden Kammermusik auszulassen und erst zum Essen zu erscheinen. Selbst Reusch war auf die Minute pünktlich.

»Es ist beinahe wie früher«, sagte Helms. Auf den Tag vor zehn Jahren war Elisabeth Helms gestorben. Katharina widerstrebte es, den Todestag ihrer Mutter mit einer Feier zu würdigen, aber ihr

Vater hatte darauf bestanden. Er drückte kurz ihre Hand gegen seinen Oberarm. »Sie wäre stolz auf uns gewesen.«

Katharina war sich dessen nicht so sicher. Ihre Mutter hatte so sehr unter der Ehe mit ihrem Vater gelitten, dass sie eine Feier ihres Todestages wahrscheinlich als zynische Entgleisung empfunden hätte.

Nichts hätte weniger der Wahrheit entsprochen. Ihr Vater verklärte seine tote Frau mit einer Liebe, die er der Lebenden nie hätte entgegenbringen können. Seine Stimme riss sie aus ihren Gedanken.

»Musst du nachher unbedingt diesen wilden Russen spielen?«

»Wenn ich schon spiele«, erwiderte sie gereizt, »dann das, was ich möchte.«

Sie ärgerte sich. Natürlich würde sie seinen geliebten Chopin spielen. Gegen seinen Willen konnte sie nur handeln, wenn er nichts davon wusste. Er öffnete die Tür zum Saal und die Wogen der Begrüßung schlugen ihnen entgegen.

Im Zeitraffer schüttelten sie Hände, variierten Begrüßungsformeln, bedankten sich höflich für Komplimente. Eines der häufigsten war, dass Katharina ihrer verstorbenen Mutter immer ähnlicher sehe. Die Gesichter der Gäste verschwammen leicht vor ihren Augen. In voller Schärfe nahm sie nur die Kerzenleuchter aus tropfenförmigem Kristall wahr, die sie bereits als Kind geliebt hatte. Sie hatte sie damals für ewig gefrorene Weihnachtsbäume gehalten, die alle Jahreszeiten überdauerten.

Helms führte sie zu einer Gruppe von sieben Männern: dem amerikanischen Bankier Ronald Even, der klein gewachsen und mit überproportioniertem Kopf Helms' ästhetischen Vorteil durch Geld wettmachen musste, seinem anämisch wirkenden Sohn James, Jahrgangsdritter in Harvard in Jura und Betriebswirtschaft, Wilhelm Dent, kaum größer, aber beinahe so reich wie Even, alleiniger Erbe und Hauptaktionär des Dent-Konzerns, ferner Peter Ilk, dem ausladenden finanzpolitischen Sprecher der CDU-Bundestagsfraktion, sowie den drei Nachwuchsmatadoren der Hermes-Bank, Reusch, Keppler und Steinfeld. Ihre Stimmen klangen in Katharinas Ohren wie die Klingen eines Degenfechts. Für die meisten Anwesenden gab der Tag keinen Anlass zu ungetrübter Freude. Der sozialdemokratische Kanzlerkandidat Rehmer hatte die Bundestagswahl gewonnen.

»Sie sind doch ein Freund von Rehmer«, sagte Dent gerade, an Steinfeld gewandt, »das hat sich bereits herumgesprochen.«

Helms reichte zuerst Dent, dann Steinfeld die Hand.

»Zu mir nicht. Was muss ich da hören, Steinfeld?«

»Wie Sie sicher wissen«, erwiderte Steinfeld, »bin ich noch neu in dem Geschäft und habe noch vieles zu lernen. Aber eines hab ich bereits begriffen: Ein Banker sollte möglichst wenige Freunde besitzen. Freundschaft ist keine gute Geschäftsgrundlage.«

Sie hatte ihn zwei Jahre nicht gesehen.

»Er hat Fortschritte gemacht«, bemerkte sie im Stillen. Seine Bescheidenheit ist eine Provokation, perfekt.

Ilk stimmte Steinfeld mit einem krachenden Lachen, einer Artilleriesalve an Freundlichkeit, zu.

»Ihre gute Laune am heutigen Tag ist bemerkenswert, lieber Freund«, lenkte Helms die Aufmerksamkeit des Gesprächs auf Ilk und das desaströse Wahlergebnis seiner Partei. Es bereitete ihm offensichtlich diebische Freude, dem Verlierer Beileid zu bekunden, während er mit seinen Millionen in Wirklichkeit wahlentscheidender Gegner gewesen war.

»Dazu hat er doch allen Grund«, Dent wippte auf die Zehenspitzen, um etwas größer zu wirken, »er ist unser nächster Kanzlerkandidat.«

»Sie verbreiten wenigstens gute Laune«, sagte Helms zu Ilk. »Das ist mehr, als die meisten Politiker von sich behaupten können.«

Um die scheinbare Übereinkunft zu besiegeln, wurde mit Champagner angestoßen. In Wirklichkeit dachte Helms überhaupt nicht daran, Ilk als nächsten Kanzlerkandidaten der Union zu unterstützen. Ilk war ihm viel zu impulsiv, unberechenbar, und vor allem war er offiziell und inoffiziell viel zu eng mit dem Dent-Konzern verbunden, dessen VAG-Aktienanteil Helms nach wie vor anvisierte.

Helms drückte dem alten Even deutlich länger als allen anderen die Hand. Even war einer der Männer gewesen, die Deutschland und Helms nach dem Krieg in Form des Londoner Schuldenabkommens Gnade gewährt hatten, und Helms hatte sich dafür zu ewiger Dankbarkeit verpflichtet. Helms' wichtigste Aufgabe bei diesem Empfang war es, Evens Beunruhigung über den Wahlausgang zu zerstreuen. Er tat dies mit dem festen Versprechen, Even an den zu erwartenden lukrativen Ostkrediten zu beteiligen, die –

da waren sich beide Männer sofort einig – nie das Ausmaß echter Hilfe erreichen dürften.

Nebenbei teilte er Even mit, dass Steinfeld gestern in den Vorstand berufen worden war. Wie immer war die Wahl einstimmig verlaufen. Nie hätte es jemand gewagt, gegen Helms zu stimmen, nicht mal in einer geheimen Abstimmung. Helms hatte zunächst erwogen, Steinfeld getreu seinem eigenen Einstieg vor dreißig Jahren die Auslandsgeschäfte zu übertragen, aber auf diesem Posten wäre ihm Steinfeld auf Anhieb zu mächtig gewesen. Seine Loyalität musste zunächst noch eingehenderen Prüfungen unterzogen werden und dafür eigneten sich die Ressorts Öffentlichkeitsarbeit und Strategie am besten. So wurde Steinfeld zum Sprecher des Vorstands und blieb im Grunde ein besserer Assistent von Helms. Even und sein Sohn gratulierten mit einer Höflichkeit, die unmissverständlich zum Ausdruck brachte, dass sich ihre Begeisterung in Grenzen hielt.

»Ich habe leider keinen Sohn«, Helms fasste Steinfeld am Ellenbogen, als müsse er sein Bild für die anderen zurechtrücken, »so wie Sie. Deswegen muss ich mit ihm Vorlieb nehmen.«

»Befürchten Sie nicht, dass Ihr Vorstand dadurch etwas zu sozial wird?« Der junge Even zog die Lippen seines etwas zu groß geratenen Mundes zusammen, sodass er aussah wie eine giftige Kirsche.

»Wir sind nur sozial«, Steinfeld lächelte, »wenn es gut ist fürs Geschäft. Zum Beispiel, wenn wir guten Freunden eine Firma wie die Juras AG überlassen, die perfekte Einstiegsmöglichkeiten bietet, um Europa mit russischem Öl und Erdgas zu versorgen.«

»Sie sehen, ich habe ihn erfolgreich gezähmt«, sagte Helms und führte Katharina zu einer Ansammlung von Industriellengattinnen, über denen wie ein sittenwidriger Spiegel ein Gemälde mit unbekleideten Badeschönheiten von Rubens hing. Steinfeld hörte ihr vielstimmiges Begrüßungslachen aufsteigen.

Helms überließ seine Tochter den üblichen Fragen nach beruflichen und privaten Zukunftsplänen und setzte seinen diplomatischen Rundgang fort.

»Die Tür nach Osten wird in Kürze politisch offen stehen«, nahm Steinfeld den Faden wieder auf. »Sagen Sie bloß nicht, Sie haben keine Lust auf das Geschäft. Ich habe den Laden zwei Jahre lang in Tag- und Nachtarbeit für Sie saniert.«

Der alte Even bedankte sich herablassend bei seinem jungen

deutschen Wohltäter. Allerdings dächten seine Energieinvestoren in absehbarer Zeit nicht an die Sowjetunion. Zuerst einmal gedenke man, die Quellen auszubeuten, in die man bereits investiert habe.

»Aber Sie halten schon mal den Daumen auf die Zukunft.«

»Solange es Leute wie Sie gibt«, sagte Even, »sind wir gezwungen, so weit zu denken.«

Steinfeld lächelte scheinbar zustimmend. Even war weder besonders charmant noch sonderlich geistreich oder humorvoll. Er hatte es nie nötig gehabt, derartige Eigenschaften zu entwickeln. Es genügte, dass er die Macht der stärksten Militärnation der Welt hinter sich hatte. Er musste sie nur in den Verhandlungen ins Spiel bringen. Mehr gab es für ihn nicht zu tun. Und das, dachte Steinfeld, führt auf die Dauer zu Bequemlichkeit und Fantasielosigkeit. Even war angreifbar, weil er sich gar nicht vorstellen konnte, dass ihn jemand angreifen würde. Auch wenn er jetzt prophezeite, man werde gegen die militärische Übermacht des Warschauer Pakts in den nächsten Jahren viel Geld investieren müssen. Damit besorgte er nur den Rüstungskonzernen, in die er investiert hatte, neue Aufträge. Steinfeld sagte ihm auf den Kopf zu, er müsse doch genau wissen, dass die sowjetischen Waffensysteme völlig veraltet und weitgehend unbrauchbar seien und nicht die geringste Konkurrenz für die amerikanische Rüstung darstellten. Das habe sich im Sechstagekrieg das letzte Mal eindrucksvoll bestätigt. Israel habe die vereinigten arabischen Armeen in kürzester Zeit vernichtend geschlagen und das sei nicht allein auf die Qualität der israelischen Soldaten zurückzuführen.

»Aber wenn wir jetzt gemeinsam den Sowjets mit Krediten unter die Arme greifen, haben wir vielleicht in fünf Jahren einen einigermaßen gleichwertigen Gegner.«

Niemand außer Reusch lachte. Ilk und Dent versuchten, die amerikanischen Freunde durch heftigen Widerspruch davon zu überzeugen, dass auf den deutschen Antikommunismus nach wie vor Verlass war. Sie warfen Steinfeld vor, den Dominoeffekt in Südostasien auf gefährliche Art und Weise zu unterschätzen.

»Bei einem Guerillakrieg im Dschungel spielen Hightech-Waffen eine sehr untergeordnete Rolle«, Steinfeld spielte mit seinem Glas und warf einen kurzen Blick auf Katharina, die inmitten der anderen Frauen einsam wie eine Nachtigall unter lauter bunten, wohlgenährten Papageien wirkte, »zumindest beim jetzigen Stand der Technik. Es war ein Fehler, sich darauf einzulassen. Außer für die amerikanische Rüstungsindustrie natürlich.«

»So wie Sie hier reden«, sagte Dent, »muss man wirklich davon ausgehen, dass die Gerüchte stimmen.«

»Welche Gerüchte?«

»Dass Sie Rehmer unterstützt haben.«

»Sie überschätzen meine Möglichkeiten«, erwiderte Steinfeld leichthin. »Ich bin gerade erst in den Vorstand gewählt worden. Ich habe mich höchstens selber unterstützt.«

»Das glaube ich Ihnen aufs Wort«, sagte James Even junior.

»Er unterschlägt mich natürlich«, warf Reusch grinsend in die Runde. »Wie immer.«

Er verteilte neue Getränke. Keppler hielt sein Glas wie ein Klassenprimus, der beim Schulpreis übergangen wurde. Steinfeld hatte jetzt keine Zeit für die beiden. Er konnte deutlich die kalte Feindschaft spüren, die ihm von dem jungen Even entgegenschlug. Sie hatte ihren Grund möglicherweise weniger in der unterschiedlichen Bewertung der finanzpolitischen Weltlage, als vielmehr in der Tatsache, dass Helms seinen Ziehsohn offensichtlich mehr liebte als Even seinen leiblichen. Steinfeld stieß mit ihm an.

»Erhalten Sie sich Ihren Glauben an mich. Dann gehört uns beiden die Zukunft.« Ihre Gläser klirrten melodisch und besiegelten ein weiteres Mal die deutsch-amerikanische Freundschaft.

Steinfeld spürte Katharinas Blick in seinem Rücken. Als er sich umdrehte, sah sie rasch weg, mit einer Schüchternheit, die nicht zu ihr passte. Langsam ging er auf sie zu und sie hob den Blick. Mit jedem Schritt durchmaß er im Geist einen Monat der letzten beiden Jahre. Er wusste, dass sie ihm aus dem Weg gegangen war, sich in allerlei kurzatmige Abenteuer, unter anderem mit Reusch, geflüchtet hatte, weit weg von Steinfeld, der jetzt wieder mit diesem unverschämten, siegessicheren Lächeln in seinem jungenhaften Gesicht auf sie zusteuerte.

Ohne dass er sie in den letzten zwei Jahren auch nur einmal berührt hätte, strahlte er die Gewissheit aus, sie würde irgendwann ihm gehören, und sie wehrte sich vergeblich gegen den Gedanken, er könnte Recht behalten. War es das Blitzen seiner Augen, die Bewegung seiner Hände, der lässige Gang, die unverschämten und doch charmanten Sätze, die er wie Kieselsteine in jedes Gespräch warf? Oder waren es die dunklen und weniger charmanten Gedanken, die sie deutlich spüren konnte? War es am Ende die Leinwand, auf die das alles gemalt war – die Verletzungen in seiner Kindheit, die wie Scherenschnittmuster auf ihre passten? »Blutsbrüder«, dachte sie spöttisch. Gleichzeitig fühlte sie die Lust, ihn zu erforschen, ihn zu besitzen und dadurch irgendwann die Angst zu genießen, die er in ihr auslöste.

»Haben Sie heute kein Öl für mich?«, fragte er.

»Da Sie es immer so leichtfertig verschenken, bekommen sie nur noch Bier von mir«, sagte sie und reichte ihm das einzige Pils in einem Meer von Champagner.

»Danke, dass Sie auf meine proletarische Vergangenheit Rücksicht nehmen.«

Sie lachte. »Ich muss heute auch noch arbeiten.« Ihr Blick streifte ein Podium, auf dem sich ein Konzertflügel, mehrere Notenständer und Streichinstrumente in Wartestellung befanden. Steinfeld merkte, dass ihr Blick kurz nach oben ging, um dann ruckartig, als habe sie etwas Verbotenes gesehen, wieder zu ihm zurückzukehren. Oberhalb des Podiums an der Rückwand des Saales war eine Jugendstilbüste aus hellem Marmor angebracht. Es hätte sich um Katharinas Totenmaske handeln können.

»Ihr Vater muss Sie sehr lieben, wenn er Ihnen bereits zu Lebzeiten ein Denkmal setzt«, sagte Steinfeld.

»Das ist meine Mutter.« Ihre Augen flammten kurz auf. Steinfeld blickte in sein halb volles Glas. »Ich weiß, sie ist nicht mehr am Leben«, sagte er. »Wie dumm von mir. Tut mir Leid.«

»Sie ist heute vor zehn Jahren gestorben«, sagte sie leise.

»Und er feiert ein Fest«, dachte Steinfeld. »Er feiert ein Fest, bei dem niemand weiß, was er eigentlich feiert. Rehmers Wahlsieg, meinen Aufstieg in den Vorstand, den Todestag seiner Frau oder alles zugleich.« Die Marmorbüste kam ihm plötzlich wie ein an die Wand genageltes Beutestück vor, eine Jagdtrophäe.

»Ich könnte mir vorstellen, dass Sie an so einem Tag lieber alleine wären«, sagte er.

»Ach nein«, antwortete sie, »da käme ich nur auf dumme Gedanken.«

Helms trat auf sie zu. In seinem Kielwasser schwammen Ilk, Dent, Keppler, Reusch und Even junior. Lauter potenzielle Heiratskandidaten für Katharina.

»So geht's natürlich nicht.«

Reusch platzierte seine Hand auf Steinfelds Schulter. »Nur weil du jetzt im Vorstand bist, kriegst du noch lange nicht die schönste Frau des Abends.«

Sie lachten und spielten wieder ihr Konkurrenzspiel. So wie die Mönche es ihnen angeraten hatten. Wer hat die besten Einfälle, wer klettert die Leiter am schnellsten nach oben, wer kriegt die schönste Frau? Sie mussten dieses Spiel bewusst spielen, damit es nicht ernst werden konnte. Das wussten sie alle drei und bisher hatte es ihnen großen Spaß gemacht. Aber jetzt war Steinfeld im Vorstand und alles anders. Helms' Schachzug stellte ihre Zweckgemeinschaft auf eine ernsthafte Probe. Steinfeld wusste, er musste Keppler und Reusch so schnell wie möglich nachziehen, sonst verwandelte sich das Spiel in lähmende Destruktivität. Da er außer den beiden keine Verbündeten innerhalb der Bank besaß, hätte dies das Ende seiner weiteren Ambitionen bedeutet. Helms thronte über allem. Er wollte ausloten, bis zu welchem Punkt ihre Bergkameradschaft hielt. Dabei benutzte er sowohl Beförderungen als auch seine Tochter wie Köder, die er ihnen unter die Nase hielt.

»Weißt du noch, Liebes«, plötzlich legte sich Helms' Arm sanft um Katharinas schlanke Taille, »wie du die Kerzenleuchter hier immer bewundert hast? Sie verwechselte sie mit Weihnachtsbäumen«, wandte er sich an die Runde potenzieller Heiratskandidaten. »Papa, bitte mach Weihnachten, hast du immer gesagt.«

Steinfeld registrierte an einem kurzen Zucken ihrer Augenlider, dass sie es nicht mochte, wenn ihr Vater intime Geschichten über sie in der Öffentlichkeit erzählte, aber sie lachte und sagte: »Inzwischen feiere ich auch gerne noch andere Feste. Hauptsache, ich bekomme Geschenke.«

»Das größte Geschenk für uns ist Ihre Anwesenheit«, retournierte Dent elegant.

Katharinas Kopf wechselte zweimal hastig die Richtung, Steinfeld war nicht sicher, ob ihr diese Ansammlung von Freiern wirklich suspekt oder ihre plötzliche Scheu nur gespielt war? Sie weckte damit offensichtlich den Jagdtrieb in der Runde. Die Bemerkungen blieben weiterhin höflich, charmant, scheinbar unverbindlich, aber die Augen sprachen von etwas ganz anderem. Katharina schien den Ausdruck in diesen Augen sehr gut zu kennen, Steinfeld hatte das Gefühl, sie verabscheute und begehrte ihn. Ihr Blick suchte, nachdem er sich in allen anderen Gesichtern seines Erfolges vergewissert hatte, ihn, und er begriff, dass sie bei aller Raffinesse, die der seinen so ähnlich war, so perfekt funktionierte wie ein Uhrwerk, das die genaue Zeit anzeigt, obwohl in seinem Inneren die Zahnräder bereits erhebliche Laufspuren aufweisen.

Helms hatte längst wieder das Thema gewechselt. Er verabredete mit zwei Professoren der Universität Heidelberg die Rückholung einer 32 Millionen Mark teuren Gutenberg-Bibel aus England nach Deutschland. Über den Preis wurde mit derselben Selbstverständlichkeit geredet, als handele es sich um irgendein Taschenbuch. Und mit ebensolcher Beiläufigkeit bat Helms Dent um einen Beitrag von mindestens fünf Millionen. Der Augenblick war geschickt gewählt. Dent, der sich normalerweise durch enormen Geiz auszeichnete, konnte in Katharinas Gegenwart schlecht zu feilschen beginnen. So versuchte er, sich mit einem lahmen Hinweis auf die besitzergreifende Art der Engländer, was fremdes Kulturgut betraf, aus der Affaire zu ziehen.

»Deutsches Kulturgut von solcher Bedeutung gehört nach Deutschland, egal was es kostet«, schnitt Helms ihm das Wort ab.

»Das hat Hermann Göring auch gesagt«, bemerkte Even junior trocken.

»Nun, lieber Freund, zwei und zwei bleibt vier, auch wenn Hermann Göring das gesagt hat«, beendete Helms die Diskussion und notierte süffisant, mit welcher Begeisterung Dent seinen Beitrag zum kulturellen Erbe Deutschlands leistete. Dent hoffte wütend, dass er damit in Katharinas Augen zumindest nicht gefallen war. Im Augenblick schien er chancenlos. Steinfeld war der von Helms gekürte Kronprinz und seine Tochter spielte das Spiel mit. Die beiden waren für alle geladenen Gäste das Paar des Abends und sie stießen, als Einzige, mit Bier darauf an. Dent kannte Helms und seine Tochter seit über zehn Jahren. Ihn konnten Katharinas große, furchtsame Augen nicht täuschen. Sie war, ebenso wie ihr Vater, ein Raubtier und konnte, einer Beute überdrüssig, ihre Fangzähne schnell wieder in einen anderen Hals schlagen. Sein unschätzbarer Vorteil in diesem grausamen Gesellschaftsspiel war, dass er aufgrund seiner geringen Körpergröße ständig unterschätzt wurde.

Er war zart, extrem klein, nicht größer als Julius Cäsar, wie er zu sagen pflegte. Ein Seitenscheitel zähmte nur mühsam einen lockigen, hellbraunen Haarschopf, die Brille vergrößerte seine blauen, leicht basedowschen Augen, ein weicher Mund und eine vorgewölbte Stirn suggerierten dem oberflächlichen Betrachter musisch verträumte Nachdenklichkeit. Wer ihn näher kannte, wusste, dass sich seine Fantasie auf Gewinn- und Verlustrechnungen sowie absonderliche Filme beschränkte. Er war das perfekte Beispiel, wie man durch ständige Verstellung Aussehen und Charakter denkbar gegensätzlich gestalten kann. Wie viele Vertreter der jüngeren Managergeneration war er zutiefst gespalten: erwachsen und brillant im geschäftlichen Bereich, beschlagen in allem, was mit Technik zu tun hatte, dabei aber zurückgeblieben kindhaft im Privaten. Seit seine Mutter gestorben war, wusch ihm eine Haushälterin mit ähnlich rubenshaften Ausmaßen in einer Kinderbadewanne den Rücken. Dent badete für sein Leben gerne, mindestens zweimal am Tag. Er verfügte über ein ererbtes Anlagevermögen von 2,6 Milliarden D-Mark, Fabrikanlagen und sonstiger Grundstücksbesitz waren noch einmal das Fünffache wert. Sein Rüstungskonzern war der schlagende Beweis für die Tatsache, dass man an einem verlorenen Krieg ebenso gut verdienen konnte wie an einem gewonnenen.

Inzwischen hatten die ersten Gäste in Erwartung der musikalischen Darbietung Platz genommen. Geige, Bratsche und Cello hatten die Bühne betreten und auch Katharina schickte sich an, aufs Podium zu klettern, wobei kurz die untere Hälfte ihrer langen Beine sichtbar wurde. Helms schlug vor, Steinfeld solle ihr die Noten umblättern. Sie lehnte das beinahe erschrocken ab und Steinfeld verwies erleichtert auf seine Unmusikalität. Aber als er sie dann unter rauschendem Beifall auf das Podium steigen und unter der Büste ihrer Mutter Platz nehmen sah, wirkte sie so verloren, dass er ihr nacheilte und sich etwas atemlos neben sie stellte.

»Sagen Sie mir, was ich machen soll«, flüsterte er. Sie blickte überrascht auf und er glaubte schon, sie sei ärgerlich, weil er sie aus ihrer Konzentration gerissen hatte, doch dann lächelte sie. »Stellen Sie sich links neben mich und blättern Sie um, wenn ich nicke.«

Er sah auf ihre Hände, die wie schlafende Blumen über den Tasten hingen. Ihre Fingernägel waren für das Konzert sehr kurz geschnitten und perlmuttfarben lackiert. Sie begann zu spielen und er hatte das Gefühl, ihre Finger glitten über seine nackte Haut.

Drei Stunden später war der musikalische Teil des Abends beendet. Für Steinfeld war es keine Frage, dass das zweite Klavierkonzert von Chopin ab jetzt zu seinen Lieblingsstücken gehörte. Die Akkorde, die rasenden Melodien, die leichten Triller, Katharinas gleitende Hände, ihre wiegenden Hüften und der sich zärtlich neigende Kopf nahmen ihn immer noch gefangen. So nahe sie sich bei ihrem Spiel gewesen waren, so rasch hatten sie sich hinterher voneinander zurückgezogen. Im Augenblick befand sie sich mit Keppler zur Musik eines Wiener Walzers auf der Tanzfläche. Die tanzenden Frauen im Saal kamen ihm vor wie ein Riesenrad heller Kleider. Steinfeld hatte Katharina nach dem Konzert Keppler zugeführt, eine besonders galante Form des Dankes. Ohne Kepplers Hilfe hätte er den sozialdemokratischen Krokodilfonds mit einem Volumen von sieben Millionen Mark – so nannten sie im einschlägigen Ausland deponierte Schwarzgeldkonten zur Unterstützung von Politikern – niemals in so kurzer Zeit aus dem Boden stampfen können. Das meiste Geld stammte aus Osteuropa, der Sowjetunion und ihrem Einflussgebiet im Nahen Osten. Dort versprach man sich viel von einer Annäherung Westdeutschlands. Den arabischen Raum hatten sie zusätzlich mit dem Versprechen, die palästinensische Sache zu unterstützen, geködert. Schamlos hatten sie den Vorteil, Deutsche zu sein, ausgenützt, hatten die antisemitischen Hasstiraden ihrer arabischen Geschäftspartner mit stoischer Ruhe ertragen. Reusch hatte natürlich noch den einen oder anderen Scheit ins Feuer geworfen. Er verfügte dank seines Vaters über ein unerschöpfliches Repertoire an antisemitischen Witzen. Egal. Die Hermes-Bank hatte ganze hunderttausend Mark selbst beigesteuert. Angesichts der Milliardengeschäfte, die jetzt auf sie warteten, konnte man nicht von einer übertriebenen Investition sprechen. Steinfeld legte seinen Arm um die Schultern von Reusch. Er versprach ihm dasselbe, was er Keppler versprochen hatte: ihn so bald wie möglich in den Vorstand nachzuziehen. Sonst werde das Wettrennen um Helms' Nachfolge langweilig.

»Und das um Katharina«, fügte Reusch lachend hinzu. »Sie ist 'ne echte Prinzessin.« Reusch war bereits wieder ziemlich betrunken. Das musste Steinfeld ihm noch abgewöhnen. »Und nur Prinzen dürfen mit ihr tanzen.« Er prostete Keppler lachend zu, der ungefähr so gut tanzte, wie er schwamm.

»Seit wir bei den Mönchen sind, hat er schon dreimal die Verlobte gewechselt. Seine Neue ist so langweilig wie die rheinische Tiefebene.«

Sein Rotweinglas stieß in die Richtung einer farblosen Blondine mit sommersprossengesprenkelter, etwas zu breit geratener Nase

und zartrosa Abendkleid, die Kepplers Bemühungen auf der Tanzfläche sichtlich besorgt verfolgte. Steinfeld zuckte die Achseln.

»Er wird sicher bald heiraten.«

»Aber nicht die Tochter vom Alten. Die nimmt ihn nicht mal als
Vorspeise.«

»Und dich?«

»Zum Nachtisch!«

Gelächter, Verbrüderung, Gläser austrinken, neue einschenken.
»Du bist dir zu sicher, mein Guter«, dachte Steinfeld, »verlass dich
nicht zu sehr auf dein Opernabonnement und die Natur. Die Natur kann sich sehr plötzlich und überraschend ändern.« Nicht ohne
Besorgnis registrierte er, dass Reusch offensichtlich in Katharina
verliebt war. »Wie groß müsste sein Schuldkonto sein, damit er
ohne Ressentiments zulassen kann, dass ich sie heirate«, überlegte
Steinfeld. Er spürte Reuschs betrunkene Hand auf seiner Schulter.
Manchmal mochte er sie.

»Nein«, Reusch ließ einem Schluckauf freien Lauf, »Keppler
wird Schweinchen Dick heiraten.« Das Mädchen im rosa Abendkleid drehte sich irritiert in ihre Richtung, Reusch, der extra laut
gesprochen hatte, prostete ihr zu. Sie drehte beleidigt bei. »Siehst
du ihr gebärfreudiges Becken«, dröhnte er Steinfeld ins Ohr. »Sie
wird jedes Jahr ein neues, kleines Schweinchen Dick bekommen,
so wie es die Bank und unsere heilige Mutter Kirche von uns erwarten. Nicht der Zwerg!«, schrie er übergangslos und hechtete
auf die Tanzfläche, ehe Dent Katharina von Keppler übernehmen
konnte.

Mit überraschend sicheren Schritten unterwarf er sich und
Katharina einem weiteren Walzer. Keppler eilte völlig verschwitzt
zu seiner Verlobten, die ihm mit einer Serviette das Gesicht ab-
wischte, als habe er sich verbotenerweise schmutzig gemacht.
Steinfeld erinnerte sich, wie Keppler das Mädchen kennen gelernt
hatte, oder vielmehr, wie er davon berichtet hatte. Steinfeld hatte
die ganze Zeit darauf gewartet, dass Keppler seinen Terminkalender herausziehen würde, aber der hatte tatsächlich die gesamten
Termine seiner diversen Rendezvous während des letzten Jahres
samt Ort, Datum, Uhrzeit und kurzer Inhaltsangabe im Kopf, und
die waren, seitdem er sich von den Mönchen hatte davon überzeugen lassen, dass etwas sexuelle Praxis vor der Ehe dem beruflichen Fortkommen nicht notwendigerweise schadete, zahlreich.

Es verstand sich von selbst, dass er alle geschäftlichen Daten ebenso zuverlässig parat hatte. Kepplers Leben bestand aus Zahlen. Bestimmt rekapitulierte er gerade, wie lange er heute Abend mit Katharina getanzt hatte. Steinfelds Blick ging zurück zu den tanzenden Paaren und er bemerkte, dass er seinen Einsatz verpasst hatte. Er eilte auf die Tanzfläche, aber Dent hielt Katharina bereits umschlungen.

»Keine Bange«, sagte sie zu Steinfeld und lächelte. »Vor Wilhelm müssen Sie mich wirklich nicht beschützen.« Sie entschwand mit Dent in einen Foxtrott. Auf den ersten Blick sah es komisch aus, wie der gut anderthalb Köpfe kleinere Mann sie durch den Saal führte, aber das war es nicht. Vor Steinfelds Augen drehten sich VAG-Aktien im Wert von einer halben Milliarde und eine Frau, die auf dem Rand eines Sprungbretts balancierte, das sie jederzeit ins Nirgendwo katapultieren konnte.

»Es stimmt nicht«, dachte Steinfeld, »dass du niemanden brauchst, der dich beschützt. Du brauchst ihn dringender als alles andere. Aber ich werde es nicht sein. Ich werde nie mehr meine Zeit damit verschwenden, jemanden zu beschützen. Auch wenn er es absolut wert ist, so wie du.«

Seine Gedanken wurden unterbrochen. Ilk und der Bundespräsident hatten eine Bitte. Helms sollte heute Abend überraschenderweise mit dem Bundesverdienstkreuz geehrt werden. Für seine Verdienste um das Land, und nicht zuletzt, wie der Bundespräsident ihm flüsternd mitteilte, um ihm an diesem Tag über den frühen, tragischen Tod seiner Frau hinwegzuhelfen. Gerade deshalb hielten es beide für eine gute Idee, ihm durch Steinfeld, den frisch gekürten Vorstandskollegen, und seine Tochter Katharina die Auszeichnung überreichen zu lassen.

Plötzlich standen sie wieder nebeneinander, Katharina vom Tanzen noch leicht außer Atem. Der Bundespräsident zählte in seiner Rede die lange Liste von Helms' Verdiensten auf: »... die Bank erfolgreich durch die schwierigen Jahre des Nationalsozialismus und die noch schwierigeren Kriegsjahre geführt.« Das Fragwürdige dieser Zeiteinteilung fiel nur Steinfeld auf. Er warf Katharina einen spöttischen Blick zu: in guten wie in schlechten Zeiten! Ihre Augen schienen zu verstehen.

»Immer Mensch und menschlich geblieben, auch den damals so genannten Untermenschen gegenüber ...«

»Willst du«, schienen ihre Augen jetzt zu locken. »Kannst du mich überhaupt lieben? Es wird schwerer, als du denkst!«

»Wiederaufbau, Einführung der D-Mark, Verhinderung erneuter Reparationen, das Londoner Schuldenabkommen, die Rettung Westberlins durch günstige Kredite an dortige Industrieansiedlungen ...«

»Wer soll es denn sonst tun«, flog ihr seine Antwort zu, »wenn nicht ich? Nicht deinen Leib, das kann jeder, aber deine Seele, das kann nur ich!«

Der Bundespräsident schloss: »Nun, mein lieber Herr Dr. Helms, Sie sind mir und meiner Partei immer wieder entkommen, ich kann die Ministerämter und Ehrungen, die Sie abgelehnt haben, nicht zählen, aber heute entkommen Sie mir nicht, denn ich habe zu gute Verbündete.«

Steinfeld trat gemeinsam mit Katharina, die das schwarze Samtkissen mit dem Orden trug, auf das Podium. Die Nadel fühlte sich kühl an auf seinen Fingern, ehe er sie Helms an die Brust heftete. Er schüttelte Helms die Hand, der lächelte und ihn ansah mit Augen, die so leer waren wie die Gedanken, die die Mönche immer von ihnen forderten. Seine Tochter küsste ihn links und rechts auf die Wange. Helms trat zwischen Steinfeld und Katharina und fasste sie an den Händen.

»Es hat kein so schönes, strahlendes Paar mehr in diesem Raum gegeben seit meiner seligen Frau und mir.« Kurze Pause. »Vor dreißig Jahren. Ich danke euch, dass ich mich heute daran erinnern darf.«

Es wirkte wie eine unfreiwillige Verlobung, die natürlich, da sie nicht offiziell war, jederzeit wieder rückgängig gemacht werden konnte. Ein kleiner Aperitif auf das, was ihm winkte, wenn er funktionierte. Steinfeld fühlte sich vom Applaus betäubt und von den Gesichtern der Gäste geblendet. Er klammerte sich an die Fixpunkte im Raum: Helms' Gesicht, so starr und unbeweglich wie die Büste seiner verstorbenen Frau. Katharina und er, das zukünftige Spiegelbild dieser zu Stein gewordenen Ehe. Sie verließen das Podium und Helms schüttelte die Hände der Mitbewerber: Keppler, Reusch, Dent, Ilk. Er vermittelte jedem das Gefühl, es sei noch nichts entschieden, Steinfeld besitze nur einen momentanen Punktevorsprung. Er versuchte, die Gier der anderen zu erhöhen und gleichzeitig auch Steinfelds Angst, wieder zurückzufallen. Die dazugehörigen Sätze lauteten: »Ist das nicht ein schöner Abend?« – »Ja ja, und Ihre Tochter wird Ihrer Frau immer ähnlicher.« – »Nun, mein lieber Steinfeld, ich hoffe, ich werde alt genug, um Ihnen eines Tages auch einen so schönen Orden überreichen zu dürfen.«

»Oder deine Tochter«, dachte Steinfeld. Alles in ihm begehrte urplötzlich auf gegen dieses Korsett aus Zuckerbrot und Peitsche, Lohn und Strafe, Aufmerksamkeit und Zurückweisung, dem er, das wusste er längst, nicht nur beruflich, sondern auch privat unterzogen werden sollte. Im Grunde war es schäbig. Eine Auktion der eigenen Tochter. An den Meistbietenden versteigert. Zum Ersten, zum Zweiten, Bankvorsitz, Kinder und Schluss. Dafür war Katharina zu schade. »Wer weiß, welches Zerrbild aus ihr wird«, durchfuhr es ihn, »wenn man sie in den Käfig einer Ehe sperrt.« Wenn, dann würde er Ort, Zeitpunkt und Umstände bestimmen, auf Katharina zuzugehen. Er beschloss, einmal, nur ein einziges Mal mit ihr zu schlafen. Er würde die Belohnung pflücken, ohne sich an den Dornen zu stechen. Er würde sie für jede normale Ehe unbrauchbar machen. Nach diesem Entschluss fühlte er sich besser. Elegant nahm er den Ball auf, den ihm eine der Vorstandsgattinnen mit dem Ausruf, »was sind Sie doch für ein schönes Paar!«, zuspielte. Wasserträgerinnen von Helms.

»Sie kennen mich doch«, wandte er sich süffisant an seinen Schwiegervater in spe. »Wenn, dann heirate ich nur Sie.«

Er küsste Katharina die Hand und verließ das Fest. Sie musste über den Heiratsantrag, den Steinfeld ihrem Vater gemacht hatte, grinsen. Helms presste kurz die Lippen aufeinander. Sein Entschluss, Steinfeld irgendwann seine Nachfolge und seine Tochter zu überlassen, stand zwar keineswegs fest, aber er empfand es als Beleidigung, dass Steinfeld es überhaupt wagte, ein mögliches Angebot abzulehnen, anstatt dankbar zu sein und sich anzustrengen. Jeder andere im Raum hätte das getan. Aber jeder andere im Raum war möglicherweise nicht gut genug.

»Du siehst«, wandte er sich an Katharina, und sein Tonfall verstand sich wie immer meisterhaft darauf, eine stechende Beleidigung als Kompliment zu verkaufen, »Schönheit allein genügt nicht.«

Ihr Vater hatte sie schon oft verletzt. Sie war daran gewöhnt und im Laufe der Jahre war ihr ein harter Panzer aus sarkastischem Humor gewachsen. Bis vor wenigen Jahren hatte sie sich einreden können, er tue das nur in der Absicht, sie besser auf das Leben vorzubereiten. Inzwischen wusste sie, dass er sie immer dann wegstoßen musste, wenn sie ihm zu nahe gekommen war. Sie begriff nur nicht, wodurch das am heutigen Abend geschehen war. An ihrer Ähnlichkeit mit ihrer Mutter konnte es nicht liegen. Wahrscheinlich hatte sie einfach seine Erwartungen nicht erfüllt.

»Du willst wirklich, dass ich diesen Mann heirate? Das ist nicht dein Ernst.«

»Irgendjemanden muss er heiraten«, knurrte Helms, »sonst bleibt er nicht lange im Vorstand. Aber es muss jemand sein, der's mit ihm aufnehmen kann.«

Zum ersten Mal in ihrem Leben konnte sie klar und deutlich empfinden, dass ihr Vater sie nicht liebte. Natürlich war ihr immer bewusst gewesen, dass seine streng bemessene Zuneigung an Forderungen geknüpft war, aber bisher hatte sie jede schroffe Zurückweisung, jede sarkastische Bemerkung damit entschuldigt, dass er das Beste für sie wollte. Und jetzt wurde sie einfach an den erstbesten dahergelaufenen Emporkömmling verschenkt! Ihre Lippen zitterten unmerklich. Es mochte ja noch angehen, dass sie sich zu Steinfeld hingezogen fühlte, aber wie konnte ihr Vater das gutheißen? Er kannte Steinfelds sexuelle Vorlieben, er hatte ihr selbst davon erzählt. Natürlich nicht eindeutig, aber in Andeutungen. Und jetzt wollte er, dass sie diesen Mann für seine Bank auf den rechten Weg brachte. Er hatte die Leidenschaft seiner Frau gekannt, aber nicht genossen, sie im Gegenteil ignoriert mit einer Achtlosigkeit, die zahllose Liebhaber nicht kompensieren konnten. Jetzt fühlte er dieselben Triebkräfte bei seiner Tochter und auch mit ihnen wusste er nicht anders umzugehen, als sie strategisch für sich zu nutzen. Wenn jemand Steinfeld bekehren konnte, dann seine leidenschaftliche Tochter.

Desire! Sie erinnerte sich an einen sommerlichen Augustmorgen im Jahre 1961, als ihr Vater sie beim Frühstück Englischvokabeln abgefragt hatte. Desire! Aye aye, Sir. Wunsch, Begehren. Gegen seinen Willen war sie über den leeren Stuhl ihrer Mutter hinweg auf seinen Schoß geschlupft. Er fand, sie sei mit ihren fünfzehn Jahren für solche Kindereien viel zu alt. Sie glaubte heute noch, er habe ihre Nähe so sehr genossen, dass er sich vor ihr fürchtete. Es war der Tag gewesen, an dem die DDR begonnen hatte, die Mauer zu errichten.

Während sie an ihrem Glas nippte und parlierte, als habe nichts Platz in ihrem Kopf außer klassischer Musik, Aktienrecht und New Yorker Auktionspreisen, brachte sie ein vager Gedanke wieder ins Gleichgewicht: Nach allem, was ihre Mutter ihrem Vater angetan hatte, musste sie jetzt, um das wieder gut zu machen, funktionieren. Ihrem Vater helfen. Und das Verwirrendste war, dass diese Hilfe durchaus nicht selbstlos wäre. Sie fühlte sich magnetisch hingezogen zu diesem Mann, gerade weil er sie nicht mit dem gleichen primitiven Blick verschlang wie all die anderen. Weil er ihr das Gefühl vermittelte, ihr und selbst ihrem Vater überlegen zu sein. Das Lächeln, das sie ihrem Vater jetzt schenkte, war so liebevoll, dass alle im Umkreis von drei Metern davon berührt wurden: »Da muss ich ja die wenige Zeit nützen, die mir noch in Freiheit verbleibt.«

Sie küsste ihn auf die Wange, ließ den Schwarm ihrer Bewerber stehen, pflückte einen jungen, auffallend hoch gewachsenen Anwaltskollegen von der Bar, der sie gegen ihren erklärten Willen über das Wochenende mit einem Besuch überrascht hatte, und stürzte sich mit ihm in einen Tango.

»Ich muss jetzt endlich zu jemandem aufblicken«, sagte sie.

Dent, Keppler und Reusch sahen ihr dabei zu.

Steinfeld besaß in seiner Eigenschaft als Vorstandsmitglied seit zwei Tagen ein neues Auto samt ständigem Chauffeur. Er befahl ihm, unter Umgehung aller Geschwindigkeitsvorschriften, einen kleinen Abstecher, ehe es nach Bonn weiterging. Er hasste es, langsam zu fahren. Dunkle Vororte saugten die Lichter seiner nach frischem Leder und Chrom riechenden Limousine auf, Bauruinen starrten ihren Bremslichtern hinterher, späte Heimkehrer aus den Zechenkneipen prosteten ihm mit einem letzten Bier zu. Das waren seine Straßen, seine Häuser gewesen, er kannte hier seit seiner Jugend jeden Stein. Er hatte immer davon geträumt, eines Tages hierher zurückzukehren und all das neu zu gestalten, neu zu organisieren. Jetzt war dieser Traum in greifbare Nähe gerückt. Aber die Straßen, die Häuser, die Lichter, an denen er vorbeifuhr, gehörten ihm weniger denn je. Er war wie abgenabelt davon.

Gegen drei Uhr morgens erreichten sie die SPD-Parteizentrale. Sie wirkte wie eine in Rot getauchte Diskothek. Der Jubel über Rehmers Wahlsieg war grenzenlos. Menschen, die er nicht kannte, fielen ihm wahllos und betrunken um den Hals. Wer heute Nacht alleine blieb, war entweder CDU-Anhänger oder selbst schuld. Da er seine Beziehungen zur sozialdemokratischen Führungsriege aus nahe liegenden Gründen sehr diskret gestaltet hatte, kostete es ihn einige Mühe, aus der zukünftigen Bildungsministerin, die mindestens beim achten Whisky war, den Aufenthaltsort von Rehmer und seinem persönlichen Referenten Schilling, Steinfelds Kontaktmann, herauszuholen.

»Den Helmut«, kicherte sie, immer wieder Rehmers Vornamen wiederholend, »ham alle Frauen gewählt. Dafür hat er persönlich gesorgt.« Darauf stieß sie mit einer bemerkenswert jungen, rassigen Dame aus ihrem Beraterstab an, die über einen, wie sie betonte, echten feuerroten Haarschopf verfügte.

»Mit den Haaren mussten Sie ja zur SPD gehen«, sagte Steinfeld und gab zu, dass er Banker war. Die Damen schenkten ihm trotzdem ein Glas ein.

»Heute Abend sind sogar Kapitalisten willkommen.«

»Nicht nur heute Abend«, Steinfeld winkte ihnen zum Abschied zu, »aber darüber reden wir ein andermal.«

Nachdem er stundenlang in der Menge gebadet hatte, feierte Rehmer die gewonnene Wahl exzessiv im kleinen Kreis. Eine Hotelsuite, in der bisher Rehmers Wahlkampfmanager, der Enthüllungsjournalist Pepe Ehner gewohnt hatte, bot das Bild einer Trümmerlandschaft aus leeren Flaschen, überquellenden Aschenbechern und einem sturzbetrunkenen Kanzler, der zwar mit schwerem Zungenschlag die Vokale dehnte und dessen Stimme nach mindestens zwanzig hintereinander gerauchten Zigarillos klang, der aber immer noch druckreif parlierte. Zwei Frauen befanden sich an seiner Seite: Zu seiner Rechten wirkte seine sympathische, bodenständige Ehefrau, die um sein leibliches Wohl besorgt war, ihm auf seine Bitten mit stoischer Ruhe immer neuen Rotwein reichte und ihm mit derselben Unerschütterlichkeit jedes frisch angezündete Zigarillo aus der Hand nahm, denn der Arzt hatte ihm zum wiederholten Male das Rauchen verboten. Zu seiner Linken saß eine junge, intelligente Journalistin, die in Rehmers Wahlkampfmannschaft eine herausragende Rolle gespielt hatte und ihn jetzt für den Rest der Gäste mit provozierenden Fragen am Einschlafen hinderte. Rehmer hatte Steinfeld noch nie gesehen, aber er erkannte ihn mit einem Blick.

»Hier kommt bestimmt die Bank«, prostete er Steinfeld zu.

»Sieht man das so deutlich?« Steinfeld stieß mit Rehmer an.

»Da wäre ich ein schlechter Geldeintreiber.«

Eine Frau legte von hinten die Arme um ihn. Carola, Schillings Frau, war im sechsten Monat. Ihr schwangerer Bauch drückte sich gegen seinen Rücken.

»Jetzt, wo du uns geholfen hast, die Wahl zu gewinnen, musst du einfach Taufpate werden.«

Schilling eilte auf ihn zu, schloss ihn in die Arme. Wie immer tauschten sie zur Begrüßung einige Ringergriffe aus. Auf der Universität hatten sie gegeneinander gekämpft, griechisch-römisch. Steinfeld hatte seinem sozialistischen Freund Schilling den Namen Spartakus verpasst und der hatte sich, in Anspielung auf Steinfelds hochfliegende Pläne, mit Ikarus revanchiert. Nach einem Armhebel Steinfelds bat Schilling um Gnade, dann stellte er ihn dem neuen Kanzler als einen ihrer wichtigsten Geldgeber vor. Rehmer hatte offensichtlich keine Ahnung von der finanziellen Abwicklung seines Wahlkampfs, geschweige denn von den illegalen Einzelheiten. Er ging einfach darüber hinweg, als könne es keine derartige Verbindung zwischen seiner Partei und Steinfelds Bank geben. Zunächst schien er Steinfeld mit Missachtung strafen zu wollen, weil der es durch sein Erscheinen gewagt hatte, einen materiellen Misston in Rehmers rauschende Ouvertüre zu bringen. Selbst als Steinfeld Ansichten über die neue Ostpolitik äußerte, die sich hundertprozentig mit denen Rehmers deckten, widersprach der zunächst ebenso barsch wie unsachlich. Steinfeld hielt es für klüger zu schweigen. Rehmer würde gar nichts anderes übrig bleiben, als die Ostpolitik zu verwirklichen, die sowohl die Öffentlichkeit als auch Steinfeld und seine Bank von ihm erwarteten, aber im Gegensatz zu Steinfelds würde Rehmers Handeln von politischer Überzeugung bestimmt sein. Wahrscheinlich nahm Rehmer ihm genau das übel, Steinfeld war ein Chamäleon des Kapitals und Rehmer hing, ob er es wollte oder nicht, an seinem Haken. Trotzdem benötigte Steinfeld nicht lange, bis er noch eine andere Gemeinsamkeit entdeckte, die ihn mit Rehmer verband: Sie waren beide Vertreter der ersten antiautoritären Nachkriegsgeneration, bereit, die Väter vom Thron zu stoßen. Rock'n roll. Ihre Rotweingläser fanden zum ersten Mal zueinander.

»Eine Generation potenzieller Vatermörder.«

Jeder wusste, wen Rehmer damit meinte: seinen Ziehvater Strasser, der auch an diesem Tag längst mit seiner Pfeife zu Bett gegangen war, um am nächsten Morgen Punkt sieben die ersten Koalitionsgespräche zu sondieren. Lachend stellten Steinfeld und Rehmer überraschende Gemeinsamkeiten zwischen dem ehemaligen Kommunisten Strasser und dem Erzkapitalisten Helms fest.

»Ich dachte, du brichst nur Frauenherzen.« Ehner, Wahlkampfleiter der SPD, stieß mit Rehmer an, wobei die Hälfte seines Rotweinglases über sein Hemd schwappte. »Das ist das Blut der CDU!«

Steinfeld hatte ihn Schilling empfohlen. Ehner war eine schillernde Figur. Scharfzüngiger Chefredakteur einer als links apostrophierten Zeitschrift, deren Redaktionssitzungen bundesweit berüchtigt waren. Seine schneidende Stimme und ein lahmes linkes Bein, das ihm den Spitznamen »Mephisto« eingebracht hatte, waren Kriegsandenken. Seine offiziersmäßige Disziplin hatte sich, wie von Steinfeld vorausgesehen, im Wahlkampf positiv auf die bunte Truppe der SPD ausgewirkt.

»Sag mir den Kandidaten und die Partei«, lallte Ehner Steinfeld ins Ohr, »egal wer, ich bring ihn unter den Adler!«

Mit einer weit ausgreifenden Handbewegung, die den Inhalt einer Weinflasche über den gesamten Raum verteilte, ließ er alle noch mal »strammstehen«. Zu Steinfelds Erstaunen erhob sich sogar Rehmer und nahm lachend die Hände an die Hosennaht.

»Nur so ham wir gewonnen, nur so! Stramme Sozis! Das musst du der Bildzeitung erzählen, du Arschgesicht!« Krachend landete Ehners Hand auf dem wattierten Jackett eines Pressesprechers, der ihn auf einen verstohlenen Wink von Schilling mit einer neuen Flasche Wein in die entgegengesetzte Ecke des Raumes lockte und ihn dort mithilfe einer attraktiven Wahlkampfhelferin ruhig stellte.

Obwohl er und Rehmer sich im Gespräch weiter annäherten, fühlte sich Steinfeld wie immer im Augenblick des Triumphs einsam, ja geradezu verloren. Plötzlich neidete er all den begeisterten Menschen um ihn herum den naiven Glauben an eine Sache, die für ihn selbst nur Mittel zum Zweck war. Heute war es schlimmer als sonst. Heute würde es nicht genügen, in einem teuren Restaurant bei einer guten Flasche Wein Haydn zu hören. Ein Blick auf Schilling, der seine Frau heftig umarmte, verstärkte das Gefühl. Es begann immer gleich. Ein sanftes Brennen der Augen und ein glanzloses Gefühl im Magen. Katharina tanzte durch seine Gedanken, ihre Augen spalteten wie zwei grüne Gewehrkugeln sein Herz. Er bemerkte, dass die Journalistin Kemmler ihn ansah. Auch sie eine

Verliererin im Augenblick des Erfolgs, denn sie war nur die Geliebte des Kanzlers.

Rehmer schien Steinfelds Gefühlszustand zu verstehen. Er begann, von seinen langen, erfolglosen Jahren als Kanzlerkandidat zu erzählen, den Verleumdungen der konservativen Presse, er sei als sozialistischer Emigrant während des Dritten Reiches ein Vaterlandsverräter gewesen, sowie den verletzenden Anspielungen auf seine uneheliche Geburt. Auch er kam von unten, ebenso wie Steinfeld, und die Tore der Macht hatten sich für ihn noch viel schwerfälliger geöffnet. Seit 1961, dem Jahr des Mauerbaus, versuchte Rehmer, Kanzler zu werden. Beide Männer erinnerten sich, was sie am 18. August, dem Beginn des Mauerbaus, gerade gemacht hatten. Rehmer, damals Bürgermeister in Berlin, hatte eine fulminante Rede gehalten, die bereits die Hoffnung beinhaltete, diese Mauer irgendwann wieder einzureißen, und Steinfeld war nach einer Vorlesung über Betriebsrecht mit der Nachtschicht in die Grube eingefahren. Sein Kollege hatte den Presslufthammer gegen ein neues Kohleflöz gestemmt und gesagt: »Die sollten uns mal ranlassen. Dann wär die Mauer schnell wieder weg.«

Rehmer mochte diese Geschichte. Seine Botschaft lautete: Wir müssen nicht nur die äußeren Mauern einreißen, viel wichtiger sind die Mauern in uns. Er zitierte Orwell: »Das ganze Leben ist, von innen her betrachtet, nichts als eine einzige Abfolge von Fehlschlägen.«

Steinfeld widersprach gerade deshalb so heftig, weil dieser Satz seinen tiefsten Seelenzustand traf. Rehmer vermittelte ihm die Erkenntnis, dass Steinfeld nur deshalb so viel von Optimismus und Erfolg sprach, weil er sonst nichts besaß. Er setzte sich ständig unter Druck, damit er nie die Ruhe fand, gelassen in die bodenlose Leere zu blicken, die sich hinter seinen Aktivitäten auftat. Seine Meditation war Energieaufladung, Taktik, Flucht, nie Selbsterkenntnis. Er begriff die Lektion, die Rehmer ihm taktvoll und freundlich erteilte. Rehmer hatte gelernt, mit dem Misserfolg zu leben. Deswegen konnte er das Leben und die Frauen genießen, Steinfeld nicht. Steinfeld konnte Menschen nur erobern, was ein Euphemismus für zerstören war. Rehmer wollte die Macht, aber nicht um jeden Preis, das machte ihn Steinfeld sympathisch. Wie er sich da betrunken, selig, nun doch ein ganzes Zigarillo rauchend, mit zwei Frauen im Arm in einen Korbsessel fläzte, wirkte er beinahe, als sei er ganz zufällig auf den Posten des Kanzlers gespült worden, und der Blick, den er Steinfeld zuwarf, schien zu wissen, sein Glück könne nur von kurzer Dauer sein. Dieser Blick traf Steinfeld ins Mark, er traf ihn an einer Stelle, die jung geblieben war und deren Schmerz nur gestillt werden konnte, indem sie den Hilflosen half. Denjenigen, denen nicht zu helfen war.

Diese Gedanken wurden von einem untersetzten Mann verscheucht, der wie ein Wellenbrecher durch die Menge pflügte und den Steinfeld zunächst nur an dem spärlichen, steil und schlohweiß nach oben wachsenden Haarschopf erkannte, unter dem die Kopfhaut rosa schimmerte, bis sein fleischiges Gesicht, strahlend und halb von einer Wodkaflasche verdeckt, direkt vor Steinfeld auftauchte. Es war Semjuschin, Veras Vater, der ihn so heftig in die Arme schloss, dass seine Rückenwirbel knackten. Was für ein Abend, was für ein wunderbares Geschenk für die Sowjetunion! Zum Wein kam nun der Wodka, Schilling und Ehner stießen zu ihnen und die fünf Männer ergingen sich in gemeinsamen Visionen über die Möglichkeiten einer neuen Entspannungspolitik. Ehner und Semjuschin entdeckten, dass sie 1943 für zwei Wochen am selben Frontabschnitt einander gegenübergelegen hatten, Rehmer hatte vor dem Krieg im skandinavischen Exil mehrmals Leningrad besucht, Steinfeld hatte, ebenso wie Ehner, die Ölquellen im Kaukasus nur beinahe erobert, und Schilling versuchte, seine schwangere Frau im Arm, die Begeisterung der Männer für russische Landschaft, Lebensweise und Kultur zu Leitlinien einer neuen Politik zu formen. Wichtigstes Ziel: Kooperation, kein neuer militärischer Wettlauf mit der Sowjetunion. Rehmer erhob diesen Gedanken zu einem seiner wichtigsten Grundsätze. Mit ihm als Kanzler werde es kein neues Wettrüsten geben. Schluss mit dieser gegenseitigen Dämonisierung, die nur die Rüstungsfirmen reicher machte! Diesmal warfen sie die geleerten Wodkagläser über die, wie sie betonten, linke Schulter. Semjuschin fiel etwas ein. Mit bereits deutlich vom Alkohol gezeichneter Zunge richtete er Steinfeld die Grüße von seiner Frau und seiner Tochter aus. Vera hatte ihrem Vater wieder mal ein Bild für Steinfeld mitgegeben, aber Semjuschin konnte es nicht finden. Er begann Steinfeld das Bild zu beschreiben: »Ein Wolf und ein Hund ... nein, ein Pferd und ein Hund ...«

»Das ist aber ein gewisser Unterschied ...«

»Heilige Mutter Gottes!« Semjuschin wischte sich den Schweiß von der Stirn. »Sie wird mich umbringen, wenn sie rausfindet, dass ich ihr Geschenk für dich verloren habe. Also«, er fand den Faden wieder, »ein Pferd, verfolgt von einem Hund. Und du fällst gerade runter.«

Er packte Steinfelds Handgelenk, Steinfeld stöhnte gespielt auf. Semjuschin lachte. »Du hast uns nicht vergessen.«

Nein, das hatte er nicht. Obwohl sein Handgelenk längst wieder verheilt war. Er erinnerte sich, wie Vera ihm die Holzpuppen übergeben hatte, und auch an sein Versprechen, sie wieder zu besuchen, wenn sie zwanzig war. Er hatte noch zwölf Jahre Zeit.

Anderthalb Stunden später stand er nach einer halsbrecherischen Autobahnfahrt seines Chauffeurs vor der dunkelgrauen Silhouette seiner Bank, die in einen bereits wieder hell werdenden Himmel wuchs. Seine Hände pressten sich gegen den kühlen Marmor des Eingangs, gegen das Glas der verschlossenen Tür. Hinterließen Fingerabdrücke. Er wandte sich ab und ließ sich scheinbar unabsichtlich einige Straßen weiter bis zu einer Kifferwiese treiben, ein scheinbar scheuer Voyeur, der betrachten wollte, was man im Augenblick unter Freiheit verstand: Gitarrenmusik, der süßliche Duft sanfter Drogen, erlöste Gesichter, die alle Liebe und Zeit der Welt gepachtet zu haben schienen und deren Haarschnitt sowie Kleidung seinem Aussehen denkbar konträr gegenüberstanden. Man ließ ihn gewähren, stellte rasch fest, er war kein Zivilbulle, wollte scheinbar nur ein Stück ihrer Freiheit betrachten, ohne daran teilnehmen zu können, obwohl ihm besonders die jungen Frauen einige freundliche Angebote machten.

Doch er tastete sich in die dunkleren Ecken vor, dorthin, wo die Musik sich in endlosen Gitarrensoli verlor und ihn die misstrauischen Gestalten, die ihm ihre Köpfe von Decken oder aus Schlafsäcken entgegendrehten, zunächst für einen Dealer hielten. Er genoss diese Verwechslung, und obwohl alle rasch begriffen, dass er ihnen nichts zu verkaufen hatte, so schienen sie, auch wenn er es ihnen nicht sagte, zu begreifen, dass er auf eine andere, viel umfassendere Art ein Dealer war. Er registrierte nicht ohne Ironie, dass sich hier, keine fünf Minuten von einem der wichtigsten Finanzplätze Europas entfernt, wie ein hässlicher Zerrspiegel der archaische Kapitalismus des Heroinstrichs breitzumachen begann. Er tat

116

nichts, außer zu beobachten. Zunächst ein Pärchen, das einen ver-
bogenen Löffel vor ihm mit dem Feuerzeug erhitzte. Ihre Hände
zitterten, sodass ein Teil der Flüssigkeit über den Löffel schwappte.
Das war es, was ihn viel mehr faszinierte als das salbungsvolle Frei-
heitsgezwitscher einige Meter weiter, hier, im Schatten einiger ver-
krüppelter Ahorngewächse, atmete er Zerstörung, Bewusstlosigkeit,
das Spiel mit dem Abgrund. Nur hier spürte er eine Form von in
ihrer Endgültigkeit hochgefährlichen Freiheit, die ihm reizvoll erschien. Ein weiteres Gesicht drehte sich ihm wie aus dem Jenseits
entgegen: dunkle Haare, dunkle Augen, blasse Haut. Wortlose Berührung und wie ein unheilvolles Versprechen die leicht kitzelnde
Berührung mit der Nadel. Er spürte, wie das Verlangen übermäch-
tig in ihm wurde, nicht mehr länger Beobachter, sondern Täter zu
sein. Ein triumphierendes Lächeln. Er entfloh. Seine Schritte hallten auf dem Asphalt einer menschenleeren Straße, über der die
Hochhäuser der City zusammenzuwachsen schienen. Er beschleunigte und die Sohlen seiner Fünfhundert-Mark-Schuhe pressten
sich wie ein schützender Panzer gegen seine Füße. Immer schneller.
Vera, noch zwölf Jahre. Rehmer muss nicht Kanzler sein. Rehmer
kann genießen, ich nicht. Was, zum Teufel, war mit ihm los? Wie
hatte er auch nur einen Augenblick in Erwägung ziehen können …
wo war seine Souveränität geblieben, das Gefühl, jederzeit alles tun
zu können? Er versuchte, sich das Bild, das Vera ihm gemalt hatte,
vorzustellen. Es gelang ihm nicht.
    Erleichtert stellte er fest, dass er bereits einige hundert Meter
zwischen sich und den Ort endgültiger Selbstzerstörung gebracht
hatte. Beinahe erlöst sog er die frische Morgenluft in seine Lungen.
Seine gesündere Hirnhälfte hatte triumphiert. »Mein elitäres Denken fühlt sich einfach zu sehr der Qualität verpflichtet«, dachte er
und musterte spöttisch das lärmende Treiben in einem Frühstücks-
café auf der gegenüberliegenden Straßenseite. Ein kurzer Blick
auf die Uhr, ein Geschenk von Helms zu seinem Geburtstag vor
einem Jahr. Seitdem hatte er die Uhr nicht mehr gewechselt. Wer
mit Helms arbeitete, benötigte keinen Fetisch. Er hatte noch eine
knappe Stunde Zeit. Seine Augen begannen zu suchen: dunkle
Haare, dunkle Augen, blasse Haut. Charakterliche Voraussetzungen: verloren, verletzlich, hilfsbedürftig. Unerlöst.
    Er entdeckte ein Pärchen, das aussah, als hätte man das Heroin-
pärchen von der Wiese einer Bluttransfusion unterzogen. Sie trank

ein rotes Getränk, er ein weißes. Schneeweißchen und Rosenrot. Garantiert heterosexuelle Amateure.

Diese Herausforderung war er sich am Tag nach einer gewonnenen Bundestagswahl schuldig. Er beschloss, über das Mädchen einzusteigen. Das war unverfänglicher.

»Wer ist das, dein Bruder?«

Sie hatte erwartet, dass er sie ansprechen würde, und lächelte.

»Nee, deiner?«

Ihre Lider flatterten in künstlicher Aufregung. Sie plapperte im Takt dazu weiter wie jemand, der in der ständigen Angst lebt, dass ihm keiner zuhört. Das war kein Wunder. Sie redete Blödsinn.

»Wie wär's, wenn du mal die Klappe hältst?«

Sie grinste, schwieg. Aber er wurde sie nicht los. Noch nicht. Nach all dem Unsinn, den sie verzapft hatte, würde es ihm eine Freude sein, sich ihren Freund auszuleihen. Seine Blicke richteten sich eindeutig auf den Jungen. Aber es wurde nichts aus seinem Verführungsspiel. Der Typ wusste sofort Bescheid.

»Uns musste schon beide mitnehmen«, sagte er und stand auf. Er war aus Versehen an einen Profi geraten. Auch gut. Er hatte ohnehin nur noch eine knappe Stunde. Er verschwand mit den beiden in einem dunklen Hauseingang. Das Mädchen kassierte.

»Emanzipation.« Ihr Gekicher regte ihn auf. »Was hättste denn gemacht, wenn er nich schwul wär?«

»Dann hätt ich dich gevögelt. Hast noch mal Glück gehabt.«

Sie hüpfte mit seinem Geld davon, als spielte sie Himmel und Hölle. Er hatte keine Lust mehr auf Gequatsche und Verführung. Er hatte keine Lust mehr darauf, sich und anderen Gefühle einzureden. Er riss dem Jungen die Hose herunter, schob ihm den Slip in die Kniekehlen.

Was ist Erfolg? Erfolg ist, dass ich mir das hier leisten kann, dachte er und stieß zu. Vorstand, Nachfolger, Öffentlichkeitsarbeit. Scheiß drauf. Ich bin bereits voll bei der Sache. Sieg auf der ganzen Linie! Seine Beckenknochen pressten sich gegen das knabenhafte Gesäß vor ihm. Schmeißt mich doch raus, jubilierte es in ihm, es ist mir scheißegal! Die Haut des Jungen leuchtete im Dunkeln. Er ignorierte sein schmerzhaftes Aufstöhnen, verlor sich in Bewegung. Lust und Einsamkeit drehten sich wie zwei Schrauben in seinen Kopf. Als er kam, war es, als spränge er von einer hohen Klippe und sein Kopf zerschellte im Nichts.

Er hoffte, dass Helms ihn beobachten ließ. Das war das Einzige, was ihn an der Sache noch reizte. Sein rebellisches Ritual war zur Pose verkommen, es stellte sich nicht mal mehr ordinäres Lustgefühl ein. Der Akt reduzierte sich auf freudlose Mechanik. Er wischte seine Spermareste in ein Papiertaschentuch und ging zur Arbeit.

Zwei Monate später wurde im Kanzleramt ein neues Bild für den ersten SPD-Kanzler in der Geschichte der Bundesrepublik aufgehängt. Rehmer beobachtete nachdenklich, wie das Gemälde seines Vorgängers von der Wand genommen wurde. Es handelte sich um ein Werk von C.D. Friedrich, »Der Mönch am Meer«. Jemand schlug vor, die Wand neu zu streichen, ehe Rehmers Gemälde, ein formenexzessiver Schmidt-Rottluff, den freien Platz einnehmen würde. Rehmer schüttelte den Kopf. Plötzlich kam ihm das neue Bild allzu farbenfroh, zu lebendig vor, ebenso wie die Ledercouch, die in Zukunft das Loriotsofa ersetzen sollte, auf dem bisher die Fototermine mit ausländischen Staatsgästen stattgefunden hatten.

Der Jubel über den Regierungswechsel war deshalb so laut, weil alle befürchteten, er könne zu schnell wieder verschwinden. Er hätte gerne auf der Stelle eine seiner flammenden Wahlreden unter freiem Himmel gehalten und beschloss, seine außenpolitischen Vorstellungen so schnell wie möglich in die Tat umzusetzen. Er freute sich auf die Begegnungen mit Völkern, mit denen Aussöhnung für ihn leichter möglich war als mit seinem eigenen.

6. KAPITEL: MÄRZ 1974

Steinfeld nahm beschwingt die Stufen zu Helms' Büro. Sie hatten in der Tat schöne Gewinne gemacht, wie Keppler zu sagen pflegte. Vor vier Wochen war er einstimmig in den Vorstand gewählt worden. Steinfeld hatte ihm als Erster gratuliert, wobei er dezent durchschimmern ließ: Das verdankst du vor allem mir. Ich habe dich nachgezogen. Auch wenn es nicht stimmte. Er hätte zuerst Reusch geholt.

Keppler sah immer noch aus wie ein Pennäler, der den Schulpreis gewonnen hat. Steinfeld minderte seine Freude über die Beförderung mit der Bemerkung, sie müssten endlich in der VAG-Sache weiterkommen. Er schlug Keppler vor, ein Schützenpanzergeschäft des VAG-Hauptaktionärs Dent mit der kanadischen Regierung platzen zu lassen. Das würde den Aktienkurs von Dent unter Druck setzen und Dent etwas empfänglicher für die freundlichen Angebote der Hermes-Bank machen. Keppler musste die Höhe von Dents Gebot herauskriegen. Steinfeld würde die amerikanischen Freunde der Even-Bank an einer deutschen Anleihe beteiligen. Die würden im Gegenzug einem US-Panzerhersteller einen so günstigen Kredit gewähren, dass der Dent unterbieten konnte. Sie hatten gehofft, damit Dent endlich zum Verkauf seiner Aktienmajorität bewegen zu können. Es war ihnen allerdings immer noch nicht gelungen, den Preis herauszufinden, den Dent für seine Schützenpanzer haben wollte. Keppler hatte bereits dreimal erfolglos einen Buchhalter von Dent zum Essen eingeladen.

»Dann geh eben woanders mit ihm hin«, hatte Reusch bei ihrem obligatorischen Gang über den Flur der Chefetage vorhin empfohlen. Er trug als Einziger von ihnen noch den dunkelgrauen Direktorendress.

»Da war ich schon.« Keppler erinnerte sich nur ungern. Sein Informant war im Séparée eingeschlafen. Ein Abend ohne den geringsten Erkenntniswert. Für dreieinhalb Mille war das ein bisschen wenig. »Der ist schwul.«

Einen Moment herrschte Stille.

»So ein Pech«, sagte Steinfeld.

Er registrierte mit heimlichem Spott, dass den beiden, seit er im Vorstand war, allein schon das Thema peinlich zu sein schien. Er wusste, dass es nach wie vor Gerüchte über ihn gab. Das störte ihn nicht im Geringsten. Diese Gerüchte waren so ungeheuerlich, dass sich niemals jemand die Finger daran schmutzig machen würde. Am allerwenigsten jemand, der aufsteigen wollte. Und abgesehen davon äußerte sich seine Potenz inzwischen hauptsächlich in der stetig wachsenden Bilanz seines Hauses.

Keppler trat unterdessen die Vorwärtsverteidigung an. Die Höhe von Dents Gebot sei gar nicht das Entscheidende. Steinfeld müsse Even endlich dazu bringen, Dents Angebot durch ein US-Angebot zu unterlaufen. Ob das zehn oder zwanzig Prozent darunter liege, sei doch völlig egal.

»Ich hab getan, was ich kann«, versicherte Keppler gereizt. »Könnt ihr alle meine Mitarbeiter fragen.«

»Das haben wir bereits getan.« Steinfeld lächelte freundlich.

Sie landeten in ihrer üblichen Konstellation: Keppler, der gequälte kleine Bruder, das Muttersöhnchen, das nicht schuld sein wollte. Reusch, der böse Große, der sich und seinen Vater hasste, und Steinfeld, das schillernde Chamäleon, das von beiden geliebt wurde, weil sie es immer wieder von neuem entdecken durften.

»Zehn oder zwanzig Prozent«, äffte Reusch Keppler nach. »Das bedeutet den feinen Unterschied von zehn oder zwanzig Millionen. Denkst du, unsere US-Freunde schießen zehn Millionen in den Wind, nur weil du zu blöd bist, um für deinen Buchhalter 'ne Schwuchtel aufzutreiben?« Er lachte trocken. »Für zehn Mille musst du dich notfalls persönlich einbringen.«

Keppler giftete zurück. Reusch solle Steinfeld lieber beim Austarieren der Anleihe zur Hand gehen: »Da muss man sich eben mal hinter die Rechenmaschine setzen, anstatt Interviews zu geben.«

Steinfeld ging großmütig über die gegen ihn gerichtete Spitze hinweg. Er würde heute alleine zu Helms reingehen. Er würde die Verantwortung für den misslungenen Angriff auf Dent übernehmen. Keppler und Reusch waren sichtlich beeindruckt. Steinfeld war tatsächlich in seinen neuen, dunklen Anzug reingewachsen.

Während er auf den kleinen, silbernen Knopf neben der Tür drückte, der Helms seine Ankunft mitteilte, rekapitulierte er die Erfolge, in die er ihren einzigen Misserfolg zu verpacken gedachte. Sie hatten die drei deutschen Chemieriesen restrukturiert, die Elektroindustrie filetiert, die zukunftsträchtige Elektronik ausgegliedert und mit Startkapital versorgt. Sie hatten trotz Steinfelds Freundschaft mit Rehmer das Schlimmste bei der Mitbestimmung verhindert und sie hatten sich, quasi als Freizeitbeschäftigung, ein paar vielversprechende Börsenwerte gegriffen und Jojo gespielt: kaufen, gute Nachricht über Reuters raus, Kurs hoch, Hochglanzprospekte an die Kunden verteilen, Kunden greifen gierig zu, Kurs noch höher, verkaufen, schlechte Nachricht über dpa, panikartige Verkäufe, Kurs tief, wieder kaufen, gute Nachricht über Reuters raus, und so weiter. Die Börse war ein Nullsummenspiel. Was der eine verlor, gewann ein anderer und am Ende bekam alles die Bank. Mit einem leisen Klicken öffnete sich vor ihm die Tür.

Helms' Augenleiden hatte sich in den vergangenen fünf Jahren kontinuierlich verschlimmert und in seinem Büro war es dementsprechend einige Grade dunkler geworden. Er wartete exakt so lange, bis Steinfeld die Tür ins Schloss gedrückt hatte, dann schnauzte er ihn an, ob er eigentlich noch alle Tassen im Schrank habe. Es ging jedoch nicht um die Aktienmajorität von VAG, wie Steinfeld zunächst vermutete, sondern um ein Interview, das Steinfeld kürzlich in seiner Eigenschaft als Sprecher des Vorstands vom Stapel gelassen hatte.

»Wenn Sie mit meiner Sekretärin Blödsinn reden, hört das wenigstens nur meine Sekretärin, aber im deutschen Fernsehen ...«

»Wir waren uns doch bisher einig«, unterbrach Steinfeld, »dass mein Umgang mit den Medien brillant ...«

»Was glauben Sie, wie hilfreich es für die Reputation unseres Hauses ist, wenn alle Welt zum Abendbrot serviert bekommt, dass ich einen ... einen Finanzclown im Vorstand beschäftige ...«

»Das ist doch nur ein weiterer neuer Anzug. Sie tragen Ihren ehrbar demokratischen, ich hab meinen jugendlich sozialen ...«

Auseinandersetzungen dieser Art standen mittlerweile wenigstens einmal die Woche auf der Tagesordnung, und obwohl beide behaupteten, es satt zu haben, genoss es jeder auf seine Weise. Sie stritten sich mit einer Inbrunst, wie das nur ein Vater und ein Sohn können, im Grunde ihrer im gleichen Takt schlagenden Herzen zur Liebe verdammt, nur dass alles, was bei Steinfeld noch wild und rebellisch loderte, bei Helms längst verwittert war und Helms, der insgeheim den unverschämten Charme seines Lieblings genoss, von der tiefen Überzeugung geleitet wurde, diesen Ziehsohn in Stein meißeln zu müssen, ehe er sein Nachfolger werden konnte. Ihre Streitereien waren so intensiv, dass Keppler und Reusch Steinfeld nicht selten darum beneideten. Es waren die Auseinandersetzungen, die auch sie gerne geführt hätten, aber ihnen fehlten der nötige Mut und das Selbstbewusstsein, um Helms derart herauszufordern.

Helms stürzte jetzt zu einem Videorekorder, über dem ein Farbbildschirm thronte, der eigentlich zu groß für sein Büro war und den er täglich verfluchte, da er den Stil seines gesamten Büros ruinierte, auf den er aber aus Informationsgründen nicht verzichten konnte, denn er meldete ihm auf Knopfdruck die aktuellen Aktien- und Anleihekurse aus aller Welt. Auch sonst war die Modernisierung an Helms' Büro nicht spurlos vorübergegangen. Neue Wechselsprechanlage, ein Diktafon mit kleinen Kassetten, über einen zigarrenschachtelgroßen Monitor hatte er das Treppenhaus vor seiner Tür im Blick, die inzwischen aus Stahl und von innen elektronisch abriegelbar war. Im Ernstfall würde sie einer tragbaren Flugabwehrrakete standhalten. Sicherheitsvorkehrungen, zu denen man Helms nur mit Mühe hatte überreden können. Jetzt versuchte er wütend, eine Videokassette in den Rekorder zu schieben. Mit Bedienungsanleitungen jeglicher Art stand er auf Kriegsfuß, selbst die liebevollen Vereinfachungen seiner Sekretärin fielen seiner Ungeduld und dem Papierkorb zum Opfer. Steinfeld ging ihm zur Hand und schob die Kassette richtig herum in den dafür vorgesehenen Schlitz. Sein Ebenbild blickte ihn vom Fernsehschirm aus an und er hörte seine Stimme:

»... nein, selbstverständlich will niemand eine Verstaatlichung, auch die SPD nicht. Ein wirklich neuer Weg wäre eine Beteiligung der Mitarbeiter am Erfolg oder Misserfolg eines Unternehmens: Jeder erhält dasselbe Grundgehalt, vom Pförtner bis zum Vorstand.

Der Bonus ist gestaffelt. Vom Gewinnanteil, der dafür vorgesehen ist, abzüglich stiller Reserven, Investitionen, Ausschüttungen etcetera, erhält der Vorstand zum Beispiel insgesamt zehn Prozent, weitere zwanzig gehen an alle leitenden Angestellten und so weiter. Bei Nullwachstum oder Verlusten gibt es eben für alle nur den Minimallohn, so wie es in sozialistischen Staaten Usus ist.«

Helms schnaubte grimmig. »Vorzügliche Maske.«

»Wenn's Ihnen so gut gefällt, müssen wir es uns auch zu Ende ansehen.«

Helms wollte abschalten, wusste aber nicht, wie.

»Lassen Sie, ich will es wenigstens einmal selbst sehen.«

Helms stieß einen kurzen Laut der Verachtung über dieses Ausmaß der Provokation aus. Er kannte Steinfeld gut genug, um zu wissen, dass der jede Nuance seines Interviews längst genauestens analysiert hatte. Das Fernsehen, das hatte auch Helms längst begriffen, war das ideale Medium für seinen Ziehsohn. Im öffentlichen Auftritt lag seine größte Begabung, die Öffentlichkeitsarbeit der Bank hatte enorm an Bedeutung gewonnen, seitdem Steinfeld sie im Vorstand vertrat. Aber man musste aufpassen, dass seine Schnellschüsse nicht nach hinten losgingen. Im Hintergrund lief der Ton weiter.

Zwischenfrage des Interviewers: »Wie sehen Sie die Rolle der Aktionäre?«

»Die Aktionäre haben jeden Tag die Wahl, ein Unternehmen zu kaufen oder zu verkaufen, daran ändert sich nichts. Und ich denke, dass sie ein Unternehmen mit motivierten Mitarbeitern unter allen Umständen vorziehen würden. Wissen Sie, unter den germanischen Stämmen war es Sitte, dass ein Heerführer seine Gefolgsleute vor einer Schlacht durch eine mitreißende Rede begeistern musste. Sie können sich denken, was Tenor dieser Rede war: fette Beute! Daran hat sich nichts geändert. Es gibt fette Beute auf den Kapitalmärkten dieser Welt. Und mit einer durch Mitbesitz begeisterten Belegschaft werden sie die auch holen. Freiheit durch leistungsorientierten Sozialismus.«

»Jedes Interview, das Sie in Zukunft geben, geht vorher über meinen Tisch«, zischte Helms. Steinfeld hielt dieses Unterfangen für so illusorisch, dass es sich gar nicht lohnte, darauf einzugehen. Er stellte fest, dass ihm die etwas längeren Koteletten und das halb über die Ohren gewachsene Haar trefflich standen.

»Das ist Ihr Ziel?«, fragte der Interviewer.

»Mein Ziel und das Ziel unseres Hauses ist, immer noch besser zu werden.«

»Wie nahe glauben Sie persönlich denn, diesem Ziel zu sein?«

Jetzt kam seine Lieblingsstelle.

»Bislang bin ich ein Clown in einem Zirkus, in dem es gar keine Clowns geben darf. Nur mein Erfolg hält mich am Leben. Das Beste kommt aber noch, dann wenn der Clown seine Maske abzieht und darunter Fantomas erscheint, der es den Reichen nimmt und den Armen gibt ...« Der Steinfeld auf dem Bildschirm lachte.

»Ist das Ihr Ernst?«, fragte der Interviewer.

»Die einzige gute Frage«, knurrte Helms.

»Nein«, sagte Fantomas auf dem Bildschirm. »Ich mache Ihnen nur 'n bisschen Angst.« Steinfeld lachte erneut, dann wurde der Monitor schwarz.

Helms drückte mit einem Lineal gleichzeitig auf alle Bedienungstasten, bis die Kontrolllampen erloschen. Steinfeld grinste.

»Ich weiß genau«, Helms platzierte sein Lineal mit einem leisen Knall auf seinem Schreibtisch, »Sie haben dieses idiotische Interview nur gegeben, um den verblasenen Wirtschaftsansichten Ihres Freundes Rehmer einen Anstrich von Kompetenz zu verleihen, aber das rettet den Mann auch nicht mehr.«

Die hohen Abschlüsse mit der Metallgewerkschaft brächten die deutsche Wirtschaft endgültig in die Rezession, fuhr er fort. Angesichts der Lage im Nahen Osten habe man in absehbarer Zeit mit unkalkulierbaren Ölpreisen zu rechnen.

Das sei ja nicht Rehmers Schuld, wagte Steinfeld einzuwerfen. Helms gestand widerwillig zu, Rehmer von dieser Schuld freizusprechen. Das sei aber auch das einzig Positive, was es über den derzeitigen Kanzler zu sagen gebe. Rehmer liege tagelang depressiv im Bett, verschleiße sich, übrigens genauso wie der Außenminister, in Affären und Alkohol, mache einen Fehler nach dem anderen. Er sei total unfähig, sein Kabinett zusammenzuhalten. Helms krönte seine Ausführungen mit dem Satz: »Dieses Gigolokabinett regiert nicht, das erigiert nur noch.«

Er nahm wieder hinter seinem Schreibtisch Platz, der sich dadurch wie ein Bollwerk zwischen ihn und Steinfeld schob. Helms' letzter Satz hatte Steinfeld aufhorchen lassen. Der stammte nicht von Helms, sondern vom Parteivorsitzenden der SPD, hervorgestoßen zwischen viel Ärger und Pfeifenqualm nach einer weiteren frustrierenden Kabinettssitzung zum Thema Finanzpolitik.

»Ich hatte bisher keine Ahnung, dass es einen Berührungspunkt zwischen Ihnen und Strasser gibt. Einem ehemaligen Kommunisten.«

»Wenn die Jungen versagen, müssen sich die Alten zusammensetzen und ihr Gebiss schärfen«, versetzte Helms. »Kurzum: Rehmer muss weg.«

Jedes seiner drei Worte erreichte Steinfelds Ohr wie der Knall einer Peitsche.

»Selbst ehemalige Kommunisten sind der Ansicht, dass Rehmer finanzpolitisch versagt hat. Außerdem«, Steinfeld entging nicht, dass jetzt der Teil kam, den er mit Strasser unter Garantie nicht besprochen hatte, »seine außenpolitische Blauäugigkeit führt uns in die Katastrophe. Wir müssen ein Gegengewicht zur ständigen heimlichen Aufrüstung des Warschauer Pakts bilden.«

Steinfeld begriff: Mit den Grundlagen und Ostverträgen hatte Rehmer seine Schuldigkeit getan. Und er, Steinfeld, hatte mit seinen blendenden Russlandkontakten dazu beigetragen, Rehmer überflüssig zu machen. Jetzt hing der Osten am Kredithaken westlicher Banken und sollte mit dem politischen Mittel der NATO-Nachrüstung in einen neuen, ruinösen Rüstungswettlauf getrieben und wirtschaftlich in die Knie gezwungen werden. Helms war wie immer auf Nummer sicher gegangen. Er hatte den SPD-Vorsitzenden, der seine Partei von einem innenpolitischen Desaster ins nächste taumeln sah, bereits auf seine Seite gebracht. Mit Strasser war so ziemlich alles zu machen, solange seine Partei an der Macht bleiben durfte, mit Rehmer nicht. Eine NATO-Nachrüstung war für Rehmer völlig ausgeschlossen, das hatte er immer wieder betont. Steinfeld fühlte sich wie bei einem Elfmeter vor einem leeren Tor. Er wusste, was kommen würde.

»Wenn Sie Rehmer nicht abschießen wollen, muss ich jemand anderen damit beauftragen.«

Das letzte Misstrauensvotum, das Rehmer mit knapper Not überstanden hatte, war gerade drei Monate her. War das ein erster erfolgloser Versuchsballon von Helms gewesen? Sarkastisch empfahl Steinfeld, um Helms' Reaktion zu testen, Rehmer noch einmal die Vertrauensfrage zu stellen. Helms winkte ärgerlich ab.

»Auf Politiker war noch nie Verlass. In Bestechungen wird keine

Mark investiert. Nein, die Sache muss Hand und Fuß haben. Lassen Sie sich was einfallen. Wenn Sie schon den griechischen Lebensstil eines Herakles pflegen, müssen Sie auch zwölf ähnlich große Aufgaben bewältigen.«

»Herakles wurde zur Belohnung Halbgott.«

Helms streifte scheinbar zufällig das Foto seiner Tochter.

»Das könnten Sie auch.«

»Ich habe Ihnen immer gesagt, ich werde nicht heiraten.«

»Das ist doch eine Kinderei! Sie sind der Einzige im Vorstand, der nicht verheiratet ist! Wie lange soll ich noch meine schützende Hand über Sie halten?« Er wirkte jetzt richtig verletzt. Sehr gut machte er das. »Das kommt davon, wenn man sich für jemanden einsetzt, der charakterlich nicht einwandfrei ist.«

»Das sagen Sie mir im selben Moment, in dem Sie von mir verlangen, dass ich den Mann, den ich gefördert und gestützt habe und der nebenbei einer meiner ganz wenigen Freunde ist, absäge!«

Helms schob den Kopf ruckartig nach vorne. Seine linke Gesichtshälfte glänzte im Licht der Schreibtischlampe. »Ihr Freund? Das wünschen Sie sich vielleicht. Sie machen ihm den Hof. Aber er ist wie alle Politiker. Er will nur Ihr Geld. Sie will er nicht.« Sichtlich genussvoll zitierte er Steinfeld: »Freundschaft ist keine gute Geschäftsgrundlage. Schon vergessen? Wenn jemand den Anforderungen nicht mehr entspricht, muss man ihn ablösen. Das nenne ich Charakterstärke! Sie haben drei Monate Zeit ...«

»... sonst?«

»Sonst werde ich ein neues Misstrauensvotum nicht verhindern können und Ilk wird Kanzler.«

»Ich dachte, wir waren uns einig«, erwiderte Steinfeld mit eisiger Stimme, »Ilk dürfe niemals Kanzler werden.« Jetzt zitierte er Helms: »Eine triebhafte Kainsnatur. Unkalkulierbar. Schon vergessen?«

Helms begann mit einem Öffner, dessen Griff einer venezianischen Gondel nachempfunden war, seine Post zu öffnen. Man hörte nur das Geräusch des Öffners, der Papier aufschlitzte.

Steinfelds erster Impuls war, empört zu gehen, aber gleichzeitig spürte er, dass die alten Rebellionsrituale nicht mehr funktionierten. Seit ungefähr zwei Jahren ersetzten ihm die Bankgeschäfte in zunehmendem Maße die Sexualität. Immer öfter schlenderte er an den Freiern vorbei, nur um sie zu betrachten, so wie Helms seine Gemälde.

»Ich halte mich jungfräulich für die Bank«, dachte er dann spöttisch. Es war unverkennbar, dass ihm Sex immer weniger den Genuss einer erfolgreichen Strategie ersetzen konnte. Es war eben nun einmal eine ungleich größere Herausforderung, die Chefetagen Europas dazu zu bringen, ihr Kapital zu seinen Gunsten zu verspielen, als den Emotionshaushalt eines Strichers aus dem Gleichgewicht zu bringen. Erneut warf er einen Blick auf den Diamanten, der nach wie vor auf Helms' Schreibtisch funkelte. Bei Katharina würde es nie um Sex gehen, sondern immer um eine Idee, dessen war er sicher, und eine kühne Idee war das Einzige, was ihn dank seines Lehrmeisters noch in erotische Spannung versetzen konnte.

»Wie steht's mit VAG?«, schoss Helms, scheinbar unbeteiligt, die nächste Frage ins Zentrum seiner Gedanken.

Steinfeld behauptete, er, Keppler und Reusch stünden dicht vor einer Lösung. Höchstwahrscheinlich werde Dent seinen kanadischen Schützenpanzerauftrag nicht bekommen.

»Na und? Das kratzt den doch nicht.«

»Der Kurs wird deutlich nachgeben.«

»Sieben Prozent, höchstens zehn! Erzählen Sie mir bloß nicht, Sie haben Geld unseres Hauses ausgegeben, um Rüstungsaufträge für Dent zu verhindern! Mein Vorstand als Friedenstruppe! Das ist auch wieder so ein sozialdemokratischer Schwachsinn!«

Steinfeld verwies auf die fünf Prozent Gewinnsteigerung, die sie allein aufgrund der Finanzierung umfangreicher Erdgasröhrengeschäfte mit der Sowjetunion im letzten Quartal gemacht hatten.

»Gewinne sind schön, aber nicht alles«, entgegnete Helms süffisant. »Und sie schmelzen schneller als Eis in der Sonne, wenn die politischen Rahmenbedingungen nicht stimmen.«

Ihre Blicke kreuzten sich so, dass Steinfeld meinte, ein leichtes Klirren zu hören.

Helms ließ ihm keine Wahl. Rehmer musste weg, sonst kam er nicht weiter.

»Was ich Sie schon immer fragen wollte«, setzte Steinfeld das Wortgefecht mit einem Ausfall ins Private fort, »wieso haben Sie eigentlich keine Fotografie von Ihrer Frau hier?«

»Es würde mich zu sehr von der Arbeit ablenken«, retournierte Helms gelassen. »Das werden Sie auch noch feststellen, wenn Sie erst mal verheiratet sind.«

Steinfeld wollte zu einem neuen Degenstich ansetzen, aber plötzlich spürte er Helms' Hand auf der seinen. Sie war kalt und voller Falten. Steinfeld zuckte unter der Berührung zusammen. Ich bin alt, wollte diese Hand ihm sagen, ich werde nicht mehr lange leben. Du musst dich beeilen. Ich habe gern mit dir gekämpft, aber lass es jetzt gut sein.

Steinfeld kannte den Weg, den Helms ihm vorschlug. Ohne eine Nachrüstung der NATO und einen neuen Rüstungswettlauf, der den Osten wirtschaftlich in die Knie zwingen würde, glaubte Helms sein Fernziel nicht erreichen zu können: die deutsche Wiedervereinigung. Er war zu alt und zu lange auf den Betonschienen von Macht und Gewalt, Sieg und Niederlage gefahren, um noch an einen anderen Weg glauben zu können. Steinfelds Vision einer Wiedervereinigung unter einem sozialdemokratischen Kanzler Rehmer ohne den wirtschaftlichen Ruin des Ostens konnte Helms nur für naiv halten. Er war überzeugt, dass sich der Kommunismus nur wirtschaftlichen Realitäten beugen würde.

»Wirtschaft und Straflager«, sagte Helms, »sind das Einzige, wovon die Kommunisten etwas verstehen. Auch wenn sie alle Regeln auf den Kopf gestellt haben. Sie sind rettungslose Materialisten und dilettantische Psychologen. Daran werden sie zugrunde gehen. Es ist an der Zeit, dieses Experiment zu beenden.«

»Experiment?«

»Wissen Sie«, Helms lächelte fein, »wer die russische Revolution finanziert hat? Amerikanische und englische Banken.«

»Aber«, Steinfeld fiel es schwer, das zu glauben, »Sie machen sich über mich lustig.«

»Keineswegs.«

»Warum hätten sie das tun sollen?«

»Nun«, Helms brannte eine Sumatra an und überdeckte damit die Reste des Pfeifenrauchs, den der SPD-Vorsitzende Strasser in seinem Büro hinterlassen hatte, »ich weiß es selbst nicht genau. Vielleicht wollte man einfach dem Rest der Welt vorführen, wohin der reale Sozialismus führt.«

Steinfeld begriff. »Immerhin hatte die Sache einen Vorteil. Aus lauter Angst verwandelten sich viele Länder in zwei. Zwei Blöcke.«

Helms nickte kurz und ein Lichtreflex des Lampenschirms fiel auf seine Brillengläser, die beinahe ebenso strahlend aufleuchteten wie die auf die Fotografie gebannten Augen seiner Tochter. Jetzt ist es an der Zeit, aus zwei eins zu machen, dachte Steinfeld. Helms hatte Recht. In seinem Spiel war Rehmer gleichgültig. Es ging um viel mehr. Es ging darum, dass die Hermes-Bank zu einer entscheidenden Schaltstelle innerhalb dieser atemberaubend kühnen Vision wurde.

Helms las seine Gedanken.

»Der Wille zur Macht«, sagte er, »ist unendlich viel mehr als der Wunsch, reich zu sein.«

Die Blutübertragung funktionierte perfekt. In diesen Augenblicken war Steinfeld mehr Helms' Sohn als jemals zuvor. Je ebenbürtiger sie einander wurden, umso reibungsloser lief ihr gegenseitiges Verständnis beinahe per Gedankenübertragung ab. Helms hatte ihn nie mit stundenlanger Theorie gelangweilt. Wie jeder gute Lehrer hielt er sich, soweit es ging, zurück. Leitete nicht durch Geschwätz, sondern durch kühne Gedankengänge und Entscheidungen. Steinfeld begriff: Jetzt war die Zeit für sein Meisterstück gekommen. Er musste es ausführen oder gehen. Er musste sich entweder Helms' Spiel rückhaltlos hingeben oder einer jener zahllosen guten Menschen werden, die Entscheidungen dieser Art nur in ihren Auswirkungen miterleben durften. Er stand auf und verabschiedete sich.

7. Kapitel: Mai 1974

Das Gras war von einem satten Grün und so gleichmäßig geschnitten wie ein englischer Rasen. Möglicherweise, meinte Steinfeld, bestehe der Grund darin, dass Carola Schillings Eltern in England lebten. »Ja, genau«, erwiderte sie und lachte, »ich habe jeden
Quadratzentimeter importiert.«

Er empfand es als wohltuend, endlich mal wieder ein natürliches
Lachen ohne strategische Hintergründe und doppelten Boden zu
hören. Das war wie gute Hausmannskost, nachdem man sich mit
komplizierten Speisen den Magen verdorben hatte.

Die beiden Kinder steckten Krockettore ins Gras. Bei dem Jüngeren war Steinfeld tatsächlich Taufpate geworden. Er hatte schon
viele Samstagnachmittage auf der sonnenbeschienenen Terrasse des
Backsteinhauses verbracht, das anstatt in einem Kölner auch in einem englischen Vorort hätte stehen können, aber heute war er das
erste Mal in Begleitung. In der Hollywoodschaukel, die schlanken
Fesseln unschuldig überkreuzt, mit einer geschwungenen, weiß ge-
rahmten Sonnenbrille bewaffnet, saß Katharina.

Es war Erstaunliches geschehen: Sie hatte ihn angerufen. Ob er
Lust habe, ein Wochenende mit ihr in Meran im Kloster zu verbringen. Es gebe dort auch andere Freizeitmöglichkeiten als Meditie-
ren und Bergsteigen. Und bei den Mönchen sei er vor ihr sicher. Er
hatte hinter ihrem spöttischen, überlegenen Lachen sofort die Angst
gespürt, er könnte absagen. Helms brachte im Spiel um seine Nachfolge zusätzlich die Dame in Stellung.

Eingeleitet hatte er diesen Spielzug vor wenigen Tagen, als er nach seinem Gespräch mit Steinfeld missgelaunt nach Hause kam, wo ihn seine Tochter gemeinsam mit einem Schweizer Anwaltskollegen zum allwöchentlichen Abendessen erwartete, zu dem Katharina extra aus Zürich angereist war. Mürrisch hatte er allen Beteiligten zu verstehen gegeben, dass es Ärger in der Bank gab, und Katharinas Schweizer Kollege und Liebhaber hatte nach kurzer Zeit unter einem Vorwand schleunigst das Weite gesucht. Um ihren Vater zu beruhigen, begann Katharina Klavier zu spielen. Eine Beethovensonate, die er normalerweise gerne hörte, fand jedoch an diesem Abend nicht seine Zustimmung, wie sie an seinem Stirnrunzeln unschwer erkennen konnte. Schon diese kleine Geste der Missbilligung zog ihr den Boden unter den Füßen weg. Sie konnte nicht verhindern, dass sie sich wie ein kleines Mädchen fühlte, das sich aus Versehen mal wieder auf den Platz ihrer Mutter gesetzt hat. Doch niemand hätte ihr das angemerkt. Ihre Stimme blieb fröhlich, ironisch, selbstbewusst. Wie immer ging sie äußerlich gelassen über den kalten, verletzenden Ton ihres Vaters hinweg, bis sich das Gewitter in einen sanften Regen verwandelte, der schließlich in erste Sonnenstrahlen mündete. Aber immer deutlicher überkam sie dabei das Gefühl, dass ihre Selbstbeherrschung dahinschmolz wie eine Eisscholle, die irgendwann zu einem Teil des unwirtlichen Meeres würde, das ihr Vater wie ein grollender Gott regierte.

Mit sanft wiegenden Ellenbogen verwandelte sie ein Mezzoforte auf dem Notenblatt in ein Piano, zog an ihrer filterlosen Zigarette und legte sie am Rande der Tastatur ab. Die unteren weißen Tasten waren inzwischen von zahlreichen Brandflecken gesprenkelt.

»Ich werde Keppler als Nachfolger nehmen«, stieß Helms übergangslos hervor. Ein kurzer, durchdringender Blick auf seine Tochter. »Der ist wenigstens zuverlässig. Mit dem wird das Haus zwar nicht größer, aber wenigstens nicht abgerissen. Komm essen.«

Sie erhob sich, ergriff scheu seine Hand und drückte sie kurz. Sie hatte begriffen. Er erwartete nach wie vor von ihr, sie sollte Steinfeld für seine Bank erobern und durch die Ehe vor weiteren Eskapaden bewahren. Ihn zu einem annehmbaren Nachfolger für Helms formen. Mit allen Talenten, die sie von ihrer Mutter geerbt hatte, auch und gerade den erotischen. Deshalb führte er sie jetzt vor ihre Büste.

»Trotz allem fehlt sie dir«, sagte sie leise und betrachtete das erstarrte Gesicht ihrer Mutter. Er streichelte kurz ihre Hand, ehe er sie losließ. Sie würde gehorchen.

»Je länger sie tot ist, je weiter sie sich von mir entfernt, umso mehr vermisse ich sie.«

Nach dem Essen betrachtete Katharina gemeinsam mit ihrem Vater dessen Lieblingsalbum. Es waren Fotografien von Helms, seiner verstorbenen Frau Elisabeth und ihrer kleinen Tochter, in Dresden, Halle, Leipzig und Berlin aufgenommen. Katharina war längst klar, dass ihr Vater diese Fotografien weniger wegen ihr oder seiner verstorbenen Frau immer wieder studierte, sondern in erster Linie, weil es sich um Bilder seines verlorenen Deutschlands handelte.

Wenig später führte sie ihn in einen langgestreckten Kellerraum. Dort stand auf einer wenigstens fünf mal fünf Meter großen Sperrholzplatte, die auf zwei Holzböcken ruhte, ein Modell von Dresden, das Helms detailgetreu hatte nachbauen lassen. Stolz führte er Katharina die kürzlich fertig gestellte Semperoper vor. Er hantierte so liebevoll mit den farbig bemalten Häusern, Kirchen und Denkmälern, als wären es Menschen.

Am nächsten Tag rief Katharina Steinfeld an und schlug einen Wochenendausflug ins Kloster vor. Steinfeld war bereits von den Schillings eingeladen worden und hatte sie stattdessen zu einem gemeinsamen Besuch bei seinen Freunden überredet. Es war das erste Mal, dass Steinfeld eine Frau mitbrachte. Carola versuchte Katharina mit etwas zu überschwänglicher Freundlichkeit sofort in ihre Familie einzugliedern. Ihre zur Schau gestellte Freude, dass Steinfeld endlich eine Frau gefunden zu haben schien, war etwas übertrieben und schreckte sowohl Steinfeld als auch Katharina eher ab. Zumindest war Carola sich, ohne es zu wissen, in diesem Punkt mit Helms einig, dachte Steinfeld und brachte Katharina noch eine der Bierflaschen, die von den Schillings extra für sie kalt gestellt worden waren. Die anderen tranken Orangensaft.

Katharina nahm ihm die kalte Flasche aus der Hand, wobei ihre Fingerspitzen ihn kurz berührten. Süffisant prostete sie ihm zu, musterte seinen dunklen Anzug.

»Steht Ihnen.«

»Was, der Anzug?«

»Nein, Ihre neue Art, Fantomas.« Ihr Augenaufschlag flatterte mühelos in sein Herz und bohrte einen Stachel in die Tiefe. »Der staatsmännische Banker. Wir denken nicht nur an Ihr Geld.« Sie ließ ein helles Lachen folgen. Er wischte sich mit einem Taschentuch über die Stirn und verfluchte innerlich, dass er es nach der sich bis Mittag dahinquälenden Konferenz über die Restrukturierung des ausländischen Filialnetzes nicht mehr geschafft hatte, den Anzug zu wechseln. Die Ritterrüstung des Vorstands.

Die beiden Söhne der Schillings, fünf und acht Jahre alt, hatten inzwischen Schläger und Kugeln auf dem Rasen verstreut und duldeten keinen weiteren Aufschub. Alle sollten mitspielen, auch die Sicherheitsleute. Seitdem Schilling Staatssekretär im Kanzleramt geworden war, waren er und seine Familie wegen der erhöhten Terrorismusgefahr der Sicherheitsstufe drei teilhaftig geworden, die ihnen »zwei Ballermänner« bescherte, wie Katharina die wie hoch gewachsene Gartenzwerge zwischen Forsythiensträuchern und Tulpenbeeten postierten Beamten nannte.

»Mit den Ballermännern müssen Sie sich gut stellen«, teilte sie Carola mit, »mit denen verbringen Sie mehr Zeit als mit Ihrer Familie.«

Katharina hatte ihren eigenen Sicherheitsbeamten mitgebracht. Er hieß Richter, zumindest offiziell, und war in jeglicher Hinsicht unauffällig. Mittelgroß, eher schlank, mit einem Gesicht, das ein Werbeplakat für eine bessere Altersversorgung der mittleren Beamtenschaft hätte zieren können, passte er exakt in das Sicherheitsprofil, das Helms sich für die Bank gewünscht hatte: abgestimmt mit unserem sonstigen Auftreten, vornehmes Understatement.

MEHR SEIN ALS SCHEINEN. Lex Helms, die achte.

Richter pflegte seine möglichst knapp gehaltenen Ausführungen durch ansatzlose Bewegungen der Unterarme zu unterstützen. Handkantenschläge, die man beinahe durch die Luft pfeifen hörte. Katharina liebte es, ihm zu widersprechen.

»Herr Richter, ich erteile Ihnen die ausdrückliche Erlaubnis mitzuspielen. Ich werde für meinen Vater schriftlich festhalten: Wenn ich während des Spiels erschossen oder entführt werde, trifft Sie keinerlei Schuld.«

Carola, die ihren Kindern gerade liebevoll zu erklären versuchte, warum die Sicherheitsleute nicht mitspielen könnten, ohne ihnen durch die latente Bedrohlichkeit der Situation Angst zu machen, warf ihr einen vorwurfsvollen Blick zu.

»Oh.« Katharina hielt scheinbar erschrocken eine Hand vor den

Mund. »Ich bin schrecklich mit Kindern, ich kann überhaupt nicht mit ihnen umgehen. Entschuldigung.« Sie stieß ein Lachen aus, das ihre Entschuldigung gegenstandslos werden ließ und vielleicht gerade deshalb ihre männliche Umgebung faszinierte. Steinfeld stellte fest, dass die Sicherheitsleute ihr ohne Ausnahme unvorschriftsmäßig lange hinterhersahen. Sie dachten bestimmt, es seien Katharinas Beine, der Schwung ihrer Hüften, ihre provokant unter dem rot gemusterten Frühlingskleid wippenden Brüste, die ihre Aufmerksamkeit erregten, aber es war etwas anderes. Es war der scheue Blick eines Mädchens, das ständig bereit war, die Flucht zu ergreifen, ein Blick, der urplötzlich aus ihren grünen Augen sprang. Es war die Verletztheit, die sich unbemerkt in ihr Gesicht schlich, es war die Sehnsucht nach Erlösung aus kindlichen Schmerzen, die wie ein unsichtbarer Schleier über ihren blassen Wangen lag. Steinfeld sah ihr zu, wie sie den Krocketschläger mit betonter Nachlässigkeit und beachtlichem Geschick handhabe. Lässig katapultierte sie seine Kugel aus vielversprechender Position. In ihr vereinten sich scheinbar völlig unvereinbare Wesenszüge zu einer unglaublichen Lebendigkeit. War ihr äußerliches Bild beinahe zu eindimensional schön geraten, so hatte das Leben so viele überraschende Winkel und Kurven in ihre Seele gegraben, dass er sie möglicherweise niemals würde restlos erforschen können. Wie noch nie spürte er die tiefe Faszination, die sie jenseits aller Geschlechtlichkeit auf ihn ausübte. Während er seinen nächsten Schlag vorbereitete, nahm er Tuchfühlung mit ihr auf.

»Sie haben mich ganz schön in die Bredouille gebracht.«

»Sie konzentrieren sich nicht richtig. Sie denken zu viel an Ihre Geschäfte.«

»Vielleicht denke ich bald überhaupt nicht mehr an Geschäfte«, sagte er, »sondern nur noch an Sie.«

Seine Kugel ging weit daneben. Sie lachte, während ihre Augen erschraken. Er war zu direkt gewesen. Er hatte das Wild verscheucht. Er hatte ausgesprochen, was ihn seit seinem letzten Gespräch mit Helms nicht mehr zur Ruhe kommen ließ. Sollte, musste er sich Helms mit Haut und Haaren verschreiben oder gab es eine andere Lösung für sein Leben? Und in diesem Augenblick, während die Sonne in Katharinas Haar leuchtete und sie, mit der Routine zahlreicher Golfstunden, die Krocketkugel vor ihm durch zwei Tore trieb, glaubte er, die Rettung gefunden zu haben:

Er würde sich nicht nur dem großen Spiel verweigern und Helms entfliehen, er würde außerdem noch seine Tochter entführen. Ein wahnwitziger Gedanke: Vielleicht könnten wir glücklich sein, weit, weit weg von ihm. Es schien völlig illusorisch, aber war nicht sein gesamtes Leben bisher so verlaufen? Wer hätte ihm vor fünfzehn Jahren, als er zur Finanzierung seines BWL-Studiums in Sonderschichten unter Tage schuftete, zu prophezeien gewagt, dass er einmal zum engsten Kreis der Anwärter auf einen der mächtigsten Stühle der Republik zählen würde? Er hatte keinen Zweifel: Mit einem Krocketschläger in der Hand, der eine widerspenstige rote Kugel mit wechselhaftem Erfolg zu zähmen versuchte, stand er vor der wichtigsten Entscheidung seines bisherigen Lebens – die Bank oder Rehmer, ein Leben der Macht oder der Freiheit.

Plötzlich glaubte er so fest daran, als habe er es immer gewusst: Wenn es ihm gelänge, Katharina ihrem Vater zu entführen, dann könnten sie einander wirklich lieben und nicht nur leidenschaftlich begehren.

Er ging zu Schilling, der ein Glas Orangensaft vom Gartentisch nahm.

»Weißt du, ich beneide dich«, sagte er. »Ich habe das Gefühl, und ich glaube, auch viele andere in diesem Land haben es, ihr erschafft diese Republik völlig neu. Eigentlich dachte ich immer, ich könnte das über die Bank. Aber das stimmt nicht. Ihr nehmt uns die Arbeit weg. Ich kann nur noch möglichst hohe Renditen erwirtschaften.«

Für seine Verhältnisse war er erneut so direkt auf sein Ziel zugesteuert, dass Schilling völlig überrumpelt war. Kaum bin ich ehrlich, dachte er, mache ich Fehler. Lag es daran, dass er in letzter Zeit zunehmend ungeduldig war und immer von dem Gefühl getrieben, er könnte unnütz Zeit verlieren?

Schilling schüttelte überrascht den Kopf. Steinfeld bat tatsächlich ihn um einen Job.

»In der Politik ist es auch nicht anders«, sagte er schließlich.

»In eurer Politik schon. Rehmer ist anders.«

Die Kinder zerrten ihren Vater zum Spiel zurück. Schilling schoss seine Kugel durch den Doppelbogen in der Mitte des Rasens. Damit lag Steinfeld an letzter Stelle.

»Rehmer kann sich den Luxus leisten, anders zu sein, weil wir ihm den Rücken freihalten. Das ist nicht immer leicht.« Schilling setzte zu einem neuen Schlag an. »Glaub mir, du bist viel zu eigenwillig für die Politik. Viel zu wenig kompromissfähig.« Er jagte seine Kugel unter dem Protest seiner Kinder durch die nächsten Tore. »Und zu ehrlich.«

Steinfeld hörte, wie Katharina Carola darum bat, telefonieren zu dürfen.

»Außerdem«, grinste Schilling, »kannst du uns da, wo du jetzt bist, viel mehr nützen.«

Seine Kugel schlug klatschend gegen den Zielpfosten.

»Oh Manno«, maulte sein Jüngster, »du bist blöd, Papa. Du musst immer gewinnen.«

Steinfeld strich seinem Patensohn kurz über den Kopf. Schillings Antwort war klar. Sie hatten ihn zwar umarmt, aber er würde nie einer von ihnen sein. Es war genauso, wie Helms es prophezeit hatte. Er war nicht der Freund von Rehmer, er war nicht mal der Freund von Schilling, in Wirklichkeit wollten sie nur das Geld seiner Bank.

Carola bat zum Kaffeetisch. Jeder der Sicherheitsleute bekam ein Stück Kuchen.

Als Carola das zweite Mal Kaffee nachschenken wollte, läutete es. Ein Sicherheitsbeamter führte einen dieser jungen, gut aussehenden, immer leicht verlegen wirkenden Männer auf die Terrasse, die Katharina aus der Hosentasche zu zaubern schien. Sie entschuldigte sich. Eine halb geschäftliche Verabredung, die sie beinahe vergessen hatte. Steinfeld reichte ihr als Letzter die Hand zum Abschied.

»Wie viele Männer arbeiten eigentlich in Ihrer Kanzlei?«

»Ne ganze Menge.«

Während sie zwischen ihrer Begleitung und ihrem Sicherheitsbeamten in den dunklen Flur entschwand, erinnerte sich Steinfeld an einen Satz, den Helms neulich ganz nebenbei über seine Tochter hatte fallen lassen, so wie man scheinbar versehentlich ein Geldstück verliert, das in Wirklichkeit als Köder dient: »In ihrer Freizeit spielt sie nicht mit Paragrafen, sondern mit Männerherzen.«

Es war immer ein Spiel bei ihr, auch wenn es um Leben und Tod ging. Mit ihrem überstürzten Aufbruch hatte sie ihm deutlich gezeigt, was sie nicht wollte. Vielleicht konnte er sie überhaupt nicht haben. Aber auf keinen Fall konnte er sie ohne ihren Vater haben.

Er blickte ihrem davonröhrenden roten Flitzer durch die Garten-

hecke hinterher. Richter folgte in einem unauffälligen Mittelklassewagen.

Carola bot ihm noch ein Stück Kuchen an. Steinfeld lehnte ab.

Nach Jahren der belanglosen Metaphern und zufälligen Assozia-
tionen, die sich entspannende Synapsen während des Schlafs erzeugen, flog Steinfeld in den frühen Morgenstunden wieder einmal
sein Jugendtraum zu. Diesmal gelang es ihm, das Staffelholz an
Heinrich zu übergeben, dessen Bewegungen langsamer und in den
Konturen undeutlicher waren als früher. Sein träumendes Auge
musste zweimal hinsehen, bis er sicher war: In diesem Traum war
Heinrich eine Frau.

8. Kapitel: Juni 1974

Die durch tagelangen Regen verschlammte Baustelle war mit nicht unerheblichem Aufwand durch Bretterwände und Stege für den hohen Besuch begehbar gemacht worden. Der Kombinatsleiter Alexej Semjuschin und Steinfeld feierten gemeinsam mit einer politischen Delegation den Baubeginn der ersten Gaspipeline, die russisches Erdgas in die BRD leiten würde. Die Gäste waren zahlreich erschienen, Feiern mit den Russen arteten meistens auf höchst amüsante Weise aus. Semjuschin und Steinfeld hatten sich, seit Rehmer vor fünf Jahren zum Bundeskanzler gewählt worden war, nur noch zweimal gesehen, aber der Kontakt zwischen den Familien war nie abgerissen. Steinfeld schickte jedes Jahr Weihnachtsgeschenke, die die Semjuschins liebevoll beantworteten, und Vera hatte laut ihrem Vater eine Art Altar errichtet, auf dem sie alle Geschenke Steinfelds versammelt hatte.

»Sie ist nicht mal getauft«, sagte Semjuschin. »Du siehst, die Religion steckt bei uns in den Genen. Selbst Stalin konnte es uns nicht austreiben.«

Er überreichte Steinfeld ein neues Geschenk seiner Tochter. Eine Kohlezeichnung, ein Selbstporträt. Vera hatte sich genauso weiterentwickelt, wie Steinfeld es erwartet hatte. Das Porträt zeigte ein dreizehnjähriges Mädchen, das viel zu klug für sein Alter war. Sie hatte eine Hand gegen die leicht schräg geneigte Wange gelegt und schien in aller Ruhe zu warten. Sie war ohne Zweifel eine für ihr Alter hochbegabte Malerin, doch war ihre Begabung nicht groß genug, um sich glaubwürdig zu idealisieren. So war das Bild einerseits ungeschickt geschönt, gleichzeitig jedoch ein wirklichkeitsgetreuer Spiegel ihrer Verfassung. Sie wirkte, als gebe sie sich übermenschliche Mühe, möglichst schnell erwachsen zu werden. Steinfeld beschloss, die Zeichnung rahmen zu lassen.

»Sie wird mal eine große Künstlerin werden.«

»Bah, Künstlerin! Künstler hat Russland genug, wir brauchen Kapitalisten.«

Semjuschin machte ihn mit einem massigen Mann bekannt, der mindestens Schuhgröße sechsundvierzig besaß und dessen runder Schädel wie ein halb aufgeblasener Fußball wirkte, aus dessen Mitte eine auffallend edel gebogene Nase wie eine Sichel abstand. Max Winterstein, verantwortlich für den Außenhandel der DDR, war mit grünem Filzhut und langem Lodenmantel eher wie ein bayrischer Freizeitjäger als wie ein hochrangiges Mitglied des Politbüros gekleidet. Es hätte Zufall sein können, dass Winterstein, der als einziger DDR-Bürger über eine Anzahl westdeutscher Firmen verfügte, hier zur Kontaktpflege und Akquise erschienen war, aber wer ihn etwas näher kannte, wusste, dass er viel zu beschäftigt war, um irgendwo ohne zielgerichtete Absicht aufzukreuzen. Steinfeld hatte Semjuschin darum gebeten, den Kontakt unauffällig herzustellen. Winterstein kannte sich nicht nur in der Hierarchie der Hermes-Bank bestens aus und wusste sofort, dass er es hier mit einem möglichen Nachfolger von Helms zu tun hatte, er stand auch mit Einzelheiten westdeutscher Politik auf beunruhigend vertrautem Fuß. Auf humorvolle Weise äußerte sich dies in der täuschend echten Nachahmung des bayrischen Politikers Franz Josef Strauß, sodass die anwesenden CDU-Mitglieder einen Moment lang glaubten, Strauß sei anwesend, und instinktiv die Köpfe einzogen.

In wenigen Sätzen spann Steinfeld die ersten Fäden einer Intrige, von der Winterstein im Augenblick noch nicht ahnen konnte, wohin sie führen sollte. Steinfeld nahm mit einem kurzen Seitenblick Dent und Ilk ins Visier, die wie zwei Komiker aus der Stummfilmzeit gemeinsam unter einem Regenschirm standen und auf die Eröffnung des Buffets warteten. Mit Winterstein im Schlepptau eilte er auf sie zu, um sein Bedauern auszudrücken. Schlechte Nachrichten verbreiteten sich immer am schnellsten. Dents kanadisches Panzergeschäft habe ja leider nicht geklappt, der Auftrag sei mal wieder an die übermächtigen Amerikaner gegangen, obwohl Dent eindeutig über die besseren Produkte verfüge. Dents Aktienkurs hatte inzwischen um zehn Prozent nachgegeben. Keppler hatte es tatsächlich nicht mit amourösen Winkelzügen, sondern mit ordinärer Bestechung geschafft, einen von Dents Buchhaltern zum Reden zu bringen. Von Steinfeld mit diesen Informationen versorgt, war es für die amerikanische Konkurrenz reine Routine gewesen, Dents Gebot zu unterlaufen und ihn auszubooten. Die Lust der amerikanischen Freunde zur Zusammenarbeit wurde von der Hermes-Bank durch die Abtretung der Anleihe eines scheinbar blühenden Stahlkonzerns geschickt verstärkt, der in Wirklichkeit jedoch bereits erste Korrosionsspuren aufwies.

IMMER ZUERST GEBEN UND DANN MEHR NEHMEN. Lex Helms, die neunte.

Dent war intelligent genug, um zu ahnen, dass Steinfeld zumindest indirekt für sein Missgeschick verantwortlich war, und stand dem Angebot eines innerdeutschen Geschäfts, das Steinfeld jetzt vor ihm auszubreiten begann, mehr als misstrauisch gegenüber. Was dann kam, übertraf selbst seine schlimmsten Erwartungen.

Steinfeld schlug zunächst, scheinbar harmlos, den unverfänglichen Export von Traktoren des Dent-Konzerns in die DDR vor. Hauptakteure dieses zivilen, ausschließlich der Verbesserung der kommunistischen Landwirtschaft dienenden Geschäfts: für die DDR Winterstein, für den politischen Erklärungsbedarf in konservativen westdeutschen Wirtschaftskreisen Ilk, für die Lieferung Dent. Dieses Geschäft war, wie Dent sarkastisch anmerkte, ein typischer Steinfeld. Dank der Devisenknappheit der DDR für Dent absolut uninteressant. Der Einzige, der davon profitieren würde, war Winterstein. Steinfeld ließ sein Lächeln einen Augenblick länger stehen als sonst. Dent fiel zum ersten Mal auf, dass der linke vordere Schneidezahn Steinfelds einige Zehntelmillimeter kürzer war als sein rechter.

»Sie sind immer so ungeduldig«, sagte Steinfeld. »Das Beste kommt noch.«

»Wir haben zwar wenig Penunze«, übernahm Winterstein, »aber wir können schweigen. Und Schweigen ist manchmal mehr wert als Gold.«

Beinahe leutselig platzierte er eine Hand auf Ilks regennassem Unterarm und versprach, als Entschädigung für das Traktorengeschäft würden die Dienste der DDR über die Parteispendenpraxis aller BRD-Parteien absolutes Stillschweigen bewahren. Zwei Zitate aus Telefongesprächen, die zweifelsfrei von Dent und Ilk geführt worden waren, untermauerten seine detaillierte Sachkenntnis. Dent und Ilk taten das Beste, was sie tun konnten: Sie schwiegen. Steinfeld baute ihnen die nötige Brücke.

»Wir wissen selbstverständlich alle, dass die unsäglichen Vorschriften zur Parteienfinanzierung geradezu zur Ungesetzlichkeit nötigen. Auch unser Haus ist, wie Sie, Herr Ilk, am besten wissen, davon betroffen.«

Ilk schenkte ihm ein unfrohes Lächeln. Die Hermes-Bank hatte innerhalb der letzten zwanzig Jahre gerade mal fünfundzwanzig Millionen in illegale Parteispenden investiert, die Strafe hierfür konnte sie jederzeit aus der Portokasse bezahlen. Wenn aber wirklich alles auf den Tisch käme, was über die Jahre zwischen Dents Konzern und Ilks Partei gelaufen war, auch die unguten Zusammenhänge zwischen Spenden und politischen Entscheidungen, konnte das vor allem für die Partei den Ruin bedeuten, nicht nur finanziell, sondern vor allem moralisch. Der Vertrauensverlust bei der Bevölkerung wäre ungeheuer. Deswegen blieb den beiden gar nichts anderes übrig, als ausgerechnet auf Wintersteins Diskretion zu vertrauen und der Hermes-Bank für ihr hilfreiches Arrangement auch noch zwanzig Prozent Vermittlungsgebühr anzubieten.

Semjuschin hatte inzwischen eine feurige Rede gehalten, die die neue Freundschaft der ehemaligen Kriegsgegner Deutschland und Russland hervorhob. Jetzt öffnete er, zur Freude aller Anwesenden, die erste Flasche Wodka.

Lachend erzählte er, wie Steinfeld sich vor acht Jahren in Russland den Arm gebrochen hatte. Steinfeld verteidigte nach wie vor seine Version der Geschichte. Er sei von einem berüchtigten Banditen entführt worden und habe ihm für zehntausend Dollar Anzahlung den Aufbau einer Tankwagenkolonne in den Iran abgeschwatzt.

Semjuschin ließ Wodkagläser verteilen. »Der Bandit war ich, verkleidet, und jetzt brauchen wir keine Lastwagen mehr, jetzt bauen wir eine Pipeline! Heute kannst du dir kein' Arm brechen«, schrie Semjuschin wodkabeseelt, »heute laufen wir um die Wette! Wer zuletzt ankommt, zahlt die erste Fuhre Gas!«

Semjuschin schnappte sich einen Arm voll Wodkaflaschen und erklärte der verdutzten Runde die Regeln einer Wodkaschnitzeljagd. Im Grunde war es ganz einfach. Man musste nur nach Ablauf von zehn Minuten der von ihm mit Wodkaflaschen markierten Spur durch die Gasröhren folgen. Selbstverständlich musste jede gefundene Wodkaflasche auf der Stelle geleert werden, sonst durfte man nicht weitergehen. Schummeln wurde mit der Androhung, einen Kosakentanz vorführen zu müssen, unter Strafe gestellt. Keppler fasste sich unwillkürlich an seine lädierte Bandscheibe.

Semjuschin stimmte die Internationale an und verschwand im Labyrinth der Röhren. Dent nahm die Zeit. Nach exakt zehn Minuten brach die Delegation mit Petroleumlampen, die man aus einem Baufahrzeug entwendet hatte, zur Verfolgung auf. Steinfeld fühlte sich unwillkürlich an seine Zeit als Bergmann erinnert, als er hinter Winterstein und Ilk in der zwei Meter hohen Öffnung der Stahlröhren verschwand. Ihre Halbschuhe rutschten auf dem glatten Stahl.

Steinfeld schnappte sich die erste Wodkaflasche. Vorschriftsmäßig blieb er zurück, um sie auszutrinken, Winterstein erbot sich, ihn zu überwachen. Nachdem der letzte Nachzügler hinter der nächsten Biegung verschwunden war, bogen die beiden in einen etwas schmaleren Nebenanschluss ab. Steinfeld beleuchtete mit einer der stinkenden Öllampen ihren Weg.

»Ick gloobe, so sicher vor Wanzen hab ick mir noch nie jefühlt.« Winterstein setzte gekonnt seinen Berliner Dialekt ein, um erst mal »Sonne uff de Spree scheinen zu lassen«, wie er zu sagen pflegte. Es war selbst für den bis ins Detail über Winterstein informierten Steinfeld verblüffend, wie perfekt die joviale Maske war, hinter der sich nicht nur einer der skrupellosesten Geschäftsleute, sondern auch einer der hervorragendsten Geheimdienstler der DDR verbarg.

»Von nischt kommt nischt, ist doch paletti. Wir wollen alle in den Himmel. Möchte jarnischt wissen, wat ihr für eure Traktoren wirklich von uns wollt. Nich vor dem ersten Schluck.«

Steinfeld ließ ihn ausgiebig trinken. Sie gingen weiter. Ihre Schritte hallten in der Röhre.

»Ich brauche wirklich Ihre Hilfe«, sagte Steinfeld und blieb stehen. »Rehmer muss weg. Er macht zu viele Fehler.«

Winterstein war ehrlich verblüfft. Er wusste, dass Steinfeld Rehmer geholfen hatte, die letzten beiden Wahlen zu gewinnen. Die zweite war gerade mal zwei Jahre her. Steinfeld gestand, er habe bis zum letzten Augenblick gehofft, Rehmer retten zu können. Aber das gehe nicht mehr. Wenn Rehmer nicht gegen einen SPD-Minister ausgetauscht werde, drohe ihnen der CDU-Mann Ilk als Kanzler. Ilk wollten sie doch beide nicht.

Winterstein nickte.

»Wissen Se, wat ick mir frage, seit das Misstrauensvotum gegen Rehmer vor 'n paar Monaten in die Binsen ging?«

Steinfeld warf ihm einen schnellen Blick zu. Er war ziemlich sicher, dass Helms damals versucht hatte, ohne sein Wissen Rehmer zu stürzen, um den damaligen moderaten und in jeder Hinsicht mediokren CDU-Kanzlerkandidaten Bender an die Macht zu hieven. Er konnte sich ein Grinsen nicht verkneifen, als ihm jetzt klar wurde, dass Winterstein Helms da erfolgreich in die Suppe gespuckt hatte.

»Habt ihr da die SPD-Parteikasse entlastet?«

»Na, wenn man sich so preiswert beliebt machen kann.« Wintersteins Gummisohlen quietschten leicht, als sie in eine weitere Röhre abbogen. »Diese zwei CDU-Heinis, die waren ja im Ausverkauf zu haben. Für 50 000 Westmark ham die für Rehmer gestimmt.«

Steinfeld begriff. »Die sollten ohnehin für die SPD stimmen. So hat Ilk einen Kollegen und Kanzlerkandidaten verbrannt und sich selbst den Weg freigeschossen.«

Winterstein hob die Wodkaflasche.

»Wir lassen nicht zu, dass er unseren maroden Käptn Rehmer umhaut«, schrie er, dass es durch die Röhren hallte. Steinfeld bat ihn um etwas weniger lautstarke Sympathiebekundungen. Offensichtlich tat der Wodka bei Winterstein seine Wirkung. Obwohl Steinfeld kaum etwas getrunken hatte, war die Flasche beinahe leer. Wintersteins Gesicht leuchtete im Schein der Lampe wie ein zufriedener kleiner Mond. »Wir wechseln vorher aus«, flüsterte er betont konspirativ.

Aber er überließ Steinfeld die Initiative. Steinfeld wartete vergeblich auf einen Vorschlag von ihm. Er will, dass ich persönlich Rehmer das Messer an die Kehle setze, dachte er bitter. Es kam nicht mehr darauf an. Er konnte ohnehin nicht mehr zurück. Er fühlte sich wie auf einer Achterbahn, die Helms für ihn gebaut hatte. Sein Wagen rollte an den Start.

»Ich weiß«, sagte er gedehnt, »dass Schilling den Job eines Dolmetschers im Kanzleramt neu besetzen will.«

»Ach nee.« Winterstein lachte. Es hörte sich an wie das Bellen eines jungen Hundes. »Det is ja Jedankenübertragung.« Er ließ die leere Wodkaflasche hinter seiner linken Schulter zu Boden fallen. »Da kriegen die ersten BRD-Haushalte nischt nur Gas, sondern Flaschenpost aus Russland.« Er trat dicht vor Steinfeld und ließ seine Hand vertraulich auf dessen Schulter sinken. »Da muss nischt neu besetzt werden«, flüsterte er ihm ins Ohr. »Da ist alles schon am richtigen Platz.« Er lachte erneut. »Wir müssen ja informiert sein.«

Steinfeld brauchte einen Augenblick, um zu begreifen: Die DDR-Dienste hatten bereits einen Spion im Kanzleramt platziert. Sie hatten längst eine Lunte gelegt, um sie jederzeit zünden zu können. Er atmete tief durch. Beinahe hätte er gelacht. Und es kam noch besser. Der westdeutsche Verfassungsschutz war laut Winterstein bereits seit über zwölf Monaten damit beschäftigt, diese Person zu überprüfen, hatte aber bisher keine Beweise. Der Gipfel allerdings war, dass Rehmer diese Nachforschungen von seinem Innenminister als harmlose Routineüberprüfung verkauft worden waren und Rehmer das geschluckt hatte.

»Das darf nicht wahr sein«, entfuhr es Steinfeld, »er duldet einen möglichen Spion in seiner Nähe?«

Winterstein zuckte die Achseln. »Sie haben Recht. Wir müssen auswechseln.«

Für einen Augenblick hatten beide Männer beinahe Mitgefühl mit Rehmer, diesem ebenso genialen wie letztendlich unfähigen Spielmacher. Steinfeld schüttelte noch einmal fassungslos den Kopf.

»Warum seid ihr eigentlich so gut und unsere Schlappmänner solche Pfeifen?«

»Is doch janz einfach. Wat glooben Se, wo man im KZ mehr Fantasie zum Überleben jebraucht hat? Als Wärter oder als Häftling?«

Sie machten sich auf den Rückweg. Das war gar nicht so einfach. Vor allem nicht für Winterstein.

»Liegt es nur am Wodka, oder warum sind plötzlich so viele Kurven in die Rohre?«

Winterstein behauptete später immer, wenn er auf den berühmt-berüchtigten Röhrenspaziergang mit Steinfeld angesprochen wurde, allein seine Nase habe sie vor einem ruhmlosen Ende in dem unterirdischen Labyrinth bewahrt: Er habe das Buffet gerochen.

147

Die Person, von der Winterstein gesprochen hatte, hieß Brigitte Welser, war Rehmers Chefsekretärin und mit knapp fünfzig Jahren so etwas wie die Mutter der Kompanie. Sie verzieh Rehmer all die Fehler, die ihm weder seine Ehefrau noch sein Parteivorsitzender noch seine Geliebte verzeihen konnten. Im Augenblick stand sie auf einer wackligen Aluminiumleiter und hängte gemeinsam mit einem weiteren Mitarbeiter des Kanzleramtes ein neues Gemälde über dem Empfangssofa für ausländische Staatsgäste auf. Der Schmidt-Rottluff wurde abgehängt, an seinen Platz trat eine traumhaft melancholische Landschaft von C. D. Friedrich, »Das Gehege von Dresden, 1832«.

Rehmer saß in einem Stuhl und dirigierte die Aktion. Er litt an den Folgen einer Weisheitszahnoperation. Über einen Strohhalm saugte er schlückchenweise an einer Gemüsebrühe. Vergeblich versuchte er, die ziehenden Schmerzen in der linken Brustseite zu ignorieren. Die Ärzte hatten ihm versprochen, seine Herzschmerzen würden nach der Zahnoperation besser werden, dieses Versprechen hatte sich bislang nicht erfüllt. Er hatte bereits das Rauchen aufgegeben, dann das Trinken, ohne dass sich sein gesundheitlicher Zustand merklich gebessert hätte. Wie Mühlsteine hingen die Ölkrise infolge des vierten Nahostkrieges und die hohen Gewerkschaftsabschlüsse an seiner Finanzpolitik. Nicht umsonst ließ er jetzt denselben Maler aufhängen, den auch sein Vorgänger bevorzugt hatte. Er dachte in letzter Zeit öfter an ihn.

Frau Welser dirigierte das Gemälde in die Waagrechte. Rehmer mochte sie. Die Welser war die Einzige in seiner engeren Umgebung, die nicht über eine Hochschulbildung verfügte. Rehmer hatte sie gegen den Widerstand von Schilling durchgesetzt und er hatte Recht behalten. Sie bildete mit ihrer zupackenden, sympathischen, direkten Art ein Gegengewicht zu dem intellektuellen Schilling, dessen jakobinerhafte Mentalität ihn manchmal störte, auch wenn er wusste, dass Leute wie Schilling gerade für ihn unverzichtbar waren. Als ehemalige Fotografin besaß die Welser ein gutes Auge für Gemälde. Rehmer hatte das Bild gemeinsam mit ihr ausgesucht. Es erinnerte Frau Welser an ihre ehemalige Heimat. Sie war gebürtige Dresdnerin und Anfang der fünfziger Jahre in den Westen geflüchtet. Rehmer fand die Untersuchungen des Verfassungsschutzes, für dessen Chef er ohnehin keine übertriebenen Sympathien hegte, überflüssig und diffamierend. Er hasste diese Schnüffelei, die ohnehin zu nichts führte. Brigitte Welser mochte ihn viel zu sehr, als dass sie ihn jemals hätte verraten können. Und wenn doch ... eine schwere Müdigkeit schien ihn noch etwas tiefer in seinen Stuhl zurücksinken zu lassen.

Die Kemmler sah unruhig auf die Uhr. Sie benötigte für ihren morgigen Artikel zur amerikanischen Außenpolitik noch ein Statement von Rehmer. So wie Rehmer sein Süppchen mümmelte, würde er nicht in der Lage sein, einen einzigen vernünftigen Satz zu formulieren. Auf Zuwendungen anderer Art verzichtete sie ohnehin bereits seit Monaten.

»Also ich weiß nicht«, sie drehte sich zu Schilling um, »ich fand den Schmidt-Rottluff lebendiger. Hier kommt ja langsam Lazarett-stimmung auf.«

»Lassen Sie sich mal zwei Weisheitszähne auf einmal rausnehmen. Ich finde diesen Himmel wunderschön.«

Schilling starrte unverwandt auf die goldenen Lichtbäche über einem blaugrauen Wolkenvorhang und stellte sich vor, über die von Wasserlachen durchbrochene braune Ebene des Bildes zu laufen. Er ging in letzter Zeit jeden Morgen zum Laufen. Das tat ihm gut.

9. Kapitel:
9. September 1974, 16 Uhr

Der schmucklose Bungalow des Außenministers lag in einem Vorort von Bad Godesberg in einer kleinen, verkehrsberuhigten Sackgasse, die mit nur zwei Einmündungen sicherheitstechnisch leicht zu kontrollieren war. Da alle Straßennamen die Titel von Wagner-Opern trugen, nannte man das Gebiet auch das Wagner-Viertel. Der Außenminister wohnte in der Parzivalstraße. Der weiträumige, nur mäßig gepflegte Garten seines Bungalows war wegen der Terrorgefahr mit einer Wand aus Stahlplatten umgeben worden, deren Hässlichkeit durch eine zu dünn gewachsene Hecke nur unwesentlich gemildert wurde. Bewegungsmelder signalisierten jedes unerlaubte Eindringen. Videokameras nahmen Hofeinfahrt, Garagentor und Haustür ins Visier. Eine Gruppe GSG-9-Beamter, ärgerlicherweise an einem Sonntagnachmittag zum Personenschutz abkommandiert, lümmelte hinter dem Haus in einigen ausrangierten Gartenmöbeln und versuchte, die Zeit mit ihrem Lieblingsspiel totzuschlagen: Wer zieht schneller? Dabei standen sich zwei Mann in einer Duellsituation gegenüber, zogen auf Kommando ihre 9 mm-Automatikwaffen und ein durch unzählige ereignislose Personenschutznachmittage geschulter Schiedsrichter bestimmte, wer um den entscheidenden Sekundenbruchteil schneller gewesen war. Weitere GSG-9-Männer genügten im vorderen Teil des Gartens ihrer Aufsichtspflicht über die hochrangigen Gäste des Außenministers. Es wurde allgemein bedauert, dass man sich aufgrund der Sicherheitslage mittlerweile wie ein Gefangener in seinem eigenen Staat vorkomme.

»Ich finde das wirklich ungerecht«, sagte die Gattin eines baden-württembergischen Bundestagsabgeordneten, nippte an ihrem Weißwein und warf einen vorwurfsvollen Blick auf den stählernen Zaun und zwei GSG-9-Beamte, »wir sitzen inzwischen genauso in Stammheim wie die Terroristen.«

Ihr Mann, Mitglied im Innenausschuss, kolportierte, Baader wolle jetzt auch noch ein eigenes Schwimmbad. »Hoffentlich ertrinkt er darin.« Darauf stieß man an. Der Chef der GSG 9, ein drahtiger Oberst, der jeden zweiten Satz mit der Floskel »bei der Gelegenheit« begann, gab Anekdoten aus seinem letzten verdeckten Auslandseinsatz zum Besten. Es war um eine Flugzeugentführung in Afrika gegangen. Er hatte an der Befreiungsaktion durch die israelische Armee als stiller Beobachter teilgenommen.

»Aber ist das nicht gefährlich, wenn Sie da so allein in Zivil durch die Gegend fahren? Überall afrikanische Soldaten«, fragte eine zierliche Wirtschaftsexpertin mit einem Sonnenhut, bemalt mit leuchtenden Blumen. Der Oberst lächelte knapp, wobei er auffallend große Zähne entblößte: »Ach wissen Sie, die Ugander, Kampfwert null!«

Steinfeld schlenderte auf der Suche nach Katharina durch den Garten. Die bedauernswerte fünfjährige Tochter des Oberst wuselte in einem Tarnanzug an ihm vorbei. Unbestätigten Gerüchten zufolge hatte der Oberst ihr zum letzten Geburtstag außer diesem Tarnanzug einen Roboter geschenkt, den die GSG 9 in etwas weniger kinderfreundlicher Programmierung zur Erstürmung feindlich besetzter Räume einsetzte. Der Duft der Blumen erinnerte Steinfeld daran, dass er seine Sekretärinnen mal wieder beschenken musste. Seit ihrem letzten gemeinsamen Nachmittag bei Schillings war es ihm nicht mehr gelungen, Katharina zu erreichen. Sie entzog sich ihm. Es gab kein Königreich und keine Prinzessin, ehe er nicht wie Herakles die letzte seiner zwölf Aufgaben erledigt hatte.

Schillings Arm legte sich um seine Schultern. Durch sein Lauftraining war er noch schmaler geworden. Heute wirkten die zwei Längsfalten, die sich während des letzten Jahres in seine Wangen gegraben hatten, wie Laufgräben an der politischen Front. Aufgeregt zog er Steinfeld hinter einige Ziersträucher. Der beobachtete stirnrunzelnd, wie Schillings Augen tatsächlich das Laubwerk absuchten.

»Darf ich fragen, warum wir uns hier in die Büsche schlagen?«

»Ich suche einen garantiert unverwanzten Ort«, sagte Schilling und hielt Steinfeld am Arm zurück. »Nicht so nah an den Zaun. Da ist bestimmt was.«

»Wir gehen rüber zu dem Oberst und seinem Harem«, schlug Steinfeld vor. »Die lachen so laut, dass uns garantiert niemand hört.«

Steinfeld führte Schilling zu der Damenrunde, die sich immer noch mit Geschichten aus dem afrikanischen Busch erfreuen ließ.

»Guck nicht so konspirativ«, grinste er, »sonst fallen wir auf.«

Schillings Geschichte begann mindestens so skurril wie die des Oberst. Er hatte von einem anonymen Informanten für einen beachtlichen Geldbetrag eine Videokassette erworben, auf der Dent und Ilk im Kreis einiger Damen feierten. Nicht ohne Schadenfreude beschrieb er eine Szene, in der Ilk, nackt bis auf die Feinrippunterhose, mit zwei noch etwas spärlicher bekleideten Prostituierten auf dem Tisch einer Hotelsuite tanzte, den Slip eines der beiden Mädchen wie eine bebrillte Bademütze auf dem Kopf, das stimmungsvolle Lied »Oh du schöner Westerwald« intonierend. Dent saß angeblich unterdessen auf dem Bett, missbrauchte ebenfalls einen Damenslip als Kopfbedeckung und dirigierte mit einer halb vollen Champagnerflasche das Trio auf dem Tisch. Weniger amüsant war der Inhalt des Gesprächs, das, Schilling zufolge, nach der dritten Strophe des Westerwald-Liedes stattgefunden hatte: Offenbar war ein geheimer Waffendeal mit der DDR geplant. Westliches Knowhow für Mittelstreckenraketen mit chemischen Sprengköpfen. Die Chemiegrundkomponenten, Pestizide, konnten ganz harmlos und offiziell als Düngemittel exportiert, in der DDR tödlich gemischt und anschließend in den Nahen Osten weitertransportiert werden. Allein bei der westdeutschen Elektronik gebe es noch Schwierigkeiten mit der Ausfuhrgenehmigung. Steinfeld war ehrlich überrascht, was aus seinem Traktorengeschäft geworden war. Ilk, Dent und Winterstein hatten ihn reingelegt. Dank der zwanzig Prozent Vermittlungsgebühr waren er und die Hermes-Bank mit einem Mal unfreiwilliger Geschäftspartner in einem hoch brisanten Waffengeschäft. Ob Schilling wusste, dass Steinfeld involviert war? Schilling war ahnungslos, wie sich zu Steinfelds großer Erleichterung mit den folgenden Sätzen herausstellte.

»Es kommt noch schlimmer«, berichtete er aufgeregt. »Ich habe mich natürlich gefragt, wie die das unter einer Regierung Rehmer durchziehen wollen, die kriegen doch niemals 'ne Ausfuhrgenehmigung für die Elektronik, so bescheuert sind unsere Leute im Außenministerium auch nicht, deswegen habe ich Rehmers Umgebung mal gründlich durchleuchten lassen und da hab ich 's kapiert: Ilk und Dent haben mit Hilfe der HVA Rehmer 'n Spion von drüben ins Nest gesetzt. Was sag ich, Spion«, Schilling lächelte bitter. »Ich gebe zu, auf die Welser wäre ich nie gekommen. Die hat mir jeden Morgen den besten Kaffee der Welt gemacht.«

Winterstein, dachte Steinfeld. Er hat seine Spionin zweimal verkauft. An mich und an Dent. Er versuchte, erst mal abzuwiegeln. »Ich hab auch so was läuten hören, dass Leute aus dem Kanzleramt durch den Verfassungsschutz überprüft wurden. Aber die hatten doch nie Beweise.«

»Jetzt haben sie welche.«

Angeblich hatte der Verfassungsschutz plötzlich achtzehn Jahre alte Funkmitschnitte in seinen Archiven entdeckt, auf denen die Welser mit ihrem Kontaktmann in Ostberlin Termine vereinbarte. Winterstein, dieser gerissene Hund! Natürlich hätte der Verfassungsschutz Verdacht geschöpft, wenn man ihm plötzlich einen frischen Beweis in die Hände gespielt hätte. Ein achtzehn Jahre alter Funkspruch, der scheinbar zufällig und verstaubt im Archiv auftauchte, war einfach perfekt. An ihre eigene Unfähigkeit und Schlamperei zu glauben, dazu waren die westdeutschen Dienste jederzeit bereit. Steinfeld hatte sich fest vorgenommen, Winterstein nicht zu unterschätzen, aber so weit hatte er nicht gedacht. Das war, seit dem missglückten sowjetischen Ölgeschäft mit Juras, der zweite schwere Fehler seiner Karriere. Er musste auch diesen Fehler zu seinem Vorteil nützen, aus seiner Schwäche eine Stärke machen.

»Das kann ich mir nicht vorstellen.« Er versuchte seine Stimme möglichst ruhig klingen zu lassen. Nicht nur, um Schilling zu beruhigen, sondern auch sich selbst. »Wieso sollte die DDR einen SPD-Kanzler stürzen und gegen einen CDU-Kanzler eintauschen? Nur wegen eines Waffengeschäfts?«

»Was weiß ich«, entfuhr es Schilling unbeherrscht. Einige Gäste sahen herüber. »Vielleicht steckt noch mehr dahinter«, fuhr Schilling leise fort, »aber eines ist klar. Mit der Welser soll Rehmer abgeschossen und Ilk zum Kanzler gekürt werden.«

»Was, verdammt noch mal, haben die Winterstein geboten«,

überlegte Steinfeld fieberhaft, »dass er dabei mitspielt? Es muss gewaltig sein.«

»Wenn der Verfassungsschutz Beweise gegen die Welser hat«, versuchte er Schilling vorsichtig von vorschnellen Erpressungsversuchen abzubringen, »ist es sowieso zu spät. Das lässt sich nicht mehr unter der Decke halten.«

»Natürlich geht das«, fauchte Schilling gereizt. »Wer die Macht hat, so was anzuleiern, kann es auch wieder abblasen. Das wäre nicht der erste Beweis, der in der Geschichte dieser Republik verschwindet.«

Winterstein hatte Steinfeld erfolgreich zwischen alle Stühle manövriert. Er hatte nur eines außer Acht gelassen: Schilling mochte und vertraute Steinfeld in einem Maße, wie es für den Politprofi Winterstein schlicht unvorstellbar war. Seine Fähigkeit, Menschen, gleichgültig welchen Geschlechts, für sich einzunehmen, musste ihn wieder einmal retten.

»Es ist gut, dass du damit zu mir gekommen bist«, sagte er leise. »Dent ist ein gefährlicher Mann. So gefährlich, dass nicht einmal Helms sich traut, ihn offen anzugreifen.«

»Das ist mir scheißegal.« Schillings Augen waren starr vor Wut. »Entweder die ziehen ihre Dame sofort und geräuschlos aus dem Kanzleramt ab und regeln das mit dem VS, bevor die Presse Wind davon kriegt, oder ihr schmutziges Video geht durch alle Gazetten dieser Republik.«

Steinfeld wusste, Schilling war fanatisch genug, seinen selbstmörderischen Plan, der noch dazu von völlig falschen Voraussetzungen ausging, in die Tat umzusetzen. Damit wäre auch Steinfelds Keil, um Rehmer aus dem Sattel zu heben, verbrannt.

»Ich erledige das für dich«, sagte er, jedes Wort durch eine unmerkliche Pause betonend. »Du bringst dich nur unnötig in Gefahr. In große Gefahr.«

»Warum willst du es dann für mich tun? Immerhin habe ich dir gerade einen Gefallen abgeschlagen.«

»Du meinst, weil du mich nicht in die Weihen der höheren Politik aufgenommen hast?« Steinfeld lächelte nachsichtig. »Ich bin ein Anhänger der Bergpredigt. Wenn dich jemand auf die eine Wange schlägt, halte ihm auch die andere hin.«

»Dafür hast du 's aber erstaunlich weit gebracht.«

»Das ist gar keine so schlechte Geschäftstaktik, wie es auf den ersten Blick aussieht. Man muss nur eine entsprechend souveräne Position haben, um sie erfolgreich durchzuziehen. Das Pathos der Distanz.« Er konnte förmlich spüren, wie er sich in Schillings Empfinden in den großen Bruder verwandelte, den Schilling in jungen Jahren verloren hatte. Er vermied es, Schilling zu berühren, um ihn nicht einzuschüchtern. Allein seine Worte sorgten für das nötige Vertrauen.

»Natürlich lege ich mich nicht ganz uneigennützig mit Ilk und Dent an.« Seine Augen schweiften kurz ab, um Schilling dann wieder zu fixieren. Ihr Ausdruck hatte sich mit einem Wimpernschlag von forscher Zuversichtlichkeit in tiefe Sehnsucht verwandelt. »Ich habe lange dafür gebraucht, aber ich weiß jetzt, dass ich Katharina haben muss. Und sie wird mich, den Aufsteiger mit dem Kohlestaub an den Händen und dem Pilsgeschmack ...«

»Dessen solltest du dich nie schämen«, warf Schilling ein.

»Nein, aber wir wissen doch beide«, stellte Steinfeld geschickt die nicht existierende Verbindung her, »wir müssen etwas Besonderes leisten, um Frauen wie Carola oder Katharina zu kriegen.«

Carola entstammte ebenfalls besseren Verhältnissen, auch wenn der Unterschied längst nicht so gravierend war wie bei Steinfeld und Katharina.

»Carola würde mich immer lieben«, sagte Schilling. Seine Stimme klang beinahe trotzig.

»Keine Frau von Format liebt bedingungslos.« Er konnte förmlich sehen, wie sich sein Gift in Schillings Selbstvertrauen festsetzte. Schilling konnte im Grunde seines Herzens ohnehin nicht glauben, dass ihn jemand liebte. Er war viel zu sehr damit beschäftigt, andere zu lieben. Höchstwahrscheinlich liebte seine Frau ihn sogar rückhaltlos. Katharina würde ihn mit Sicherheit nie bedingungslos lieben, und das war gut so, denn für Steinfeld war eine Liebe, die an viele schwer zu erfüllende Bedingungen geknüpft war, weitaus wertvoller als eine, die sich blind hingab.

»Wenn ich Katharina erobern will«, verband Steinfeld geschickt taktische Erfordernis mit Wahrheit, »muss ich etwas Größeres leisten, als die reiche Hermes-Bank noch reicher zu machen. An den Geschmack von Geld ist sie gewöhnt. Er langweilt sie. Nein, wenn ich Katharina will, muss ich die Welt neu gestalten. Zumindest einen kleinen Teil davon.«

Schilling schluckte den Köder sofort. Es war außerordentlich beruhigend für ihn, dass sich hinter Steinfelds spöttisch zur Schau gestellter Nächstenliebe das übliche Geben und Nehmen verbarg. Wäre es allein um Geld oder eine Position gegangen, wäre Schilling möglicherweise misstrauisch geworden, nicht aber bei einer Frau.

»Abgemacht. Wenn du das für uns regelst, bist du endgültig einer von uns.«

»Danke.« Steinfeld lächelte. »Dass du mich aus den Klauen des Kapitals erlöst.«

»Willkommen in der Politik.«

Jetzt war der richtige Augenblick für eine kurze Umarmung gekommen. »Es ist wie ein Puzzle«, dachte Steinfeld, während er Schillings schmale Schulter unter seinen Fingern spürte. Sein vergeblicher Wunsch, ein von Helms und der Bank befreites Leben mit Katharina zu führen, hatte sich in eine perfekt passende Lüge verwandelt.

Katharina war ein schönes Raubtier, das nur eine Beute zufrieden stellen konnte: die Liebe ihres Vaters. Da sie diese Liebe nicht selbst erringen konnte, musste ihr diese Trophäe der Mann an ihrer Seite ins Herz legen. Nur dann würde sie ihm ihre Liebe schenken.

»Ich brauche das Video«, sagte er zu Schilling, »damit ich den Schweinehunden was vorführen kann.«

»Das Band gebe ich nicht aus der Hand. Nicht einmal dir.«

»Irgendwas brauche ich aber«, sagte Steinfeld. »Ilk und Dent sind zu gewieft, als dass ich sie mit heißer Luft bluffen könnte.«

»Ich kann dir eine Kopie überlassen«, sagte Schilling. »Sie ist allerdings von ziemlich mieser Qualität.«

»Hauptsache, Ilk kann seinen fetten Arsch darauf erkennen. Musst du noch mal ans Original ran, um die Kopie ziehen zu lassen?«

»Nee, alles fertig. Keine Angst, das Original ist an einem sicheren Ort.«

»Ich hoffe, an einem sehr sicheren«, sagte Steinfeld. »Und da lässt du 's auch, unter allen Umständen, bis ich verhandelt ...«

Sie wurden von einem Schuss unterbrochen. Der Außenminister suchte nebst Gattin und Referenten Schutz unter dem mit Torten beladenen Gartentisch, wie man es ihm im Sicherheitstraining beigebracht hatte. Es handelte sich allerdings nicht um den allgemein befürchteten Terroranschlag, sondern um ein böses Versehen. Nicht Terroristen, ein GSG-9-Mann hatte geschossen. Beim Spiel

»wer zieht schneller« hatte er angeblich unabsichtlich, aber vielleicht auch, um den Nervenkitzel zu erhöhen, seine Pistole entsichert und die Automatik war bereits bei einer leichten Berührung des Abzugs losgegangen. Mit tödlichen Folgen. Steinfeld und Schilling konnten ebenso wie die anderen Gäste nur einen kurzen Blick auf das blutüberströmte Opfer werfen. Der GSG-9-Beamte, der geschossen hatte, hieß Kohelka, war vierundzwanzig Jahre alt und Zweitbester seines Jahrgangs. Er verfügte über ein ausgeglichenes, robustes Persönlichkeitsprofil, war begeisterter Ski- und Motorradfahrer. Wenn er nach einem wilden Wochenende zu spät in die Kaserne kam, pflegte er schon mal samt seinem Motorrad quer unter der Schranke durchzurutschen, um lästigen Routinefragen des Postens zu entgehen. »James-Bond-Rückkehr« hieß das. In seiner vierköpfigen Gruppe war er Alphaschütze, das hieß, bei der Erstürmung von Räumen der Erste.

Sein Privatleben gestaltete sich ähnlich draufgängerisch: In einem Bordell in Kasernennähe hing der Dienstplan seiner Gruppe. Virtuos, wie er im Umgang mit Waffen aller Art war, konnten sich seine Vorgesetzten Kohelkas Lapsus eigentlich nicht erklären. Vielleicht wollten sie das auch gar nicht. Bei etwas genauerer polizeilicher Recherche hätte sich nämlich ergeben, dass der versehentlich Getötete Kohelka vor drei Wochen eine seiner Lieblingsfrauen ausgespannt hatte, ein langbeiniges, rothaariges Model namens Claudia. Wer ein Verbrechen aus enttäuschter Liebe vermutete, lag allerdings auch völlig falsch. Claudia und Kohelka waren einander durch viele erfolgreiche Erpressungsversuche verbunden. Eines der Mädchen auf Schillings Video war Kohelkas Claudia. Sie arbeitete zu diesem Zeitpunkt allerdings nicht mehr für Kohelka, sondern für dessen Kollegen, der jetzt auf einer Bahre in einen Krankenwagen geschoben wurde, der kurz darauf mit Blaulicht Richtung Bundeswehrklinik Köln raste, nicht weil die Fahrer den Toten möglichst schnell loswerden, sondern weil sie dringend zur Übertragung eines international wichtigen Fußballspiels zurückkehren wollten. Die Freude des Opfers über das Führungstor seiner Heimmannschaft sowie über eine Aufbesserung seines bescheidenen GSG-9-Gehaltes durch die Erpressung von Politikern und Wirtschaftsbossen war nur von kurzer Dauer gewesen.

Von diesen Zusammenhängen sollten weder Schilling noch Steinfeld jemals etwas erfahren und auch der Chef der GSG 9, der seine

Tochter umgehend nach Hause bringen ließ, sollte nie so weit in die Hintergründe dieses Unfalls vordringen. Er begnügte sich damit, vor den versammelten, sichtlich schockierten Gästen seinen Adjutanten Richter zur Sau zu machen, und zwar in einem Kasernenhofton, der vor allem bei den Damen, die er bis vor wenigen Minuten noch mit seinen afrikanischen Anekdoten erfreut hatte, Befremden auslöste. Seine Ausführungen gipfelten in dem Satz: »Bei der Gelegenheit, wieso steht hier kein Fernseher für meine Leute? Zu was gibt's Fußball, Sie Idiot?!«

Steinfeld erkannte in Richter den Mann, der Katharinas Personenschutz übernommen hatte. Helms scheute keine Kosten für die Sicherheit seiner Tochter. Richter war ein guter Mann und offensichtlich schuldlos an dem Vorfall. Er würde Hilfe brauchen und Helms würde zur Stelle sein, da war Steinfeld sicher. Das waren die Gelegenheiten, bei denen man sich Leute verpflichten konnte.

10. Kapitel:
9. September 1974, 20 Uhr

Das Kupfer auf den Türmen und Erkern von Helms' Jugendstilvilla schimmerte wie die Glut eines Feuers im späten Abendlicht, der Park war vom Geruch frisch gemähten Grases erfüllt, der einer elegant geschwungenen, von hohen italienischen Fenstern durchbrochenen Fassade einen Hauch erdverbundener Natürlichkeit verlieh. Steinfeld zeigte wenig Sinn für ihre architektonischen Vorzüge. Seine Gedanken kreisten um die Intrige, die er geschmiedet hatte und die ihm jetzt zu entgleiten drohte. Er ließ sich von seinem Chauffeur direkt vor dem Hauptportal absetzen und läutete. Hinter der Gardine eines erleuchteten Fensters nahm er kurz den Schattenriss von Katharinas Gestalt wahr, wie in einem Stummfilm von Murnau folgte ihr die Silhouette eines jungen Mannes. Steinfeld läutete und wurde von der stoischen Haushälterin über die knarrenden Dielen ins Wohnzimmer geführt.

Katharina hatte sich wieder einmal einen ihrer Berufskollegen aus der Kanzlei mit nach Hause genommen. Steinfeld war nicht sicher, ob er dieses jugendlich frische Exemplar schon einmal besichtigt hatte, er fand, die Anwälte in Katharinas Kanzlei sähen einander so ähnlich wie Aktenordner in einem Regal. Überrascht, beinahe verlegen, stellte sie Steinfeld ihren Besuch mit einem Namen vor, den Steinfeld sofort wieder vergaß. Sie rechtfertigte sich, wie Steinfeld amüsiert feststellte, mit dem Hinweis, sie habe wichtige Mandantentermine abgesagt, um ihren Vater endlich einmal wieder zu sehen, und bereite sich deshalb zu Hause auf ihren nächsten Fall vor. Auch Steinfeld war, wie er ihr sagte, gekommen, um ihren

161

Vater zu sprechen. Er schlug vor, wie in einem Wartezimmer Stühle aufzustellen. Sie spürte sofort, wie dringend es ihm war. Elegant delegierte sie die Interpretation eines Gutachtens an ihren Kollegen und verabschiedete ihn mit dem Hinweis, sie dürfe ihn nun wirklich nicht mehr länger seiner jungen Familie vorenthalten. Ihre Virtuosität, junge Männer wieder loszuwerden, stand der, sie für sich einzunehmen, in nichts nach.

Nachdem der durch das abrupte Ende der Besprechung etwas verwirrte junge Mann von der Haushälterin Hut und Mantel erhalten hatte, kehrte Katharina ins Wohnzimmer zurück. Ihr Gang war so leicht, dass sie geräuschlos über die Dielen glitt. Wie ein schöner Geist schwebte sie durch das Haus ihres Vaters. Zum Spaß sah Steinfeld unter einem der Sofakissen nach, ob Katharina nicht noch irgendwo einen Verehrer vergessen habe, aber es war keiner mehr da, außer Steinfeld. Es gelang ihm, eine leichte Röte auf ihre blassen Wangen zu zaubern. Die leicht neckenden, mit unverschämtem Charme angeschnittenen Sätze sprangen wie Bälle zwischen ihnen hin und her. Steinfeld war untröstlich, ihre Besprechung unterbrochen zu haben, und erbot sich, an Stelle ihres Kollegen einzuspringen, immerhin habe auch er einmal einige Semester Wirtschaftsrecht studiert. Er erwies sich als keine allzu große Hilfe, weniger aus mangelndem Wissen denn aus Nervosität. Immer wieder versuchte er, Helms telefonisch zu erreichen. Schließlich öffnete er sogar kurz seinen Aktenkoffer, um sich zu vergewissern, dass die Videokassette noch da war. Es war nur eine aufgrund der mangelnden Qualität nahezu wertlose Kopie, aber er war sicher, Ilk und Dent waren auf dem Original deutlich genug zu erkennen, um die gesamte Republik zu erschüttern.

Katharina hatte inzwischen ihre Prozessvorbereitungen aufgegeben, für Steinfeld und sich je ein Bier geöffnet und eine Sinatra-Platte aufgelegt. Sie summte den Song halblaut mit: »It was a very good year.«

Steinfeld beobachtete ihre Hände. Sie trug die Fingernägel inzwischen wieder länger. Dieselben Bewegungen, die gerade die Schallplattensammlung durchsucht hatten, bewegten nun die Rahmen einiger Gemälde, die für eine der rotbraun tapezierten Wände zur Auswahl standen.

»Was meinen Sie?«

Steinfeld versuchte gar nicht erst, den Kunstkenner zu spielen.

»Können wir nicht lieber mit ein paar Wirtschaftsparagrafen weitermachen?«

»Da sind Sie heute ja auch nicht gerade in Bestform. Was ist denn so Geheimnisvolles auf der Kassette?«

Steinfeld klappte seinen Aktenkoffer wieder zu.

»Nur eine langweilige Besprechung.«

»Sie scheinen sie aber ziemlich spannend zu finden.« Sie kam auf ihn zu, ging vor ihm in die Hocke und begann an den Zahlenschlössern seines Koffers zu spielen, die er klugerweise wieder verstellt hatte.

»Wir haben seit einem halben Jahr auch einen Rekorder. Ich kann ihn inzwischen sogar ohne die Hilfe von Gerlach bedienen.«

Wie auf Kommando sprang draußen ein Rasenmäher an. Katharina hob die Brauen und blickte auf die Uhr: »Es ist wirklich eine Strafe, wenn man zu fleißige Hausangestellte besitzt.«

Steinfeld betrachtete ihre Knie und hoffte, dass sie bald wieder aufstehen würde. Die Bewegung ihrer Beine war von derselben Eleganz wie die Gemäuer, in denen sie gezeugt worden war. Als seien all die stilvollen Bögen und filigranen Verzierungen ein Teil ihrer Entstehungsgeschichte.

»Es ist nur ein neuer, von mir etwas eigenwillig gestalteter Werbespot für die Bank«, sagte er, »unterlegt mit dem schönen Zappa-Song ›The torture never stops‹.«

Als sie laut auflachte und dabei intuitiv die Hand vor den Mund hielt, als habe sie Angst, ihr Lachen könnte ihr zu weit davonfliegen, war Steinfeld sicher, etwas Neues über sie herausgefunden zu haben: Ihre Schönheit entstand durch Bewegung.

»Zappa habe ich leider nicht da«, erwiderte sie. »Sie müssen sich mit Sinatra begnügen.«

Sie sang noch ein paar Takte des Sinatra-Songs mit, brach verlegen ab.

»Zeigen Sie Ihren Spot doch mal her. Ich bin sicher, das interessiert Sie mehr als altertümliche Gemälde.«

»Mich interessiert Ihre Stimme.«

»Ach, ich hatte ganz vergessen, von Musik verstehen Sie ja auch nichts.«

»Nein«, erwiderte er, »aber von Frauen.«

Sie streifte ihn mit einem kurzen Lächeln, das zu Boden glitt. Hinter all der geschliffenen Intelligenz und Grausamkeit, die sie bei ihrem Vater gelernt hatte, war sie auch immer noch das verlegene kleine Mädchen, das sich fehl am Platze fühlte.

»Meine Stimme reicht gerade für ein paar Kirchenlieder. Völlig unbrauchbar. Als ich dreizehn war, sagte mein Vater immer: Du willst hoffentlich nicht Sängerin werden? Da sind selbst meine Verbindungen nicht gut genug.«

»Mir gefällt Ihre Stimme.«

»Warum?«

»Ich weiß nicht. Es geht mir gut, wenn ich sie höre. Selbst jetzt. Und das will was heißen.«

Steinfeld musterte sie, bis sie die Augen hob. Sie sah ausgesprochen schön und verletzlich aus in ihrem weißen Russenkittel. »Das hieß mal Schiwago-Mode«, sagte sie, »vor zehn Jahren, als ich noch etwas kleiner war.«

»Ach, deswegen sitzt das so figurbetont?«

Sie zögerte einen Moment.

»Es gehörte meiner Mutter. Sie war etwas kleiner als ich. Mein Vater mochte es sehr an ihr.«

»Kann ich mir vorstellen.«

»Auf jeden Fall lieber als die Trainingsanzüge aus Plüsch, die sie während ihrer Krankheit bevorzugte.« Ihr Blick hastete zur Tür, als könnte ihre Mutter jeden Augenblick den Raum betreten. Dann sagte sie mit beinahe verschwörerischem Lächeln: »Ihre Lieblingsfarben waren Rosa und Hellblau. Ich fand, sie sah darin aus wie ein Kaninchen.«

»Mit Sicherheit ein sehr hübsches Kaninchen.«

»Das mein Vater bei passender Gelegenheit aus dem Hut zauberte.«

So nahe wie jetzt, da sie gemeinsam ihre Mutterikone zerbrachen, war sie ihm noch nie gewesen. Er hätte sie, einem ersten Impuls folgend, in die Arme nehmen und küssen können, aber gleichzeitig zuckte alles in ihm davor zurück. Er hatte Angst, dieser Kuss könnte in einer Explosion enden, die ihn ihr völlig ausliefern würde, denn die magische Anziehungskraft, die von ihr ausging, beruhte auf einer seelischen Verbundenheit, wie er sie schon sehr lange nicht mehr gefühlt hatte. Er begriff die teuflische Logik in Helms' Spiel. Er war dem Preis, den Helms für seinen Nachfolger bereit hielt, noch nicht gewachsen. Er musste fortschreiten auf den Pfaden der Macht, die Helms ihm vorgezeichnet hatte, wenn er die

Frau, die scheinbar hilflos und verletzlich zu seinen Füßen auf dem Teppich kauerte, besitzen wollte. Er fasste Katharina am Arm, zog sie hoch und führte sie zu einer Couch.

»Okay, jetzt kommt die Revanche für das Salatöl. Legen Sie sich hin!«

Katharina folgte lachend seinen Anweisungen.

»Na schön, ich vertraue mich Ihnen an. Sie sind ja durch die Mönche bestens geschult.«

Steinfeld nahm hinter ihrem auf ein Kissen gebetteten Haupt Platz. Ihre Haare hingen wie ein durchsichtiger Schleier beinahe bis zum Boden.

»Die Kirche soll Zeuge sein bei allem, was jetzt zwischen uns passiert.«

»Oh Gott«, sagte sie, »das hört sich nach Ehe oder Inquisition an.«

»Vermuten Sie das Letztere.«

Er begann sein Therapeut-Patientinnen-Spiel mit einem Schmetterball:

»Wie war das mit Ihrer Mutter?«

Sie lachte erneut lauthals los und versuchte sich zu ihm umzudrehen.

»Nicht umdrehen, sonst erstarren Sie zur Salzsäule wie Loths Weib.«

Er drückte sie sanft zwischen die Kissen zurück.

»Na los, fragen Sie weiter«, sagte sie.

»Ich warte, bis die Quellen von selbst sprudeln«, zitierte Steinfeld die Mönche im Kloster.

Sie kicherte. Es schien ihr Spaß zu machen.

»Ich war ein ganz unartiges Mädchen, Herr Doktor.« Sie ließ ihre Stimme betont kindlich klingen. Das konnte sie so gut, dass Steinfeld unwillkürlich zusammenzuckte. »Ich habe täglich Bier getrunken und Hardrockmusik gehört. Am liebsten die Stones. So haben Mami und ich immer auf Paps gewartet. Wie wir jetzt.« Sie hob ihre Bierflasche und prostete dem Therapeuten hinter ihr zu. Ihre Stimme fiel wieder in eine normale Tonlage zurück. »Meine Mutter hat nach dem zweiten Bier sowieso nicht mehr geschnallt, was für 'ne Platte aufliegt. Wenn mein Vater heimkam, sagte er immer: Was hast du mit deiner Mutter gemacht? So benimmt sich doch kein Mädchen. Ich bekam zur Strafe keinen Begrüßungskuss.«

»Warum haben Sie immer dafür gesorgt, dass Ihre Mutter so schlecht aussah?«

»Dafür hat sie schon selber gesorgt. Manchmal, wenn sie mit meinen Freunden zu wild gefeiert hatte, musste ich meinen Vater im Garten begrüßen.«

»Ihre Freunde waren dabei?«

»Klar. Manchmal die halbe Klasse. Vom Jungengymnasium natürlich.«

»Natürlich. Wär ja sonst langweilig gewesen.«

Ihre Augen wurden plötzlich so dunkel, als habe jemand das Licht darin ausgeschaltet. Unwillkürlich fuhr ihre Hand an die Wange. »Wie nach einer Ohrfeige«, dachte Steinfeld. »Wofür hast du sie bekommen, und von wem? Wie viele von den Liebhabern, die deine Mutter dir zwangsenteignet hat, haben dir was bedeutet?«

Laut fragte er: »War das der schönste Moment Ihrer Kindheit? Wenn Ihr Vater nach Hause kam?«

»Nicht alles, was selten ist, ist schön.«

Sie spielte mit einem Ring an ihrem Zeigefinger, der zu groß für ihre Hand war. Mit gesenktem Blick, der sich scheinbar vollständig auf die richtige Justierung des Rings konzentrierte, erzählte sie Steinfeld von einer rätselhaften Krankheit, unter der sie als fünfjähriges Mädchen gelitten habe. Ein Husten ohne Fieber, gegen den die Ärzte kein Rezept wussten. Es ging so weit, dass Helms sich genötigt sah, ihr abends eine Stunde vorzulesen. Doch selbst seine Zuneigung war machtlos gegen diesen Husten gewesen.

»Und was soll ich Ihnen sagen«, sie lachte auf und ihre Augen fanden in sein Gesicht zurück, »ich freute mich darüber. Endlich gab es etwas, das er nicht regeln konnte. Der Husten ging irgendwann ganz beiläufig vorbei. Na ja, ist auch nicht gerade abendfüllend.« Sie sprang auf und lief zur Bar. »Noch ein Bier?«

»Sie verführen den Therapeuten.«

»Wen sonst.« Sie schenkte ihm ein Lächeln, für das er einen ganzen Kasten leer getrunken hätte. »Also?«

»Her damit.«

Katharina reichte ihm eine neue Flasche. Er sparte sich das Glas und nahm einen langen Zug.

»Sie trinken immer noch, als müssten Sie Kohlenstaub runterspülen.«

Er dachte kurz an das Video in seinem Aktenkoffer.

»Da gibt's genug anderes, was ich runterspülen muss.«

»Kann ich mir denken.« Sie schenkte ihm einen spöttischen Blick. Dabei stellte sie fest, dass seine Augen im Licht blau und im Schatten grau wie die ihres Vaters waren. Ihre Farbe wechselte ständig, als seien sie ein Spiegel seiner unruhigen Gedanken. »Sie sind ja schon fast so was wie seine rechte Hand geworden.« Sie tippte ihm leicht mit zwei Fingern auf die Brust. »Das verdanken Sie meiner Therapie. Obwohl Sie immer noch nichts von Kunst verstehen.«

»Das werden Sie mir bestimmt auch noch beibringen.«

»Muss ich wohl. Wer soll sonst die Bilder für ihn aussuchen, wenn ich nächstes Jahr nach Boston gehe?« Sie wandte ihm kurz den Rücken zu, um die Sinatra-Platte umzudrehen. »Mein Vater kennt dort eine sehr gute Kanzlei. Da kann ich anfangen.«

»Du bist in Ungnade gefallen«, dachte Steinfeld. »Er schickt dich weg, weil du mich nicht zur Räson bringen kannst. Weil du dich nicht mit Leib und Seele für seine Ziele einsetzt. Weil du Angst vor dem Ergebnis hast, ebenso wie ich.«

»Gute Kanzleien gibt's auch hier«, sagte er.

»Wenn er mich nach Boston verfrachtet, ist er sicherer vor meinen plötzlichen Überfällen. Zürich ist zu nah.« Sie lächelte, als habe sie sich aus Versehen mit einem Messer geschnitten. »Schade, dass er niemanden in Australien kennt.«

»Ich werde Sie vermissen.«

Sie kehrte vom Plattenspieler zurück, stellte sich dicht vor ihn.

»Sie haben alles noch viel schlimmer gemacht. So viel haben Sie doch begriffen: Er hat sich immer einen Sohn gewünscht.«

»Warum sind Sie dann keiner?«

Sie ließ seine Augen nicht los, während sie noch näher kam.

»Das hätten Sie wohl gern.«

Er spürte ihren Atem auf seiner Wange.

»Allerdings.«

Ihre Lippen waren maximal zehn Zentimeter voneinander entfernt, als Helms die Tür öffnete. Sie prosteten ihm zu. Er musterte sie, als wollte er fragen, ob sie ihre Hausaufgaben erledigt hätten.

»Du bist wirklich unverbesserlich«, begrüßte Helms seine Tochter nach ihrem obligatorischen Kuss auf die Wange. »Der Mann ist nicht zu deinem Vergnügen hier. Der muss heute noch arbeiten.«

Hinter ihrem Rücken blinzelte er Steinfeld zu. Es wirkte beinahe vergnügt.

»Das wird sich gleich ändern«, dachte Steinfeld. Er hatte Helms am Telefon so unverbindlich informiert, dass ein unwillkommener Zuhörer keinerlei Nutzen daraus hätte ziehen können. Nichts Wichtiges notieren. Nichts von Bedeutung am Telefon. FÜR DIE WIRKLICH WICHTIGEN DINGE MUSS DER KOPF GROSS GENUG SEIN. Lex Helms, die zehnte.

Steinfeld winkte Katharina zum Abschied mit seinem Aktenkoffer zu. »The torture never stops.«

Helms schloss die Tür zu seinem Arbeitszimmer hinter Steinfeld und sich. Katharina öffnete ein neues Bier, drehte die Platte noch mal um. »It was a very good year.« Ihre Stimme klang noch etwas tiefer als zuvor, aber das konnte niemand hören, nicht einmal sie. Dafür hatte sie die Anlage zu laut gestellt.

Zwanzig Minuten später war Helms über die bisherigen Ereignisse informiert und hatte die erste Hälfte des Videos gesehen. Empört sprang er auf und versuchte vergeblich, den Rekorder abzustellen, auf dem ein dicker und ein weniger beleibter Schattenriss gemeinsam mit zwei Damen, deren außergewöhnliche Figuren dank der erbärmlichen Qualität nicht zur Geltung kamen, »Oh du schöner Westerwald« grölten.

»Schalten Sie das aus. Ekelhaft ...«

Er nahm seine Brille ab und steckte sie weg, obwohl auch mit normaler Sehstärke nicht viel zu erkennen war, aber der Ton war eindeutig. Steinfeld fummelte an dem Rekorder herum. »So gut kenne ich mich damit auch nicht ...«

»Wo ist denn die Gebrauchsanweisung?« Helms rief über die Hausanlage nach seinem Chauffeur Gerlach, der im Hause Helms seit Kriegsende für alle Fragen technischer Natur zuständig war. Der konnte ihn jedoch nicht hören, da er mit Rasenmähen beschäftigt war. Helms riss eines der Fenster auf, vermied es aber, gegen das lautstarke Geknatter hinter den Bäumen anzuschreien. Skeptisch musterte er seinen frisch gemähten Rasen.

»Dent kann eben nur Panzer bauen.«

Gerlach benutzte offensichtlich ein Fabrikat aus besagtem Hause.

»Seine Geräte ruinieren jeden Rasen. Ich werde etwas Englisches anschaffen müssen.«

Steinfeld gelang es, den Rekorder ohne Gerlachs Hilfe abzustellen, Helms schloss das Fenster. Er versuchte hinter seinen Schreibtisch zu finden, Steinfeld führte ihn in letzter Sekunde an einem

Papierkorb vorbei. Helms' Augenlicht wurde immer schlechter. Er hatte kürzlich eine stärkere Brille bekommen, die er allerdings nur zum Studium wichtiger Akten aufsetzte. Ansonsten bestand er darauf, seine Umgebung so zu belassen, dass er seine Wege ertasten konnte. Den Papierkorb hatte angeblich die Haushälterin falsch platziert.

»Da sieht man 's«, knurrte er, während er auf seinem Stuhl Platz nahm und dem Videorekorder einen letzten bösen Blick zuwarf, »jede neue Erfindung wird sofort missbraucht. Was glauben Sie, wohin diese Raketen exportiert werden?«

Steinfeld wusste, dass er sich die Antwort schenken konnte. Der gesamte Nahe Osten hatte regen Bedarf an Waffen dieser Art, der Irak zahlte momentan am besten.

»Dieses Waffengeschäft ist für unsere amerikanisch-israelischen Beziehungen untragbar, völlig untragbar.«

Steinfeld nickte. »Ilk darf keinesfalls Kanzler werden.«

»Wie sollen wir das jetzt noch verhindern?« Helms fischte, ohne die geringste Unsicherheit erkennen zu lassen, eine Zigarre aus einer Kiste in einer Schublade, die er mit einigen Schreibutensilien geschickt vor der Entdeckung durch die auf seine Gesundheit bedachten weiblichen Mitglieder seines Haushalts getarnt hatte. Er reichte Steinfeld ebenfalls eine Zigarre.

»Kommen Sie, ich brauche ein Alibi.«

Steinfeld, obwohl Nichtraucher, zog es angesichts von Helms' Stimmung vor, nicht zu protestieren. Helms reichte ihm den Zigarrenschneider. »Ilk und Dent ziehen das doch nur durch, weil sie von unserem Spion wissen. Irgendjemand hat es ihnen erzählt. So ist die Regierung nach Belieben erpressbar.«

»Wenn das Band veröffentlicht wird ...«

»Niemand, verstehen Sie, niemand wird dieses Band veröffentlichen.«

»Das gehört wohl auch zu den unveränderbaren Spielregeln.«

Während Steinfeld ebenso ungeübt wie desinteressiert mit seiner Zigarre umging, war es für Helms ein liebevoll gepflegtes Ritual. Sorgfältig schnitt er ein Stück Tabak aus der Zigarrenspitze und befeuchtete sie liebevoll zwischen seinen Lippen.

»Wenn es diese Spielregeln nicht gäbe, mein Lieber, würden Sie nicht einmal in einer unserer Filialen am Schalter stehen.«

Nach diesem Seitenhieb zündete er seine Zigarre an und blies den ersten Rauch zu Steinfeld über den Tisch. Eine Brasil, Indikator für denkbar größte Gereiztheit.

»Wo haben Sie diesen Schmutz überhaupt her?«

Steinfeld zögerte kurz.

»Irgendeine anonyme Quelle, wahrscheinlich ein Ex-BND-Mann …«

»Nein«, unterbrach Helms, »ich meine, wer hat Ihnen das Band übergeben?«

Steinfeld schwieg. Er überlegte kurz, ob er einen anderen Namen nennen oder etwas über eine anonyme Zusendung erfinden sollte, verwarf jedoch den Gedanken sofort wieder. Wenn er irgendetwas jetzt nicht tun durfte, dann war es, Helms anzulügen.

»Also«, Helms verteilte mit einer Handbewegung lässig den Rauch im Raum, »wenn Sie die Sache lieber alleine lösen wollen, ich bin nicht scharf darauf …«

»Schilling«, sagte Steinfeld.

»Natürlich.« Helms legte die Ellenbogen auf den Tisch und beugte sich weit nach vorne. »In diese Sackgasse sind wir nur geraten, weil Sie diesen unfähigen Rehmer ins Herz geschlossen haben …«

»Seit ich mit Ihnen arbeite, habe ich kein Herz mehr.«

Es läutete. Die Sinatra-Platte wurde leiser gedreht. Steinfeld trat ans Fenster und sah, wie Katharina Richter die Tür öffnete. Sie begrüßte ihn mit einem ironischen Knicks, wobei sie sich mit einer Hand eine Bierflasche kurz über den Kopf hielt, ehe sie Richter einen Schluck anbot. Der lehnte höflich ab und verschwand im Haus. Steinfeld klopfte kurz gegen die Fensterscheibe. Das Glas schien dicker geworden zu sein seit seinem letzten Besuch, ebenso wie Helms' Brillengläser.

»Ich musste alles auswechseln lassen«, knurrte Helms. »Schusssicher. Nicht mal mehr in seinen eigenen vier Wänden ist man geschützt. Eine Schande ist das. Wissen Sie, was das Schlimmste an den Terroristen ist? Nicht, dass sie Verbrecher sind, sie sind Barbaren. Mit denen können Sie nicht verhandeln.«

Steinfeld wandte grinsend den Kopf.

»Haben Sie 's schon versucht?«

Helms schüttelte mit einer Mischung aus Widerwillen und Anerkennung den Kopf.

»Solche Vorschläge können nur von Ihnen kommen.« Eine neue

Rauchwolke zog wie ein aufziehendes Unwetter über den Schreibtisch auf Steinfeld zu. »Ist diese Spionin alles, womit Sie Rehmer unter Druck setzen? Deswegen tritt der doch niemals zurück.«

Steinfeld nahm auf einem der Besucherstühle Helms gegenüber Platz. Sie waren immerhin bequemer als die in Helms' Büro.

»Doch, das tut er. Rehmer kämpft nur, solange er geliebt wird. Ich kenne ihn besser als Sie.«

Er erinnerte sich wieder an die Anekdote, die Helms ihm von seiner bis zuletzt aufrecht sitzenden achtzigjährigen Mutter erzählt hatte, und lehnte sich lässig zurück.

»Wo haben Sie die Information über die Dame eigentlich her?«

Helms verzog die Lippen zu einem schmalen Lächeln. »Oder haben Sie die Frau im Auftrag der ostdeutschen Dienste platziert?«

Steinfeld lächelte ebenfalls.

»Vielleicht.«

»Es wird dieselbe Quelle sein, die auch Ilk und Dent informiert hat.«

Steinfeld hatte gehofft, Helms würde darauf nicht kommen, aber natürlich hatte er wieder mal ins Schwarze getroffen.

»Es wäre möglich«, versuchte Steinfeld seine mit einem Schlag katastrophale Situation etwas abzuschwächen.

»Es wäre möglich?« Helms' Stimme war plötzlich von ätzender Schärfe.

»Den Untergebenen vollständig vernichten, ehe man ihn wieder aufrichtet«, dachte Steinfeld. »Kleine Variation.«

»Lieber Freund«, fuhr sein Lehrmeister unbarmherzig fort, »Sie müssen sich endlich angewöhnen, den Tatsachen ins Auge zu blicken. Sie haben zu viele Freunde, das ist Ihr Problem.« Mit einer Handbewegung stoppte er eine Erwiderung Steinfelds. »Ihr neuer Freund Winterstein hat Sie aufs Kreuz gelegt. Über wen wird denn dieses schmutzige Waffengeschäft abgewickelt?« Seine Linke griff sich mit einer Bewegung den Schwanenaschenbecher und streifte die Asche seiner Zigarre an den Porzellanflügeln ab, als könne er auf die Art Winterstein loswerden. »Und jeder wird denken, dieses Waffengeschäft sei unsere Bezahlung für die Information mit dem Spion. Wie viel kriegen wir, zehn Prozent?«

»Zwanzig«, sagte Steinfeld.

Helms schüttelte den Kopf.

»Wie konnten Sie sich darauf einlassen?«

»Es war ein Traktorengeschäft.« Steinfeld versuchte, seine Stimme nicht kleinlaut klingen zu lassen.

»Ich wäre gerne dabei«, sagte Helms, »wenn Sie das vor einem Untersuchungsausschuss erzählen.«

Er erhob sich und ging, diesmal ohne fremde Hilfe, um seinen Schreibtisch herum. Seine rechte Hand griff zielsicher nach der Zigarre, an der Steinfeld zweimal halbherzig gezogen hatte. Für einen Augenblick sah es tatsächlich so aus, als wollte er an Steinfelds Zigarre ziehen, dann zerdrückte er sie in seinem Aschenbecher.

»Sie sollten nie anfangen zu rauchen«, sagte er, während er die Tür seines Arbeitszimmers öffnete. »So labil, wie Sie sind, wäre das Ihr Tod.«

Er winkte Richter in den Raum.

»Danke, dass Sie so schnell kommen konnten.« Er schüttelte Richter exakt so lange die Hand, wie es angemessen war. Steinfeld sah kurz im Türspalt Katharinas Gesicht. Er redete sich ein, sie lächle ihm ermutigend zu. Richter schloss die Tür hinter sich und reichte dann auch Steinfeld die Hand. Ein Händedruck oberhalb der Schmerzgrenze. Helms kam sofort zur Sache.

»Steinfeld, Herr Richter ist für die Frage zuständig, wo sich das Original befindet. Ich meine, diese Kopie«, er spuckte das Wort verachtungsvoll aus, »ist von einer Qualität, dass nicht nur ein Halbblinder wie ich so gut wie nichts darauf erkennen kann.«

Er tat Richters höfliche, auf eine Besserung seines Gesundheitszustandes abzielende Bemerkung mit einer mürrischen Handbewegung ab.

»So wie die Welt ist, muss man froh sein, immer weniger davon sehen zu müssen. Also, wo steckt das Original?«

»Schilling sagt«, erwiderte Steinfeld, »an einem sicheren Ort.«

»Bei seinem Anwalt«, mutmaßte Helms.

»Ich kenne Schillings Anwalt«, sagte Richter. »Das ist leicht. Der Mann hat ein Baudarlehen über 450 000 Mark, eine Frau und zwei Kinder. Leute mit Familie sind nie ein Problem.«

Steinfeld widersprach. Er war sicher, Schilling hatte das Originalband niemandem anvertraut.

»Dafür ist er zu klug. Er hat es und er wird es für kein Geld der Welt herausrücken. Auch nicht«, er wandte sich an Richter, »wenn Sie ihn mit seiner Familie unter Druck setzen.«

Richter sah ihn mit der Überlegenheit eines Mannes an, der über

Lösungsmittel verfügt, von denen er weiß, dass seine Auftraggeber nicht deren beißenden Geruch wahrnehmen, sondern nur das blanke Ergebnis sehen wollen.

»Ich werde einen Weg finden.«

Steinfeld hob unmerklich die Augenbrauen. Richter mochte ein hervorragender Techniker sein, seine psychologischen Kenntnisse beschränkten sich offensichtlich auf die Analyse von GSG-9-Terminatoren. Schilling würde alles opfern, um Rehmer zu schützen, selbst seine Familie. Und er würde es seiner Vernunft so verkaufen, dass ein Nachgeben ihn und seine Angehörigen ohnehin in eine vogelfreie Position brächte. So weit durfte es nicht kommen. DIE DINGE NIE MEHR MIT BLUT REGELN, SONDERN IMMER MIT GELD.

»Schilling ist mehr als ein Idealist«, sagte er, »er ist ein Fanatiker. Rehmer ist sein Idol, sein Lebenswerk. Ihre Methoden nützen da nichts. Es gibt nur einen, der an das Original rankommt. Das bin ich.« Bitter fügte er hinzu. »Ich bin sein einziger Freund.«

Helms war klug genug, Steinfeld auf der Stelle zuzustimmen. Das war Steinfelds große Stärke, das Erspüren von Menschen bis in ihre geheimsten Seelenlabyrinthe. Die zu täuschen, die man liebt, ohne ihrer Täuschung zu erliegen, das war die letzte notwendige Lektion, die er Steinfeld für die Leitung der Bank und die Ehe mit seiner Tochter zu erteilen gedachte. Gerade die Liebe als letzte und gefährlichste Waffe durfte nur Mittel zum Zweck sein, wenn sie nicht in Selbstzerstörung enden sollte. Er liebäugelte mit einer zweiten Zigarre, ließ es aber, als er ein unangenehmes Kratzen im Hals verspürte. Es war unmöglich, alt zu werden, ohne die Jugend zu hassen. Helms brachte mühelos Chronologie in die weitere Vorgehensweise. Steinfeld würde erst einmal so tun, als nähme er mit Ilk und Dent Verhandlungen auf. Vielleicht ließ Schilling ihn bereits beobachten. Notfalls war selbst die mangelhafte Videokopie Druckmittel genug, um erst mal zu verhindern, dass Ilk und Dent über ihre Lakaien von Verfassungsschutz und BND mit der Spionin an die Presse gingen. Die so gewonnene Zeit musste genutzt werden, um Schilling das alles entscheidende Original abzunehmen.

»Ich denke«, fasste Steinfeld zusammen, »Ilk und Dent werden zunächst mal auf die Forderungen des anonymen Erpressers eingehen.«

Richter nickte. Steinfeld nahm die Kassettenkopie an sich.

»Am liebsten würde ich diesen Dreck sofort vernichten«, sagte Helms. Als Steinfeld ihm zum Abschied die Hand schüttelte, hielt Helms sie länger als gewöhnlich und drückte sie so fest mit beiden Händen, dass Steinfeld die zwei goldenen Eheringe spürte, die Helms am Ringfinger trug, seitdem er Witwer geworden war.

»Sie kennen ja Dent«, sagte Helms, »und wissen, wie ungern er Geld verliert.« Ernst fügte er hinzu: »Das wird wirklich gefährlich, für jeden von uns.«

Er wirkte auf einmal so besorgt und zerbrechlich, dass Steinfeld unwillkürlich kurz den Arm um ihn legte.

»Übertreiben Sie da nicht ein bisschen?«

»Ganz und gar nicht«, sagte Helms.

Er erzählte Steinfeld und Richter zum Abschied, dass Dents Vater den jungen Wilhelm immer, wenn der in der Schule versagt hatte, gezwungen habe, sich Dokumentarfilme über Konzentrationslager anzusehen, damit er begreife, wie weit man notfalls gehen müsse, um reich zu sein. Angeblich hatte sich diese Erziehungsmaßnahme bei Dent so verfestigt, dass er sich heute noch »ähnlich abscheuliche Filme ansah«, wie Helms sich ausdrückte, damit ihm nicht langweilig wurde, während er alleine sein Essen in sich reinschaufelte, das, denkbar gegensätzlich zu den Filmen, hauptsächlich aus Süßspeisen bestand.

Helms' Worte verfehlten ihre Wirkung nicht. Steinfeld ließ der Gedanke nicht los, dass er in Kürze Dent und Ilk mit einem Horrorvideo ganz eigener Art gegenübersitzen würde.

Er befand sich bereits auf dem Flur, als Katharina auf ihn zukam. Er war so in Gedanken gewesen, dass er ganz vergessen hatte, sich von ihr zu verabschieden. Ein Blick in seine Augen genügte ihr, um zu begreifen, dass er sich ernsthaft in Gefahr begab. Sie hob die Hand, wie zum Abschied, und strich ihm unvermittelt sanft über sein Haar. Ehe er sie umarmen konnte, zog sie sich hastig zurück und ihr ironisches Lächeln wischte den Ausdruck von Besorgnis aus ihrem Gesicht.

»Ich darf Sie jetzt nicht ablenken. Sonst kommen Sie möglicherweise nicht zurück und das will ich nicht.«

Sie neigte sich ihm zu einem kurzen Wangenkuss entgegen, dann entschwand sie ins Wohnzimmer, wo Richter auf sie wartete. Richter musterte die diversen Schallplatten, die sie auf dem Tisch verteilt hatte. Es war eine seltene alte Platte von den Stones dabei, ein echtes Sammlerstück. Er wollte sie fragen, ob sie ihm die Platte aufnehmen könne, aber als er ihr Gesicht sah, wusste er, dass jetzt nicht der richtige Augenblick dafür war.

»Sie werden den jungen Mann, der gerade gegangen ist, mit derselben Sorgfalt beschützen, wie Sie das bisher mit mir getan haben«, verkündete sie.

»Alle Achtung«, dachte er, »die Eisprinzessin macht ihrem Namen mal wieder alle Ehre.« Seit er beim Krocketspiel in Schillings Garten aufgeschnappt hatte, dass Steinfeld sie so nannte, wurde sie von ihrem gesamten Observationsteam hinter vorgehaltener Hand so gerufen. Es gab keinen unter den Jungs, der dieses Eis nicht mal gerne zum Schmelzen gebracht hätte. Und keinen, der sich getraut hätte, Richter inklusive. Er legte die Stones-Platte auf den Tisch zurück.

»Ich werde von Ihrem Vater bezahlt.«

»Ich bin sicher, mein Vater teilt meinen Wunsch. Abgesehen davon ist das Geld meines Vaters auch mein Geld, zumindest wird es das einmal sein.« Sie kam ihm so nahe, dass er ihr Parfüm riechen konnte. Sie wusste, er würde es nie wagen, weiter zu gehen.

»Du Biest«, dachte er und lächelte höflich.

»Ich habe gehört, Sie spielen gern«, sagte Katharina, »setzen Sie auf mich.«

11. Kapitel: Oktober 1974

Sie trafen Dent und Ilk in einem Konferenzraum des Hotels, in dessen Restaurant Katharina ihm das Salatöl spendiert hatte. Steinfeld hielt das für ein gutes Omen.

Zum ersten Mal wurden die drei Hermes-Banker von Sicherheitsleuten begleitet. Offiziell wegen der RAF-Terroristen, in Wirklichkeit zum Schutz vor Ilk und Dent, die ebenfalls von einem Schwarm Bodyguards gesichert wurden.

Reusch machte sich keinerlei Sorgen um seine Sicherheit, er fand es einfach »scharf«, so viele Waffen in seiner Nähe zu wissen, und brachte das gegenüber Ilk mit herablassendem Schulterklopfen zum Ausdruck: »Allein dafür müssen wir der RAF dankbar sein.«

Ilk ließ ein kurzatmiges Lachen hören. Dabei entblößte er perlweiße Schneidezähne, die in seinem ansonsten von Alkohol und Schweinefleisch deutlich gezeichneten Gesicht wie ein Fremdkörper wirkten.

Als sie die Tür zum Konferenzraum passierten, erkannte Steinfeld in einem von Dents Bodyguards den GSG-9-Mann wieder, der im Garten des Außenministers aus Versehen seinen Kollegen erschossen hatte. Dent registrierte Steinfelds Zögern und warf Kohelka einen Blick zu wie einem Couchtisch, den man günstig erworben hatte.

»Der ist neu bei mir. Guter Mann.«

Ilk lachte. »Trifft immer ins Schwarze.«

Kohelka grinste, als sei er mit seinen Gedanken völlig woanders. Er kontrollierte den hinteren Flurteil, die Treppe. Unvorhergesehene

Leute, hastige Bewegungen. Er verfluchte die viel zu großen Fenster, die jedem Scharfschützen gute Erfolgschancen einräumten, und zog die Vorhänge zu. Er wollte, nachdem er aus der GSG 9 entlassen worden war, diesen Job nicht auch noch verlieren.

»Tut mir Leid«, hörte er Steinfelds Stimme hinter sich. »Für Sie und Ihren Kollegen.«

Kohelka nickte. Steinfeld war nicht sicher, ob er ihn überhaupt verstanden hatte.

Die auf immergleiche Art im Rechteck gestellten Tische. Kaffee, Tee, Milch, Zucker, Erfrischungsgetränke, Sandwiches, kalorienreiches Gebäck. Wer sich auf Tee oder stilles Wasser beschränkte, galt als gesundheitlich angeschlagen. Es empfahl sich daher, wenigstens ein paar Kekse zu essen. Sie nahmen Platz, auf der einen Seite die Dent-Leute, ihnen gegenüber die Hermes-Banker.

Zunächst ging es mal wieder um das VAG-Aktienpaket. Die Hermes-Bank war nach wie vor bereit, Dent in dieser schwierigen Zeit der Ölrezession unter die Arme zu greifen und ihm 25 Prozent der inzwischen stark gefallenen VAG-Aktien zum aktuellen Marktwert abzunehmen. Dent lehnte sich zurück und ließ die Hosenträger unter seinem Jackett gegen seine Brustwarzen schnalzen. Das machte ihn munter.

»Wird's Ihnen nicht langsam langweilig?« Seine veilchenblauen Augen, die in dem extrem bleichen Gesicht wie zwei vergessene Blumen im Schnee wirkten, glitten von Reusch zu Keppler und weiter zu Steinfeld. »Sie glauben doch nicht im Ernst, wir hätten Liquiditätsprobleme, nur weil unser kanadisches Panzergeschäft momentan auf Eis liegt?«

»Wir helfen, wo wir können«, sagte Keppler.

»Und Sie brauchen unsere Hilfe«, hakte Steinfeld nach. Reusch sah ihn erstaunt an. Sie hatten eigentlich ausgemacht, zunächst den Versuch zu unternehmen, die VAG-Aktien zu bekommen, ehe Steinfeld mit seiner Schlussüberraschung herausrückte. Aber Steinfeld hielt ihre übliche Masche – Keppler, der Schüchternfreundliche, Reusch der zynische Rüpel, Steinfeld der souveräne Diplomat – für schlichte Zeitverschwendung. Sie würden die VAG-Aktien niemals durch normale Verhandlungen von Dent bekommen und Helms hatte das längst begriffen.

»Wir werden erpresst.« Steinfeld ließ die Worte einen Moment wirken. »Wir alle.«

Ilks Lächeln war dünn. »Eine echte Weihnachtsüberraschung.«

»Ich konnte leider nicht mehr bis Heiligabend warten«, erwiderte Steinfeld. »Es geht um unser«, er dehnte das Wort, »Traktorengeschäft.«

Ilk führte noch einmal seine Zähne spazieren. Dent saß mit seiner üblichen blasierten Miene da, als ginge ihn das Ganze nichts an.

»Ich bin wirklich sauer.« Steinfeld fixierte Dent, bis der einen Schluck Kaffee nahm. »Das kann uns alle den Kopf kosten.«

Kurzes Schweigen. Dann stellte Dent die nächstliegende Frage: »Wer?«

»Wenn ich das wüsste«, sagte Steinfeld, »wären unsere Probleme gelöst.«

Ilk warf das dritte Stück Zucker in seine Kaffeetasse, rührte um. »Was sind die Forderungen?«

»Rehmer muss bleiben«, erwiderte Steinfeld knapp. »Die Spionin im Kanzleramt muss unauffällig entfernt werden.«

»Welche Spionin?« Ilks Überraschung war hervorragend gespielt. So gut, dass Reusch und Keppler Steinfeld einen kurzen Blick zuwarfen. Vielleicht wussten Ilk und Dent bisher tatsächlich nichts von der Welser?

Steinfeld schenkte Ilk ein bewunderndes Lächeln: »Kein Wunder, dass Ihnen der deutsche Wähler seit fünfundzwanzig Jahren hingebungsvoll vertraut.« Es gelang ihm, beim folgenden Satz jede Ironie zu vermeiden. »Gerade deshalb sollten wir alles tun, um sein Vertrauen in Politiker wie Sie nicht zu zerstören. Nicht durch Dinge wie das hier.«

Er stand auf und schob die Videokopie in den Rekorder, den er extra für diese Sitzung besorgen und an den Fernsehmonitor hatte anschließen lassen. Er hatte die Stelle gewählt, an der Ilk und Dent ihr Raketengeschäft besprachen. Mochte das Bild auch noch so schlecht sein, der Ton war zwar verzerrt, aber einwandfrei zu verstehen. Nach zwei Minuten stellte Steinfeld das Band wieder ab

»Ich nehme an«, sagte Steinfeld nach einem Augenblick lähmender Stille, »wir sind uns alle einig darüber, dass solche Erpressungsmethoden indiskutabel sind.«

»Das kann man als Fälschung deklarieren«, sagte Ilk.

»Ich fürchte, das Original nicht«, erwiderte Steinfeld.

»Haben Sie es gesehen?«

Steinfeld konterte gelassen Dents lauernden Blick. »Nein. Aber ich fürchte, obwohl die Videotechnik noch in den Anfängen steckt, werden Sie beide deutlich zu erkennen sein.«

Dem folgte ein längerer Moment noch lähmenderer Stille, den Steinfeld sichtlich genoss. »Ich werde Ihnen das Original von diesem Schmutz beschaffen«, sagte er schließlich, während er das Band wieder in seinem Aktenkoffer versenkte. »Ich werde es aber nur bekommen, wenn ich das gesamte Belastungsmaterial, das der Verfassungsschutz bisher über Rehmer und Frau Welser gesammelt hat, an die Erpresser aushändigen kann.«

»Wer ist Frau Welser?«, fragte Dent.

Steinfeld hatte in den letzten Jahren analog zu Helms' zehn Geboten zehn verschiedene Arten zu lächeln entwickelt, die er je nach Bedarf einsetzte.

»Für wie blöd halten Sie mich eigentlich?« Lächeln Nummer zwei, jungenhaft, entwaffnend. Er nannte es das Ich-weiß-ich-hab-Scheiße-gebaut-Lächeln. »Für ziemlich blöd, und das zu Recht, denn Winterstein hat mich genauso aufs Kreuz gelegt wie Sie. Er hat seine Spionin zweimal verkauft. Von mir hat er Traktoren zum Vorzugspreis dafür bekommen, jetzt müssen wir nur noch klären, womit Sie ihn bezahlt haben. Und sagen Sie jetzt bitte nicht auch Traktoren.«

»Raketen«, erwiderte Dent. Darüber freuten sich die beiden kurz, Dent deutlich mehr als Ilk, denn Letzterer hatte im Falle eines Skandals erheblich mehr zu verlieren.

»Für die Raketen kassiert Winterstein doch nur die übliche Provision. Dafür hängt der mich nicht aus dem Fenster«, sagte Steinfeld.

»Für die DDR ist jede Westmark ein Geschenk«, brummte Ilk.

»Das heißt, Sie haben ihm noch weitere Unterstützung versprochen.«

An ihren eine Spur zu ausdruckslosen Gesichtern konnte Steinfeld erkennen, dass er auf der richtigen Fährte war. Er hob die Hände. »Ich weiß eigentlich gar nicht, warum ich Ihnen meine Hilfe aufdränge.«

»Vielleicht ein Helfersyndrom«, vermutete Dent.

»Hat Ihnen das Ihr Psychiater erzählt«, konterte Steinfeld. Ihre Blicke kreuzten sich kurz. Sie hatten einander noch nie gemocht und die heutige Besprechung war nicht geeignet, ihre gegenseitige

Zuneigung zu vertiefen. »Ich meine«, fuhr Steinfeld fort, »ich kann den Erpressern auch zu verstehen geben, dass Sie nicht auf ihre Forderungen eingehen. Dann lassen Sie beide Rehmer mit seiner Spionin hochgehen und wir werden abwarten, ob die Öffentlichkeit nach einer Besichtigung des Originalbandes Herrn Ilk noch als Kanzler will.«

Dent verlor zum ersten Mal die Beherrschung.

»Wenn wir hochgehen, gehen Sie mit hoch! Sie und Ihre verdammte hochnäsige Bank!«

Steinfeld lehnte sich zufrieden zurück. Er hatte Dent die Maske des blasierten Geschäftsmannes, des mondänen Milliardärs, vom Gesicht gerissen. Zum Vorschein kam der Missgünstige, der ewig zu kurz Gekommene, der es nicht verwinden konnte, dass sowohl Katharina als auch Helms ihn bei jedem Treffen ihre unterschwellige Verachtung spüren ließen. Das war umso bitterer, als der Mann, der jetzt als künftiger Schwiegersohn an seine Stelle zu treten drohte, einen Lebenswandel führte, der, konnte man den kolportierten Gerüchten Glauben schenken, keineswegs seriöser war als der von Dent. Aber während Steinfelds Flamme steil gen Himmel stieg und Helms erfreute, kroch Dents Qualm über den Boden und beschmutzte alles, womit er in Berührung kam.

Als ausgebuffter Politprofi spürte Ilk, dass es in der augenblicklichen Lage ein Fehler wäre, sich allzu einseitig auf Dent festzulegen. Genau das hatte Steinfeld erreichen wollen.

»Es gibt keine weiterreichenden Geschäftsabsichten mit Winterstein.« Ilk bot Steinfeld vergeblich die Platte mit den Plätzchen an. »Auch keine Absprachen. Es gibt nur ein vages Angebot.«

»Ich höre.«

»Sollte es für die Brüder und Schwestern da drüben wirklich eng werden«, Ilk schob sich ein aus Butterteig geformtes S in den Mund, »haben wir beide mal angedacht ...«

Seine fleischige Hand lud Dent ein weiterzusprechen, der schüttelte knapp den Kopf. Ilk ließ ein weiteres S folgen. Er sieht aus, als ob er Dollars frisst, dachte Steinfeld. »... Also wir könnten uns schon einen größeren Kredit für die da drüben vorstellen. Auch unter einer CDU-Regierung.«

Steinfeld verschwendete nur einen kurzen Gedanken daran, welche Reaktion es in der deutschen Öffentlichkeit auslösen würde, wenn ausgerechnet die eingefleischten Antikommunisten Ilk und

Dent sich für einen DDR-Kredit stark machen würden. Er war sicher, Ilk würde selbst das seinen Stammwählern plausibel verkaufen. Zumindest, solange nicht herauskam, dass die DDR-Dienste im Gegenzug die westdeutsche Parteienfinanzierung unter der Decke hielten. Der Grundgedanke hinter Ilks Strategie war absolut richtig und deckte sich mit dem von Helms: Nachdem man die Sowjetunion und die Warschauer-Pakt-Staaten durch die Nachrüstung zu einer neuen Aufrüstung animiert hatte, würden sie Kredite in großem Umfang benötigen. Und diese Kredite waren der endgültige Schritt in die Abhängigkeit.

»Selbstverständlich würden wir Sie an einem solchen Kreditgeschäft beteiligen«, sagte Ilk.

»Ich freue mich aufrichtig über das Vertrauen, das Sie mir und meinem Haus entgegenbringen«, entgegnete Steinfeld.

Lächeln Nummer acht: der Wolf, der im letzten Augenblick die Beute schnappt. »Geben Sie mir alles, was Sie über die Welser zusammengetragen haben. Dann schaffe ich die Sache aus der Welt.«

Ilks Protest war rein formal: »Wie soll das gehen? Wir leben in einem Rechtsstaat, der VS ist ein verfassungsrechtlich unabhängiges Organ ...«

»Jajaja. Soweit ich informiert bin, geht es doch nur um ein oder zwei Funksprüche aus den fünfziger Jahren.« Steinfeld griff jetzt zu einem Lebkuchenherz. »Die können genauso schnell, wie sie aufgetaucht sind, auch wieder verschwinden. Den restlichen Schrott kann der VS fürs Museum behalten.«

Er erhob sich und schüttelte Hände. Man war froh, eine Einigung erzielt zu haben. Dent lud die drei Matadore auf seinen Landsitz zur Jagd ein. Keppler wirkte darüber alles andere als glücklich. Er konnte kein Blut sehen.

12. Kapitel: Dezember 1974

Steinfeld lief die Aschenbahn hinunter. Er wollte das Staffelholz an Heinrich übergeben, aber der war weit hinter ihm. Steinfeld versuchte, auf ihn zu warten, aber seine Beine trieben ihn immer weiter von Heinrich fort. Er schreckte hoch. Ein Hotelzimmer. Nein, ein Gästezimmer. Er befand sich auf Dents Landsitz im Odenwald, vierzig Kilometer südwestlich von Heidelberg. Möbel aus Eichenholz. Ilk hatte der Inneneinrichtung mit der Bemerkung, »in dem Bett könnte man einen Harem unterbringen«, seine Bewunderung gezollt. Steinfeld musterte ein Holzkreuz, das über ihm hing. Sicher lag in der Nachttischschublade eine Bibel. Er sah auf die Uhr. Er musste los. Er hatte alles mit ihnen geklärt. In einem Koffer neben seinem Nachttisch befanden sich auf einem Fünfzehn-Minuten-Band die beiden Funkmitschnitte, das Belastungsmaterial gegen Rehmer und Brigitte Welser.

Selbstverständlich wusste Steinfeld nicht, ob Ilk und Dent Kopien zurückbehalten hatten, aber das war ihm auch völlig gleichgültig. Er benötigte ihr Belastungsmaterial nur, um endlich an Schillings Originalband zu kommen. Hinterher würde Rehmer mit seiner Spionin so oder so auffliegen und es wäre natürlich von besonderer Eleganz, Ilk und Dent die Drecksarbeit zu überlassen.

Über das Zimmertelefon rief er seinen Chauffeur. Während er mit dem Koffer die Treppe nach unten in die Empfangshalle ging, dachte er kurz an seine russischen Puppen.

Als sie Dents Landsitz verließen, umfing sie sofort schwarze Nacht. Die Straße war so klein, dass es keinerlei Straßenbeleuchtung gab. Ein heftiger Wind jagte Graupelschauer gegen die Scheibe. Für die Jagd morgen war besseres Wetter und etwas Schnee versprochen worden. Er ließ sich zwei Dörfer weiter zu einer Telefonzelle fahren, die sein Chauffeur am Vortag ausgekundschaftet hatte. Wie immer fuhr er Steinfeld zu langsam. Der Mann verstand ohnehin nicht, wieso sie bei Nacht und Nebel zu einer Telefonzelle fuhren, obwohl der Wagen über ein Funktelefon verfügte. Steinfeld lehnte einsilbig ab. Funktelefone konnten zu leicht abgehört werden, ebenso wie ein Hotelapparat.

Eine einsame, erleuchtete Telefonzelle in einem Kuhdorf. Steinfeld stieg aus und sah sich um. Verglich einige Häuser im Hintergrund mit schwarzen Bauklötzen. Es war so still und einsam hier, dass er sich wie auf einem fremden Planeten vorkam. Trotzdem wurde er das Gefühl nicht los, dass ihn jemand beobachtete. Im Grunde war es gleichgültig. Wichtig war nur, dass das Telefonat nicht abgehört wurde. Er betrat die Telefonzelle und wählte die Nummer von Schillings Landhaus an der Ostsee. Jetzt, kurz vor Weihnachten, hatten sich alle in ihre Datschas zurückgezogen.

Schilling meldete sich sofort. »Wieso rufst du erst jetzt an?«

»Er hat den ganzen Tag neben dem Telefon verbracht«, dachte Steinfeld.

»Die wollten unbedingt noch mal die Kopie mit mir angucken, bevor sie in den Kamin geworfen wurde. Ilk hat gelacht. Besonders über die Stelle, als Dent versucht hat mitzusingen.«

»Wissen sie was über mich?«, unterbrach Schilling ungeduldig.

»Nein, sie haben keine Ahnung, wer dahinter steckt. Sie sind damit einverstanden, die Welser unauffällig in die Wüste zu schicken. Die Unterlagen vom VS habe ich bereits. Ich lasse sie dir zukommen. Danach wollen sie das Originalvideo innerhalb von vier Stunden. Sonst ... muss ich mit ihnen auf die Jagd. Also lass mich nicht hängen.«

Steinfeld klang sehr überzeugend. Schilling versprach, seine Anweisungen zu befolgen. Steinfeld legte auf. Schilling hatte sich mit keinem Wort erkundigt, ob Steinfeld sich in Gefahr befand. Steinfeld ließ sich auf Dents Landsitz absetzen. Sein Chauffeur brachte den Koffer mit dem Material nach Frankfurt, wo er von einem von Helms' Kurieren in Empfang genommen wurde. Steinfeld fiel in einen Schlaf der Erschöpfung. Heinrich war weit weg.

Nächster Morgen, acht Uhr zweiundzwanzig, Hauptbahnhof

Kiel: Richter, Helms' Mann für besondere Aufgaben, brachte Frau Welser zu einem Schnellzug, der vier Stunden später in Bonn einlaufen würde. Sie war von Schilling in den frühen Morgenstunden in sein Landhaus gerufen worden. Dort hatte man ihr in knappen Worten mitgeteilt, dass sie enttarnt sei, die Beweise für ihre Spionagetätigkeit allerdings vernichtet würden. Ihr Einverständnis mit der fristlosen Beendigung des Arbeitsverhältnisses in gegenseitigem Einvernehmen hatte Frau Welser mit ruhiger Hand unterzeichnet. Schilling hatte ihr dringend nahe gelegt, zunächst in ihre Wohnung und zu ihrer Familie zurückzukehren und so zu tun, als sei nichts Ungewöhnliches an ihrer Entlassung. Ihren Auftraggebern von der HVA solle sie ausrichten, man erwarte für diese diskrete Handhabung der Situation in Zukunft allergrößtes Entgegenkommen bei weiteren Vertragsverhandlungen mit der DDR. Schließlich sei keiner der beiden Seiten mit einem Regierungswechsel gedient. Ein böiger Wind fegte über den Bahnhofsvorplatz. Frau Welser konnte immer noch nicht glauben, dass man sie laufen ließ. Immer wieder blickte sie sich um. Richter nicht. Er wusste auch so, dass Schillings Leute jeden ihrer Schritte überprüften. Frau Welser kletterte die drei Stiegen des Waggons hoch und drehte sich ein letztes Mal um. Richter hob zum Abschied die Hand.

Eine Stunde später befand sich Richter wieder in Schillings Landhaus, diesmal inoffiziell. Ebenso wie der ehemalige GSG-9-Mann Kohelka, der sich in der Garage bereits an Schillings Wagen zu schaffen machte. Der Zeitpunkt war günstig gewählt, denn der Hauptteil von Schillings Sicherheitskräften war mit der Observation von Frau Welser beschäftigt und die drei im Hause verbliebenen Bodyguards befanden sich mit Schilling und seiner Frau beim allmorgendlichen Dauerlauf am Strand. Schillings Kinder waren bei den Schwiegereltern in Frankfurt. Richter half Kohelka, die Konsole des Fahrzeugs abzuschrauben. Kohelka holte einen Schuhkarton aus einer Sporttasche und packte etwas aus, das wie die überdimensionale Patrone eines Sahnespenders aussah. Am oberen Ende war ein Elektronikteil befestigt. Richter ging zum Garagenfenster und blickte nach draußen. Fünf Punkte am Strand entfernten sich langsam vom Haus. Sie hatten noch Zeit.

Richter nützte sie, um sich nach Kohelkas neuem Arbeitsverhältnis zu erkundigen. Der hatte mit Richters Unterstützung nach dem bedauerlichen Zwischenfall auf der Terrasse des Außenministers Unterschlupf bei Dent gefunden. Angeblich verstand er sich blendend mit seinem neuen Arbeitgeber. Weniger gut war er auf seine Ex-Freundin und Komplizin in Sachen Erpressung, das rothaarige Fotomodell Claudia, zu sprechen. Da war Richter völlig seiner Meinung. Claudia hatte mit ihren videotechnischen Extratouren für eine Menge Ärger gesorgt. Richter verlangte von Kohelka, sie in Zukunft besser zu kontrollieren. Auch wenn er, wie Richter süffisant hinzufügte, sicherlich getan habe, was in seiner Macht stand. Richter war im Gegensatz zu den für Kohelka zuständigen Untersuchungsbeamten völlig klar, dass es sich bei dem Unfall auf der Terrasse in Wirklichkeit um eine Racheaktion von Kohelka handelte, dem der zu Tode gekommene Kollege offensichtlich seine lukrative Erpresserin ausgespannt und für eigenmächtige Ziele zweckentfremdet hatte. Richter machte eine kleine Pause, damit Kohelka das, was jetzt kam, auch kapierte.

»Ich hab dir 'n Riesengefallen getan, dass ich diese kleine Hintergrundgeschichte für mich behalten hab, das ist dir doch klar.«

»Bist eben mein Freund.«

Kohelka schraubte die Patrone neben die Kabel der Zündung. Er musste sich beeilen, denn am Flughafen wurde er von zwei Hamburger Senatoren erwartet, die unbedingt an Dents Treibjagd teilnehmen wollten. Richter steckte vier Schrauben in die dafür vorgesehenen Öffnungen. Er wartete, bis Kohelka den Schraubenzieher wieder in die Hand nahm.

»Hör mal, egal was Dent dir befiehlt oder was er dafür abdrückt, diesem Steinfeld darf auf keinen Fall was passieren.«

Kohelkas Schraubenzieher kam für den Bruchteil einer Sekunde zum Stillstand. Dann schraubte er weiter. »Welcher Steinfeld?«

»Der gut aussehende Banker. Du weißt genau, wen ich meine.«

»Du hast gesagt, ich soll für Dent arbeiten. Jetzt mach ich das.«

Richter legte seine Hand sanft auf die von Kohelka. Kohelkas Hand war ungefähr doppelt so groß wie seine.

»Du arbeitest in erster Linie für mich.«

Es war nicht nötig, ein zweites Mal zu erwähnen, dass er über die wahren Hintergründe des Schießunfalls Bescheid wusste. Kohelka hatte es gefressen.

»Und für wen arbeitest du?«

»VS«, sagte Richter.

»Verfassungsschutz?«

Kohelka konnte es nicht glauben. Der VS galt bei den GSG-9-Leuten als eine lahmarschige Truppe korrupter Sesselfurzer.

»Du arme Sau.«

»Degradiert wegen deiner Schießkünste.«

»Und für wen arbeitest noch?«

»Wie wir alle«, Richter lächelte kurz, »für die Schulden bei der Bank.«

Kohelka nickte. Er dachte an Claudias blanken Arsch auf den Videos, die er von ihr und den ganzen Wirtschaftsheinis und Politikerfuzzis gemacht hatte. Auch wenn sie längst zurückgekauft und vernichtet waren, er hatte sie alle im Kopf. Schade, dass es die nur in Schwarzweiß gab. Er versuchte sich Claudias Titten in Farbe vorzustellen. Eine Schraube fiel ihm runter.

Eine halbe Stunde später setzte Richter Kohelka am Flughafen ab. Sie waren so schnell gefahren, dass sie trotz kurvenreicher Strecke den Schnellzug zwischen Kiel und Hamburg hinter sich gelassen hatten. Die Fahrt hatte sie an die alten GSG-9-Zeiten erinnert. Eine Lieblingsübung des Schlagoberst waren wilde Wettrennen auf öffentlichen Autobahnen gewesen. Wer fährt am schnellsten von Bad Godesberg nach Frankfurt. Regeln: keine. Allein der Oberst hatte innerhalb von drei Monaten zwei gepanzerte Mercedes-Limousinen mit Sonderausstattung verschrottet, was ihnen einen gewaltigen Rüffel vom Rechnungshof des Bundesgrenzschutzes eingebracht hatte. Kohelka zog ein flaches Kästchen, das wie die Fernbedienung eines Fernsehers aussah, aus seiner Sporttasche und überreichte es Richter.

»Hier, sonst kannst du nicht abspritzen.« Er verabschiedete sich mit einem ansatzlosen, scheinbar leichten Schlag auf Richters Oberarm, dem der vergeblich auszuweichen versuchte.

»Du warst auch schon mal schneller.«

Er schlenderte mit seiner Sporttasche zu der Wartehalle für Privatfluggäste, während Richter spürte, wie sein Bizeps taub wurde. Zwei Herren vom Hamburger Senat warteten auf Kohelka. Hätten sie seine akrobatischen Flugkünste gekannt, hätten sie mit Sicherheit ein anderes Verkehrsmittel bevorzugt.

Kurz vor elf gab ein Bote bei Schilling ein DIN A5 großes Paket ab. Die Qualität der Funkmitschnitte war ebenso schlecht wie die von Schillings Video, sodass man eine Kopie aufgrund der nötigen

187

technischen Nachbehandlung leicht als Fälschung hätte denunzieren können. Helms hatte zur Sicherheit trotzdem welche ziehen lassen. Schilling übergab das kurze Band dem Kaminfeuer. Jetzt existierte keine Spionin im Kanzleramt mehr. Er vergewisserte sich noch einmal telefonisch, dass die Welser unbehelligt ihre Wohnung erreicht hatte. Er gab ihr den dringenden Rat, sich in den nächsten Wochen ins Ausland abzusetzen. Er legte den Hörer auf die Gabel, umarmte kurz seine Frau und begab sich mit seinen drei Sicherheitsleuten in die Garage.

Carola befiel plötzlich ein unbestimmbares Gefühl der Angst. Sie eilte nach draußen und sah, wie sich das Garagentor elektrisch öffnete. Der Motor wurde angelassen und wie einen Blitzschlag sah sie hinter dem sich öffnenden Tor kurz ein entsetzliches Bild. Aber der Wagen verließ völlig normal die Garage und rollte davon. Schilling saß neben dem dritten Sicherheitsbeamten auf der Fahrerseite im Fond. Carola winkte ihrem Mann zu, aber der sah sie nicht. Sie fasste sich kurz an die linke Brust und ging zum Haus zurück. Diese Blitzschläge überkamen sie in letzter Zeit öfter. Sie erzählte ihrem Mann nichts davon, um ihn nicht zu beunruhigen. Das gesamte Klima im Land hatte sich seit der Olympiade '72 radikal verändert. Man konnte die Gewaltbereitschaft förmlich riechen. Hinter ihr fuhr ein weiterer Wagen vorbei. Richter saß hinter dem Steuer. Über Carola schrien einige Möwen.

Zwanzig vor zwölf verließ Schilling mit einem Aktenkoffer und zwei seiner Sicherheitskräfte eine Bankfiliale im Zentrum von Lübeck. Der Aktenkoffer war an das Handgelenk des Leibwächters zu seiner Rechten gekettet. Der zweite Mann sicherte die Umgebung, der dritte saß hinter dem Steuer des Wagens. Dieselbe Raum- und Aufgabenaufteilung wie bei der RAF, stellte Richter amüsiert fest. Sie hatten alle die gleichen Lehrmeister: linke Guerilla und im Häuserkampf geschulte Spezialeinheiten. Er parkte ungefähr hundert Meter weit entfernt am Straßenrand. Der Leibwächter mit dem Aktenkoffer öffnete Schilling die hintere Tür, der zweite Mann sicherte weiterhin aufmerksam die Umgebung. Schilling setzte sich wieder in den Fond, die beiden Leibwächter nahmen neben ihm und auf dem Beifahrersitz Platz. In diesem Moment betätigte Richter Kohelkas Fernsteuerung.

Im Inneren von Schillings Wagen explodierte eine Blendgranate.

Passanten schrien auf, suchten in Panik Deckung. Richter zog eine Strumpfmaske über, verließ seinen Wagen und ging mit schnellen Schritten auf Schillings Wagen zu. Nach einem weiteren dumpfen Knall wurde das Fahrzeug von einer Gaswolke eingehüllt. Richter stülpte sich eine Maske über. Schilling und seine Leibwächter krochen blind und halb erstickt aus dem unbeschädigten Wagen. Schilling schrie und drückte sich die Hände auf die Augen. Einer der Leibwächter hielt hilflos seine Waffe umklammert, aus seinen vor Schmerz zusammengepressten Augen lief Wasser. Richter nahm ihm die Waffe mühelos aus der Hand, ließ sie unter ein parkendes Auto schlittern. Er packte den Mann mit dem Aktenkoffer am Arm, sägte mit einer kleinen, elektrischen Metallsäge den Handgriff des Koffers durch. Der Mann, wehrlos, zitterte am ganzen Leib, eine Folge des Nervengases. Es handelte sich um eine spezielle Mischung, die die GSG 9 bei Geiselnahmen hatte einsetzen wollen, was ihr aber aufgrund der zu befürchtenden Personenschäden von höherer Stelle untersagt worden war. Schilling lag zitternd neben seinem Wagen auf dem Boden und übergab sich. Richter trennte mit der Säge die Rückseite des Koffers auf, entnahm die Videokassette, steckte sie in seine Manteltasche, ging davon. Nach fünfzig Metern nahm er die Gasmaske ab. Ein kleines Mädchen musterte den Mann mit der Strumpfmaske aus großen, erstaunten Augen.

Zehn nach zwölf. Im Odenwald hatte es über Nacht geschneit. Es war der versprochene sonnige, klare Wintertag, den sich alle für die Jagd gewünscht hatten, und er war bereits weidlich ausgenützt worden. Kohelka war mit den Hamburger Jagdgästen vor einer halben Stunde mit dem Hubschrauber gelandet. Sie erholten sich gemeinsam mit Ilk, Dent und den anderen Gästen bei einem mittäglichen Punsch in der Empfangshalle. Kohelka hatte beim Anflug auf das kleine Nest, das zu Füßen von Dents Landsitz lag, angeblich vorübergehend die Orientierung verloren und sich im Tiefflug an einigen Ortsschildern orientiert, die ihm die Senatoren vorlesen mussten. Der Wirtschaftssenator genehmigte sich bei der Erinnerung an den Flug einen weiteren Punsch.

Die Treiber hatten sich in einem weiten Ring um ein wildreiches Tal gruppiert und scheuchten mit Hunden und Jagdtrompeten neues Damwild hoch. Steinfeld sah einen Schwarm Rebhühner am

Horizont aufsteigen. Er befand sich noch auf seinem Zimmer und telefonierte mit Helms. Er stellte nur eine Frage: »Haben wir 's?« Helms' Antwort bestand aus einem Wort: »Ja.«

Steinfeld informierte mit einem weiteren Telefonat seine Sicherheitsleute. Er wollte umgehend abreisen. Er hatte nicht die geringste Lust, an der nachmittäglichen Jagd teilzunehmen. Der Vormittag hatte seine waidmännischen Bedürfnisse restlos befriedigt. Er warf die wenigen Utensilien, die er ausgepackt hatte, in seinen Koffer und ging nach unten, um sich von Dent und Ilk zu verabschieden.

»Gute Nachrichten«, sagte er und lehnte den angebotenen Punsch ab, »meine Leute haben das Original. Wir können die Übergabe in den nächsten Tagen arrangieren.«

»Das müssen wir feiern!« Ilk stieß mit Dent an und befahl Steinfeld, sich endlich ebenfalls ein Glas zu nehmen. Steinfeld lehnte mit dem Hinweis auf dringende Besprechungen, die heute noch anstünden, ab. Aber wenn er geglaubt hatte, die beiden ließen ihn einfach so gehen, hatte er sich getäuscht. Dent sprühte plötzlich vor Gastfreundschaft, wurde richtig charmant und bat Steinfeld, sich nicht ständig in das Prokrustesbett geschäftlicher Termine einspannen zu lassen. Hinter seinem Geschwätz konnte Steinfeld unschwer den bösen Verdacht entdecken, er stecke mit dem anonymen Erpresser unter einer Decke. Umso dringender war seine Abreise geboten. Er hatte sich gerade mit viel Charme und dem Versprechen, den am Vormittag verfehlten Zehnender nachzuholen, aus den Klauen Ilks und Dents befreit, da fiel ihm ausgerechnet Reusch in den Rücken: »Was für Termine? Ich kenn deine Termine besser als du. Die sind heute alle gestrichen!«

Steinfeld zog ihn am Ärmel beiseite: »Bist du total übergeschnappt? Ich will nicht noch mal auf diese Scheißjagd!«

Reusch grinste verschwommen. Er hatte bereits den fünften Punsch hinter sich. »Banker ohne Jagdinstinkt? So geht's aber nicht!« Leise und überraschend klarsichtig fügte er hinzu: »Bau hier jetzt keine falschen Fronten auf. Sieht nicht gut aus, wenn du jetzt abhaust.«

Steinfeld spürte Dents Atem hinter sich. »Man könnte ja fast glauben, Sie haben Angst vor uns.«

Steinfeld drehte sich zu ihm um. »Dafür besteht nicht der geringste Grund. Ich habe Ihnen gerade aus einer ziemlich prekären Situation geholfen.«

»Na also«, knallte Ilk dazwischen. »Das muss doch gefeiert werden. Ihretwegen nehmen wir sogar Wodka mit, Sie Russenfreund.«

Die Situation verselbstständigte sich. Er durfte sich nicht mal mehr umziehen. Ein grüner Anorak wurde über seinen Anzug gezogen, seine Halbschuhe durch Jägerstiefel ersetzt, einer von Dents Sicherheitsleuten drückte ihm eine Jagdflinte und Handschuhe in die Hand. Ilk und Dent geleiteten ihn nach draußen zu einem der wartenden Jeeps. Der Rest der Meute folgte. Da war kein Jahreseinkommen unter einer halben Million dabei. »Selten ist jemand in vollkommenerer Bewaffnung zum Schafott geführt worden«, schoss es Steinfeld durch den Kopf.

»Und hinterher sehen wir uns gemeinsam das Originalvideo an«, brüllte Ilk. »Endlich mal ordentliche Qualität!«

In Erinnerung an den fröhlichen Abend auf dem Band begann er »Oh du schöner Westerwald« anzustimmen, Dent und der Rest der Jagdmeute inklusive Reusch fielen grölend ein. Steinfelds Blickfeld schwankte kurz. Hatten Sie die Verbindung zwischen ihm und Schilling rausbekommen? Ilk hielt die Tür des Jagdjeeps auf, Steinfeld wandte sich ein letztes Mal Hilfe suchend nach Reusch um. Der bedeutete ihm mit beiden Händen einzusteigen und beschäftigte sich sofort wieder mit einem jungen Hund, den er offensichtlich extra für seine Jagdausflüge angeschafft hatte. War Reusch nur besoffen oder blöd? Oder, Steinfeld durchzuckte es kalt, war das ein neuer Verrat? Ilk drängte ihn schnaufend in den Jeep und platzierte sich neben ihm. Der Rest des Wagens füllte sich mit Dent, Reusch senior, seinem Sohn und dem penetranten Geruch nach reichlich Alkohol. Keppler und die Sicherheitsleute der Hermes-Banker sollten in weiteren Fahrzeugen folgen.

»Wir sind ja alle bewaffnet!« Ilk stellte eine doppelläufige Heckler-und-Koch-Schrotflinte zwischen seine Beine. Die riss Löcher von solcher Größe, dass selbst im Vollrausch die Beute nicht zu verfehlen war. Der Jeep fuhr an.

Steinfeld versuchte, über sein tragbares Funktelefon Helms zu erreichen. Helms sollte Ilk bestätigen, dass sie das Video hatten. Kein Empfang.

Ilk machte ihn süffisant darauf aufmerksam, lieber keine verfänglichen Gespräche am Telefon zu führen. Hatten die beiden sein Gespräch mit Schilling aus der Telefonzelle abhören lassen? Es konnte nicht anders sein. Der Jeep schoss durch einige Pfützen, braunes Wasser klatschte auf die Frontscheibe. Steinfeld erkannte das Gesicht des Fahrers im Rückspiegel: Es war Kohelka.

Um zwei hatten die Jagdteilnehmer aus Steinfelds Jeep ihren Ansitz gefunden. Fünf Leute aus einem zweiten Jeep waren zu ihnen gestoßen, allerdings wurden Keppler und Steinfelds Sicherheitsbeamte nach wie vor vermisst. Sie hatten sich offensichtlich verfahren oder woanders Platz gefunden. Über ein kleines Transistorradio, das Ilk mit sich führte, vernahmen sie erste Presseberichte über eine Spionin im Kanzleramt. Helms und die Öffentlichkeitsabteilung der Hermes-Bank hatten ganze Arbeit geleistet. Eine Flut von Verdächtigungen und Unterstellungen brach über Rehmer zusammen. Es war, als hätte jemand alle Schleusen geöffnet, um den gesamten jahrelang aufgestauten Groll der westdeutschen Wirtschaft über Rehmer auszugießen. Rehmer bestritt in einer ersten Stellungnahme, vom Verfassungsschutz über Verdachtsmomente gegenüber Frau Welser informiert gewesen zu sein. Es habe sich angeblich um eine reine Routineüberprüfung gehandelt. Diese Stellungnahme unterstrich nicht gerade seine Kompetenz in Geheimdienstfragen. Der Parteivorsitzende Strasser ging vorsichtig auf Distanz. Frau Welser wurde in ihrer Wohnung verhaftet. Sie gestand in einer Ausführlichkeit, die vermuten ließ, dass die HVA zum einen noch weitere Beweise in beliebiger Größenordnung gegen ihre Meisterspionin bereithielt und sie zum anderen mit der Aussicht auf einen baldigen Austausch zur Kooperation mit den westdeutschen Behörden ermuntert hatte. Einige der Jagdteilnehmer stießen bei jeder neuen Meldung ins Horn. Ilk leerte die erste Wodkaflasche und warf sie ins schneebedeckte Laub. Dent befahl, Champagner heranzukarren. »Gute Arbeit, Steinfeld!« – »Wir wussten immer, in Wahrheit sind Sie einer von uns!« Steinfeld glaubte ihnen kein Wort. »Jetzt kann ich 's Ihnen ja sagen«, Lächeln Nummer drei. Devot und höflich. »Helms hat mich jahrelang für die Undercover-Arbeit innerhalb der SPD-Spitze ausgebildet.« Wie kam er hier nur weg? Leise versuchte er Reusch klarzumachen, es sei nicht normal, dass ihre Sicherheitsleute und Keppler immer noch nicht eingetroffen seien.

Reusch grinste ihn betrunken an. »Sei doch froh, dass der Langweiler Keppler uns verpasst hat. Der kann sowieso kein Blut sehen.

Komm, streichel meinen Hund.« Er versuchte Steinfelds Hand auf dem Kopf seines Hundes zu platzieren. Steinfeld wählte auf seinem Funktelefon die Nummer von Schillings Landhaus. Es klickte in der Leitung. Schilling atmete schwer.

»Ich bin's, Steinfeld.«

»Ich weiß«, sagte Schilling. Es entstand eine Pause, in der Steinfeld fühlen konnte, wie Schillings Hass durch die Leitung kroch. »Ich weiß, dass du Rehmer und mich verraten hast.« Schilling legte auf. Selbst jetzt ist ihm Rehmer wichtiger als er selbst, schoss es Steinfeld durch den Kopf. Er will mich mit in den Abgrund reißen. Er hat mich bei Ilk und Dent hingehängt. Ihnen erzählt, ich wollte mit dem Band Zugeständnisse erpressen. So musste es sein. Er fing Ilks Blick ein, der seine Augen mit einer für seinen feisten Hals erstaunlich schnellen Drehung abwandte. So etwas konnten nur Politiker. Es war, als würde der Daumen über ihm gesenkt. Entferntes Hundegebell. Die Treiber rückten näher. Dent brachte sein Gewehr in Anschlag. Steinfelds Gedanken jagten ihm durch den Kopf wie flüchtendes Wild. Wieso kann ich Helms nicht erreichen? Was ist mit Reusch, mit Keppler? Hängen die alle mit drin? Hat man beschlossen, mich Dent zu opfern? Vergeblich versuchte er, Schilling wieder anzurufen. Er war versucht, hilflos gegen das Leerzeichen anzubrüllen, wütend schleuderte er sein Funktelefon zwischen die verschneiten Bäume. Reuschs junger Hund riss sich los und folgte bellend dem vermeintlichen Spielzeug in den Schnee. Ilk lachte und köpfte die erste Champagnerflasche. Der Hund hörte den Knall des Korkens, hob kurz den Kopf und entdeckte ein erstes Reh, das an einer Tannenschonung entlanghuschte. Mit wehenden Ohren folgte er dem flüchtenden Tier. Reusch lallte seinem Hund ein folgenloses »hier Oskar, hier« hinterher und wankte los. Seine Beine bewegten sich wie an Marionettenfäden. Reusch senior brüllte ihm den väterlichen Rat hinterher: »Bleib hier, du Depp! Aus der Schussbahn!«

Dent hielt sich nicht mit Ratschlägen auf, sondern feuerte auf das zwischen zwei Buchen auftauchende Reh. Getroffen brach das Tier auf der linken Hinterhand ein, schleppte sich hinter Dornengestrüpp weiter. Reusch drehte sich um und zeigte der Jagdgesellschaft betrunken grinsend den Finger. Steinfeld stieß Dents Gewehrlauf nach unten. »Haben Sie noch alle Tassen im Schrank?!«

Ilk stellte die Champagnerflasche in den Schnee. »Holen Sie ihn zurück, bevor die nächsten Viecher kommen«, sagt er zu Steinfeld. Er lud seine Büchse durch. »Ich will Minimum ein Reh schießen.« Dent schüttelte mit gespieltem Missmut den Kopf. »Wir sind ja selber schuld. War doch klar, die Grünschnäbel versauen uns die ganze Jagd.« Zustimmendes Gelächter. Seine wasserblauen Augen richteten sich direkt auf Steinfeld. »Na los!«

Steinfeld versuchte, das Gewehr in seiner Hand zu übersehen. »Keine Angst«, sagte Ilk. »Wir stellen das Feuer ein.«

»Wir schießen nicht auf unsere Freunde«, fügte Dent hinzu.

Ilks Lippen zuckten mehrmals. Er konnte es kaum erwarten, den nächsten Einfall loszuwerden. »Nur auf Sozialdemokraten!« Brüllendes Gelächter. Steinfeld musterte die zehn Gesichter vor ihm. Nach dem Gelächter kehrten die Spuren der Zivilisation wieder in ihre Züge zurück. Seine Augen glitten an Kohelka vorbei und blieben kurz auf dem Gesicht des bayrischen Wirtschaftsministers hängen. Selten war er so dankbar gewesen, das Gesicht eines Politikers zu sehen. Es war unmöglich. Sie konnten ihn nicht hier vor zehn Zeugen exekutieren. Er machte sich nur lächerlich, wenn er noch länger wartete. Er drehte sich um und ging zu Reusch, der inzwischen im Schnee kniete und laut nach seinem Hund rief, der zwischen den Bäumen verschwunden war, und zwar in einer völlig anderen Richtung als der, die das Reh genommen hatte. Um sich keine Blöße zu geben, ging Steinfeld betont aufrecht und langsam. Mit jedem Schritt schwand seine wiedergewonnene Selbstsicherheit. Er spürte ihre Gewehrläufe in seinem Rücken. Was, wenn jetzt ein Schuss losging? Wer würde es wagen, jemand wie Dent oder Ilk Vorsatz zu unterstellen? Für die Öffentlichkeit waren sie, Steinfeld und seine Bank unverbrüchliche Freunde. Es gab nicht mehr als fünf Leute, die von den engen Beziehungen zwischen der Hermes-Bank und Rehmer wussten. Mit wenigen schnellen Schritten holte er Reusch ein, der sich hochgerappelt hatte und zwischen den Bäumen hindurchtaperte. Steinfeld packte ihn an seinem Anorak.

»Was soll der Blödsinn?«

Reusch blinzelte betrunken. »Ich such meinen Hund.«

»Wirklich?«

Er zog Reuschs Gesicht dicht zu sich her und drehte ihn so, dass er seinen Körper zwischen sich und die Schützen brachte. Reusch ließ es ohne Widerstand geschehen. Er schien nicht einmal zu merken, was Steinfeld da machte. »Wäre das nicht eine gute Gelegenheit?«, fragte Steinfeld leise. »Ein Hund läuft weg, wir laufen hinterher, irgendwo taucht ein Hase auf – und bumm, schießt zufällig jemand daneben.«

Wenn Reuschs Verwunderung gespielt war, so war sie sehr gut gespielt. Aber schließlich hatten sie in den letzten acht Jahren nichts anderes gelernt. Die Lüge so lange zu spielen, bis sie zur Wahrheit wurde. Auch vor dem eigenen Gewissen.

Scheinbar nur mühsam und mit Steinfelds Hilfe brach sich in seinem alkoholvernebelten Gehirn die Erkenntnis Bahn, dass Helms inzwischen alle Druckmittel gegen Ilk und Dent in der Hand hielt. Er wandte den Kopf und sah, wie der Lauf von Kohelkas Gewehr in ihre Richtung schwenkte. Schlagartig von Panik erfasst, zerrte er Steinfeld hinter die nächste Buche. Kohelkas Schuss ging nicht in ihre Richtung. Er traf das von Dent angeschossene Reh, das für einen letzten Fluchtversuch neue Kraft gesammelt hatte und sich blutend durchs Unterholz schleppte. Die Kugel durchschlug seinen Kopf und die Vorderläufe knickten ein wie Streichhölzer, bevor es seitlich in den Schnee fiel. Steinfeld starrte auf einen roten Blutfaden, der aus seinem Maul lief.

»Leg mich nicht noch mal aufs Kreuz, Albert«, sagte Steinfeld leise. »Ich warne dich!«

Reusch sah ihn erstaunt an, als wäre ihm plötzlich etwas Wichtiges eingefallen. »Wo ist mein Hund?« Er packte den widerstrebenden Steinfeld am Ärmel und zog ihn hinter sich her.

»Hier lass ich dich auf keinen Fall. Du legst dich aus lauter Paranoia am Ende noch selber um und dann muss ich allein mit Keppler weiterarbeiten.« Er hängte seinen Arm schwer in Steinfelds Ellenbogen. »Ich beschütze dich. Ich bin ein verdammt guter Schütze. Ich muss nur meinen Hund finden. Oskar!!«

Steinfeld verschwand mit Reusch hinter einer kleinen Anhöhe. Der Name von Reuschs Hund war bisher das einzig Erfreuliche an diesem Tag.

Im Kanzleramt herrschte Weltuntergangsstimmung. Rehmer hatte sich zurückgezogen. Ihn interessierte die hoffnungslose Taktiererei seiner Mitarbeiter nicht mehr. Was sollte er sagen, wie viele von seinen Frauengeschichten zugeben, die von der Boulevardpresse in alle Windrichtungen verstreut wurden. Schadensbegrenzung, staatsmännisches Auftreten. Lächerlich. Als habe die Qualifikation eines Politikers irgendetwas mit Monogamie zu tun. Einsam stand er mit einem doppelten Whisky vor dem Gemälde Caspar David Friedrichs, »Das Gehege von Dresden«. Der erste Alkohol seit sechs Monaten brannte scharf auf seiner Zunge. Wenn er jetzt zurückträte, würde sich seine Gesundheit vielleicht wieder so weit erholen, dass er guten Gewissens ein Glas Whisky trinken konnte. Es hatte sich viel verändert in den letzten zwei Jahren. Seit dem Olympiamassaker wehte ein neuer, eisiger Wind. Die dunkelsten Wolken hießen Rezession und innere Sicherheit. Aber auch die Außenpolitik, sein Lieblingsressort, hatte sich auf rätselhafte Weise gegen ihn gekehrt. Traurige Ironie, dass ihm ausgerechnet seine Bestrebungen zur Aussöhnung mit der DDR zum Verhängnis wurden. Dass er ausgerechnet von denen gestürzt wurde, denen er zu helfen versucht hatte. Kurz dachte er auch an Steinfeld. Er hätte nie das Geld der Hermes-Bank nehmen dürfen. Aber dann hätte er die Wahl nicht gewonnen. Er war inzwischen illusionslos genug, um zu wissen, dass die Koalition mit der Wirtschaftspartei FDP ohne Helms' sanfte Hintergrundunterstützung nicht zustande gekommen wäre. Möglicherweise, überlegte er resigniert, beruhte das hohe Maß an Sympathie, das ihm die deutsche Bevölkerung entgegenbrachte, hauptsächlich darauf, dass seine heisere Stimme entfernte Ähnlichkeit mit jener anderen, heiseren Brüllstimme aufwies, die das Land vierzig Jahre zuvor in den Klauen gehalten hatte. Er leerte sein Glas in einem Zug. Er hatte keine Lust mehr, Kanzler dieser Republik zu sein.

Steinfeld und Reusch traten aus dem Wald ins Freie. Ein eisiger Wind trieb Schneeschleier über die harten Erdschollen der Felder. Sie stapften über gefrorene Wasserlachen und sahen zwischen den vereinzelt aufragenden Bäumen aus wie zwei Miniaturen, die der Maler Friedrich auf seinem Bild vergessen hatte. Reusch rief erneut nach seinem Hund. Ihre Fußgelenke knickten auf den Schollen weg. Reif lag auf den Spitzen. Steinfeld drehte sich um und für einen Moment stand Katharinas Gesicht wie ein bleicher Mond zwischen den schneebestäubten Ästen des Waldrandes. Von Reuschs Hund keine Spur.

Steinfeld schlug vor, zu den Autos zurückzugehen und abzufahren. Reusch bot ihm einen Schluck aus seinem Flachmann an. Steinfeld drehte sich noch einmal Richtung Waldrand um. Er traute sich nicht, alleine zurückzugehen. Da Steinfeld nicht mittrank, trank Reusch die doppelte Ration alleine.

»Wir sind Terroristen des Geldes.« Mit Unbehagen verfolgte Steinfeld, wie Reusch sein Gewehr durchlud. »Wir und die RAF, das ist wie Feuer und Dauerfeuer. Weißt du, was Baader gesagt hat? Ficken und Schießen ist ein und dasselbe.« Er feuerte in die Luft. »Solange ich dich beschütze, passiert dir nichts!« Ein neues Lachen kullerte seine Kehle hinab. »Mein Alter hasst mich viel zu sehr, um mir die Freuden eines jugendlichen Ablebens zu ermöglichen.« Er lud erneut durch.

»Jetzt hör auf, hier rumzuballern, Mensch!«

Steinfeld wollte ihm das Gewehr wegnehmen, Reusch zog ihn dicht zu sich her. Sein betrunkener Atem tanzte in kleinen Wolken vor Steinfelds Mund.

»An mich kannst du das Staffelholz immer übergeben. Ich schwör's dir ...«

Steinfeld sah ihn an. Reuschs Gesicht wirkte so zart und jungenhaft wie noch nie. Steinfeld ließ diesen Eindruck auf sich wirken, bis seine Nerven sich entspannten. Nein, Reusch würde ihn nie mehr verraten. Die Heinrich-Geschichte saß für immer in seinem Herzen.

»Weißt du, Albert, was wirklich das Besondere an uns ist?« Lächeln Nummer vier. Steinfeld, vierzehn Jahre alt, steht vor seinem besten Freund. »Wir können uns einreden, was wir sein wollen, und dann ... sind wir es wirklich.«

Reusch weichte ein weiteres Lächeln in Kognak auf. »Simsalabim ...«

Sie hörten das Jaulen und schwache Kläffen eines Hundes und folgten ihm hinter eine Baumgruppe, die zwei mit Schilf umwachsene Fischweiher schützte. Im vorderen Teich entdeckten sie Reuschs Hund. Er war bei der Verfolgung eines weiteren Rehs durchs Eis gebrochen. Das Reh ebenso. Völlig entkräftet schwammen beide Tiere im Kreis zwischen den Eisschollen. Reusch rief den Namen seines Hundes. Das Tier sah ihn, drehte bei, schaffte es aber nicht auf die Eisfläche zurück. Seine Pfoten rutschten an der glatten Kante ab. Das Reh schnaubte panisch. Beide Männer tasteten sich die kurze Uferböschung nach unten. Reusch betrat die Eisfläche, die gefährlich knackte. Steinfeld riss ihn zurück. Reusch versuchte, dem Hund das eine Ende seines Schals zuzuwerfen, doch

der war zu kurz. Der Hund jaulte erbärmlich. Nach einem erneuten Versuch, aufs Eis zu kommen, tauchte sein Kopf unter Wasser.
Reusch hielt den Anblick nicht mehr aus.

»Scheiße! Ich hol Hilfe.«

Er stolperte Richtung Waldrand davon. Steinfeld ging zu einem
der Bäume und versuchte, einen langen Ast abzubrechen. Die Rinde
schrammte seine Handflächen blutig. Mit ganzer Kraft drückte er
den Ast nach unten, stemmte sein Knie darauf, bis das Holz mit
lautem Knacken brach. Sein Knie schlug schmerzhaft am Boden auf.
Steinfeld fluchte und schleppte den Ast zu dem Weiher. Er schob
die Astspitze ins Wasser, der Hund schwamm darauf zu, versuchte
über den Ast aufs Eis zu robben, rutschte wieder zurück, seine Kiefer verbissen sich mit letzter Kraft ins Holz, Steinfeld zog ihn aufs
Eis. Der nasse Hund blieb erschöpft liegen, seine blaue Zunge hing
seitlich aus dem Maul. Unter ihm färbten sich die Schneekristalle
rot, die Eiskante hatte seine Bauchdecke aufgerissen. Steinfeld versuchte jetzt mit dem Ast, das Reh ebenfalls aufs Eis zu bekommen,
vergeblich. Vorsichtig legte er sich flach auf die Eisdecke und kroch
ein Stück nach vorne. Das Eis knackte und seine Risse sprangen wie
ein Spinnennetz unter ihm auseinander, aber es hielt. Das Tier war
jetzt dicht vor ihm. Er streckte den Arm aus, versuchte nach seinem
Hals zu greifen, das nasse Fell entglitt ihm. Das Reh röchelte ein
letztes Mal, dann tauchte sein Kopf unter Wasser. Es bewegte sich
nicht mehr. Sein Körper schwebte reglos im Wasser. Die Augen waren weit geöffnet und starrten ihn an. Steinfeld packte den Hund
am nassen Fell und kroch zurück, bis er unter den Füßen das Ufer
spürte. Vorsichtig richtete er sich auf, den nassen Hund im Arm.

Als er sich umdrehte, stand Kohelka hinter ihm. Der Lauf seines
Gewehrs war auf Steinfelds Bauch gerichtet. Es war die gleichmütige
Selbstverständlichkeit in seinem Gesicht, die Steinfeld am meisten
erschreckte. Kohelka würde ihn mit derselben Beiläufigkeit erschießen, mit der Steinfeld ein Sitzungsprotokoll abzeichnete. Mit jeder
weiteren Sekunde, die in gegenseitigem Schweigen verging, wuchs
seine Gewissheit, dass Kohelka schießen würde, wenn er ihn nicht
davon abhielt. »Tun Sie 's nicht«, sagte er und rutschte mit einem
Fuß am Uferrand ab. Beinahe wäre er nach hinten gefallen, aber er
hielt sich auf den Beinen. »Sie können die Zusammenhänge nicht
kennen, aber ich versichere Ihnen, ich wollte niemanden erpressen
und ich werde niemanden erpressen.« Er lächelte um sein Leben.

»Ich kann es gar nicht, denn ich führe selbst den kompromittierendsten Lebenswandel in dieser Republik und ich habe nicht die geringste Lust, ihn zu ändern. Wenn Sie also jemals jemanden erpressen wollen: Ich bin das lukrativste Opfer, das sich denken lässt.« Er wunderte sich, dass er immer noch lebte, und redete hastig weiter. »Vor allem, weil ich irgendwann die Bank leiten werde. Wenn Sie mich also jetzt am Leben lassen, werde ich 'ne ganze Menge für Sie tun können.« Mit einem Schlag kehrte seine Selbstsicherheit zurück. Er spürte, dass er den entscheidenden Grat überwunden hatte. »Er kann mich nicht erschießen«, dachte er, »weil ich zu mächtig für ihn bin. Weil Helms' Gedanken und Katharinas Zuneigung in meinen Adern fließen.«

»Sie wissen doch«, Lächeln Nummer sechs, gib den Untergebenen ein gutes Gefühl, »wie schnell man in Ihrem Job gekündigt werden kann. Ein Arbeitgeber ist da grundsätzlich zu wenig. Und wie gesagt, wenn ich mal ganz oben bin, werde ich einen verdammt guten Staubsauger brauchen, bei all dem Müll, den ich hinterlasse.«

»Ihr Hund friert.« Kohelka wickelte seinen schwarzen Schal vom Hals und warf ihn Steinfeld zu.

Dann drehte er ab und trabte mit derselben Geschwindigkeit, mit der er seine täglichen zwanzig Kilometer abspulte, über das Feld zum Waldrand zurück.

Steinfeld stolperte hinterher, Reuschs verdreckten, zitternden Hund im Arm. Er war erschöpft, aber es war ihm nicht möglich, langsamer zu gehen. Er lief der über den Baumwipfeln untergehenden Sonne entgegen, als habe die ihm das Leben gerettet.

Die meisten Jagdteilnehmer hatten sich inzwischen auf einer Lichtung versammelt. Die erlegten Tiere waren in eine Reihe gelegt, ihre bluttropfenden Mäuler mit Tannenzweigen geschmückt worden. Das Personal hatte Zelte und Bänke aufgebaut. Kohelka trat auf die Lichtung. Auf Dents Wunsch hatte er von ein paar ehemaligen GSG-9-Kameraden einige Straßenprostituierte in einem Minivan herbeikarren lassen, der auf dem durch die Jeeps aufgewühlten Feldweg zweimal stecken geblieben war und von den fluchenden Exkameraden Kohelkas mit Ästen und viel Muskelkraft befreit werden musste. Kohelka hatte Dents Geschmack exakt getroffen. Die Mädchen verfügten über erstklassige Körper und gewöhnliche Dutzendgesichter. Normalerweise kassierten sie auf dem Frankfurter Straßenstrich fünfzig bis achtzig Mark pro Fick. Je schmutziger, desto besser. Claudia war nicht dabei. Die war für so etwas zu exklusiv. Außerdem hatte Kohelka es für ratsam gehalten, sie vorläufig aus der Schusslinie zu nehmen. Dents Misstrauen schnappte zu wie eine Muräne, und wenn er jemanden erst mal zwischen den Zähnen hielt, war es schwer, seine Kiefer wieder aufzubrechen. Kohelka hatte vor dem Einsatz an die Mädchen, die wollten, eine Prise Gratiskoks verteilt. Sie wollten alle. Jetzt wurden sie von den Jagdteilnehmern lachend durchs Geäst gescheucht. Unter ihren Fellmänteln und Anoraks trugen sie farbige Trikots, die sie zwischen den Bäumen wie bunte Vögel aussehen ließen. Erste Paare fanden sich. Kohelka beobachtete, wie Dent eine Nutte bestieg. Das Mädchen lag regungslos auf seinem Mantel im Schnee, sein Gesicht wirkte auf dem dunklen Haarteppich, als läge es in einer Blutlache. Der kleingewachsene Dent sah aus wie ein Käfer, der ein Stück Aas bestieg. Er schien nur noch aus Lippen, Füßen, Fingern und Gier zu bestehen. Kohelka vermisste den Sucher seiner Kamera. Trotzdem fühlte er, wie er einen Steifen bekam.

Reusch befand sich am Fuß eines Hochsitzes. Sein Vater war einem der Mädchen nach oben gefolgt und beschlief sie von hinten. Eines seiner Hosenbeine hing wie eine schlaffe Fahne nach unten.

»Mein Hund säuft ab!«, schrie Reusch nach oben.

»Dann spring halt hinterher, du Depp!«, brüllte Reusch senior nach unten und stieß zu, dass die Holzpflöcke des Unterstands zitterten. Reuschs Gesicht sah aus, als würde er gleich losheulen.

Eines der Autoradios verkündete Rehmers Rücktritt. Jubel unter den Jagdteilnehmern. Ein besoffener Bauunternehmer aus Hessen verfolgte Keppler mit einem blutigen Hirschkopf. Steinfeld betrat mit Reuschs Hund den Jagdplatz. Ein Aufsichtsratsmitglied von VAG schoss vor Freude über Rehmers Rücktritt in die Luft. Steinfeld überreichte Reusch erschöpft seinen total verdreckten Hund.

»Hier, trockne ihn ab.«

Der Hund leckte Reusch die Hände. Steinfeld wollte sich abwenden und zu einem der Jeeps gehen. Reusch hielt ihn fest.

»He, ich vergess dir das nie, mit meinem Hund.«

»Immer wenn du was nicht vergisst, wird's gefährlich.«

Es war wirklich schwer zu sagen, ob Reusch ihm eine Falle gestellt hatte oder nicht. Steinfeld beschloss, ihm bei Gelegenheit klarzumachen, in welche Gefahr er ihn gebracht hatte. Das würde Reuschs schlechtes Gewissen verstärken und ihn zu neuen Höchstleistungen antreiben. Reusch würde sich nicht nur einmal bewähren müssen, ehe Steinfeld ihm wieder seine Gunst schenkte. Aber im Augenblick interessierte Reusch ihn nicht. Er hatte die Jagd überlebt, das war das Entscheidende. Dent sah das genauso. Er war so perplex, dass Steinfeld noch lebendig über die Lichtung spazierte, dass er den Beischlaf mit seiner Nutte unterbrach. Nachdem er mindestens zehn Sekunden einfach nur Steinfeld hinterhergestarrt hatte, begann sich das Mädchen im Schnee unter ihm zu regen. »Entschuldigung, geht's jetzt weiter oder kann ich aufstehen? Is nämlich arschkalt unter dir.«

Dent schlug ihr ins Gesicht. »Verpiss dich, blöde Kuh.« Weitere Schläge folgten. Es war, als habe irgendjemand einen Schalter in ihm umgelegt.

Kohelka brachte den Schalter mit einer Handbewegung wieder in Normalstellung. »Hehe, langsam. Ich hab für die Mädels gebürgt. Ich muss die unbeschädigt zurückbringen.«

Dent starrte ihn wütend an. Kohelka gab ihm noch eine Sekunde, dann lösten sich seine Finger von Dents Handgelenk.

»Man kriegt nicht immer das vor die Büchse, was man will.«

Kohelka sah zu dem Jeep. Steinfeld saß bei offener Beifahrertür im Wagen und lauschte Rehmers Rücktritt im Radio. Sein Rücken war leicht gekrümmt, es wirkte beinahe, als spräche er ein stummes Reuegebet.

»Is nun mal so auf der Jagd.«

Dents Gesicht sah aus wie zusammengeklebt vor Wut.

»Sie können in Zukunft bestenfalls als mein Fahrer arbeiten«, zischte er, »oder gleich gehen.«

»Dafür weiß ich doch viel zu viel«, erwiderte Kohelka gelassen. Zu der Antwort hatte ihm Richter geraten. »Da wär ich ja glatt unterqualifiziert.« Er schob sich einen Kaugummi in den Mund. Himbeergeschmack. »Ich bin bei meiner Oma aufgewachsen. Die hat immer gesagt: Es kommt auch noch ein anderer Tag.«

Er sah wieder zu Steinfeld hinüber. Der Mann war ihm nicht unsympathisch. Auch er hatte sich in letzter Zeit öfter überlegt, einen Hund anzuschaffen. Trotzdem, wenn Richter ihm nicht das Gegenteil befohlen hätte, gäbe es Steinfeld jetzt nicht mehr. Er sah Dent wieder an. Dann ließ er eine kleine Kaugummiblase platzen.

13. Kapitel: Januar 1975

Helms wartete die ersten Januartage ab, bis er Dent in seinem Büro empfing, beinahe so, als wollte er den Beteiligten die Kulanz der Weihnachtsfeiertage einräumen, ehe er die Rechnung präsentierte. Sein Schreibtisch war noch mit einem kleinen Adventskranz geschmückt, die Stühle so anmutig und unbequem wie immer. Er schüttelte Dent herzlich die Hand, der umgehend zum Kern der Sache kam. Nach reiflicher Überlegung sei er nun doch bereit, sein VAG-Aktienpaket zu angemessenen Bedingungen an die Hermes-Bank abzutreten. Helms war erfreut, das zu hören. Dent warf einen Blick auf das neue Gemälde hinter Helms' Stuhl. Es ersetzte den Tizian, der fünf Stockwerke tiefer in die Kreditabteilung gewandert war. Der goldene Himmel schimmerte wie ein Schatz über der kargen Landschaft des Malers Friedrich. Dent erkannte das Gemälde aus dem Kanzleramt sofort wieder.

»Ich nehme an, das Bild konnten Sie auch günstig erwerben.«

Helms drehte seinen Stuhl und sagte mit dem Rücken zu Dent: »Ich hoffe, das Schicksal seines Vorbesitzers färbt nicht auf meine Bank ab.«

»Der Mann hatte unendlich schlechte Berater.«

»Er hatte vor allem einen unendlich schlechten Innenminister.«

»So etwas könnte Ihnen nicht passieren.«

Es entstand eine lange Pause, in der Helms jeden Pinselstrich seines neuen Besitzes genoss und Dent verinnerlichte, wie leicht die politischen Mehrheitsverhältnisse der Republik über einen FDP-Innenminister und seine Fünfprozentpartei zu beherrschen waren.

»Nein«, sagte Helms schließlich, »meine Bank wird besser gemanagt«, kleine Pause, »als das Kanzleramt.«

Dent hatte den Subtext verstanden. Schilling war Rehmers verflossener Manager im Kanzleramt. Er war der Erpresser. Helms hatte ihm die Information so zugespielt, dass hundert Staatsanwälte hätten mitschreiben und doch nicht das Geringste nachweisen können. Die elegantesten Verbrechen waren die, die man innerhalb der bestehenden Rechtsordnung beging. Helms beherrschte wie kein anderer die Kunst, die Codes zu handhaben, und jeder, der mit ihm Geschäfte machen wollte, musste sie verstehen. Dent verstand sie. Und Helms wusste, was Dent tun würde.

»Dann sind wir uns einig«, sagte Dent. »Sie erwerben 25 Prozent meiner VAG-Aktien zum aktuellen Börsenpreis plus 20 Prozent.«

»Zehn Prozent«, korrigierte Helms. »Wir wollen doch keine Turbulenzen auslösen.« Er kam mit leicht tastenden Schritten um den Schreibtisch herum und schüttelte Dent erneut die Hand. »Ich freue mich, Ihnen in dieser Sache helfen zu können.«

Die verklausulierte Aufforderung zu gehen. Dent verabschiedete sich und wandte sich der Tür zu.

»Ach, übrigens«, schickte Helms ihm hinterher, »Steinfeld lässt Ihnen ausrichten, in seinem Sekretariat liegt noch ein kleines Paket für Sie.«

Dent bedankte sich und ging. Helms trat vor das »Gehege von Dresden«. Bevor er starb, würde er dort noch einmal spazieren gehen. Nach der Wiedervereinigung. In den Nachrichten wurde zum ersten Mal erwähnt, dass die SPD vermutlich den bisherigen Verteidigungsminister Seebald zu Rehmers Nachfolger bestimmen würde. Seebald gehörte zum konservativen Flügel der SPD, galt als intelligenter Pragmatiker und begabter Organisator. Nur wenige Eingeweihte wie Helms wussten, dass Seebald im Gegensatz zu Rehmer eines der wichtigsten Mitglieder der so genannten Atlantikbrücke war, eines elitären Vereins aus Spitzenpolitikern und Wirtschaftsmagnaten, dem selbstverständlich auch Helms angehörte und der es sich zur wichtigsten Aufgabe gemacht hatte, die Beziehungen zu den USA auf politischer und wirtschaftlicher Ebene auf das Engste zu pflegen. Helms summte einige Takte von »Oh du schöner Westerwald« und lächelte zufrieden. In wenigen Minuten würde er mit Steinfeld die wichtigsten Weichenstellungen für die kommende Woche besprechen.

Steinfeld traf Dent in seinem Sekretariat. Seine Sekretärin hatte Dent gerade ein unscheinbares Briefpaket ausgehändigt, unter dessen braunem Papier sich die Konturen einer Videokassette abzeichneten. Die Begrüßung verlief kurz, herzlich, nichtssagend. Steinfeld wusste, der Preis, auf den sich Dent mit Helms verständigt hatte, machte ihn für alle Zukunft für Dent zu einem Todfeind.

Gegen zehn Uhr abends fuhr Steinfeld nach Hause. Sein Chauffeur war an einer Grippe erkrankt und er hatte Ersatz abgelehnt. Gelegentlich war es erfrischend, etwas Alltägliches wie ein Auto zu steuern mal wieder selbst zu erledigen. Er fragte sich, wie viele Spitzenmanager der Republik wohl überhaupt noch in der Lage waren, ein Auto zu steuern. Dem Vernehmen nach konnten einige nicht mal mehr ein öffentliches Telefon benützen oder ein Überweisungsformular ausfüllen.

Die Besprechung mit Helms war konstruktiv verlaufen. Sie waren sich einig, dass Seebald versuchen würde, die Rezession durch Aufstocken der öffentlichen Aufträge zu überwinden. Damit würde die Binnennachfrage angekurbelt und die Staatsverschuldung erhöht. Das bedeutete lukrative Schuldzinsen für die Banken, ein lebhaftes Anleihegeschäft.

»Wir leben über unsere Verhältnisse«, hatte Helms gesagt. »Irgendwann wird das Volk diese Zeche bezahlen müssen. Aber das werde ich nicht mehr erleben.«

Steinfeld stellte das Radio an, eine erste kurze Stellungnahme von Seebald. Er plädierte für höhere Staatsausgaben. Steinfeld lächelte. Das gelbe Schild eines Ortsausganges glitt vorbei, Steinfeld beschleunigte. Trotzdem war der Wagen, der im Ort noch mit mindestens hundert Metern Abstand zurückgeblieben war, plötzlich dicht hinter ihm. Steinfeld dachte unwillkürlich an Dent, dann an Schilling. Er gab Gas. Die Scheinwerfer des Verfolgerautos schienen sich durch seine Heckscheibe zu bohren. Er spürte einen leichten Ruck. Man hatte ihn gerammt. Aus seinem Unbehagen wurde Angst. Er gab Vollgas und schaltete die Halbautomatik hoch. Die Reifen drehten auf der regennassen Fahrbahn kurz durch, ehe sie wieder Haftung fanden, der Wagen machte einen Satz nach vorne in die Dunkelheit. Der Mittelstreifen flog viel zu schnell links an ihm vorbei. Er vermutete irrtümlich eine herannahende Kurve, verriss das Steuer, die Limousine schlingerte leicht. Instinktiv ging er etwas vom Gas, der andere Wagen setzte sich neben ihn. Steinfeld bremste scharf, vergeblich. Der andere Wagen bremste ebenfalls und drückte mit einem scharfen Rechtsruck Steinfelds Auto von der Straße.

Er hatte Glück. Die Wiese neben der Straße war eben, kein Graben. Der Wagen drehte sich wie ein Kreisel auf dem nassen Gras. Hilflos zerrte Steinfeld am Lenkrad. Das andere Auto, eine Limousine derselben Marke, war ebenfalls in die Wiese gefahren und stieß noch einmal gegen ihn, diesmal sanfter, beinahe spielerisch. Als die Scheibenwischer wieder klare Sicht gewährten, erkannte er hinter dem Steuer Katharina. Sie hob ironisch die Hand. Für den Bruchteil einer Sekunde hielt er sie für eine Halluzination. Dann fuhr sie erneut gegen seinen Wagen. Das Krachen des Blechs löste zunächst Erleichterung in ihm aus, dann Wut. War sie jetzt völlig durchgeknallt? Gleichzeitig musste er lachen. Er gab Gas und fuhr mit durchdrehenden Reifen in ihren Wagen. Ihr Kotflügel verwandelte sich in eine Hügellandschaft. Sie stieß zurück, nahm Anlauf und krachte in seine Beifahrerseite. »Wie rücksichtsvoll«, dachte er, wendete und stieß in ihr Heck. Die Sache begann, Spaß zu machen. Ihr Wagen machte einen Satz nach vorne. Sie wendeten beide, nahmen etwas zu viel Anlauf und fuhren aneinander vorbei, sodass die Zierbleche funkensprühend gegeneinander schrammten und wegflogen. Als ihre Gesichter auf gleicher Höhe waren, blickte er durch das Seitenfenster hinüber. Sie lachte und ihr Lachen flog auf seinen Mund. Mit jeder weiteren Kollision stieg sein Begehren. So sehr, dass seine Beine anfingen zu zittern. Ihre Beine zitterten nicht. Sie betätigten Gas und Kupplung mit einer Kaltblütigkeit, die Erfolg garantierte. Sie hatte lange gezögert, war in immer neue, amüsante Amouren ausgewichen, über denen jedoch stets die Angst und die Sehnsucht nach Steinfeld schwebten. Heute Nacht würde sie es beweisen. Sie konnte jeden Mann haben, auch den, der durch seine Homosexualität unerreichbar schien. Sie krachte mit einer Wucht in seine Front, dass sein Motor erstarb. Vergeblich drehte er den Zündschlüssel. Katharina fuhr neben ihn, ließ die Scheibe herunter. Ihre grünen Augen glänzten betrunken.

Steinfeld grinste. »Sie sollten in dem Zustand nicht fahren.«

»Sie haben mich ja nicht mehr besucht. Da musste ich den Kasten alleine leer trinken.« Spöttisch musterte sie den Schaden, den sie angerichtet hatte. »Ein Jammer um den schönen Wagen.«

»Gehört der Bank.«

Er packte sie durch das offene Seitenfenster und küsste sie heftig. Sie saugte seine Zunge tief in ihren Mund, streichelte und liebkoste sie mit ihren Zähnen. Scharfe, gefährliche Werkzeuge, die sie virtuos einsetzte. Sie löste sich von ihm. Sein Speichel glänzte auf ihren Lippen.

»Ich bin noch nie von 'nem Schwulen geküsst worden.« Ihre Augen blätterten ihn auf wie ein Buch. »Wie aufregend.«

»Ich gebe zu«, versetzte er atemlos, »trotz meiner homophilen Neigungen fiel es mir relativ leicht, mich in Sie zu verlieben.«

»Soll das ein Kompliment sein?«

»Nein, eine Aufforderung zur Geschlechtsumwandlung.«

Steinfeld wollte sie erneut küssen, da entdeckte er aus den Augenwinkeln im Halbdunkel am Straßenrand einen weiteren Wagen und einen Mann. Im Scheinwerferlicht erkannte er Richter, Katharinas Aufpasser. Katharina, die die Augen bereits wieder geschlossen hatte, schlug sie auf und folgte, unwillig über die Unterbrechung, seinem Blick. Sie winkte ab.

»Mein Ballermann. Ist immer das Gleiche. Er muss sich bewähren, deswegen muss er erst mal mich bewachen. Paps meint, wenn er die Aufgabe bewältigt, schafft er alles.«

Sie wollte Steinfeld erneut küssen, der hielt ihr Gesicht fest.

»Der ist nicht wegen Ihnen hier, sondern wegen mir.«

»Rauben Sie mir nicht die letzten Illusionen.« Ihre Lippen bewegten sich dicht vor seinen. »Ich erwarte von meinem Vater wenigstens, dass er mich beschützen lässt.«

Sie entzog ihm ihr Gesicht, um sich gleich darauf wieder zu nähern. Richter schien sie nicht im Geringsten zu stören.

»Glotzt der jetzt die ganze Zeit hier runter?«

»Na und? Er beschützt uns eben.«

»Egal wen er beschützt, mich nervt er.«

»Ist alles zu Ihrer Sicherheit«, flüsterte sie spöttisch und steckte ihre Zunge in sein Ohr.

»Sicherheit in der Liebe? Ist doch langweilig.«

Verwundert verfolgte sie, wie er ausstieg und über die Wiese zu Richter marschierte. Richter erkannte ihn, begrüßte ihn freundlich. Steinfeld erwiderte seinen Gruß. Dann schlug er ihm seine Faust gegen das Kinn.

Der Schlag kam für Richter so überraschend, dass er zu keiner

Gegenwehr fähig war. Steinfeld setzte mit derselben Hand noch einen Schlag hinterher, Richter taumelte zu Boden. Steinfeld ging zu Katharina zurück, die beide Hände an die Wangen gelegt hatte und laut lachte. Er setzte sich auf ihren Beifahrersitz und rieb sich die schmerzende Hand, die rasch anschwoll. Katharina blies voll gespielten Mitgefühls über seine geschwollenen Knöchel. Dann lachte sie noch lauter.

»Ich denke, Sie haben mal unter Tage gearbeitet.«

»Ist eben schon 'ne Weile her.«

Sie fuhren mit Katharinas Auto auf die Straße zurück. Sie beschleunigte und versuchte zu schalten. Das Getriebe ging schwer, war offensichtlich kaputt. Steinfeld musste schalten. So hatte jeder eine Hand frei.

»Sie fahren doch normalerweise 'n roten Alfa.«

»Der war mir dafür zu schade. Ich hab den von meinem Vater genommen.«

Seine Finger suchten die weiße Haut, die sich unter ihrem Kleid verbarg. Die Innenseite ihrer Schenkel schimmerte hell. Er schloss kurz die Augen, um sie besser fühlen zu können.

»He, ich denke, Sie sind verletzt.«

Ihre Lippen sprangen ihm erneut entgegen. Ein entgegenkommendes Fahrzeug konnte ihnen in letzter Sekunde ausweichen. Steinfeld schlug vor anzuhalten.

»Ist doch langweilig.« Sie keuchte vor Lust, öffnete seine Hose. Sie gab Gas, nahm einhändig und schleudernd eine Kurve. Steinfeld lachte. Er war so erregt, dass es schmerzte. Ihr Gesicht wich vor ihm zurück. Sieh auf die Straße, wollte er schreien, aber er brachte keinen Ton heraus. Ihre Erregung floss durch ihre Fingerspitzen in ihn und katapultierte seinen Verstand aus dem Kopf. Plötzlich die Stimme im Radio. Zunächst hörte er nur »Schilling« und »Herzversagen«. Sie zuckten voreinander zurück, als hätten sie etwas Verbotenes getan. Die vollständige Meldung lautete: Der ehemalige Staatssekretär im Kanzleramt, Hans Dieter Schilling, war am Nachmittag während eines Dauerlaufs am Strand einem Herzinfarkt erlegen. Ein weiterer Satz stellte die tragische Verbindung zu Rehmers Rücktritt her. Sie sprachen kein Wort. Ihre Augen bannten einander. Er versuchte, die Handbremse zu ziehen. Sie hielt seine Hand fest, drückte sie weg, massierte ihn weiter, bis sich nicht mehr nur ihre Körper, sondern ihre Seelen ineinander krallten, für den einen nach Ewigkeit lechzenden Augenblick, der immer nur Sekunden dauerte. Es gibt nur mich, hypnotisierten ihn ihre Augen, ihre Lippen, jede Faser ihres Körpers, ob du es willst oder nicht, jetzt gibt es nur mich, und er suggerierte mit jeder seiner Bewegungen Einverständnis. Wenn unsere Leidenschaft selbst diese Nachricht besiegt, sind wir füreinander bestimmt. Ihm war, als sinke er auf den Grund ihrer grünen Seen. Ganz weit hinten lief Heinrich durch seinen Kopf.

Am nächsten Vormittag um neun saß Steinfeld auf einem Plastikstuhl im Flur der Frankfurter Universitätsklinik. Die Neonlichter spiegelten sich wie Lichtpfützen auf dem Linoleumboden. Carola saß neben ihm. Es war nicht die Carola, die er kannte. Ihm war, als hätte man sie durch eine Drehtür ins Jenseits und wieder zurück geschickt. Ein Pathologe tauchte auf und erläuterte ihnen den Obduktionsbefund. Er fasste seine gerichtsmedizinischen Erkenntnisse in folgendem Satz zusammen: Schilling, fünfundvierzig Jahre alt, bei ärztlichen Routineuntersuchungen nie negativ aufgefallen, war beim morgendlichen Dauerlauf am Strand an Herzversagen gestorben. Keinerlei Anzeichen von Fremdeinwirkung. »Das sind die Fakten«, murmelte er beinahe verlegen unter Steinfelds Blick. Ja, dachte Steinfeld, das sind die Fakten. Fakten, aus denen sich irgendwann die Nachkriegsgeschichte dieser Republik zusammensetzen wird. Nur nicht dahinter blicken, sich nur nicht im Gestrüpp von unbewiesenen Gerüchten, Kolportagen, Unterstellungen verirren. Auch für sein Gewissen und seine Karriere war es besser, nicht an einer natürlichen Todesursache zu zweifeln.

»Er hat sich so sehr über Rehmers Rücktritt aufgeregt«, hörte er Carolas Stimme leise neben sich. »Ich hätte nicht zulassen dürfen, dass er zum Laufen geht.« Ihre letzten Worte gingen in neuen Tränen unter. Steinfeld schloss die Augen und sah Schilling in seinem roten Trainingsanzug am Strand liegen. Er hatte beim Laufen immer noch denselben Anzug getragen wie beim Aufwärmen vor ihren gemeinsamen Ringkämpfen. Spartakus und Ikarus. »Ich bin überhaupt nicht mehr in Form«, hörte er Schilling sagen. Wie lange war das her, dass er ihn zum letzten Mal spaßhaft herausgefordert hatte? Die Nacht der Bundestagswahl, Schilling im Zentrum der Sonne.

Hilflos nahm er Carolas Hand und zuckte zusammen, als eine

ihrer Tränen auf seine Haut fiel. Er konnte nicht verhindern, dass sie ihn an die Berührungen Katharinas erinnerte. Er sehnte sich danach, erneut von Katharina berührt zu werden. Er erhob sich und führte Carola nach draußen. Die Neons schienen in regelmäßigen Abständen auf ihre Köpfe.

Am schlimmsten war der graue Nachmittag zu Hause. Die rasch hereinbrechende Dunkelheit, die draußen vor die Fenster glitt, schien plötzlich durch die Scheiben zu fließen, im Raum aufzusteigen und ihn in sich aufzusaugen. Er machte Licht. Zum ersten Mal stellte er fest, dass er sich in den letzten fünf Jahren kein einziges neues Möbelstück angeschafft hatte. Wozu auch? Die Zeit, die er jährlich in wachem Zustand in dieser Wohnung verbrachte, ließ sich in Stunden berechnen. Ihm genügten Schlafzimmer und Bad, den Rest seiner Wohnung kannte er eigentlich überhaupt nicht mehr, bis auf eine Ausnahme. Steinfeld setzte sich an den Tisch, den er mit liebevoller Ironie als Hausaltar bezeichnete. Im Laufe der Jahre hatte sich einiges angesammelt: Fotografien von Moskau, Leningrad und Baku, der Kaukasus, die Bilder einer Elbrusbesteigung mit Semjuschin, einige Lithografien russischer Künstler, selbst gebastelte Kindergeschenke von Vera, Geschenke ihrer Eltern. Steinfeld betrachtete ihr Selbstporträt, das Semjuschin ihm vor sechs Monaten mitgebracht hatte. In seinem neuen Farbfernseher lief im Hintergrund ein Interview mit Rehmers Nachfolger Seebald. Seebald argumentierte klug und sachlich für eine NATO-Nachrüstung gegen die drückende Überlegenheit des Warschauer Paktes. Man dürfe sich nicht erpressbar machen. Seine Kompetenz wurde durch seine ehemalige Funktion als Verteidigungsminister unterstrichen.

Steinfelds Blick wanderte von der Kohlezeichnung zu einer Fotografie der inzwischen dreizehnjährigen Vera. Es war immer wieder erstaunlich, wie viel schneller Mädchen erwachsen wurden als Jungen. Und dieses Mädchen war bereits sehr erwachsen. Obwohl noch keine wirklich gute Malerin, war es ihr gelungen, Steinfeld hätte nicht beschreiben können, wie, ihre Seele auf der Kohlezeichnung festzuhalten. Die Betrachtung ihres Porträts schuf einen der wenigen magischen Momente in seinem Leben, und er war Vera unendlich dankbar für den Erlösungsvorgang, der in ihm stattfand, als er ihr jugendlich ernstes Gesicht um Verzeihung bat für alles, was er getan hatte und noch tun würde. Es war ihm völlig gleichgültig, wie verlogen und opportunistisch dieser Augenblick war, er hatte ihn dringend nötig und er tat ihm gut. Das war die Hauptsache. Er machte sich ein verspätetes Weihnachtsgeschenk und öffnete eine weitere Holzpuppe.

Die Beerdigung Schillings war ein Staatsakt. Der kleine Friedhof eines Frankfurter Vorortes, auf dem auch seine Eltern begraben waren, konnte die Trauergäste kaum fassen. Rehmer hielt eine erschütternde Trauerrede. In feinen Worten gab er sich eine Mitverantwortung an Schillings Tod, weil er möglicherweise die Hoffnungen, die Schilling in ihn gesetzt hatte, nicht hatte erfüllen können. Nach der Ansprache des Pfarrers, der Schilling konfirmiert hatte, führte Steinfeld Carola zum Grab ihres Mannes. Er musste sie stützen, denn sie konnte vor Schmerz nicht alleine gehen. Als sie an das offene Grab traten, erinnerte sich Steinfeld an seine Lieblingslektüre auf der Napola. Er hatte sie Heinrich häufig vorgelesen: die Nibelungen. Hagen, der vor den Augen Kriemhilds an Siegfrieds Bahre trat. Sollte Schillings Herz anfangen zu bluten, so würde das zumindest keiner sehen. Er lag in einem schwarz lackierten Holzsarg. Das Wasser tauender Schneeflocken sammelte sich auf dem Grund der Grube.

Steinfeld spürte, wie Katharina, an der Seite ihres Vaters unter den Trauergästen, ihn beobachtete. Er suchte ihren Blick, sie wandte sich ab. Was sie befürchtet hatte und wovor sie jahrelang geflohen war, war geschehen. Die Leidenschaft für Steinfeld hatte sie wie eine Sucht ergriffen. Sie hätte es obszön gefunden, ihn jetzt anzusehen. Nicht weil Schilling gestorben war, sondern weil sie neben ihrem Vater stand und seine Hand gefasst hielt. Beinahe wie zum Schutz vor dem Sog, der sie zu diesem vielgesichtigen Mann hinzog. Denn er konnte mehr Mann sein als jeder andere, den sie bisher getroffen hatte. Sie errötete bei dem Gedanken. Das war ihr noch nie passiert. Steinfeld war beileibe nicht der einzige Mann auf dieser Beerdigung, mit dem sie intim gewesen war. Aber die anderen Männer hatte sie so selbstverständlich genommen, wie man Nahrung zu sich nimmt. Sie alle waren nur eine unvollkommene Vorbereitung auf Steinfeld gewesen. Er rührte auf eine ihr rätselhafte Weise an die Beziehung zu ihrem Vater. Es fühlte sich beinahe so an, als seien sie Geschwister und kämpften um seine Liebe. Immer wenn ihr Vater sie im Stich ließ, kämpften sie gegeneinander. Und je mehr sie gegeneinander kämpften, umso heftiger und auswegloser wurde ihre Leidenschaft. Sie musste sich von Steinfeld fern halten! Helms registrierte unbarmherzig Steinfelds Blick zu Katharina.

»Er sieht aus, als wäre es seine eigene Beerdigung.«

»Ich finde, er sieht gut aus«, sagte seine Tochter. »Wie immer.«

»Die Sache hat ihn sehr mitgenommen.«

Sie wusste, was er von ihr wollte. Und sie würde es tun. Unter dem Vorwand, seine folgsame Tochter zu sein, den Garten des Bösen betreten, denn etwas hatte sich in Steinfeld durch den Tod Schillings grundlegend verändert, das hatte sie längst begriffen, und auch wenn sie den Gedanken zu verscheuchen suchte, so war es doch genau diese neue Dimension der Macht, die sie fürchtete und zu der sie sich zugleich magisch hingezogen fühlte. Nicht umsonst war Schillings Tod untrennbar mit dem ersten Akt ihrer gemeinsamen Leidenschaft verbunden. Ihre Hand löste sich vom Arm ihres Vaters und sie ging auf Steinfeld zu. Heftiger Schneefall ließ die Bäume über den Gräbern erbleichen. Steinfeld spürte ihre Hand, leicht wie ein herabfallendes Blatt auf seinen Fingerspitzen. Er bedankte sich für ihre Anteilnahme, beinahe wie ein Fremder.

Gemeinsam spazierten sie über den Friedhof, mit einem plötzlichen scheuen Lächeln, als gäbe es die ganze Trauer um sie herum nicht mehr. Jedes Wort von ihm stimmte, jede Geste, seine kurze Berührung ihrer Hand, respektvoll und gleichzeitig ein kleiner Stromschlag, der an ihr Autoabenteuer erinnerte. Es war unheimlich. War das Steinfeld oder nur eine Matrix, die er sich überstülpte? Sie befürchtete, sich in eine seiner Masken verliebt zu haben, und konstatierte gleichzeitig spöttisch, etwas anderem hätte sie sich gar nicht hingeben können, denn sie war zu sehr von ästhetischen Normen geprägt, um sich in ein unverfälscht rohes Gefühl verlieben zu können. Es musste ein perfekt geschliffenes, in allen Schaufenstern der Eitelkeit funkelndes sein. Ihr Vater hatte ihn über all die Jahre nicht zuletzt für sie erzogen. Und doch griff hinter all dieser ausgestellten Eleganz ein kalter Abgrund nach ihr, der ihr wie ein magisches Auge entgegenblickte, denn noch nie hatte sie sich so sehr danach gesehnt, endlos zu fallen, wie mit ihm.

Sein Gesichtsausdruck wechselte wie das Licht zwischen den Wolken am Himmel. Er war wie seine russischen Puppen geworden. Er war, was er vorgab zu sein.

Sie sah ihn an und er verwandelte sich in ihre erste große, atemlose Liebe, die vor Angst und Erwartung zitterte. Der Primaner, schoss es ihr durch den Kopf, Oliver, dessen jugendlichen Körper ihre Mutter in ihrer hilflosen, verzweifelten Sucht nach Selbstauflösung von ihr fort und an sich gerissen hatte.

»Ich bin mir nicht ganz im Klaren darüber, ob Sie gewinnen oder verlieren wollen«, suchte sie hinter ihrem spöttischen Sarkasmus Deckung.

»Das weiß ich oft selbst nicht.«

»Wahrscheinlich gewinnen Sie deswegen.«

Je ehrlicher und offener er war, umso größer wurde ihre Angst vor ihm.

»Ich muss Sie heiraten«, sagte er und versperrte ihr damit jeglichen Fluchtweg.

Sie schüttelte heftig den Kopf.

»Ich kann nicht«, sagte sie. Er sah tatsächlich aus wie ein unschuldiger Primaner, der um die Hand seiner Liebsten anhielt. Die Tränen der Rührung in seinen Augen waren so echt, dass sie sich auf der Stelle wieder nach etwas mehr gespielter Eleganz sehnte. Ihre Augen suchten unwillkürlich den Blick ihres Vaters. Der schüttelte Rehmer die Hand, kehrte ihr den Rücken zu. Sie fühlte sich im Stich gelassen, schwach. Warum verlangte ihr Vater das von ihr? Warum konnte nicht alles weitergehen wie bisher? Sie war doch ganz die strahlende, erwachsene Tochter geworden, die er sich gewünscht hatte. Warum ließ er ihr nicht einen letzten Winkel, in dem sie Kind bleiben konnte? Erneut dachte sie an ihre Mutter, sie fühlte sich missbraucht, beschmutzt. Die Küsse von Steinfeld, die in der letzten Woche verblasst waren, begannen wieder auf ihrer Haut zu brennen.

»Ich muss Sie heiraten«, wiederholte Steinfeld. »Ich muss!«

»Alles was ich getan habe«, hämmerten die Worte in ihm weiter, »bekommt nur einen Sinn, wenn ich dich dafür bekomme.«

»Ich kann meinen Vater nicht im Stich lassen.«

»Du willst deine Mutter ersetzen.«

»Nein!« Es klang schärfer, als sie gewollt hatte. Es war lächerlich, aber dass er nun auch in der persönlichen Anrede intim wurde, erfüllte sie mit derselben wilden Wut, die sie gegen die Erziehungsmaßnahmen ihres Vaters empfunden hatte. Sie hätte um sich schlagen können, aber wie immer bezähmte sie sich.

»Es ist anders als damals«, sagte er leise. »Du bist nicht deine Mutter und ich bin nicht einer deiner Schulkameraden.«

Natürlich, er war klug und einfühlsam genug, um die Wahrheit zu begreifen. Sie schien neben sich herzugehen und sich zu beobachten, jedes ihrer Worte unerbittlich zu überprüfen, während sie zum ersten Mal jemandem diese Geschichte erzählte. Wie sie im Garten Schmiere gestanden hatte, während ihre Mutter im Haus die erste Liebe ihrer Tochter verführte. Sie wusste heute noch nicht, wie ihr Vater dahinter gekommen war. Sie war das Gefühl nie losgeworden, dass er ihr die Schuld gegeben hatte. Weil sie nicht einmal in der Lage gewesen war, ihren Liebhaber gegenüber ihrer Mutter zu verteidigen. Sie glaubte heute noch, dass ihr Vater sie deshalb in das Schweizer Internat gesteckt hatte. So hatte er sie immer bestraft, wenn sie in seinen Augen versagt hatte. Auch jetzt hatte sie wieder die Wahl: Steinfeld zu heiraten oder nach Boston zu gehen.

»Deine Mutter hat sich umgebracht«, sagte er unvermittelt.

Er sah, wie sie sich wieder unwillkürlich mit der Hand an die Wange fasste.

»Das ist ein dummes Gerücht«, erwiderte sie heftig. Sie blieb an einer Weggabelung stehen. »Wir müssen keinen Umweg machen. Wir können am Grab meiner Mutter vorbeigehen. Es stört mich nicht.«

Als sie dort angelangt waren, blieb sie kurz stehen. »Ich werde nie, niemals enden wie sie«, sagte sie leise.

Mit einem Mal schien er Mitleid mit ihr zu haben. »Du hast Recht«, sagte er, »du darfst mich nicht heiraten.« Er nannte ihr den Preis, den er gezahlt hatte, um irgendwann Helms' Nachfolger zu werden. Er gestand, was sie bereits ahnte: Dass er seine besten Freunde verraten habe. Dass er mitverantwortlich sei für Schillings Tod. Warum musste er es aussprechen? Seine Worte zerrten ihre dunklen Träume ans Tageslicht, wo sie ihren dämonischen Glanz verloren und nur noch nackt und hässlich vor ihr standen. Zum ersten Mal, seitdem er sie kannte, füllten sich ihre Augen mit Tränen.

»Du wirst unendlich einsam sein«, flüsterte sie.

»So einsam wie Helms«, dachte er, »dein Vater.«

Sie schien es von seinen Augen ablesen zu können. Sie begriff über Steinfelds Geständnis, was sie bisher immer im Bereich dunkler Ahnung belassen hatte: Was ihr Vater alles getan haben musste, um so zu herrschen, wie er es tat. Der Schmerz darüber zeichnete ein feines Netz auf ihr Gesicht. Abrupt wandte sie sich ab und lief über den Friedhof davon. Ihr Kopf verschwand immer wieder in der Geometrie der Grabsteine und verschneiten Bäume. Steinfelds Blick folgte ihr.

»Lauf«, sagte er leise, »lauf weg.«

Sie blieb stehen, drehte sich um, verhielt wie ein Stück Wild zwischen den Bäumen. Steinfeld konnte ein triumphierendes Lächeln nicht unterdrücken. Sie wandte sich ab und ging. Sein Lächeln blieb. Er wusste, sie würde zurückkommen. Sie hatten beide keine andere Wahl. Helms hatte ihn ausgewählt, weil er und seine Tochter füreinander bestimmt waren. Steinfeld blickte zu seinem zukünftigen Schwiegervater, der gemeinsam mit Dent und Ilk den Friedhof verließ. Katharina genügte ihm nicht als Bezahlung für Schilling. Für diese Beerdigung würde Helms bluten.

14. Kapitel: Februar 1975

Zwei Wochen später ließ sich Steinfeld sehr plötzlich und dringend bei Helms anmelden. Die Sekretärin schob ihren »Lieblingsvorstand« zwischen einen verzweifelten Nürnberger Elektrogerätehersteller und einen aufstrebenden Filmrechtehändler, die zufälligerweise derselben Gegend entstammten.

»Ein Vormittag der Franken«, begrüßte Helms Steinfeld. »Ein Dialekt, der es einem schwer macht, objektiv zu bleiben.«

Steinfeld überreichte Helms ein flaches Paket, das unschwer als verpacktes Gemälde zu erkennen war. Er wusste inzwischen, wie gerne Helms Geschenke auspackte.

»Ah, Sie haben von meiner Tochter gelernt, wie man mich am besten besticht.«

Helms riss ungeduldig das Papier auf, zum Vorschein kam ein Totenkopfgemälde von Bruegel. Er setzte seine Dreistärkenbrille auf, die vor ihm auf seinem Schreibtisch lag, und musterte bewundernd die Konturen des Schädels. Der Tod lachte.

»Solche Meisterwerke sind der einzige Grund, aus dem ich es bedauere, mein Augenlicht zu verlieren«, sagte Helms.

»Da gabe es für mich noch einige andere«, erwiderte Steinfeld und warf einen Blick auf Katharinas Fotografie.

»In Ihrem Alter ist das legitim.« Helms hatte sich erhoben und suchte einen passenden Platz für Steinfelds Geschenk an den Wänden seines Büros. In seiner vertrauten Umgebung bewegte er sich mit der Sicherheit eines Sehenden. Steinfeld würdigte die Ehre, dass Helms das Bild in seinem Allerheiligsten aufhängen wollte.

»Vielleicht hänge ich es sogar direkt über meinen Schreibtisch, zu meiner Linken«, sagte Helms.

»So nah sind Sie dem Tod noch nicht«, widersprach Steinfeld.

»Hängen Sie es auf meine Seite, hierher, neben die Kundenstühle.«

»Gute Idee«, stimmte Helms zu. »Selbst die größten finanziellen Sorgen relativieren sich, wenn man vor Augen hat, wie man zwangsläufig eines Tages endet.«

»Ein echter Trost.«

Helms schenkte ihm ein kurzes Lächeln. »Ich möchte nicht wissen«, er warf einen letzten Blick auf das Gemälde, »was Sie dafür von mir wollen.«

»Ich möchte Sie bitten«, sagte Steinfeld ernst, »morgen zu den Anleiheverhandlungen mit mir nach Zürich zu fliegen.«

Helms sah ihn verwundert an. »Das schaffen Sie doch alleine.«

»Nein.« Steinfeld blickte Helms durchdringend an. »Diesmal brauche ich Sie.« Kurze Pause. »Winterstein hält es übrigens auch für eine gute Idee.«

Helms runzelte die Stirn, sah Steinfeld an und stellte fest, dass der seinem Blick inzwischen mühelos standhielt. Seit Adenauer war das keinem mehr gelungen. Er betrachtete erneut das Totenkopfgemälde.

»Das trifft sich gut«, sagte er langsam. »Ich wollte Ihnen dort ohnehin etwas zeigen.«

Der Code Winterstein – Zürich – Totenkopf hatte funktioniert. Winterstein beim Essen zuzusehen war diesmal für Steinfeld mehr als vergnüglich gewesen. Winterstein hatte auf Anhieb begriffen, dass er für den Schachzug, Steinfeld hintergangen und seine Spionin auch noch an Ilk und Dent verkauft zu haben, Steinfeld etwas schuldig war. Und er hatte sich in der Tat großzügig revanchiert. Was er Steinfeld mitteilte, würde dessen Sprung an die Spitze der Bank enorm beschleunigen. Allerdings hatte Winterstein auch diese Information nicht ohne Eigeninteresse preisgegeben. Steinfeld hatte ihm im Gegenzug zugesichert, Winterstein und all die Seilschaften, die wie weitere überflüssige Pfunde an ihm hingen, unter keinen Umständen, vor allem nicht im Falle einer deutschen Wiedervereinigung, im Stich zu lassen.

Steinfeld warf einen letzten Blick auf das Totenkopfgemälde, ehe er sich mit Helms am Flugplatz verabredete. Er wusste, was Helms ihm zeigen würde.

Der Zürichsee zeigte sich von seiner besten Seite. In seinem Uferblau spiegelten sich die Stege und Boote, in der Seemitte die schneebedeckten Alpen. Die Stadt wirkte auf Steinfeld stets wie eine ideale Werbefläche für Nussschokolade, Uhren und Sparbücher. Die Verbindung von Leutseligkeit und Geld besaß eine ungemein beruhigende Wirkung, solange man selbst Geld besaß.

Der Angestellte einer der dreihundertzwanzig in Zürich ansässigen Banken schloss mehrere Gittertüren auf und zog sich dann ehrfürchtig vor dem hohen Besuch aus Deutschland zurück. Steinfeld musterte eine Unzahl von Schließfächern. Sie waren klein, quaderförmig, anthrazitfarben, beinahe wie eine Miniatur von Schillings Sarg. Nur die Blumen fehlten.

»Wie viele Vermögen sind hier deponiert?«, fragte Steinfeld. Seine Stimme hallte leicht in dem hohen Raum. Die Zahl näherte sich nur widerstrebend Helms' Erinnerung.

»Hundertfünfundsiebzigtausend«, erwiderte er schließlich. »Ungefähr.«

»Alle jüdisch?«

»Die meisten.«

»Sind die Ihnen auch alle dankbar?«

»Ich kann den Toten nichts zurückgeben. Wenn sich niemand mit dem entsprechenden Erbschein meldet ...«

»Ich kenne die Schweizer Bankgesetze«, unterbrach ihn Steinfeld. Er wartete noch einen Augenblick, dann formulierte er zum ersten Mal indirekt den eigentlichen Sinn dieser Besichtigung. »Ich werde die Verbindung zwischen dieser Bank und unserem Haus auflösen.«

Helms hatte ihn genau verstanden. Er stützte sich so schwer auf seinen Stock, dass Steinfeld befürchtete, der könnte unter ihm zusammenbrechen.

»Das wird Ihnen nichts nützen. Es existieren Dokumente in den Händen des amerikanischen Geheimdienstes, die beweisen, dass diese Vermögen teilweise während des Krieges von unserem Hause hierher transferiert wurden. Davon habe ich erst während des Nürnberger Prozesses erfahren.«

Steinfeld lächelte sein Lächeln Nummer sieben, serviert mit leicht gehobenen Augenbrauen. Sollte heißen: »Ich glaube dir kein Wort.«

Helms senkte kurz den Blick.

»Komm, du sollst dein ganzes Erbe sehen.«

Zum ersten Mal hatte Helms das familiäre Du benützt. Steinfeld spürte, wie ihm kurz die Luft wegblieb. Er hatte es erreicht. Er war inthronisiert. Helms führte ihn zu einem weiteren Tresorraum, der mit Paletten gefüllt war, auf denen Goldbarren lagerten.

»Die SS hat das kurz vor Kriegsende mit Sanitätszügen des Roten Kreuzes hierher schaffen lassen.« Steinfeld suchte vergeblich nach einer Unsicherheit in Helms' Stimme. Sie klang so ruhig und sachlich wie immer. »Frühere Ladungen hatten sie eingetauscht gegen Öl, Kautschuk, Erze.«

Er musste feststellen, dass er seine eigene Stimme weitaus weniger gut im Griff hatte. Sein Vorgänger hatte ihm immer noch einiges an Kaltblütigkeit voraus. »Kein Wunder«, dachte Steinfeld grimmig und betrachtete das in endlose Reihen von Quadern eingeschmolzene Zahngold. »Er hat ja auch mehr erlebt.«

»Wer ist ›sie‹? Die Auslandsabteilung der Hermes-Bank? Du?«

»Ich hatte davon keine Kenntnis«, erwiderte Helms. »Das musst du mir glauben.« Er spürte Steinfelds Zweifel und versuchte, seine Glaubwürdigkeit durch Privatisierung des Tons zu verstärken. »Herrgott, ich war doch noch nicht mal in der Partei.«

Steinfeld war unsicher, ob er nicht lieber gehört hätte: Ja. Ich habe es gewusst. Wir haben Gewinnmaximierung um jeden Preis betrieben. Aber natürlich war ihm klar, dass er dieses letzte Tor der Wahrheit niemals öffnen würde. Wie viel Helms davon nicht nur gewusst, sondern auch gutgeheißen hatte, das war eines der Geheimnisse, die er mit ins Grab nehmen würde. Und Steinfeld wusste, dass er ihm das zugestehen musste, wenn er sein Nachfolger werden wollte.

»Ich weiß«, entgegnete er verständnisvoll. »Du hast mit dem Kreisauer Kreis sympathisiert und warst nur deshalb nicht aktiv am deutschen Widerstand beteiligt, weil deine Frau es dir verboten hatte.«

Diesen Nadelstich konnte er sich nicht verkneifen. Helms reagierte überraschend heftig.

»Sonst stünde ich heute nicht hier!« Der nächste Satz klang wie eine Drohung. »Glaubst du mir nicht?«

Steinfeld log perfekt: »Doch ... selbstverständlich. Entschuldige bitte. Wieso ist das ... übrig geblieben?«

»'45 traute sich niemand mehr, dieses Gold anzufassen. Der

Schatz, von dem wie vom Schatz der Nibelungen behauptet wird, er sei nur Sage, er existiere nicht. Dieser Schatz liegt nicht auf dem Grunde des Rheins, sondern auf dem Grunde der Seele des deutschen Volkes.«

»Und auf dem Grunde deiner Seele«, dachte Steinfeld. Aber das sagte er nicht. »Wie viele Menschen ... waren das?«

»Wenn man durchschnittlich von zwei Goldfüllungen ausgeht, mindestens achthunderttausend. Ich habe es immer wieder durchgerechnet. Ungarische Juden. Vergast im Frühjahr '45. Ich stehe für immer in ihrer Schuld.«

»Aber über diese Schuld wird nicht gesprochen. Nicht, solange du lebst.« Steinfeld legte kurz seine Hand auf einen der Goldquader. Sie fühlten sich kühl an, metallisch, nicht anders als eine Münze. »Das ist dein Pakt mit den Amerikanern.«

»Und nicht nur mit denen«, dachte Steinfeld weiter. Auch Winterstein hatte ihm die Information nur unter der Voraussetzung gegeben, dass sie ausschließlich intern benützt würde. Wobei Winterstein im Gegensatz zum amerikanischen Geheimdienst ausschließlich im Besitz von Gerüchten, nicht von Beweisen war. Helms reichte ihm die Hand, hielt sie lange. Steinfeld spürte wieder, wie Helms' Blut in seine Adern floss. Sie sahen sich lange in die Augen. Wie bei einem alten Baum glaubte Steinfeld die Jahresringe in Helms' dunkler Iris zu sehen. Aber er konnte weder die Ringe des Jahres '33 noch der Jahre '42 oder '45 erkennen. Sie hätten brennen müssen.

»Du hast den Zeitpunkt richtig gewählt.« Helms drückte Steinfelds Hand noch etwas fester. »Du wirst ein hervorragender Vorstandsvorsitzender sein. Ich gratuliere dir.«

Sie gingen gemeinsam durch die verschiedenen Gittertore zu dem Fahrstuhl, der sie in den Keller der Bank gebracht hatte. Helms hakte sich bei Steinfeld unter.

»Ich denke, wir sollten noch fünf Jahre warten«, schlug Steinfeld vor. »Schon damit niemand die beiden Ereignisse in Zusammenhang bringt.«

Helms verzog anerkennend die Lippen. Selbstverständlich wäre es unklug gewesen, irgendjemandem die Möglichkeit zu geben, einen Zusammenhang zwischen Rehmers Rücktritt, Schillings Tod und Steinfelds Berufung zum Vorstandsvorsitzenden der Hermes-Bank zu vermuten.

»Sonst denkt man noch«, scherzte Helms, als sich die Fahrstuhl-
türen vor ihnen öffneten, »du hast meine Tochter nur genommen,
weil du die Bank kriegst.«

»So reizend, wie deine Tochter ist, wäre das absurd.«

Mit zwei Sätzen waren auch diese neuen Besitzverhältnisse geklärt.

Die Schweizer Bankrituale waren wie eine leicht verblasste Kopie
ihrer eigenen. Ein uniformierter Page brachte sie ins Erdgeschoss,
wo die normalen Tagesgeschäfte wie Schwarzgeldanlage und Geld-
wäsche getätigt wurden, und geleitete sie mit höflichen Abschieds-
worten zum Ausgang. Helms warf einen kurzen Blick auf einen der
Bankberater, der samt zwei mit Aktenkoffern bewaffneten Kunden
im Separee verschwand.

»Es ist besser, wir begehen die Verbrechen, als andere«, knurrte
er. »Wir begehen sie wenigstens mit Verstand.«

Nach dem, was Steinfeld gerade gesehen hatte, konnte er nicht
verhindern, dass ihn fror. Sie tauchten wieder ein in das Licht des
Tages. Es schien so hell und erwärmend, dass sie spontan beschlossen, noch einen kleinen Spaziergang an der Seepromenade anzu-
schließen. Richter und zwei seiner Sicherheitskräfte folgten in eini-
gem Abstand. Sie verfluchten innerlich die beiden Spitzenbanker,
die ihrer Meinung nach mutwillig ihre Sicherheit aufs Spiel setzten,
denn ein offener Raum wie eine Seepromenade war sicherheitstechnisch kaum zu bewältigen. Zu allem Überfluss unterhielten sich
die beiden gar nicht, sondern gingen schweigend nebeneinander her.

»Vergiss nicht«, sagte Helms schließlich ernst. »Nie, niemals darf
die Politik wieder eine so absolute Macht über die Wirtschaft bekommen wie damals. Nur dann kann so etwas nicht mehr geschehen.«

Steinfeld nickte. Es war einer der Sätze von Helms, die sich in
sein Gedächtnis einbrannten. Lehrsätze, nur für ihn persönlich. Sie
warteten in ihm geduldig auf den richtigen Zeitpunkt. Gleichgültig, was Helms getan hatte, er war sein Lehrmeister.

Zur Erleichterung ihrer fünf Sicherheitsbeamten stiegen sie in
die schwarze Limousine, die sie zum Flugplatz zurückbrachte.

15. Kapitel: Frühjahr 1975

Der Frühling war in diesem Jahr mit einer plötzlichen Heftig-
keit hereingebrochen, die einen ebenso schnellen Rückschlag in die
entgegengesetzte Richtung befürchten ließ. Helms hatte das Glas-
dach über dem Wintergarten, der im Sommer durch seine elektrisch versenkbaren Scheiben in eine Terrasse verwandelt wurde,
für das gemeinsame Frühstück mit seiner Tochter öffnen lassen. Er
machte einige geistreiche Bemerkungen über die nachwinterlichen
Braun- und Grüntöne, jene unscheinbare Naturstimmung zwischen
Winter und Frühjahr, deren Nuancen nur die größten aller Land-
schaftsmaler gerecht werden konnten, ehe er zu seinem eigentlichen Anliegen vorstieß.

»Ich weiß«, sagte er und löste vorsichtig wie ein Chirurg die
Spitze seines Frühstückseis vom Rest der Schale, »ich habe dich oft
vernachlässigt. Ich wünschte, ich könnte einen direkteren Zugang
zu dir finden, zu meinen Gefühlen für dich. Ich glaube, über ihn
könnte ich es.«

Sie musterte den leeren Stuhl, der nach wie vor zwischen ihnen
stand.

»Du sprichst von Steinfeld?«

»Er wird eine Leichtigkeit in unsere Familie bringen, die uns fehlt.
Ja, und ich glaube, das wird uns beiden gut tun. Selbstverständ
lich ist das eine Entscheidung, die nur du treffen kannst. Aber ganz
gleichgültig ist er dir nicht.«

»Nein, überhaupt nicht«, erwiderte sie schnell.

Ihr Herzschlag pochte parallel zu dem schweren Ticken der

Standuhr im angrenzenden Wohnzimmer. Als sie klein gewesen war, hatte sie oft zu Füßen dieser Uhr gelesen und zu jeder Viertelstunde hatten ihre Gongschläge sie aus ihren Träumen gerissen. Jetzt schlug die Uhr siebenmal. Ihre Gedanken übersetzten die Worte ihres Vaters: Ich liebe ihn so sehr, dass ich durch ihn vielleicht auch dich lieben könnte. Werde ein Teil meines Geschöpfs und du wirst ein Teil von mir. Ihr Blick flüchtete durch die Glasfenster in den morgendlichen Park. Auf dem Rasen blühten einige Krokusse.

»Er ist wie einer dieser Berge«, sagte sie, »auf die er steigt. Man fragt sich, wieso man überhaupt hinaufklettert, wenn's oben doch nur Schnee und Steine gibt.«

»Weil es eine Herausforderung ist.«

»Ist das Liebe?«

Sie erinnerte sich plötzlich wieder an das Frühstück vor vierzehn Jahren, am Tag des Mauerbaus. Er hatte sie Englischvokabeln abgefragt und sie hatte auf seinem Schoß Platz genommen. Meine Tochter, meine Geliebte. Meine geliebte Tochter. Dieselben Teller, dieselbe Zuckerdose, dasselbe Besteck, das gleiche Frühstück. Ihre Haushälterin trug immer noch dasselbe schwarze Kleid, dieselbe weiße Schürze. Im Hintergrund das Radio. Die Accessoires waren dieselben geblieben. Aber inzwischen wusste sie es besser. Im Deutschlandfunk wurde noch einmal die Beerdigung Schillings erwähnt.

Helms unterbrach die Operation an seinem Frühstücksei für einen Augenblick.

»Liebe«, sagte er, »ist der weiche Weg zur Macht. Oder ist dir das zu unromantisch?«

»Nein«, erwiderte sie mit einem verwundeten Lächeln, das er nicht mochte, weil es ihn zu sehr an seine verstorbene Frau erinnerte, »aber vielleicht zu anstrengend.«

Seine Finger legten sich wie die Schwinge eines Raubvogels über ihren Handrücken.

»Keine Angst. Du wirst es besser machen als deine Mutter.« Missbilligend stellte er fest, dass ihre Hand wie immer eiskalt war. Das kam vom übermäßigen Rauchen. Er beschloss, es heute unerwähnt zu lassen. »Ich weiß auch schon, wo ihr wohnen werdet.«

Er begann ihr das Haus, das er für das junge Paar ausgesucht hatte, so detailliert zu beschreiben, als hätte er selbst es erbaut.

Es handelte sich um einen puristischen, beinahe japanisch wirkenden Bungalow mit großen Glasflächen, entworfen von einem Münchner Architekten, der viele Jahre in Südostasien verbracht hatte.

»Das passende Domizil für einen europäischen Samurai.« Katharina tippte aufgeregt den elektrischen Code in den Türöffner, bis das Gittertor sich lautlos vor ihr und Steinfeld öffnete. Wortlos musterten sie den dunklen, lang hingestreckten Bau, halb verdeckt durch einige Nadelgehölze, deren Äste wie Haarfransen in die Fassade hingen. Es war eine Mischung aus Bauhausstil und Kubismus. Sein Erbauer hatte ein Gebäude von abstrakter Schönheit geschaffen, das wie jede neuartige Ästhetik in erster Linie über den Verstand zu genießen war. Der Swimmingpool war mit Planen abgedeckt. Die Vorbesitzer waren infolge einer Insolvenz, die selbst von Helms nicht mehr zu verhindern gewesen war, vor zwei Monaten ausgezogen. Die über die gesamte Seitenfront reichende Terrassenschiebetür glitzerte wie das geöffnete Maul eines Tiefseefischs in der schräg einfallenden Nachmittagssonne.

Katharina lief ausgelassen über den Rasen, zog Steinfeld hinter sich her. Zum ersten Mal in ihrem Leben besaß sie die Erlaubnis ihres Vaters, glücklich zu sein. Ihre Erleichterung darüber war so groß, dass sie nicht länger zu hinterfragen wagte, ob das nun ihr Glück war oder seines.

Sie zeigte Steinfeld das leere Haus, das sie angeblich selbst entdeckt hatte. Steinfeld hatte etwas anderes gehört.

»Na ja«, gab sie zu, »Paps hat mich ein wenig beraten.«

Sie begannen das Haus in Gedanken einzurichten. Ein Möbelstück hatte er bereits gekauft. Stolz präsentierte er ein riesiges, protziges Bett im blumig orientalischen Stil der siebziger Jahre. Die Überraschung war geglückt. Sie lachte.

»Die Auswahl der Gemälde und Möbel solltest du mir überlassen.«

Steinfeld betrachtete sie verwundert. Sie ging ganz in der Rolle der jungen Ehefrau auf, die ihr Vater für sie vorgesehen hatte. Ihre Zweifel hatten sich wie durch einen Zaubermechanismus in einen geradezu euphorisch kindlichen Glauben an ihre Ehe verwandelt.

»Wir geben vor, etwas zu sein, also sind wir es«, schoss es Steinfeld durch den Kopf. Katharina flirrte wie ein seltener, exotischer Vogel vor ihm durch leichenblasse Räume voller abgedeckter Möbel und

225

jedes der Zimmer erwachte, wenn sie es betrat, vor Steinfeld zu neuem Leben. Sie schien unendlich glücklich, aus dem Eispalast ihres Vaters entlassen worden zu sein. Sie wollte keine Dienstboten. Sie wollte alles selber machen. Steinfeld versuchte, sie sich beim Kochen, Bügeln, Wäschewaschen vorzustellen. Allein die Vorstellung, wie sie versuchte, einen Staubsauger zu bedienen, amüsierte ihn.

»Kannst du denn so was?«, fragte er vorsichtig.

»Kann man doch lernen. Die Konopka«, – das war die väterliche Haushälterin und so etwas wie Katharinas Amme – »bringt mir das in vier Wochen bei.« Aufgeregt legten sich ihre Arme um seinen Hals. »Was sind deine Lieblingsblumen?«

Steinfeld hatte sich darüber noch nie Gedanken gemacht.

»Tulpen. Rote Tulpen passen zu dir.«

Sie hatte Recht. Er mochte rote Tulpen. Von diesem Tag an waren sie seine Lieblingsblumen. Sie schwebte auf Zehenspitzen in die Küche, kehrte wieder zu seinem Hals zurück.

»Dein Lieblingsessen? Ich koche es dir jeden Tag.«

Da er nicht jeden Tag dasselbe essen wollte, vermied er es, sich eindeutig festzulegen. Ihr Rundgang endete wieder im Schlafzimmer.

»Und am Wochenende bleiben wir immer im Bett. Ich hab dir ganz viele Schlafanzüge gekauft. Und mir ganz viele Nachthemden. Damit wir nicht immer gleich aussehen.«

Sie schmiegte sich so tief in seine Arme, bis sie darin zu verschwinden schien. Mit jedem ihrer Küsse schien sie sich selbst zu vergessen und nur noch für ihn leben zu wollen. Erschrocken über so viel Hingabe stellte er fest, dass seine Empfindungen unwillkürlich etwas abkühlten. Er wehrte sich vergeblich dagegen, dass er sie für die plötzliche Bedingungslosigkeit ihrer Liebe verachtete. Das Gefühl war kurz wie ein Nadelstich und er verbannte es aus Furcht vor Entdeckung in die tiefsten Grabkammern seines Gemüts. Aber er konnte nicht verhindern, dass sein Blick auf ihren nackten Körper mit einem Mal eine unbarmherzige Schärfe annahm. Wo bisher Makellosigkeit gewesen war, entdeckte er jetzt eine kleine Unebenheit ihrer Nase, einen unvorteilhaften Fleck, etwas zu starke Rippenbögen. Sie schien den leichten Frost, der sich über seine Haut legte, zu spüren und wischte ihn mit einem neuen Kuss hinweg. Ihre Münder verschwammen ineinander bis zur Selbstauflösung. Sie brauchte ihn nur zu küssen und sie erweckte seine Lust. Es war ein Automatismus, dem er sich bereitwillig hingab. Eine Frau über viele Jahre täglich mit jeder Faser des Körpers zu begehren. War das nicht unendlich viel und war nicht all das Geschwätz über Liebe hinfällig, solange es Leidenschaft gab? Und war es nicht absolut zweitrangig, auf welchen Fundamenten diese Leidenschaft gebaut war, ob es überhaupt ein Fundament dafür gab oder sie wie ein begehbares Luftschloss über allen Realitäten des Lebens schwebte?

»Ich fürchte«, neckte er sie zärtlich, »wir werden meistens nackt sein.«

Sie hüpfte leicht in die Höhe und schlang ihre Beine um seine Hüften.

»Dann malen wir uns mit Wasserfarben an.«

Er trug sie zum Bett.

Am nächsten Morgen erwarben sie in einem Schreibwarengeschäft zwischen wild durcheinander kreischenden Schulkindern tatsächlich einen Kasten mit Malfarben. Steinfelds Lieblingsfarbe war rot. Dementsprechend gestaltete er nicht nur Katharinas Körper, sondern auch ihr neues Heim. Nachdenklich und nackt betrachteten sie die stundenlangen Bemühungen eines italienischen Möbeldesigners. Couch, Sitzecke, Stühle, Tischdecken – alles in Rot.

»Das kommt davon«, sagte Katharina, »wenn man seinen Mann zu sehr liebt. Das fliegt alles wieder raus!«

Steinfeld lachte und warf sie auf die Couch, die sie anschließend nicht mehr zurückgeben konnten.

Am Ende einer Woche, in der sie sich jede Nacht wenigstens vier Stunden geliebt hatten, bat Katharina Steinfeld, auf die von Helms inszenierte pompöse Trauung zu verzichten. Sie hatte den katholischen Priester eines idyllischen Ortes in Südfrankreich gebeten, sie zu trauen. In Menton hatte sie als Kind immer die Ferien mit ihrer Mutter verbracht.

»Bitte sag ja«, flüsterte sie ihm so zart wie ein Traum ins Ohr.

»Bitte ...«

Am nächsten Morgen musste er zu Verhandlungen mit der A. P. Even nach New York. Mit jedem Kleidungsstück, das er anlegte, verabschiedete er sich von ihr und ihren Küssen. Auch sie war bereits wieder in ihre Kleider geschlüpft und reichte ihm eine Tasse Tee.

»Willkommen in der Zivilisation«, sagte sie und lächelte. Sie entschlüpften durch das Maul ihres Riesenfisches in ihren Alltag. Zurück blieb das leere Bett. Die Laken waren mit den Körperabdrücken verschiedener Wasserfarben beschmiert.

Zwei Monate später, Mitte Mai, wurden sie von Pater Kaska im Kölner Dom getraut. Die fünfhundert Namen umfassende Gästeliste entsprach beinahe punktgenau der von Schillings Beerdigung. Helms führte seine beiden Kinder zum Traualtar. Er spürte das leise Zittern in der Hand seiner Tochter und drückte sie so lange, bis es aufhörte.

2. TEIL

DIE LETZTEN ZWÖLF MONATE

16. Kapitel: Dezember 1988

Ohne dass die beiden dieser Zahl abergläubische Furcht entgegengebracht hätten, saßen der Vorstandsvorsitzende Steinfeld und seine Frau dreizehn Jahre später bei einem Frühstück, dessen Arrangement immer noch exakt demjenigen entsprach, das die halbwüchsige Katharina gemeinsam mit ihrem Vater eingenommen hatte: Toast, Tee, Eier und englische Marmelade. Katharina war immer noch eine attraktive Frau. Die Jahre hatten ihr eine dunkle Erotik verliehen, als habe sie nur noch Stücke in Moll gespielt. Steinfeld war hagerer geworden, einige scharfe Falten durchschnitten sein ansonsten immer noch jugendlich wirkendes Gesicht, sein linker Mundwinkel war merklich tiefer gerutscht.

Anders als Helms seine Tochter, fragte Katharina ihren Mann nicht nach Englischvokabeln, aber ihr leicht ironischer Tonfall, aus dem die Erwartung sprach, der Befragte könne ohnehin nur eine falsche Antwort geben, war derselbe.

»Wie geht es eigentlich Vera?«

Ihre Stimme war tiefer geworden. Vor der ersten Tasse Tee klang sie beinahe so heiser wie die von Rehmer. Sie weigerte sich aber standhaft, zu einem Arzt zu gehen, sondern zog einen verschrobenen Heilpraktiker vor, der ihren Husten psychischen Ursachen zuschrieb und ihr homöopathische Tropfen verordnete, die Steinfeld für völlig wirkungslos hielt.

»Bitte, du sollst möglichst wenig reden.«

Sie zündete sich die erste Zigarette an.

»Rauchen sollst du noch weniger.«

231

»Ich darf nicht sprechen, ich darf nicht rauchen, vielleicht sollte ich mich in Luft auflösen.«

»Meinst du, ich sollte sie besuchen?«

Katharina zuckte die Achseln.

»Sie war mein letzter Versuch, dich wieder zum Leben zu erwecken.«

Steinfeld begriff, warum sie ihn ausgerechnet jetzt auf Vera ansprach. Es hatte sich etwas ereignet, etwas, worüber nichts in den Schlagzeilen stand. Aber Katharina wusste selbstverständlich davon. Die deutsche Wiedervereinigung, das letzte große Ziel ihres Vaters, war endlich in greifbare Nähe gerückt.

Während der Staatsratsvorsitzende am gestrigen Abend im Palais Schaumburg gemeinsam mit dem amtierenden Bundeskanzler einer eigens für den Empfang erstellten Streichquartettversion von Haydns ›Schöpfung‹ lauschte, hatten sich Steinfeld, Keppler und Reusch in einem Nebenzimmer mit Max Winterstein getroffen. Der Chef der kommerziellen Koordinierung des Arbeiter- und Bauernstaates bevorzugte seit einigen Monaten aus Gewichtsgründen Obstkuchen.

»Wir sind pleite«, sagte er mit vollem Mund. Er grinste in die Runde wie nach einem besonders gelungenen Herrenwitz.

Keppler und Reusch, Letzterer inzwischen ebenfalls Vorstandsmitglied der Hermes-Bank, reagierten wie erwartet. Reusch lachte etwas zu laut, Keppler etwas zu leise. Der vierte Mann in der Runde lachte nicht.

»Das ist ja nichts Neues«, sagte Reusch.

»Doch.« Winterstein schluckte mit einem Bissen die zweite Hälfte seines Kuchens. »Diesmal ist Feierabend. Ehrlich.«

Reusch versuchte es weiter mit Humor.

»Seien Sie nie ehrlich zu einem Banker. Das rächt sich immer.«

»Das hättet ihr mir armem Kommunistenschwein mal früher erzählen sollen.« Wenn Winterstein dringend auf Kooperation angewiesen war, verstärkte sich sein Berliner Dialekt. »Nee, aus dem Milliardengeschenk, das ihr uns vor acht Jahren jemacht habt, kommen wir nicht mehr raus. Wir können nisch mal mehr die Zinsen bezahlen, von Tilgung jarnisch zu reden. So, jetzt sind die Hosen runter bis zu den Knöcheln.«

Keppler griff unbewusst nach einer Serviette und wischte sich den Mund ab. Das war eine seiner fünf Standardgesten, wenn er

Zeit zum Nachdenken gewinnen wollte, und die benötigte er vor allem dann, wenn unerwartete Ausgaben ins Haus standen.

»Nun, wir wollen natürlich alle, dass die Raten dieses Kredits weiter bedient werden. Unsere geschäftlichen Beziehungen sind ja nicht zuletzt Grundlage aller politischen Erleichterungen für beide Seiten.« Zufrieden mit der versteckten Drohung nahm er einen Schluck Kaffee. »Aber ich bin sicher, Ihre Freunde in Moskau ...«

Wintersteins Lachen hörte sich immer noch an wie das Bellen eines jungen Hundes.

»Das ist jetzt nicht Ihr Ernst. Die haben ja nicht mal mehr die Penunze, um ihren Kaviar ordentlich zu salzen. Wat globt ihr denn, warum Gorbatschow die Beene vor euch so weit auseinander nimmt, dass selbst der Bundeskanzler dazwischenpasst?«

»Also, lieber Freund, bei uns ist nichts mehr zu holen. Außer ein paar Stück Kuchen natürlich.«

Reusch schaufelte noch ein Stück Himbeerkuchen auf Wintersteins Teller. Sie hatten es vorgezogen, dieses Gespräch ohne Ordonnanzen stattfinden zu lassen.

»Ohne zusätzliche Hermesbürgschaften jedenfalls nicht«, beeilte sich Keppler hinzuzufügen. »Ich meine, wir werden uns selbstverständlich beim Bundeskanzler um eine Erweiterung Ihres Kreditrahmens bemühen ...«

Ein silberner Löffel schlug gegen eine Kaffeetasse, Keppler brach abrupt ab. Alle musterten den vierten Mann in der Runde. Der linke Mundwinkel im immer noch jugendlich wirkenden Gesicht des Vorstandsvorsitzenden zuckte unmerklich.

»Wie viel?«

Winterstein kannte Steinfeld seit fünfzehn Jahren und war doch immer wieder überrascht. Steinfeld konnte Verhandlungen mit weniger als zwanzig Worten zu einem erfolgreichen Abschluss bringen.

»Wie viel wir brauchen?« Winterstein lachte. »Insgesamt?«

»Nein. Wie viel der Laden kostet.« Steinfeld lächelte. »Insgesamt.«

Winterstein formte aus der Sahne auf seinem Teller einen kleinen Turm.

»Fünfhundert Milliarden. Westmark.«

Steinfeld warf die Zeitung auf den Frühstückstisch. Dort stand nichts von der hoffnungslosen Lage der DDR. Die Schlagzeile beschäftigte sich mit der Fusion des dank tatkräftiger Unterstützung durch die Hermes-Bank mittlerweile größten deutschen Automobilkonzerns VAG mit dem kränkelnden Flugzeugbauer Laureus. Steinfeld saß als Vertreter seines Hauses und Hauptaktionär von VAG in den Verhandlungen. Darüber hatten Katharina und er nie ein Wort verloren. Das gehörte zur üblichen Ochsentour, die Katharina verachtete. Sie hatte nie einen Hehl daraus gemacht, dass sie mehr von ihrem Mann erwartete. Zum Beispiel die deutsche Wiedervereinigung. Ein letztes großes Geschenk für ihren Vater. Hatte sie deswegen Vera in seine Nähe geschleust? Bisher hatte Steinfeld geargwöhnt, dass Katharina insgeheim vermutete, Vera sei immer schon Steinfelds ältere, durch Entfernung und Traum tiefer verankerte Liebe gewesen, die wie ein Schatten von Anfang an auf ihrer Ehe gelegen habe. Die von Katharina arrangierte Wiederbegegnung vor einem halben Jahr in Moskau hielt er für einen Versuchsballon, mit dem sie testen wollte, wie weit er mit Vera gehen würde.

Nach zahlreichen Eskapaden seiner Frau in den letzten Jahren hatte sie nun, gleichzeitig mit dem Auftreten ihres rätselhaften Hustens, wieder zu ehelicher Treue zurückgefunden. Steinfeld fiel auf, dass der Husten, ihre Treue und die Wiederbegegnung mit Vera zeitlich zusammenfielen.

Das Verrückte daran war, dass Steinfeld zu diesem Zeitpunkt überhaupt nicht mehr an Vera gedacht hatte. Sein Kontakt zu dem russischen Mädchen war seit Jahren völlig abgerissen, aber im Gegenteil zu den beiden hatte Katharina immer gewusst, dass sich noch eine weitere Puppe in der Puppe auf Steinfelds Schreibtisch befand. Während sich seine Frau jetzt mit dem Feuilletonteil der Zeitung beschäftigte, den Steinfeld stets vernachlässigte, erinnerte er sich, wie Katharina Vera im vergangenen Frühjahr in einer winzigen, schlecht beheizten Moskauer Wohnung ausfindig gemacht hatte, wo sie sich seit zwei Jahren vor den Ansprüchen ihrer Eltern und sich selbst versteckte. An der Kunstakademie war sie zwar eingeschrieben, hatte aber seit Monaten keine Vorlesung mehr besucht. Vera, inzwischen Ende zwanzig, von auffallend zarter Statur und, wie Katharina sofort auffiel, einem auffallend kräftigen Händedruck, vertrieb sich die Zeit mit Farbexperimenten, Wodka und einer komplizierten Beziehung zu einem acht Jahre älteren Künstler. Katharina hatte sie überredet, ihre roten Haare zu entfärben, ihre Punkohrringe ab- und ein Abendkleid anzulegen, um Steinfeld bei dem Empfang des Wirtschaftsattachés wiederzusehen.

Das Aufeinandertreffen lief erwartungsgemäß, Steinfeld und Vera konnten nichts mehr miteinander anfangen. Sie hielt ihn für einen arroganten Bonzen aus dem Westen, er sie für eine durchgeknallte Künstlerin, die fehlendes Talent durch einen betont exzessiven Lebensstil ersetzte. In der Nacht, nachdem Katharina die beiden sich selbst überlassen hatte und abgefahren war, hatten sie fünf Stunden lang über Kunst gestritten. Dabei war Steinfeld zum ersten Mal aufgefallen, dass ihre ungewöhnlich großen, blauen Augen, die in ihrer Kindheit bereits die Augen einer Erwachsenen gewesen waren, sich jetzt, da sie erwachsen war, etwas unzerstörbar Kindliches bewahrt hatten.

»Was machen wir jetzt?«, hatte sie schließlich erschöpft gefragt.

»Wir duellieren uns weiter.«

»Wie du willst.«

Er war heute noch sicher, sie hatte nur mit ihm geschlafen, um sich zu beweisen, dass sie nichts mehr für ihn empfand. Er musste lächeln, als er daran dachte, wie wenig sich ihre Erwartung erfüllt hatte.

Beinahe besinnungslos war sie nach einem kurzen Telefonat mit ihren Eltern, das hauptsächlich von ihm geführt wurde, mit ihm in das Flugzeug nach Deutschland gestiegen, zwischen einer Horde besoffener Manager namhafter deutscher Energieunternehmen, die aufgrund der Perestroika einen neuen, diesmal rein wirtschaftlichen Blitzkrieg gegen die Sowjetunion zu führen gedachten und ihren Sieg bereits im Voraus ausgiebig feierten.

Mit jedem weiteren Liebesakt schien sich die Zahl der Jahre, in denen sie Steinfeld nicht gesehen hatte, zu verringern, bis sie sich fühlte, als wäre sie nie von ihm getrennt gewesen.

»Dreizehn Puppen«, sagte sie und lächelte in seinem Arm.

Da lagen sie bereits in einem Hotelzimmer in Baldeney. Inzwischen hatte sie sich an seiner Uni eingeschrieben. Duisburg-Hamborn. Die Schaffung einer deutschen Eliteuniversität im ehemaligen Zentrum der deutschen Schwerindustrie war immer eine Herzensangelegenheit Steinfelds gewesen. Hier war er aufgewachsen, hier hatte er während seines Studiums unter Tage geschuftet. Hier konnte angesichts der Kohle- und Stahlruinen die kommende Generation deutscher Spitzenjuristen und Manager lernen, wie vergänglich alle wirtschaftlichen Visionen waren und wie notwendig die Bereitschaft zu ständiger, unbarmherziger Erneuerung. Hier fühlte Steinfeld sich immer noch zu Hause. Voller Begeisterung zeigte er Vera all die Orte, die ihn mit seinen beruflichen Anfängen verbanden: die Juras AG, in der sich inzwischen ein Fitnesscenter befand, seine Penthouse-Wohnung und den Fluss, über den er seinen Diskus geschleudert hatte, seine Lieblingsbar, in der er bevorzugt seine männlichen Bekanntschaften gemacht hatte und die sich mittlerweile in ein Omacafé verwandelt hatte, und, nicht zu vergessen, sein Fünfzig-Quadratmeter-Appartement, von dem aus er das erste Mal nach Russland und zu ihr, seinem Mädchen, aufgebrochen war.

Es schien ihm beinahe wichtiger, ihr all das zu zeigen, als mit ihr zu schlafen.

»Wann sehe ich dich wieder?«, traute sie sich beim Abschied zu fragen.

»Erst mal nicht«, hatte er geantwortet.

»Warum hast du dann mit mir geschlafen?«

»Ich musste doch zusehen, dass was Anständiges aus dir wird.« Lachend hatte er ihre Fäuste aufgefangen. »Du bist mein Mädchen und ich werde immer auf dich aufpassen.« Ein letzter Kuss. »Wenn du was brauchst, melde dich.«

Nach einer anfänglichen Krise von zwei Monaten, in denen sie Steinfeld mit jeder Faser ihres Körpers vermisste, hatte Vera sich überraschend gut an der Uni eingelebt. Das neue Studium entsprach ihren Fähigkeiten, wie es die Kunst nie getan hatte. Als wären mit einem Mal alle Knoten der letzten Jahre in ihr geplatzt. Das lag nicht zuletzt daran, dass trotz Steinfelds Abwesenheit sein Geist unübersehbar durch die von ihm geschaffene Universität wehte. Der Lehrkörper bestand aus kreativen Freaks und Jesuiten. Es gelang ihnen mühelos, Veras Potenzial mit finanzjuristischem Sachverstand zu verbinden.

»Ich glaube, sie hat sogar einen Freund gefunden.«

Katharina blätterte eine Seite des Feuilletons um. Steinfeld konnte nicht umhin, seine Frau zu bewundern. Ihre Spitzen zielten immer ins Zentrum. Und sie hatte Recht, er brauchte Vera jetzt. Er erhob sich und küsste sie auf den Scheitel, der wie eine Narbe durch ihr schwarzes Haar lief.

»Du inspirierst mich immer wieder.«

Sie blies ihm etwas Rauch entgegen.

»Die schönen Sätze, die du sagst, sind alle mindestens zehn Jahre alt.«

Er griff nach seinem Jackett und läutete dem Fahrer.

»Hüte dich vor Winterstein«, schickte sie ihm hinterher, als er bereits auf dem Weg zur Tür war. »Der legt dich wieder aufs Kreuz. So wie damals bei Rehmer.« Sie drückte ihren Zigarettenstummel in eine Eierschale.

Drei Stunden später tauchte Steinfeld in seinen von Pater Hohenbach spontan angesetzten Vortrag vor ausgewähltem Studentenpublikum wie in einen Jungbrunnen. Seit der Gründung im Herbst '83 nahm er sich jedes Jahr fest vor, regelmäßig an »seiner Uni« zu unterrichten, aber natürlich wurde nie etwas daraus. Sein ursprüngliches Thema, internationales Anleiherecht, verwarf er bereits nach wenigen Minuten zugunsten einer leidenschaftlich vorgetragenen Vision von einer gesamteuropäischen Währung, und zwar für Ost- und Westeuropa. Welche Hürden galt es zu überwinden? Interessante Vorschläge sprudelten. Die Idee einer osteuropäischen Zentralbank wurde diskutiert. Vera widersprach ihm heftig: Wieso sollte der Westen Abermilliarden in den Aufbau des Ostens investieren? Was, wenn westlicher Materialismus und östlicher Mystizismus überhaupt nicht in Übereinstimmung zu bringen waren?

Das war natürlich ein Schattengefecht. In Wirklichkeit war sie einfach nur enttäuscht, weil er sie vor sechs Monaten mit seinen Liebkosungen aus Moskau hergelockt und dann hier abgestellt hatte. Leger verlagerte er sein Gewicht, legte einen Ellenbogen auf das Pult und beendete ihr Streitgespräch mit den Sätzen: »Es gibt kein einziges Argument, das man wirklich ernst nehmen muss. Über jedem Argument steht das Lächeln. Das Lächeln, das auf dem Amboss der Einsamkeit mit dem Hammer der Verzweiflung geschmiedet wird. Sie erkennen die Größe eines Mannes immer daran: Je verzweifelter die Situation, umso besser seine Laune. Manche meiner Gegner behaupten, man erlebe mich zunehmend heiter.«

Der gesamte Saal liebte ihn für diese Worte. Scheinbar arglos drückte er Vera zum Abschied die Hand. Sie verfluchte sich, weil sie seine Hände überall auf ihrem Körper spürte. Er enteilte mit seinen typisch schlenkernden Schritten die Treppe des Auditoriums hinunter. Im allerletzten Moment, sein Chauffeur hielt ihm bereits die Saaltür auf, schien ihm noch etwas einzufallen.

»Kommen Sie, ich spendiere Ihnen eine Fahrt zum Flughafen.«
Vera war fassungslos.

»Ich muss nicht zum Flughafen.«

»Aber ich.«

»Hat Katharina dich geschickt?«

Steinfelds Lippen kräuselten sich zu einem ironischen Lächeln, das Vera noch wütender machte. Sie hatte sehr wohl durchschaut, dass Katharina sie Steinfeld zugeführt hatte, sie wusste nur noch nicht, weshalb.

»Wer weiß.« Sein Gesichtsausdruck wechselte schlagartig und sein Blick berührte sie zum ersten Mal zärtlich. »Bei Katharina weiß man nie, was sie einem schenkt und was sie nimmt.«

In einer scharfen Rechtskurve wurde sein Körper gegen den ihren gedrückt. Er trieb seinen Fahrer zur Eile an. Er wollte auf keinen Fall die Maschine des Bundesaußenministers verpassen, die ihn nach London mitnahm. Scheinbar resigniert erklärte er Vera, Gerlach sei eigentlich bereits viel zu alt und langsam für einen Chauffeur. Im Grunde beschäftige er ihn nur als eine Art Amme für seine Frau.

Gerlach drohte daraufhin nicht nur mit seiner Kündigung, sondern auch mit der von Katharina. Steinfeld zwinkerte Vera zu, als sei sie jetzt in alle seine Familiengeheimnisse eingeweiht.

»Das sagt sie seit dreizehn Jahren. Das ist hier wie bei den Rolling Stones. Mich verlässt keiner, außer in der Kiste.«

Gerlach kannte den Spruch schon. Steinfeld forderte ihn auf, die Busspur zum Überholen zu benützen.

»Und wer fährt Sie, wenn ich meinen Führerschein verliere?«

»Auf jeden Fall jemand, der schneller ist.«

Vera kam sich vor wie auf einer Achterbahn, die nicht mehr zu Start und Ziel zurückfand.

»Das hat doch alles keinen Sinn. Halt an.«

Als Antwort hielt er ihr eine Wasserflasche hin.

»Zentrale Frage: Wer ist der mächtigste Gegner eines vereinigten Europas?«

»Hast du mich in dein Auto geschleppt, um über Politik zu diskutieren?«

»Über was haben wir denn gerade zwei Stunden lang in der Vorlesung geredet? Oder hast du nur meine Hemdknöpfe gezählt?«

Vera wurde jetzt so wütend, dass sie kurz davor war, die Tür des fahrenden Wagens zu öffnen. Steinfeld legte seine Hand auf ihren Arm.

»Du wirst zu schnell rot. Das gewöhn ich dir noch ab. Und noch was. Wir werden uns ab sofort nur noch siezen.«

Es gelang ihr, ihre Stimme zynisch klingen zu lassen.

»In jeder Situation?«

»Öffentlichkeitsarbeit.« Es folgte ein unschuldiges Lächeln: »Sie werden sich daran gewöhnen müssen, dass ich die größten Gemeinheiten zu Ihnen sage. Ich muss Sie abhärten. Sonst stehen Sie das große Spiel, das wir vorhaben, nicht durch. Außerdem«, fügte er hinzu, »Sie glauben nicht, wie romantisch das sein kann. Also, erinnern Sie sich noch an meine Frage?«

Zunächst lachte sie nur ungläubig. Dann schüttelte sie den Kopf. Er nahm seine Hand von ihrem Arm. Sie beantwortete seine Frage.

»Wenn Sie uns Russen Osteuropa wegnehmen wollen, werden wir nicht allzu begeistert sein.«

»Ich will euch gar nichts wegnehmen. Ihr gehört zur Familie. Europa geht bis zur Wolga. Grundlagen der Geopolitik. Das Öl im Kaspischen Becken. Diesmal kommen wir nicht mit Panzern, sondern mit der D-Mark. Nein, im Ernst. Russland weiß, dass wir ein zuverlässigerer, großzügigerer Partner bei der Vermarktung seiner Rohstoffreserven auf dem freien Weltmarkt sein werden als andere.«

NIE MEHR GEGEN DIE INTERESSEN DER USA UND ISRAELS VERSTOSSEN. Lex Helms, die wichtigste.

Vera starrte ihn ungläubig an. Wollte Steinfeld wirklich gegen die amerikanischen Ölkonzerne antreten? Steinfeld nickte aufmunternd. Vera schüttelte den Kopf.

»Das können Sie nicht ernst meinen. Dagegen war der Kampf Davids gegen Goliath ein fairer Wettstreit. Das sind die Nachfahren des römischen Imperiums.«

»Und, wie sind die Römer gestürzt?«

»Ich glaube, vom Furor teutonicus sind wir weit entfernt.«

»Wir kämpfen mit Holzspeeren und zu kurzen Schwertern. Trotzdem können wir gewinnen.«

Plötzlich sah Steinfeld alt aus, erschöpft. Er wirkte wie ein Poker-spieler, der bis zum Morgengrauen vergeblich auf das eine große Blatt gewartet hat.

»Wenn ich den Traum nicht entschlüssele, muss ich mich erschie-ßen.« Der Satz kam so überzeugend und schnell, dass Vera zusam-menzuckte. Steinfeld entging es nicht. Sie spürte seine herablas-sende Anteilnahme, weil sie ihre Gefühle nicht so bedingungslos ausblenden konnte wie er. »Keine Sorge«, dachte sie bitter, »ich lerne es noch.«

»Das ist ein Zitat«, fügte er hinzu.

»Von wem?«

»C.G. Jung.«

»Ich hab dich längst vergessen!«, platzte es aus ihr heraus, und als er die Augenbrauen hob: »Verzeihung, Sie waren mein letzter Ausrutscher. Ich habe meinen Vaterkomplex endgültig überwunden. Ich habe einen gleichaltrigen Freund.«

»Ich weiß.«

»Wir verstehen uns sehr gut.«

»Warum sind Sie dann hier? Wollen Sie immer noch aussteigen?«

Ihr erster Impuls war, genau das zu tun. Dann aber musterte sie ihn und sagte sehr ruhig: »Es gibt nur einen Grund, warum ich hier bin. Ich schreibe ein Buch über Sie. Über Ihre bisherigen Wirt-schaftsstrategien.«

»Habe ich welche?«

»Hin und wieder.«

Bisher war es nur eine Idee gewesen, sie hatte noch keine Zeile zu Papier gebracht. Aber jetzt würde sie dieses Buch schreiben. Sie schwor sich, alles, was ab heute geschah, ausschließlich für die Re-cherche zu verwenden. Steinfeld lächelte spöttisch, als hätte er ihre Gedanken erraten.

»Koinzidenz der Interessen. Das ist immer am besten. Sie haben hiermit einen Job für die nächsten drei Monate. Sie widersprechen mir einfach bei allem, was ich sage ...«

Vera gelang es, ihn zu unterbrechen. So leicht würde sie es ihm nicht machen.

»Ich glaube doch, mein Buch schreibt sich besser mit etwas Ab-stand.«

»Ich brauche einen Sparringspartner.«

»Dann kaufen Sie sich doch einen Boxsack.«

Seine Augen wechselten von Grau nach Blau. Aber vielleicht war das auch nur den veränderten Lichtverhältnissen zuzuschreiben, als sie auf den Flugplatz einbogen.

»Ich brauche jemanden, der gelegentlich zurückschlägt. Auch wenn es noch so weit vorbeigeht. Und ich brauche jemanden«, fügte er leise hinzu, »dem ich vertrauen kann.«

Er kam ihrem empörten Aufschrei mit einem Lachen zuvor.

»Ich weiß, es klingt verrückt, aber Sie sind der einzige Mensch, dem ich vertraue.« Er ergriff kurz ihre Hände. »Nicht einmal Katharina. Ihnen!«

Sie verfluchte sich dafür, dass sie ihm glaubte. Aber es war die Wahrheit. Er war der einsamste Mensch, den sie kannte.

Eine Woche später betrat sie das erste Mal seine privaten Gemächer innerhalb der Bank. Steinfeld wohnte, wenn die häuslichen Auseinandersetzungen einen Grad an Destruktivität erreichten, der seine Geschäfte zu beeinträchtigen drohte, oder, weniger dramatisch, aus schlichtem Zeitmangel, in einer Suite in der obersten Etage.

Er empfing Vera im Bett, umgeben von Zeitungsausschnitten, und zeigte sich nicht im Geringsten überrascht, dass sie sein abenteuerliches Angebot angenommen hatte. Ihm erschien das selbstverständlich. Ihre ersten Recherchen und Analysen auf der Suche nach einer Schwachstelle innerhalb des amerikanischen Bankensystems fegte er mit wenigen Sätzen beiseite.

»Lernt ihr nichts Besseres auf meiner Uni?«

Etwas scheinbar Harmloses müsse es sein, etwas Bekanntes, Alltägliches, das sie gemeinsam zur Bombe, zur Lenkwaffe, umfunktionieren könnten. Nur so könne man gegen die übermächtigen US-Geheimdienste mit ihren achtzigtausend Angestellten allein im Bereich Nachrichtenverwertung erfolgreich bestehen.

Seine Stimme bekam wieder diesen Klang, der einem die Gewissheit vermittelte, nichts sei unmöglich. »Dieses Imperium kann man nur mit einem tödlich treffen: mit einer brillanten Idee.«

»Die wir zusammen finden«, hatte sie sarkastisch angemerkt.

»Indem ich Ihnen widerspreche?« Sie verfluchte sich dafür, dass sie überhaupt erschienen war, und ihr Entschluss stand fest, an die Uni zurückzukehren und ihn mit seinen abenteuerlichen Plänen, die niemals die Zustimmung seines Vorstands finden konnten, sich selbst zu überlassen. Er bejahte fröhlich ihre Frage und fischte gleichzeitig ein kleines Kätzchen vom Fußboden. Während er es mit Milch fütterte, erklärte er ihr, Tiere seien in der Vorstandsetage aus hygienischen Gründen strengstens verboten. Angeblich hatte er gemeinsam mit seiner Sekretärin ein ausgeklügeltes Verstecksystem entwickelt, um den Sicherheitsdienst zu täuschen, der seine Räume täglich nach Wanzen absuchte. Bisher hatte sein Kätzchen alle Durchsuchungen unbemerkt überstanden. Daran könne sie sehen, wie es um seine Sicherheit bestellt sei.

Vera hatte den starken Verdacht, er habe das Kätzchen ausschließlich deshalb angeschafft, um sie zum Bleiben zu überreden. Zugetraut hätte sie es ihm.

Trotzdem konnte sie immer noch nicht glauben, dass er sie als Mitarbeiterin ernsthaft in Betracht zog. Erst viel später wurde ihr klar, wie einsam er nicht nur in seinem Privatleben, sondern auch innerhalb dieser Bank war, und dass er tatsächlich jemanden von außen benötigte, um seine Pläne offen zu besprechen. Jemanden, dem er bedingungslos vertrauen konnte.

Zwei Tage vor Weihnachten erblühten auf einigen Sekretärinnenschreibtischen kleine künstliche Weihnachtsbäume mit elektrischen Lämpchen. Vera zählte die Lichter, während sie wieder einmal auf Steinfeld wartete. Er hatte sie eingeladen, die Feiertage mit ihm und Katharina zu verbringen. Je intensiver sie sich mit Bilanzen, Kreditvolumen, Zinsberechnungen befasste, umso mehr begann sie auch ihr Privatleben nach Zahlen zu ordnen. Daten, Uhrzeiten, Konten, Kleidergrößen, Preise – manchmal ertappte sie sich, wie sie Werte wie Zuneigung, Freundlichkeit, Intelligenz, Schlagfertigkeit auf Skalen von plus minus eins bis zehn einzusortieren begann. Eine Liebeserklärung von plus acht, ein Kompliment von minus fünf. Die Durchökonomisierung ihres Emotionshaushalts hatte begonnen. Nach der einzigartigen, visionären Idee, um den übermächtigen amerikanischen Freund auszuhebeln, suchten sie nach wie vor vergeblich.

Steinfeld erschien endlich, gezeichnet von einer sechzehnstündigen Sitzung. Die große Fusion! Autobauer heiratet Flugzeughersteller. Es war nicht ohne Pikanterie, dass der Mann, der diese Eheanbahnungsgespräche leitete, sich gleichzeitig scheiden ließ.

Vera hatte keine Ahnung davon, bis ihm auf der Autofahrt nach Hause die Scheidungsunterlagen versehentlich aus seiner Aktenmappe rutschten. Steinfeld wischte ihre Beileidsbekundungen mit einer ungeduldigen Handbewegung beiseite und zwang sie, ihr geistiges Pingpong fortzusetzen, als sei nichts gewesen. Die Problemstellung war seit zwei Monaten dieselbe: Wo sitzt die Schwachstelle des amerikanischen Finanzimperiums? Unter welchen Bedingungen könnte ein deutscher Angriff von Erfolg gekrönt sein? Vera sah die einzige Chance in neuen Revolutionen in Mittel- und Südamerika. Da würden die amerikanischen Banken und Konzerne irrsinnig viel investiertes Geld verlieren. Vielleicht könnte man das über die Sowjetunion finanzieren.

Steinfeld lachte. »Das sieht Ihnen ähnlich.« Zum ersten Mal, seitdem er sie in seine Dienste gestellt hatte, schien er sie als Person und nicht nur in ihrer Funktion wahrzunehmen. »Expressive Wirtschaftspolitik. Meine wilde, russische Künstlerin ...«

Er wurde von einem Anruf unterbrochen. Veras Vater, der als Leiter einer der größten staatlichen Erdölfirmen längst auch eine wichtige Rolle in der sowjetischen Außenpolitik spielte, teilte Steinfeld mit, das Treffen zwischen Gorbatschow und dem Kanzler werde in Kürze stattfinden. Thema: die deutsche Wiedervereinigung. Die beiden tauschten einige Scherze darüber aus, ob die BRD die DDR in D-Mark oder mit dem gerade wieder etwas schwächelnden Dollar aufkaufen sollte, während sich Vera einen Kaffee aus der von Gerlach liebevoll gewarteten Thermoskanne einschenkte.

Steinfeld beendete das Gespräch, ohne Semjuschin mitzuteilen, dass sich seine Tochter neben ihm im Wagen befand, sondern führte stattdessen seinen kurz unterbrochenen Gedankengang nahtlos weiter.

»Nein nein, in militärischer oder geheimdienstoperativer Richtung brauchen wir gar nicht weiter zu überlegen, da weiß das weiße Haus Bescheid, bevor wir die erste Mark investiert haben.« Beinahe erstaunt blickte er Vera an. »Entschuldigung, wollten Sie vielleicht mit Ihrem Vater sprechen?«

»Schon gut. Ich kann ihn jederzeit anrufen, wenn mir danach ist.«

Sie stopfte die Scheidungsunterlagen wieder in seine braune Aktenmappe zurück.

»Vielleicht hätte ich heute doch besser nicht mitkommen sollen.«

»Sie müssen doch endlich mal mein Haus sehen.«

Er entnahm einer Schatulle, die sich in einer der Schubladen seiner Minibar befand, etwas Kokain, puderte eine dünne Linie auf die verspiegelte Ablage und zog sie ohne weitere Hilfsmittel hoch. Es wirkte so selbstverständlich, als habe er sich die Nase geputzt.

»Meine Frau ist an Katastrophen gewöhnt.«

Er bot ihr höflichkeitshalber ebenfalls etwas an, sie schüttelte wie immer den Kopf. »Sehr gut.« Er zwinkerte ihr kurz zu, während seine erschöpften Augen zu glänzen begannen. »Wie sollte ich Ihrem Vater sonst unter die Augen treten? Schlimm genug, dass ich Sie zum Kapitalismus verführt habe.«

»Er ist sehr stolz auf mich.«

»Wenn er wüsste, was wir hier treiben, würde er uns wahrscheinlich den vaterländischen Orden verleihen.« Seine Stimme verfiel in denselben Klang, mit dem er in letzter Zeit Keppler häufig abkanzelte. »Sie werden ihm trotzdem kein Sterbenswort darüber erzählen.«

»Ich entstamme einem Volk, das seit Jahrhunderten brutal unterdrückt wird. Ich bin Schweigen gewöhnt.«

»Deswegen sind Sie hier. Lassen Sie uns weitermachen.«

»Warum lassen Sie sich scheiden?«

»Weil ich meine Frau über alles liebe«, erwiderte er mit einer Stimme, die jeden Zweifel ausschloss.

Das Gittertor zur Auffahrt seines Bungalows öffnete sich vor ihnen. Die Augen zweier elektronischer Überwachungskameras nahmen sie ins Visier. Steinfeld forderte sie auf, mit ihm auszusteigen und einen kleinen Abendspaziergang zum Haus zu unternehmen. Dabei habe er schon öfter gute Einfälle gehabt. Diesmal gelangten sie jedoch ohne zündende Idee bis auf die Terrasse. Durch die Glasfront der Schiebetüren sahen sie Katharina. Ihr Gesicht war von einer Durchsichtigkeit, als sei es in die Fensterscheibe gemalt. Sie saß einsam auf einer roten Couch und betrachtete Dias von Flüchtlingstrecks und halb verhungerten Kindern in der Sahelzone. Ihr Blick war so auf die Fotos konzentriert, dass sie die beiden Eindringlinge vor der Tür nicht bemerkte. Steinfeld betrachtete sie liebevoll, während ein neues Dia an die weiße Wand geworfen wurde.

»Nach unserer Heirat haben wir ein halbes Jahr lang keine Möbel gefunden. Bis auf die Couch. Die Couch ist das Einzige, was von unserer Rotphase übrig geblieben ist.«

Jetzt wandte Katharina den Kopf und erhob sich. Vera beschloss, das Ehepaar vorerst alleine zu lassen und im hinteren Teil von Steinfelds Garten, dessen Wasserläufe und Bepflanzung einem japanischen Zen-Garten nachempfunden waren, nach weiterer Inspiration zu suchen.

Katharina öffnete die Glastür und betrachtete ihren Mann. Sie sah ihn zum ersten Mal seit über drei Wochen.

»Willkommen zu Hause.«

Ihr Husten war schlimmer geworden, sie hatte Mühe zu sprechen. Steinfeld bat sie, ihre Stimme zu schonen.

»Ich habe Vera mitgebracht. Sie sieht sich den Garten an.«

Katharina nickte und schob eine neue Diareihe in den Projektor. Steinfeld war dagegen, dass sie morgen nach New York flog, um ihren Antrittsvortrag vor der UNO zu halten. Er war überhaupt dagegen, dass sie diesen Job annahm, bei dem sie viel in der Dritten Welt unterwegs sein und unweigerlich ihre Gesundheit noch mehr vernachlässigen würde. Er hätte es weitaus lieber gesehen, wenn sie zur Erholung das Landhaus ihres Vaters an der Côte d'Azur aufgesucht hätte.

Sie zündete sich als Antwort eine Zigarette an, wollte offensichtlich in Ruhe ihren Vortrag vorbereiten, für den sie weitere Dias aussortierte. Eines ihrer üblichen Eherituale lief parallel dazu ab:

»Ich hab noch was zu essen für dich vorbereiten lassen.«

»Ich hab schon gegessen.«

»Hast du nicht. Du kannst in der Küche essen, wenn dir der Anblick hier«, sie wählte ein Bild, das eine mit Leichen gefüllte Grube zeigte, »den Appetit verdirbt.«

»Daran hat sich doch mittlerweile jeder gewöhnt. Wen interessiert denn das noch?«

»Viele.« Sie sortierte das Bild für ihren Vortrag aus. »Bei Kindern, Behinderten und Tieren sprudelt die deutsche Spendenflut.«

»Das schlechte Gewissen eines saturierten Kleinbürgertums voller Besitzstandsängste.«

»Damit kennst du dich ja aus.« Hingespuckt voller Verachtung. Er liebte sie für solche Sätze.

»Ach komm schon, tu jetzt bitte nicht so, als könntest du irgendwas am Elend dieser Leute verändern.«

»Nein«, versetzte sie sarkastisch. »Dafür braucht es Menschen wie dich!«

Er holte sich einen Teller mit belegten Broten aus der Küche, aß und betrachtete die Dias, die Katharina in den Projektor schob. Katharinas letzter Satz arbeitete in ihm.

»Du inspirierst mich immer noch«, sagte er kauend.

»Wie schön.«

Steinfeld ging zu ihr und küsste sie grinsend auf den Scheitel. Vergeblich suchte er nach einem grauen Haar. Seit sie begonnen hatte zu husten, tönte sie ihre Haare.

»Die zwei großen Ideen meines Lebens.« Er küsste sie ein zweites Mal. »Als ich dich kennen lernte, und wenn ich dich verlasse.«

Sie hob ihm ihr Gesicht entgegen und er schloss kurz die Augen, um die alte Vertrautheit nicht zu schmerzhaft zu spüren. Dreizehn Jahre Ehe warteten nur darauf, aus seiner Erinnerung emporzubrechen. Er hielt sie aus guten Gründen unter Verschluss. Die Scheidung war ihre Forderung gewesen. Ein passender Neubeginn für das Jahr 1988. Vier Monate später hatte sie ihm Vera zugeführt, als Pflaster für seine verwundete Seele, wie sie sich spöttisch ausdrückte. »Eine Entschädigung, weil du es dreizehn Jahre mit mir ausgehalten hast!« Vielleicht war das sogar einer ihrer Gründe. Katharina hatte immer mindestens drei Gründe, warum sie etwas tat.

»Pass auf«, sagte sie jetzt zärtlich, »sonst ist das Trennungsjahr im Eimer. Vera verbringt doch Weihnachten mit uns, oder?«

Steinfeld betrat die Terrasse, um nach ihr zu suchen.

Katharina musterte die Scheidungsunterlagen, die er auf dem Sekretär hinterlassen hatte. »Was ist damit? Besprechen wir das jetzt?«

»Ist doch alles besprochen«, sagte er, in den Türrahmen zurückgekehrt. »Musst nur noch unterschreiben. Dich«, er betonte spielerisch das Wort, »betrüge ich nicht.«

Natürlich entsprach das nicht der Wahrheit. Sie spielten das Scheidungsspiel mit wechselnden Frontverläufen seit Jahren. Im Augenblick betrieb er hinhaltenden Widerstand. Die Papiere waren nur ein neues Scharmützel. Eine Scheidung kam nach wie vor nicht in Frage. Er würde umgehend seine Position in dem nach wie vor den katholischen Sittlichkeitsprinzipien verpflichteten Vorstand der Bank verlieren. Da Helms ihn im Augenblick dringend für die Wiedervereinigung brauchte, war er sicher, dass sein Schwiegervater die richtigen Argumente gegenüber seiner Tochter finden würde. Aber es gab noch einen anderen, weniger repräsentativen Grund, warum er Katharina jetzt nicht gehen lassen konnte. Sie hatte ihn tatsächlich inspiriert. Er musterte noch einmal durch das Glas der Terrassenfront die hungernden Kinder, die der Projektor auf seine Wohnzimmerwand warf. Plötzlich setzten sich die noch vagen Bruchstücke in seinem Kopf zusammen und aus den ausgemergelten Gesichtern und aufgequollenen Bäuchen entstieg die eine, alles überwältigende Idee!

Er suchte und fand Vera im Garten.

»Ich hab es! Unsere Lenkwaffe!«

Sie lächelte ungläubig.

»Was?«

Übermütig warf er einen Schneeball gegen den Stamm einer mächtigen Zeder, wo er zerplatzte. Als er sich zu Vera umdrehte, schien sein Gesicht im Halbdunkel um zehn Jahre verjüngt.

»Ich werde es Ihnen zu gegebener Zeit mitteilen.«

Er lachte übermütig und sie wusste, sie musste jetzt auf seinen spielerischen Ton eingehen, wenn sie etwas erreichen wollte.

»Ich dachte, Sie vertrauen mir?« Sie warf mit gespieltem Missmut einen Schneeball nach seinem Kopf, dem er überraschend reaktionsschnell auswich.

»Sie werden die Erste sein, die es erfährt.«

Sein Gesichtsausdruck und seine Stimme waren schlagartig ernst geworden, als habe er ihr ein unglaublich wichtiges Versprechen gemacht. Sie hatte die Taktik seiner plötzlichen Stimmungsumschwünge zwar längst durchschaut, aber es war trotzdem schwer, sich ihr zu entziehen. Steinfeld war in allem, was er tat und sagte, so überzeugend, dass man ihm selbst dann glaubte, wenn man sicher sein konnte, dass er log.

Er zog sie zu »seinem« Brunnen, einem Geschenk von Helms anlässlich Steinfelds Ernennung zum großen Vorsitzenden, 1982. Steinfeld war mit damals zweiundfünfzig Jahren der jüngste Vorstandsvorsitzende gewesen, den es je gegeben hatte. Helms hatte drei Jahre länger dafür gebraucht.

»Sieben Jahre nach meiner Hochzeit«, erklärte er ihr, seinen Nibelungenschatz elegant verschweigend. »Es war eigentlich schon vorher klar, aber wir wollten die Finanzwelt nicht mit einem fünfundvierzigjährigen Vorstandschef schockieren. »Dieser Brunnen«, er legte ihre Hand unter seinen Fingern auf den rauen Stein der Einfassung, »müsste Sie eigentlich Russland spüren lassen. Die Weite, den Wind ...« Gemeinsam erinnerten sie sich an die Nacht, als er sich in der Steppe verlaufen hatte und auf die aserbaidschanischen Banditen gestoßen war. Am folgenden Tag hatte sie ihm die Puppen geschenkt. »Es gibt vielleicht nur zehn Tage im Leben«, sagte er leise, »die man in jedem Detail bis an sein Lebensende in Erinnerung behält. Das war einer davon. Und heute ist auch einer.«

Er tauchte ihre Hand ins Wasser, das trotz der Kälte beinahe heiß war.

»Er läuft immer, Sommer und Winter. Wenn es besonders kalt ist, so wie heute, nebelt er das ganze Haus ein. Da sehen Sie kaum noch Ihre Hand ...«

Ihre Gesichter schwammen durch den Nebel aufeinander zu.

Ein schwarzer Mercedes glitt die Auffahrt hoch. Sein Motor war so leise, dass man nur das Knirschen der Räder auf dem Kies hörte. Wie ein Tier, das sich anschleicht, dachte Vera. Steinfeld wandte sich von ihr ab und ging langsam auf den Wagen zu. Vera erinnerte sich an die angebliche Textzeile von Jung, mit der Steinfeld ihr imponiert hatte: »Wenn ich den Traum nicht entschlüssele, muss ich mich erschießen.« Sie hatte sich extra den fraglichen Band besorgt. Jung hatte das nicht geschrieben, der Satz war Steinfelds Erfindung. Sie verglich den schwarzen Wagen mit dem Gefährt Siegfrieds, geschmiedet aus Totengebein, mit dem der Held in einem von Jungs Träumen auf seiner letzten Fahrt in den Abgrund gerast war.

In dem Wagen saß Helms, inzwischen nahezu achtzig Jahre alt. Er hatte mit seinem beinahe ebenso alten Freund Even gesprochen. Der war prinzipiell einverstanden. Der Kanzler würde in den nächsten Wochen mit dem amerikanischen Präsidenten ein erstes Sondierungsgespräch über die Bedingungen einer deutschen Wiedervereinigung führen. Selbstverständlich müsse man den Kuchen teilen. Steinfeld wisse ja, wie man mit den Amerikanern verhandele.

Er öffnete für seinen Schwiegersohn die Tür, Steinfeld stieg in den Wagen. Das schwarze Gefährt glitt mit Helms und Steinfeld nahezu geräuschlos durch den Nebel davon. Vera starrte ihm nach. Sie blickte hoch und sah Katharina in der Terrassentür, die dem Wagen ebenfalls hinterherblickte.

17. Kapitel: 25./26. Januar 1989

Mit einem leichten Ruck verließ das Flugzeug amerikanischen Boden und nahm Kurs Richtung Moskau. Es handelte sich um ein Auslaufmodell von Laureus. Während die letzten Lichter am Boden verblassten, erinnerte sich Steinfeld an den jüngsten Verhandlungsmarathon vor Weihnachten. Ilk, inzwischen hessischer Ministerpräsident, wollte die Fusion mit VAG unbedingt über seine Hessische Landesbank abwickeln. Nachdem er seine Hausbank missbraucht hatte, um auf Kosten des hessischen Steuerzahlers einen Baukonzern zu sanieren, zielte seine Absicht jetzt auf eine rechtzeitige Gesundung dieser Bank vor der nächsten Wahl auf Kosten von Steinfelds Haus, das bei dieser Fusion den VAG-Konzern vertrat. Da war er bei Steinfeld genau an der richtigen Adresse: »Die Entwicklung eines neuen europäischen Jagdflugzeuges ist doch reine Illusion. Unsere Ingenieure können nicht mal Maschinen entwickeln, die die Amerikaner bereits wieder verschrotten.« Steinfeld warf einen kurzen Blick auf die Tragflächen, die infolge einer Turbulenz kurz zitterten. Er hatte Ilk sein Ultimatum mit einem Satz gestellt, der die gesamte Überlegenheit einer mächtigen Bank über Politiker zum Ausdruck brachte, die mittlerweile mit einer fünfzig prozentigen Staatsschuldenquote zu kämpfen hatten: »Wir sind nicht bereit, mit anderen zu teilen.«

Das war bei der knapp zwei Stunden zurückliegenden Zusammenkunft mit dem amerikanischen Präsidenten und seinem Beraterstab anders gewesen.

Nach der üblichen Blasmusik war man schnell zur Sache gekommen. Der amerikanische Präsident hatte dem Kanzler in einem Vieraugengespräch überraschend problemlos seine Zustimmung zur deutschen Wiedervereinigung gewährt, verknüpft mit der Bedingung, das Ölmonopol der US-Gesellschaften müsse auch bei einer möglichen Intensivierung der deutsch-russischen Handelsbeziehungen unangetastet bleiben.

Während sich der Kanzler für diesen vermeintlich fulminanten Verhandlungserfolg euphorisch feiern ließ und es vor allem genoss, dass Helms ihm seinen tiefen Dank aussprach, führte ihnen der Präsident drei alte Ölpumpen vor, mit denen sein Vater angeblich den Grundstein zu seinem späteren Vermögen gelegt hatte. Die Ölpumpen waren rot gestrichen und wie überdimensionale Waagschalen des Kapitals im Zentrum der Präsidentenranch in den Boden gerammt worden, eine kleine Betontafel unterhielt den Interessierten mit biografischen Details. Der Präsident steuerte eine leidlich amüsante Anekdote über Rockefeller und seinen Vater bei. Angeblich hatte der Präsidentenvater Rockefeller bei einem Pokerspiel unter den Tisch getrunken und durfte deswegen seine bereits verlorenen drei Ölquellen behalten.

»Ansonsten hätte er Rockefeller wahrscheinlich erschossen. Beim Öl verstehen wir Texaner keinen Spaß!«

Die dünnen Lippen des Präsidenten verschwanden in einem Lachen, bei dem er auffallend große längliche Zähne entblößte, sodass er ein wenig wirkte wie eines der wiehernden Pferde auf einer Koppel zu seiner Linken. Steinfeld entging nicht, dass der Präsident im Grunde nur den Text eines seiner Wahlkampfspots leicht variierte. Dort hatte es geheißen: Bei den Rohstoffen verstehen wir Amerikaner keinen Spaß!

Helms, der wusste, dass amüsante Anekdoten bei Vertragsabschlüssen beinahe noch wichtiger waren als die Unterzeichnung, steuerte nun Steinfelds erste Russlanderlebnisse vor dreiundzwanzig Jahren bei. Das Gelächter war groß, als Steinfeld sein angeblich durch den Sturz vom Pferd nach wie vor beeinträchtigtes Handgelenk herumzeigte.

»Seien Sie froh«, erklärte er gut gelaunt dem Präsidenten, »dass es die Linke war. Sonst könnte ich nicht mal mehr mit einem anständigen Händedruck das Abkommen bekräftigen, das Sie gerade eben mit unserem Kanzler getroffen haben.« Er schüttelte dem Präsidenten freundschaftlich die Hand, der sich zu einem herzlichen

Beidhänder herabließ. Steinfeld nahm Helms die allgemeine Heiterkeit auf seine Kosten nicht übel. Sie waren ein eingespieltes Team, das die Rollenverteilung der Maximierung des Gewinns unterordnete. Und doch war dies ein versteckter Wink von Helms, die Wiedervereinigung keineswegs durch neue Öleskapaden zu gefährden. Steinfeld wandte sich lächelnd und mit einem charmanten Handkuss der Gattin des Präsidenten zu.

Helms und er hatten bei ihrer kleinen Geschichte ebenso geflunkert wie der Präsident bei seiner. Aber nur Wahrheitsfanatiker hätte an der launigen Anekdote gestört, dass der Vater des Präsidenten nie in seinem Leben auch nur eine einzige Ölquelle besessen hatte, sondern ein gewiefter Bankier war, unter anderem Hauptfinanzier von Fritz Thyssen, der wiederum den ehemaligen Gefreiten Adolf Hitler entscheidend unterstützt hatte; diese unangenehme Wahrheit war in amerikanischen Geschichtsbüchern glücklicherweise nicht einmal eine Randnotiz, und selbstverständlich war Steinfeld klug genug, die Runde in diesem Augenblick überschwänglicher Vorfreude auf die deutsche Wiedervereinigung nicht mit hässlichen Details aus der Historie der deutsch-amerikanischen Freundschaft zu konfrontieren.

Stattdessen erinnerte er sich wieder an das Gespräch, das er vor knapp zwei Monaten mit Winterstein, Keppler und Reusch in einem Hinterzimmer des Palais Schaumburg geführt hatte, während der Kanzler und der Staatsratsvorsitzende sich während des offiziellen Empfangs auf dem inzwischen wieder eingeführten Loriot-Sofa unter den gefalteten Händen von Dürer hatten ablichten lassen. Wie immer wurden die Fotos so geschossen, dass die gefalteten Hände nicht auf dem Bild waren. Sie hätten eine Steilvorlage für jeden Karikaturisten geliefert.

Nachdem die desaströse finanzielle Lage der DDR offenkundig geworden war, hatte Steinfeld die interessante Frage aufgeworfen, wie man diese Tatsache der Öffentlichkeit am lukrativsten verkaufen könne. Gemeinsam hatten sie nach einem begeisternden Label gesucht und Steinfeld hatte die Sache schließlich selbst auf den Punkt gebracht: »Wir haben hier die einmalige Chance zu einer friedlichen Revolution.«

Wieder einmal hatte er die Stimme seines Schwiegervaters gehört: DIE DINGE NIE MEHR MIT BLUT REGELN, SONDERN IMMER MIT GELD. Er ersetzte sie in Gedanken durch eine erste

Lex Steinfeld: NICHTS BEGEHREN DIE MEDIEN MEHR UND
LIEBEN SIE WENIGER ALS DIE WAHRHEIT.
»Aber wie soll das gehen?« Keppler schüttelte aufgeregt den
Kopf. »Denken wir an den 17. Juni ...«
Steinfeld hob den Blick gegen die Decke und legte die Fingerspit-
zen gegeneinander. Ein unmissverständliches Zeichen, dass er eine
Bemerkung für überflüssig hielt.
»Die Situation ist doch heute eine vollkommen andere. Sie sind
pleite. Sie brauchen uns. Wir reden nur noch darüber, wie sie das
Gesicht wahren. In Würde untergehen.«
»Zumindest das Volk.«
Steinfeld nickte anerkennend. Winterstein hatte es sofort begrif-
fen.
»Und wie spielen wir ...«
Keppler wurde von einem Schrei unterbrochen. Als Winterstein
die Tür öffnete, schlug ihnen allgemeines Gelächter, unterbrochen
von weiteren weiblichen Schreien, entgegen. Eine Bedienstete hatte
auf der Holzvertäfelung im Festsaal, der gerade für den Empfang
des Staatsratsvorsitzenden hergerichtet wurde, eine Maus entdeckt.
Im Gegensatz zum ramponierten Arbeiter- und Bauernstaat gelang
der Maus die Flucht.
Steinfeld lächelte Keppler zu. »Wie wir das spielen?« Er schloss
die Tür wieder.
»Über Bande natürlich. Unsere Medien umarmen die Sowjetunion und die versenken die DDR in einem gesamtdeutschen
Staat ...«
»Darum dreht sich die ganze Chose«, sagte Winterstein. »Wenn
die russischen Panzer in den Kasernen bleiben, marschieren alle für
Kohle und Freiheit, sogar ich.«
»Aber die Westmächte? England und die USA werden niemals
ein wiedervereinigtes Deutschland ...«
»Dafür brauchen wir ja das Volk«, unterbrach Steinfeld Kepp-
ler. Er lächelte sein Mir-gehört-die-Welt-Lächeln. »Sie werden sich
der friedlichen Sehnsucht des Volkes nach einer gesamtdeutschen,
demokratischen Gesellschaft nicht ernsthaft widersetzen können.
Sie werden die Zähne zusammenbeißen und mit uns feiern.«
Die Legende war geboren und alle folgten ihr. Auch die amerikanischen Freunde.
Ebenso wie beim Empfang des Staatsratsvorsitzenden gab es auf

der Präsidentenranch einen kleinen Zwischenfall. Diesmal war es keine Maus, sondern der Sohn des Präsidenten, ein junger, auffallend kleiner Bursche von knapp über zwanzig, der beinahe unter seinem Cowboyhut zu verschwinden schien. Alle Delegationsmitglieder waren bisher mit großer Selbstverständlichkeit darüber hinweggegangen, dass er bereits um zwei Uhr nachmittags volltrunken war. Jetzt ging das nicht mehr. Offensichtlich hatten ihn die Ölpumpen seines Vaters inspiriert, seinen Geschlechtstrieb ungeniert auszuleben. Er hatte Vera in eine Ecke gedrängt und mit Anzüglichkeiten belästigt, die auch mit dem Konsum einer Flasche Whisky nicht mehr zu entschuldigen waren. Bevor ihn einige Security-Leute, die das offensichtlich nicht zum ersten Mal machten, diskret aus dem Verkehr zogen, hatte er Steinfeld angestiert, als wolle er sich dessen Gesicht genau einprägen, und mit kaum verständlicher Stimme von sich gegeben: »Don't worry about me. God will bless me. God is not a German, God is an American!«

Steinfeld spürte Wintersteins massige Hand auf seiner Schulter, während er an dessen Satz dachte: »Du weest ja. War immer mein Traum, Kapitalist zu sein wie du.«

Daraus würde nicht viel werden. Das Tankstellennetz der DDR, das Steinfeld bereits für Winterstein und dessen Freunde reserviert hatte, würde von den Amerikanern beansprucht werden. Nicht Buna oder Leuna würde auf den Zapfsäulen stehen, sondern Esso oder Texaco. God is an American!

Steinfeld warf einen Blick auf die Frau, die Anlass des kleinen amerikanischen Feuerüberfalls gewesen war. Er hatte Vera geschickt im Team dreier Hermes-Bank-Mitarbeiterinnen platziert, die noch attraktiver waren und unter den wenigen auserlesenen Wirtschaftsvertretern, die den Kanzler auf seiner diplomatischen Rundreise begleiten durften, für nicht unerhebliche Freude sorgten. Man war voller Zuversicht. In den USA war offensichtlich Großes vor sich gegangen, auch wenn diejenigen, die von Helms stets etwas herablassend unter »ferner liefen« eingeordnet wurden, keine Einzelheiten aus den wichtigen Gesprächen kannten. Aber allein die Tatsache, dass Helms trotz seines Alters von mittlerweile neunundsiebzig Jahren die Beschwerlichkeiten eines Fluges in die USA und anschließend nach Moskau auf sich nahm, sprach für die eminente Wichtigkeit des Unternehmens. Gewöhnlich kamen alle, die er sprechen wollte, zu ihm.

Innerhalb weniger Sekunden war klar, dass Helms Vera zur Erfüllung seiner persönlichen Wünsche auserkoren hatte. Sie war unter anderem dafür verantwortlich, dass er seine Medizin pünktlich nahm.

»Aus Ihrer Hand schmeckt selbst die bitterste Pille.«

Während er zum dritten Mal an diesem Tag mit diesem Satz die kleine Tablette von einem Tablett nahm, das Vera ihm reichte, begriff sie, dass er alles wusste, was bisher zwischen ihr und Steinfeld geschehen war, und dass es schwer werden würde, ihm die Dinge zu verheimlichen, die noch geschehen sollten. Helms stellte fest, dass sich Veras schauspielerische Fähigkeiten an der Seite von Steinfeld enorm entwickelt hatten. Im Augenblick gab sie die perfekte Krankenschwester, die ihm mit geübtem Griff das Augenlid hochzog und zwanzig wasserhelle Tropfen aus einem Fläschchen in jedes Auge träufelte.

Der Kanzler, den Steinfeld und Helms wegen seiner Vorliebe für Dürer kontrapunktisch zu seinem Kampfgewicht von wenigstens hundertfünfzig Kilo intern nur »den Dürren« nannten, sonnte sich in der allgemeinen Sympathie, die ihm plötzlich von allen Seiten entgegenschlug. Er hatte harte Zeiten hinter sich. Seit seinem Amtsantritt vor sieben Jahren von der Presse gehetzt und von den Intellektuellen verachtet, würde nun möglicherweise ausgerechnet er, der von allen unterschätzte mediokre Biedermann, als Kanzler der Einheit in die deutsche Geschichte eingehen. Die Rolle des Biedermanns beherrschte er in der Tat ausgezeichnet und genau deshalb hatte ihn Helms vor sieben Jahren als Nachfolger des »Picassokanzlers« ausgewählt, der sich der Öffentlichkeit als Weltökonom präsentierte, aber für Steinfelds Ratschläge denkbar unempfänglich war, besonders dann, wenn diese sich im Grunde haargenau mit seinen eigenen Ansichten deckten.

»Eine impertinente Bevormundung mit Selbstverständlichkeiten«, nannte er das, wobei sein hanseatischer Tonfall seine stets arrogant anmutende Kompetenz unterstrich. Abgesehen davon, dass er die Nato-Nachrüstung in seiner eigenen Partei nicht hatte durchsetzen können, wäre »Pik As«, wie Steinfeld und Helms ihn in Augenblicken ironischer Wertschätzung titulierten, mit seiner übertriebenen Zurschaustellung seiner intellektuellen Fähigkeiten kein optimaler Kandidat für die deutsche Wiedervereinigung gewesen. Von einem Mann vom Schlage Ilks ganz zu schweigen, der mit seinem offenkundigen Hang zu kriminellen Aktivitäten, unterstützt von reichlichem Alkoholkonsum, unter Garantie als perfekte Inkarnation des hässlichen Deutschen die Weltöffentlichkeit verschreckt hätte. Der Dürre war genau richtig für diesen Job. Und da man ihn, nach intensiven Gesprächen mit der Fünfprozentpartei, die als Zünglein an der Waage seit Jahrzehnten die demokratischen Geschicke der Bonner Republik auf nicht immer ganz durchsichtige Art und Weise bestimmte, im selben Jahr inthronisiert hatte, in dem Steinfeld die Nachfolge von Helms bei der Hermes-Bank antrat, war aus den beiden seit 1982 beinahe so etwas wie ein ungleiches Brüderpaar geworden. Häufig ließ er sich von Steinfeld beraten, auch wenn er dann meistens doch etwas anderes tat und sich dafür kleinlaut mit den Zwängen der Lobbyisten und der Demokratie entschuldigte.

»Ihr habt's gut«, war eine seiner Lieblingsfloskeln. »Ihr müsst nicht gewählt werden.«

Dabei übersah er geflissentlich, dass er durch ein demokratisch höchst fragwürdiges Misstrauensvotum an die Macht gekommen war, das noch unvorteilhafter wirkte, wenn man mehrheitsbildende, im Hintergrund geflossene Kapitalströme vermutete.

Steinfeld blickte erneut aus dem Fenster. Über ihnen funkelten jetzt ein paar Sterne wie die Bordlichter von Flugzeugen, die sich in die Ewigkeit verflogen hatten. Von ihnen schien wie über einen Geheimsender die Stimme seiner Frau herüberzuwehen.

»Du warst viel zu großzügig. Wie immer.«

»Wie bitte? Ich hör dich so schlecht.«

»Ja«, hörte er seine Frau sagen, »das ist der Fortschritt. Man spricht pausenlos miteinander, aber man versteht sich nicht.«

Es waren nur die Erinnerungen an das nachmittägliche Telefonat. Ihr Lachen war ihrer Stimme auf der Tonleiter nach unten gefolgt. Was früher Glockengeläut gewesen war, erinnerte jetzt eher an das Schlagen einer Wanduhr.

»Das ist ja keine Scheidung, sondern eine Tombola. Wie soll ich denn all dieses Geld noch ausgeben?«

Steinfeld hatte wieder einmal und, wie er wohl wusste, vergeblich darauf bestanden, dass sie ein Sanatorium aufsuchte. Er war nicht einmal sicher, ob sie tatsächlich schon mal in einer Klinik gewesen war und ihren rätselhaften Husten, der sie seit einem Dreivierteljahr heimsuchte, fachmännisch hatte untersuchen lassen.

Angeblich war medizinisch nichts festzustellen. Sie hatten sich auf die Sprachregelung geeinigt, dass Katharina wieder von ihrem Kindheitshusten eingeholt worden sei. Jedes Mal, wenn Steinfeld diesen Code zu durchbrechen suchte und auf einen gemeinsamen Arztbesuch drängte, brachte sie ihn mit der Entgegnung »freu dich doch, ich werde wieder jünger« zum Schweigen. Manchmal fügte sie ein »das verdanke ich deiner guten Behandlung« hinzu, das sie im Tonfall je nach Stimmungslage zynisch, sarkastisch oder liebevoll zu modulieren verstand.

Während Steinfeld ihren liebevollen Erkundigungen nach Vera lauschte, begriff er erneut, dass Katharinas Husten und Veras Auftauchen in einem Zusammenhang standen. Katharina hatte Vera für ihn wiedergefunden, kurz nachdem ihr Husten begonnen hatte. Die Erkenntnis, dass dies kein Zufall, sondern ein wohl kalkuliertes Manöver im Schlachtplan seiner Frau sein musste, verursachte ihm Unbehagen.

»Du hast mir Vera geschenkt, um mich loszuwerden, gib's zu.«

»Ich habe sie dir geschenkt, weil sie dir gut tut.«

Das stimmte. Er fühlte sich wieder lebendig, seit Russland in geographischen und menschlichen Dimensionen in ihm neu erwacht war, aber es machte ihm auch Angst. Die Vorstellungen und Fantasien über Vera und ihr Land waren immer so etwas wie seine emotionale Notration gewesen. Jetzt blieben ihm keine Hoffnungen, keine Erwartungen mehr, auf die er in seinen Träumen zurückgreifen konnte, nur Vergangenheit. Vera schlüpfte auf den Sitz neben ihm.

»Was hast du vor?«, fragten ihre Augen. »Wann erzählst du mir alles?«, flüsterte sie. Er schüttelte matt lächelnd den Kopf. Er war noch nicht bereit, nicht frei für Russland, für seine große Vision. Er schloss die Augen, Heinrich tauchte auf, aber die Erinnerung an ihn brachte ihm momentan nichts, er ruhte wie eine Versteinerung in seiner Seele.

Er dachte wieder an die Dias seiner Frau, die ihn inspiriert hatten, und vor seinem inneren Auge zogen noch einmal die extremsten Bilder aus der Sahel-Zone vorbei, ehe sich ein ganz anderes Dia in den Projektor schob, der für seine Träume zuständig war: Kölner Dom 1975. Katharina und Steinfeld gaben sich das offizielle Jawort. Aus der kleinen, intimen Hochzeit in Menton war nichts geworden. Helms und Semjuschin stärkten ihnen als Trauzeugen den Rücken. Sie erinnerten Steinfeld unwillkürlich an Sekundanten bei einem Liebesduell, das für einen der Beteiligten tödlich enden musste. Der Priester stellte die bei der Zeremonie üblichen Fragen. Bis dass der Tod euch scheidet? Auf keine Ehe traf das so zu wie auf ihre. War Vera dabei gewesen? Sie musste dabei gewesen sein, aber Steinfeld konnte sich nicht mehr erinnern, wie sie damals ausgesehen hatte. Er hatte nur Augen für Katharina gehabt.

Als er ihr den Ring ansteckte, dachte er an die verschneiten Winterwege, die sie beide so sehr liebten. Stundenlange Schneespaziergänge. Gemeinsames Schweigen, das nur durch die Bewunderung der Natur mit ihren unberührten Schneegirlanden auf Bäumen, Hecken und Zäunen durchbrochen wurde. Sie brauchten die Kälte, um nicht an dem Feuer zu verbrennen, das die Strategien ihres Vaters in ihnen entzündet hatten. »Ja, ich will!« Er spürte ihre Lippen, als wollten sie in seinen verschwinden, und sie wäre nicht Katharina gewesen, wenn sie ihm dabei nicht ihre glatte, heiße Zunge zwischen die Zähne geschoben hätte. Das Gemurmel der Hochzeitsgäste klang wie das Gurren der Tauben, die zu Tausenden den Dom umschwirrten und überall ihre Exkremente verteilten. Die meisten Zuschauer dachten, dieser Kuss sei nichts als eine kalkulierte Show, die, so wie die gesamte Zeremonie, die reine Zweckmäßigkeit dieses Bündnisses kaschieren sollte. Vielleicht hatte er es damals selbst noch zu glauben versucht. Mit denjenigen heimlich gelächelt, die seine homosexuellen Neigungen kannten oder zumindest erahnten. Wenn sie gewusst hätten, wie wenig ihm diese vermeintlichen Rettungsanker in den kommenden Jahren nützen sollten. Katharina und er tanzten längst auf einer Eisfläche, die unter ihren Kufen dahinschmolz. Pater Hohenbach las zur Feier des Tages ein Gedicht von Hölderlin vor. Die griechischen Götter ließen grüßen.

Nächstes Dia: der Bungalow des Ehepaars Steinfeld, die Essnische in den Farben weiß und orange, Herbst 1977: Irgendwie gelang es ihnen nie, ihr Heim abschließend einzurichten. Ständig war irgendein Raum in Veränderung. Diese Veränderungen folgten keinem Plan, keiner Mode, sondern Katharinas spontanen Eingebungen. Beim Frühstück dagegen war sie den fest einstudierten Ritualen gefolgt, die sie von zu Hause kannte. Sie hatte geradezu darauf bestanden, dass Steinfeld dem Vorbild ihres Vaters folgte, morgens alle wichtigen Zeitungen überflog und nebenbei Radio hörte. Zu

Beginn ihrer Ehe hatte sie währenddessen auf seinem Schoß Platz genommen und ihn mit Croissants und Küssen gefüttert. Inzwischen war, wie sie selbstironisch feststellte, ihre Liebe erwachsener geworden und sie zunehmend unzufriedener mit ihm. Steinfelds Antworten waren wie ein Buch, das sie zu oft gelesen hatte. Sie war nicht mit seiner Position innerhalb der Bank unzufrieden, sondern mit seinen Strategien, seinen Antworten, die ihrer Meinung nach immer stereotyper wurden und den großen, genuinen Geist vermissen ließen, der ihrer Meinung nach nötig war, um die Bank eines Tages zu leiten.

»Viel Spaß bei deiner Ochsentour.«

Am Anfang hatte sie ihn nach dieser Verabschiedung noch so heftig auf den Mund geküsst, dass ihn nur absolut unaufschiebbare Termine davon abgehalten hatten, wieder mit ihr im Bett zu landen, inzwischen taten es die aneinander gelegten Wangen, während ihre Lippen die von ihren ersten morgendlichen Zigaretten vernebelte Luft küssten. Dennoch hatte die sexuelle Anziehung zwischen ihnen nicht nachgelassen, sie war nur unregelmäßiger geworden, brach dann aber umso heftiger hervor. Und noch galt ihre Leidenschaft ausschließlich einander; je schärfer die Auseinandersetzungen mit Katharina wurden, umso mehr verlor er die Lust auf andere amouröse Abenteuer, denn er wurde für jeden Streit mit derart aufregendem Sex belohnt, dass er sich nicht im Traum vorstellen konnte, etwas Vergleichbares für Geld zu bekommen. Dafür war ihr Sex zu tief mit ihren Persönlichkeiten verknüpft.

Einmal sagte er zu ihr: »Du wirst es nicht glauben, aber ich verkehre nur noch mit dir.«

Ihre Antwort kam prompt und mit einem zärtlichen Lachen, durch eine Prise Spott verfeinert: »Wie soll ich dir denn so was glauben?«

Der Sex danach war im Vergleich zu ihren üblichen Aktivitäten nicht sonderlich aufregend. Er begriff, sie bestand zwar nicht unbedingt darauf, betrogen zu werden, aber sie liebte die Vorstellung, er würde sie betrügen. Das fand sie stimulierend. Ohne wenigstens die vage Vermutung, er könnte Vergleiche anstellen, fühlte sie sich nicht in genügendem Maße herausgefordert. Sie war eben auch eine Tochter des freien Wettbewerbs. So erfand Steinfeld ständig sexuelle Abenteuer, die er nicht hatte. Das machte ihm Spaß, denn er war nach wie vor ein begnadeter Geschichtenerzähler.

Sie schien sich fest vorgenommen zu haben, die Rolle der mustergültigen Ehefrau, zu der für sie selbstverständlich auch die der atemberaubenden Liebhaberin zählte, mit Bravour zu spielen, denn seit ihrer Hochzeit fühlte sie sich das erste Mal von ihrem Vater geliebt. Helms belohnte sie, wenn auch sparsam. Und hatte er nicht Recht behalten? Steinfeld war wirklich ein nach allen Seiten schillernder, interessanter Mann. Deshalb gab Katharina zunächst durchaus nicht ungern die glückselige Tochter, die unter Einsatz ihrer gesamten Person das Funktionieren dieser für Helms so bedeutsamen Ehe garantierte. Aber ihre Vorwürfe, Steinfeld sei ihr kulturell und intellektuell nicht gewachsen, und wenn er sich nicht zügig weiterentwickle, werde er eines Tages das Werk ihres Vaters nicht fortführen, sondern zerstören, waren die ersten gefährlichen Auflösungserscheinungen dieser Rolle. Steinfeld zitterte vor dem Tag, an dem sie feststellen würde, dass ihrem Vater das Glück seiner Tochter höchst gleichgültig war, wenn es sich nicht mit seinen eigenen Plänen deckte. Denn so scharfsinnig sie in der Analyse von Steinfelds Person war, so rührend blind war nach wie vor ihr Blick auf ihren Vater. Aber es gab die ersten Beben. Ihr Wesen erinnerte Steinfeld zunehmend an Geröllschlag. Es begann mit einigen scheinbar harmlos herabfallenden Steinen und endete in einer lebensbedrohlichen Lawine.

So auch an jenem nasskalten Novembermorgen. Steinfeld hatte das Radio absichtlich ignoriert, doch Katharina hatte es prompt angestellt und so laut gedreht, dass die neuesten Nachrichten über die Schleyer-Entführung mit bedrohlich dröhnenden Bässen übertragen wurden. Katharina hatte panische Angst, nicht um ihren Ehemann, sondern um ihren Vater, wie Steinfeld sarkastisch konstatierte. Katharina entgegnete, Steinfeld würden die Terroristen doch überhaupt nicht kennen, ihr Vater hingegen sei die Symbolfigur des deutschen Kapitalismus und in den Wahnvorstellungen der Terroristen ein alter Nazi, der jetzt die BRD beherrsche. Steinfeld gab die Aussicht auf ein ruhiges, harmonisches Frühstück endgültig auf.

»Das ist er doch auch.«

Zufrieden mit dieser Antwort nahm er einen Schluck englischen Tee, den er seit seinem Anschluss an die Familie Helms zum Frühstück bevorzugte.

Erwartungsgemäß verbat sich Katharina, dass Steinfeld sich ein

Urteil über ihren Vater anmaßte. Natürlich wusste oder ahnte sie zumindest, dass ihr Vater nicht die Rolle des tadellosen Widerstandskämpfers gespielt hatte, für die er in den meinungsbeherrschenden Medien bekannt war. Das steigerte ihre Wut ganz erheblich: »Du redest genauso einen Schwachsinn wie die RAF!«

»Vielleicht bin ich ja heimliches Mitglied und höhle die Bank von innen aus.«

Er beschloss, den Rest seiner Zeitung während der Fahrt zu lesen, und erhob sich.

»Abschiedskuss?«

»Nein!«

Bereits im Mantel klingelte er nach seinem Fahrer.

»Vielleicht verwechseln mich die Terroristen mit deinem Vater und du siehst mich gerade jetzt zum letzten Mal? Komm schon.«

Er fasste sie am Kinn und küsste sie kurz auf ihren widerstrebenden Mund.

»Pass auf dich auf.« Es klang eher wie: Scher dich zum Teufel. Er lächelte. Im Grunde war er ihr dankbar, dass sie seinen Morgen so aufregend gestaltete, aber es wäre ein großer Fehler gewesen, ihr das zu sagen.

»Mach dir nicht zu viele Sorgen.«

Als er bereits an der Tür war, flüsterte sie im Tonfall eines kleinen Mädchens.

»Gehst du jetzt einfach so weg?«

»Bis heute Abend.«

Diese Auseinandersetzungen kannten dank Katharinas Fantasie denkbar viele Variationen, verliefen aber zunehmend nach demselben Muster: Streit am Morgen und Versöhnung am Abend. Besser als umgekehrt, dachte Steinfeld.

Aber es schlich sich ein gefährlicher Mechanismus ein. Sie schienen die verbalen Zerwürfnisse immer mehr zu benötigen, um sich sexuell zu stimulieren. Er starrte aus dem taunassen Seitenfenster seiner Limousine. Im Grunde hatte sie ja Recht. Manchmal war ihm so langweilig, dass er seinen Fahrer weniger aus Gründen der Sicherheit als vielmehr der Abwechslung bat, eine andere Route ins Büro zu wählen.

Trotzdem verharrten vor seinem Fenster die immer gleichen Vororte, die nur durch die Jahreszeit veränderten Äcker, die immer gleich müde wirkenden Krähen. Wenn er irgendwohin flog, war es auch nicht besser. Er kannte von allen Hauptstädten dieser Welt die Route vom Flughafen und zurück, dazu die Büroräume der wichtigsten Banken und Unternehmen und den Nachtblick aus den teuersten Hotels. Zugegebenermaßen waren es sehr reizvolle Aussichten, aber aneinander gereiht in seinem Kopf wirkten sie trostlos, auch ohne die seichte Hotelzimmermusikuntermalung und die Wettervorhersage für den kommenden Tag. Für die Stürme war seine Frau zuständig. Trotzdem versanken sie unaufhaltsam in ihrem täglichen Mantra: Er liebte die Bank, weil er Katharina liebte. Und er liebte sie, weil er die Bank liebte. In ihren Verkehr strömten all die Abenteuer milliardenschwerer Unternehmungen, der Nervenkitzel filigran gesponnener Intrigen, der süße Triumph erfolgreich abgeschlossener Liquidierungen, allerdings immer nur für kurze Zeit. Dann flossen Beruf und Beziehung wieder in getrennten Betten und die Rinnsale ihrer Liebe wurden zunehmend dünner.

Ein neues Dia glitt in seine Erinnerung. Ein spätsommerlicher Septembertag, 1982. Die sozialdemokratischen Minister der Regierung befanden sich noch im Sommerurlaub. Sie würden ihn brauchen. Eine Brücke über einen Bach, ruhig dahinfließendes Wasser, ein Park. Auf dem Geländer ein blondierter Junge in ausgewaschenen Jeans und überhängendem, lilafarbenem Hemd. Die moderne Karikatur einer antiken Statue. Steinfeld lehnte neben ihm am Geländer und las aus einem Buch. Hölderlin. Er schändete sein Hochzeitsgedicht, indem er es diesem kleinen Stricher vorlas. In zwanzig Metern Abstand sein nervös wartender Leibwächter, ein ehemaliger Staubsaugervertreter, der zwischendurch als freischaffender BND-Mitarbeiter tätig gewesen war und kurz nach Steinfelds Hochzeit versucht hatte, ihn mit kompromittierenden Fotos zu erpressen. Fotos, auf denen er mit Jungen wie diesem zu sehen war. Umarmen oder vernichten. Steinfeld hatte sich nach einem kurzen Blick auf die Fotos zu Ersterem entschlossen: »Sie sehen ja, wie dringend ich einen guten Staubsauger brauche.«

Dasselbe Prinzip, das Steinfeld bei Reusch angewendet hatte, funktionierte auch hier perfekt. Steinfeld konnte sich keine treuer ergebene Seele vorstellen. Deswegen war Mazarek über die homosexuelle Enthaltsamkeit seines Chefs während der letzten Jahre außerordentlich glücklich gewesen und über den gerade stattfindenden Rückfall alles andere als erfreut.

Verstohlen blickte er auf die Uhr. Seine Augen tasteten die Umgebung nach möglichen Schwierigkeiten ab. Der Junge war offensichtlich auf Drogen. Es konnten unvorhersehbare Dinge geschehen.

Wollte Steinfeld unbedingt seine Ernennung zum Vorstandsvorsitzenden aufs Spiel setzen, die in vier Wochen bekannt gegeben werden sollte? War das seine exzentrische Art zu feiern? War dieses Rendezvous auf der Brücke eine letzte, lächerliche Reminiszenz an alte, längst vergangene Zeiten, ein grotesker Befreiungsversuch, ein wehmütiger Abschied? Oder war es ein Ausdruck seiner Wut auf Katharina?

Vor zwei Monaten hatte Helms endlich sein Versprechen in die Tat umgesetzt, das er Steinfeld 1975 in jenem Schweizer Tresorraum gegeben hatte. Aus den fünf waren sieben Jahre geworden, Helms hatte mit Steinfelds Einverständnis noch das Misstrauensvotum gegen den von ihnen gemeinsam inthronisierten »Picassokanzler« angeschoben, dem Steinfeld, wie allgemein bekannt war, keine Träne nachweinte. Nun war es für Helms, der mit seinen dreiundsiebzig Jahren genau wie sein politisches Pendant Adenauer immer noch vor Tatendrang und neuen Ideen strotzte, an der Zeit, Platz zu machen, was er auch schweren Herzens tat.

Steinfeld hatte diese frohe Botschaft Katharina überbracht. Und wie hatte sie reagiert? Sie hatte das erste Mal mit Scheidung gedroht. Sie hatte ihm vorgeworfen, er treibe ihren Vater aus dem Amt. Ihr Vorwurf kam so überzeugend, dass Steinfeld für einen Augenblick befürchtete, sie könnte die Wahrheit kennen, aber sie kannte gar nichts. Es war einfach ihre weibliche Intuition, mit der sie der Wahrheit geradezu teuflisch nahe kam. Selbst ihr Vater konnte sie nicht vom Gegenteil überzeugen. Sie wollte an eine Intrige Steinfelds glauben, daran, dass er sich den Posten ihres Vaters auf unrechtmäßige Art und Weise erschleiche, und glaubte somit intuitiv das Richtige, aber nur, weil sie vor etwas anderem noch mehr Angst hatte: vor der Versteinerung ihrer Ehe. Was war, wenn Steinfeld so wurde wie ihr Vater, ohne dessen strategischen Weitblick zu besitzen? Was war, wenn sie noch weniger Zeit, noch weniger Gefühl bekam, ohne wenigstens zu Steinfeld aufblicken zu können wie zu ihrem Vater? Und auch das war nur ein Teil der Wahrheit. Ihr Körper, ehrlicher als jeder Gedanke, wollte keinesfalls auf den höchst lebendigen, sich über alle Konventionen hinwegsetzenden Steinfeld samt seinen Spielerlaunen verzichten, nicht für alle Vorstandsvorsitze dieser Welt. Sie liebte ihn gerade deswegen, weil er mit seiner Ehefrau alles tat, was ihr Vater stets in Machträuschen sublimiert hatte, aber natürlich konnte sie sich das nicht eingestehen, und so blieb ihr Körper mit seinen letzten Wahrheiten einsam hinter ihr zurück, wo er sich trotz ihres immer exzessiver werdenden Lebenswandels in erstaunlicher Schönheit konservierte.

Ihr Vater mahnte sie zur Ruhe. Erklärte ihr, dass eine Scheidung nicht in Frage komme. Steinfeld werde sein Nachfolger und sie habe das zu akzeptieren. Im Grunde sei ihre Aufgebrachtheit nur ein Zeichen dafür, dass sie Steinfeld liebe und ihn nicht an die Bank verlieren wolle. Das sei doch gut. Sie solle nach Hause fahren und sich über die Karriere ihres Mannes freuen. Sie habe immer einen Mann gewollt, der das nötige Niveau für sie und ihre Familie besitze, und den habe sie zweifellos. Steinfeld werde als Vorstandsvorsitzender der Bank weiter wachsen und genau die Person werden, die sie sich immer als Ehemann gewünscht habe. Es klang alles sehr vernünftig, doch vielleicht konnte sie gerade im Augenblick des Machtwechsels etwas fühlen, was sie bis dahin bestenfalls geahnt hatte: Ihr Vater liebte sie trotz ihrer vorbildlichen Ehe nach wie vor nicht. Und er vertraute ihr nicht. Sie fühlte es ganz deutlich. Er hatte ein Geheimnis, das Steinfeld kennen musste und das sie ihr beide verschwiegen. Er besaß nicht einmal genügend Vertrauen zu ihr, um zu wissen, dass sie ihm alles verzeihen würde, und vielleicht verletzte sie das am meisten. Fatalerweise verschob sich dieses Gefühl sofort auf ihre Beziehung zu Steinfeld.

»Wie konntest du mich diesem windigen Emporkömmling opfern?«, schrie sie in wohl kalkulierter Lautstärke durch die Gänge der väterlichen Vorstandsetage. »Einem Mann, der dich aus dem Amt treibt?«

Plötzlich war sie sicher, dass auch Steinfeld sie nicht liebte. Er hatte sie nur für seine Karriere benutzt. Alles an ihm war unecht, alles bis auf seinen Körper, und darauf war sie hereingefallen wie ein Backfisch. Dieser Emporkömmling war ein Klon, der ihren Vater vom Thron stieß, einen Vater, den sie in ihrer Gekränktheit nur umso verzweifelter liebte, vielleicht weil dieses verzweifelte, unerfüllte Gefühl die einzige Konstante in ihrem Leben war. Aber es begann sich langsam zu drehen, wie ein Strom, der sich ein neues Bett sucht. Sie würde sich an diesen beiden Männern, die sie zum Spielball ihrer Machtintrigen degradiert hatten, rächen. Aber noch

hielt sie still, zähneknirschend. Es war eine Art Waffenstillstands-
abkommen bis zum nächsten Sturm.

»... es schwinden, es fallen die leidenden Menschen. Blindlings
von einer Stunde zur andern, wie Wasser von Klippe zu Klippe geworfen, jahr lang ins Ungewisse hinab.«

Ein sonniger Tag im Oktober des Jahres 1982. Einige Fenster
standen leicht geöffnet, die Gardinen schwebten wie Schleier vor
den verblühenden Blumen der Rosenbeete. Katharina Steinfeld trug
vor einem erlesenen Kreise im Hause ihres Vaters Hölderlin vor.
Anlass war wieder einmal der Todestag ihrer Mutter. Er ging, nicht
zum ersten Male, mit politischen und wirtschaftlichen Großereignis-
sen einher. Vor zwei Wochen hatte ein konstruktives Misstrauensvotum der Republik einen neuen Kanzler beschert, und Helms hielt
für die Öffentlichkeit noch eine weitere Überraschung bereit. Ob
er die Politik des Landes auf den Todestag seiner Frau hin ausrich-
tete? Es wäre ihm zuzutrauen gewesen.

»1982 ist das Jahr des Wechsels«, verkündete er, nachdem seine
Tochter das erste Gedicht beendet hatte. »Das Land braucht einen
neuen Kanzler und unsere Bank einen neuen Vorsitzenden. Ich
denke, meine Ärzte werden mich einmal im Leben loben.«

Er überreichte seinem Schwiegersohn und Nachfolger einen
Strauß makelloser Rosen aus seinem Garten.

»Die ersten holden Inseln; und freudig sah des Sonnengottes
Auge die Neulinge ...«

Steinfeld hing an den Lippen seiner Frau. Noch nie war sie ihm
so schön erschienen, so vergänglich. Er bedauerte plötzlich, in den
letzten Jahren nicht mehr Zeit mit ihr verbracht zu haben, Zeit,
in der er sie einfach in Ruhe betrachten konnte. Vorzugsweise
schlafend. Sie befand sich auf dem Höhepunkt ihrer Schönheit. Sie
strahlte eine Kraft aus, die ihm völlig neu vorkam. Vielleicht würde
sie nie mehr so schön sein wie heute. Er beschloss, dass diese Schönheit baldmöglichst an die folgende Generation weitergereicht werden musste.

Katharina verließ unter dem Beifall der geladenen Gäste rasch
den Saal. Der neue Dürerkanzler schob seine Leibesfülle durch die
Menge und gratulierte Steinfeld mit etwas übertriebener Jovialität.
Wie ein überdimensionaler Punchingball schob er sich zwischen
Steinfeld und die davoneilende Katharina. Der abgedankte Picasso-
kanzler versuchte im Hintergrund, Helms zu einem Interview für

die Zeitung zu überreden, deren Herausgeber er nun werden würde. Helms lehnte mit der gewohnten, als Bescheidenheit getarnten Unverschämtheit ab. Er habe doch nichts zu sagen. Steinfeld versuchte, Katharina durch einen Wald ihn beglückwünschender Hände zu verfolgen.

Er schlief jetzt tief, in seinem Flugzeugsessel wie ein Götterbote über ruhig dahinziehenden Wolken schaukelnd. Die Auswahl seiner Dias hatte sich verselbstständigt.

Der Bungalow, ein drohender schwarzer Würfel bösartiger Materie im untergehenden Licht. Katharina knallte einen Koffer aufs Bett, packte. Sie wollte weg, wollte endgültig die Scheidung. Steinfeld ergriff ihre Hände, hielt sie fest: »Du kannst dich nicht scheiden lassen. Ich leite jetzt diese Bank!«

»Nicht mehr lange!« Bekannte Wäschestücke flogen an ihm vorbei, wie ein Zeitraffer leidenschaftlicher Ouvertüren. »Du kannst nicht Vorsänger in diesem katholischen Männergesangsverein sein, wenn ich mich scheiden lasse! Eure Feier war etwas voreilig.«

»Typisch«, dachte Steinfeld in seinem Zorn. Sie hatte ihrem Vater gegenüber scheinbar eingelenkt, aber im Grunde nur gewartet, bis er offiziell inthronisiert war!

Sie faltete ihre Unterwäsche dicht vor seinem Gesicht.

»Ich finde, du hast es dir nicht verdient«, versetzte sie gelassen. »Was hast du schon geleistet in den letzten sieben Jahren? Du bist genauso medioker wie der Kanzler, der sich auf undemokratische Art und Weise die Macht erschlichen hat, und du bist mit genauso faulen Methoden hochgekommen.«

Er erinnerte sie daran, dass ihr Vater ihn zum Vorstandsvorsitzenden gemacht hatte. Wollte sie ihn bis auf die Knochen blamieren?

Sie wollte ihren Vater im Augenblick aus dem Spiel lassen. Sie gab vor zu glauben, Helms stelle voller Edelmut sein Amt zur Verfügung, weil Steinfeld ihn mit seinem kranken Ehrgeiz dazu genötigt habe. Ihr Schmerz über ihre Einsamkeit äußerte sich im Schmerz über den ihrer Meinung nach verfrühten Rücktritt ihres Vaters: »Dreiundsiebzig! Er ist noch so vital und gesund! Was soll er denn jetzt machen?«

Jetzt wirkte sie beinahe wie das kleine Mädchen, das die böse Mutter vor dem geliebten Vater schützen muss und sich dabei einredet, in Wirklichkeit den Vater zu beschützen. Doch Steinfeld konnte momentan nur bedingt Mitleid aufbringen. Dafür war sie zu gehässig und zu schön.

»Dann hat er endlich mal Zeit für dich. Tröste dich, er sitzt in 32 Aufsichtsräten. Sie machen extra ein Gesetz für ihn, damit er nur noch in 24 sitzen kann. Lex Helms!«

Sie packte weiter. Erkannte an seinem Blick, dass er kurz davor war, ihr den Koffer wegzunehmen, es aber klugerweise unterließ und stattdessen mit wachsender Unruhe über eine Strategie nachsann, sie umzustimmen.

»Was kommt jetzt? Die rührende Geschichte über deinen Jugendfreund Heinrich, der sich umgebracht hat? Dass du es deswegen nicht ertragen kannst, wenn dich jemand verlässt?«

Er war kurz davor, ihr ins Gesicht zu sagen, womit er ihren Vater erpresst hatte, sie in den Keller dieser Schweizer Bank zu schleppen und ihr die Goldplomben von 500 000 Juden unter die Nase zu halten. Aber das hätte sie ihm erst recht nie verziehen.

Äußerlich völlig ruhig, faltete er eines der Kleider zusammen, die er immer am liebsten an ihr gesehen hatte, ein Weihnachtsgeschenk von ihm, und legte es in den Koffer.

»Ich hab dir nie von Heinrich erzählt. Von wem hast du das, von Reusch?«

Sie betrachtete seine Hände, die das nächste Kleid zusammenfalteten.

»Und wenn schon. Das kann dir doch egal sein.«

»Es war eine der erfreulichsten Übereinkünfte unserer Ehe, dass jeder tun kann, was ihm beliebt. Ich will nur über meine Mitarbeiter informiert sein.«

»Damit du sie besser erpressen kannst.«

Steinfeld wusste, dass er sie bereits wieder so sicher am Haken hatte wie einen seiner Kunden. Er genoss dieses Spiel. Ihr schimmernder Zorn würde sich später, im Bett oder auf den Teppichen, in flammende Leidenschaft verwandeln und am nächsten Morgen würde der Hass wie abgestandener Rauch über den Frühstückstellern liegen. Eine auf- und absteigende Energiekurve, die ihre Ehe lebendig hielt. Noch. Durch eine Armbewegung verrutschte ihr Kleid, sodass es den oberen Teil ihres linken Schulterblatts entblößte. Steinfeld musterte die kleine, sichelförmige Narbe. Sie hatten beide von den Scheitelpunkten ihrer Leidenschaft die eine oder andere kleine Hautabschürfung im Lendenwirbelbereich oder an den Schultern davongetragen. Kleine Mahnmale der Liebe, die ihnen später die heftigsten Amplituden ihrer Beziehung in lebhafter Erinnerung hielten.

Während sie weiterpackte, verschwand Steinfeld kurz und kehrte, vorbei an den frisch eingestellten, einem Vorstandsvorsitzenden in Zahl und Qualität angemessenen Sicherheitsbeamten, mit Helms' Strauß zurück. Die Blumen waren bereits leicht verwelkt, er hätte sie ins Wasser stellen sollen. Vor einem der jungen, stoischen Gesichter machte er kurz Halt. Die Jungs standen herum wie bewaffnete Schaufensterpuppen: »Nun lachen Sie doch mal. Alles wird gut.«

Er spazierte wieder ins Schlafzimmer, wedelte mit den Rosen.

»Diese Blumen musst du lieben. Dein Vater hat sie mir geschenkt.«

Er zupfte ein Blütenblatt nach dem anderen ab und ließ sie dicht vor ihrem schwarzen Haarvorhang auf das Bett schweben, während sie weiter ihren Koffer packte.

»Sie liebt mich, sie liebt mich nicht ...«

Mit einem Ruck warf sie ihre Haare zurück, sodass sich sein letztes Blütenblatt darin verfing, und starrte ihn an. Eine Glutwolke, deren Grenzen sich rasch veränderten, flog über ihr Gesicht.

»Idiot ... zur Beantwortung dieser Frage musst du wirklich nicht die armen Blumen entleiben.«

Steinfeld zeigte ihr den kahlen Stängel.

»... sie liebt mich nicht, aber sie begehrt mich immer noch.« Er fegte ihren Koffer vom Bett und packte sie mit beiden Händen fest an den Armen. »Wahnsinnig ...«

»Bist du verrückt?«

»Verrückt genug für dich?«

Sie lachte kurz auf und drehte sich in seinem Griff, sodass sich ihr Rücken und ihr Gesäß an ihn pressten.

»Das geht jetzt nicht. Da draußen wimmelt es von Ballermännern.«

»Das sind die Privilegien eines Vorstandsvorsitzenden. Komm!«

Er versuchte, sie aufs Bett zu ziehen.

»Nein!«

»Das ist ja ganz was Neues, dass du dich vor Personal genierst.«

Sie lachte erneut, als er ihren Hals küsste.

»Wahrscheinlich ist sogar das Bett verwanzt. Dann wollen wir denen zum Einstand wenigstens mal was bieten!«

Es gelang ihm, sie endgültig aufs Bett zu ziehen, gleichzeitig entfuhr ihm ein überraschter Schmerzenslaut.

»Oh verdammt, da sind Dornen.«

Katharina drückte ihn fest aufs Laken. »Das ist nur die gerechte Strafe!«

Lachend fielen sie übereinander her und weitere Kleidungsstücke landeten in rascher Folge über und neben ihrem Koffer, der wie ein abgeschossener Vogel auf dem Boden lag. Er wühlte sein Gesicht in ihre Haare, wie um darin zu baden. Sie stöhnte lustvoll, schrie plötzlich auf.

»Was?«

Ein Lächeln spaltete ihre Lippen. »Nichts.« Ihre Zunge zog eine gierige Linie über seine Brust. »Ein Dorn ...«

Sie schlang die Beine um sein Becken, zog ihn tief in sich hinein. In dieser Nacht wurde ihr Sohn gezeugt. Steinfeld war so sehr davon in Anspruch genommen, dass er völlig vergaß, Helms hatte ihm vor wenigen Tagen zu genau diesem Schritt geraten, um Katharina zu stabilisieren.

Das Flugzeug geriet in leichte Turbulenzen. Steinfeld drehte sich im Halbschlaf auf die Seite. Er hatte das deutliche Gefühl, krank zu werden, aber vielleicht lag das auch nur an seinen Träumen. Vera brachte ihm Aspirin und ein Glas Wasser. In kürzester Zeit waren alle Helms' Beispiel gefolgt und sie war zur Krankenschwester der gesamten Delegation avanciert.

Nachdem sie Steinfeld seine Medizin gereicht hatte, wandte sie kurz den Kopf. Alles in ihrer Umgebung schlief. Sie küsste Steinfeld rasch auf die Stirn. Vor seiner Luke zog ein blasser Stern vorbei. Seine Uhr tickte weiter. Er hatte immer noch die Uhr von Helms. Eine Sonderanfertigung von Breil. Seitdem hatte er tatsächlich keine neue mehr gebraucht. Wer mit Helms arbeitete, brauchte kein Glück. Er beschloss, sich ein harmloses Dia aus der Reihe seiner Erinnerungen zu gönnen.

9.7.1984: Olivers erster Geburtstag. Sein Sohn versuchte vergeblich die Kerze auf seinem Geburtstagskuchen auszublasen. Katharina und Steinfeld feuerten ihn an, schließlich blies Steinfeld die Kerze aus. Katharina schlug ihm leicht auf die Finger.

»Jetzt lass ihn doch mal. Das hätte er sicher noch geschafft ...«

Das Telefon läutete, die Haushälterin sagte, Ilk sei am Apparat. Katharina hatte ihre alte Amme, die Konopka, von ihrem Vater übernommen. Ein Geschenk, man hätte auch weniger freundlich sagen können, eine Belohnung für die Geburt ihres Sohnes. »Irgendwann werden wir noch seinen ausrangierten Rasenmäher übernehmen«, dachte Steinfeld.

Ilk, nach einem vergeblichen innerparteilichen Scharmützel um die Kanzlerschaft mittlerweile als hessischer Ministerpräsident entsorgt, hatte von dem Milliardenkredit an die DDR läuten hören und wollte über seine Hessische Landesbank dabei sein. Dort saß er inzwischen im Aufsichtsrat. Er war der Meinung, die Hermes-Bank schulde ihm noch was. »Ihr habt mich als Kanzlerkandidat abgeschossen und diesen Deppen durchgedrückt ...«

Steinfeld öffnete die Augen und musterte den Kanzler, der mit einem Delegationsmitglied aus der Elektroindustrie und einem Staatssekretär aus dem Wirtschaftsministerium einen späten Skat drosch. Der Staatssekretär liebte es, in Reimen zu sprechen. Zu besonderen Anlässen trug er Gedichte vor. Schon ein flüchtiger Gedanke an seine Verse verschlimmerte Steinfelds Kopfschmerz.

Seine Gedanken schweiften wieder ab, zu Olivers erstem Geburtstag. Wie war das Verhältnis damals zu seinem Sohn? Es existierte eigentlich nicht. Er konnte immer nur an die Dornen denken, in denen er ihn gezeugt hatte. An die unglaubliche Leidenschaft jener Nacht. Und was war daraus geworden? Ein schwaches, blässliches Kind. Vielleicht täuschte er sich auch und sein Sohn war das Ergebnis einer jener Nächte, in der sie nach heftigem Streit vor Erschöpfung eingeschlafen waren, um sich dann in den frühen Morgenstunden wie in Trance einer verzweifelten Versöhnung hinzugeben. Einer Versöhnung, von der man häufig bereits beim Frühstück nicht mehr wusste, ob sie überhaupt stattgefunden hatte. Nein, Oliver war in den Dornen jener Nacht gezeugt worden, da war er sicher. Er hatte sich damals vorgenommen, an jedem Geburtstag seines Sohnes so leidenschaftlich mit Katharina zu schlafen. Aber auch daraus war nichts geworden.

Sein Blick glitt erneut zum Kanzler, der zufrieden seinen ersten gewonnenen Ramsch notierte. Aus jedem konnte noch was werden. Man sollte die Hoffnung nie zu früh aufgeben. Ilks Stimme klang ihm wieder im Ohr:

»... der ist doch total unfähig!«

»Ich dachte, Sie beide verbindet eine aufrichtige Männerfreund-
schaft. Immerhin befinden Sie sich doch in derselben Gewichts-
klasse.«

»Machen wir jetzt Politik in Kilo?«, polterte Ilk in seiner kurz-
atmigen Art los, für die er berühmt war. »Dem fehlt jegliche charakterliche und geistige Voraussetzung für dieses Amt ...«

Steinfeld hatte sich nach unten gebeugt und mit der freien Hand
die Kerze auf dem Geburtstagskuchen seines Sohnes wieder angezündet.

»Bundeskanzler kann jeder. Wichtig sind die Leute in der zweiten Reihe.« Ilk musste seine Worte als blanken Hohn empfinden.
»Der Picasso im Kanzleramt war natürlich interessanter ...«

»Der arrogante Hund! Der hat sich ja nicht mal von Ihnen was
sagen lassen.«

»Und wohin hat's ihn gebracht?«

Ilk lachte kurz auf. »Meint, er kann nicht nur gegen die Opposition, sondern auch gegen die eigene Partei regieren. Da hat er sich
sauber verkalkuliert!«

Steinfeld registrierte, dass Ilks bellendes Lachen dem von Winterstein zum Verwechseln ähnlich war. Oder hatte Winterstein im
Vorgriff auf die Wiedervereinigung bereits Ilks Lachen übernommen?

Hinter seinen geschlossenen Augen zogen Demonstranten vorbei und Menschenketten formierten sich auf den Höhen mitteleu-
ropäischer Gebirge mit dem Schlachtruf: »Lieber rot als tot!« Wenn
die armen Leute gewusst hätten, wie gänzlich unbegründet ihre
Sorge war und dass dem Warschauer Pakt zum Kriegführen bereits
nach kürzester Zeit jegliche wirtschaftliche Voraussetzung fehlen
würde. Aber die Leute waren geradezu in ihre Angst verliebt, so wie
Katharina begonnen hatte, sich in ihre Verzweiflung zu verlieben.
In beiden Fällen war es völlig sinnlos, dagegen anzugehen. Ilk hatte
die außenpolitischen Hintergründe für den Kanzlerwechsel natürlich sofort durchschaut.

»Mit dem Doppelbeschluss zwingt ihr die Russen zum Weiter-
rüsten, und wenn sie dann keine Kohle mehr für die Deutsche De-
mokratische Republik haben, steht ihr wie der Nikolaus mit dem
Geldsack da.«

»Sehen Sie, Herr Ilk«, Steinfeld wechselte den Hörer in die andere Halsbeuge, um seinen Sohn besser streicheln zu können, »des-

wegen werden Sie niemals Kanzler. Sie durchschauen die Leute zu genau. Das mögen die nicht.«

»Diesmal spiel ich den Nikolaus«, bellte es aus dem Hörer. »Ich und meine Landesbank!«

»Und was kriege ich dafür?«

»Kalten Kaffee ...«

Oliver blies endlich die Kerze aus.

Zwei Wochen später erschien der erste Bericht über die so genannte Dent-Affäre in einem Magazin, das Ilk gegenüber normalerweise denkbar feindlich eingestellt war. Dent hatte angeblich in den letzten Jahren Mitglieder aller Parteien, besonders intensiv aber die FDP, aus schwarzen Kassen geschmiert. Die vordergründige Erklärung für diese Zahlungen lautete, es sei um lukrative Panzergeschäfte mit dem Nahen Osten und die steuerfreie Veräußerung von Aktienpaketen zum Zwecke undurchsichtiger Fusionen gegangen. Die Vermutung, Dents Geld sei auch beim Umkehrschwung der FDP, der in das konstruktive Misstrauensvotum vor einem Jahr mündete, im Spiel gewesen, untersagte der Herausgeber nach mehreren Telefonaten mit seinen wichtigsten Anzeigenkunden. Ilk, normalerweise immer im Zentrum undurchsichtiger finanzieller Transaktionen seiner Partei, ging aus dieser Affäre seltsam unbeschadet hervor. Sein Name tauchte im Notizbuch Dent'scher Manager im Gegensatz zum frisch gebackenen neuen Bundeskanzler nicht auf. Der hatte jegliche Zahlung an seine Person vor einem Untersuchungsausschuss zunächst geleugnet, eine Unüberlegtheit, die sein Generalsekretär mit einem möglichen »Blackout« begründete, was ihm sein Kanzler nie verzieh. Man fand nur dieses eine Notizbuch mit ein paar handschriftlichen Zahlen und Politikernamen, mehr nicht. Die Öffentlichkeit tappte über die eigentlichen Zusammenhänge der Affäre weitgehend im Dunkeln. Steinfeld begriff Ilks Dankeschön für den Milliardenkredit sofort, als er beim Frühstück das Titelblatt des Magazins erblickte.

»Kalter Kaffee«, murmelte er. Er musste herzlich lachen, als ihm die Konopka daraufhin eine Tasse heißen Kaffee zum morgendlichen Tee servierte. Im Grunde handelte es sich um die mäandernden Ausläufer der Ereignisse rund um die Jagd 1974, denen Schilling zum Opfer gefallen war. Winterstein, der, wie die Öffentlichkeit erst zehn Jahre später erfuhr, einen als Lobbyisten getarnten Spion im Dent-Konzern platziert hatte, war ständig über alle intimen Einzelheiten innerhalb des Konzerns informiert und hatte Ilk sein Material als Gegenleistung für den Milliardenkredit geliefert. Erwünschter Nebeneffekt für die westdeutsche Politik: Winterstein hatte damit ein wichtiges Druckmittel für weitere Verhandlungen im Falle einer Wiedervereinigung aus der Hand gegeben.

Hatte Ilk möglicherweise gehofft, seinen durch die Affäre beschädigten Parteifreund im Kanzleramt beerben zu können, so ging dieser Plan nicht auf. Der Dürre saß diese Affäre ebenso wie alle nachfolgenden mit bravouröser, beinahe stoisch zu nennender Gelassenheit aus. Abgesehen von einer Gefängnisstrafe auf Bewährung und einigen harmlosen Geldstrafen ging die Sache für alle Beteiligten folgenlos aus. Steinfelds Bank, der im Zuge der Ermittlungen ein illegales Parteispendenvolumen von gerade mal 20 Millionen Mark nachzuweisen war, gelang es, das Verfahren bis zur Verjährung zu verzögern. Helms' Strategie, Druck, wenn irgend möglich, nicht durch einfallslose Bestechung, sondern durch strategische Konzepte auszuüben, machte sich wieder einmal bezahlt. Und Dent, dem Helms und Steinfeld so großzügig das scheinbar lukrative Feld der Bestechung überlassen hatten, war wieder einmal angeschlagen. Steinfeld brauchte ihn nur mit offenen Armen zu empfangen.

Das nächste Dia glitt in den Projektor, 9.7.1985. Ausnahmsweise Zeit für einige Tage auf Sylt. Steinfeld hatte am Strand einen Kuchen aus Sand für Oliver gebaut. Zwei Fackeln ersetzten die Kerzen. Oliver weinte, war offensichtlich mit dem Kuchen aus Sand unzufrieden. Er konnte noch nicht sprechen und heulte nur einige Fantasieworte. Steinfeld zeigte sich unnachsichtig.

»Sag, was du willst. Sag Kuchen.«

»Jetzt gib ihm endlich seinen richtigen Kuchen.«

Katharinas Badeanzug schmiegte sich wie eine zweite, schwarze Haut an ihren schneeweißen Körper. Steinfeld schloss kurz die Augen und stellte sich vor, er würde mit ihr gemeinsam über die Wellen laufen. Während er Oliver seinen richtigen Geburtstagskuchen gab, spürte er den Sand unter seinen Fußsohlen wie früher die Aschenbahn. Er schloss erneut die Augen, weil er nicht mitansehen konnte, wie ungeschickt sein Junge aß. Wie sein junges, pausbackiges Gesicht ihm sein zukünftiges Greisengesicht vor Augen führte. Er stellte plötzlich fest, dass ihm genau dasselbe passierte wie Helms: Er konnte sein Kind nicht lieben. Vielleicht auch, weil Katharina ihren Sohn über alles liebte. Zumindest schien es so. Einerseits war Steinfeld froh darüber. Katharinas Mutter war nach der Geburt ihrer Tochter in eine Schwangerschaftsdepression gefallen und hatte ihre Tochter ein halbes Jahr lang hauptsächlich ihrer Haushälterin überlassen müssen. So etwas war manchmal erblich. Aber Katharina schien alle Liebe, die man ihr als Säugling vorenthalten hatte, ihrem Kind schenken zu wollen. Steinfeld kam es häufig so vor, als hielte sie auch seinen Platz bei seinem Sohn besetzt. Aber vielleicht war das nur eine Ausrede für sein fehlendes Engagement.

Er hörte ein ersterbendes Motorengeräusch und öffnete wieder die Augen. Dent kletterte einige hundert Meter weiter aus seiner VAG-Limousine, einer seiner Bodyguards hielt ihm die Tür auf. Grinsend teilte Steinfeld Dents Limousine stellvertretend für den VAG-Konzern portionsweise auf. Dent würde nach dem heutigen Gespräch bestenfalls das Reserverad bleiben. Dent schien das zu wissen. Seine Körperhaltung war, wie in Vorahnung kommender Bürden, leicht nach vorne gekrümmt. Dadurch wirkte er noch etwas kleiner als sonst. Mürrisch befahl er einem seiner Leibwächter, Kohelka, beim Wagen zu bleiben.

»Du bleibst hier. Der muss dich nicht sehen.«

»Wieso?«

»Wer weiß.« Dent sonderte ein dünnes Lächeln ab. »Vielleicht arbeitest du irgendwann noch mal für ihn.«

»Der kennt mich.«

Dent klopfte Kohelka auf den mittlerweile unverkennbaren Bauchansatz. »Das ist elf Jahre her. Hast dich ziemlich verändert.«

Das stimmte. Kohelka sah mit den halblangen, jeder Mode spottenden, in der Mitte gescheitelten, blonden Haaren, den für sein breitflächiges Gesicht zu kleinen Knopfaugen und der Stupsnase, die aufmupfig über einem ebenfalls irgendwie unpassend wirkenden Oberlippenbart thronte, aus, als würde er am liebsten in der Sonne liegen und kaltes Bier trinken, was exakt der Wirklichkeit entsprach. Aber wenn es wirklich darauf ankam, war er immer noch unglaublich schnell. Trotz seiner denkbar schlechten Voraussetzungen schaffte er es auf eine lässige Art, gut auszusehen, und diese Tatsache nahm er genauso selbstverständlich grinsend hin, wie er eine Flasche Bier öffnete oder einem widerspenstigen Kerl die Nase brach. Die hintere Tür von Dents Limousine stand immer noch offen.

»Schlaf nicht ein«, sagte einer der anderen Leibwächter zu ihm.

Kohelka schloss betont sanft die Tür.

»Ich bin deswegen so gut, weil ich mich schone, Mann.«

Zwei Leibwächter und sein Anwalt begleiteten Dent zu Steinfelds Strandhaus. Steinfeld machte keine Anstalten, ihnen entgegenzugehen. Dent musste sich durch den knöcheltiefen Sand zu ihm durchkämpfen, um ihm die Hand zu schütteln.

»Freut mich, dass Sie extra hier rauskommen«, sagte Steinfeld zu ihm. »Wie viel von Ihrem Laden sollen wir denn diesmal übernehmen?«

Dent lächelte wie jemand, der ein halbes Pfund Sand in den Schuhen hat.

Katharina hatte sich bei den ersten Anzeichen von geschäftlichem Besuch hinter das Haus zurückgezogen. Sie baute mit Oliver eine Sandburg und zeigte ihm seine Geburtstagsgeschenke. Ein weißer Frotteeelefant mit bunten Blumen gefiel ihm am besten. Kohelka holte einen Feldstecher aus dem Wagen.

»Was soll 'n der Scheiß?«, fragte der zweite, zurückgebliebene Leibwächter.

»Das ist professioneller Personenschutz.« Kohelka ließ eine kleine Blase seines Kaugummis platzen und richtete sein Glas auf Katharina. Er ließ eine größere Kaugummiblase platzen.

»Geh mal rüber und sag ihr, das is 'n FKK-Strand.«

»Idiot.«

Katharina sah Kohelkas Glas in der Sonne blitzen. In einem ersten Impuls wollte sie Mazarek hochschicken und sich diese aufdringliche Beobachtung verbitten, aber dann war sie doch neugierig, wer die Frechheit besaß, seinen Feldstecher auf die Frau des Vorstandsvorsitzenden Steinfeld zu richten. Sie ließ sich von einem ihrer Ballermänner einen Feldstecher geben und richtete ihn auf Kohelka. Der erinnerte sich an Dents Pläne, drehte ihr rasch den Rücken zu und setzte eine Sonnenbrille auf. Aber für einen kurzen Augenblick hatte sie sein Gesicht gesehen. Kohelka zog lässig sein Jackett aus, legte sein Hemd ab. Er trug kein T-Shirt.

»Was machst 'n jetzt?«, wollte sein Kollege wissen.

»Striptease.«

Kohelka rollte sein Becken und die Oberarme. Katharina betrachtete seinen muskulösen, etwas angefetteten Oberkörper durch ihr Glas. Kohelka hatte ebenfalls seinen Feldstecher wieder gehoben und hielt ihn vor seine Sonnenbrille. Er sah, dass sie lachen musste.

Am Abend feierte Steinfeld mit seiner Frau bei einer Flasche Châteauneuf aus dem Weinkeller ihres Vaters den Sieg über Dent. Es war ein Sieg auf ganzer Linie, aber an solche Siege war Katharina gewöhnt. Sie wäre lieber allein in dem Haus gewesen, in dem sie als Jugendliche häufig gemeinsam mit ihrer Mutter die Ferien verbracht hatte. In den Nächten hatten sie in Verbindung mit viel Alkohol und langsamer Musik die Etablissements auf Sylt unsicher gemacht. Ihre Mutter war ihre beste Freundin gewesen, aber Katharina hatte früh die Erfahrung gemacht, dass die beste Frauenfreundschaft bei den Männern endet, auch die zwischen Mutter und Tochter.

Steinfeld stieß mit ihr an. In letzter Zeit fiel es ihr immer schwerer, seine Erfolge mit ihm zu feiern. Sie erinnerte sich, wie sie ihn zu Beginn ihrer Ehe beim Frühstück auf seine ersten großen Interviews vorbereitet und dann den Erfolg ihrer Arbeit oft alleine vor dem Fernseher begutachtet hatte. Das war lange her. Inzwischen lähmten seine Erfolge sie zusehends. Ihre berufliche Laufbahn als Juristin lag längst auf Eis, und je erfolgreicher er wurde, umso weniger traute sie sich, wieder in einer Anwaltskanzlei zu beginnen. Es war, als zögen die Erinnerungen an ihre Mutter wie Marionettenfäden an ihr. Übergangslos, hilflos und mit Tränen in den Augen setzte sie zu ihrem üblichen Rundumschlag an: Sie wollte die Scheidung! Sie hatte doch ihre Schuldigkeit getan, einen Nachfolger für die Bank gezeugt, sogar einen männlichen. Sie bat ihn darum, sie gehen zu lassen.

»Ich kann nicht an deiner Seite leben. Ich ersticke!«

»Das ist doch ein wunderbarer Tod.«

Er nahm sie in die Arme und küsste sie lange. Da war immer noch ihre Leidenschaft. Solange ihre Leidenschaft füreinander da war, war doch alles gut. Er wollte nicht begreifen, dass sie ihre Leidenschaft für ihn mittlerweile verfluchte. Sie kam sich in seiner Umarmung vor wie in einem paradiesischen Gefängnis. Sie verachtete ihn und sich für diese Leidenschaft. Diese Leidenschaft war eine zerstörerische Droge, die sie in einer immer ausweagloseren Leere zurückließ.

»Ich lebe nur ab hier«, sagte sie und hielt ihre Hand quer über den Bauchnabel, wobei die Handfläche nach unten zeigte. Es sah aus, als blickte sie aus ihrem Unterleib in die Ferne.

Steinfeld fuhr aus dem Schlaf hoch und sah in Veras Augen, die ihn erschrocken musterten. Es war früher Morgen, halb vier. Eine zähe, halbdunkle Stille lag über der Delegation. Im Schlaf wirkten alle Teilnehmer sehr normal, einige sogar rührend hilflos. »Wir fliegen gerade wieder über Frankfurt«, flüsterte Vera. Über den leeren Sitz weg tastete sie beruhigend nach seiner Hand. Er fragte sich, ob ihre Berührung ihm deshalb so gut tat, weil er so intensiv von seiner Frau geträumt hatte. Er warf einen schnellen Blick auf Helms, der selbst im Schlaf kerzengerade in seinem Sessel saß, den Kopf leicht nach vorne geneigt. Natürlich hatte Helms bereits begriffen, dass Vera für Steinfeld weitaus mehr war als eine mögliche Geliebte. Er ließ Veras Hand los und lehnte sich wieder zurück. Die Strategien der kommenden Tage begannen wie aus dem Kälteschlaf erwachte Insekten durch seinen Kopf zu summen. Er begann, gezielt an etwas völlig anderes zu denken. Diese Entspannungsmethode beherrschte er perfekt.

Ein neues Dia glitt in seinen Kopf: 9.7.1986. Oliver blies drei Kerzen auf seinem Geburtstagskuchen aus. Steinfeld verfolgte nebenher im Fernsehen, wie Gorbatschow ein neues Gesetz verkündete, das die Möglichkeiten der individuellen Erwerbstätigkeit in Russland beträchtlich erweiterte. Das war die Eintrittskarte für den westlichen Kapitalismus! Kurz sah er Semjuschin im Hintergrund einer Einstellung. Steinfeld wollte dieses Ereignis zusammen mit dem Geburtstag seines Sohnes feiern, mit einer Flasche Krimsekt und Kaviar.

Katharina war bereits völlig betrunken. Er bemerkte es nur an einem intensiven Glitzern ihrer Augen und an dem stark gesunkenen Pegel der Wodkaflasche auf der Anrichte. Sie machte ihm Vorwürfe. Er könne nicht mal an einem Tag im Jahr abschalten und den Geburtstag seines Sohnes feiern.

»Ich feiere ihn doch.« Ein kurzer Blick zum Wodka. »Und du auch, wie man sieht.«

»Du feierst deinen Freund Semjuschin. Und natürlich Gorbatschow!«

»Ist dir klar, was das bedeutet, dass die sich endlich gegen die alten Politkader durchgesetzt haben?! Weißt du, wie viel Geld ich über Semjuschin in Gorbatschow investiert habe?«

»Es ist mir egal.« Sie ließ sich neben ihrem Sohn auf die Knie fallen. Die katzenhafte Eleganz ihrer Bewegungen wurde durch den Alkohol noch verstärkt. Oliver schob ein Spielzeugauto über den Fußboden, als seien seine Eltern überhaupt nicht vorhanden. Katharina starrte zu ihrem Gatten empor. »Ich will, dass du ein Mal im Jahr nur mit uns feierst!«

»Wie soll ich mit ihm feiern, er versteht mich ja noch nicht mal.« Er hob seinen Sohn hoch und setzte ihn vor seinen Geburtstagskuchen. »Sag Kuchen …«

Oliver überlegte, murmelte ein Fantasiewort.

»Er kann immer noch kein einziges Wort!«

»Du verstehst uns eben nicht!«

Es war ein Fehler gewesen, damit anzufangen. Andererseits musste endlich etwas geschehen. Sein Sohn war mittlerweile drei Jahre alt und sprach immer noch kein normales Wort. Er redete in einer Fantasiesprache, die außer seiner Mutter niemand verstand. Katharina widersetzte sich seit Monaten jedem Versuch einer Sprachtherapie. Die Fantasie ihres Kindes dürfe nicht beschädigt werden.

»Um mit dir zu kommunizieren, müsste dein Sohn in Zahlen sprechen.«

Mit raschen Schritten verließ sie den Raum und ihre Wut glänzte wie ein Harnisch auf ihrem Gesicht. Steinfeld beobachtete durch die Glasfront, wie sie zu ihrem englischen Sportwagen stürmte, um abzufahren. In letzter Zeit ergriff sie immer häufiger die Flucht. Gelassen legte er ihren Autoschlüssel, den er ihr heimlich abgenommen hatte, auf den Tisch. Sie schloss jedoch seinen Wagen auf. Hob ironisch seinen Wagenschlüssel in die Höhe. Der kleine, silberne Eiffelturm, den sie ihm während der Flitterwochen geschenkt hatte, schaukelte leicht. Die Schlüssel waren in der Seitentasche seines Jacketts gewesen. Sie musste ihn ebenso bestohlen haben wie er sie. Fluchend rief er nach Mazarek. Der familieninterne Staubsauger hatte in letzter Zeit eine Menge zu tun. Katharina entkam ihm knapp. Sie wendete den Wagen und fuhr ab, wobei sie mit dem Kotflügel von Steinfelds Wagen den Eisenpfosten, an dem die Videoüberwachung montiert war, demolierte. Die Videokamera zeigte daraufhin nur noch Asphalt und das Viereck eines Kanal-deckels.

Und klick, nächstes Dia, landeten Katharina und er auf den Patientenstühlen eines Psychiaters. Professor Breuer war ein alter Freund von Helms, der bereits Katharinas Mutter betreut hatte. Steinfeld wunderte sich sehr, dass Katharina sich von ihrem Vater dazu hatte überreden lassen, ausgerechnet Breuers Hilfe in Anspruch zu nehmen, bis er dahinter kam, dass Breuer ihr wahrscheinlich ebenso bereitwillig wie ihrer Mutter Tabletten aller Art verschrieb. Im Augenblick stand sie unter einem angsthemmenden Beruhigungscocktail aus Tavor und Rohypnol. Mit einer Sorgfalt, die Steinfeld quälen musste, berichtete sie von Bildern aus ihrer Kindheit, die ihr in kreisenden Nebeln aus den blank polierten Utensilien der Praxis entgegensprangen oder wie unartige Puppen aus den Medikamentenschränken spähten. Mehrere gleichzeitige Gedanken schoben sich wie verschiedene Schichten in ihrer Erzählung ineinander. Mit überirdischem Lächeln erklärte sie: »Mein Mann und ich haben uns jahrelang völlig umsonst gequält. Die Chemie lässt auch die allergrößte Gemeinheit innerhalb weniger Minuten verzeihen.« Sie wandte ihm liebevoll das Gesicht zu. »Das solltest du dir vor jeder Aufsichtsratssitzung zunutze machen. Ihr wärt Brüder.«

Er entgegnete gereizt: »Du weißt genau, dass sich blinde Verbrüderung nicht unbedingt positiv auf ein Unternehmen auswirkt.« Und auf eine Beziehung auch nicht, wollte er hinzufügen, unterließ es aber.

»Oh«, sie lehnte sich ihrem väterlichen Arzt und Freund über den Tisch hinweg entgegen und rutschte mit dem Ellenbogen auf einem Blatt Papier aus. »Ich finde, er hat sich sprachlich sehr verbessert in den letzten zehn Jahren. Die Schule meines Vaters. Und ein klitzekleinwenig habe ich auch dazu beigetragen, nicht wahr, mein Liebster?« Er kannte dieses Wort bisher nur in Augenblicken höchster Leidenschaft von ihr. Jetzt lag es im Schmutz einer Therapiesitzung. »Ich sollte in der Öffentlichkeit nicht so schamlos lügen.« Sie hielt sich die Hand vor den Mund, als wollte sie sich für ihr Lachen entschuldigen.

Neue Sitzung, neues Glück. Steinfeld kam sich vor, als treibe er mit seiner Frau in einem Rettungsboot auf hoher See und sie habe die Ruder weggeworfen. Ihr Tablettenkonsum hatte sich laut

Mazarek in den letzten Wochen verdoppelt. Aber sie gab sich noch keinerlei Blöße. Wenn sie sich übergeben musste, tat sie es hinter verschlossenen Türen. Bei ihren Arztbesuchen erschien sie perfekt gekleidet und geschminkt, mit einer Tablettendosierung, die ihr Überlegenheit garantierte.

Natürlich wollte sie die Scheidung, mehr als je zuvor, aber sie wollte sie so, dass es ihm wehtat. Die Scheidung sollte ihn nicht nur seiner Position als Vorstandsvorsitzender berauben, sie sollte ihn persönlich treffen. Die Scheidung sollte für sie eine Befreiung sein, nicht aber für ihn. Sie führte Steinfeld und ihrem Arzt gnadenlos ihre Souveränität vor. Die Sitzungen entwickelten sich immer mehr zu einem Schauplatz ihrer scheinbaren Überlegenheit. Sie gaben ihr inzwischen sogar Anlass, Mitleid für ihren Mann zu äußern. Nicht sie, er war derjenige, dem geholfen werden musste.

»Mir geht es ausgezeichnet, dank Ihrer Hilfe.« Der Arzt sah tatsächlich so aus, als ob er ihr glaubte. In Steinfeld keimte allerdings zunehmend der Verdacht, dass er alles zu glauben bereit war, solange seine Honorarforderungen pünktlich beglichen wurden. Ihre Hand landete sanft auf Steinfelds Arm. »Du konntest ohnehin noch nie jemandem helfen. Nicht einmal deinem Freund Heinrich! Alle Leute, denen du geholfen hast, sind entweder tot oder bankrott.«

Steinfeld begriff, in welch furchtbare Falle er geraten war. Er war hier zum Patienten geworden. Dieser Quacksalber, der seine Karriere in erster Linie der Tatsache verdankte, dass er während der letzten Kriegstage mit Helms im Bunker Siebzehnundvier gespielt hatte, riet ihm allen Ernstes zu einer Einzelbehandlung. Er wäre am liebsten aufgestanden und hätte dieses Spinnennetz aus Halbwahrheiten, Absurditäten und scharfsinnigen Einsichten, das seine Frau gesponnen hatte, in wilder Wut zerrissen, aber er durfte sich vor dem Therapeuten keine Blöße geben. Er wollte wenigstens erreichen, dass Katharina und der Therapeut versprachen, die Behandlung ohne Psychopharmaka fortzuführen. Denn irgendwann würde der Punkt kommen, an dem nicht mehr sie die Drogen, sondern die Drogen sie beherrschten, und er würde unweigerlich mit dem Zeitpunkt verknüpft sein, an dem die Leidenschaft zwischen ihnen zerriss, sein letzter Lenkmechanismus, mit dem er seine Frau in einer Bandbreite zwischen leichtem und mittlerem Wahnsinn steuern konnte. Er sah diese beiden Bedrohungen wie zwei Tanklastzüge auf sich zurasen. Katharina wies natürlich einen Entzug weit von sich. Sie wusste, wie sie seine Angst am Kochen halten konnte. Steinfeld verlangte jetzt kategorisch, dass sie sofort mit den Tabletten aufhörte.

»Sonst …«, erwiderte sie sanft, »Scheidung?«

Das Thema Scheidung war in ihrer Beziehung längst zu einem Pingpongball geworden. Es war so oft und in allen Stimmungsschattierungen abgehandelt worden, von Verzweiflung bis zu bitterböskindlicher Komik, dass es längst zu einer Art Fata Morgana geworden war. Steinfeld fühlte sich im Augenblick so müde, dass er sein übliches Standardargument benutzte: Sie wüssten alle drei ganz genau, dass eine Scheidung in seiner Position nicht in Frage käme. Aber wenn Katharina ihren Tabletten- und Alkoholkonsum nicht einstelle, werde er innerhalb ihrer Ehe ab sofort getrennte Wege gehen.

»Etwa auch sexuell?«, spottete sie.

»Sexuell haben wir uns noch nie irgendwelche Vorschriften gemacht«, entgegnete er, »und das hat unserer Beziehung nicht geschadet. Im Gegenteil.«

»Deine ultimative Forderung lautet also, Liebhaber statt Tabletten. Sonst entziehst du mir deine wertvolle Person. Ich zittere.«

»Ich hab ein besseres Angebot für dich«, sagte Steinfeld. »Keine Tabletten. Dann kriegst du die Scheidung.« Er machte eine kurze strategische Pause, um der Alternative mehr Nachdruck zu verleihen. »Das ist mein Ernst.«

Er klang so überzeugend, dass sie für einen Moment irritiert war.

»Bei Wohlverhalten Scheidung. Ein echter Steinfeld-Deal.«

Er konnte nicht verhindern, dass ihre Antwort einen Strahl warmer Sympathie in sein dunkles Wolkenmeer zauberte.

»Ich werde ihn noch prüfen lassen.« Er wandte sich an den Arzt, der ihr Gesprächsduell verfolgt hatte wie ein hilfloser Ringrichter. »Das ist doch vernünftig?«

Katharina fiel ihrem Mann lachend um den Hals. Sie entwickelten sich immer mehr zu einem lebendigen Beispiel dafür, dass die Figuren im Drama des richtigen Lebens nur sehr bedingt nach den Gesetzen der Logik handeln. Der Psychiater hielt sie offensichtlich beide für wahnsinnig. Und doch besaß zumindest Steinfelds Wahnsinn Methode. Er hatte Katharina auf seine Seite gezogen. Frisch verbündet fielen sie nun wie ein Adlerpärchen über die zaghaften

Ratschläge des Therapeuten her, der zu einer konventionelleren Lebensweise riet:

»Meine Frau und ich haben immer unkonventionell gelebt«, schnitt Steinfeld ihm das Wort ab. »Das kann nicht das Problem sein.«

»Wir haben uns bereits vor der Ehe so oft betrogen«, ergänzte sie, »dass es in der Tat wahrer Liebe bedurfte, um zu heiraten.«

Und Steinfeld fügte hinzu: »Sie müssten doch am besten wissen, dass die zwanghafte eheliche Treue die meisten Beziehungen zerstört.«

Im nächsten Augenblick verwandelte sich Steinfeld gegenüber dem Therapeuten in den Vorstandsvorsitzenden, der einen Untergebenen wegen einer langatmigen Tischvorlage abkanzelt: »Sie haben das Tablettenproblem meiner Frau zu verantworten. Und ich erwarte, dass Sie den Mist, den Sie gebaut haben, umgehend wieder rückgängig machen!«

Katharina ließ sich von ihm in den Mantel helfen. »Liebster, sei nicht zu streng mit ihm. Wir schaffen das schon.«

Vor der Praxis gewann die Komödie wieder zusehends an Dramatik: Sie hielt es für völlig überflüssig, dass er mitgekommen war. Soweit Steinfeld sich erinnerte, hatte sie ihn darum gebeten. Katharina funkelte ihn wütend an und legte sich demonstrativ eine Tablette auf die Zunge.

»Deinen Deal kannst du dir sonst wohin stecken. Der Mann da drin wird nicht nach deiner Pfeife tanzen wie irgendeiner deiner Vorstandsknechte. Und ich schon gar nicht!«

Er unterdrückte den Impuls, die Tablette von ihrer Zunge zu nehmen. Sie schloss den Mund und schluckte. Er konnte nicht umhin, den Weg der Tablette zu verfolgen. Ihr zarter Kehlkopf, der nun nicht länger von Melodien, sondern von Tabletten bewegt wurde, verzauberte ihn nach wie vor. Das war gerade das Gefährliche: Er konnte sie nicht verachten oder mit herablassendem Mitleid bestrafen; dafür war sie selbst jetzt noch zu strahlend, zu überlegen. Selbst die wildesten Drogencocktails versetzten sie nie in Zustände, in denen sie ihre Haltung oder die Kontrolle über ihre Stimme verlor. Sie kalkulierte ihr Risiko so exakt wie eine Seiltänzerin und so machte sie der Schmutz, mit dem sie sich bewarf, nur noch schöner. Er zwang seine Gedanken in eine andere Richtung.

»Es geht nicht nur um dich und mich! Es geht auch um unseren Sohn!«

Sie durchschaute und akzeptierte seine Lüge. Es war eine ausgezeichnete Basis, um den Streit fortzusetzen. »Ach, jetzt plötzlich? Weißt du, wie viel Zeit du in den letzten drei Monaten für ihn hattest?! Achtundzwanzig Minuten! Das Kindermädchen hat mitgestoppt.«

Sie würde sich scheiden lassen, wann immer sie wollte. Sie hatte die Strategien ihres Vaters verinnerlicht. Den Zeitpunkt der Schlacht bestimmen und die Initiative behalten. Er war ständig gezwungen, um ihre Zuneigung zu kämpfen. Der einzige Pluspunkt, den er insgeheim verbuchen konnte, war, dass sie ihn als Ventil ihres grenzenlosen Hasses, ihrer Selbstzerstörung brauchte. Aber das durfte er ihr auf keinen Fall sagen.

Die Tablette entfaltete jetzt offensichtlich ihre Wirkung. Katharina griff zu einem Standardargument vieler Frauen in Trennungssituationen und stellte damit die aktuelle Lage auf den Kopf: »Du wirst erst begreifen, wie sehr du mich brauchst, wenn ich nicht mehr da bin.«

»Ich will doch gar nicht, dass du gehst!«

»Trotzdem!«

»Du wirst dich zusammenreißen. Sonst nehme ich dir das Kind weg.«

»Mein Gott, wie erbärmlich du heute bist.« Das sagte sie beinahe erstaunt. »Drohst mir mit meinem eigenen Kind!«

Meinten sie das alles ernst? Nicht wirklich. Aber manchmal gebiert die Verzweiflung eine unfreiwillige Komik, die in der Ausweglosigkeit endet. Noch blieben sie bei den Visionen.

Aber immer öfter ertappte er sich dabei, sie im Augenblick höchster Lust distanziert zu betrachten, und manchmal zuckte sogar ein kleines Lachen in ihm, wenn er einen der wenigen Augenblicke erhaschte, in denen die Mimik ihres Gesichts nicht von überlegener Berechnung kontrolliert war: Dann konnte sie ihn mit geradezu flammendem Abscheu wegstoßen und ihm ein, »du stiehlst meine Liebe, so wie du alles stiehlst« ins Gesicht schleudern.

Verzweifelt schlug sie immer wieder auf seine Masken ein und sie war die Einzige, die sie zertrümmern konnte und ihm damit für kurze Zeit frischen Atem verschaffte, bevor er hinter einer neuen Maske abtauchte. Es war eine Sisyphosarbeit. Und das alles für die

paar Funken Ehrlichkeit, die sie aus seinem Harnisch heraus-
schlug.

»Wann hast du Schillings Frau das letzte Mal besucht?«

Sie lebte seit drei Jahren in einem Sanatorium. Steinfeld bezahlte
ihren Aufenthalt.

»Das wolltest du mir doch abnehmen.«

»Was tätest du ohne deine dich liebende Frau?«

Vielleicht hätte ich Schilling nicht sterben lassen, war seine
stumme Antwort. Oder doch? Hätte er Schilling über die Klinge
springen lassen, wenn er von Helms nur die Bank und nicht auch
Katharina bekommen hätte? Er musste die Frage bejahen. Das Groteske war, dass er Katharina inzwischen viel mehr liebte als damals
auf dem Friedhof, wo er um ihre Hand angehalten hatte. »Nein«,
dachte er, »eigentlich folgt meine Liebe nur den Gesetzmäßigkeiten
meines Berufs. Inzwischen habe ich viel mehr investiert.«

Ihre seegrünen Augen waren plötzlich dicht vor seinen. Ihre ge-
weiteten Pupillen wirkten wie zwei erloschene Vulkaninseln.

»Immerhin hast du für mich gemordet«, sagte sie, »das vergesse
ich dir nie.« Sie küsste ihn und biss ihn dabei leicht auf die Zun-
genspitze. So, dass es nicht blutete.

Immer häufiger verspürte er, vorzugsweise im Schlaf, die reale
Angst, dass sein Verstand aufhören könnte zu funktionieren. Dann
führte sein Unterbewusstsein zur Beruhigung ein paar einfache Ad-
ditionen durch.

»Du bist mein Geschöpf.« Ihr Gesicht lächelte über ihm. »Mein
Vater hat dich mir überlassen, damit ich dich nach seinem Willen
forme. Vielleicht gelingt es mir wenigstens im Bett.«

Sie hatte sich über die Jahre unbemerkt in die mentale Verbindung zwischen Helms und ihm geschoben. Seine Gedanken flossen
zu Helms, gingen ihr während der zeitlich genau bemessenen Sonn-
tagnachmittagsgespräche mit ihrem Vater zu und kehrten ange-
füllt mit den dunklen Reichtümern ihrer Fantasien zu Steinfeld zurück.

Die Vorstellung, sie sei seine Schwester, die vergeblich mit ihm
um die Liebe ihres gemeinsamen Vaters kämpfte, verschaffte ihm
einen Beischlaf von solcher Intensität, dass er nach dem Höhepunkt
noch minutenlang zitternd neben ihr lag. Sie verstand natürlich sofort, dass es mit seiner Inbrunst eine besondere Bewandtnis hatte:
»An was hast du gedacht? Sag schon. An was?« Sie kam der Wahr-

heit ziemlich nahe. »Warst du Abel und ich Kain? Oder umgekehrt? Nein, du würdest dir nie die schlechtere Rolle aussuchen.«

Er wartete tatsächlich darauf, dass sie ihm zu der Größe verhalf, nach der auch er selbst verzweifelt suchte. Zu der einen großen Aufgabe, die seinem Leben wirklichen Atem einhauchen konnte. Er war Vorstandsvorsitzender einer Bank, ohne seine Machtfülle zu etwas wirklich Einzigartigem zu nutzen, und er konnte diese wunderbar widersprüchliche Frau nicht so lieben, wie sie es verdiente. Beides hing zusammen. Und dass sie es verdient hätte, war gewiss.

Immer öfter trieben seine Sonntagnachmittage an ihm vorbei, während er einsam hinter der Glasfront seines Bungalows stand wie ein japanischer Luxuskarpfen in seinem Aquarium. Er blickte durch die Glasscheiben und seine Sehnsucht blieb in den Blättern der Bäume hängen. Sarkastisch verglich er seine Situation mit der des amtierenden Kanzlers. An dessen Größe glaubte zwar die Öffentlichkeit längst nicht mehr, aber wenigstens die Kanzlergattin. Bei Steinfeld war es genau umgekehrt. Die Medien liebten und bewunderten ihn, im Gegensatz zu seiner Frau.

»Es ist eben unendlich leichter, die Medien zu täuschen als mich.«

Ein neues Dia, klick, schob sich in Steinfelds Projektor:

9.7.1987. Oliver saß einsam vor seiner Geburtstagstorte, auf der vier Kerzen steckten, und hatte damit begonnen, in seiner Fantasiesprache vor sich hin zu plappern. Ihr Streit war diesmal nicht besonders laut gewesen, entstanden aus einem Sumpf der Leere und Hoffnungslosigkeit, der seine giftigen Dämpfe im Raum verteilte. Katharina schlug die Hände vors Gesicht, eine Geste, die Steinfeld ebenso hysterisch wie übertrieben fand.

»Oh Gott, was hab ich getan!« Panisch begann sie zu murmeln: »Nicht vor dem Kind, nicht vor den Kindern ...«

Es war geschehen, wovor er sich seit langem fürchtete: Zum ersten Mal verlor sie unter dem Einfluss von Alkohol und Medikamenten die Beherrschung. Zum ersten Mal war ihr Ausbruch kein Spiel, keine Berechnung. Zum ersten Mal war sie ganz und gar Opfer. Steinfeld starrte sie an wie ein im Todeskampf zuckendes Insekt. Ihre hilflose Verzweiflung machte ihm Angst, sie war ein sicheres Zeichen dafür, dass sie nur noch blind um sich schlug, dass sie einfach nicht mehr wollte, dass sie alle Strategien, ihren Mann und vor allem sich selbst aufgegeben hatte.

Steinfeld wandte sich an das Kindermädchen: »Bringen Sie den Jungen raus ...«

Oliver wurde mit seinem Lieblingsspielzeug nach draußen gelockt, begann aber trotzdem zu weinen. Katharina wollte hinterher.

»Es tut mir Leid«, stammelte sie, »es tut mir so Leid. Dein Geburtstag, Oli, komm, wir singen ...«

Steinfeld hielt sie fest und registrierte erschrocken, dass ihre Oberarme merklich dünner geworden waren. »Du bleibst hier, du haust jetzt einmal nicht ab!«

Auch das hatte sich verschlimmert im letzten Jahr. Katharina empfand keine Lust mehr an den Auseinandersetzungen, vor allem dann nicht, wenn ihre Position schwierig wurde. Sie pflegte dann teilweise mitten im Satz abzubrechen und zu verschwinden. Steinfeld wusste, dass sie dazu übergegangen war, andere Männer aufzusuchen. Nicht die Tatsache an sich bereitete ihm Sorgen, im Gegenteil, er hatte sie ja immer wieder aufgefordert, ihre Drogen durch Liebschaften zu ersetzen, aber wie bei jeder Sucht wurde die Qualität auch hier zunehmend durch Quantität ersetzt und Mazarek musste ihm von dem teilweise bedenklichen Niveau ihrer Bekanntschaften berichten. Mazarek wachte wie ein unsichtbarer Schutzengel über sie. Er kam sich dabei immer öfter vor wie ein Todesengel. Es war nicht ohne bittere Ironie, dass der Mann, den Steinfeld vor einigen Jahren engagiert hatte, um seinen Dreck wegzusaugen, jetzt für den Schmutz seiner Frau zuständig war. Aber auf die Dauer war das keine Lösung. Wieder einmal wurde Steinfeld bewusst, wie sehr er Katharina all die Jahre gebraucht hatte, gerade ihren Sarkasmus, ihre erfrischende Bösartigkeit, ihren Zynismus. Dass sie jetzt vor seinen Augen aufgab wie ein schwerverletzter Soldat, zog ihm den Boden unter den Füßen weg.

Sie lächelte wie eine billige Hure. Das hatte sie in letzter Zeit perfekt gelernt. Ihre Hand glitt in Steinfelds Jackett und kam mit der silbernen Dose wieder zum Vorschein, in der er sein Kokain aufbewahrte.

»Katharina, bitte fang das jetzt nicht auch noch an.«

»Ach, das ist nur was für dich?«

»Das muss man sich einteilen ...«

Er bemühte sich, es nie zu nehmen, wenn es ihm schlecht ging, wenn er müde und ausgebrannt war, sondern nur dann, wenn es etwas Außerordentliches zu feiern gab, also äußerst selten. Außerdem war er in der glücklichen Lage, zu sehr an seiner Hauptdroge Arbeit zu hängen, um sich durch eine andere ernsthaft zu gefährden. Er war absolut sicher, dass es sich bei seiner Frau anders verhielt. Unwillkürlich blitzte ein bösartiger Gedanke in ihm auf: Sie würde so oder so zugrunde gehen, Drogen könnten ihren Untergang höchstens beschleunigen. Er löschte diesen Gedanken rasch wieder aus seinem Bewusstsein, versuchte, ihr die Dose aus der Hand zu reißen. Sie zog den Arm zurück und das Kokain stäubte wie Puderzucker über Olivers Geburtstagstorte. Steinfeld holte wütend aus, Katharina zuckte reflexartig zusammen. Ihre Blicke trafen sich in einer gemeinsamen Erinnerung. Wie lange war das her, dass sie ihm dieses dunkle Kapitel ihrer Familiengeschichte erzählt hatte?

In ihren Augen tauchten die Bilder der demütigenden Ereignisse von damals wieder auf, leicht vergilbt, wie alte Fotografien, die man zu oft betrachtet hat: Ihr Vater, der unerwartet nach Hause gekommen war. Ihre Mutter im Bett mit dem ersten Freund ihrer Tochter. Die Hand ihres Vaters, der nicht seine Frau schlagen wollte, sondern sie. Weil sie nicht attraktiv, nicht interessant, nicht hinreißend genug gewesen war, ihren Freund vor dieser Versuchung zu bewahren. Selbstverständlich hatte Helms nicht zugeschlagen, aber als Steinfeld jetzt den Arm hob, konnte er förmlich spüren, wie ihre Wange brannte.

»Vielleicht ist es nicht zuletzt das, was sie verzweifelt herausfordert«, dachte er, »den Schlag, die Ursache für das Brennen auf ihrer Wange.« Sie hatte seinen Gedanken erraten und begann zu lachen.

»Wenn es so einfach wäre, ich ließe mich pausenlos von dir schlagen.«

Verlegen ließ er die Hand sinken. Sie verließ das Zimmer. Er hatte nicht die Kraft, ihr zu folgen. Seine Hand glitt am dunklen Holz des Türrahmens entlang, als könnte er so ihre Vergebung erbitten. Denn auch wenn er sich mit allen Kräften dagegen wehrte, er fühlte sich schuldig an ihrem Untergang.

Der familieninterne Staubsauger Mazarek verfolgte mit professioneller Distanziertheit ihr übliches Prozedere. Sie platzierte sich als unwiderstehlichen Köder in einer eleganten Hotelbar und bestellte sich etwas zu trinken, meistens Wodka mit irgendwas. Eine letzte Reminiszenz an die gemeinsame Liebe des Ehepaars Steinfeld zu Russland. Es dauerte gewöhnlich fünf bis maximal zehn Minuten, bis jemand anbiss. Manchmal traf sie eine Auswahl, indem sie sich Feuer geben ließ. Den Beginn machte sie meistens mit einem netten, verständnisvollen Mann, der ihr geduldig zuhörte und der, nachdem sie die ersten Gesprächsfäden gespannt hatte, bereitwillig aus seinem Leben zu plaudern begann. Ohne dass sie sich dessen bewusst war, ähnelten ihre amourösen Strategien denjenigen des jungen Steinfeld beinahe spiegelbildlich. Nebenbei suchten ihre Augen bereits nach einer Alternative. Auf dem Höhepunkt des Gesprächs, der nette, verständnisvolle Mann erzählte gerade von seiner nicht so netten, verständnislosen Ehefrau und seiner Einsamkeit, überließ sie ihn abrupt seinem Drink und begab sich zu dem dubios aussehenden Typen, der sie, bereits ermutigt durch ihre verloren wirkenden grünen Augen, seit geraumer Zeit gierig anblickte. Meistens blieben die so plötzlich verlassenen Männer stumm und perplex vor ihrem Glas sitzen, in dem sich das Eis langsam auflöste. Manchmal fragte wohl einer: »Was hab ich denn getan?«, und sie erwiderte gelassen: »Nichts.«

Selten tanzte sie mit den neu Erwählten, meistens jedoch wählte sie Männer, die nicht tanzten und wenig redeten, und auch sie war ihnen gegenüber sehr direkt: »Das ist der große Vorteil von Hotelbars. Man hat es nicht weit.«

Am liebsten sagte sie gar nichts oder sie sprach, wie ihr Mann, nur in Zahlen, indem sie ihre Zimmernummer nannte. Mazarek, dessen Funktion den Hotelmanagern der von ihr bevorzugten Jagdreviere bekannt war, sorgte stets für ein Zimmer, das an ein unbewohntes grenzte. So konnte er mit einer optischen Spezialanfertigung überwachen, dass ihr darin keine Gefahr drohte. Meistens bekam er allerdings nach kurzer Zeit Mitleid mit den Männern.

Gleichgültig was sie zu sich genommen hatte, sie zog sich immer mit Bewegungen aus, die an Ballett erinnerten, und legte ihre Kleidung sorgfältig auf einem Stuhl zusammen.

»Das haben die Nonnen in Gstaad mir beigebracht«, pflegte sie dann mit einer unterschwelligen Ironie zu äußern, die ihren Begleitern dank ihrer schönen Bewegungen entging. »Die äußere Ordnung ist ein Spiegel des Seelenlebens.«

Das Lachen, das sie diesem Satz hinterherschickte, wirkte erstaunlich jung. Je brutaler ihre Begleiter waren, umso mehr verwandelte sie sich in das scheinbar hilflose, schutzbedürftige Wesen, das sie vor langer Zeit wohl einmal gewesen war.

Die Typen schleuderten meistens grinsend ihre Klamotten zu Boden. Sie ließ zu, dass sie ihren Körper küssten, außer dem Mund, aber sie ließ nicht zu, dass sie mit ihr schliefen. Plötzlich zog sie sich wieder an. Ihre Hände, die mit schnellen Bewegungen ihre Kleidung wieder über ihren Körper zogen, wirkten wie helle Fische, die mit einem Mal die Richtung gewechselt hatten und nun gegen den Strom der Zärtlichkeiten schwammen. Meistens ging es dann ungefähr so weiter:

»Was soll das jetzt?«

»Es tut mir Leid.« Ein kurzer Blick auf die Uhr. »Ich hab mich in der Zeit vertan. Ich muss gehen.« Sie genoss die ungläubigen Zudringlichkeiten, die ihr daraufhin zuteil wurden. »Hör auf, ich muss wirklich gehen.« Meistens stand sie dabei mit dem Rücken zu ihren Verehrern.

»Sehen wir uns wieder?«

Sie drehte sich um und ihr »Nein« wehte kalt durch den Raum. Manchmal sagte sie ein zweites Mal, »es tut mir Leid.« Die Typen waren fassungslos.

»Warum nicht?«

»Ich weiß nicht.« Sie legte weitere Kleidungsstücke an, begutachtete sich kurz im Spiegel. Gelegentlich ließ sie sich einen Reißverschluss schließen. »Vielleicht, damit du mich nicht vergisst.« Manchmal kamen ihr Tränen. »Ich ... ich kann nicht anders ...«

Selten sagten die Männer etwas, meistens blieben sie still in ihrer Enttäuschung und Wut. Es war schwer, ihr böse zu sein, sie wirkte so rührend, so hilflos. Mazarek war immer wieder fasziniert und abgestoßen zugleich von ihrer Schauspielkunst. Was er nicht wusste: Auch das hatte sie von Steinfeld gelernt. Sie war in diesen Augenblicken, was sie glaubte zu sein. Simsalabim.

Manchmal kam sie bis zum Rock, meistens bis zu den Schuhen, selten bis zur Tür. Spätestens dann packten die Männer sie im letzten Moment, knallten sie aufs Bett und rissen ihr die Kleidung wieder vom Leib. Sie wirkte wie verwandelt. Alle Dornenhecken, die sie um sich herum gepflanzt hatte, wurden niedergerissen. Ein weiteres Vorspiel war nicht nötig. Der Beischlaf begann immer sehr abrupt und heftig. Doch gleichgültig was passierte, sie dirigierte stets wie eine Dompteuse das Verhalten der Männer. Die ließen sich darauf ein, weil Katharina sie ständig in der Angst schweben ließ, den rauschhaften Augenblick mit ihr wieder zu verlieren. Möglicherweise war es noch mehr die Angst als die Lust, die all diese Männer an sie band. Nie kam ihr einer zu früh aus. In Wirklichkeit begehrten alle diese Männer nicht sie, sondern das von ihr geschenkte Glück so sehr, weil sie sich mit unglaublicher Intensität so lange hinzugeben verstand, bis sie nicht mehr anwesend war.

Kehrte sie in die von strengen Gerüchen und schweißnassen Kissen beherrschte Wirklichkeit zurück und begann der Beischlaf mit einem Mann sie zu langweilen, legte sie den Kopf in den Nacken und fixierte einen Punkt an der Decke, geradeso wie Steinfeld es tat, wenn ihm eine Besprechung zu lange dauerte.

Ihre spöttischen, in rhythmischen Bewegungen hin und her geworfenen Augen fixierten Steinfeld in seinem Traum, parallel zu den von einigen Kumuluswolken begleiteten Turbulenzen, in die das Flugzeug über Kiew geriet. Manchmal war ihre Iris im Traum ganz nah, gestochen scharf, dann wieder verschwommen weit weg. Ohne seinen Schlaf zu unterbrechen, wehrte er sich gegen diese Bilder: Waren das ihre Schilderungen, die seines Leibwächters Mazarek, oder beruhte alles auf seiner Einbildung? Er glaubte kurz ihr Lachen und ihre spöttische Stimme zu hören: »Du glaubst wirklich alles, was man dir erzählt!«

Ihr Liebhaber im Traum fragte sie: »Was hättest du getan, wenn ich dich nicht aufgehalten hätte?«

»Dann wäre ich gegangen. Aber das ist noch nie passiert.« Ihre Stimme klang jetzt so leise und ernst wie damals auf dem Friedhof, als Steinfeld um ihre Hand angehalten hatte: »Sonst wäre ich nicht mehr hier.«

Steinfeld hörte das Knirschen ihrer Reifen auf dem Kies. Das untrügliche Schlüsselgeräusch einer weiteren exzessiven Nacht ließ ihn im Schlaf zusammenzucken. Ihr Wagen war wieder zerbeult, das dritte Mal in diesem Monat. Meistens tauchte sie auf, wenn er beim zweiten Frühstücksbrötchen war. Im Gegensatz zu ihrem Wagen sah sie nach ihren außerehelichen Vergehen immer besonders schön aus. Besonders unschuldig und rein. Wie ein Vampir, der frisches Blut getankt hat. Ihre Augen, in denen sich Verbrechen und

Reinheit zu einer einzigartigen Schönheit verbanden, schlugen ihn immer wieder in Bann und verdrängten seinen bösesten, geheimsten Wunsch in die dunkelsten Verliese seines Gemüts: dass sie einmal nicht mehr von ihren Exkursionen zurückkehren möge. Er hätte diesen Wunsch niemals bewusst zugelassen, und wie um ihn einzukerkern, hatte er mithilfe von Mazarek alle Sicherheitsvorkehrungen getroffen, um seine Verwirklichung durch Dritte zu verhindern.

Sie entledigte sich, scheinbar ohne ihn auf der Terrasse wahrzunehmen, ihrer Kleidung und sprang in den Pool. Wie besessen begann sie zu schwimmen. Er hörte das Wasser, das ihr Körper verdrängte, ihren keuchenden Atem. Ein vergebliches Reinigungsritual. Steinfeld ging zum Beckenrand und hielt ihre nassen Arme fest, ehe sie wenden konnte. Er versuchte zu retten, was zu retten war.

»Wie war's?«, fragte er freundlich. Sie schüttelte den Kopf und einige Wassertropfen flogen auf sein Hemd. »He, du schummelst. Erzähl schon. Ist doch der Reiz an der Sache.«

»Es interessiert dich doch längst nicht mehr«, sagte sie leise.

Er sah die verschwommenen Fingerabdrücke auf ihrer geschwollenen Wange. Zum ersten Mal hatte sie sich wirklich eine Ohrfeige abgeholt. Sie behauptete, sie habe sich gestoßen. An einer vom Wind zu rasch zugedrückten Tür. Er beließ es bei dieser offensichtlichen Lüge. Plötzlich tat sie ihm unendlich Leid.

»Warum tust du 's, wenn's dich nur noch zum Weinen bringt? Oder sind die Kerle da draußen so beschissen, dass sie dir nicht mal 'ne Rohypnol ersetzen? Muss ich einspringen?«

Sie lächelte ihn an, während ein herablaufender Wassertropfen ihren Mund in zwei ungleiche Teile zerschnitt. Ihre Augen waren stark gerötet.

»Ist nur das Chlor.«

In diesem Augenblick wollte er sie vor der Gewalt, die sie sich da draußen suchte, bewahren, aber wenn er ehrlich war, musste er sich eingestehen, dass es genügend Augenblicke gab, in denen er das nicht mehr wollte. Insgeheim hatte er begonnen, geradezu darauf zu warten, dass sie die Gewalt mit nach Hause brachte, in ihr Schlafzimmer.

Die Vorstellung, dass sie von anderen Männern geschlagen wurde, verschaffte ihm die Lust, die er ansonsten vergeblich in sich suchte. Sie spürte genau, was in ihm vorging, sie hatte es initiiert und sie forderte ihn in manchen Nächten derart heraus, dass sie am Rande einer Vergewaltigung dahintrieben. Er wiederum wusste genau, wie unglaublich feige er war, indem er die Gewalt ihrer Liebhaber genoss. Er versuchte, seine Gewaltgedanken abzustellen, aber sie glühten unkontrollierbar in ihm. Sie erhöhten zwar momentan die Leidenschaft, aber sie vergifteten ihre Beziehung ebenso wie Kokain und Alkohol. Und doch waren es die Augenblicke, in denen er sich am lebendigsten fühlte: Sie brachte sich, so wie früher ihrem Vater, jetzt ihm als Opfer dar, sie erhielt ihn am Leben, indem sie sich zerstörte.

Vergeblich versuchte er sie aus dem Wasser zu ziehen. In seinem Traum wurden ihre Augen knallrot.

Er hörte ihre Stimme: »Es tut mir Leid, dich zu kränken, auch wenn ich es unbedingt will.«

Ihr hinreißendes, spöttisches Lachen kam wie aus einer anderen Welt. Einer Welt, in der alles erlaubt war, ohne die hässlichen Konsequenzen der Wirklichkeit.

Manchmal war er zu ihr in den Pool gesprungen. Ihr Lieblingsspiel war, ihn unter Wasser zu ziehen und so lange zu küssen, bis einem von ihnen die Luft ausging und er auftauchen musste. Sie gewann immer.

»Was ist der Trick?«, hatte er sie gefragt.

»Du musst dir nur ganz fest einbilden, dass du ohne Luft leben kannst.«

Als alle Außenstehenden, insbesondere Ärzte und Therapeuten, jegliche Hoffnung aufgegeben hatten, fanden sie wie zum Trotz einen völlig unspektakulären Ausweg, ein ruhmloses Ende, das den meisten Paaren, die sich nicht voneinander trennen können, beschieden ist und das eigentlich ihrer leidenschaftlichen Liebe unwürdig war: Sie wurden müde. Und so kehrte, nachdem sie die Grenze der Selbstzerstörung so weit abgetastet hatten, dass sie sich von fremden Männern schlagen ließ, um endlich das Brennen der väterlichen Ohrfeige zu spüren, das Leben wieder in gemäßigtere Bahnen zurück. Ihre Liebhaber wurden liebenswürdiger, Kleidung und Benehmen fanden ihre frühere Form.

Es begann sich um die Weihnachtszeit 1987 zu bessern und hielt seitdem an, verstärkt durch Katharinas rätselhaften Husten und keineswegs beeinträchtigt durch Vera, die Katharina, passend zu Gorbatschows Glasnost, für ihren Mann wiederentdeckt hatte.

Sie schliefen in diesem letzten Jahr nur noch sehr selten miteinander, und wenn, mit großer Beiläufigkeit, so wie man sich nach einem Essen den Mund mit der Serviette betupft. Im Traum assoziierte er es mit ihren langen zarten Fingern, die behutsam sein Sperma von seinem Bauch abwischten. Das war die zärtlichste ihrer Berührungen. Sie ließ ihn immer weniger zu sich, sondern zog es vor, ihn nach einer fünf- bis zehnminütigen Beischlafouvertüre mit der Hand zu befriedigen, »wie damals im Auto«. Es war derselbe Vorgang und doch völlig anders. Es war weder gut noch schlecht, es war unwichtig. Es war, als würden sie vor jedem Beischlaf ihre Körper verlassen und sich vom angrenzenden Zimmer aus zusehen, als kopulierten sie auf einem Bildschirm, dessen Programm keinen von ihnen sonderlich interessierte.

Beide wussten, dass sie sich insgeheim nach den Zeiten ihrer schlimmsten Eskapaden zurücksehnten, aber sie hatten keine Kraft mehr dazu.

Sie erholten sich. Als sie ihm kurz vor ihrem 42. Geburtstag wieder einmal versprach, in Zukunft auf Tabletten und Kokain gänzlich zu verzichten, glaubte er ihr natürlich nicht, aber sie hielt sich tatsächlich an dieses Versprechen. Das war kurz nachdem ihr Husten begonnen hatte, und Steinfeld wurde erst viel später klar, dass sie nur eine Krankheit durch eine andere, möglicherweise die letzte, ersetzt hatte. Es war ihr Mittel, um nicht endgültig in Gleichgültigkeit, Verzweiflung, Resignation zu verfallen.

Ihre neue Krankheit ließ ihre Beziehung wie ein kleines Feuer wieder aufflackern. Er kümmerte sich um sie. Zuweilen liebte sie es, sich wie ein unartiges kleines Mädchen von ihm erziehen zu lassen. Es gab Tage, da mochte sie es, wenn er ihr die brennende Zigarette aus der Hand nahm, an anderen sprang sie ihm beinahe ins Gesicht, wenn er ihr nicht sofort Feuer gab. Nach der am Ende etwas eintönigen Phase ihres Absturzes, gefolgt von einem noch eintönigeren, kraftlosen Dahingleiten, legte sie wieder großen Wert darauf, unberechenbar zu sein.

Ihr Äußeres hatte sich in diesen fünfzehn Jahren kaum verändert. Ihr Körper wirkte wie eingelegt in die immer gleiche, unerreichbare Sehnsucht ihrer Kindheit: die vergebliche Liebe zu ihrem

Vater. Und es tat dieser Liebe keinerlei Abbruch, dass sie längst in verzweifelten Hass umgeschlagen war. Wenn man liebt, ist alles Liebe, auch Hass und Abscheu. Er sah ihr weißes Gesicht, umrahmt von einem braunen Pelzkragen, das sich ihm in geradezu unfassbarer Schönheit zärtlich entgegenneigte: »Aufwachen, Mister Spock. Aufwachen.«

Noch in seinem Traum wusste er, dass diese Worte nicht von Katharina, sondern von Vera kamen, die im Gegensatz zu seiner Frau seine etwas zu spitz geratenen Ohren liebte.

Sie hatte bereits Tee bestellt und hielt ihm ein Croissant unter die Nase.

»Willkommen in Russland. Wir landen in zwanzig Minuten.«

Seine ersten Gedanken sortierten die verschiedenen Phasen der anstehenden Besprechungen: Phase 1: Abtasten. Persönliche Anekdoten. Phase 2: Ausloten möglicher Kompromisse und des Kaufpreises. Phase 3: Einigung.

Wie im Zeitraffer spulten sich parallel dazu die wichtigsten Stationen seines Traums noch einmal ab und er gliederte sie spaßeshalber ebenfalls in drei Phasen. Erste Phase: Leidenschaft, Tabletten und Wut. Zweite Phase: Liebhaber und Verzweiflung. Dritte Phase: Krankheit und ... Er blickte Vera an, die sich neben ihn setzte. Vera war ohne Frage zentraler Bestandteil der dritten Phase. Wieder hörte er Katharinas Stimme:

»Was sollte ich gegen Vera haben? Ich habe sie wiederentdeckt! Sie ist mein Geburtstagsgeschenk für dich. Happy birthday!«

Was war ihr Plan? Lieferte sie ihm Vera, damit er Katharina freigab und in eine Scheidung einwilligte? Oder war Vera nicht vielmehr eine von Katharina initiierte Probe, eine Versuchung? Was, wenn Katharina gehofft hatte, Vera würde sich als Fata Morgana entpuppen? Wie würde Katharina reagieren, wenn Steinfeld gemeinsam mit Vera seine große, wirtschaftliche Vision realisierte, eine Idee, die weit über die deutsche Wiedervereinigung hinausging?

Das Flugzeug setzte zur Landung an. Der Copilot nannte eine Außentemperatur von minus 17 Grad. Steinfeld wandte sich an Vera und wollte wissen, ob er im Schlaf gesprochen hatte. Sie schüttelte rasch den Kopf.

»Lügen Sie mich nicht an!«

»Sie haben nicht gesprochen, wirklich nicht!« Sie nippte an ihrem

Tee und ihr Lippenstift hinterließ leichte Spuren auf der Plastiktasse.

»Keine Angst. Sie haben Ihr großes Geheimnis niemandem verraten. Nicht mal mir.«

Er nickte. Sie beließ es dabei, wohl wissend, dass es noch eine andere, viel tiefere Angst in ihm gab, vor ganz anderen Geheimnissen, über die er im Schlaf gesprochen haben könnte. Manchmal, wenn er erwachte, sahen seine Augen aus wie zersprungen unter einem gewaltigen Schmerz, ehe sie sich wieder nahtlos zusammenfügten zu diesem leeren, durch eine strenge Parallelität der Pupillen erzeugten Blick, der durch alles hindurchging. Man brauchte kein großer Psychologe zu sein, um zu begreifen, wie unendlich er gelitten haben musste, um so stark zu werden, wie er war. Plötzlich beschlich sie das Gefühl, er habe vor gar nichts Angst, am allerwenigsten vor dem Tod. Das machte ihn gleichermaßen faszinierend und gefährlich. Gemeinsam blickten sie auf die goldenen Kuppeln des Kreml. Mit einem Schlag war er wieder der moderne Raubritter, ausgezogen, um die Schätze des Ostens für seine Bank zu erobern.

»Wir sind da«, sagte er.

18. KAPITEL:
MOSKAU, 26. – 31. JANUAR 1989

Unter den goldenen Kuppeln erstreckten sich siebenhundert prunkvolle Räume, die den Appetit der westlichen Delegation auf Beute weiter vergrößerten. Wandelte man von einem zum nächsten, schien jeder nachfolgende seinen Vorgänger an Pracht noch übertreffen zu wollen. In einem der schönsten, ganz in Weiß und Gold gehaltenen, machte die deutsche Delegation dem sowjetischen Generalsekretär ihre Aufwartung. Steinfeld sah in einen der zahllosen venezianischen Spiegel, sodass sein Gesicht nun gemeinsam mit den Gemälden der verschiedenen Zaren hochmütig auf die lange Reihe der Händeschüttler herabblickte. Im Grunde hatte sich hier seit den Zeiten des Absolutismus kaum etwas geändert, allein die materielle Not der Menschen war nach dem Zweiten Weltkrieg etwas gemildert worden, ein kläglicher Tribut, den die roten Zaren für ihre Schreckensherrschaft an das Volk entrichteten. Es wäre vermessen gewesen, von diesem seit Jahrhunderten geknechteten Volk eine echte Demokratisierung zu erwarten. Im Schatten der schönen, neuen Worte würde sich bestenfalls ein etwas menschenfreundlicherer Absolutismus entwickeln, in dem Privateigentum erlaubt war. Dessen war sich auch Helms völlig bewusst, während er jetzt mit zwei kleinen Schritten auf den Generalsekretär zuging, ihm kurz die Hand drückte und ihm versicherte, die Hermes-Bank stehe mit großzügigen Mitteln zur Vertiefung des so mutig begonnenen demokratischen Prozesses bereit. Nach wie vor beherrschte er mit großer Selbstverständlichkeit die Kunst, gleichzeitig das eine zu denken und das Gegenteil davon zu sagen. Steinfeld und er waren sich einig: Perestroika war ein wunderbar poetischer Begriff für die schnöde Tatsache, dass das Sowjetimperium mit tatkräftiger Unterstützung westlichen Kapitals jahrzehntelang über seine Verhältnisse gelebt hatte und jetzt internationale Investmentbanken den Politikern das weitere Handeln diktierten. Die aber waren weniger an echter Demokratie als an Gewinnmaximierung interessiert.

Die Außentemperatur war auf minus fünf Grad angestiegen. Steinfeld beobachtete die Eisblumen, die sich auf den Innenflächen der doppelten Fenster in Wassertropfen auflösten. Offenbar wurde der Saal erst seit kurzem beheizt. Steinfeld lächelte unmerklich. Möglicherweise hatte man selbst im Kreml mit dem Sparen begonnen.

Semjuschin, der inzwischen zum wirtschaftlichen Beraterstab des Generalsekretärs gehörte, schloss zunächst seine Tochter, dann ihn in die Arme. Anschließend war seine Frau an der Reihe. Neben ihnen stand Veras achtzehnjähriger Cousin Michail, der mit derselben etwas zu weichen, blassen Wangenpartie wie ihr Zwillingsbruder aussah. Zwei auffallend tief liegende, blaue Augen versprachen jugendliche Begeisterungsfähigkeit, während ein Paar volle Lippen ihre Umgebung mit heiterem Spott beglückten. Ferner besaß Michail überraschend lange, beinahe mädchenhafte Wimpern und denselben kräftigen Händedruck wie seine Cousine. Steinfeld fuhr, als er seine Hand löste, mit den Fingerkuppen über die Innenfläche von Michails Hand und registrierte amüsiert das Aufblitzen in den Augen des jungen Russen. Man erkannte sich immer!

»Ich habe ihn extra für Sie eingeladen«, flüsterte Vera ihm zu.

»Sie wollen mich quälen«, gab er zurück. Sein Lächeln schien dem gesamten Raum zu gelten. »Ich kann mir als offizielles Delegationsmitglied absolut keine Eskapaden erlauben.«

»Das hat Sie doch noch nie gestört.«

»Sie wollen wohl, dass ich die deutsche Wiedervereinigung aufs Spiel setze.«

»Zugunsten einer deutsch-russischen.«

Der Ausdruck ihrer Augen war deutlich lebhafter geworden, seitdem sie wieder russischen Boden betreten hatten. Es schien beinahe, als hätte das Wesen ihres Cousins sie angesteckt. Er kannte sie bisher ernst, fleißig oder wütend, dieser Charme war neu.

Nach besonders aufwühlenden Träumen fühlte Steinfeld sich stets wie neugeboren. Jedes Mal, wenn er die Hölle vergangener Tage noch einmal durchlebte, schien er sie leichter zu überwinden, wie einen Parcours, den er bei jeder neuen Durchfahrt etwas schneller und müheloser meisterte. Solche Nächte waren wie ein Reinigungsritual, nach einem solchen Traum erschienen ihm alle Dinge des Lebens wieder verlockend, und zum ersten Mal, seit er Vera aus Russland importiert hatte, sah er in ihr nicht nur eine vertraute Mitarbeiterin, sondern wieder sein kleines Mädchen, das auf eine höchst ansprechende Art erwachsen geworden war. Wie immer, wenn Gefühle seine Geschäftsinteressen zu beeinträchtigen drohten, analysierte er sie. Sein plötzlich wiedererwachtes erotisches Interesse für Vera reduzierte er auf die Euphorie über das Wiedersehen mit Russland und die zum Greifen nahe liegende Erfüllung seiner alten Vision: Aus Russland und Europa eine den USA ebenbürtige Weltmacht zu formen. Eine über diese Euphorie hinausgehende weitere Annäherung wäre unklug. Ihr emotionaler Abstand war im Augenblick für ihre Vorhaben genau richtig. Sie war in ihn verliebt und wusste, dass er unerreichbar war. So sollte es bleiben. Er ließ sich von Veras plötzlich entdeckter Leichtigkeit nicht blenden, Vera nahm, in offensichtlichem Gegensatz zu ihrem Cousin, ihre Gefühle zu ernst, das konnte bei den kommenden gemeinsamen Aufgaben gefährlich werden. Wann würde er ihr die Lösung ihrer wochenlangen Suche, die Lenkwaffe, die sich in die Schwachstelle der Amerikaner bohren sollte, anvertrauen? Er beschloss abzuwarten. Noch immer regte sich bei einer rationalen Festlegung seiner Gefühlsgrenzen auf der Stelle Widerstand in ihm, die Lust, jegliche Vernunft zu sprengen und alles ganz anders zu machen, aber nach zwanzig Jahren Übung wusste er sich im Zaum zu halten. Er folgte der sich ihm bietenden emotionalen Ablenkung und stürzte sich in ein angeregtes Gespräch mit Michail über Schillers Wallenstein und die zentrale Frage: Kann ein einzelner Mensch die Welt verändern?

»Vor zwanzig Jahren dachten Sie noch, Sie könnten es«, mischte Vera sich ein.

Sie erinnerte an jenes Gespräch im Eisenbahnwaggon vor dreiundzwanzig Jahren. Der Tag, an dem sie ihm die Puppen geschenkt hatte, ruhte offensichtlich nicht nur in seiner Schatztruhe besonders wertvoller Erinnerungen.

Amüsiert blickte er sie an.

»Das denke ich auch heute.«

»Wirklich«, gab sie zurück. Der neue herausfordernde Ausdruck, der ihre Augen heller schimmern ließ, reizte ihn. »Ist es nicht eher so, dass man bestenfalls für einen Augenblick auf die dahinrasenden Ereignisse dieser Welt aufspringen kann, für Sekundenbruchteile die Zügel in die Hand nehmen, um vielleicht die schlimmsten Kollisionen zu verhindern, ehe man hoffentlich wieder mit heiler Haut auf dem Boden der Tatsachen landet?«

»Sieh einer an«, dachte Steinfeld, »ist das eine unbewusste Beschreibung deiner privaten Sehnsüchte?«

»Meine kleine Mystikerin«, gab er lachend zurück.

»Hilflos den kosmischen Kräften ausgeliefert.« Wie auf ein stummes Kommando hatte sich Michail mit ihm gegen seine Cousine verbündet, doch die schien das nicht zu stören. Gut gelaunt ließ Vera die beiden alleine. Entweder hatte sie aufgegeben und überließ ihn Michail, oder sie war sich ihrer Sache sehr sicher. Steinfeld störte und reizte zugleich, dass das Wiedersehen mit ihrer Heimat sie in einem erstaunlichen Maße unberechenbar gemacht hatte. Als flössen ihr die geheimen Kräfte ihrer Ahnen zu.

»Was meinen Sie«, wandte er sich wieder an Michail, »kann ein einzelner Mann heute noch die Welt verändern?«

Michails Antwort war so gut, dass sie durchaus für eine Ablenkung seiner Gefühlsirritationen herhalten konnte: »Nur wenn er sich klonen lässt!«

Ihr Gelächter brachte sie einander so nahe, dass er Michails Atem riechen konnte.

Der Generalsekretär und der deutsche Kanzler zogen sich nach dem üblichen privaten Einleitungsgeplänkel zu einem Vieraugengespräch zurück. Der Kanzler schlug, angeblich aus Gewichtsgründen, einen Spaziergang vor. Längst herrschte eine Atmosphäre geradezu grenzenloser Zuversicht. Alles schien möglich. Jeder Vorschlag wurde enthusiastisch aufgenommen und so erhielten auch die bisher weniger beachteten Delegationsmitglieder Gelegenheit, sich zu profilieren.

Der Referent, der den Kanzler auf alle möglichen Sackgassen und Einbahnstraßen dieses Gesprächs vorbereitet hatte, äußerte die Idee, den Spaziergang mit etwas Öffentlichkeitsarbeit zu verbinden. Der gemeinsam geplante Weg endete an einer kleinen Treppe. Man könnte die Presse dazuholen, während der Herr Generalsekretär dem Kanzler die letzten Stufen nach oben half. Der Generalsekretär war von dieser kleinen Metapher, die die wirtschaftlichen Machtverhältnisse für eine ahnungslose Öffentlichkeit auf den Kopf stellte, begeistert.

Das Ergebnis dieses Spaziergangs wurde weltbekannt. In seinem Schatten ging es weitaus weniger harmonisch zu. Beim anschließenden Empfang am Abend, den die deutsche Botschaft deutlich bescheidener ausgerichtet hatte als die Feierlichkeiten am Mittag, bedankte sich Helms nachdrücklich beim amerikanischen Botschafter für die Unterstützung der deutschen Wiedervereinigungspläne durch die USA. Der Botschafter, ein pyknischer Typ, dessen sorgfältig gescheiteltes, weißes Haar vergeblich eine Glatze zu verdecken suchte, hätte unschwer als Vertreter von Lebensversicherungen durchgehen können. Der Eindruck war nicht gänzlich falsch, hätte er doch in seiner Eigenschaft als langjähriger Verbindungsführer der CIA während der Phase des Kalten Krieges durchaus sinnvoll einige Lebensversicherungen an die Verwandten von Ostagenten verkaufen können, die im Zuge vertrackter Auseinandersetzungen liquidiert worden waren. Selbstverständlich war der Botschafter nicht nur durch sein Gedankengut immer noch eng mit der Firma verknüpft. Nach einigen höflichen, einleitenden Florettstichen gegen Helms wandte er sich mit gezogenem Säbel an Steinfeld.

»Mir machen Sie nichts vor! Versuchen Sie hier keine Extratouren über Ihren Freund Semjuschin.«

Steinfeld wippte kurz auf den Zehenspitzen und griff sich das einzige Glas Pils im Raum, das er vor fünfzehn Minuten bestellt hatte.

»Wie käme ich dazu? Wir sind Ihnen so dankbar für alles, was Sie für ein wiedervereinigtes Deutschland tun, dass wir auch weiterhin selbst die letzte Schnitte Brot mit Ihnen teilen würden.«

Der Botschafter versuchte es zunächst mit den üblichen Hinweisen auf die deutsch-amerikanische Freundschaft, und als er festzustellen glaubte, dass seine Floskeln bei Steinfeld nicht auf allzu fruchtbaren Boden fielen, kam er in gewohnter amerikanischer Art direkt und brutal zur Sache: »Die USA haben zig Milliarden ausgegeben, um den Warschauer Pakt totzurüsten. Was habt ihr denn bezahlt? Es versteht sich wohl von selbst, dass die Gewinnmöglichkeiten in der UdSSR entsprechend den finanziellen Aufwendungen zu ihrer Erschließung verteilt werden müssen.«

Steinfeld verwies auf den Milliardenkredit an die DDR. Für den CIA-Mann waren das Peanuts. Ein faules Alibi, um auf einen fahrenden Zug aufzuspringen. Steinfeld hatte Mühe, seine Ironie nicht in Sarkasmus umschlagen zu lassen.

»Sie dürfen unseren Beitrag nicht unterschätzen. Wir besitzen keine Flugzeugträger, wir vergeben Kredite. Unter uns Bankiers sagt man: Wenn du jemandem schaden willst, stiehl ihm sein Geld. Wenn du ihn vernichten willst, gib ihm einen Kredit.«

»Deswegen leihen wir unseren amerikanischen Freunden niemals Geld«, nahm Helms Steinfelds Degenstich scheinbar die Spitze. Die Herumstehenden applaudierten mit Gelächter.

Der Botschafter blickte von einem zum andern. Er verstand nur zu genau, dass die beiden sich in einem lange einstudierten Ritual die Bälle zuspielten.

»Wie war das, der letzte Kanten Brot? Wenn Sie damit die DDR meinen, die können Sie gern allein zum Nachtisch haben.«

Helms nahm Steinfeld beiseite und teilte ihm mit, er werde noch am selben Abend im Kreis einiger amerikanischer Diplomaten nach Bonn zurückfliegen. Mazarek und die bankeigene Maschine überließ er Steinfeld. Er ermahnte Steinfeld zur Geduld und fügte mit einem kleinen Lächeln hinzu, für die Finanzierung eines neuen Moskauer Telefonnetzes und die Modernisierung des Elektrizitätswerks hätten sie bereits grünes Licht. Steinfeld zeigte sich nicht sonderlich begeistert. Helms sah seinen Ziehsohn fest an.

»Wenn wir die Wiedervereinigung erst mal haben, gibt's hier immer noch genügend zu tun. Das Land ist groß.«

Steinfeld nickte. »Die Wiedervereinigung bedeutet dir viel.«

»Das ist mit Geld überhaupt nicht zu bezahlen.«

»Die Toten stehen dadurch nicht wieder auf.«

»Nein, aber Deutschland.« Diesmal war in Helms' Stimme nicht der geringste Anflug der sonst üblichen Ironie. Steinfeld tat so, als dächte er genauso. Helms ging unter dem Vorwand, er müsse Rücksicht auf sein Alter nehmen. In Wirklichkeit hatte ihn jedes Fest ab dem Moment, wo es nicht mehr der Durchsetzung seiner geschäftlichen Interessen diente, schon immer zu Tode gelangweilt.

Vera brachte Steinfeld etwas zu essen und lud ihn zu einer anschließenden privaten Feier auf dem Landsitz ihres Vaters ein. Hier könne man ja nicht richtig reden.

»Über was wollt ihr denn mit mir reden?«

»Über alles.« Sie zeigte dieses triumphierende Lächeln mit leicht nach oben gebogenem Mundwinkel, das immer in ihrem Gesicht aufleuchtete, wenn sie eine von ihm gestellte Aufgabe gelöst hatte. »Michail kommt auch.«

Semjuschins neue Datscha demonstrierte seinen steilen Aufstieg innerhalb des Machtapparates der KPdSU. Ein großzügig gebautes Holzhaus mit reichlich Landbesitz und Stallungen voller Pferde. Die meisten Gäste waren bereits alkoholisiert erschienen und hatten ihre schweren Wolga-Limousinen kreuz und quer unter den Lampiongirlanden geparkt, die wie herabgefallene Sterne über der lachenden und weiterhin ausgelassen trinkenden Menschenmenge schaukelten. Die wirklichen Sterne leuchteten dünn hinter einem Wolkenschleier oben am Himmel. Es war eine für Januar außerordentlich milde, von einigen Schneeflocken durchsetzte Nacht.

Viele junge Leute waren erschienen, Künstler, Journalisten, Wissenschaftler, die intellektuelle Creme der Moskauer Gesellschaft, die endlich liberale Morgenluft witterte. Eine Theatergruppe hatte Masken entworfen, die jeder Teilnehmer des Festes tragen musste, und es war auffallend, wie viele von ihnen dem Bereich der russischen Mythologie entstammten. Hinter der überall geäußerten, vordergründigen Sehnsucht nach Demokratie verbarg sich eine tiefgründigere nach Fantasie, nach Träumen, nach einer Rückkehr zum russischen Mystizismus.

Vera stand plötzlich einer Gestalt gegenüber, deren Maske Rasputin zeigte und schief vor dem Gesicht saß, bis sie abgenommen wurde. Dahinter kam Fjodor zum Vorschein, Veras ehemaliger Liebhaber, den sie vor einem knappen Jahr ohne ein Wort der Erklärung verlassen hatte. Er war alt geworden und seine Mundwinkel bitter.

»Du hast uns verraten«, sagte er. »Und du hast dich verraten.« Er lächelte kurz und die Falten in seinem Gesicht vertieften sich zu einem feinen Gitter. »Du hast das Richtige getan. Russland kann sich nur retten, indem es sich selbst verrät.« Er prostete Vera zu und wandte sich ab. Die Rasputin-Maske baumelte an zwei Gummibändern aus seiner Linken herab neben seinen Kniekehlen.

Dieses plötzliche Wiedersehen war für Vera wie ein schmerzhafter Schnitt, der sie aus ihrer rauschhaften Begeisterung, mit der sie bisher an Steinfelds Seite durch ihre alte Heimat geschwebt war, herausholte und sie schlagartig in eine Welt zurückversetzte, die ihr damals wie der Inbegriff eines unabhängigen, aufrührerischen Lebens vorgekommen war. Im Rückblick erschienen ihr ihre Moskauer Studentenzeit, als sie in einer Künstlergruppe in den Tag hinein lebte, und ihre mittelmäßigen Malversuche damals wie ein Warten darauf, dass Steinfeld zurückkehrte. Und war es nicht gerade typisch für ihn, dachte Vera, dass er ausgerechnet seine Frau als Botschafter vorschickte? Unbewusst wandte sie die Methoden ihres Lehrmeisters an, um ihr schlechtes Gewissen gegenüber Fjodor in einen Plan des Schicksals umzudeuten, der bereits in ihren Kindertagen seinen Anfang genommen hatte. Steinfeld hatte sie erlöst. Ohne ihn wäre sie in einer Moskauer Mietwohnung am billigen Alkohol und im kollektiven Selbstmitleid der Künstlerkolonie zugrunde gegangen. Und jetzt waren sie und er gemeinsam zurückgekehrt und sie war ein Teil der großen Vision seines Lebens geworden.

Ihr Blick suchte Michail, der gerade mit zwei jungen Kommilitonen einen Walzer zu dritt versuchte und prompt im Schnee landete. Er prostete ihr lachend zu. Wie oft hatte sie ihn um seine Leichtigkeit beneidet. Aber heute Nacht hatte sich diese Leichtigkeit wie durch Zauberhand auf sie übertragen, und diese Hand gehörte Steinfeld. Sie konnte ihn spüren, noch ehe er sie berührt hatte.

Einige Milizsoldaten sammelten die ersten besinnungslos im Schnee liegenden Betrunkenen ein. Im Januar 1989 war die Gefahr für einen Russen, im Alkoholrausch zu erfrieren, erheblich größer, als bei einem Autounfall ums Leben zu kommen.

Auch Steinfeld hatte momentan das Gefühl, dem Tod näher zu sein als dem Leben. Er saß, aus jeder Pore schwitzend, mit Semjuschin in der Sauna, doch das nützte nicht viel. Denn so schnell wie Semjuschin den Wodka nachreichte und ihn mit allen möglichen Sprüchen zum Austrinken zwang, konnte man den Alkohol gar nicht ausschwitzen. Dabei trug Semjuschin, ansonsten völlig nackt, immer noch eine Maske von Peter Pan, während Steinfeld die seine, die den Puppen auf seinem Schreibtisch nachempfunden war, längst nach Luft ringend abgelegt hatte. Peter Pan legte schwer seine Hände auf die fleischigen Knie und starrte durch seine Augenschlitze Steinfeld aus blutunterlaufenen Augen von unten herauf an. Steinfeld erkannte diesen Blick sofort, trotz Maske. Er kostete, angefangen von ihrem ersten, misslungenen Ölgeschäft bis hin zu den »nützlichen Aufwendungen« für die Wahl Gorbatschows zum Generalsekretär, immer Geld.

»In sechs Wochen muss sich unser kleiner Liebling vom Politbüro bestätigen lassen.« Semjuschin tat einen herzerfrischend langen Rülpser. »Unsere Mehrheit steht keineswegs. Es gibt bereits jetzt eine Menge Leute, Militär, KGB, die behaupten, unser Mann sei ein Agent der CIA.«

Steinfeld tat mit einer Handbewegung kund, was er von diesem Gerücht hielt. Mit der beharrlichen Langsamkeit des Betrunkenen schüttelte Semjuschin den Kopf. Er dachte zwar etwas langsamer als sonst, aber immer noch völlig klar. Steinfeld hatte die deutschen Delegationsmitglieder, an deren Unternehmen die Hermes-Bank beteiligt war, und das waren so gut wie alle, nachdrücklich davor gewarnt, dem Irrtum zu erliegen, man könne einen Russen im Zustand der Trunkenheit übers Ohr hauen. Der Schuss ging meistens nach hinten los. Semjuschin blinzelte verschmitzt.

»Es geht in der Politik nie um das, was wahr ist, sondern um das, was die Leute glauben.«

»Glauben wollen«, korrigierte Steinfeld.

»Kannst du dir vorstellen, wie unsere Generäle reagieren, wenn wir euch jetzt noch die DDR überlassen?«

Steinfeld seufzte und fügte sich in das Unvermeidliche. Obwohl er neun Zehntel des ihm angebotenen Wodkas unauffällig außerhalb seines Mundes hatte verschwinden lassen, war ihm ein wenig übel.

»Sag mir, wen wir brauchen, und ich kauf ihn dir.«

»Nicht jeder ist mit Geld zu kaufen.«

Steinfeld hob unmerklich die Augenbrauen. Das versprach, teuer zu werden.

»Du hast versprochen, in der Sauna wird man nüchtern. Aber man wird nur noch besoffener.«

Semjuschin kippte zu allem Überfluss Wodka auf die heißen Steine.

»Wir Russen machen nie was, um nüchtern zu werden. Nicht vor Sonnenaufgang.«

»Natürlich müsst ihr nach allen Seiten Versprechungen abgeben«, nahm Steinfeld vorsichtig den Faden wieder auf. »Das ist doch das Einfachste der Welt.«

»Die wir allein deswegen nicht erfüllen können, weil sie völlig widersprüchlich sind.« Und das gilt nicht nur für die Interessengruppen im Inland.«

Beiden war klar, dass es um die USA und die amerikanischen Ölkonzerne ging. Semjuschin war offensichtlich beauftragt, die Deutschen taktvoll aber entschieden auf den begrenzten sowjetischen Verhandlungsspielraum hinzuweisen. Ihrem gemeinsamen Traum eines intensiven Austauschs von russischem Öl gegen deutsche Hightech waren somit enge Grenzen gesetzt. Natürlich konnten die Deutschen zukünftig russisches Öl kaufen, so viel sie wollten, aber dieser Handel würde stets einer stillen Kontrolle durch die Amerikaner unterliegen. Steinfeld hatte genau das vorausgesehen und deshalb gemeinsam mit Semjuschins Tochter einen Angriff vorbereitet. Aber davon durfte Semjuschin nicht einmal etwas ahnen. Deswegen musste er sich jetzt gerade so empört geben, dass Semjuschin keinen Verdacht schöpfte, aber trotzdem nicht das Gesicht verlor und ihre Freundschaft unangetastet blieb.

»Man bläst immer nur Luft in die Schwimmringe, die einen über Wasser halten«, sagte er in Anspielung auf die diskreten Geldgeschenke seines Hauses, die für den Machtantritt des amtierenden Generalsekretärs entscheidend gewesen waren.

»In Russland braucht man eine Menge Rettungsringe zum Schwimmen«, erwiderte sein Freund erwartungsgemäß.

Steinfeld tippte ihm auf den Bauch: »Selbst in der Sauna!«

Semjuschin lachte und Steinfeld lachte mit, allerdings nur so viel, dass sein Freund den Eindruck gewinnen musste, dass er enttäuscht war.

»Im Grunde besteht kein wesentlicher Unterschied zwischen einem kapitalistischen und einem kommunistischen Wahlkampf«, sagte Steinfeld. »Wer das meiste Geld hat und die größten Versprechungen macht, gewinnt.«

Ein Mann, lediglich bekleidet mit derselben Puppenmaske, die neben Steinfeld lag, betrat den Innenraum der Sauna und setzte sich wie ein jugendliches Spiegelbild Steinfeld gegenüber. Er nahm die Maske ab und Steinfeld war nicht überrascht, dass es sich um Michail handelte. Die beiden setzten das Gespräch über Wallenstein fort, während Michails lange Zehen geschickt mit Steinfelds leerem Glas spielten. Seine weichen Gesichtszüge verwandelten sich in den Nebelschwaden der Sauna in das Gesicht des jugoslawischen Strichers, den Steinfeld sein Hochzeitsgedicht hatte vorlesen lassen.

Wie lange war das her? Hatte diese Szene überhaupt stattgefunden? Oder war es nur eine dunkle Fantasie, eine seiner privaten Überlebensstrategien gewesen, ein Kokettieren mit den Abgründen? Hölderlin verwandelte sich in Wallenstein. Steinfeld sei selbst ein Wallenstein, sagte Michail. Er und Semjuschin empfahlen ihm, auf sich aufzupassen. Er treffe hier in Moskau auf gefährliche Leute. Steinfeld nahm das offensichtlich nicht ernst, musterte amüsiert Michails weißen, sahnigen Körper, der ihn an die Bilder aus der italienischen Renaissance erinnerte.

»Es gibt hier nur einen, der mir gefährlich werden kann.«

Er erhob sich und überschüttete Michail mit kaltem Wasser, der sprang auf.

»Pass auf«, schrie Semjuschin ihm hinterher, während Steinfeld Michail in die Ankleideräume verfolgte. »Unser Land ist zu groß! Du wirst dich wieder verlaufen!«

»Diesmal nicht!«

Steinfeld lachte und suchte vergeblich nach dem jungen Mann, der plötzlich wie vom Erdboden verschluckt war. Er trocknete sich hastig ab und zog sich an. Ein kleines Wiedersehensritual mit Russland schien ihm angebracht, allein als Ausgleich für das ihm wieder einmal entgangene russische Öl.

»Pass auf deinen Arm auf!«, schrie Semjuschin ihm hinterher. »Sonst nie mehr Heil Hitler!« Er wirkte im Eingang der Sauna in seiner Peter-Pan-Maske, nackt und mit hochgerecktem Arm, wie ein bösartiger Troll.

»Ist auch besser so!« Steinfeld warf Mantel und Pelzmütze über und trat ins Freie. Die kalte Luft ließ seine von der Sauna aufgeweichte Haut erstarren. Suchend blickte er sich um. Zwei Gestalten, Peter der Große und Mischa der Wolf, begannen um seine beiden Arme zu streiten. Jeder wollte ihn in eine andere Richtung ziehen. Interessanterweise trugen auch die meisten Frauen auf dem Fest männliche Masken, sodass es kaum jemanden in weiblicher Maske gab. Endlich glaubte er Michail hinter seiner Babuschka-Maske entdeckt zu haben. Der lief spielerisch vor ihm weg und verschwand in einem der Pferdeställe. Dort war ziemlich viel los. Betrunkene Pärchen knutschten miteinander, manche waren bereits im Heu versunken. Die Pferde schien das nicht zu stören. Einige wieherten gelegentlich. Es klang eher aufmunternd und die meisten Paare verhielten sich entsprechend. Offensichtlich wollten einige noch einen Ritt über die nächtliche Steppe wagen. Drei gesattelte Pferde waren am Zügel angeleint. Ein Spaßvogel hatte entweder mit Absicht oder im Alkoholrausch einen der Sättel lose verkehrt herum befestigt. Steinfeld entdeckte Michail, der sich maskiert auf eines der vorschriftsmäßig gesattelten Pferde schwang und davonritt.

Steinfeld schüttelte den Kopf. Nicht einmal für Michails hübschen Bubenarsch würde er sich noch mal die Hand brechen. Michail verhielt, wendete, ritt wieder ein Stück zurück. Als Steinfeld auf ihn zuging, galoppierte er wieder los, parierte erneut nach wenigen Metern. Er saß gut im Sattel. Steinfeld konnte der Versuchung nicht länger widerstehen. Außerdem hatte er längst bemerkt, dass sein Aufpasser Mazarek ihnen unauffällig gefolgt war. Eine wunderbare Gelegenheit, sich mal wieder durch einen unberechenbaren Fluchtversuch dessen Obhut zu entziehen, wobei er stets ein diebisches Vergnügen empfand. Vielleicht war das seine Art von Rache für den Erpressungsversuch, durch den er Mazarek kennengelernt hatte. Er schwang sich auf das zweite Pferd und ritt aus dem Stall. Mazarek blieb nur das verkehrt herum gesattelte Pferd. Das Letzte, was Steinfeld von ihm sah, war ein über den Pferdekopf ragendes Bein, dicht gefolgt von einem lauten Schrei. Um Michail nicht aus den Augen zu verlieren, hieb er seine Schuhe in die Flanken seines Pferdes, mit dem Erfolg, dass es einen Satz nach vorne tat, der ihn beinahe hintenüberkatapultiert hätte. Zu spät fiel ihm ein, dass er nicht einmal überprüft hatte, ob sein Sattelgurt richtig festgezogen war. Noch hielt er. Das nützte ihm allerdings nicht viel. Seine Reitkünste hatten sich keineswegs verbessert. Die wiegenden Bewegungen des Pferdes verstärkten seinen Alkoholrausch. Aber er ritt wieder durch Russland. Es war derselbe Wind, dieselbe Endlosigkeit. Einige ihm entgegentreibende Schneeflocken wurden in seinem Mund zu dem Wasser des Brunnens von damals, nur seine Sehnsucht, seine unerfüllbare, ziellose Sehnsucht, war älter geworden, wie ein Anzug, der abgetragen war, aber immer noch gut passte.

Michail machte eine scharfe Wendung und steuerte auf einen einsam hinter einer Birkengruppe liegenden Heuschober zu. Nach einer weiteren kurzen Verfolgungsjagd, die mehr von seinem Pferd als von ihm gesteuert wurde, verfiel der Gaul plötzlich in Trab und Steinfeld ging durch das abrupte Abbremsen kurz vor dem Ziel zu Boden. Der immer noch maskierte Michail wendete und sprang neben ihm vom Pferd. Da Semjuschins gesamte Verwandtschaft Steinfelds Pferdeerlebnis seit dreiundzwanzig Jahren zur Genüge kannte, dachte Michail natürlich, Steinfeld habe sich erneut verletzt. Diesmal nicht. Steinfeld griff lachend nach Michails Mantel, doch der war schneller und flüchtete durch den vom Wind hartgepressten, knöcheltiefen Schnee Richtung Heuschober. Steinfeld grinste ihm betrunken hinterher: »Ich werd dir den Hintern versohlen!«

Er wiederholte diesen Satz, während er die Verfolgung aufnahm. Er war immer noch ein überraschend guter Läufer. Nach wenigen Schritten hatte er trotz der Behinderung durch den langen Mantel seinen Rhythmus gefunden und holte beharrlich auf. Am Eingang des Heuschobers warf er sich über Michail und zog ihm lachend die Hose herunter. Der schrie auf wegen der Kälte und zog Steinfeld und sich unter ihre Pelzmäntel. Ihre Gesichter bewegten sich schemenhaft in einem engen, dunklen Zelt.

»Das Vorspiel lassen wir weg«, keuchte Steinfeld. »Verdammt, ist das kalt.«

Ihm wurde schwindlig vom eigenen Atem. Durch den Alkohol verdoppelt schwankten Michails Babuschka-Masken wie zwei Lampions vor ihm in der Dunkelheit. Was tat er hier? Es war völlig verrückt. Reusch wäre damit eine Woche lang hausieren gegangen: »Ich habe bei minus fünf Grad im Freien gefickt.« Er dachte an Mazarek, der normalerweise immer mit Kondomen bereit stand. »Bitte, Herr Steinfeld, Sie kennen doch das Risiko …«

Allein bei dem Gedanken, bei dieser Eiseskälte einen Kondom-Versuch zu unternehmen, musste er erneut lachen. Es würde ohnehin nichts funktionieren bei dieser Schweinekälte, aber man konnte es sich immerhin mal vorstellen. Überrascht stellte er fest, dass er bereits in Michail eingedrungen war. Er brauchte noch einen Atemzug länger, um zu realisieren, dass er mit einer Frau schlief. Sie drehte sich maskiert zu ihm um, ohne ihn fortzulassen, und er tastete mit einer Hand nach dem Kindergesicht seiner Babuschka.

»Was glauben Sie, mit wem Sie jetzt schlafen«, fragte die Puppe. Steinfeld nahm Vera die Maske ab. »Mit Russland.«

»Ich bin ein Dieb«, flüsterte sie und liebkoste sein Ohr, ihre Lieblingsstelle. »Ich stehle Ihnen Ihre Leidenschaft für Michail. Aber passen Sie auf. Ich bin ein guter Dieb. Ich stehle Ihnen mehr, als Sie glauben.«

Verwundert bemerkte er, wie sie sich wieder zwischen seinen Händen zu drehen begann.

»Tun wir so, als wäre ich ein Mann.«

»Vielleicht sind Sie ja einer.«

Beinahe dieselben Worte hatte er schon einmal gewechselt, mit Katharina, bevor er gegen Rehmer losgezogen war. »It was a very good year.« Vera lachte. Er versuchte, die Melodie von Sinatra loszuwerden, und konzentrierte sich auf ihr makelloses Gebiss. Ihre Zähne hatten ihn immer fasziniert. Nicht zuletzt deswegen hatte er sie in ihren gemeinsamen Besprechungen möglichst häufig zum Lachen gebracht. Sie biss ihn sanft auf ihre Lieblingsstellen, die etwas zu spitz geratenen Rundungen seiner Ohren.

»Kommen Sie, kleiner Spock«, flüsterte sie. »Heimgekehrt aus dem Weltraum der Zahlen?«

Betrunken und besinnungslos vor Lust versank er ihn ihr. Sie hatte ihn reingelegt. Sie war nicht länger sein willenloses Geschöpf. Ihre Krallen waren unter seiner Anleitung gewachsen. Das machte sie reizvoll. Sie war auf dem besten Weg, ihm eines fernen Tages ebenbürtig zu werden. Er würde sie ebenso erziehen, wie Helms ihn erzogen hatte. Nicht zu seiner Nachfolgerin, aber vielleicht zu seiner Ehefrau. »Wir werden die Welt neu gestalten«, dachte er, »und sie, sie wird mich neu gestalten. Sie hat viel mehr Kraft, als ich geglaubt habe. Sie wird mich aus meinen Albträumen erlösen.« Die Euphorie, die grenzenlose Liebe zu seinem Mädchen, alles was ihm gefehlt hatte, seit sie wieder an seiner Seite war, plötzlich war es da, in einer Intensität, der er nicht länger widerstehen wollte.

»Ich sehe dich jetzt zum ersten Mal«, flüsterte er und küsste sie, als trinke er wieder aus seinem Brunnen. »Du bist erwachsen geworden.«

Er schlief nicht mit Michail, er schlief nicht mit Katharina. Zum ersten Mal schlief er einzig und allein ganz und gar mit ihr. Daran glaubte er wirklich, während die Erinnerungen an seinen letzten Traum wie welke Blätter von ihm abfielen.

Am nächsten Vormittag stand er unter einem wolkenlosen Himmel hinter einem Rednerpult, das Semjuschin unterhalb seiner weitläufigen Holzveranda hatte aufbauen lassen. Die Gründe für dieses Arrangement lagen in dem überwältigenden Schlusseffekt, mit dem Steinfeld seine Rede zu krönen gedachte. Während sein Blick über die verkaterten Gesichter der KGB-Vertreter, Generäle und Kombinatsverwalter glitt, die unter ihren Fellmützen wie rote Verkehrsampeln wirkten, die den weiteren Stillstand Russlands garantierten, beglückwünschte er sich noch aus einem anderen Grund zu seinem Entschluss, seine Rede im Freien zu halten. Die konzentrierten Alkoholausdünstungen aller Anwesenden wären in einem geschlossenen Raum nur schwer zu ertragen gewesen. Es war allerdings auch noch eine andere, weniger vom Alkohol gezeichnete, jüngere Generation vertreten, die mit ihren smarten Oberlippenbärtchen und schmalerer, westlich geschnittener Kleidung aus den schweren Mänteln der alten Garde herauszutreten schien wie eine weitere, hübschere und hinterhältigere Babuschka-Puppe. Dies war die neue Mafia, die sich auf den Ruinen der alten zu formieren begann.

Steinfeld war fest entschlossen, die versammelte Mannschaft innerhalb der nächsten zwanzig Minuten energisch von Rot auf Grün umzuschalten. Semjuschin lauschte amüsiert dem Vortrag seines Freundes, der den beiden russischen Mafiagenerationen die Grundbegriffe von Demokratie und Kapitalismus erklärte, wobei die Intelligenteren sofort ihre Vorteile begriffen.

»Einige von Ihnen befürchten vielleicht«, sagte Steinfeld und sein weißer Atem löste sich scheinbar harmlos in der kalten Luft auf, »Demokratie könnte bedeuten, dass jeder ab sofort frei seine Meinung äußern darf. Das stimmt nicht ganz. Man muss, wie Sie an meiner Person erkennen können, das nötige Kapital besitzen, um seine Meinung öffentlich zu machen« – erstes abtastendes Gelächter –, »beziehungsweise jemanden kennen, der einem sein Kapital zur Verfügung stellt. Das heißt, eine öffentliche Meinung besitzt nur, wer das Geld hat, sie zu verbreiten. Die öffentliche Meinung in einer Demokratie ist immer eine Meinung des Kapitals. Das Machtmonopol in einer Demokratie ist nicht mit militärischer oder polizeilicher Gewalt verknüpft, sondern mit Geld.«

Während er weitersprach, suchten und fanden seine Augen Vera. Wie eingeklemmt stand sie zwischen einem Dreisternegeneral und einem der hochrangigsten Wirtschaftsberater des Kreml, und ihr blasses Gesicht wirkte wie ein schön geformter Schneeball, den man auf einen der schweren Mäntel geworfen hatte. Steinfelds Hand glitt in seine Manteltasche und zog ein Taschentuch hervor. Die zarten Spuren ihres Lippenstifts hatten sich wie zwei kaum wahrnehmbare rote Halbmonde auf das weiße Papier gedrückt. Sie beobachtete lächelnd, wie Steinfeld sich kurz einen Mundwinkel damit abtupfte. Sein Bewusstsein spaltete sich in zwei Teile. Der Hauptstrom führte weiterhin die Privilegien des Kapitaleigners in der Demokratie aus, während ein Nebenfluss zu den Ereignissen der letzten Nacht abzweigte. Er atmete tief die kalte Luft in sich hinein, ließ den Blick über die vereiste Steppe schweifen, deren Gräser kältestarr in die bleiche Sonne ragten, und wieder erfasste Steinfeld das Gefühl, er befinde sich auf einer größeren Erde, einem sonnenfernen, wilderen Planeten, mit dem er letzte Nacht wie mit einer Kanonenkugel die Erinnerungen an den Traum über seiner Ehe zertrümmert hatte.

»Unsere Körper tanzen eine Macumba der Macht«, hatte Vera schließlich dicht unter ihm geflüstert.

»Sie sind eine richtige kleine Zynikerin geworden.«

»Das lieben Sie doch.«

Sie drückte ihn fest an sich und er war wieder einmal erstaunt über die Kraft ihrer Arme. Ihr Knie stieß in ihrem zu kleinen Zelt aus Mänteln unsanft gegen seines. Ihre Bewegungen waren nicht elegant, sondern ungestüm, unüberlegt, beim ersten langen Kuss stießen ihre Zähne gegeneinander. Er genoss ihre Hingabe wie ein einfaches Mahl, nachdem er sich an allzu raffinierten Speisen den Magen verdorben hatte. Als ob sie ihn durchschaut hätte und ihm den Spaß verderben wollte, sagte sie: »Sie können nur Zärtlichkeiten ertragen, die durch den Filter der Ironie gereinigt sind.«

Begriff sie, dass er sich in diesem Augenblick nach dem genauen Gegenteil sehnte? Er bog seinen Oberkörper ein Stück von ihr weg.

»Lass uns mit diesem Spiel aufhören. Wir fangen heute Nacht neu an. Hier und jetzt.«

Vera aber fand das »Sie« schön. Es klinge wie in alten synchronisierten französischen Filmen. »Lieben Sie mich? Sagen Sie es einmal!«

»Meine französische Russin. Kultiviert bis in die letzte Bettfeder.«

Sie lachte und warf etwas gefrorenes Heu in sein Gesicht. Es roch leicht vermodert. Danach spielten sie das Spiel der Liebe in allen erdenklichen Variationen, bis sie unter ihren Fellmänteln wirkten wie ein eingesperrtes Tier. Und dabei war ein Splitter des Traums noch einmal zu Steinfeld zurückgekehrt, mitten in der Besinnungslosigkeit der Lust: Katharina während ihrer Rotphase. Im weinfar-

benen Morgenrock, dessen Saum über die hellen Kacheln des Badezimmers glitt, als zöge sie eine Blutlache hinter sich her. Es war
nach einem heftigen Streit, zu einer Zeit, als sie beide nicht mehr
durch Freundlichkeiten, sondern nur noch durch Gehässigkeit in
Leidenschaft versetzt wurden. Die Erinnerung blieb wie ein unver-
rückbares Standbild in seinem Kopf stehen, während er sich weiter
in Vera bewegte: Katharina stand vor ihm und mit einem Schlag
fielen alle Eigenschaften von ihr ab. Es blieb nichts außer einem be-
liebigen Körper. Wie durch ein Brennglas wurde seine Zuneigung
zu ihrer Haut, ihren Formen, ihren Augen gelöscht. Sie erkannte es
an seinem Blick, gegen den ihr Morgenmantel keinerlei Schutz bot,
ein kalter, unbarmherziger Blick, der sie nackt dastehen ließ, wie
eine Zahlenkolonne, ohne jeglichen emotionalen Bezug, eine bloße
Anordnung von Zellen, und mit diesem mitleidlosen Blick drückte
er sie gegen die weißen Kacheln des Badezimmers und begann in
einem Körper zu versinken, der nicht mehr zu ihr gehörte.

Es war ihm schließlich gelungen, das Bild zu verscheuchen, indem er sich wie ein Verdurstender an Vera klammerte, an ihre Jugend, an die russische Kälte, an das vermoderte Heu. Und während
er jetzt eine besonders geistreiche Bemerkung in seine Rede ein-
flocht und unter allgemeinem Gelächter weitere ordnende Struktu-
ren der westlichen Zivilisation in den amorphen Riesenteig Russland einfließen ließ, schwebte diese neue Liebe wie ein Luftballon
vor ihm her, aber je intensiver er sie in sein Herz einpflanzen wollte,
umso schneller verflüchtigte sie sich wie seine Atemwolken in der
kalten Luft. Letzte Nacht war es für ein paar Stunden geglückt:
Vera zu lieben, bis die Bilder von Katharina aus seinem Kopf verschwanden. Wie sehr er sich danach sehnte, einmal mit jemandem
intim sein zu können, ohne dass ihn seine Erinnerungen an Katharina wie ein Fluch verfolgten. Und doch war es genau jener Fluch,
der ihn zu einer Leidenschaft stimulierte, die alles mit sich fortriss,
auch sein russisches Mädchen mit den starken Armen. Er ahnte,
dass sie es spürte, während sie ihn genoss: Nicht sie war gemeint.
Er versuchte es mit allen Mitteln zu verbergen, denn das war das
Schlimmste, was man einer Frau antun konnte: sie in ihrer Leidenschaft zu betrügen.

Das dröhnende Geräusch von Rotoren kündigte aus der Luft
seine Überraschung an. Er krönte seine Rede mit folgendem Abschluss: »Ich zeige euch jetzt, was brave Demokraten kriegen.«

Ein Hubschrauber setzte unter dem Beifall der Gäste ein 500er Coupé von VAG ab. Das wurde zum Anlass genommen, mit einer neuerlichen Runde Wodka die Kopfschmerzen zu lindern, die der alte verursacht hatte. Ein General klopfte Steinfeld so heftig auf die Schulter, dass es ihm nicht schwer fiel, seinen Wodka in den Schnee zu schütten.

»Den hab ich direkt vom Fließband weggeholt«, verkündete er und klopfte auf das in der Sonne flimmernde Blech der Karosserie, »der ist noch warm.«

Seine Zuhörerschaft erinnerte ihn an die Weihnachtsfeste im Internat. Wie eine Horde ausgelassener Jungen drängelten sie sich um den Wagen, saßen Probe, gaben Gas. Jemand taufte das Coupé mit den Resten aus einer Wodkaflasche auf den Namen Katjuscha. Die ersten abenteuerlichen Drifts wurden in den Schnee gefräst. Steinfeld fühlte sich wie ein Dompteur bei der Raubtierfütterung. Semjuschin nahm in dem Wagen Platz, ließ den Motor aufheulen. Der linke Kotflügel sah bereits aus wie die Nordflanke des Kaukasus.

»Vielleicht solltest du unser neuer Generalsekretär werden.«

Steinfeld zitierte Helms in einer spontan entwickelten Variation: »Ich bin kein General, ich mache welche.«

Semjuschin hob wieder einmal zum Abschied eine Hand zum persiflierenden Hitlergruß, gab gleichzeitig Gas und der Wagen verschwand in einer neuen Schneefontäne. Steinfeld schrieb ihn unter der Rubrik Entwicklungshilfe ab. Plötzlich lachte er laut. Es war alles richtig. Ja, er war mit seinem Mädchen nach Hause zurückgekehrt. Hier sollte alles neu beginnen! Steinfeld umarmte die völlig überraschte Vera, küsste sie euphorisch.

Mazarek fielen beinahe die Augen aus den Höhlen, ebenso wie den Mitgliedern der deutschen Delegation. Einen solchen Gefühlsausbruch in der Öffentlichkeit hatte sich der Vorstandsvorsitzende der Hermes-Bank seit seiner Hochzeit nicht mehr geleistet, und der war zumindest von Gott und Helms legitimiert gewesen. Mazarek überprüfte im Stillen die Seilschaften, die ihn mit den Presseagenturen verbanden. Sie waren stark genug. Niemand würde sich für einen kurzzeitigen Anstieg der Auflage mit der Hermes-Bank und ihren Verbündeten anlegen. Trotzdem war es sehr unvorsichtig von Steinfeld. Aber die Russen liebten ihn dafür. Sie fanden es großartig, dass er eines ihrer Mädchen küsste. Ein General, der ihm am

Vorabend in der Garderobe der Sauna seine Narben aus dem Zweiten Weltkrieg gezeigt hatte, sagte: »Ich war sieben Mal in Rom, München, New York. Pah! Solche Frauen wie bei uns gibt es nicht im Westen! Sie müssen sie heiraten! Und ich zerbreche alle Teller auf Ihrer Hochzeit!«

Vera war knallrot geworden. Sie schloss die Augen, weil sie spürte, wie schwindlig ihr war. Natürlich hatte sie sich oft gewünscht, mehr zu sein als Steinfelds weiblicher Punchingball zur Entwicklung weltverändernder Strategien. Aber jetzt ... dass Steinfeld immer so übertreiben musste! Sie spürte, wie er den Arm um sie legte.

»Sie sind alle eingeladen«, sagte Steinfeld. »Sie alle«, wiederholte er laut. »Es wird genügend Porzellan zum Zerschlagen da sein!«

Sie glaubte, sich verhört zu haben. Jemand feuerte in die Luft, weitere Schüsse folgten. Ihr Vater ergriff ihre Hände und schüttelte sie, als habe seine Tochter zum ersten Mal in ihrem Leben etwas richtig gemacht. Anschließend umarmte und küsste er Steinfeld. Vera nahm es wie eine Schlafwandlerin zur Kenntnis.

»Aber«, stammelte sie hilflos und vergaß völlig, dass sie unter allen Umständen das distanzierende »Sie« wahren wollte, »du bist doch verheiratet!«

»Nicht mehr lange.«

In diesem Augenblick warf Steinfeld alles über Bord. Endlich fühlte er wieder die Kraft in sich, Hazard zu spielen, alles zu setzen, selbst das eigene Leben, um es wieder neu zu gewinnen. Er insistierte geradezu euphorisch. Ja, er wollte Vera heiraten.

»Warum jetzt?«, flüsterte sie.

»Bisher warst du ja zu klein.«

Sie warf sich in seine Arme, damit niemand sah, dass sie weinte. Ihr Herz schlug so heftig, dass er es durch die Mäntel spürte. Er glaubte, ihre Herzen schlügen im Takt, doch er täuschte sich. In diesem Augenblick wurde ihr klar, warum er ihr diesen überstürzten Heiratsantrag gemacht hatte. Weil er sie noch fester an sich binden wollte. Weil er absolut sicher sein wollte, dass sie seine tiefsten Geheimnisse nicht ausplauderte. Weil er sie ganz und gar zu seinem Geschöpf machen wollte. Aber er würde ihr nie gehören. Weil er nur eine Vision von ihr und sich liebte. Genau wie er damals nur an eine Vision von Katharina und sich geglaubt hatte. Sein gesamtes Leben bestand nur daraus: an irgendwelche unmöglichen Visionen zu glauben und sie mit aller Macht zu realisieren. Sich die Wirklichkeit untertan zu machen. Wir glauben, etwas zu sein, und schon sind wir es. Euphorisch zeigte er ihr sein Handgelenk, das beim gestrigen Sturz vom Pferd heil geblieben war: »Solange du bei mir bist, passiert mir nichts.«

Simsalabim.

Mazarek, der zumindest vordergründig für Steinfelds Sicherheit zuständig war, flog die deutsche Wirtschaftsdelegation und ihren Kanzler am Abend zurück. Während er Kurs auf Smolensk nahm und damit in umgekehrter Richtung ziemlich genau der deutschen Rollbahn des Zweiten Weltkrieges folgte, wurde im Passagierraum der Wodka wieder durch Champagner ersetzt. Der Kanzler schaufelte alleine und in weniger als zwei Minuten den gesamten Kaviar in sich hinein, den ihm der Generalsekretär ausdrücklich auch für seine Frau mitgegeben hatte. Ilk und Dent stießen so heftig an, dass Dents Glas zerbrach. Die weiblichen Flugbegleiterinnen mussten sich wie selbstverständlich Zugriffe gefallen lassen, die eher an Raubüberfälle als an erotische Annäherungen erinnerten. Hoch über den Wolken fühlten sich nicht wenige bereits wieder wie die neuen Herren der Welt.

Die Lichter von Minsk kamen in Sicht. Ilk kommentierte im Kreis seiner Getreuen sarkastisch, dass der Dürre, der sich bis jetzt allenfalls als Idealvorlage für Karikaturisten einen Namen gemacht habe, nun als Kanzler der Wiedervereinigung in die Geschichtsbücher eingehen werde.

Vera dachte an ihren ersten Flug mit Steinfeld von Moskau nach Frankfurt, vor einem knappen Jahr. Alles hatte sich verändert, sie, Steinfeld und die gesamte Runde. Was damals nur in einigen forschen Toasts zum Ausdruck gekommen war, wurde diesmal in wüsten Gesängen und einer Orgie mit Champagner und Kaviar laut. Es war, als seien sämtliche Minderwertigkeitskomplexe der letzten fünfundvierzig Jahre mit einem Schlag in Rauch aufgegangen. Eine Wolke aus Borniertheit und Großmannssucht trieb mit dem Qualm teurer Zigarren durch den Passagierraum.

»Oh du schöner Westerwald!« Dent sang als Einziger nicht mit. Die Erinnerung saß tief. Steinfeld konnte es nicht unterlassen, ihm zuzuprosten. Ilk gab einige Anekdoten der damaligen Jagd zum Besten. Er genoss es offensichtlich, den »Kommunistenfreund«

Steinfeld mit großer Häme als denkbar unerfahrenen Rotwildjäger darzustellen. Als guter Politiker merkte er allerdings rasch, dass es keiner mehr hören wollte. Niemand wollte den amtierenden Vorstandsvorsitzenden der Hermes-Bank als Feigling dargestellt sehen, der, natürlich völlig unbegründet, Angst vor den Büchsen seiner Kameraden gehabt hatte. Über die wirklich wichtigen Männer wurde nicht mehr gelacht, man fand zu deutscher Größe zurück. War man auch militärisch ein Zwerg, so war man doch wirtschaftlich wieder ein Riese, und niemand sollte sich über die wahren neuen deutschen Helden lustig machen.

Als Ilk nun auch noch einige Anekdoten über einen gemeinsamen Ausflug mit dem bayrischen Ministerpräsidenten nach Johannesburg zum Besten gab, der unter dem Motto »Wir Schwarzen verstehen uns« gestanden habe, schauderte Steinfeld: Das Erschreckende war nicht die Korruption, sondern die Niveaulosigkeit und Dummheit, die sich in den deutschen Führungsetagen breit gemacht hatte. Eine Art neureiches Verbrechertum, das nicht mit strategischem Verstand, sondern mit kurzatmiger Bauernschläue vorging. Dabei standen sie vor ungeahnten neuen Herausforderungen. Die Welt war dabei, sich zu einem gigantischen Kasino zu entwickeln, in dem global agierende Konzerne binnen eines Jahrzehnts die Macht der nationalen Politik und Gewerkschaften weitgehend aushebeln würden.

Steinfeld dachte an seine Universität. Dort müssten die Leute so ausgebildet werden, dass sie nicht nur wirtschaftliche, sondern auch politische Verantwortung übernehmen konnten. Die Wirtschaft durfte nicht mehr länger aus dem Verborgenen heraus regieren und sie durfte sich vor allem nicht ausschließlich aus rücksichtslosen Figuren rekrutieren, denen es nur um ökonomische Effektivität ging und deren soziales Gewissen auf eine Briefmarke passte. »Wir müssen eine neue Generation von Managern mit politischem Gestaltungswillen entwickeln«, führte er den Gedanken weiter, »das Volk durchschaut diese Scheindemokratie umso mehr, je weiter das Niveau der Politiker sinkt. Wir müssen den direkten Kontakt zur Bevölkerung aufnehmen. Wir müssen sagen, was wir wollen, und wir müssen vor allem glaubwürdig sein, wenn es nicht eine gesellschaftliche Katastrophe geben soll.« Voller Begeisterung überschüttete er Vera mit seinen Ideen.

Sie war eine der Auserwählten, die in zwanzig Jahren die internationale Zukunft mitgestalten musste. Er hatte sie ausgewählt, so wie Helms ihn ausgewählt hatte.

»Und«, dachte Vera, »wirst du mich auch auf dieselbe rücksichtslose, strategische Art lieben?« Aber sie sagte nichts. Sie fühlte sich immer unwohler, je euphorischer Steinfeld wurde. Er schmiedete bereits private Zukunftspläne. Plötzlich zog er sie hinter die Sitze im hinteren Teil des Flugzeugs und küsste sie. Unerbittlich sah sie dabei Katharina vor sich. Fühlte ihren kalten Hauch. Ein Lächeln kräuselte die Lippen von Steinfelds Frau. In Veras Gedanken sahen sie aus wie gefrorene Wellenkämme.

Zwei Stunden später landete die Maschine im Schneeregen auf dem Flughafen Frankfurt. Vera und Steinfeld waren dem lärmenden Rest der Gruppe vorausgeeilt und fuhren in einem abgesperrten Sicherheitsbereich auf der Rolltreppe nach unten. Überall Glaswände, durchbrochen von Säulen und Stahlstreben. Unwirkliche Stille. Vera kam sich vor, als sei sie in ein einsames Aquarium gesetzt worden.

»Ich komm nicht mit.«

Steinfeld starrte sie an und blieb auf der Rolltreppe stehen, bis seine Füße unsanft auf die Steinfliesen gespült wurden. Einige Delegationsmitglieder gingen mit einem abfällig wissenden Lächeln an ihnen vorbei. Also doch nur eine Flugzeugromanze. Man munkelte ja immer, Steinfeld sei andersrum, vielleicht sollte die vollmundige Ankündigung einer Hochzeit mit dieser kleinen Russin ja wieder nur als Tarnung herhalten, so wie damals die Hochzeit mit Katharina Helms. Diese Frau als Staffage für seine Homosexualität missbraucht und sie dadurch ruiniert zu haben, das war ein häufig gezeichnetes Bild von Steinfelds Ehe, und die meisten seiner Kollegen hatten ihm diese vermeintliche Verschwendung nie verziehen. Sie dachten in Plus und Minus, Soll und Haben, all die Zwischentöne, aus denen Steinfelds Gefühlsleben bestand, waren ihnen fremd. Sie begriffen nur, dass genau jene vagen Schattenbereiche die Aura seiner Macht verstärkten, und die Klügsten unter ihnen wussten, dass ihm wiederum ihr hemdsärmeliges Glück fremd war, und jede Abwesenheit von Glück gönnten sie Steinfeld von ganzem Herzen. Sie durchschauten genau, dass seine überlegene Intelligenz und sein strahlendes Charisma aus Quellen gespeist wurden, die normalerweise für die Schwächen eines Menschen verantwortlich waren, und das verziehen sie ihm nicht.

Jetzt stand er mit hängenden Armen vor Vera, sein für die vielen Unterlagen stets zu kleiner Aktenkoffer baumelte an zwei Fingern, als drohe er jeden Moment zu Boden zu fallen. Er tat ihr so Leid wie noch nie, und genau deswegen wusste sie, dass ihr Entschluss richtig war. Wenn sie ihm jetzt folgte, musste sie jeden ihrer weiteren Schritte sorgfältig planen. Jedes Wort, jedes Lächeln, jede Bewegung bekämen strategische Bedeutung.

»Ich nehm den letzten Linienflug nach New York.«

»Du entkommst mir nicht«, sagte er, aber er sagte es ohne Überzeugung. Sie hatte den Eindruck, er sei traurig, aber auch froh über ihre Entscheidung, weil sie ihn aus der Verantwortung, auch noch ihr Leben mit Beschlag zu belegen, entließ. Sie küsste ihn ein letztes Mal zum Abschied. Da seine Lippen starr blieben, küsste sie ihn noch mal auf die Wange.

»Geh nicht ohne mich reiten. Sonst brichst du dir alle Knochen.«

Er machte einen letzten Versuch.

»Du kannst doch jetzt nicht einfach gehen. Das kannst du nicht machen. Was ist mit deinem Studium?«

»Ich werde wieder ein bisschen malen.«

»Blödsinn! Du versteckst dich nur. Vor mir und vor deinen Talenten!«

Dasselbe übermütige Lachen, mit dem er ihre Hochzeit verkündet hatte, schnellte in sein Gesicht: »Willst du gar nicht wissen, wie's weitergeht?«

»Nein«, stieß sie hastig hervor und senkte rasch die Augen. Wenn er ihr sein Geheimnis erzählte, konnte sie nicht mehr gehen. Dann wäre sie endgültig zu seiner engsten Verbündeten verdammt. Seine Schuhe standen dicht vor ihren.

»Wenn es sein soll, sehen wir uns wieder«, murmelte sie.

»Das ist doch abergläubisches Popengeschwätz ...«

Eigentlich hatte sie nichts mehr sagen wollen, aber jetzt brach es aus ihr heraus. Sie musste weg von Steinfeld, sonst gäbe es ein Unglück. Sie könnte dieses Leben an seiner Seite nicht führen, ein Leben, in dem sie nicht mehr sie selbst wäre, sondern eine Behauptung von sich, ein Leben, in dem es keine Wirklichkeit mehr gäbe.

»Ist die Wirklichkeit so großartig?«, fragte er leise.

»Für mich schon.«

Er lächelte ihr Lieblingslächeln. Sie hatte es sein Sonne-und-Wolken-Lächeln getauft.

»Es war die kälteste Liebesnacht meines Lebens.«

»Für mich auch.«

Die gemeinsame Rückkehr nach Russland, das Wiedersehen mit der Weite, der Unendlichkeit ihrer Heimat hatte ihnen diese Nacht ermöglicht, und dass sie diese Heimat jetzt so lebendig in sich fühlte wie seit Jahren nicht, gab ihr die Kraft zu gehen. Sie ließ ihn mit seinem Geheimnis allein und flüchtete in die Sphäre der normalen Menschen, dorthin, wo es noch grundloses Lachen und strategisch unangebrachtes Fluchen gab.

Steinfeld starrte ihr hinterher, als stünde er hinter der Glasfront seines Bungalows.

Gerlach wartete mit dem Wagen auf ihn. Es wehte ein kalter Wind. Überraschenderweise saß Katharina hinten im Fond. Er starrte sie an. Ein Flugzeug der PanAm stieß in den Nachthimmel. Katharina folgte seinem Blick.

»Lass sie gehen.«

Er setzte sich neben sie, Gerlach schloss die Tür.

»Du meinst, es reicht, wenn ich dich ruiniere.«

Gerlach hatte inzwischen auf dem Fahrersitz Platz genommen und fuhr an. Ihr Lächeln war eine profane Einladung in ein Labyrinth, das Steinfeld, obwohl er es seit fünfzehn Jahren kannte, nicht unterschätzen durfte. Er konnte sich immer noch verlaufen. Sie schloss ihn in die Arme, wie um zu überprüfen, ob er noch der Alte war. Sie war etwas schmaler geworden, aber selbst ihre spitzen Ellenbogen fühlten sich aufregend an.

»Du hast Recht.« Er verließ die mentalen Gemächer seiner russischen Visionen und betrat den Raum, in dem seine zynischen Gedanken lagerten. Lauter Vertraute. Helms hatte Gemälde an den Wänden, er Gedanken. Das war die von Generation zu Generation fortschreitende Abstraktion. »Allzu großes privates Glück würde mich jetzt nur ablenken.«

Er nahm ihre Hand.

»Geht's dir besser?« Sie hatte noch kein einziges Mal gehustet.

»Deine Hand fühlt sich so warm an wie schon lange nicht mehr.«

Sie betrachtete ihn ruhig und in ihrer grünen Iris lagen wie in einem gefällten Baumstamm die Jahresringe ihrer gemeinsam verbrachten Zeit. Sie war die Spionin ihres Vaters. Nicht in dem platten Sinne, dass sie Helms Steinfelds Strategien verriet, aber Helms würde über sie immer die Kontrolle über seinen Schwiegersohn behalten.

»Diesmal ist es anders.«

Sie hatte seine Gedanken erraten. Darin waren sie beide im Laufe der Jahre ziemlich gut geworden. »Ich habe dir Vera geschenkt«, las er in ihrem Gesicht, »und dadurch deine deutsch-russische Vision wieder zum Leben erweckt. Ich bin hier, um meine Belohnung einzufordern: den wiedererwachten Steinfeld. Den Mann mit der einen, großen Aufgabe.«

»Wie weit sind die Anwälte mit der Scheidung?«

»Das eilt nicht. Ich will noch etwas abwarten.« Ihr angewinkelter Zeigefinger wischte zart über seine Wange. »Wie sich die Dinge entwickeln.«

»Ich glaube nicht, dass deinem Vater sehr gefallen wird, was ich vorhabe.«

»Ich weiß.«

»Warum bist du dann gekommen?«

»Weil ich glaube, dass es sich lohnt.«

Zum ersten Mal seit fünfzehn Jahren stand sie nicht auf der Seite ihres Vaters, sondern auf seiner. Er war sicher, dass sie nicht log. Zu lange hatte sie auf diesen Augenblick gewartet. Ohne seinen Plan zu kennen, wusste sie, dass er nach vielen Halbedelsteinen endlich wieder einen Diamanten entdeckt hatte. Alles, was sie gelitten hatte, war nicht umsonst gewesen, sondern besaß diesen einen Sinn: in ihm die Größe zu erzeugen, um die Welt zu bewegen. Und sich an einem Vater zu rächen, den sie zu lange vergeblich geliebt hatte. »Dafür«, las er in ihren Augen, »gehörst du jetzt ein letztes Mal mir.«

»Ich habe um zehn Uhr dreißig einen Termin mit meinem werten Herrn Vater.«

Es war einer jener tadellosen Textbausteine, hinter deren sanfter Ironie sich Gefühlsschattierungen aller Art verbergen konnten. Auch solche, die nicht das Licht der Öffentlichkeit erblicken sollten. Katharina wusste, dass es Ärger gab. Nicht umsonst hatte Helms sie in sein Büro bestellt. Steinfelds Sekretärin meldete sie an. Ihre vollkommene Höflichkeit war von einer durchscheinenden Art, hinter der unbeweisbar ein stiller Vorwurf zu erspüren war.

Katharina war hier die Böse, die ihrem vorbildlich arbeitenden Mann das Leben zur Hölle machte.

Ihr Vater schloss rasch die schalldichte Tür hinter ihr. Sein Büro hatte sich verkleinert. Der Einbau modernerer Fahrstühle, die den Vorstand in der atemberaubenden Geschwindigkeit von zwanzig Sekunden in die dreißigste Etage beförderten, hatte größere Generatoren erfordert. Da Helms sich weigerte, seinen Fuchsbau zu verlassen, war der ohnehin nicht sehr große Raum um weitere vier Quadratmeter verkleinert worden.

»Willkommen in meinem Rattenloch!« So pflegte er, wenn er gute Laune hatte, die wenigen Besucher, die er noch empfing, zu begrüßen. Der Weg zu ihm führte immer noch über dieselbe schmale Treppe. Man hatte den Fahrstuhl ganz nach oben ziehen wollen, aber Helms hatte es verboten. Offiziell, um wenigstens beim Betreten des Büros noch etwas für seine körperliche Ertüchtigung zu tun. Der wahre Grund bestand allerdings darin, dass er jedem seiner Besucher beim Treppensteigen noch einmal die Möglichkeit geben wollte, seine Gedanken zu sammeln, bevor er vor Helms' bescheidenen Thron trat.

Seine Tochter sah besser aus, als er befürchtet hatte, blass, aber blühend.

»Wie eine Lilie.«

»Das sind Todesblumen.«

»Vielleicht gründet sich mein positiver Eindruck auch nur darauf, dass ich nichts mehr sehe.«

Trotz zweier Operationen hatte sich sein Augenlicht rapide verschlechtert und er war in letzter Zeit gezwungen, sich von Steinfelds Sekretärin nach oben führen zu lassen. Eine eigene Sekretärin lehnte Helms, angesichts der wenigen Zeit, die er angeblich noch innerhalb der Bank verbrachte, ab. Das Alter hatte ihn sparsamer werden lassen. Die Sekretärin tat gut daran, sorgfältig darauf zu achten, ihn bei ihrem gemeinsamen Gang möglichst wenig zu berühren. Helms lehnte sich nach wie vor nirgends an und ließ sich auch von seiner Tochter nicht führen. Unwirsch schüttelte er ihre Hand ab und fand allein hinter seinen Schreibtisch zurück. Katharina nahm unter dem Totenkopfbild Platz, das immer noch rechts über den Besucherstühlen hing. Helms überließ ihr den nächsten Satz.

»Wie geht's dir?«

Er warf einen kurzen Blick auf seine Tochter, dann auf das Gemälde.

»Ich sitze den Rest meines Lebens ab.«

Er erwartete kein Mitleid von ihr. Die Zeiten, in denen seine Tochter ihn rückhaltlos geliebt und bewundert hatte, waren längst vorbei, daran hatte Helms sich gewöhnt. Im Grunde war er beinahe erleichtert, denn die Liebe seiner Tochter hatte er nie anders als mit schlechtem Gewissen und schroffer Zurückweisung erwidern können. Warum ihm Katharinas Zuneigung so lästig war, war nur eine von mehreren tiefenpsychologischen Fragen, die Helms fest entschlossen war, nie zu stellen, geschweige denn, sich stellen zu lassen, und er hätte die Deutung weit von sich gewiesen, dass seine Tochter all das büßen musste, was seine Frau an ihm verbrochen hatte. Katharina interessierte ihn nur in Verbindung mit Steinfeld und seiner Bank, und seitdem sie das endgültig begriffen hatte, verhielt sie sich entsprechend. Was sie seit zwei Jahren gegen seine zunächst scheinbar verständnisvollen Ratschläge und, als das wirkungslos blieb, gegen seinen massiven Widerstand eingeläutet hatte, stellte seine gesamte Strategie und alles, was er während der letzten zwanzig Jahre aufgebaut hatte, in Frage.

»Ich war neulich mit einem deiner Anwälte essen. Er hat mir erzählt, du betreibst diesen Scheidungswahnsinn immer noch weiter.«

»Mein Mann ist einverstanden.«

»Aus purer Rücksichtnahme auf deine Gesundheit.«

»Du bist weniger rücksichtsvoll?«

»Wie oft soll ich es dir noch sagen! Eine Scheidung kann sich Steinfeld als Vorstandsvorsitzender nicht leisten.«

»Werdet ihr ihn dann rausschmeißen? Ich denke, er ist so gut.«

»Deswegen soll er ja bleiben.«

»Dann musst du dich eben einmal für ihn einsetzen. Ich kann mir nicht vorstellen, dass in dieser Bank gegen deinen Willen auch nur ein Bild verhängt, geschweige denn der Vorstandsvorsitzende ausgewechselt wird.«

Irgendetwas stimmte nicht. Ihre Verzweiflung hatte einer herablassenden Ironie Platz gemacht, sodass es ihm beinahe vorkam, als spielte sie mit ihm. Aber er war nicht sicher und stellte mit Erschrecken fest, dass seine Tochter im Gegensatz zu unzähligen Geschäftspartnern tatsächlich in der Lage war, ihn in Wut zu versetzen.

»Es wird keine Scheidung geben!«

»Das hast du nicht zu bestimmen!«

Helms lag natürlich richtig. Das Kuriose war, dass sie in der Tat die Scheidung überhaupt nicht mehr wollte, wenigstens nicht zu diesem Zeitpunkt. Aber jetzt, da sie endlich ein Mittel gefunden hatte, ihrem Vater seine jahrzehntelange Lieblosigkeit wenigstens punktuell heimzuzahlen, war sie nicht bereit, es so schnell wieder aus der Hand zu geben. Und es fiel ihr doppelt leicht, ihn mit etwas zu quälen, wovon sie längst wieder Abstand genommen hatte. Sie atmete genüsslich den Zigarrenrauch ein, den er ihr wütend über den Tisch entgegenblies.

»Dein Mann verhandelt zwei Stockwerke tiefer die größte Fusion der deutschen Nachkriegsgeschichte.« Helms inhalierte entgegen aller Gesundheitsvorschriften tief. »Wir haben die Chance ...«

»Was? Sprichst du von VAG und diesem flügellahmen Flugzeughersteller oder von der deutsch-deutschen Fusion? Du siehst, ich bin auf dem Laufenden.«

Es schien ihr tatsächlich nichts mehr auszumachen, ihn gegen allgemeinen ärztlichen Rat rauchen zu sehen. Er musste sich vor ihr in Acht nehmen.

»Tatsächlich?«

»Glaubst du wirklich, deine Geheimniskrämerei funktioniert bis in mein Ehebett?«

»Wenn dein Ehebett so gut funktioniert, warum willst du es dann auflösen?«

Sie zündete sich als Antwort auf seine Zigarre eine Zigarette an. So handelten sie wenigstens gemeinsam gegen den Rat der Ärzte. Ihre Rauchwolken trafen sich wie zwei explodierende Geschosse über seinem Schreibtisch.

»Es gibt bestimmt keinen anderen Mann auf dieser Welt, der so lange verheiratet war und so wenig Ahnung von der Ehe hat.«

»Was willst du?« Er verjagte mit einer neuen, schweren Qualmwolke ihren Zigarettenrauch. »Ich habe dir einen, ich habe dir zehn Therapeuten besorgt, für jede Verästelung deines Wahnsinns einen andern, und als das nichts genützt hat, habe ich dir die Konopka und dann auch noch Gerlach überlassen.«

Gerlach, Helms' langjähriger Fahrer, hatte seinen Dienst bei Katharina an einem verregneten Sonntag vor zwei Jahren angetreten. Sie hatte sich damals auf dem Zenit ihrer Selbstzerstörungswut befunden und war gerade aus einem dieser Hotelzimmer gekommen, in denen sie um ihr Leben spielte. Obwohl alles wieder einmal gut gegangen und sie mit brutaler Hingabe geliebt worden war, hatte sie sich hinterher so elend gefühlt, als habe sie ein falsches Medikament genommen, und alle Versuche, diesen Missgriff an der Bar zu kompensieren, machten die Sache nur schlimmer. Sie hatte das natürlich vorausgeahnt, aber ihr Bedürfnis, sich mit Alkohol zu reinigen, war ebenso dringend gewesen wie vorher das Verlangen, sich mit Schmutz zu bewerfen. Es war einer der wenigen Tage gewesen, an denen sie nicht mehr gänzlich Herr über ihre Beine war, und sie war vor der Hoteltür in Gerlach gelaufen wie in einen Laternenpfahl. Er hatte sie, ohne etwas zu sagen, mit einem altmodischen Regenschirm zu seinem Wagen geleitet und sie war eingestiegen wie in eine Arche Noah. Wortlos hatte er ihr eines von den Butterbroten gegeben, die seine Frau seit vierzig Jahren jeden Morgen für ihn einpackte. Sie hatte stumm gekaut. Die Brote waren nicht mit Butter bestrichen gewesen, sondern mit Schmalz, das sich in ihrem Magen zu Klumpen ballte. Trotzdem hatten sie gut getan.

»Weißt du noch«, fragte sie jetzt ihren Vater, »wie Gerlach mich immer in die Schule gefahren hat? Mit dem ersten 600er-Modell, das es gab? Ich hab mich so geschämt, dass ich immer zwei Straßen früher ausgestiegen bin. Das hast du nicht gewusst.«

»Das war nicht klug von dir«, versetzte Helms. »Du hättest entführt werden können.«

»Er ist mit ausgestiegen und hat mich zu Fuß begleitet. Auf die Idee wärst du noch nicht mal gekommen.«

Ihr Vater sah auf die Uhr. Sie schämte sich bei dem Gedanken, dass dieser Blick früher genügt hatte, um ihr ein schlechtes Gewissen zu machen.

»Entschuldige, dass ich zehn Minuten deiner Zeit gestohlen habe.«

»Fünfzehn«, erwiderte Helms. Gespannt wartete er auf ihre Reaktion. Eine zynische Erwiderung, wenn nicht gar ein Wutausbruch, wäre das Mindeste gewesen. Als nichts dergleichen geschah, verstärkte er die Provokation. »Trotz meines fortgeschrittenen Alters habe ich einen Terminplan einzuhalten. Oder gerade deswegen. Ohne Termine würde ich wahrscheinlich wie eine abgelaufene Uhr stehen bleiben. Komm doch mal wieder mit deiner Familie zum Essen.«

Katharina sagte nach wie vor nichts, aber sie erinnerte sich mit Grausen an dieses Wochenendritual, das man infolge ihres gesundheitlichen Zustands, wie man ihre Exzesse höflich umschrieb, seit vielen Jahren auf Geburts- und hohe Feiertage reduzierte. Steinfeld hatte nach ihrer Heirat an Helms' Tafel den Platz ihrer verstorbenen Mutter eingenommen. Oliver hatte vor zwei Jahren aus einem ausbruchsicheren Kindersitz, den Helms extra für die seltenen Besuche seines Enkels angeschafft hatte, auf einen normalen Stuhl wechseln dürfen. Bei den Mahlzeiten musterte Helms ihn stets mit demselben Misstrauen, das er seinen gesamten Blutsverwandten entgegenbrachte. Aber weder eine Anspielung auf Olivers nach wie vor erhebliche Sprachstörungen noch ein Hinweis auf ihr ausuferndes Sexualleben, für das sie das gemeinsame Landhaus auf Sylt missbrauche, konnten seine Tochter heute provozieren.

»Deine Mutter hat da oben auch immer ganze Sommer verbracht. Werde nie verstehen, wie man sich zwischen so viel Sand wohlfühlen kann.«

»Man kann Sandburgen bauen.«

»Und Sprachen sprechen, die keiner versteht.«

Sie ging erneut nicht darauf ein, sondern erhob sich gut gelaunt von Helms' Besucherstuhl, der ihr aufgrund ihres geringen Gewichts keine Unbequemlichkeiten bereitete. Vielleicht war sie auch immer noch an die häuslichen Verhältnisse gewöhnt. Auch in Helms' Privathaushalt gab es keinen einzigen bequemen Stuhl.

»Und wo sitze ich bei unserem nächsten Familienessen? Unter der Büste von Mama?«

Da er ohnehin außer Haus musste, begleitete Helms seine Tochter zur Tür. »Du sitzt, wo du willst. Außer auf meinem Platz selbstverständlich. Gute Idee, ihr kommt ab jetzt einmal im Monat. Samstagmittag. Mit Oliver.«

Sie konnte die Villa ihres Vaters seit langem nur noch betreten, wenn ihr erwachsener Teil vor der Tür blieb. Aber ein anderer Teil ihrer Seele klebte dort immer noch an den Wänden. Sie versuchte, ein leichtes Zittern, das wie elektrischer Strom ihren Rücken hinunterlief, mit dem gewohnten Spott zu überspielen: »Und wenn wir brav kommen, dann erlaubst du die Scheidung?«

Damit war sie zu weit gegangen. Helms begriff jetzt endgültig, dass aus dem Thema Scheidung ein grausames Spiel geworden war. Aber was steckte dahinter? Warum hatte sich Katharina plötzlich

wieder mit ihrem Mann und ganz offensichtlich gegen ihn verbündet? Wie hatte Steinfeld das erreicht und was führte er, gemeinsam
mit seiner eigenen Tochter, gegen ihn im Schilde? Helms schloss die
Tür seines Büros und ließ sich sogar am Arm von ihr die Treppe
hinunterführen.

»Nach der Wiedervereinigung.« Er lächelte. »So es sie gibt.«

»War ja klar, dass Deutschland vorgeht.«

Katharina gab sich keine Blöße. Umso sicherer war Helms, dass
sie ihm etwas verschwieg.

Steinfelds Blick sprang mühelos über Kepplers Scheitel und heftete sich auf die Schnittlinie zwischen Wand und Zimmerdecke. Seine Fingerspitzen klopften gegeneinander, um Kepplers Vortrag über die neuen Möglichkeiten des Hermes-Bank-Filialwesens im Falle einer deutschen Wiedervereinigung zu beschleunigen. Nach einem besonders ausufernden Nebensatz Kepplers mit zu geringer Informationsdichte hielt es ihn nicht länger auf seinem Stuhl. Mit federndem Schritt trat er vor die versammelte Mannschaft. Blicke hoben sich, Hände griffen nach Kugelschreibern, jeder wusste sofort, jetzt ging es ans Eingemachte. In groben Zügen veranschaulichte Steinfeld seine Doppeltaktik auf Schaubildern, die Beerwein, ein junger Mitarbeiter aus seinem Investmentstab, für ihn in einen Overheadprojektor einlegte. So dynamisch hatten ihn Keppler und Reusch, die einzigen Vorstandsmitglieder, die mit ihrem engsten Mitarbeiterstab anwesend waren, schon lange nicht mehr erlebt. These: Das Ostgeschäft, bis hin zu so bedeutenden Details wie Kepplers Filialen, hängt von einem einzigen Faktor ab. Die Heranführung der Sowjetunion an die Prinzipien des westlichen Kapitalismus muss unter allen Umständen fortgesetzt werden. Folge: Die Strategie der schrittweisen Öffnung wird die Sowjetunion schnell in starke wirtschaftliche Abhängigkeit vom Westen bringen. These: Die Sowjetunion ist, im Gegensatz zur BRD, militärisch ein Riese, aber wirtschaftlich ein Zwerg. Sie begibt sich auf einen Kriegsschauplatz, wo sie mit Hammer und Sichel gegen eine moderne, sich globalisierende Marktwirtschaft antritt. Folge: Eine Sternstunde des westlichen Kapitalismus. Gefahr: Damit dieser finale Rettungs-schuss für die russische Bevölkerung nicht nach hinten losgeht und wir uns auf einem tatsächlichen Kriegsschauplatz wiederfinden, müssen der jetzigen Nomenklatura, dem Militär, dem KGB und den Leitern der Kombinate, entsprechende Gewinnmöglichkeiten angeboten werden. Beerwein kam mit dem Wechseln der Folien und der Erläuterung des Zahlenmaterials kaum nach. Eine Schulung in kapitalistischen Grundkenntnissen durch westliche Berater fand bereits statt. Überaus hilfreich waren dabei auch die CIA und die von ihr ins Spiel gebrachten amerikanischen Wirtschaftsverbindungen. Willkommener Nebeneffekt: Durch Perestroika und den bereits jetzt rapide ansteigenden sowjetischen Kapitalbedarf kann die Sowjetunion die DDR wirtschaftlich nicht mehr länger stützen. Folge: Die DDR kann ihren aus dem 1984 abgeschlossenen Kredit-vertrag resultierenden Zahlungsverpflichtungen nicht mehr länger nachkommen.

Süffisant fügte Steinfeld hinzu: »Ein Kaufangebot von Winter-stein liegt uns ja seit vier Monaten vor.« Kleine Pause. »Der Preis fällt täglich.« Gelächter.

Die DDR spielte in Steinfelds Plänen jedoch nur eine unterge-ordnete Rolle.

»Der aus einer Wiedervereinigung resultierende Nationalismus wird nur von sehr kurzer Dauer sein. Vor allem, wenn's ans Bezah-len geht.«

Erneut Gelächter. Die Hermes-Bank würde bestimmt nicht drauf-zahlen. Die ersten Pläne für eine das DDR-Volksvermögen verwal-tende Treuhandgesellschaft lagen bereits in der Schublade. Außer Keppler verfolgte längst niemand mehr Beerweins Zahlen. Zu ver-führerisch klang die Zukunftsvision, die Steinfeld hier an die Wand malte. Es war sein alter Traum, den er seit über zwanzig Jahren träumte und der jetzt wieder zum Leben erwachte: die Verbindung von europäischem Know-how mit russischen Rohstoffen. Aber das war noch nicht alles. Steinfeld träumte als nächstem Schritt von einer gesamteuropäischen Währung und einem geöffneten Markt von Lissabon bis Wladiwostok. So weit, so gut. Gegen das, was dann kam, war das bisher Gesagte allerdings wie die Zeitung von gestern.

»Ein gesamteuropäischer, im Grunde paneurasischer Wirt-schaftsraum«, sagte Steinfeld und klopfte noch einmal mit dem

Knöchel gegen die wichtigsten von Beerwein aufbereiteten Stichpunkte, »ist nur die eine Speerspitze unseres Hauses. Wie wir seit Hannibal und der Schlacht bei Cannae wissen, besteht jeder erfolgreiche Angriff aus zwei Zangen. Nun«, Steinfeld machte eine kleine Pause und sein Blick glitt über die einzelnen Gesichter, als überlegte er, ob sie seiner folgenden Idee gewachsen waren, »unsere zweite Spitze besteht darin, dass wir uns Zugang zum internationalen Investmentgeschäft verschaffen.«

Fassungslose, lähmende Stille. Das internationale Investmentgeschäft war alleinige Domäne amerikanischer Großbanken. Keppler, Reusch und ihre je siebenköpfigen Mitarbeiterteams sahen sich entsetzt an. Das durchbrach eindeutig die Lex Helms: niemals gegen die Interessen der USA handeln.

Steinfeld beschwichtigte charmant. Er habe vor, die USA, und um die Dinge beim Namen zu nennen, die A.P.-Even-Bank dadurch zu versöhnen, dass er ihnen einen Teil des Ostgeschäfts auf dem Silbertablett servieren werde.

Die anderen schickten mit stummen Blicken Reusch vor, dem man immer noch die besten persönlichen Beziehungen zu Steinfeld nachsagte. Das stimmte zwar, aber viel war von ihrer Freundschaft nicht übrig geblieben. Ein machtstrategisches, vom gemeinsamen Erfolg geprägtes Bündnis, das Steinfeld mit seinem Charme und Reuschs ewig schlechtem Gewissen auffrischte, wenn er seine Stimme in einer kitzligen Angelegenheit benötigte. Dann gingen sie gemeinsam zum Pinkeln. Reuschs Haar war grau geworden. Seine Augenlider hatten infolge von Schlafstörungen und Medikamentenmissbrauch die Farbe verwesender Krähenflügel angenommen. Lilagraublau mit einem Schuss ins Rötliche. Sie wirkten in seinem fahlen Gesicht wie geschminkt. Immer gut gelaunt und gesund erscheinen. Er nickte dreimal, ehe er den Blick von der Tischplatte hob und zu einer Erwiderung ansetzte.

»Sag doch klar, wie's ist. Wir haben die Amis mit Milliardenrüstungsprogrammen gegen die UdSSR die Dreckarbeit machen lassen und fallen ihnen jetzt, nachdem sie sich durch diesen Rüstungswettlauf übernommen haben, im Investmentgeschäft in den Rücken.«

Er drehte sich seitwärts, aber mehr als ein unterstützendes Nicken war von Keppler nicht zu holen.

»Die werden uns lieben.«

Steinfeld wiegelte ab. Der hier angetretene Generalstab solle die

Sache zunächst einmal theoretisch durchspielen. Er stützte sich mit ausgestreckten Armen an der Tischplatte ab und ließ seinen Blick erneut um die Runde kreisen: »Wenn einer von euch vorhat, zum Alten zu laufen und ihm davon zu erzählen – ich kriege raus, wer 's war –, der kann bei der Taunussparkasse anfangen!«

Sein Lachen ließ die Drohung als Witz erscheinen, doch Reusch und Keppler war klar: Jeder, der ab jetzt schwieg, wurde zu Steinfelds Verbündetem. Und er würde noch mehr von ihnen verlangen. Der restliche Vorstand würde in Portionen aufgeteilt werden: Reusch, Keppler, Steinfeld. Jeder würde sich drei bis vier der elf Vorstände vornehmen, um sie in Steinfelds Sinne weichzukneten. So genannte Incentives, zum Beispiel in Form von Aufsichtsratsposten, waren selbstverständliche Hilfsmittel. Für die weniger Ambitionierten durften es auch mal ein Model, eine Schauspielerin, ein Anwesen auf einer umweltfreundlichen Insel bis hin zu einem ordinären Schwarzgeldkonto sein, in der Vorstandssitzung sollte schließlich, wie üblich, die neue Strategie einstimmig abgesegnet werden. Das hieß im Klartext: Das ehrenamtliche Aufsichtsratsmitglied Helms sollte vor vollendete Tatsachen gestellt werden.

Reusch konnte nicht umhin zu grinsen. Natürlich war es eine äußerst bestechende Vorstellung, den amerikanischen Riesen ausgezählt auf den Brettern zu sehen.

»Angenommen«, wandte er sich an Steinfeld, »wir treten gegen die Amis an. David gegen Goliath. Was ist unsere Steinschleuder?«

»Wir tun etwas Gutes. Und um etwas Gutes zu tun, brauchen wir einen guten Menschen.« Steinfeld streckte die Arme mit ausgebreiteten Handflächen nach unten, als sei er kurz davor, sie alle zu umarmen. »Mich!«

Damit sorgte er wieder für erste, vorsichtige Heiterkeit. Natürlich glaubte ihm, dem berüchtigten Spieler, keiner auch nur im Ansatz irgendwelche lauteren, moralischen Absichten. Dafür hatte er sich zu oft als skrupelloser Banker bewährt. »Glücklicherweise«, dachte er, »kommt niemand in dieser Runde auch nur eine Sekunde lang auf den Gedanken, ich könnte es diesmal ernst meinen.« Er erheiterte sie erneut mit einem Satz, von dem nicht einmal er selbst hätte sagen können, ob er richtig oder falsch war: »Euch wird das Lachen noch vergehen. Ich werde den international anerkannten Gutmenschen mit einer solchen Überzeugungskraft geben, dass selbst ihr irgendwann an mich glauben werdet.«

Er drückte die Verbindungstaste zu seinem Sekretariat und versprach der Runde noch einen weiteren guten Menschen: Pepe Ehner, der seine politische Karriere als Wahlkampfmanager von Rehmer gestartet hatte, betrat den Raum. Er hatte inzwischen auch den amtierenden Kanzler gekonnt inszeniert.

Vielleicht waren Ehners Sakkos deswegen konservativer geworden. Jedenfalls bevorzugte er mittlerweile gedeckte Farben. Er setzte zu einem kurzen Vortrag über die Werte an, die die Bank aktuell verkörpere, und diejenigen, die sie in Zukunft verkörpern solle. Der Projektor warf die Werte von heute und morgen an die Wand. Sie unterschieden sich nicht unerheblich.

»Wichtig ist«, fiel Steinfeld unterstützend ein, »dass die Bevölkerung wieder an etwas glaubt, und zwar an die Werte, die wir verkörpern.«

Niemandem schien aufzufallen, dass ein weiteres wichtiges Diskussionsfeld eröffnet worden war, ohne dass Steinfeld konkret gesagt hatte, was er eigentlich beabsichtigte.

»Die Bank muss sich modern präsentieren«, übernahm Ehner, während Steinfeld sich wieder setzte. »Jugend und Schönheit«, Ehners Zeigestöckchen tippte gegen die ersten Schlagwörter, »diese Werte müssen wir besetzen. Beispiel: Wir haben Verständnis für den jungen Surfer, der ein Jahr lang aussteigen will, wir haben ...«

»... Verständnis für den Punk, der sich den goldenen Schuss setzt«, sorgte Reusch für entrüstetes Gelächter.

»Nur insofern«, versetzte Ehner trocken, »als er damit von der Bildfläche verschwindet und Platz macht ...«

»... für die Jungunternehmerin, die eine freundliche Starthilfe von uns bekommt.« Keppler blickte in die Runde, als erwarte er Lob dafür, dass er Reuschs zynischen Ausrutscher in ein so rundum positives Bild verwandelt hatte.

»Ich sehe den Werbespot mit deiner Tochter schon lebhaft vor mir«, kommentierte Reusch honigsüß. »Na ja, vielleicht sollten wir nicht ganz so«, er machte eine Kunstpause, »dick auftragen.«

»Wir stehen ausschließlich für positive Werte«, fasste Ehner zusammen. »Das heißt, weg mit allen hässlichen Bildern. Das trifft insbesondere auf das Fernsehen zu. Weg mit diesen tristen, miesepetrigen Filmen, die sowieso keiner sehen will.«

Das begriffen alle auf Anhieb. Schluss mit den langweiligen Fernsehabenden, Action, Titten, Dosenbier, einfache, klare Gut-Böse-

Dramaturgien, Emotion, Betroffenheit, Herz-Schmerz, die Umerziehung vom Denken zum Glauben. Die Glotze als Hausaltar des zwanzigsten Jahrhunderts. Schicke Bilder, Inhalt durch Form ersetzen, die neue Lex Steinfeld: Ein Bild sagt mehr als tausend Worte. Und ganz viel Sport!

Die Stichworte sprudelten im Thinktank der Hermes-Bank wie in einem Whirlpool – fand jedenfalls Reusch.

»Leistung muss sich wieder lohnen ...«

»Wir müssen abspecken ...«

»... das klingt ja wie 'n Diätplan für Hausfrauen: Fit sein für die Zukunft!«

Steinfeld verfolgte lächelnd die rasch ausufernde Diskussion. Ehner schrieb folgende Dogmen für das zukünftige Haupt-Abendprogramm auf das Flipchart: eine moralisch integre Hauptfigur. Die Familie als heiliger Gral. Jedes Problem kann gelöst werden. Todbringende Krankheiten oder andere Schicksalsschläge werden immer mit romantischer Liebe verknüpft. Wer fleißig, ehrlich und strebsam ist, wird vom Leben mit mindestens einem Kleinwagen und einer Spülmaschine belohnt.

Das Frauenbild ändern: Emanzipationsgedanken umarmen: Die Frau von morgen ist top in Beruf, Bett und Haushalt. Günstiger Nebeneffekt für die Kosmetikindustrie. Beiersdorf- und Wella-Aktien ordern. Der Mann von morgen ist gutaussehend, sanft, smart. Kleiner Zusatz von Reusch: »Er lädt seinen Mitbewerber zum Mittagessen ein, ehe er ihn rausmobbt.« Kurzer Blick zu Keppler: »Hinterfotzig.« Keppler konterte trocken: »Boss- und Armani-Aktien.« Die Tafelrunde belohnte sie mit erneutem Gelächter. Man war sich einig: weg mit dem schlecht gekleideten, saufenden, rebellischen Raubein, das ausschließlich der Tabak- und Alkoholindustrie steigende Gewinne verspricht. Weg mit dem Revolutionär. Der moderne Mann denkt positiv. Er besitzt eine positive Ausstrahlung. Er hilft Frauen wieder in den Mantel, ist zärtlich im Bett. Er besitzt eine Lebensversicherung und ein Aktiendepot. Er ist für Globalisierung und Umwelt. Reusch löste auch diesen Widerspruch im Handumdrehen auf: Die Globalisierung ist eine Chance, die Welt gerechter zu gestalten. Ziel: eine einzige, friedliche und gerechte Welt für alle fleißigen und gutwilligen Menschen unter den Engelsflügeln der internationalen Finanzinstitute. Militärische Gewalt wird geächtet und durch wirtschaftliche ersetzt. Die Rüstungsin-

dustrie – ein kleiner Seitenhieb auf Dent – spielt eine immer gerin-
gere Rolle. Das war die Umwertung der Werte, die sie innerhalb
der nächsten fünf Jahre erreichen mussten. Die geistig-moralische
Wende. Ehner präsentierte eine Liste mit allen Schlüsselpositionen
innerhalb der Medienbranche. »Die rot markierten sind gegen uns.«

Keppler hob die Augenbrauen: »Achtzig Prozent.«

»Zwei Möglichkeiten.« Ehners Zeigestock durchbohrte die ersten Namen. »Umarmen oder abschießen. Mein Vorschlag: Die wichtigsten Positionen werden umbesetzt. Dann zieht der Rest die
Köpfe ein. Das machen wir über die Aufsichtsräte.«

»Stellen Sie sich das nicht ein bisschen einfach vor?«

»Im Gegenteil. Dieses ganze linke Gesocks ist unglaublich feige.
Ich weiß es, ich war früher selbst einer von denen. Die sind alle nur
so lange links, wie sie bei uns nicht mitspielen dürfen.«

»Genauso wie du«, dachte Steinfeld. Er konnte förmlich riechen,
welch unglaubliche Genugtuung es für den ehemaligen Enthüllungs-
journalisten war, im Kreis der erlauchten Bankelite sprechen zu
dürfen. Bei jedem dritten Satz stellte er sich auf die Zehenspitzen.
»Speziell bei einem Sender sieht's tiefrot aus«, fuhr Ehner fort. Natürlich hatte er auch dafür eine Lösung. »Ich kenne da so 'n über-
ehrgeizigen Praktikanten von der Journalistenschule. Der trägt
momentan noch die Überspielungskassetten von einem Redaktions-
raum zum nächsten. Ist ungefähr so groß wie Dent.« Als Öffent-
lichkeitsprofi hatte er längst erkannt, dass man auf Dents Kosten
leicht Punkte machen konnte. »Wenn wir den ein paar Treppchen
höher stellen, frisst der uns für den Rest seines Lebens aus der
Hand.«

Steinfeld musterte den wenig mehr als einen Meter sechzig mes-
senden Ehner.

»Kleine Männer sind wie geschaffen für Spitzenpositionen.«

»Dort lassen sie ihre Artgenossen für all das büßen, was die ihnen von der Krabbelgruppe bis zum Abitur angetan haben.« Ehner
tat einen spielerischen Ausfallschritt mit dem Zeigestock in Richtung Reusch.

Keppler hatte aufgepasst: »Mit welchem Argument? Ich meine,
welche Waffe drücken wir unseren Leuten gegen die Roten in die
Hand?«

»Erfolglosigkeit.« Ehner wechselte erneut schwungvoll die Folie.
Steinfeld konnte kurz seine Achselhöhlen sehen. Ehner war vor

Begeisterung ins Schwitzen geraten. »Kommerzieller Erfolg ist ab jetzt die Maxime, an der alles gemessen wird. Wenn du was nicht kaufen kannst, scheiß drauf. Seien wir mal ehrlich, wer will keinen Erfolg haben? Erfolg ist geil! Das kapieren auch die, die jetzt noch gegen uns sind.«

Dieser Mann hatte vor zwanzig Jahren für die SPD und Rehmer die Wahlen gewonnen. Steinfeld erinnerte sich nicht ohne einen Hauch bitterer Wehmut daran. Aus Rehmer war inzwischen ein Dinosaurier geworden, an dessen welke Brust alle SPD-Genossen ihr Haupt drückten, die zu sehr an ihrer chronischen Erfolglosigkeit litten. Es war nicht die Welt von Rehmer entstanden, sondern die von Helms. Und ab morgen würde sich die von Steinfeld daraus entwickeln. Wirklich? Das Räderwerk seiner Gedanken kam kurz zum Stillstand, um sich in entgegengesetzter Richtung weiterzubewegen. War es tatsächlich vernünftig, die gesamte Medienästhetik auf den messbaren Wert des kommerziellen Erfolges umzuschalten? War die Beseitigung der Ambivalenz, des Zweifels, der Verzweiflung, all der widersprüchlichen Pole in ihm, die Geburtshelfer jeder bedeutsamen Idee waren, für die breite Masse richtig? War es vernünftig, einen Großteil der Bevölkerung zum Wohle der Wirtschaft mit dem Skalpell inhaltsleerer Fernsehbilder zu kastrieren? Er stellte sich eine Gesellschaft aus lauter am Abgrund balancierenden, widersprüchlichen Elementen à la Steinfeld vor und musste seine Frage schließlich mit »ja« beantworten. Ihm war als Einzigem in dieser Runde völlig klar, dass hier einer neuen Kastengesellschaft das Wort geredet wurde, in der die Freiheit zu zweifeln und der Anspruch auf rechtzeitige Kenntnis der wirklich wichtigen Informationen einer kleinen Elite vorbehalten blieb. Mit einem Berg von Informationsmüll die entscheidenden Vorgänge verschleiern. Eine Art neues Mittelalter, gestaltet mit modernster Elektronik. War das richtig und wünschenswert im Sinne einer lebenswerten Zukunft dieser Gesellschaft? Gab es im sich ständig verschärfenden Wettbewerb überhaupt eine Alternative, außer auf die apokalyptischen Reiter Rentabilität, Cashflow und Expansion zu setzen?

Die Diskussion setzte sich in angeregter Form fort:

»Wer garantiert uns eigentlich, dass unsere Leute erfolgreicher sind?«

»Schauen Sie sich doch dieses Volk an.« Reusch blühte förmlich auf. »Irgendwelche kleinbürgerliche Emotionsscheiße funktioniert bei denen immer. Kinder, Behinderte und Tiere, da zerfließt die Nation vor den Hausaltären des 20. Jahrhunderts.«

»Dazu noch ein paar Berge, Ärzte, Nonnen und Tirolerhüte ...«

»Nackte Nonnen!«

»Wir verlassen uns auf den schlechten Geschmack der Deutschen.«

»Dann kann wirklich nichts mehr schief gehen.«

»Augenblick«, unterbrach Steinfeld. »Ich weiß zu schätzen, dass diese Diskussion Ihnen so viel Freude bereitet, aber wir verlieren das Wesentliche aus den Augen: Jenseits von Klamauk und Familienidylle müssen wir neue, positive Werte in unserem Sinne schaffen. Ernsthaft«, erstickte er den letzten Lacher, »wir müssen einen Übergang finden vom Heute zum Morgen. Was bewegt die Menschen zurzeit am meisten? Keppler?«

Seit ihrer Ausbildung durch Helms hatte Keppler tatsächlich immer versucht, kerzengerade und ohne die Zuhilfenahme einer Rückenlehne in seinem Stuhl zu sitzen. Es gelang ihm in letzter Zeit dank einer Bandscheibenschwäche immer weniger. Doch wenn er überraschend von Steinfeld angesprochen wurde, richtete er sich stets kerzengerade auf.

»Die Angst vor Armut?«

»Dich vielleicht«, stichelte Reusch.

»Das ist ein Wert für die Zukunft.« Ehner schrieb Armut oben auf seine Folie. Das Wort thronte wie eine Unwetterwolke über dem Rest seiner schönen Zukunftsliste.

»Angst vor Armut, da müssen wir hin.«

»Im Moment geht's denen allen noch viel zu gut.«

»Das wird sich nach der Wiedervereinigung ändern.«

»Was ist jetzt«, lenkte Steinfeld die Diskussion endgültig wieder in ernsthafte Bahnen. »Wovor haben die Leute jetzt im Augenblick am meisten Angst?«

»Krieg«, sagte Reusch.

»Klar, Friedenssehnsucht«, stimmte Keppler zu.

Steinfeld wandte sich an Ehner.

»Was meint der politische Journalist?«

»Seh ich auch so.«

»Gut.« Steinfeld formte erneut ein Dach aus seinen Fingern und berührte den Giebel mit den Spitzen seiner Lippen wie bei einem sanften Kuss. »Dann müssen wir für Frieden stehen.«

»Schön und gut«, sagte Keppler und verkniff sich in Anbetracht einer drohenden Altersdiabetes einen weiteren der bereitgestellten Faschingskrapfen, »aber wer glaubt uns das?«

»Da muss Ihr Verblödungsprogramm mindestens zehn Jahre lang laufen«, ermunterte Reusch Ehner zu weiteren medienpolitischen Untaten. Steinfeld schnellte wieder aus seinem Sitz und trat vor die versammelte Mannschaft. Drehte sich einmal um die eigene Achse, sodass er jeden kurz im Blick hatte. Sofort ebbte der letzte Lacher ab. Alle wussten: Jetzt kam etwas Besonderes. Und so war es. Der große Magier Steinfeld war jetzt bereit, sein Geheimnis zu lüften, eine weitere Puppe aus der letzten hervorzuzaubern und die Lenkwaffe zu präsentieren, zu der ihn die Dias seiner Frau inspiriert hatten, die Bilder von den Hungernden, den Ärmsten der Armen. Einen Augenblick lang dachte er zynisch an Vera und dass es wahrscheinlich besser für seine kleine russische Krankenschwester war, weit weg zu sein, auch wenn die altruistische Komponente seiner Idee ihr sicherlich gut gefallen hätte. Die Idee, die er aus dem Hut zauberte, war in der Tat nicht ohne Brisanz.

»Wir haben keine Zeit für zehn Jahre Volksverblödung«, erklärte er mit sanfter Stimme. »Wir gehen den schnellen, direkten Weg der Wahrheit. Wir erlassen Schulden.«

»Wem?«, fragte Reusch fassungslos.

»Den Ärmsten und Bedürftigsten«, erwiderte Steinfeld, als sei das eine Selbstverständlichkeit. »Der Dritten Welt.«

Keppler verschluckte sich an seinem Kaffee.

»Das ist doch Irrsinn.« Er presste hastig eine Serviette vor den Mund. »Entschuldigung.«

Steinfeld lächelte beinahe gütig: »Offiziell, für Leute wie Keppler und die linkslastigen Fossilien, die unsere öffentlich-rechtlichen Sender im Augenblick noch bevölkern, profilieren wir uns damit als sozial denkende Banker mit Gewissen und politischem Weitblick. Geld ist auch für uns nicht alles! Das ist einer unserer neuen Werte!«

Ehner verewigte den Satz auf seiner Gegenwartsfolie.

»Für Leute, die etwas tiefer blicken wollen, nenne ich hier nur zwei Zahlen. Unser Kreditvolumen in Afrika und Südamerika beläuft sich dank unserer konsequenten Rückführungspolitik«, kurzer triumphierender Blick zu Reusch, »inzwischen auf knapp sechs Prozent unserer gesamten Kredite.«

In Reuschs Gesicht ging die Sonne auf. Er hatte vor vier Wochen eine heftige Auseinandersetzung mit Steinfeld gehabt, weil der in den VAG-Laureus-Verhandlungen Ilk das Zugeständnis gemacht hatte, für die alleinige Federführung der Hermes-Bank bei der Fusion im Gegenzug an Ilks Landesbank einen Großteil ihrer Afrika- und Südamerikakredite abzutreten. Reusch lachte laut auf: »Ilk wird dich töten.«

»Im Vergleich dazu beläuft sich der Anteil der Drittweltkredite am Gesamtkreditaufkommen bei den drei größten amerikanischen Banken«, fuhr Steinfeld ungerührt fort, »auf dreißig Prozent.«

Für einen Moment herrschte ehrfürchtige Stille.

»Scheiße!« Reusch lehnte sich zufrieden zurück und starrte auf das Rubensgemälde an der gegenüberliegenden Wand, als wolle er in dem dort dargestellten Fleisch baden. »Das ist gut.«

Steinfeld zitierte Helms: »Die schönsten Geschenke sind immer die, die den Gegner vernichten.« Keppler befürchtete, bei allem Respekt vor Steinfelds strategischem Geschick, enormen Ärger mit dem großen Bruder auf der anderen Seite des Atlantiks. Insgeheim fürchtete er, seinen Sitz in der Atlantikbrücke zu verlieren, jenem noblen Club, in dem sich deutsche und amerikanische Spitzenpolitiker und Wirtschaftslenker über die Vorgänge unterhielten, deren wahre Zusammenhänge man der Öffentlichkeit nicht zumuten wollte.

Steinfeld beruhigte den Kollegen Keppler überlegen. Was sollten sie gegen ihn machen? Er war der gute Mensch, global! Auch amerikanische Mütter würden ihn lieben.

Ehner zeigte sich begeistert.

»Die Botschaft trommeln wir durch alle Medien.« Und sie würden sie ihnen aus den Händen reißen. Zugegebenermaßen waren die Trommelstöcke ARD und ZDF etwas dünn, aber dank ihrer neuen Medienpolitik gab es inzwischen ein paar zarte Pflänzchen mehr. Sie eröffneten die Möglichkeit, die gute neue Nachricht von Frauenkörpern verkündigen zu lassen, die man bisher nur in nächtlichen Werbeblöcken oder auf Pornokassetten hatte bewundern können.

Kompakte News. Kein Satz mit mehr als fünf Wörtern. Kein Beitrag über einundhalb Minuten. So was konnte jedes Model nach einem Zweiwochentraining. Dazwischen die neuen Spots der Hermes-Bank. Mit diebischem Vergnügen entwickelten sie nicht ganz

339

ernst gemeinte Vorschläge für ihre Werbeagenturen. Steinfeld genoss noch ein paar Sätze lang Reuschs Zynismus, der, überlebensnotwendiges Ventil für die eigene Selbstverachtung, amüsante Blüten trieb: »Der Spot! Du steigst als so 'ne Art moderner Jesus aus 'nem Raumschiff ...«

»... auf dem steht Hermes-Bank«, fiel Keppler ein.

»... und sammelst Schuldscheine von den Köpfen halb verhungerter Negerkinder ...«

»Das hättet ihr wohl gern.«

Steinfelds kurzes Händeklatschen beendete die Aufführung seiner beiden Vorstandsmitglieder, die bedeutend amüsanter war, als es das Fernsehprogramm der kommenden Jahre zu werden versprach. Wichtigstes Ziel: Konzentration der Medien in wenigen Händen. Das mussten sie innerhalb der nächsten fünf Jahre hinkriegen. Es sollte zwar eine Vielzahl von Sendern und Zeitungen geben, sodass die Leute Informationsvielfalt mit Meinungsfreiheit verwechseln konnten, die durften sich aber nur in der Hand von drei, besser zwei Großkonzernen befinden.

»Die wir über den Aufsichtsrat kontrollieren«, stellte Keppler mit zufriedenem Gesicht nach einer Nennung der beiden Konzernnamen fest.

»Kontrolle ist ein hässliches Wort«, korrigierte Steinfeld. »Wir üben Einfluss aus, machen Vorschläge, bieten unser Know-how an ...«

Keppler winkte ab. Das war doch klar. Wie hätte der Alte gesagt: Unsere Hilfe ...

»Ein Konzern aus der liberalen Sozi-Ecke«, fasste Reusch zusammen, »und einer konservativ, dann haben wir ein Pendant zu den Parteien ...«

Ehner rieb sich vor Begeisterung die Hände.

»Wo das Volk hinblickt, alles hat seine Ordnung.«

»Na ja«, Steinfeld erhob sich, denn er hatte einen der beiden Medienunternehmer zwecks Konditionierung eines weiteren, kräftigen Kapitalschubs in Form einer Anleihe bereits in sein Büro bestellt. »Fürs kreative Chaos sind ja wir zuständig.«

Sie hatten weniger als dreißig Minuten benötigt, um die Grundessenzen jener milliardenschweren Jauche anzurühren, die sich in den kommenden zehn Jahren in die deutschen Gehirne gießen sollte. Beerwein zog den Stecker aus dem Projektor.

Die Rolle des global denkenden Bankers mit sozialem Gewissen war Steinfeld wie auf den Leib geschnitten. Ein erster Versuchsballon in der Hauspostille der Hermes-Bank, einer konservativen, international renommierten Tageszeitung, stieg mit Windeseile auf und der Rest der Presse schnappte gierig nach jedem weiteren Köder. So verankerte er mühelos sein neues Image und seine revolutionäre Idee im öffentlichen Bewusstsein, ehe er seinen eigentlichen Gegnern gegenübertrat.

Beim alljährlichen Wirtschaftsgipfel in Davos wurde auch dem letzten Wirtschaftsvertreter klar, dass es sich diesmal nicht um eine Neuauflage von Steinfelds hinreichend bekanntem Fantomas-Interview handelte, sondern dass der Vorstandsvorsitzende der Hermes-Bank es tatsächlich ernst zu meinen schien.

Während draußen linksgerichtete Demonstranten in Sprechchören gegen die Unterdrückung der Dritten Welt demonstrierten, hielt Steinfeld vor der Creme der internationalen Finanzwelt eine Rede, die nicht nur bei den Vertretern aus den Vereinigten Staaten blankes Entsetzen auslöste. Das internationale Kreditwesen in einen Basar der Wohltätigkeit zu verwandeln, das ging zu weit.

»Dem ist die Perestroika zu Kopf gestiegen«, sagte jemand. Von »Schnapsidee« bis hin zu »kollektiver Bankenselbstmord« überschlug sich die Branche in negativen Kommentaren. Allein Steinfelds Vorschlag entziehe dem Kreditwesen die wichtigste Grundlage, nämlich die Angst, bei Zahlungsunfähigkeit rücksichtslos gepfändet zu werden.

»Schulden müssen bezahlt werden!«

Steinfeld goss zusätzlich Öl ins Feuer, indem er dagegenhielt: »Tote können nicht mehr zahlen!«

Er griff damit die Sprechchöre der Demonstranten auf und öffnete, damit es auch jeder hören konnte, eines der Fenster aus schusssicherem Glas. Zwei Schneebälle flogen ihm entgegen. Steinfeld trat lachend zur Seite: »Sie sehen: Wer Gutes tun will, lebt gefährlich!«

Die Vertreter der Dritten Welt erhoben sich von ihren Plätzen und applaudierten begeistert. Peter Furne, Leiter der Auslandsabteilung von A. P. Even, blickte die Manager der restlichen deutschen Großbanken wie versteinert an. Der alte Even war Helms' Beispiel gefolgt und so war Furne seit knapp zwei Jahren sein Ziehsohn, da sich die Vorzüge von Evens Neffen James darauf beschränkten, auf

341

Cocktail- und Dinnerparties mit den Frauen seiner Geschäftspartner zu flirten, allerdings ohne dass er wie Steinfeld damit geschäftliche Türen zu öffnen vermocht hätte. Seine Erfolge beschränkten sich auf das Öffnen privater Gemächer.

Furne war nicht nur durch seine fadendünne Oberlippe, sondern durch sein mindestens ebenso schmal geratenes Gewissen in jeder Hinsicht furchteinflößender. Die deutschen Bankenvertreter überboten sich in Solidaritätsbekundungen. Trotzdem war allen klar, dass sie von den Amerikanern in Sippenhaft genommen würden, bis sie ihren unbotmäßigen Kollegen zur Vernunft gebracht hätten.

Weitere Dinge kamen ins Rollen. Der Vertreter der hessischen Landesbank holte Ilk aus einer Kabinettssitzung und machte ihm bittere Vorwürfe: Ilk habe von Steinfelds Plan gewusst und sie mit der Vermittlung der Dritte-Welt-Kredite absichtlich in allergrößte Schwierigkeiten gebracht! Seine Verbitterung war so groß, dass Ilk über zehn Minuten benötigte, um ihm in immer lauter werdendem Tonfall zu erklären, dass er als Mitglied des Aufsichtsrates seiner eigenen Landesbank wohl kaum derart selbstmörderische Schwierigkeiten bereiten würde.

Während Steinfeld sich durch die geballte Ablehnung seiner abendländischen Kollegen zur ersten Pressekonferenz schob, dachte er kurz an seinen Sohn. Es kam ihm beinahe so vor, als spreche er inzwischen ebenfalls in einer Fantasiesprache mit den Vertretern seiner Branche. Er erinnerte sich an die drei Worte, mit denen sein Sohn sich von ihm verabschiedet hatte: Relum fasi to. Was hatte Oliver damit gemeint? Er sah ihn kurz vor sich, wie er mit Katharina auf Sylt eine seiner Sandburgen mit Muscheln bestückte. Was meinte er mit Schuldenerlass? Er beschloss, sein Stück, je nach Beschaffenheit der Klaviatur, weiterhin in verschiedenen Variationen zu spielen. Tief unten auf der Basstastatur lag – neben den Brandmalen der Zigaretten – eine Gewissheit: Wenn er die Liebe und Bewunderung seiner Frau erlangen wollte, musste es ihm ganz ernst sein mit seiner Vision. Um Katharinas Achtung zu verdienen, musste er nicht nur Menschen retten, sondern sein Handeln musste emotionale Bedeutung für ihn gewinnen. Im Augenblick war ihm das völlig fremd. Diese halb verhungerten, von Seuchen geplagten Menschen waren für ihn nichts weiter als eine Fata Morgana in einer Sandwüste. Er konnte sie nicht anders sehen denn als einen virtuellen Baustein seiner Strategie. Aber ihm war klar, dass es mit Katharina nur eine

Zukunft geben würde, wenn es ihm gelang, einen ehrlichen Zugang zum Schicksal dieser Menschen zu finden. Er konnte vielleicht die gesamte Öffentlichkeit täuschen, aber nicht seine Frau. Vielleicht konnte sie ihm helfen, diese fest verschlossene Tür zu öffnen.

Erste Fragen prasselten auf ihn ein. Sein Charme beglückte die Meute. Auf die provokative Frage, ob dieses Vorgehen mit dem Rest seines Vorstands abgestimmt sei, erwiderte er: »Unser Haus kann durch humanitäres Engagement des Vorstandsvorsitzenden nicht in Verlegenheit gebracht werden. Das sollten Sie wissen, aber da Sie es offensichtlich noch nicht wissen, sage ich es ihnen hiermit in aller Deutlichkeit. Die alten Klischees von den bösen Kapitalisten gehören spätestens ab heute endgültig der Vergangenheit an. Diese Welt ist nur mit einem vernünftigen, barmherzigen, wenn Sie so wollen, menschlichen Kapitalismus zu retten.«

Er hätte mit den Telefonnummern der Journalistinnen Papierkörbe füllen können. Zwei Politmoderatorinnen jenes linksorientierten Senders, der deutlicher Innovation bedurfte, versprach er ein ausführliches Fernsehinterview. Die konnten ihr Glück kaum fassen. Steinfeld, der im Gegensatz zu den Damen wusste, dass sie in naher Zukunft ihren Arbeitsplatz verlieren würden, ertappte sich nicht ohne ironisches Lächeln dabei, wie er nun auch bereits im Mikrokosmos der deutschen Medien Trostpflaster verteilte.

Wilhelm Dent, aus Angst vor Infektionskrankheiten in einem antiseptischen Schlafzimmer untergebracht, verfolgte hasserfüllt Steinfelds Siegeszug im Fernsehen. Sein umfangreicher Nachtisch bestand aus fünf verschiedenen Puddingsorten aus der Fabrikation eines entfernten Verwandten, an die er bereits seit frühester Kindheit gewöhnt war. Er ließ sich von einer jungen Haushälterin, deren Physiognomie eindeutig dem Alpenvorland entstammte, mit einer kühlenden Salbe den Rücken einreiben, die einzige Behandlung, die gegen einen periodisch auftretenden, medizinisch nicht eindeutig diagnostizierbaren Juckreiz half.

Kohelka stand neben dem Bett, das auch als Liegewiese durchgegangen wäre, und verfolgte die Sonne, die wie eine Goldmünze vor den durch Schmiedehandwerk gesicherten Fenstern in einem oberbayrischen See versank. Er trank nie vor Sonnenuntergang und wartete, nach einem kurzen Blick auf Dents reich bestückte Minibar, sehnsüchtig auf das Verglimmen der letzten Goldschimmer. Dent jubelte geifernd dem Monitor entgegen: »Diesmal ist er zu weit gegangen, unser Schönling! Das wird ihn den Kopf kosten!«

Obwohl es Helms' Plan gewesen war, der Dent vor fünfzehn Jahren seine Aktienmehrheit bei dem inzwischen weiter aufblühenden VAG-Konzern gekostet hatte, richtete sich Dents gesamter Hass seitdem auf die Person Steinfeld. Dent, der sich nicht gestattete, seinen verstorbenen Vater zu hassen, sondern seinen gesamten Unmut auf die inzwischen weit von ihm entfernt lebende Mutter entlud, übertrug unbewusst auf genau dieselbe Weise dieses Gefühlsschema auf Helms und Steinfeld. Er schaltete um auf ein Horrorvideo: Eine dralle Blondine in einem zunächst noch weißen Lederkostüm sägte mit einer Kettensäge einem aufs Bett gefesselten Mann Geschlechtsteil und Kopf ab. Dies war seit einer Woche Dents Lieblingsszene und sie sah beunruhigend echt aus. Kohelka war nicht sicher, ob Dents Video fiktiv war oder ob es sich um Dokumentarspiele aus dem Untergrund handelte. So genau wollte er das auch gar nicht wissen.

Nachdem Dent genug Blut getankt hatte, schaltete er zurück auf das Interview. Der Fernsehschirm zeigte nun wieder Steinfeld, der inzwischen leger die Beine übereinander geschlagen hatte und gerade die Hände über dem oberen Knie verschränkte: »Früher war unsere Rolle so definiert: Wir haben das politische Geschehen beobachtet, unsere Rückschlüsse gezogen und unser Kapital gesetzt.«

Die jüngere der beiden Journalistinnen, deren Markenzeichen eine in der Mitte der Stirn spitz zulaufende Pagenfrisur war, entgegnete sarkastisch: »Wie beim Roulette.«

»Roulettespielen genügt nicht mehr.« Selbst Dent musste zugestehen, dass Steinfeld es sehr geschickt verstand, seine erdrückende Überlegenheit nicht spüren zu lassen. Der Vorstandsvorsitzende warb unter scheinbar gleichberechtigten Partnern um Verständnis für eine neue, gemeinsame Aufgabe: »Eine moderne Bank muss politische Verantwortung übernehmen. Wir dürfen nicht warten, bis die Politik mit ihren Wünschen zu uns kommt. Wir müssen mit unseren Konzepten auf die Politik, eigentlich auf die Gesamtbevölkerung, zugehen.«

Die beiden Damen durchschauten sofort ihre Möglichkeiten:

»Dabei könnten die Medien eine völlig neue Rolle spielen.«

»Die Rolle der Medien als seriöser Mittler wird zunehmend an

Bedeutung gewinnen.« Dent ließ seine Zunge vorschnellen, als wolle er den Honig, den Steinfeld seiner Interviewerin um den dezent geschminkten Mund schmierte, von ihrem Kinn lecken.

»Unsere Entscheidungen müssen transparent sein«, musste er währenddessen hören, »und das können wir selbstverständlich nur mithilfe der Medien erreichen.«

Dent schleuderte die Fernbedienung auf die rot-weiß karierte Bettdecke, die wie eine gewaltige Serviette von seinem Hals über die Laken floss. Er ließ sich zwar gerne eincremen, zeigte aber ungern mehr nackte Haut von sich, als unbedingt nötig war.

»Dieser elende Lügner! Gut sein, gut aussehen und Macht haben! Die Massen lieben diese Lüge und fallen immer wieder auf sie herein. Weil jeder so sein will wie unser Schönling mit seiner Schmierenkomödie. Güte und Macht schließen sich aus.« Die Sonne war untergegangen. Dent goss Kohelka einen Drink ein. »Gnädig kann man sein, ja, aber nicht gut.«

Kohelka kippte das drei Finger hoch gefüllte Glas in einem Zug weg.

»Seien Sie doch froh, dass das nicht jeder weiß. Sonst würden wir hier nicht mehr so ruhig sitzen.«

»Ach, was weißt du schon davon!«

»Sie sind ja nur sauer, weil Sie seine Frau nicht haben können.«

Ein Grund, warum Dent Kohelka mochte, soweit er überhaupt jemanden mochte, war, dass er weitaus dämlicher aussah als er war. Er bevorzugte Leute in seiner Umgebung, die schauspielerisches Talent besaßen. Immer wenn er in den Spiegel sah, verstärkte sich dieses Gefühl.

»Mit jedem Versicherungsvertreter, der zweimal zu oft die Geschichte der O gesehen hat, pennt sie, aber nicht mir mir!«

»Ein sozialistischer Banker hat eben ne soziale Frau.«

Dent wies mit der flatternden Geste eines Renaissancefürsten auf das silberne Tablett auf dem Nachttisch. Von dem kleinen weißen Berg in der Mitte war auf der linken Seite der Schnee bereits deutlich abgeschmolzen. »Dafür spendier ich dir was.«

»Bleib lieber beim Alk. Da kotzt man wenigstens, wenn der Rüssel voll ist.«

Kohelka wusste, dass Dent es liebte, wenn er so redete. Er machte sich einen neuen Drink. Das ging relativ schnell. Whisky ohne alles. Kohelka hielt nichts von Mixgetränken.

Dent starrte auf Steinfeld. Die beiden Journalistinnen hingen inzwischen an seinen Lippen, als hätten sie endlich die Vaterfigur entdeckt, die sie von klein auf vermisst hatten. Dent stellte sich vor, wie er ein Pornovideo von sich und Steinfelds Frau anfertigte und es Steinfeld schickte. Der Gedanke an eine gefesselte Katharina war aufregender als alles, was er in den letzten vier Wochen auf Video gesehen hatte.

»Sie hat den Wahnsinn ihrer Mutter geerbt. Die wahnsinnigsten Frauen sind die besten.«

»Ja«, sagte Kohelka. »Man muss nur rechtzeitig auf- und abspringen können.«

Zwischen dem dritten und fünften Drink kamen immer seine besten Sprüche. Dent schickte das Mädchen nach draußen, um das Abendessen vorzubereiten. Er bestellte Ente mit Klößen und ein kanadisches Snuff Movie. Dann kam er direkt zur Sache.

»Irgendwas steckt hinter dieser verdammten Sozialbankerscheiße und ich spüre, es ist nichts, was mir gut tut. Ich will diesen verdammten Steinfeld endlich nageln.«

»Wie soll das denn gehen?«

»Du fickst doch gut.«

»Ziemlich.«

Darauf beruhte im Großen und Ganzen Dents Plan: Kohelka sollte sich an Katharina ranmachen und sie als Liebhaber unter Einsatz aller verfügbaren Drogen psychisch destabilisieren, damit es endlich zur Scheidung käme. Dent wusste natürlich über seine Verbindungen zum Hermes-Vorstand, dass Frau Steinfeld schon seit längerem aus der Reihe tanzen wollte. Die Studie eines Privatdetektivs, die er vor wenigen Wochen hatte anfertigen lassen, besagte zwar, dass Katharinas Lebenswandel sich seit über einem Jahr, sowohl was Liebhaber, als auch was Drogen anging, überraschend stabilisiert hatte, aber Dent glaubte nicht an Resozialisierung.

»Die braucht nur den letzten entscheidenden Schubs.«

Nach einer Scheidung wäre Steinfeld als Vorstandsvorsitzender nicht mehr tragbar. Vergeblich wartete er auf Kohelkas Lachen. Kohelka wollte den Job seltsamerweise nicht. Er schien Angst vor einer direkten Konfrontation mit Katharina zu haben. Je intensiver Dent insistierte und je weiter sich Kohelka in Sätze flüchtete wie, das sei doch völlig sinnlos, die Frau wechsele ihre Liebhaber schneller als ihre Schlüpfer und sei, soviel er wisse, gegen alle verfügbaren Drogen immun, desto mehr verfestigte sich in Dent die Ahnung, dass Kohelka tatsächlich irgendetwas mit dieser Frau verband, was in die erhoffte Katastrophe führen könnte. Er beendete die Diskussion, indem er scheinbar beiläufig die Nachttischschublade öffnete. Kohelka warf einen kurzen Blick auf das erste Foto, das ihn in Schillings Garage zeigte. Er schraubte gerade die Konsole unter dem Lenkrad ab. Er kannte dieses Foto seit fünfzehn Jahren und war deshalb seit fünfzehn Jahren Dents ergebener Diener. Er schob sich die blonde Mähne nach hinten.

»So intensiv hat mich noch nie jemand zum Vögeln überredet.« Dent lachte und sah auf die Uhr.

»Zeit für meine Frischzellenkur.«

Kohelka injizierte Dent einen Highball, eine Mischung aus Kokain und Heroin. Dent zuckte beim Einstich wie immer schmerzhaft zusammen und sah zur Seite. Er konnte keine Spritzen sehen. Als es vorbei war, lehnte er sich entspannt zurück. Ungefähr zehntausend Orgasmen jagten durch sein Gehirn.

»Wie hast du Schilling eigentlich damals erledigt?«

Kohelka warf Dent einen kurzen Blick zu. Bis jetzt hatte Dent nie nachgefragt. War auch eindeutig besser für ihn, solche Dinge nicht zu wissen. Musste am Rauschgift liegen, das ihm zunehmend die Birne vernebelte. Richter hatte ihm damals über seine NSA-Kontakte ein Medikament besorgt, das in Verbindung mit körperlicher Anstrengung die Herzgefäße lebensbedrohlich erweiterte und sechs Stunden nach Eintreten des Todes nicht mehr feststellbar war. Zumindest bei jemandem, der Schlafmittel nahm. Und die hatte Schilling damals dringend gebraucht.

»Schade, dass Steinfeld keine Schlafmittel nimmt«, sagte Dent.

»Dann müsstest du nicht mehr ficken.«

»Was spucken Sie eigentlich dafür aus?«

»Ich soll dir fürs Ficken mehr bezahlen? So weit kommt's noch.«

»Ich meine, da muss 'n Bonus drin sein.«

»Vielleicht schaut ja der Nikolaus auf deinem Konto vorbei. Nach der Scheidung!«

Dent hatte Kohelka 1975 offiziell rausgeschmissen, sofort nachdem Helms Dent das Videoband mit der leicht bekleideten Westerwald-Tanzeinlage von Ilk und Dent sowie die Negative von Kohelkas Auftritt in Schillings Garage übergeben hatte. Seitdem stand

Kohelka auf Dents geheimer Gehaltsliste und erhielt seinen Lohn direkt auf ein Konto in der Schweiz. Als ehemaliger GSG-9-Beamter bewohnte er immer noch seine günstige Dienstwohnung und bezog seit seinem missglückten Duell auf der Terrasse des Außenministers infolge der Diagnose einer posttraumatischen Depression durch einen Bundeswehrarzt eine bescheidene Rente, die er einmal im Monat binnen fünfzehn Minuten in Bad Wiessee verpulverte.

Während Steinfeld und die Journalistinnen im Fernsehen weiter palaverten, stellte Kohelka besorgt fest, dass Dents Rauschgiftkonsum in den letzten sechs Monaten enorm gestiegen war. Es würde nicht mehr allzu lange dauern, bis Dent endgültig aus dem Ruder lief. Ein sicheres Anzeichen dafür war dieser bescheuerte Begattungsplan für Katharina. Im Grunde wollte Dent nur, dass er diese Frau knallte, weil er selber sie nicht kriegen konnte.

Kohelka musterte mit scheinbar stoischer Trunkenheit die Mattscheibe, auf der gerade die ältere der beiden Medientanten fragte: »Heißt das, in zehn Jahren stimmt die Bevölkerung über eine solche Frage wie den Schuldenerlass ab?«

Tatsächlich überlegte er fieberhaft, wie er den Absprung kriegen könnte, aber er sah keine Möglichkeit, solange dieser Drecksack von einem Gnom in irgendeinem Liechtensteiner Tresor die Negative seiner Garagenaktion bunkerte. Sein Blick konzentrierte sich auf Steinfeld, der den Journalistinnen höflich zulächelte.

»Das ist sicherlich Zukunftsmusik, aber die Bevölkerung soll wissen, warum wir etwas tun. Transparenz!«

»Allein die Gründe für das Verhalten Ihrer Bank zu kennen, gibt uns ja noch keinerlei Mitspracherecht. Sind Sie nicht auch der Ansicht, so wie viele Menschen in diesem Land, dass Ihre Bank zu viel Macht besitzt?«

»Wer sagt das?«

»Das ist die allgemeine Meinung.«

»Dass viele etwas sagen, heißt ja noch lange nicht, dass es richtig ist.«

»Nein?«

»Nein!«

Der Typ war smart, verdammt smart. War vielleicht kein Fehler, sich in seine Nähe zu begeben. Von seiner Frau würde er auf jeden Fall die Finger lassen. Dent konnte er viel erzählen. Kohelka nippte an seinem Glas und stellte fest, dass es bereits wieder leer war. Er musste sich irgendwie mit Steinfeld gegen Dent verbünden. Wenn jemand an Dents Tresore rankam, dann ein Typ wie er.

»Unser Einfluss wird von einigen Medien maßlos überschätzt. Auf der anderen Seite wollen wir natürlich diese Gesellschaft aktiv mitgestalten.«

Dent dirigierte wie eine Miniaturkarikatur von Karajan in seinem Bett Steinfelds Symphonie für globales Gleichgewicht, Frieden und Wohlstand.

»Wohlstand für alle ist die Aufgabe der Zukunft. Nur wo Frieden und Wohlstand herrschen, haben wir Märkte. Krieg ist kein Geschäft mehr. Menschenleben sind uns, glücklicherweise, zu kostbar. Das gilt für Europa, die USA, und das wird auch für den Rest der Welt gelten, wenn es uns gelingt, diese Gebiete wirtschaftlich zu sanieren.«

»In Herrlichkeit und Ewigkeit ...«

Dent sank erschöpft in sein barockes Bett zurück.

»Amen.« Kohelka goss sich einen letzten Drink ein und hoffte für einen Moment, dass Dents kleines schwarzes Herz endgültig stehen geblieben sei. Aber dann fiel ihm ein, dass Dent für den Fall seines plötzlichen Ablebens eine hinterhältige Klausel bereithielt, die die dunklen Machenschaften seiner Mitarbeiter ans Tageslicht zerrte. Er prostete der jüngeren Journalistin resigniert zu.

»Wohlgemerkt«, sagte die gerade und war sichtlich stolz auf ihre kritische Haltung, die selbst durch einen so charismatischen Mann wie Steinfeld keinen Schaden genommen hatte, »um dort neue Märkte für die Hermes-Bank und ihre Kunden zu schaffen.«

»Ein bisschen was müssen wir dabei natürlich auch verdienen«, entgegnete der Vorstandsvorsitzende, »und die Steuern, die wir zahlen, kommen dann wieder dem ganzen Land zugute.« Mit einem kleinen spitzbübischen Lächeln fügte er hinzu: »Wohltätigkeit, die sich rechnen muss, das ist das neue Konzept unseres Hauses.«

»Niemand kann so erotisch über Geld reden wie du«, dachte Katharina und nippte an ihrem Rotwein. »Chapeau!« Die flimmernde Mattscheibe tauchte das Wohnzimmer ihres Sylter Landhauses in blaues Licht. Sie lag mit einem jungen Liebhaber von griechischer Schönheit, der ebenso gut ein Freier von Steinfeld hätte sein können, auf einem lindgrünen Kanapee, dessen Stoff farblich gut mit den hellen Vorhängen abgestimmt war. Seitdem Steinfeld wieder aus Moskau zurück war, schlichen sie umeinander herum. Immer wenn er beschloss, einen Abend statt in den Gemächern seiner Bank mit ihr in ihrem gemeinsamen Bungalow zu verbringen, reiste sie in ihr Strandhaus nach Sylt. Wollte er übers Wochenende dorthin fliegen, so war sie gerade wieder im Aufbruch begriffen oder hatte Besuch. Aber gerade weil sie einander nicht sehen konnten, spürten sie umso deutlicher, wie sie, aufgeladen mit ihren gemeinsamen Sehnsüchten, immer stärker zueinander hingezogen wurden. Sie hatte wieder ihren alten Gang angenommen, der ihr in den letzten zwei Jahren abhanden gekommen war, und schwebte wie früher durch die Räume, so auch jetzt, als sie sich von ihrem Lager erhob und vor dem Fernseher auf und ab schritt, als könnte ihr Mann ihre Beine sehen.

Die beiden Journalistinnen taten ihr in ihrer mittlerweile hingebungsvollen Begeisterung beinahe Leid. Sie wurden bei lebendigem Leib verspeist, ohne dass sie es merkten. Vorgeführt als zwei bekehrte Jüngerinnen, die ihrem Guru jedes Wort von den Lippen ablasen. Dieser Mann, der, wie sie nur allzu gut wusste, für nichts stand, konnte seine Standpunkte überzeugender vertreten als jeder andere. Es war seine Selbstsicherheit, die er mit großem Geschick und ebenso großer Bescheidenheit artikulierte, seine Höflichkeit, angereichert mit Charme, garniert mit jugendlicher Frische, einer Prise Ironie und, an den entscheidenden Stellen, mit großem Nachdruck. Im Fernsehen war er perfekt. Es war, als sei dieses Medium für ihn geschaffen worden.

Katharina nahm wieder Platz, dehnte ihren Oberkörper auf dem frisch bezogenen Kanapee und küsste ihren Liebhaber. Der erwiderte den Kuss, doch seine Augen blieben auf dem Fernseher.

Als sie seinen Kopf nach unten ziehen wollte, wich er zurück.

»Entschuldige, aber das ist, als ob er uns zuschaut.«

»Keine Angst«, erwiderte sie sarkastisch, »er sieht uns nicht.« Und beinahe stolz: »Er sieht nur die Welt.« Belustigt blickte sie auf das klassische Profil ihres Auserwählten. Für einen BWLer nicht schlecht, aber Kunststudenten waren die besten. Zumindest in der Phase, in der sie noch nicht berühmt werden wollten. Auch das hatte sie von Steinfeld übernommen.

»Glaubst du ihm?«

»Ich find das toll, was er da sagt.«

»Schuldenerlass.« Katharinas Zunge eroberte seine Aufmerk-

samkeit zurück. »Dafür kämpfen wir bei der UNO seit Jahren.«
Ihre Zähne schimmerten im Halbdunkel. »Das ist nur Taktik, ich
kenne meinen Fantomas ...«

Der junge Mann wand seinen Leib unter ihrem hervor und
setzte sich auf. »Glaub ich nicht. Guck doch mal hin.«

Katharina blickte auf den Schirm. Steinfeld war so gut wie noch
nie. Konnte es sein, war es möglich, dass er einmal etwas ernst
meinte? Und wenn ja, warum tat er das?

»Ich weiß nicht ...« Natürlich wusste sie es genau. Gleichzeitig
mit unendlicher Freude überfiel sie eine ebenso große Angst. Schuldenerlass, das also war die große Idee, zu der sie ihn inspiriert
hatte.

Während ihr Student sie umarmte, überlegte sie, ob er nur deshalb mit ihr zusammen war, um Steinfeld näher kennen zu lernen?
Vor einem Jahr, dachte sie, hätte ich mir diese Frage noch nicht gestellt.

Von draußen hörte sie leises Weinen und die beruhigende Stimme
der Konopka. Sie löste sich aus den Armen ihres Begleiters, trat ans
Fenster und beobachtete durch einen Spalt im Vorhang ihren fünf-
jährigen Sohn, der im Schein der über der Haustür angebrachten
Bogenlampe gemeinsam mit der Kinderfrau versuchte, seinen weg-
tauenden Schneemann zu retten. Seit über drei Jahren hatte es zum
ersten Mal auf Sylt geschneit.

20. Kapitel: März 1989

Ab Mitternacht lag Steinfeld meistens vor dem Fernseher in den Privaträumen seiner Bank. In den letzten Jahren war es zur Gewohnheit geworden. Er kraulte sein Kätzchen und betrachtete, was er geschaffen hatte: Tuttifrutti. Soaps. Sequels, Hausfrauenstrip und Infotainment-News. Wie ein schläfriges Krokodil zappte er durch den Sumpf des von ihm mitinitiierten Privatfernsehens. Es war beeindruckend, mit welcher Selbstverständlichkeit das Fernsehen die Zeit verschlang. Vor dem Fernseher wuchs die Langeweile, bis man nicht mehr existent war. Ehner und die von ihm empfohlenen neuen Kreativkräfte hatten ganze Arbeit geleistet. Kuschlige Tiere, Quotenschwule und freundliche Behinderte fürs Gemüt, Titten, Schrott und Dosenbier für den Trieb. Er blieb kurz an einer Science-Fiction-Serie hängen. Damit auch der dümmste Zuschauer begriff, dass es sich hier um einen Mann der Zukunft handelte, hatte man den bedauernswerten Schauspieler in eine schweißtreibende Plastikuniform gezwängt und ihm etwas Knetmasse auf die Stirn gepappt, eine unfreiwillig komische Metapher für eine zu weiche Birne. Steinfeld zappte sich weiter durch den Cocktail aus Früchten, Brüsten und Teenieschauspielern mit quietschenden Stimmen, die wahrscheinlich deswegen so schnell redeten, damit niemand anfing, einen Sinn in ihren Wortkaskaden zu suchen. Die Bildästhetik der Vorabendserien, von denen einige ab ein Uhr nachts wiederholt wurden, war von der dazwischen geschnittenen Werbung kaum zu unterscheiden. In den meisten Fällen war die Handlung der Werbespots raffinierter. Nach einigen Kanalwechseln überkam ihn leichtes Gruseln. Konnte diese Lawine der Dummheit, die hier losgetreten wurde, sich verselbstständigen und am Ende die gesamte bestehende Ordnung verschlingen? War es klug, dreihundert Jahre Aufklärung über Bord zu werfen und das Volk über die Hausaltäre des 20. Jahrhunderts mit platten Emotionsliturgien vom Denken zum Glauben zurückzuziehen? Ein kurzer Gedankensplitter, wie sie manchmal seinen Zustand passiver Mattigkeit durchbrachen, ließ ihn lächeln: Der Glaube besteht hauptsächlich darin, dass man immer das Gleiche glaubt. Gab es eine elegantere Rechtfertigung für Fernsehserien? Oder war all dieser Medienmüll nur die notwendige Vorstufe zu einer neuartigen, religiösen Machtausübung? Waren die Soaps die Heiligenbildchen der Moderne, an denen sich der gemeine Mann erfreute, ohne Willen und Absicht der Priesterkaste zu erkennen, die sie erzeugen ließ? Alle medialen Anstrengungen mussten in diese Richtung gelenkt werden, wenn sie nicht eine gigantische Luftblase des Kapitals bleiben sollten. Dabei war der soziale Wohlstand für die Massen das Netz unter dem Trapez, das keinesfalls reißen durfte. Brot und Spiele!

Das Kätzchen maunzte. Er dachte kurz an Vera und gab ihm frisches Futter. Wie von ihm abgeschnitten und in eine andere Welt gesetzt betrachtete sein inneres Auge die Bilder ihres gemeinsamen Russlandaufenthaltes. Sein Heiratsantrag wirkte ebenso künstlich wie die Schneeflocken in einer Glaskugel.

Er erinnerte sich daran, wie Katharina ihm einmal von ihrer geliebten Katze erzählt hatte, die sie in ihren Jugendjahren manchmal quälte, obwohl sie das überhaupt nicht wollte. Hinterher hatte sie es immer entsetzlich bereut und die Katze mit ihren Lieblingshäppchen verwöhnt. Die Dankbarkeit des Tieres hatte wahrscheinlich simultan sanfte Verachtung und tiefe Schuldgefühle in ihr erzeugt.

Steinfeld quälte sich mit dem, was er zwar nicht erfunden, aber mitfinanziert hatte: dem Fernsehen. Gerade die banalsten, geschmacklosesten Sendungen atmete er schläfrig in sich hinein, als könnte durch das unbarmherzige Verschlingen von Sport, nackter Haut und Quizfragen eine Art Symbiose mit dem Medium entstehen. So wie Siegfried in Drachenblut, badete Steinfeld seit seiner Ernennung zum Vorstandsvorsitzenden vor sieben Jahren in Soaps vor dem Fernseher. Willkommener Nebeneffekt war von Anfang an, dass allein schon die Erkennungsmelodie der texanischen Ölfamilienserie, die er sich sogar auf Video hatte besorgen lassen, seine

Frau zur Weißglut trieb. Ihm ersetzte die Seriendramaturgie die Barbiturate, die sie immer häufiger nahm. Er konnte Katharina bis zum Äußersten reizen, indem er ausführte, dass die Hauptfiguren dieser Serie durchaus eine gelungene Parodie auf Helms, sie und seine Wenigkeit darstellten. Damals übte sie noch ihren unwiderstehlichsten Reiz auf ihn aus, wenn sie wütend war, aber das war, wie gesagt, nur ein willkommener Nebeneffekt. Viel wichtiger war, die gähnende Leere in sich zu übertünchen, die sich auftat, sobald er nicht mit äußerster Kraftanstrengung arbeitete. Die Sechzehnstundentage löschten seinen Freiheitswillen stufenweise aus und passten immer weitere Bereiche seiner Persönlichkeit stromlinienförmig dem Cashflow an; das entging ihm nicht, aber irgendwann ging ihm die Kraft aus, sich dagegenzustemmen, und er ließ sich immer öfter auf seine Couch und vor den Bildschirm treiben. Sein Schlaf glich zunehmend Ohnmachtsanfällen. Das Seltsame war: Je mehr Erfolg er hatte, umso tiefer wurde die Leere in ihm, denn all der Erfolg, den die anderen beklatschten, war nicht der Erfolg, den er sich wünschte. Und doch strebte er, getrieben vom Applaus seines Vorstands, nur noch danach: dem schnellen, vorzeigbaren Erfolg.

Zunächst hatte er noch Abendspaziergänge unternommen. Seine schwarze Stimmung hatte ihn um die Hausecken getrieben, die seinem Gedächtnis, wenn er plötzlich auf einem Platz mit auffallend schönen Blumen oder vor einem Laden mit ungewöhnlich gekleideten Schaufensterpuppen wieder zu Bewusstsein fand, entschwunden waren. Zunehmend fand in seinen Gedanken eine Selbstzensur statt. Die Wege wurden zugunsten der Ziele herausgeschnitten. War er nicht einmal angetreten, weil ihn nur die Wege, niemals aber die Resultate, weder Sieg noch Niederlage, interessierten? Auch das hatte sich, wie vieles andere, ins Gegenteil verkehrt. Die Leibwächter waren rücksichtsvoll, aber lästig. Gerade ihre Zuneigung, auch wenn sie noch so zurückhaltend geäußert wurde, empfand er zunehmend als Belastung. Schlimmer noch die tödlichen Freizeitgespräche unter Geschäftspartnern. Cashflow, Nettorendite und menschliche Ressourcen waren Themen von geradezu literarischer Qualität im Vergleich zum Zweitwohnsitz in Kitzbühel mit sechs Schlafzimmern oder den Details eines Golfspiels. Er sehnte sich nach einer Aschenbahn, die nicht im Kreis verlief, sondern in den Weltraum hinausführte. Er sehnte sich nach einer Erlösung, von der er genau wusste, dass sie nicht stattfinden konnte, denn der Weg zu einfachem Glück war ihm längst versperrt. Er sehnte sich umso mehr nach völliger Einsamkeit, je mehr er versuchte, ihr zu entfliehen. Ein Gefühl bündelte alles Widersprüchliche in ihm: Er wollte immer irgendwo anders sein, als er gerade war, und so fand er sich Nacht für Nacht vor dem Fernseher ein.

Mit brennenden, manchmal vor Erschöpfung halb geschlossenen Augen starrte er auf den Bildschirm, sog im Halbschlaf die maximal fünfzig verschiedenen Dialogsätze ein, aus denen jede Krimifolge bestand, oder inhalierte die immer gleichen Textbausteine der Tagesthemen, bis das Fernsehen in ihm wirklicher geworden war als die Wirklichkeit. In diesem Zustand hätte er ebenso leichtfertig einen Mord begehen wie an einer sadistischen Orgie teilnehmen oder in monatelanger Askese verharren können. Er hätte ein Heiliger sein können oder ein abgrundtiefer Verbrecher, ein mutiger Held oder ein unsäglicher Feigling, oder auch alles zugleich. Er begriff: Der neue, mediale Mensch war in seinen Empfindungen und Eigenschaften völlig beliebig. Mit der Ablösung von der Wirklichkeit verlor sich jegliche Hemmschwelle in der Schattenwelt der Glasbilder, die sich zu seiner Geschäftswelt in ihrem hohen Wirklichkeitsgrad an Unwirklichkeit so verhielt wie ein primitives Eingeborenenritual zu einer mystischen Weisheit. In diesen quasi-meditativen Zuständen wurde der Inhalt des Programms tatsächlich nebensächlich, es wirkten vielmehr nur die psychologischen Funktionsmechanismen des Mediums wie eine beliebige Droge. Seine Empfindungen schienen auf beinahe metaphysische Weise durch die lächerlichen Abziehbilder auf dem Schirm ins Nichts zu schrumpfen oder sich zu potenzieren, er glaubte, in einen Zerrspiegel zu blicken, der seine innere Welt im Takt des Mediums bewegte wie einen pulsierenden Herzmuskel, der bis in seine Träume hinein pochte. Die Zeit verflüchtigte sich. Das Fernsehen produzierte eine Art irdischer Unsterblichkeit. Und gleichzeitig hatte er das Gefühl, in seinem Hals steckte ein großer Kran, der immer neuen Schutt in seinem Kopf ablud. Wenigstens hatte er das Telefon so weit von sich entfernt, dass er sich gelegentlich erheben musste. Seine privaten Anrufe bei Anfällen von Einsamkeit, nach teilweise jahrelanger Abstinenz getätigt, überfielen die Betroffenen wie plötzliche Fliegerangriffe die ahnungslose Etappe. Zumeist lag er jedoch auf seiner Couch wie auf einem Rettungsboot, das auf einem Ozean wertloser Information schaukelte. Neunzig Prozent seiner Freizeit in den letzten sieben Jahren, seitdem Helms ihm den Vorsitz abgetreten hatte, waren so vergangen. Sobald er sich einmal hinlegte, schienen seine Gliedmaßen wie abgeschaltet, er konnte sich nicht mehr bewegen, nur die Gedanken rasten wie Rotorblätter in seinem Kopf: Wenn er Reusch protegierte und Keppler zurückstieß, bis Keppler wieder eine bessere Strategie erarbeiten würde als Reusch, dann wäre es ein Fehler, Reusch auf der Waagschale der Sympathie zu Boden sinken zu lassen, denn er war ein Typus, der weniger auf Zurücksetzung als auf freundschaftlichen Ansporn reagierte. Und doch ging ihm gerade Reusch mit seinem sentimentalen Anspruch an eine Freundschaft, die es im kalten Licht der Ratio betrachtet niemals gegeben hatte, zunehmend auf die Nerven. Aber er wäre nicht Steinfeld gewesen, wenn er nicht eine höchst effiziente Methode entwickelt hätte, Reusch an seinem ausgestreckten Arm baumeln und um Zuneigung betteln zu lassen. All die enttäuschten Kinder. Die Jesuiten hatten Recht: Kindheitsdefizite waren die emotionale Grundvoraussetzung für ein erfolgreiches Funktionieren der Hierarchien. Liebesentzug. Anerkennung. Zurücksetzung. Lob. Er jonglierte mit seinen Mitarbeitern, um sie zu Höchstleistungen zu animieren. Aber seine Macht wurde zunehmend zum Panzer und Gefängnis.

Er wusste nicht mehr genau, wann, aber er hatte aufgehört, die Menschen zu lieben, und sei es zu strategischen Zwecken. Er konnte es nicht mehr, vielleicht, weil er es nicht mehr nötig hatte. Er war ganz oben. Er liebte seine Geschäfte, genauer, die Visionen davon. Er liebte die Geschäfte, bevor sie sich ereigneten. Aber er hatte in seinem Gefühlshaushalt ganz nebenbei die Liebe zu seiner Frau verloren. Und er hatte sie einmal geliebt, auch wenn er das immer hinter seiner Leidenschaft versteckt und mit seiner Karriere verbunden hatte. Im Rückblick war er ganz sicher. Umso mehr liebte er die Erinnerung an ihre frühere Liebe. Wenn er daran dachte, wie sie sich gegenseitig bemalt hatten, stiegen ihm Tränen in die Augen. Er wartete, bis sie restlos gefüllt waren, und wischte das Wasser nach beiden Seiten weg. Das brachte seinem empfindlich gewordenen Magen vorübergehende Erleichterung. Seit der erste Lorbeer des Vorstandsvorsitzenden auf seinem Haupt verwelkt war, ergriff ihn wieder diese lähmende Leere, die sich tagsüber in einem auf- und abschwellenden Magenbrennen und nach Sonnenuntergang zunehmend in einem bohrenden Schmerz äußerte, der medizinisch nicht diagnostizierbar war und den er nicht einmal genau lokalisieren konnte. Immer wenn er seine Aufmerksamkeit auf ihn richtete, war er verschwunden, wie ein Schatten, wenn man das Licht löscht. Dann konnte er weiterdenken. Gelegentlich bewegte er dabei, ohne dass er es bemerkte, die Hände. Seine Gesten entfernten sich zusehends von ihm. Manchmal glaubte er, eine tickende Zeitbombe geballter Vernunft zu sein, die sich in nächster Zukunft in einen Feuerball unkontrollierten Wahnsinns auflösen würde, doch mit der Zeit wurde ihm klar, dass er nur im andauernden Grenzspaziergang die Größe erreichen würde, die seine Frau für ihren Vater von ihm einforderte. Helms hatte ihm das Danaergeschenk seiner Tochter vermacht, um ihn auf dem Amboss des Leidens zu wahrer Größe zu schmieden.

In unregelmäßigen Abständen ereigneten sich immer noch interessante Gespräche zwischen ihnen, als leuchte in einer dunklen Häuserfront plötzlich Licht in einem Fenster auf. »Der Kommunismus ist keine Droge, er ist Entzug«, führte Steinfeld dann, bequem auf der Couch liegend, einen Fuß leicht hochgestellt, vor seiner Frau aus. »Der Kapitalismus ist Droge pur. Der Kommunismus ist keine Religion. Er verspricht zwar das Himmelreich auf Erden, aber er erfüllt dieses Versprechen offensichtlich nicht. Der Kapitalismus ist eine erfolgreiche, logische Weiterentwicklung der alten Religionen. Das Heilsversprechen des Jenseits wird im Hier und Jetzt eingelöst: Luxus, Genuss jetzt und sofort, das ist die moderne Religion, die die Menschen wollen. Aber«, und hier erfand er, wie seine Frau stets zynisch einwarf, eine mephistophelische Entschuldigung für seinen exorbitanten Fernsehkonsum, »es geht um mehr: Abschaffung der Wirklichkeit.« Während Steinfeld immer ruhiger in seinen Kissen versank, pflegte sie in wachsender Anspannung wie eine Tigerin vor seinem Lager auf und ab zu schreiten, wobei sich der Pegel in ihrem Rotweinglas veränderte wie bei einer Sanduhr. Von ihren Entgegnungen angestachelt, verfeinerte und erweiterte Steinfeld seine Theorie: Die Menschheit ahne, ja sie spüre geradezu die Möglichkeit, unsterblich zu werden. Am meisten genössen wir die schönen Körper im zeitlosen Bild. Nichts stoße unsere Zeit mehr ab als Verfall, Alter, Krankheit, physische Gewalt und körperlicher Sex, allein schon wegen der in den letzten fünf Jahren aufgekommenen tödlichen Viren, all das, was uns schmerzhaft daran erinnere, dass wir uns immer noch in einer für uns endlichen Realität befänden. Um sie zu ärgern und sich in gesteigerter Form an ihrem Anblick zu erfreuen, warf er ihr entgegen: »Du bist ein sexuelles Fossil.«

Er spürte jetzt bis ins Mark seiner Sehnsucht ihren harten, federleichten Körper, der sich daraufhin auf seine Brust geworfen hatte. Wie viele Jahre war das her? Solange er die Augen geschlossen hielt, konnte er ihr Gewicht auf sich spüren. Immerhin, er hatte sie nach seinem entscheidenden Interview auf Sylt angerufen und sie hatten am Telefon vehement gestritten, das war ein Anfang. Sie hatte ihm vorgeworfen, er benütze das Elend der Armen nur für seine taktischen Zwecke. Hinter seinen geschlossenen Augen flimmerte ihr flammender, jadegrüner Blick, der wie ein Leuchtfeuer über die Gischt vor ihrem Fenster schoss: »So tief bist du gesunken!«

Seine Entschuldigung: »Man stößt ein Ereignis an und es erfasst einen, bis man selbst zum Ereignis wird.«

Er spürte, wie ihr am Telefon der Atem stockte. Meinte er es diesmal wirklich ernst? Er wusste, dass sie sich nichts sehnlicher wünschte und gleichzeitig vor nichts größere Angst hatte. Und wie immer, wenn sie sich uneingestandene Sorgen um ihn machte, wurde sie besonders heftig. Früher hatten sich solche Streitereien häufig zu einem leidenschaftlichen Beischlaf entwickelt. So weit war es noch nicht. Aber er bekam wieder Lust auf sie. Sie war die magische Flamme, in die er immer wieder seine Hand halten musste, obwohl er genau wusste, dass sie darin verbrannte.

Wie gewöhnlich führten ihn solche Gedanken ins Bad. Er zog sich aus, ließ Wasser ein, betrachtete sich im Spiegel. Er war eifersüchtig auf seine eigene Erscheinung, die immer weniger zu seinem zerrissenen Wesen zu gehören schien. Er fühlte sich in seinem durch gelegentliches Bergsteigen, Fahrradfahren und Schwimmen gut erhaltenen Körper nicht zu Hause. Er schien ihm zu wohl proportioniert, zu schön, um zu ihm zu gehören, und er ließ ihn unter die Schaumblasen eines Badezusatzes ins Wasser gleiten.

In der Wirklichkeit steckt ein unstillbares Verlangen nach Unwirklichkeit, Lex Steinfeld, die unzählbare. Er schuf keine Gesetze für eine bestehende Welt wie sein Schwiegervater, sein Anspruch war viel umfassender: Er wollte die Welt von Grund auf neu gestalten. Die Gedanken kreisten in ihm wie in einem Uhrwerk, das sich langsam aufzog, bis die Feder klirrend wie durch Fensterscheiben aus seinen Augen sprang.

Er hielt es nicht länger in der Wanne aus, das Wasser schien in seinen Körper einzudringen und das Blut aus seinen Adern zu schwemmen. Abtrocknen vor dem Spiegel. Die Sehnsucht nach russischem Roulett. Sein Spiegelbild stand ihm im Badezimmerdunst verschwommen, blass und mit ausgebreiteten Armen gegenüber. Sportsmann Steinfeld wusste: Egal, wie weit er springen würde, er würde es nie erreichen. Der letzte, endgültige Sprung. Nicht die Vernunft, die Hoffnung auf die Verwirklichung der einen, überwältigenden Vision hielt ihn zurück. Zumindest konnte er sich das immer noch einreden. Sie war zuverlässiger Garant eines gesunden Lebenswandels. Wenn es jemandem gelänge, diesen Schalter in ihm umzulegen, würden sich wie durch ein Schleusentor all die Gefühle, die er zugunsten dieses Erfolgs aufgestaut hatte, in die Tiefe ergießen und er wäre zu allem fähig. Aber das würde nie geschehen. Auch das hatte er von Helms gelernt: die Kunst des Wartens. Durch seine Frau war er zu einem wahren Hochleistungsathleten in der Überwindung aller denkbaren Selbstzerstörungsanfälle geworden. Sie lebte sein Potenzial zur Selbstzerstörung an seiner Stelle aus. Helms hatte sie ihm nicht zuletzt deshalb zur Frau gegeben. Je detaillierter er sich zum Beispiel vorstellte, wie er sich bei den verlorenen Figuren in den U-Bahnschächten das tödliche Virus einfing, umso sicherer war er: Es würde nie geschehen. Da er durch Katharina täglich vor Augen hatte, was es bedeutete, solche Fantasien in die Realität umzusetzen, genügte ihm die Vorstellung. Allein dadurch schwand der Druck im Magen, die Schlaflosigkeit. Er konnte, gemeinsam mit dem Spätprogramm, sogar ein leichtes Abendbrot konsumieren. Orchestriert von einigen Revolverschüssen und quietschenden Autoreifen, unterteilte er seine Gedankenwelt in einen kognitiven und einen affektiven Bereich und entwarf mit der Routine des erfahrenen Gefühlsarchitekten Brücken zwischen diesen Welten. Er war zutiefst davon überzeugt, dass, wer Großes bewirken wollte, diese beiden durch Erziehung und Kultur getrennten Teile in sich wieder verbinden musste. Seine Vision, durch die Entschuldung der Dritten Welt und eine neue, mystische, tiefere Wahrnehmung, zu der das Fernsehen als erste primitive Lockerungsgymnastik herhalten mochte, die deutsche Seele zu gesunden und eine selbstbewusstere deutsche Identität zu schaffen, verhalf ihm zu zahllosen Medienauftritten und damit auch zu einer neuen Persönlichkeit, als würde sein innerer Horizont durch zahl-

lose Bildschirme vervielfältigt, als wachse er in einen weiteren Anzug hinein. Er war sich der Illusion durchaus bewusst, aber je intensiver er sie studierte, umso mehr wurde sie zu seiner Realität. Sein
Geist war ganz von sich selbst erfüllt. Alles was ihn bewegte, fügte
sich zu einer grenzenlosen Gegenwart zusammen. Er hatte das Gefühl, immer weniger tun zu müssen, um das, was er dachte, in die
Tat umzusetzen. Das verschaffte ihm einen Zustand unendlicher
Ruhe, ein inneres Schweben, das, banal, als Zustand vollkomme-
nen Glücks hätte bezeichnet werden können.

Steinfeld schien sein Zustand überirdisch. Als sei der Tod über
die rätselhafte Klippe eines göttlichen Bildschirms gesprungen und
wohne bereits in seinem Herzen. In diesen Zuständen, die sich immer mehr ausdehnten, verspürte er keinerlei Furcht, und doch gab
es eine relativ einfache Formel, die diesen Zauber momentan noch
aufheben konnte: Er durfte sich selbst auf dem Bildschirm nicht
sehen.

Dies aber war bereits am folgenden Tag nicht zu vermeiden, denn
Helms bestand mit der Renitenz eines bösen, alten Zauberkünst-
lers, der seinem Schüler die Wünschelrute aus der Hand windet,
darauf, ihm sein letztes Interview noch einmal vorzuführen.

»Was soll das? Willst du die Wiedervereinigung aufs Spiel setzen?«

Steinfeld behauptete, das sei eine seiner üblichen, clownesken
Showeinlagen, eine Wiederbelebung seiner Fantomas-Masche, mit
der er der Konkurrenz Angst machen wolle, um sie dann für seine
Ziele beim Allfinanzgeschäft besser erpressen zu können. Auch das
hatte sich die Hermes-Bank in diesem Jahr auf die Fahnen geschrieben: Versicherungen, private Krankenvorsorge, Depot, Finanzierung, alles unter einem Dach. Leben Sie, wir kümmern uns um die
Details! Er lachte und brachte sogar Helms dazu, über diesen Werbeslogan kurz die Lippen zu verziehen. Trotzdem spürte er genau:
Helms glaubte ihm diesmal nicht.

»Wer hat dich auf diesen Unsinn mit dem Schuldenerlass gebracht? Meine Tochter?«

»Das habe ich ganz allein erfunden. Ich bin ziemlich stolz darauf.«

»Als Maske nicht schlecht. In Wirklichkeit eine Katastrophe.«

Helms' Sprache wurde immer knapper, militärischer. Im Alter hat man weder die Zeit noch die Luft für überflüssige Worte, pflegte er zu sagen. Für Steinfeld zählte im Augenblick nur die Tatsache, dass Katharina ihrem Vater offenkundig nichts über die Entstehung und die Ernsthaftigkeit seines Planes erzählt hatte! Zum ersten Mal, seitdem er sie kannte, hatte sie Helms etwas zu seinen Gunsten verschwiegen. Jetzt war er endgültig sicher: Sie war auf seiner Seite! So eindeutig hatte sie seit der Affäre um Rehmer in seinen geschäftlichen Angelegenheiten nicht mehr für ihn Position bezogen. Sie war damals sein Schutzengel gewesen und sie würde es dieses Mal wieder sein! Aber würde ihm das entscheidend nützen?

Nach diesem Gespräch mit seinem Schwiegersohn sah Helms sich veranlasst, trotz seines hohen Alters innerhalb kürzester Zeit ein zweites Mal nach New York zu fliegen, um sich dort mit seinem amerikanischen Pendant, dem vier Jahre jüngeren A. P. Even, zu treffen. Sie machten ihren Spaziergang durch die Flure und Hallen der Even-Bank, wo die Luft dank der modernen Filteranlagen besser war als draußen, wie Even seinem deutschen Freund versicherte. Even war ein Mann, der auf Sicherheit bedacht war. Die Gestaltung seiner Bank war weit entfernt von einer modernen Tempelanlage, sie war streng puritanisch konzipiert, aus solidem Granit mit schmalen Fenstern, die beinahe wie Schießscharten wirkten. Unter der Erde setzte sich das Gebäude in einer Bunkeranlage fort, in der Even und seine engsten Mitarbeiter selbst gegen die Folgen eines Atomschlags gefeit waren. Die wächserne, durchscheinende Blässe seiner Gesichtshaut ließ Helms vermuten, dass Even seit Monaten kein natürliches Tageslicht mehr gesehen hatte.

Es gelang Helms nicht, die geschickte Lüge seines Schwiegersohns aufzunehmen und die Schuldenerlass-Kampagne als einen der üblichen clownesken Schachzüge Steinfelds abzutun. Even glaubte diese Version ebenso wenig, wie Helms sie geglaubt hatte. Er durchschaute den Schuldenerlass sofort als das, was er war: ein lebensgefährlicher Angriff auf das amerikanische Bankensystem. Im Gegensatz zur Hermes-Bank, deren Drittweltkredite Steinfeld, wie Even wohl bekannt war, rechtzeitig an die Hessische Landesbank abgetreten hatte, saß die A. P. Even mit 35 Prozent ihres Gesamtkreditaufkommens dick in der Tinte.

»Niemand kann Sie zur Wohltätigkeit zwingen«, versuchte Helms abzuwiegeln.

»Wir wissen doch beide, wer heutzutage die Welt regiert. Die öffentliche Meinung. Das hat Ihr Schwiegersohn völlig richtig erkannt. Wer die Meinung macht, macht die Welt, macht den Markt. Zunehmend in gespenstischer Entfernung von den ökonomischen Tatsachen.«

»Wir befinden uns in einer modernen Märchenwelt und mit wachsender Geschwindigkeit wird global fabuliert.«

»Sie bringen das so wunderbar auf den Punkt, dass ich beinahe vermuten müsste, Sie steckten hinter diesem grandiosen Schachzug.« Evens Augen verengten sich für einen Moment unmerklich, sodass sie wie die Schlussstriche unter ein unliebsames Kapitel wirkten. »Ich dachte, mein Lieber, wir wollten nie mehr Krieg.«

»Wie könnte ich mit Ihnen Krieg wollen?« Helms rutschte mit seiner Stockspitze kurz über das glatte Parkett. »Ich hasse es zu verlieren.«

Wenn man die Bilanzsummen verglich, konnte die Hermes-Bank nur verlieren, trotzdem hatte sie sich in der knapp hundertjährigen Rivalität der beiden Institute immer wieder als äußerst unangenehmer Gegner profiliert. Angefangen hatte es mit Siemens und General Electric. Nur mit Mühe war es der A. P. Even als Hausbank von GE geglückt, Siemens und seinen Kombattanten, die Hermes-Bank, vor knapp hundert Jahren vom amerikanischen Markt fernzuhalten. Und so war es weiter gegangen. Um Absatzmärkte, auf denen deutsche Waren von unangenehm hoher Qualität zu unangenehm billigen Preisen auftauchten, um Rohstoffgebiete im Nahen Osten, um Eisenbahnlinien am Bosporus. Immer wieder steckten in den Fausthandschuhen, mit denen sich die verschiedensten Firmen bekriegten, ihre Hausbanken, die Even- und die Hermes-Bank. Die Expansionsbestrebungen der Hermes-Bank hatten sich hervorragend mit denen des deutschen Kaiserreichs ergänzt und in den Ersten Weltkrieg geführt. Für die Niederlage war, abgesehen von deutscher Borniertheit, die amerikanische Seite und die Kapitalkraft der A. P. Even entscheidend mitverantwortlich.

Versailles und der wirtschaftliche Niedergang Deutschlands hatten die Rivalität zwischen beiden Bankhäusern weiter vertieft. Man war auf deutscher Seite alles andere als erfreut, als die deutsche Inflation von der A. P. Even und den von ihr finanzierten Firmen dazu missbraucht wurde, sich überaus kostengünstig in die deutsche Industrie einzukaufen. So konnte man auf amerikanischer

Seite nicht nur an der deutschen Wiederaufrüstung durch Hitler partizipieren, sondern auch während des Zweiten Weltkriegs auf beiden Seiten verdienen – ein glänzendes Geschäft, das durch die Entschädigung amerikanischer Firmen für ihre in Deutschland von amerikanischen Bombern zerstörten Fabrikanteile weiter versüßt wurde. In diesem Krieg verstand man außerdem, den fehlgeleiteten Ehrgeiz der Hermes-Bank, die nicht davor zurückschreckte, ein verbrecherisches Regime zu unterstützen, vortrefflich zu nutzen, um aus dem British Empire endgültig eine nordamerikanische Provinz zu machen, übrigens ebenso wie aus zahlreichen von den Deutschen besetzten Gebieten. Seit dem Totalzusammenbruch 1945 war man befreundet, ebenso wie mit den übrigen Verbündeten auf ungleiche Art, und das sollte auch so bleiben.

Even lud Helms zu einem Kaffee in seiner Brokerabteilung ein.

»Hier gibt's den besten Kaffee innerhalb meiner Bank. So einen krieg ich nur, wenn ich hier runterkomme. Die Jungs müssen wach bleiben.«

Helms nippte an einer Tasse, deren Porzellan bedeutend älter war als die amerikanische Kultur. Der Kaffee war in der Tat ausgezeichnet.

»Ich habe Ihnen bereits vor zwanzig Jahren prophezeit«, Even ließ noch etwas Süßstoff in seine Tasse fallen, »mit dem Jungen werden Sie Ärger kriegen. Wer Öl von den Kommunisten kaufen will ...«

»Das tun Sie ja in Bälde auch.« Helms spürte, dass der Kaffee in Verbindung mit diesem Thema zu viel für seine Magenwände war. Ungerührt nahm er noch einen Schluck. Even beobachtete ihn wie ein Boxer, der den entscheidenden Schlag platzieren will. Immer gut gelaunt und gesund erscheinen.

»Dann werden sie aber keine Kommunisten mehr sein«, sagte Even. Ansatzlos kam der entscheidende Haken: »Ich denke, wir sollten nach vorne blicken und die Vergangenheit ruhen lassen.«

Helms wusste, was das bedeutete: Even würde das Nibelungengold aus den Schweizer Banktresoren ans Tageslicht zerren, wenn es Helms nicht gelang, Steinfeld zu bändigen.

Er nahm noch einen Schluck Kaffee und der Milchschaum auf seinen Lippen verlieh ihm für einen Augenblick das Aussehen eines wutentbrannten Cholerikers.

Even lächelte.

Es war nicht allzu schwer für Richter gewesen, Vera in New York ausfindig zu machen. Sie hatte sich wieder in ihr Künstlerdasein verkrochen, lebte in einem ehemaligen Lagerraum in Brooklyn, den sie mit allen möglichen Pflanzen beinahe in eine Miniatur von Steinfelds Zen-Garten verwandelt hatte. Es existierte sogar ein kleiner Zimmerbrunnen, über dessen erleuchtetem Becken zwei Delfine Wasser spien.

Vera war inzwischen mit einem tschechischen Regisseur liiert, dessen Underground-Filme sie schnitt. Die realitätsferne Euphorie, mit der er Vera jeden Abend frisch geborene Projekte schilderte, die häufig bereits während der ersten Telefonate am nächsten Vormittag zerplatzten und ihn in tiefste Depressionen stürzten, lenkten Vera von der Erinnerung an Steinfeld ab. Ihre Qualitäten als Krankenschwester waren wieder einmal gefragt. Als Richter sie anrief und ihr vorschlug, sich mit Katharina zu treffen, hatte sie zunächst abgesagt, aber schließlich der Versuchung nicht widerstehen können, etwas Neues über Steinfeld zu erfahren.

Jetzt stand sie in einem kleinen italienischen Kellerlokal mit rotweiß karierten Tischdecken Helms gegenüber und war sprachlos. Helms bat um Verzeihung, dass Richter sie mit dieser Lüge hierher gelotst habe, und Richter übernahm dafür selbstverständlich die Verantwortung. Vera nahm wie benebelt Helms gegenüber Platz, der dem Kellner winkte und ihr trotz ihrer schwachen Proteste etwas zu essen bestellte. Even habe ihm in absichtsvoller Bosheit offensichtlich ein Mafialokal empfohlen, aber das Essen sei ausgezeichnet. Da er den nächsten Termin bereits in zwei Stunden hatte, kam er ohne große Umschweife zur Sache, was er Vera geschickt so verkaufte, dass seine Sorgen zu groß für blumige Einleitungen seien.

»Was unser lieber Freund Steinfeld da in Gang setzt ...«, Helms nahm einen Bissen von dem eben servierten Risotto und nickte anerkennend. »Ah, die Verbrecher verkehren einfach immer in den besten Lokalen!« Er nötigte Vera, ihre Gnocchi wenigstens zu probieren. »Also, was Steinfeld da in Gang setzt, könnte zu einer Kettenreaktion führen, die mit einem Riesenknall endet. Ist das wieder eine seiner üblichen Schocktherapien für die deutsche Finanzwelt? Oder ist es mehr?«

Anerkennend registrierte er, dass Vera bereits erstaunlich gut log. Kein Wunder, sie war ja bei Steinfeld in die Lehre gegangen.

Sie übernahm, sobald es geschäftlich wurde, Steinfelds Wortwahl und seinen Satzbau.

»Ich kann mich nicht entsinnen, dass seine bisherigen Anfälle von Altruismus irgendwelche realen Spuren in der deutschen Wirtschaft hinterlassen hätten.«

Sie aß jetzt tatsächlich einige Bissen, offensichtlich erleichtert darüber, dass ihr Entschluss, auf keinen Fall zu Steinfeld zurückzukehren, unumstößlich fest stand. Helms nickte sorgenvoll.

»Helfen Sie mir, auf ihn aufzupassen. Wenn Sie das Gefühl haben, er könnte etwas tun, was ihm schadet, unterrichten Sie mich.«

»Ich werde auf keinen Fall nach Deutschland zurückkehren«, sagte sie. »Ich fühle mich sehr wohl hier.«

Er nickte, schrieb mit einem altmodischen Füllfederhalter eine Telefonnummer auf ein Papier und überreichte es ihr.

»Sie tun, was Sie wollen. Ich bin ein alter Mann, aber vielleicht kann ich helfen.«

Helms bestellte ihr noch einen Nachtisch und erhob sich.

»Ich weiß, Steinfeld denkt, nach zwei Weltkriegen sind diesmal wir die Guten. Aber das heißt noch lange nicht, dass es gut gehen wird.«

Er wusste, dass sie zu Steinfeld zurückkehren würde. Und sie würde es mit dem festen Vorsatz tun, Helms nichts über Steinfelds weitere Pläne zu verraten. Aber das war nicht wichtig. Helms wusste ohnehin schon mehr als genug. Hauptsache, sie kehrte überhaupt wieder auf sein Schachbrett zurück. Alles andere würde sich ergeben.

Steinfeld telefonierte am Abend mit Katharina, die auf Sylt zwischen ihren gepackten Koffern saß. Das Haus war bereits geputzt und zum Verlassen fertig gemacht, aber sie konnte sich immer noch nicht entscheiden zu gehen. Steinfeld amüsierte sich über ihre Ausflüchte. Jetzt war es so weit, sie musste zu ihm kommen! Er hatte in Frankfurt gerade mit einer abschließenden sechsstündigen Sitzung im Fusionsmarathon VAG-Laureus die Ziellinie überquert und wurde von Gerlach zu einem Empfang in der russischen Botschaft nach Bonn chauffiert. Es hatte seines gesamten Charmes bedurft, um Ilks Unmut über die ihm angedrehten Drittweltschulden in zivilisierten Bahnen zu halten, und Steinfeld hatte die Verhandlungen schließlich mit dem Versprechen zum Abschluss gebracht, bei Laureus keine weiteren Stellenstreichungen vorzunehmen. Das war zwar ökonomisch alles andere als sinnvoll, aber es ließ Ilk seinem nächsten Wahlkampf mit frischem Mut entgegenblicken und für Steinfeld war dieses Opfer angesichts seiner globalen Gesamtoperation zu verkraften. Der Mann, der sich jahrelang auf der Couch vor dem Fernseher in immer engerer Symbiose mit seinem Lieblingsmedium verpuppt hatte, bis alle Eigenschaften von ihm weg- und wie elektrisch aufgeladen wieder in ihn zurückgeflossen waren, dieser Mann war jetzt wie ausgewechselt. Ihm schien, als sei der Kokon aus zermürbendem Alltagsgeschäft, sinnloser Zeitvergeudung und einer quälenden Ehe, die bis vor wenigen Monaten wie ein schwerstkranker Patient auf dem Operationstisch dem letzten Eingriff durch die Justiz entgegengedämmert hatte und nun durch das Wunder einer gemeinsamen Vision auf dem Weg der Heilung war, endgültig geplatzt. Im Nachhinein bekam alles auf beinahe diabolische Art einen Sinn.

»Ich hab zwanzig Jahre lang gebluffт«, jubelte er in den Hörer, »damit sie glauben, ich bluffe jetzt wieder. Aber diesmal meine ich 's ernst.«

»Warum?« Katharina unterdrückte den Hustenreiz in ihren Stimmbändern. Sie wollte nicht, dass er sie jetzt husten hörte.

»Ich schaffe eine neue Weltordnung. Und dann trete ich ab. Ich versprech's dir.«

Sie erwiderte nichts. Wieder war diese atemlose Stille zwischen ihnen. Nur ihre Nasenflügel bebten, als wolle sie den Klang seiner Stimme inhalieren. Er war völlig frei von Ironie, Sarkasmus, doppeltem Boden. Sie hatten sich in allen Variationen so oft getäuscht und belogen, dass sie ganz sicher sein konnte: Ihr Mann meinte das ernst. Es war die Liebeserklärung, die sich in den ersten Jahren ihrer Ehe immer nur ihre Körper gemacht hatten. Sie hatten die dafür nötigen Worte verspottet und belächelt. Sie hatten sie nie ernsthaft benutzt, denn sie hätten sie in ihrem tiefsten Innern nie glauben können. Jetzt glaubte sie ihm. Das war wunderschön und furchtbar. Ihre Initialzündung, Vera, hatte funktioniert. Er wollte etwas wirklich Großes leisten. Er war bereit, die Welt zu verändern, und er würde alles dafür tun. Bis zum Letzten gehen. Für sich und für sie. Sie unterdrückte erneut den in ihren Kehlkopf hochsteigenden Husten. Vielleicht war das sein Geschenk an sie, bevor sie starb. Sie verscheuchte den Gedanken. Alle ihre Gebrechen waren immer psychosomatischer Natur gewesen. Ihr Gemüt war so sehr damit beschäftigt, alle Krankheiten auf sich zu ziehen, dass ihr Körper sich nach wie vor in ausgesprochen gutem Zustand befand. Wieso sollte sich ausgerechnet jetzt etwas daran ändern? Sie war tief berührt. Es war eine Berührung hinter dem Horizont der Gefühle. Eine Gewissheit zusammenzugehören, füreinander bestimmt zu sein. Diese Gewissheit schob sich wie ein Eisentor vor die Tatsache, dass sie die Dinge zunächst nur in Bewegung gesetzt hatte, um ihn zu zerstören; dass sie ihn aus seinem Dornröschenschlaf vor dem Fernseher geholt hatte, um ihn durch eine große, gegen die Interessen ihres Vaters gerichtete Vision zu vernichten.

Sie warf einen scheuen Blick auf die weißen Tücher, mit denen die Möbel im Raum abgedeckt waren, und war froh, dass sie wie immer in den wenigen Augenblicken großer Zuneigung während der letzten Jahre nicht vor ihm stand, sondern eine Telefonleitung sie trennte. Sie hätte sich geschämt, für ihre ursprünglichen Absichten und ebenso für die große Zuneigung, die sie jetzt wieder für ihn empfand.

Steinfeld fand als Erster die Sprache wieder. Er musste am folgenden Tag noch mal nach Paris. Das Fell des großen und des kleinen Bären verteilen, wie er es ausdrückte. Zur DDR passte allerdings eher das Bild eines Zwergpudels. Er brachte sie zum Lachen und sie war ihm dankbar dafür. Gleichzeitig wäre sie gerne noch einen Augenblick stumm durch die heiligen Hallen ihres neuen Gefühls gewandelt. Würde es bleiben oder wieder entschwinden wie ein Traum, von dem man am Ende nicht einmal mehr sicher weiß, ob man ihn überhaupt geträumt hat?

Er ließ ihr keine Zeit, weiter darüber nachzudenken. Sie sollte ihn bei seiner Kampagne unterstützen, durch eine entsprechende Rede vor der UNO. Sie verabredeten sich in einem Hotelzimmer am Flugplatz. Das hatten sie seit über zehn Jahren nicht mehr getan. Sie war so aufgeregt, als wäre es ihr erstes Rendezvous, und sie verscheuchte ängstlich die Frage, ob es vielleicht ihr letztes war. Sie ließ sich Gerlach geben und erteilte ihm Instruktionen für das Arrangement des Zimmers: viele Blumen, mit Dornen natürlich. Was das Essen und die Getränke anging, kannte Gerlach Katharinas Geschmack genau.

»Wunderbar«, scherzte sie, »vielleicht sollte ich mich nur mit Ihnen treffen.«

Das Taxi für ihren Liebhaber stand bereits vor der Tür. Er versprach ihr, sie aus dem Gedächtnis zu malen. Seit er erfahren hatte, dass sie Kunststudenten für die besten Liebhaber hielt, war Malen sein Hobby. Sie nahmen noch einen letzten gemeinsamen Drink.

Die Flugzeuge schwebten vor den Fensterscheiben des Hotelzimmers wie Greifvögel aus dem nachtschwarzen Himmel und ihre Räder setzten mit einem Geräusch auf der Landebahn auf, das wie der letzte kurze Schrei eines Beutetiers klang. Katharina zog die Schultern hoch und fröstelte. Während sie auf Steinfeld wartete, begann die Scham über die Rachegedanken, mit denen sie nach Vera gesucht hatte, wieder auf ihrem Körper zu brennen, als hätte ihr Gedächtnis sie unsittlich berührt. Sie hörte die Tür hinter sich, verharrte in der Drehung und sah ihren Mann an, der im Türrahmen viel schmaler und jünger aussah, als sie ihn in Erinnerung hatte. Lag es an ihm oder hatte sich nur ihr Blick gewandelt? Auf der Flucht vor ihren Gedanken warf sie sich in seine Arme. Wie immer war er etwas zu spät.

Und das Wunder geschah, zumindest vorläufig: Seine Hände fühlten sich behutsamer an, seine Lippen weicher, der Blick seiner Augen musterte sie zärtlicher, alles war wie mit einer zweiten, unsichtbaren Farbe von der Gewissheit übermalt: »Wir können die Welt verändern.«

Er begann, ihr das für ihren Geschmack etwas zu biedere, in Herbsttönen gehaltene Kleid auszuziehen, das er ihr kurz nach der Geburt ihres Sohnes geschenkt hatte. »Weißt du noch?« Sie lächelte. »Du hattest gehofft, unser Sohn und dieses Kleid würden mich ruhiger machen.«

»Nachdem das Kleid sechs Jahre lang seinen Zweck verfehlt hat, hoffe ich nicht, dass es ausgerechnet heute funktioniert.«

Lächelnd schob sie seine Hände zurück, die dabei waren, den Reißverschluss zu öffnen. Die Begrüßung hatte ihren Zweck nicht verfehlt, die Gespenster waren fürs Erste gebändigt. Jetzt wollte sie gemeinsam mit ihm ihre Rede entwerfen und er stimmte ihr nach kurzem Zögern zu. Es besaß einen ganz eigenen Reiz zu arbeiten, während man sein Gegenüber mit Blicken verschlang. Ihre Ideen sprudelten, und während sie schrieb, endeten seine Gedankengänge immer wieder in heftigen Küssen. Es war wie früher. Er hatte geredet und sie hatte geschrieben, auch damals, als sie zu Beginn ihrer

Ehe seine ersten Gehversuche in den Medien mit ihm vorbereitet hatte. Er küsste ihren Scheitel.

»Alles beim Alten. Ganz die brave Sekretärin.«

Sie stach ihm ihren Kugelschreiber in den Bauchnabel.

»Abends saß ich immer allein vor dem Fernseher und habe mitgeschrieben, was du richtig und falsch gemacht hast.«

»Warst du ...«

»... stolz?« Sie lachte. »Du hast viel zu viele Fehler gemacht.«

Ihr Kugelschreiber glitt wieder über einen Bogen Hotelpapier.

»Wie hast du das ausgedrückt, mit dem Recht des Stärkeren?«

»Vorrecht des Stärkeren ist«, sagte Steinfeld und küsste ihre übers Papier eilenden Knöchel, »dem Schwächeren zu helfen. Eine Haltung, mit der wir uns selbst und unseren Kindern mit gutem Gewissen gegenübertreten können, sollte uns sehr wohl 0,5 Prozent unseres Bruttoinlandsproduktes wert sein.«

Es wurde eine sehr gute Rede. Schließlich war auch das letzte Blatt vollgeschrieben und sie legte es beiseite. Plötzlich gab es nichts mehr zu tun, als sich anzusehen und die Hoffnung auf ein Fortdauern des Wunders weiter in sich wachsen zu lassen. Er streifte mit seinen Fingerspitzen leicht ihre Wange, fast als fürchte er, ihr weh zu tun. »Erzähl mir von deinem letzten Liebhaber.«

Das war im letzten Jahr ihre übliche Methode geworden, um sich gegenseitig in Stimmung zu bringen. Seit die Objekte von Katharinas Begierde auf seinen intensiven Rat hin wieder an Format gewonnen hatten. Als sie begann, war es ein wenig, als erzählte sie ihm, wie sich die Kleider auf der Haut anfühlten, die er ihr schenkte. Sie hatte sich etwas Neues, etwas noch nie Dagewesenes von ihrer Schilderung erwartet, eine private Vision, parallel zu ihrer beruflichen, aber diese Wirkung stellte sich nicht ein. Sie war von ihren eigenen Worten ein wenig enttäuscht.

»Hast du ein Bild von ihm?«, fragte er schließlich.

»Nein, kein Bild«, dachte sie. »Wir lassen ihn in der Schwebe. Der virtuelle Universalliebhaber. Ausgesucht wie ein Gemälde. Zusammengesetzt aus unendlich vielen Realliebhabern«. Sie begann, ihren Universalliebhaber mit unbarmherzigen Beobachtungen vor seinen Augen zu sezieren.

»Du bist zu streng.« Er grinste.

»Ich bin gieriger als du.« Sie lächelte. »Mir genügt Geld nicht. Ich fresse Menschen.«

Sie biss ihn zärtlich oberhalb der Halsbeuge. Er war an der Reihe. Und zu ihrer Überraschung begann er, ihr seine Liebesabenteuer mit Vera zu schildern. Sie begriff seinen Verrat. Er brachte ihr Vera als Opfer dar. Aber es stimmte nicht ganz. Auch ihm gelangen nur banale Sätze.

»Hört sich fast so an«, neckte sie ihn, »als hättest du in deiner eiskalten Scheune an mich gedacht.«

»Vielleicht habe ich das auch.«

Er setzte seine Liebkosungen mit geschlossenen Augen fort und erfühlte dabei ihren Körper, wie er vor fünfzehn Jahren gewesen war. Es war unbestreitbar ein anderer Körper, auch wenn er sich nur in Nuancen unterschied. Bei dem Gedanken, dass er seine Frau mit ihrem jüngeren Ebenbild betrog, musste er lächeln. Er spürte ihren Atem, der herber, tiefer, strenger geworden war, nicht unangenehm, aber es schwang der bittere Geruch von fünfzehn Jahren Verzweiflung darin, der ihren Küssen etwas Betäubendes verlieh. Er öffnete die Augen und es kam ihm vor, als knipste er mit einer Fernbedienung ihre eisigen, grünen Seen an. Sie waren dieselben geblieben. Nur die Wassertiefe hatte etwas zugenommen.

»Dann warst du mir mit Vera am Ende treu?«

»Vielleicht.«

»Wie viele Sekunden?«

»Drei.«

Sie lachten. Ihre Wortpirouetten drehten sich auf dem frisch gefrorenen Eis ihrer Liebe.

»Du schickst mir deine gebrauchten Liebhaber doch nur vorbei, damit du deine Ruhe vor mir hast.« Ihre Fingernägel gruben sich leicht in seine Seite. »Gib's zu.«

Sie wusste, dass er mit den meisten jener jungen Männer, die er in ihren Dunstkreis entließ, nicht mehr als einen Blick getauscht hatte. Die körperliche Liebe interessierte ihn immer weniger, aber seitdem sie ihren Tabletten- und Alkoholkonsum eingestellt hatte, machte es ihm Spaß, ihre Liebhaber für sie auszusuchen. Mit diesen Geschenken überging er ihre destruktive Phase wie ein Kunstliebhaber die Dekadenzperiode seines Lieblingsmalers. Sie hatte noch nie jemanden für ihn ausgesucht. Bis auf Vera. »Und eigentlich«, dachte sie hastig, »habe ich ihn mit dieser Auswahl doch nur an seine verloren gegangene Vision erinnert.« Sie konzentrierte sich auf das Gefühl, das seine Hände auf ihrer Haut erzeugten.

»Bei deinen Männern hab ich doch keine Chance.«

Er tippte leicht gegen ihre Nasenspitze. Das hatte ihr Vater früher auch immer gemacht. Sie mochte es nicht besonders. Ihre Stimme wurde ernst: »Wieso hast du mich eigentlich damals, nach unseren ersten Ehejahren, überredet, meine vorehelichen Eskapaden wieder aufzunehmen?«

»Du hast dich beschissen gefühlt, solange du mir treu warst.«

»Nicht immer.« Sie schnitt die Trauer in ihrer Stimme mit einem Lachen ab. »Du hast dich beschissen gefühlt! Du hattest aufgrund deines eigenen Lebenswandels ein schlechtes Gewissen!«

»Ich? Meine Liebhaber waren nur erfunden.«

»Du Schuft!« Ein Kissen traf ihn im Gesicht. Sie wollte nach wie vor auf jede erdenkliche Weise mit ihm kämpfen, ehe sie sich liebten. »Meine auch«, stellte sie mit einem provozierenden Lächeln die Wahrheit auf den Kopf und fügte spöttisch hinzu: »Die hast du dir alle nur eingebildet.«

Steinfeld gab, zur ihrer Erheiterung, den buchhalterischen Banker: »Moment, von welchem Zeitraum reden wir jetzt?«

Gemeinsam versuchten sie, ihre Ehe in monogame und promiskuitive Phasen aufzuschlüsseln, und fielen bei dem vergeblichen Versuch, Ordnung in ihr Sexualleben zu bringen, lachend übereinander her. ORDNEN, WAS DER ORDNUNG BEDARF. Sie musste so vehement husten, dass er ihr auf den Rücken klopfte.

»Glaubst du wirklich, ich habe ein Gewissen?«, fragte er.

»Wenn es um mich geht, ja!«

Er kannte ihren Blick, der in sein Gegenüber einschlagen konnte wie eine Pistolenkugel. Sie hatte ihn von ihrem Vater. Glaubst du, ich weiß nicht, warum du die Welt retten willst, besagte er. Du willst die Welt retten, um uns zu retten. Es ist rührend und ich liebe dich dafür, aber es ist zu groß. Es ist ein Geschenk der Unwirklichkeit. Aber ich gebe zu, es ist das einzige Geschenk, das ich immer von dir gewollt habe. Sie legte sich auf ihn und er war wie immer erstaunt, wie unglaublich leicht sie war. Sie musste mit Luft gefüllte Knochen besitzen, wie ein Vogel. Ein Vogel, der nicht mehr sang.

»Ich wünschte, meine Gefühle zu dir ...« Und plötzlich brach es zusammenhanglos aus ihr heraus, mit einer dunklen Stimme, die einer anderen Person zu gehören schien: »Wie ein Fleischwolf!«

Ihr Gesicht wurde so hart und kantig, dass er das Licht löschte. Sie saßen stumm und nackt auf dem Bett nebeneinander und fühlten sich wie zwei Puppen, die an Fäden voneinander fortgezogen wurden.

»Die Messer der Vergangenheit schneiden scharf«, flüsterte sie. »Manchmal denke ich, die Liebe ist gar kein Gefühl.«

»Sondern?«

»Ein Zustand.«

»Wir haben die Liebe erfunden, um auch in Friedenszeiten Krieg führen zu können.«

Das war ein Satz aus dem Gedankenreich ihres Vaters und früher hätte sie Steinfeld für einen solchen Satz beinahe ebenso geliebt wie ihren Vater. So hatte es begonnen. Ein starker Schatten ihrer Liebe zu Helms war auf Steinfeld gefallen. Aber inzwischen hasste sie ihren Vater für seine geistreichen Aperçus, die einen in bodenlose Leere stürzten. Hoffte sie immer noch, von Steinfeld erlöst zu werden? Versteht man unter Erlösung den gemeinsamen Gang in ein Reich der Unwirklichkeit, dann hoffte sie es mehr als jemals zuvor. Sie wandte ihm ihr Gesicht zu und ihre helle Haut wirkte in der Dunkelheit wie frisch geschält.

»Wenn ich dich liebe, ist das, wie eine Treppe empor zu steigen, und immer wenn ich beinahe oben bin, tappe ich ins Leere.«

»Weißt du noch, ich und einer deiner Therapeuten haben beschlossen, wir schleichen die Medikamente aus, dann die Liebhaber und am Ende mich.«

Wie so oft nahm er sie bei der Hand und versuchte mit ihr von ihrer Verzweiflung fortzutanzen. Heute gelang es. Sie wäre nie auf den Gedanken gekommen, dass er dabei ebenso wie sie um sein Leben lief. So klar sie viele Dinge sah, das Ausmaß seiner Verzweiflung sah sie nicht. So wie ein Blinder den anderen nicht sehen kann.

»Wer allzu intensiv liebt, stellt am Ende fest, dass er überhaupt nichts fühlt!« Es war einer ihrer finstersten Sätze, eines der vielen schwarzen Löcher in ihrem Universum. Heute sagte sie ihn nicht, sondern dachte ihn nur. Sie beobachtete ihn, wie er sich gemeinsam mit dem Rauch ihrer Zigarette im Halbdunkel des Zimmers auflöste.

»Dich ausschleichen?« Sie nahm einen letzten Zug und drückte ihren Mann nach hinten in die Laken. »Da wird nichts draus. Papa hat verboten, dass wir uns scheiden lassen. Nicht vor der Wiedervereinigung.«

»Die einen befreien sich vom Sozialismus, die anderen von der Ehe.«

Die Worte sprangen nun wieder lebhaft zwischen den Küssen von ihren Lippen. Es wirkte beinahe, als seien sie in eine andere Zeit versetzt, losgelöst von ihren jetzigen Motivationen, als zelebrierten sie alte Sätze wie Wiederbelebungsrituale. Wieder einmal musste er feststellen, dass er für die Banalität der körperlichen Liebe die Vorstellung unendlich vieler Körper benötigte. Ihrer früheren Körper. Und während er an Katharinas Schultern mit siebenundzwanzig, ihre besonders schön geschwungene Brust mit zweiunddreißig und ihre grazilen Fußknöchel mit fünfunddreißig Jahren dachte, setzten sie ihr Gespräch weiter fort:

»Ist doch gut so, wie's ist. Psychopharmaka sind schädlich, Liebhaber nicht.« Er küsste ihre Nasenspitze. »Du musst nur das schlechte Gewissen in dir abschaffen.«

»Hab ich doch nicht.«

»Natürlich. Deine Nase ist schon ganz krumm davon.«

»Lass meine Nase in Ruhe. Die war schon immer krumm.«

»Als ich dich kennen gelernt habe, war sie kerzengerade.«

»Ich dachte, Nasen werden nur vom Lügen krumm.«

»Dann müsste ich eine Autobahnschleife im Gesicht tragen.«

»Gut, dass du davon sprichst. Oliver wünscht sich zu seinem Geburtstag unbedingt eine Autorennbahn.«

»Wir bauen Dresden zu einer Art Monte Carlo in Mitteldeutschland um? Ich bin dafür.«

Sie lachten. Katharina setzte das Gespräch in der Geheimsprache ihres Sohnes fort und Steinfeld hatte inzwischen einige wenige Fantasieworte gelernt, sodass er zumindest glaubte, antworten zu können. Sie thronte schräg über ihm, eine Hand lag unter seinem Kopf, Daumen und Zeigefinger zwangen seinen Nacken mit zärtlicher Gewalt in ihre Blickrichtung.

»Was würdest du sagen, wenn ich hier und jetzt von dir und mir verlange, dass wir uns treu sind?«

Er lachte ungläubig.

»Du glaubst doch selbst nicht, dass das funktionieren würde. Das ist was für ... bescheidene Menschen.«

»Wieso sollten wir nicht bescheiden sein können? Wir können doch alles.«

»Da hast du Recht.«

Sie legte sich auf die Seite und ihre Fußsohle strich über seine Zehen, die kräftig und harmonisch seinem Fuß vorangingen, als eilten sie immer noch jeden Morgen die Aschenbahn entlang. Ihre Zehen waren zu lang und zu dünn, so knochig, wie der Rest ihres Körpers nie werden durfte. Es waren die einzigen Teile ihres Körpers, die seinem Schöpfer definitiv misslungen waren.

»Natürlich nur auf Zeit. Wie wär's mit drei Monaten?«

»Gut.« Er lachte. »Bis zur Wiedervereinigung sind wir uns treu.«

Sie wollten diesen Treueschwur besiegeln, doch Steinfeld gelang es nicht. Er konnte sie nicht länger betrügen, nicht einmal mit ihrem jüngeren Ebenbild. Aber noch weniger konnte er sich ihr ohne jegliche Vorstellung hingeben. Das war längst unmöglich geworden und diese Gewissheit machte ihm Angst. Wie immer täuschte er mit einem perfekten Lächeln über seine wahren Empfindungen hinweg. Spöttisch zitierte er die Ausrede aller impotenten Männer: »Ich kann nicht, weil ich dich zu sehr liebe.«

War das die Wahrheit?

Sie fühlten sich einander so nahe wie noch nie, doch war es die Intensität eines Traumes. Sie spürten sich mit jeder Faser, aber ihre Körper wirkten in diesem Gefühlsüberschwang wie deplatzierte Statuen. Als sie zwei Pils aus der Minibar holte, überkam ihn plötzlich ein Abschiedsgefühl, das ihm beinahe die Tränen in die Augen trieb. Sie stieß, nach einem kurzen Blick auf seine Lenden, mit ihm an.

»Wie sagt der Bergmann? Glückauf!«

Er nahm sie in den Arm.

»Hauptsache, wir ficken den Rest der Welt«, flüsterte er zärtlich.

Ihre Liebe war unwirklich bis zur ewigen Gewissheit.

21. Kapitel: April 1989

Das Grandhotel war in den vergangenen dreiundzwanzig Jahren nicht schöner geworden. Alter und Patina, die anderen Epochen durchaus neuen Glanz verliehen, ließen die fünfziger Jahre nur noch unvorteilhafter erscheinen. Steinfeld warf einen Blick über die weiß gedeckten Tische. Mit dem blitzenden Besteck wirkten sie beinahe wie Operationstische, auf denen ein erlesenes Publikum seine Mahlzeit und Gemütsverfassung sezierte. Die Luft war geschwängert von höflichem Hass, blasierter Intrige und huldvoller Niedertracht. Steinfeld summte ein paar Takte aus seiner Lieblingssinfonie von Haydn. In den letzten Wochen glitten seine Gedanken wieder öfter in die Vergangenheit zurück. Während der letzten Jahre waren ihm häufig Episoden, die nur Monate zurücklagen, vorgekommen wie ausgeschnitten aus einem anderen Leben. Der Blick durch die perfekt polierten Gläser schien ihm identisch mit seinem Blick auf die Wirklichkeit. Alles sah gleich aus und doch waren die Gegenstände angereichert mit der neuen, durchsichtigen Kraft seiner weltverändernden Vision.

Er war zu spät. Helms wartete bereits und bestellte nach der Begrüßung denselben Jahrgang Châteauneuf wie damals. Inzwischen kostete er das Zehnfache. Selbstverständlich war das Restaurant des Grandhotels, der Ort von Steinfelds erster Niederlage beim Zusammentreffen mit Helms, nicht zufällig gewählt. Steinfeld glaubte, an einem der Nebentische Katharina mit einem Glas Öl sitzen zu sehen, und sein Blick fiel kurz auf eine sich davonwiegende weibliche Kehrseite, deren Bewegungen jedoch nicht annähernd so elegant reptilienhaft waren wie damals diejenigen von Helms' Tochter. Der lobte unterdessen Steinfeld für seine brillante Strategie, begeisterte sich für die theoretische Möglichkeit, der Macht der US-Banken durch eine gute Tat einen empfindlichen Schlag zu versetzen, und fügte schließlich hinzu: »Aber jetzt hast du sie genug geärgert. Jetzt muss Schluss sein.«

Steinfeld studierte Helms' Lippen, die sich unter dem inzwischen schlohweißen Schnurrbart bewegten. Wie seltsam sich die Gene innerhalb der Generationen fortpflanzten. Helms' Mundbewegungen waren von derselben Art und Eleganz, mit der seine Tochter ihren gesamten Körper bewegte.

Der Kellner schenkte Wein ein, der aus einer Karaffe wie dunkle, glühende Lava in ihre Gläser floss. Sie stießen an.

»Eigentlich wollte ich jetzt erst richtig anfangen«, sagte Steinfeld.

Helms prüfte beim ersten Schluck den Wein und die Bereitschaft zur Unterordnung in den Augen seines Schwiegersohnes. Es sah nicht gut aus.

»Ich habe zwei Weltkriege verloren«, sagte er.

»Den würden wir gewinnen.«

Helms dachte kurz an den Eroberungsfeldzug, zu dem Steinfelds Idee eines Schuldenerlasses für die Ärmsten der Armen in kürzester Zeit weltweit geworden war. Es war geradezu unglaublich, wie sich mit den modernen Kommunikationsmitteln ein populärer Gedanke potenzieren ließ. Mit einer beinahe religiösen Inbrunst, der geradezu erschreckend das Ausmaß des weltweiten schlechten Gewissens der Industrienationen offenbarte, war Steinfelds Gedanke von allen Medien aufgegriffen worden. »Ja«, dachte Helms, während ein Schluck Wein das Blut in seinen Adern wärmte, »für die Religion und ihre Hysterien sind wir Deutschen begabt wie kaum ein anderes Volk.« Er misstraute den Medien zutiefst. Er hatte schon einmal erlebt, wie mithilfe eines persönlichen Mediums unter dem Vorwand einer scheinbar guten Sache zuerst Deutschland und anschließend die gesamte Welt in Schutt und Asche gelegt wurden. Hier wirkten Kräfte, die denjenigen des Geldes überlegen waren, und er hatte nicht vor, sich noch einmal an ihnen die Finger zu verbrennen. Um Steinfeld nicht unnötig zu reizen, beschloss er, auf einen polemischen Vergleich mit Adolf Hitler zu verzichten.

»Ich will nicht auch noch meinen Schwiegersohn verlieren«,

knüpfte er scheinbar scherzhaft an die beiden verlorenen Weltkriege an.

»Immer wenn wir hier essen, musst du mir etwas verbieten«, übernahm Steinfeld seinen Ton. Damit gab Helms sich natürlich nicht zufrieden. Es wirkte beinahe rührend, wie er Steinfeld darauf hinwies, dass dessen Ehe jetzt, nach vielen schmerzvollen Jahren, wieder besser geworden sei. Offensichtlich hatte er mit Katharinas Anwälten gesprochen. Für Helms existierte weder ein Anwaltsgeheimnis noch eine ärztliche Schweigepflicht. Seine von zahlreichen Altersflecken bedeckte Hand legte sich auf die von Steinfeld. Steinfeld spürte, dass sie leicht zitterte. Helms bedankte sich zum ersten Mal, dass Steinfeld das Opfer auf sich genommen habe, es fünfzehn Jahre mit seiner Tochter auszuhalten. »Ich weiß sehr wohl, was das oft für dich bedeutet hat.« Umso mehr müsse Steinfeld sich fragen, ob er gerade jetzt alles aufs Spiel setzen wolle. Steinfeld kam seine Ehe vor wie ein bunter Zauberwürfel, den Helms zwischen seinen Fingern drehte und verschob, um die für ihn nützlichen Konstellationen herbeizuführen.

»Es ist lange her, dass ich die ruhigen Atemzüge einer sexuell ausgewogenen Beziehung genossen habe.« Er blinzelte Steinfeld tatsächlich zu, als er sein Glas leerte. »Aber man sollte so etwas nicht unterschätzen.«

Steinfeld überlegte, ob Helms wusste, dass seine Tochter zum ersten Mal nicht auf seiner Seite war? Er schien es zu ahnen, denn er griff für seine Verhältnisse zu erstaunlich privaten Mitteln. Aber mit dem Gespür des alten Strategen musste ihm schnell klar werden, dass dieses Geplänkel ihn nicht weiterbrachte. Deswegen wies er seinen Schwiegersohn während der Vorspeise darauf hin, dass auch er in trauriger deutscher Tradition dabei sei, einen ungewinnbaren Zweifrontenkrieg vom Zaun zu brechen. Diesen Fehler wollte Helms auf keinen Fall wiederholen. Seine Gabel blitzte kurz im Deckenlicht, als er den ersten Bissen Wildkaninchenfleisch zum Mund führte.

Steinfeld nickte, als folge er nun langsam den zwingenden Argumenten seines Schwiegervaters. Der tat so, als nehme er das wohlwollend zur Kenntnis. Sein Trost kam in Form von Lob. Helms verwies auf den enormen Imagewandel, den die Hermes-Bank generell durch Steinfelds Medienfeldzug errungen habe, und er zauberte noch ein weiteres Trostpflaster unter seiner schneeweißen

Serviette hervor: Er hatte bei Even erreicht, dass die Hermes-Bank mit zehn Prozent an den für das russische Öl bereitgestellten Investitionen beteiligt werden würde – ein absolutes Novum in der hundertjährigen Rivalität zwischen Even- und Hermes-Bank. Steinfeld wurde im selben Moment klar, dass Helms natürlich im Gegenzug Even bereits den positiven Ausgang des gerade geführten Gesprächs zugesagt hatte. Eine Ohrfeige, die die wahren Hierarchien festklopfte und die Steinfeld mit gerade so viel Verstimmung hinnehmen musste, dass Helms glauben konnte, er füge sich unter Protest. Eine Gratwanderung. Widerspruchslose Unterordnung hätte Helms ihm niemals geglaubt. Tatsächlich loteten Helms' folgende Sätze mit geradezu diabolischer Dialektik Steinfelds Zuverlässigkeit aus. Es wäre ein verhängnisvoller Fehler gewesen, sich auf seine nahezu blinden Augen zu verlassen. Je weniger er sah, umso mehr wusste er. Steinfeld konnte das Misstrauen des Alten nicht beschwichtigen. Scheinbar absichtslos wechselte Helms das Thema.

»Richter hat mir neulich mal die ganzen RAF-Attentate gezeigt. Die haben da eine richtige Ausstellung beim BKA. Puppen von Buback, Ponto, Schleyer. Fäden für die Schussbahnen. Das Gehirn von Baader, gespenstisch.«

Eine letzte, kaum verhüllte Drohung: Bis hierher und keinen Schritt weiter. Helms lehnte den Kopf schräg zurück, richtete seine Brille auf die gläserne Fassade und den dahinter in der Abenddämmerung versinkenden Himmel.

Steinfeld folgte seinem Blick. Die Wolken, die Helms garantiert nicht sehen konnte, erinnerten Steinfeld entfernt an ein menschliches Gehirn. Helms' letzte Sätze zeigten bereits Wirkung. Er hatte Angst und das war nicht gut. Oder doch? Die eigene Schwäche ist immer die gefährlichste Waffe, dachte er. Vielleicht war es doch an der Zeit, aus der Lex Helms die Lex Steinfeld zu kreieren. Er wusste, er würde sich nie so wie der Alte an ein paar Grundsätzen festhalten können. Er würde nie der Fels sein, in den man zehn Gebote meißeln konnte.

»Ich muss in letzter Zeit manchmal an Schilling denken«, sagte er langsam.

Helms hatte sich wieder über seinen Teller gebeugt und aß mit herzhaftem Appetit. »Geht's seiner Frau wieder besser?«

»Im Gegenteil.« Steinfeld nahm noch einen Schluck Rotwein,

aber der konnte seinen Magen nicht öffnen. »Sie lebt inzwischen in einer Anstalt.«

Helms bot ihm ein Stück Weißbrot an.

»Manche Herzen können nur einmal brechen.«

»Wie gut, dass ich meines an der Garderobe deiner Bank abgegeben habe.«

Ein bitterer Tonfall in Steinfelds Stimme ließ Helms kurz die Augenlider heben.

»Wir sind Bankiers, keine Richter. Und selbst wenn wir Richter wären, bräuchten wir Beweise. Wir wissen beide, dass es die nicht gibt.«

»Du hast nie geglaubt, dass es ein natürlicher Tod war.«

Helms drückte erneut Steinfelds Hand, beinahe scheu, als schäme er sich für dieses Zeichen der Zuneigung. Ja, er liebte diesen Mann wirklich. Er liebte ihn, im Gegensatz zu seiner Tochter, denn anders als seine Tochter war dieser Mann ganz und gar sein Werk.

»Bankgeschäfte sind amoralisch«, sagte er. »Wer sie mit irgendeiner Moral oder Heilslehre in Verbindung bringt, überfordert die Bank und liefert ihre Strategie dem Pöbel aus.«

»Es gibt immer verschiedene Strategien. Die offenkundige und die verborgene.«

»Die sollte man stets klar auseinander halten. Wir sind keine Politiker. Wir sind Bankiers. Wir überlassen das Schauspiel den anderen. Wenn wirkliche Macht sich zu offen zeigt, lebt sie gefährlich, denn dann greift jeder Idiot nach ihr.«

Der Satz war so bemerkenswert, dass es Steinfeld leicht fiel, so zu tun, als habe er ihn akzeptiert. Der Hauptgang kam und sie verbrachten den Rest des Abends mit der Diskussion, welche Autorennbahn sie Oliver zu seinem sechsten Geburtstag schenken sollten. Helms hatte tatsächlich Prospekte mitgebracht. Er war für möglichst große Autos. Er wollte sehen, wie er seinem Enkel davonfuhr.

Das Sanatorium war auf einem bewaldeten Hügel in einem barocken Schloss untergebracht, dessen Besitzer im achtzehnten Jahrhundert für ihren ausschweifenden Lebenswandel berühmt gewesen waren. Es schien, als müsste das Gebäude nun all die früheren sittlichen Verstöße seiner Herrschaft in Form von vielen unendlich traurigen Menschen büßen.

Steinfeld blieb am Rand des Rasens neben der Auffahrt stehen und seine Schuhspitze spielte mit einer gelben Krokusblüte. Er hatte nicht herkommen wollen und trotzdem war er hier. Die Menschen im Park bewegten sich langsam, wie dahingleitende Segelboote. Hier herrschte die Form von Ruhe, der er sein ganzes Leben lang entflohen war. Das sanfte Grau der Wolken mäßigte seinen Atem, bis er den schwachen Duft der ersten Frühlingsblumen riechen konnte. Aus einer der Glastüren schwammen ihm zwei Menschen entgegen. Der weiß gekleidete Pfleger sprach einige aufmunternde Worte und drehte wie unter einer frischen Brise bei. Carola Schilling blieb vor ihm stehen. Sie war nicht fünfzehn, sondern dreißig Jahre älter geworden. Selbst jetzt, da sie direkt vor ihm stand und kein Zweifel daran bestehen konnte, wer sie war, hatte er Mühe, sie wiederzuerkennen. Er hatte sie seit Schillings Beerdigung nicht mehr gesehen. Ihre finanzielle Versorgung lief über Daueraufträge, deren korrekte Abwicklung eine Steuerkanzlei überprüfte. Sogar ihre Nase hatte sich verändert, war breiter, konturloser geworden, unter dem Einfluss der Medikamente, die Carolas Willen permanent vom Sterben zum Leben zurückdrehten. Nur ihre Ohrmuscheln waren gleich geblieben. Er glaubte plötzlich, ihre Tränen wieder zu spüren, die vor fünfzehn Jahren während der Autopsie auf sein Handgelenk gefallen waren, aber es war nur die Uhr, die ihm Helms geschenkt hatte und deren glattes Metall sein Handgelenk wie eine goldene Fessel umschloss. Die Uhr, die er nicht mehr zu ersetzen brauchte, weil er kein Glück mehr benötigte. Er hatte ja Helms.

»Du hast dich gar nicht verändert«, sagte sie. Ihr Mund zitterte wie unter einem Stromstoß und das Zittern breitete sich fächerförmig über ihr gesamtes Gesicht aus. »Ich schon.«

»Ich auch«, sagte Steinfeld und suchte verzweifelt nach einem Lächeln, das der Situation angemessen war. Er fand keines. »Mein Körper lügt eben besser. Wollen wir ein paar Schritte gehen oder strengt es dich zu sehr an?«

»Nein, ich gehe jeden Tag einmal um den Teich.«

Ohne auf ihn zu warten, ging sie mit kleinen Schritten, die an eine Geisha erinnerten, auf das in der Parkmitte schimmernde Wasser zu, auf dem einige Enten ihre Kreise zogen. Steinfeld nahm ihren Arm. Sie begann zu erzählen, dass sie manchmal immer noch die Stimme ihres Mannes hörte.

»Verrückt, nicht? Wo er doch schon so lange tot ist.« Es klang, als wollte sie ihm versichern, dass sie nicht im Geringsten im Unklaren über den Tod ihres Mannes sei.

»Er sagt mir, ich soll beim Laufen nicht stehen bleiben, weil er dann auf mich warten muss und sich erkältet.«

Ihre Stimme zu hören war wie der Sprung zurück in ein vor fünfzehn Jahren zu Ende gegangenes Leben. »Ich sage immer, lauf ruhig weiter. Ich komm schon nach. Na ja, manchmal sagt er auch andere Sachen.«

Steinfeld dachte an Heinrich, dessen Beine in seinen Träumen heute noch die Aschenbahn hinunterwirbelten, wenn er es wollte. Das war der Unterschied, er benützte seinen Wahnsinn, sie war sein Opfer. Die Trennungslinie war dünn, doch er fühlte sich so sehr auf der sicheren Seite, dass er sich beinahe schämte. Vielleicht hätte er nicht kommen sollen.

Sie hatte weitergesprochen und er hatte nicht zugehört. Jetzt sah sie ihn an und durch ihre vielfach gebrochenen Augen schimmerte ein Lichtstrahl, der ihm bekannt vorkam. So hatte sie ihn immer angesehen, wenn sie ihn sonntagnachmittags zum Essen einlud. Für einen Augenblick glaubte er, die Krockettore seien auf dem Rasen vor ihnen aufgestellt. Eine Kugel rollte langsam weg.

»Die sagen, ich bin verrückt, aber für mich ist es ganz normal.«

Steinfeld dachte an seinen Sohn, der nach wie vor seine Geheimsprache bevorzugte. Ohne Schillings Tod wäre er vermutlich nie zur Welt gekommen.

»Vielleicht ist es gut, Stimmen hören zu können, die sonst keiner hört.«

Sie bat ihn, ihr von Oliver und Katharina zu erzählen. Steinfeld berichtete, dass Oliver, nachdem alle Familienmitglieder sich bereit gefunden hatten, zumindest die Grundwörter seiner Sprache zu erlernen, im Gegenzug langsam beginne, sich den allgemeinen Sprachgebrauch anzueignen. Ein scheues Lächeln huschte über Carolas Gesicht, als vermittle ihr Steinfelds Erzählung die Gewissheit, irgendwann auch wieder normal mit ihren eigenen Kindern verkehren zu können. Die waren seit Jahren in einem teuren Internat untergebracht, das Steinfeld bezahlte, ebenso wie das Sanatorium hier. Schilling hatte sich immer geweigert, eine Lebensversicherung abzuschließen und ein Testament zu verfassen. »Wenn man so was macht, stirbt man«, hatte er immer gesagt. Carolas Stimme klang plötzlich ganz wie früher, wie ein Splitter der Normalität, eingeschmolzen in die Grauzonen einer anderen Welt, die Steinfeld zugleich faszinierte und abstieß.

»Ich hab mir oft vorgestellt, wie unglücklich ich mit meinem Mann hätte werden können.« Sie blickte erneut kurz zu Boden, ehe sie Steinfeld beinahe herausfordernd ansah. »Aber es wäre mir lieber gewesen, noch die unglücklichste Ehe der Welt mit ihm zu führen, als alleine zu sein.«

Wieder völlig übergangslos begann sie mit kleinen, seltsam kreisenden Schritten den Teich entlangzulaufen. Nach einigen Metern presste sie die Hände auf die Ohren und begann laut zu schreien, als wolle sie die Brandung der Wellen von damals übertönen. Steinfeld holte sie mit raschen Schritten ein und versuchte sie festzuhalten. Sie starrte ihn mit aufgerissenen Augen an wie einen Geist und schrie wie von Sinnen: »Geh weg! Geh endlich weg!!«

Als hätte er sie gerufen, tauchten wie aus dem Nichts zwei Pfleger auf und führten sie ab. Sie ging nach wenigen Schritten bereitwillig mit ihnen, verfiel wieder in ihren trippelnden Geisha-Gang, als sei sie für jede Gefangenschaft dankbar, die sie ihrer Vergangenheit entriss.

Steinfeld sah ihr nach. Ein Motiv, warum er hierher gekommen war, bestand darin, die Prüfung ihres Anblicks zu bestehen. Ihre schmale Gestalt verschwand zwischen den weißen Uniformen der Pfleger. Es wäre lächerlich und infam gewesen, sie um Verzeihung zu bitten. Wahrscheinlich hätte sie die Zusammenhänge gar nicht verstanden. Schillings missglückte Erpressung mit dem Video von den beiden größten Knallchargen der Republik, Ilk und Dent, sein vergeblicher Versuch, Rehmer zu retten, dessen Schicksal längst besiegelt war. Schillings Opfer war völlig sinnlos gewesen, sein Tod dem kalten Prinzip geschuldet, wonach Erpressung bestraft werden musste, und er, Steinfeld, war mitverantwortlich. Durch diese Schuld war er von Helms initiiert worden, jetzt musste er mit ihr leben und nicht zuletzt sie trieb ihn unerbittlich vorwärts. Er war es Schilling und seiner Frau schuldig, der Welt, und sei es nur für kurze Zeit, eine menschlichere Maske aufzuzwingen. Nichts konnte so nachhaltig das Gute bewirken wie das Böse. Seine Gedanken suchten den Ausweg in globale Betrachtungen. Das historische Geschehen verlief in Amplituden, deren unterschiedliche Ausdehnung hauptsächlich von den Parametern Wissen, Glaube, Gewissen und

Gewalt bestimmt wurde. Steinfeld nahm Kurs auf seine wartende Limousine. Er versuchte, die Ursache für die befremdliche Erleichterung festzustellen, die zunehmend sein Schuldgefühl verdrängte. Sie beruhte auf der erfolgreichen Flucht vor dem Niemandsland, das ihm seit Heinrichs Tod unerbittlich auf den Fersen war. Dafür war ihm jedes Mittel recht gewesen. Das war das tiefste Geheimnis seines Erfolges. Was er jetzt in Gang gesetzt hatte, war auch ein Wettlauf mit den Felsbrocken seiner Vergangenheit, die nach Jahren des Stillstands wieder in Bewegung geraten waren.

Auf der Rückfahrt ließ Steinfeld Gerlach vor einer Zechenkneipe halten, in der er während seiner Studentenzeit häufig gewesen war. Mit den Nachtschichten hatte er damals sein Studium finanziert. Als er die Kneipe betrat, schmeckte er wieder den Kohlenstaub auf der Zunge.

Nichts hatte sich verändert. Selbst der Flipperautomat und das rote Segelschiff über dem Tresen waren dieselben geblieben. Steinfeld versenkte die letzten Münzen von Gerlach im Flipper, aber der gönnte ihm keine Freispiele mehr. Während Gerlach am Tresen einen Schein wechselte, wurde Steinfeld von einem der Männer erkannt, die am Stammtisch um die Glocke herumhockten. Steinfeld konnte sich nur noch an den Vornamen erinnern: Günther. Er war deutlich in die Breite gegangen und traute sich kaum, Steinfeld die Hand zu schütteln, vielleicht aus Furcht, ihm das Handgelenk zu brechen.

»Du siehst kleiner aus als im Fernsehen«, sagte er.

Steinfeld bestand darauf, eine Runde zu schmeißen. Als er versicherte, das gehe auf Kosten seiner Bank, willigten die Kumpel ein. Nach dem fünften Pils rückten die ersten mit ihrer Meinung heraus. Nichts gegen Steinfeld persönlich, aber der Schuldenerlass sei doch »echte Hühnerkacke«. Wie bei jeder öffentlichen Wohltat keimte an der Basis sofort der Verdacht, hier würden mit leichter Hand Steuergelder verschwendet. Steinfeld lobte Gunther für die scharfsinnige Bemerkung, die deutschen Banken setzten ihre an die Wand gefahrenen Kredite ohnehin von der Steuer ab, also zahle im Endeffekt wieder mal der kleine Mann die Zeche. Steinfeld musste seine gesamte Überredungskunst aufbieten, um ihnen einsichtig zu machen, warum auch sie von einer Dritten Welt, die über eine gewisse Kaufkraft verfüge, profitieren würden. Natürlich müssten sie in den nächsten Jahren mit gewaltigen Veränderungen rechnen. Deswegen immer flexibel bleiben, immer bereit sein, was dazuzulernen. Jede Veränderung sei auch eine Chance.

»Wenn ich immer nur das gemacht hätte, was ich vor dreißig Jahren gelernt habe, wäre ich heute bestimmt nicht da, wo ich bin.«

Günther sah ihn an und rollte nachdenklich das leere Pilsglas in seinen Händen.

»Wenn wir so wären wie du, wären wir nicht da geblieben, wo wir heute noch sind.«

Steinfeld nickte und betrachtete nachdenklich seine schneeweißen Hände. Plötzlich wollte er unbedingt nach unten, in den Schacht.

Gerlach konnte nicht verhindern, dass Steinfeld Günther und den Rest des Tisches überredete, ihn zur nächsten Nachtschicht mitzunehmen. Er bestand darauf, nur die Schuhe zu wechseln. Die Aussicht, ihn wenigstens seinen zweieinhalbtausend Mark teuren Anzug ruinieren zu sehen, führte zu einem mittelgroßen Menschenauflauf vor der Grube. Einen protestierenden Grubenwart veranlasste Steinfeld mit einigen Geldscheinen und freundlichen Worten, seine Vorschriften für zwei Stunden etwas großzügiger auszulegen. Gerlach erwog in seiner hilflosen Verzweiflung, die Polizei zu verständigen. Steinfeld schien seinen Gedanken zu erahnen.

»Wenn Sie um meine Sicherheit besorgt sind, rufen Sie Mazarek an. Der kann mir im Ernstfall besser helfen als die Polizei.«

Günther geleitete Steinfeld zum Fahrstuhl. Die anderen folgten.

Während sie nach unten fuhren, beobachtete Günther Steinfelds Gesicht. Die Fahrt dauerte viel länger, als Steinfeld sie in Erinnerung hatte. Obwohl es wärmer wurde, fröstelte ihn.

Endlich hielt der Fahrstuhl mit einem Ruck. Sie stiegen aus und ihre Grubenlampen schickten Lichtkegel die schwarzen, behauenen Wände entlang. Steinfeld spürte kalten Schweiß auf seiner Stirn und widerstand der Versuchung, ihn abzuwischen.

»Genug gesehen?«, fragte Günther. Jemand lachte spöttisch.

Steinfeld schüttelte den Kopf und bestand auf einer kleinen Exkursion. Günther bedeutete ihm mit einem kleinen Klaps, ihm zu folgen. Hier unten zählten die Hierarchien von oben nicht.

»Steinkohle nannten wir dich immer. Weil du wirklich kohlrabenschwarz warst nach jeder Schicht.«

Staubmasken wurden verteilt. Steinfeld fühlte sich wie bei einem Tauchgang.

Er folgte Günthers leise auf dem Boden knirschenden Stiefeln. Wieder war er in einen früheren Kreis seines Lebens zurückgesprungen, diesmal weit weg von der Hermes-Bank, weit weg auch von Carola Schilling. Der Gang verengte sich. Er spürte intensiv den Geschmack des Kohlenstaubs auf der Zunge und sog tief die feuchtwarme Luft in seine Lungen. Im Schein der Grubenlampen blickten ihn die Reliefs der behauenen Kohlewände an wie verbrannte Gesichter. Gesichter von Freunden, Bekannten, Partnern, Untergebenen, die er endgültig hinter sich gelassen hatte. Wie mit einem Hammerschlag plötzlich nur noch das Gefühl: Ich kann nie mehr zurück! In seiner Fantasie wurde der Kohleschacht zu einem Zerrbild für Erlösung, einfaches Leben, überschaubare Pflichten, die ihn zweifellos zu Tode gelangweilt hätten. Je größer die Sehnsucht nach dem einfachen Leben in ihm wurde, umso gewisser war er, dass er dieses Leben in Wirklichkeit keine Sekunde hätte führen wollen, aber genau diese Gewissheit verschlimmerte seine Sehnsucht. Die ersten Presslufthämmer gruben sich in die Kohle und verdunkelten den Gang mit einer dichten Staubwolke. Kein Weg zurück zu einfachen Gefühlen, hämmerten sie für Steinfeld, kein Weg zurück zu einfachem Genuss! Kein Weg zurück! Wie um sich das Gegenteil zu beweisen, hatte er längst umgedreht, sich an seinen verdutzten Begleitern vorbeigeschoben, und lief immer schneller den Gang entlang. Zurück, keuchte es in ihm, zurück. Der Stollen teilte sich mehrmals vor ihm, er streckte die Hände aus, als wollte er die Dunkelheit vor sich wie einen Vorhang zur Seite fegen, und bekam keine Luft mehr. Er riss sich die Staubmaske vom Gesicht, ihm wurde schwindlig, seine Stirn prallte gegen eine Seitenwand. Er stürzte zu Boden und rang verzweifelt nach Luft. Er hatte das Gefühl, nur noch Staub einzuatmen, der sich kratzend in seinen Lungen festsetzte. Lampen schwankten über ihm, als würden ihre Besitzer mit Flügeln schlagen, und ihre Stimmen hallten wie das weit entfernte Echo seiner eigenen. »Zurück, zurück!«

Jemand stülpte ihm mit rohen Handgriffen wieder die Maske über, verzweifelt und mit weit aufgerissenem Mund versuchte er, Luft einzuatmen. Er hatte das Gefühl, jeden Augenblick zu ersticken. Dumpfe Schmerzen rollten wie Donner durch seinen Schädel. Undeutlich fühlte er, wie er in den Fahrstuhl gezogen wurde.

Es schien eine Ewigkeit zu dauern, bis Mazareks und Gerlachs besorgte Gesichter vor ihm auftauchten. Im Gras kam er langsam wieder zu Atem. Ein von Gerlach herbeigerufener Arzt untersuchte ihn. Steinfeld behauptete, sich im Schacht verlaufen zu haben. Der Arzt schüttelte den Kopf: »Sie hatten einen klaustrophobischen Anfall.«

Mazarek schwieg, bis sie im Wagen saßen. Dann drehte er sich zu Steinfeld um.

»Ich glaube, es ist besser, ich kündige. Ich kann nicht auf Sie aufpassen.«

Gerlach schien nur auf dieses Stichwort gewartet zu haben. Er schloss sich sofort an. Er habe ja vieles mitgemacht in den letzten zwei Jahren, aber wenn sich jemand so mutwillig in Gefahr begebe, dann könne auch er keine weitere Verantwortung mehr übernehmen.

Natürlich überredete Steinfeld beide zum Bleiben: »Ihr wisst doch, das ist hier wie bei den Stones. Ihr verlasst mich nur in der Kiste.«

Zur Feier des Tages kaufte er in einem Einkaufszentrum nicht nur für sich, sondern auch für seine Untergebenen neue Anzüge. Es war beinahe wie damals, als Helms ihn mit Keppler und Reusch zum Schneider geschickt hatte. Mazarek gönnte sich einen hellgrünen Freizeitblazer und drehte sich stolz wie ein Teenager damit vor dem Spiegel. Gerlach wählte immer dieselbe Farbe: Dunkelgrau. Steinfeld betrachtete sie scheinbar amüsiert. In Wirklichkeit dachte er darüber nach, ob ihm die beiden ihre wahren Kündigungsgründe nicht verschwiegen hatten. Sie hatten ihn heute das erste Mal schwach gesehen. Sie fürchteten, er könnte es nicht schaffen.

Er beschloss, ihnen und sich das Gegenteil zu beweisen.

388

22. Kapitel: Mai 1989

Das von Helms angesetzte samstägliche Familienessen stand immer noch aus, aber man hatte, quasi als Ersatz, einen Termin für einen gemeinsamen Opernbesuch gefunden. Elektra. Helms liebte die Opern von Strauss so sehr, dass er, wie seine Tochter einmal spöttisch bemerkte, sie sogar in seinem Leben nachzuspielen pflegte. Das Begleitfahrzeug hielt hinter ihnen in der Tiefgarage, und als Gerlach Katharina eine der hinteren Seitentüren öffnete und sie sich beim Aussteigen halb auf dem Sitz drehte, sodass der Stoff ihres anthrazitfarbenen Abendkleides sich unter dem leichten Mantel eng um ihren Körper spannte, sah sie hinter Mazarek einen blonden Schopf auftauchen, dessen widerborstige Strähnen ihr bekannt vorkamen.

»Wer ist denn der neue Ballermann?«

»Kohelka?« Mazarek trat zur Seite und gab den Blick auf seine Neuanschaffung preis. »War mal bei der GSG 9. Da ist ihm aus Versehen die Knarre losgegangen. Vor fünfzehn Jahren, auf der Terrasse vom Außenminister.«

Steinfeld trat näher. »Ach, der war das?«

Katharinas Blick züngelte wie eine Flamme an Kohelka hoch.

»Sind Sie sicher, dass das ein Versehen war?«

Mazarek grinste: »Nee. Man munkelt, der andere wollte ihm seine Braut ausspannen.«

Katharina öffnete ihr Etui, winkte Kohelka heran und hielt ihm ihre Zigarettenspitze entgegen.

»Oder hat jemand Angst, dass wir in die Luft fliegen?«

Kohelka sah Mazarek unsicher an, der gab Katharina Feuer. Er hatte es ein einziges Mal gewagt, Katharina das Rauchen an einer Tankstelle zu verbieten. Danach hatte er beschlossen, ihr sogar Feuer zu geben, wenn sie auf einem Benzinfass tanzen sollte. Helms hatte sich inzwischen aus dem Beifahrersitz gequält. »Kommt endlich, wir sind zu spät.«

Kohelka eilte an ihnen vorbei, um das Treppenhaus zu inspizieren. Der Fahrstuhl kam als Transportmittel aus Sicherheitsgründen ohnehin nicht in Frage.

Katharinas Blick folgte ihm.

»Wieso ist 'n der auf einmal bei uns?«

»Richter hat ihn empfohlen.« Mazarek glitt neben sie und sicherte ihre rechte Flanke. »War die letzten fünf Jahre in Südamerika. Vorher Afrika, Naher Osten. Waffengeschäfte, Trainings. Ziemlich viel rumgekommen, seit er damals bei Dent rausgeflogen ist.«

»Wann war das?«

Steinfeld nahm die Hand seiner Frau und sie legte ihre Wange kurz an seine Schulter, als wolle sie sich vergewissern, dass er neben ihr war.

»Anfang '75, glaub ich.« Kohelka eilte ihnen entgegen. »Soll ich ihn wieder rausschmeißen?«

Kohelka blieb einige Meter vor ihnen stehen. Sein Atem ging unprofessionell schnell. Steinfeld lächelte leicht.

»Sie sagen doch immer, jeder hat 'ne zweite Chance verdient.«

»Und er ist immer noch 'n verdammt guter Schütze.«

Steinfeld spürte, wie Katharinas Hand in seiner erstarrte.

»Keine Angst«, sagte er, »wenn er mich hätte umbringen wollen, hätte er das schon vor fünfzehn Jahren tun können.« Er winkte Kohelka zu sich. »Sie hätten schon viel früher zu mir kommen sollen. Ein Banker vergisst seine Schulden nicht.«

Kohelka wirkte beinahe verlegen und blickte kurz zur Seite. »Bisher bin ich ohne Sie klar gekommen.«

Steinfeld stellte fest, dass er wieder Kaugummi kaute. Wahrscheinlich dieselbe Marke wie damals. Kohelka war, das war eindeutig an seiner Frisur zu erkennen, kein Mensch, der Veränderungen liebte. Vielleicht, dachte Steinfeld, wäre er sogar treu, wenn sich die Gelegenheit dazu ergäbe.

»Sie waren das letzte As in meinem Ärmel.« Kohelka grinste und schüttelte ein paarmal den Kopf, als wundere er sich selbst über das, was er gerade sagte. »Das musste ich jetzt endlich mal ausspielen.«

»Freut mich, dass Sie bei mir sind.«

Der jüngste Mann im Team flüsterte Mazarek zu, Helms warte bereits in seiner Loge. Mazarek gab das taktvoll an Steinfeld weiter.

»Die Ballermänner muss man sich sorgfältig aussuchen«, sagte Katharina, während sie weitergingen. Sie warf den Kopf leicht zurück. »Mit denen verbring ich mehr Zeit als mit dir.«

Sie wandte sich kurz zu Kohelka um, der mit routinierten Blicken die sicherheitssensiblen Punkte hinter ihnen absicherte. Sie erinnerte sich an die feisten Muskeln in ihrem Fernglas. Es waren dieselben Muskeln, die sich jetzt unter einem dunkelblauen Jackett verbargen. Aber was verbarg sich hinter diesem verlegenen, scheinbar unterwürfigen Grinsen? Katharina warf Kohelka einen schnellen, herausfordernden Blick zu und sein Kopf zuckte wie auf Kommando zur Seite. Er hatte, auch wenn er das zu verbergen suchte, Angst vor ihr. Warum war er in die Dienste der Familie Steinfeld getreten? Das würde sich herausfinden lassen. Sie entzog Steinfeld ihre Hand.

»Ich hab meine Handtasche im Wagen vergessen.«

Ehe Steinfeld widersprechen konnte, eilte sie zurück. Kohelka als der Letzte im Team folgte ihr. Mazarek bildete mit einem weiteren Mann im Treppenhaus einen Sicherheitskorridor für Steinfeld, während der vierte Mann Helms in seiner Loge schützte. Die Ouvertüre begann. Katharina war nicht beim Wagen. Kohelkas Blicke schnellten in die verschiedenen dunklen Segmente der Tiefgarage. Verfluchtes Weib! Er hätte nicht gedacht, dass der Tanz so schnell beginnen würde. Er war überhaupt nicht in Stimmung für so etwas, sondern hatte sich auf einen ruhigen Opernabend eingestellt. In den drei Stunden, die die Vorstellung dauerte, konnte er den anderen bei einem gemütlichen Pokerspiel bestimmt vier- bis fünfhundert Mäuse abnehmen. Er hörte das Geräusch ihrer Absätze. Sie verhallten in einem der Quergänge, die den VIP-Teil der Tiefgarage mit dem öffentlichen verbanden. Kohelka grinste. Sie saß in der Falle. Die Verbindungstüren waren natürlich abgeschlossen. Er wunderte sich immer wieder, über wie wenig praktische Intelligenz diese ganze Führungsmischpoche verfügte. Weltkonzerne leiten, aber sich nicht mal alleine die Schuhe zubinden können. Langsam betrat er den Quergang. VIP-Garagen, VIP-Lounges, VIP-Toiletten. Wahrscheinlich befürchteten sie, jemand könnte Piranhas in ihrer Kloschüssel aussetzen. Ein kühler Luftzug strich an ihm vorbei. Sie war in der Nähe. Die verschlossene Zwischentür glänzte vor ihm im Dunkeln. Hier war sie jedenfalls nicht. Wieder hörte er ihre Absätze, diesmal hinter sich. Fluchend drehte er sich um, eilte zurück. Die Verbindungstür zu einem weiteren Treppenhaus stand offen. Er packte das Treppengeländer, schwang sich die ersten Stufen nach oben, verhielt. Würde eine Kettenraucherin freiwillig drei Stockwerke nach oben laufen? Eindeutig nein. Er lauschte. Wieder hörte er ihre Absätze unten im Gang, so leise wie Wassertropfen. Als er durch den Rahmen der Verbindungstür stürmte, stand sie direkt vor ihm und blies ihm den Rauch einer frisch angezündeten Zigarette ins Gesicht.

»Ich musste doch testen, wie gut Sie sind.«

Er grinste frech. »Und, hab ich den Test bestanden?«

»Weiß ich noch nicht.« Sie schnippte gegen ihr Zigarettenende und etwas Asche rieselte auf seine Schuhe. »Wer hat Sie zu uns geschickt?«

Kohelka fiel das Gesicht zusammen. Damit hatte er nicht gerechnet. Er spürte, wie er mal wieder, wie häufig in ausweglosen Situationen, einen Steifen kriegte. Musste an der GSG-9-Ausbildung liegen. Bock auf Katastrophen war ihnen eingetrichtert worden und er hatte es wohl mit der Autosuggestion etwas übertrieben. Er hoffte, dass sie es in der Dunkelheit nicht sah. Sie wiederholte ihre Frage: »Wer hat Sie zu uns geschickt?«

»Niemand.« Er verzog das Gesicht, zuckte die Achseln. Versuchte auf dumm zu machen. Das kam meistens ziemlich gut. »Hab mich beworben.«

»Sie müssen besser lügen lernen. Sonst wird nicht einmal ein guter Liebhaber aus Ihnen.« Sie zog an ihrer Zigarette, um ihn im Dunkeln besser sehen zu können. »Ich habe gute Augen und ein noch besseres Fernglas.«

Er lächelte stolz, weil sie sich noch an damals erinnerte, und begriff im nächsten Moment, dass er sich durch sein Lächeln verraten hatte. »Sie haben mein Gesicht doch gar nicht gesehen.«

Sie zog erneut an ihrer Zigarette.

»Ich sehe bei Männern nie aufs Gesicht.«

Den Job konnte er knicken. Er musste nachher beim Poker aufs

Ganze gehen, wenn er seinen Lebensstandard in den nächsten Monaten halten wollte. Er zuckte die Achseln.

»Dann wissen Sie 's ja sowieso.«

Sie trat so dicht an ihn heran, dass er ihr Parfüm riechen konnte. Nichts Gängiges, streng, betäubend, als würde man besonders giftigen Klebstoff schnüffeln.

»Ich will's von dir hören.«

»Dent.« Er zog gierig ihren Duft in die Nase. »Dann war das der kürzeste Job, den ich jemals hatte.«

»Nicht unbedingt. Du bist hier, um meinen Mann fertig zu machen.« Die Glut ihrer Zigarette streifte beinahe seine Wange. »Sag ja!«

»Ja ...«

Ihre Stimme klang, als würde sie ihn jeden Augenblick küssen.

»Ihn auszuhorchen?«

»Ja ...«

»Zu vernichten?«

»Ja!«

»Das kannst du alles tun. Aber nicht mit meinem Mann, sondern mit Dent!«

Kohelka vergrub hilflos seine rechte Faust in der linken Handfläche.

»Was ist los?«, fragte sie sanft. »Willst du mich schlagen?«

Kohelka schüttelte den Kopf. Er zitterte am ganzen Körper.

»Na los, schlag mich.« Sie trat einen halben Schritt zurück. »Schlag mich oder ich schmeiß dich auf der Stelle raus.«

Verächtlich musterte sie sein schweißnasses Gesicht.

»Na dann geh, du kleiner Waschlappen ...«

Kohelka schlug ihr ins Gesicht.

»Hau ab«, stieß er hervor. »Du bringst Unglück!«

Er wusste nicht, was plötzlich mit ihm los war. Er begriff nur, dass er völlig die Kontrolle verlor. Und im Gegensatz zu ihr hatte er Angst davor.

»Du kannst jederzeit kündigen.« Sie wich keinen Millimeter zurück. »Aber ich glaube nicht, dass Dent sehr begeistert sein wird.«

Er starrte sie an. Diesen Blick hatte er bei der GSG 9 geübt. Er suggerierte die bedingungslose Bereitschaft zum Töten. Demonstranten waren davor zurückgewichen, Verbrecher hatten ihre Knarre aus der Hand gelegt, Terroristen aufgegeben. Sie nicht.

Wenn er sie knacken wollte, musste er nicht nur schneller ziehen, sondern auch abdrücken. Beiläufig registrierte er, dass er momentan selbst dazu nicht in der Lage war.

»Ich hab noch nie was gemacht«, sagte er schließlich, »was nicht zu meinem Vorteil war.«

»Du hast deinen Kumpel erschossen.«

»Ich wusste, dass ich damit durchkomme.«

»Hat sich 's wenigstens gelohnt?«

»Die Kleine und ich haben in zwei Jahren dreihunderttausend gemacht. Nur mit Erpressung.« Die Erinnerung brachte ihn zum Grinsen und sein Gesicht zerknautschte sich auf eine besonders sympathische Art, wie immer, bevor er etwas besonders Unflätiges sagte. »Sie hat gefickt wie ein Weltmeister. Wenn alle Typen ihre Macht anstatt ihre Soße in sie gespritzt hätten, wäre sie die mächtigste Frau der Welt gewesen.«

Katharina fuhr sich kurz mit der Zunge über die Lippe. Er sah erst jetzt, dass sie blutete. »Die Wege der Macht sind etwas komplizierter als die von Sperma.«

Sie streifte etwas Blut auf ihren Zeigefinger und malte damit einen Kreis um Kohelkas Mund, wie eine Zielscheibe.

»Was hat Dent konkret vor? Ich erwarte bis morgen Abend die erste wichtige Information von dir. Tu es oder lass es.«

Sie ging davon und ihre Absätze durchstachen die Oberfläche einer Öllache. Kohelka sah, wie das Spiegelbild seines Gesichts in der Pfütze zitterte.

Zwei Wochen später beschien die Sonne einen mit den Resten bayrischer Esskultur übersäten Holztisch in der Ecke einer ausladenden Terrasse. Kohelka pulte sich missgelaunt mit einem Zahnstocher einen Fleischrest aus den Zähnen, während Dent sich einen zweiten Nachtisch bestellte. Kohelka warf einen Blick über das Tal. Unter den Baumwipfeln irgendwo da unten verbarg sich der BND und keine zweihundert Meter von seinen Stahlbetonplatten entfernt befand sich Dents Hauptwohnsitz. Aus unerfindlichen Gründen fühlte sich Dent im Windschatten des deutschen Bundesnachrichtendienstes besonders sicher. Missmutig glitt sein Blick wieder zum Loden- und Tannenholzschick zurück, den alle von Dent bevorzugten Lokale besaßen. Kohelkas Laune wurde noch schlechter.

»Ich sag's Ihnen jetzt zum letzten Mal. Ich mach mich da nur zum Affen. Da gibt's nichts kaputt zu machen. Die führen eine tolerante Ehe.«

Dent schob sich eine weitere Gabel Eierpfannkuchen in den Mund. Das Gespräch verstärkte seinen Appetit.

»Das sagt doch jeder. Alles nur Fassade.«

»Die vögeln beide, mit wem sie wollen, und zurzeit vögeln sie am liebsten miteinander.«

»Siehst du! Sie glaubt wieder an ihn. Wegen dieser Erlasst-den-armen-Leuten-ihre-Schulden-Scheiße! Wenn du ihr erzählst, dass dieser aalglatte Sauhund das alles nur abzieht, um allen anderen Banken eine reinzuwürgen ...«

»... interessiert sie das 'n feuchten Kehricht.«

»Erzähl ihr, dass die Amis stinksauer sind, dass er damit die Wiedervereinigung gefährdet. Das Lebenswerk ihres Vaters!«

Dents fuchtelnde Gabel kam so dicht vor Kohelkas Mund zum Stillstand, dass der mit dem Gedanken spielte, ein Stück Eierpfannkuchen abzubeißen.

»Sie sind nicht auf dem Laufenden. Sie liebt nicht mehr ihren Vater, sie liebt ihren Mann.«

»Bullshit!«

»Glauben Sie mir, ich seh vielleicht nicht so aus, aber ich versteh was von Liebe. Ich hab sie auf meinen Videos in allen Varianten gesehen.«

»Das waren doch nur billige Nummern.«

»Haben Sie 'ne Ahnung. 'ne gute Nutte macht Sie so verliebt, dass Sie auf allen vieren übern Badezimmerfußboden kriechen.«

»Für fünf Minuten vielleicht.«

»Ja, aber an die fünf Minuten denken Sie die nächsten zwei Jahre.«

Kohelka seufzte erleichtert, weil es ihm endlich gelungen war, den Fleischrest zwischen seinen Backenzähnen zu entfernen. Dent wunderte sich über sich selbst, aber er glaubte ihm. Auf seine Art verstand Kohelka wahrscheinlich mehr von zwischenmenschlichen Beziehungen als er. Auf jeden Fall brachte ihn Kohelka immer wieder auf brauchbare Ideen. Wie so oft entwickelte sich aus einem anfänglich schwachsinnigen Plan langsam ein guter.

»Sag ihr, wenn sie ihren Mann liebt, soll sie ihn von der Scheiße abhalten. Sonst kann niemand mehr für seine Sicherheit garantieren. Nicht mal Helms.«

Kohelka nickte unmerklich. »Könnte funktionieren. Besser wäre natürlich, sie käme von alleine drauf. Sie mag's nicht, wenn ihr einer was sagt.«

»Du machst das schon.« Dent sah auf die Uhr. Er hatte nur noch fünf Minuten für sein trojanisches Pferd.

»Ich mach das nur«, sagte Kohelka betont beiläufig, »wenn ich nach dem Einsatz alle belastenden Fotos von Ihnen kriege.«

Dent versprach sie ihm. Kohelka wusste zwar nicht, wie zuverlässig dieses Versprechen war, aber es blieb ihm nichts anderes übrig, als sich darauf zu verlassen. Er erhob sich. Er musste in vier Stunden wieder in Frankfurt sein, da er die Steinfelds heute noch nach New York fliegen musste. Es würde ein echter GSG-9-Ritt über die Autobahn werden. Der Schlagoberst, wie er seinen ehemaligen Chef und Ausbilder nannte, hatte die Strecke München-Frankfurt mal in zweidreiviertel Stunden bewältigt. Bei normalem Verkehr.

Dent begleitete ihn zum Wagen. Nicht aus Höflichkeit. Im Auto und bei laufendem Radio war die Gefahr, abgehört zu werden, gleich null. Kohelka sollte in zwei Wochen einen Transport mit in Spanien umgebauten Kampfhubschraubern der Firma Dent nach Mittelamerika organisieren. So viel zu Steinfelds neuer, friedlicher Welt ohne Waffen.

Dent nannte Ort und Termin. Dann reichte er Kohelka zum Abschied die Hand.

»Und, jetzt sag schon.«

»Was? Ich hab's eilig.«

»Hast du sie gefickt?«

»Klar. Das wollten Sie doch.«

Dent nickte kurz und stieg rasch aus.

»Sie hatten Recht«, rief Kohelka ihm hinterher. »Es lohnt sich.«

Das war seine kleine Revanche für Dents Erpressung. In Wirklichkeit hatte Katharina ihm noch nicht mal die Hand geschüttelt. Im Rückspiegel sah er, wie der Mann mit der dünnen Oberlippe aus einer dunkelblauen Limousine stieg. Häuptling dünne Lippe, so nannte er Furne von der Even-Bank. Dent reichte dem Häuptling die Hand. Sie entschwanden gemeinsam auf die Terrasse. Dent würde seinen dritten Nachtisch bestellen. Kohelka gab Gas. Vielleicht gelang es ihm heute, den Rekord des Alten zu knacken. Die Jagd hatte wieder einmal begonnen.

Während eine von mittlerweile fünf zweistrahligen Privatma-schinen der Hermes-Bank wieder einmal über dem Atlantik ihrem wichtigsten Verbündeten entgegenschwebte, vertiefte sich Katha-rina erneut in die Rede, die sie in wenigen Stunden vor der UNO zu halten gedachte. Sie fühlte sich beinahe so aufgeregt wie wäh-rend ihrer Trauung, aber diesmal war Helms nicht an ihrer Seite, um ihre Hand zu halten, und das war gut so. Irgendetwas fehlte ihrer Rede noch. Sie erwog, Steinfeld zu wecken, der, wie meis-tens im Flugzeug, friedlich und fest an ihrer Seite schlief. Nein, sie musste alleine darauf kommen. Ärgerlich verdrängte sie die Ge-danken an das Gespräch, das sie kurz vor dem Abflug mit Gerlach geführt hatte. Der alte Mann hatte tatsächlich mit Tränen in den Augen versucht zu kündigen. Er fühle sich zu alt für diese Aufgabe, er könne Steinfeld und sie nicht mehr wirksam beschützen. Sie hatte alles getan, um ihn zu beruhigen, und auf die diversen Vor-züge ihrer erfahrenen Sicherheitscrew verwiesen.

»Merken Sie es denn nicht«, hatte Gerlach geflüstert. »Die haben alle Angst. Traut sich nur keiner, was zu sagen.«

Mehr war aus ihm nicht herauszubringen gewesen. Natürlich spürte auch sie, wie die Anspannung unter dem Sicherheitsperso-nal zugenommen hatte, sie war ein untrüglicher Seismograph für die Bedrohung, die sich im Schatten der allgemeinen öffentlichen Begeisterung für den Schuldenerlass langsam und unmerklich von allen Seiten aufbaute. Es war ihr nicht gelungen, Gerlachs Beden-ken zu zerstreuen, aber auf ihre inständige Bitte, sie jetzt nicht im Stich zu lassen, hatte er schließlich genickt. Katharina warf einen Blick durch die offene Verbindungstür ins Cockpit auf Kohelka, der die Maschine heute flog. Ahnte Gerlach, dass Kohelka auf min-destens zwei Hochzeiten tanzte? Er hatte seinen Auftraggeber Dent bereits verraten und würde es wieder tun, aber das hieß noch lange nicht, dass er keine Gefahr für Steinfelds Sicherheit bedeutete. Sie musste Kohelka endgültig auf ihre Seite ziehen.

Plötzlich durchfuhr sie die jähe Angst, das Flugzeug könnte ab-stürzen, seine Tragflächen verlieren, sich durch die dünne Wolken-decke in die Tiefe bohren, ohne jede Aussicht auf Rettung. Was würde sie ihrem Mann dann sagen? Würde sie ihm gestehen, dass sie den russischen Traum und die Vision einer europäischen, den USA ebenbürtigen Kraft in ihm wiedererweckt hatte, um ihn zu zerstören? Und wie sie aus der Schuld in die Unschuld und an seine

Seite geschlüpft war, weil er durch ihre Manipulationen endlich der Mann geworden war, denn sie lieben konnte? Würde sie ihm das noch erzählen? Wozu noch eine letzte Wahrheit, wenn ohnehin alles zu spät war? Gab es das überhaupt, eine letzte Wahrheit? Bildete die Wahrheit nicht eine unendliche Perlenschnur unterschiedlicher Perspektiven? War ihre gesamte Destruktivität am Ende nur dem Ziel geschuldet, ihre Angst vor dem Tod zu verlieren? Ihre Lippen verzogen sich zu einem abfälligen Lächeln über ihre kleine, jämmerliche Angst, die sie mehr an sich verachtete als alles andere, und sie versuchte sich wieder auf ihre Rede zu konzentrieren. Das Flugzeug würde nicht abstürzen.

Sie hatte gar keine andere Wahl, als an seiner Seite dieses von ihr initiierte Abenteuer zu bestehen, denn nur so konnte sie ihn lieben. Und für dieses Gefühl war sie bereit, alles zu riskieren, restlos alles, denn nicht zuletzt befreite es sie endgültig von ihrem Vater. Sie betrachtete Steinfelds schlafendes Gesicht. Hier oben, weit über den Wolken, in der Nähe der Sterne, schlief er so ruhig wie nirgends sonst. Dies war sein Platz.

Sie bemerkte, wie sie eine Zeile der Strauss-Oper summte, die sie vor zwei Wochen gehört hatten. Elektra treibt ihren Bruder Orest dazu, den Tod ihres Vaters zu rächen, ermordet von seiner Gattin Klytämnestra und deren Geliebtem Aegisth. In ihrem leise schmerzenden Kehlkopf bildete sich Elektras Melodie. Seit ihrer Jugend liebte sie die Figuren der griechischen Mythologie. Sie reduzierten sich in ihrer Unwirklichkeit auf reine Größe. Sie verloren sich nicht in Alltäglichkeiten und deprimierendem Mittelmaß. Alles an ihnen, und vor allem ihre Verbrechen, waren furchterregend groß. Die Kunst hatte diese großen, antiken Figuren auf ihrem Weg durch die letzten zwei Jahrtausende vermenschlicht, vielleicht war es jetzt an der Zeit, zu antiker Größe zurückzukehren.

Diesem Gefühl verhaftet, hielt sie vier Stunden später ihre Rede zugunsten des Schuldenerlasses für die Dritte Welt. Euphorischer Beifall im gesamten Sitzungssaal, vor allem aber auch von Steinfeld, der hingerissen war von seiner Frau.

Katharina bezog sich auf die alte Schuld der Deutschen vor der Welt: »Wir wissen, dass wir nichts wieder gutmachen können, aber gerade deswegen ist es speziell unser Anliegen, diese Welt endlich grundsätzlich anders, menschlicher zu gestalten.«

Dank Katharina nahm die amerikanische Öffentlichkeit den Schuldenerlass als einen Akt christlicher Nächstenliebe wahr. Die amerikanische Presse war von dieser zutiefst moralischen Idee ebenso begeistert wie vom charismatischen Auftreten des Ehepaars Steinfeld. Man erinnerte sich an die Kennedys. Es hagelte Einladungen von allen Seiten. Sie wurden von einer Woge der Euphorie getragen. Es handelte sich um einen der wenigen Augenblicke, in dem die gesamte Welt zwei Menschen auf das Podest ihrer Sehnsüchte stellte und so sehr an ihre Erfüllung glaubte, dass sie für die Anwesenden Wirklichkeit wurde. Und selbstverständlich wirkte die allgemeine Zuneigung, die ihnen entgegenschlug, als Katalysator auf ihre privaten Empfindungen.

Es blieben ihnen exakt anderthalb Stunden, um auf dem Wasser ihrer gesteigerten Empfindungen zu wandeln. Zunächst verlief alles erwartungsgemäß. Gerlach hatte wiederum dafür gesorgt, dass die Suite in eine perfekte Puppenstube ihrer medialen Unio mystica verwandelt worden war. Sie saßen einträchtig vor dem Fernseher und verfolgten, wie ihr Werbefeldzug für Nächstenliebe und Samaritertum auf allen wichtigen Kanälen auf Hochtouren lief. Wie früher tranken sie Pils, lobten und kritisierten sich. Neu für Katharina war, dass Steinfeld an seinen Medienauftritten kein gutes Haar mehr lassen konnte.

»Wahrscheinlich geht es mir wie allen Fernsehgrößen. Ich trete gerne auf, aber ich will mich nicht sehen.«

Sie fand ihn besser als je zuvor. Lachend wischte sie das Zeitungspapier beiseite, mit dem er sich auf dem Bildschirm zu verdecken suchte.

»Hör auf! Ich will dich sehen!«

Er kokettierte damit, sein Spiegelbild auf der Mattscheibe nicht länger ertragen zu können, kehrte dem Fernseher den Rücken zu und beklagte scherzhaft, gemäß dem archaischen Glauben Eingeborener seine Seele an die Bilder verloren zu haben.

»Nur weil du ihnen helfen willst, musst du noch lange nicht alles glauben, was sie sagen.« Katharina erlöste ihn mit einigen Bierspritzern vom Fetisch Fernsehen. »Außerdem ist es doch genau das, was du willst: dich verlieren.«

Er küsste sie und dachte, vielleicht kann man nur wirklich lieben, wenn man selbst nicht mehr existiert. Sie versanken in immer heftigeren Bewegungen und er spürte genau, wie sie nicht länger übers

Wasser tanzten, sondern immer tiefer hinuntersanken und in immer verzweifeltere Schwimmbewegungen verfielen. Er kannte diese Küsse. Sie schlugen in einem einzigen Bogen die Verbindung von fließender Leidenschaft zu schmerzvoll melancholischem Abschied. Er kannte sie gut. Sie richtete sich neben ihm auf. Jede weitere Zärtlichkeit prallte an ihr ab. In diesen Augenblicken war es am besten, einfach abzuwarten, bis sie ihr Geheimnis offenbarte. Es dauerte nicht lange. Dent und Even hatten sich getroffen. Dents Firma lieferte über Spanien Waffen nach Mittelamerika, an die Contras.

»Klar. Und sobald die an der Macht sind, werden sie uns zuvorkommen und alle Schulden, die wir erlassen wollen, pünktlich an die Even-Bank zurückzahlen.« Er sah Katharina an, als sei das die beste Nachricht des Tages. »Denen spucken wir in die Suppe. Winterstein hat genügend NVA-Schrott, den er loswerden muss.«

»Für die regierenden Sandinisten.«

»Ja, natürlich. Woher weißt du das überhaupt?«

Sie hatte es Kohelka entlockt, während er sie vom UNO-Gebäude zu ihrem Wagen geleitete und Steinfeld sein allerletztes Interview gab. Sie verschwieg Steinfeld ihre Quelle. Sie wollte nicht, dass er wusste, wie ergeben ihr Kohelka bereits war, und er war ihr restlos ergeben, da war sie inzwischen ganz sicher. Vielleicht hätte Steinfeld die falschen Rückschlüsse daraus gezogen. Sie wollte nicht, dass im Augenblick irgendetwas, und sei es noch so bedeutungslos, zwischen ihr und ihrem Mann stand.

»Ich bin eben eine gute Spionin«, sagte sie. »War ich schon immer.«

»Die Spionin deines Vaters.«

Noch während er es aussprach, wusste er, dass er einen Fehler gemacht hatte. Zum ersten Mal hatte sie sich gegen Helms auf seine Seite gestellt und er stieß sie zurück. Es war der uralte Schmerz, der jetzt in ihren Augen aufleuchtete, auf ihren Wangen brannte, der Schmerz, immer vergeblich zu lieben. Jetzt, wo es ihr endlich zu gelingen schien, sich von ihrem Vater zu lösen, sich mit einer gegen ihn gerichteten Intrige für all die Jahre des fruchtlosen Wartens zu rächen, drohte sie sich ernsthaft in ihren Mann, den Spieler, den Filou, zu verlieben, von dem sie nicht einmal wusste, ob überhaupt noch eine Persönlichkeit hinter seinen zahllosen Masken existierte. Sie war nicht sicher, ob sie sich in diesen Mann verlieben wollte, und sie war noch weniger sicher, ob sie etwas dagegen tun konnte, denn es war ja gerade seine momentane übermächtige Maske, die sie faszinierte und die er überzeugender trug als viele andere ihre unter der Realität ächzende, jämmerliche Persönlichkeit. Zum ersten Mal seit ihrer Kindheit fühlte sie sich ihren Emotionen wieder restlos ausgeliefert und sie hatte große Angst davor.

Steinfeld nahm ihre Hand.

»Ich weiß, dass du auf meiner Seite bist«, sagte er.

»Wir werden sehen, ob es dir etwas nützt.«

Wie in einem Notwehrreflex wehrte sie sich gegen Steinfelds Samaritergesicht. Sie sagte ihm auf den Kopf zu, dass sein Schuldenerlass Schwindel sei und er ihn nur benutze, um die US-Banken zu schwächen, dass er sich überall nur Feinde mache. Und jetzt wollte er auch noch der Even-Bank und Dent ihr Waffengeschäft durch ein anderes Waffengeschäft verderben. Steinfeld hörte ihr ungläubig zu. Seine Katharina, seine im Privatleben zu allen Schandtaten bereite Frau, die Tochter von Helms, entwickelte moralische Skrupel!

»Herrgottnochmal, begreifst du nicht, das eine geht nicht ohne das andere.« Er lächelte das Lächeln, von dem er wusste, dass es ihr am besten gefiel. Ein kurzes ironisches Aufblitzen der Schneidezähne, das seiner Mundpartie die Jugend zurückgab. »Es ist wie im Privatleben, wie in unserer Ehe. Du kannst auch in der Politik etwas Gutes häufig nur in schlechter Absicht erreichen.«

»Du erreichst, die Hermes-Bank zum Global Player zu machen, mit karitativen Mitteln.«

Er lachte, scheinbar zufrieden, dass sie ihm auf die Schliche gekommen war.

»Alles andere ist Mediengeschwätz zur Volksverblödung.«

»Das du für deine Zwecke benützt!«

»Natürlich. Dummköpfe kannst du nur für dumm verkaufen. Die kapieren die Wahrheit doch gar nicht.«

Er war aufgestanden und im Raum auf und ab gegangen, jetzt kniete er sich vor sie.

»Aber du musst mir glauben, es geht um noch viel mehr als um die Bank. Es geht darum, Europa mit Russland im Rücken zu einem ebenbürtigen Partner der USA zu machen. Nur wenn wir auf Augenhöhe sind, können wir die Zukunft mitgestalten!«

»Du bist auch ein Dummkopf«, sagte sie beinahe zärtlich. »Wenn

401

du auch hehre Zwecke damit verfolgst, so werden Dinge wie Waffengeschäfte dich doch irgendwann einholen und zerstören.«

Er umfasste ihre zarten, trotzigen Schultern, die nach wie vor exakt in die Höhlen seiner Handflächen passten.

»Meine geliebte Frau! Der Fortschritt der Menschheit ist eine einzige Abfolge von Verbrechen mit glücklichem Ausgang.«

»Haben dir das die Jesuiten beigebracht?«

»Die haben es auch nur irgendwo abgeschrieben.«

Er versuchte, sie an sich zu ziehen, doch sie hielt ihn mit zwei Fingern auf Abstand. Er verstand: Das war nur Vorgeplänkel. Im Grunde ging es Katharina um etwas völlig anderes. Wie kaum einer anderen Frau gelang es ihr immer wieder, für Spannung zu sorgen. Steinfeld ließ einige Zeitungsblätter mit seinem Konterfei übers Bett flattern. »Diese Lawine kann niemand mehr aufhalten. Auch du wirst dich meiner Botschaft nicht entziehen können!« Sie mussten beide lachen, als er ihre Augen zu hypnotisieren suchte.

»Das funktioniert vielleicht bei deinen Abteilungsleitern.«

»Die brauche ich dabei nicht zu küssen.«

»Mich auch nicht.« Sie entwand sich. »Gib dir keine Mühe, das wirkt jetzt nicht.«

»Soll ich dir vorrechnen, wie viele Menschen weniger nächstes Jahr an Hunger sterben werden? Und wie viele mehr das sein werden, als durch meine Waffengeschäfte draufgehen?«

Synchron ließen sie das Lächeln auf ihren Lippen verschwinden. Es war eines ihrer alten Spiele.

»Es geht hier nur noch um eines«, sagte er. »Ich glaube an dich und du glaubst an mich.«

»Tun wir das denn?«, gab sie flüsternd zurück. Stille breitete sich zwischen ihnen aus.

Im Hintergrund hörten sie ihre Stimmen im Fernseher. Sie sprachen englisch.

»Ich wollte dich umbringen«, sagte sie unvermittelt.

»Das tust du doch seit Jahren.«

Sie ging nicht auf seinen ironischen Tonfall ein.

»Da täuschst du dich. Die Wunden, die ich dir zugefügt habe, haben dich am Leben erhalten. Aber diesmal war es mir ernst.«

»Doch nicht etwa wegen Vera?«

»Natürlich nicht. Vera war mein erstes Danaergeschenk. Schon vergessen?«

»Aber vielleicht«, dachte er, »war es kein Geschenk, sondern eine Probe.« Vielleicht war er seines Geschenks in ihren Augen nicht schnell genug überdrüssig geworden? Vielleicht dachte er zu oft an sein kleines russisches Mädchen? Es hatte keinen Sinn, Katharina danach zu fragen. Wenn es die Wahrheit war, war sie zu stolz, sie einzugestehen. »Nein«, dachte er weiter, »diese Wahrheit wäre in jeder Hinsicht zu klein.« Mit Vera hatte sie ihn wieder zum Leben erweckt, ihn aus seinem Kokon gestoßen, ihn bereit gemacht für die große, lebensgefährliche Idee, für den gegen ihren Vater und seine Wiedervereinigung gerichteten Dolchstoß. Und anschließend hatte sie sich in das Geschöpf ihrer Rache verliebt.

Sie begann leise, stockend zu sprechen und ihre Worte drangen in sein Herz wie noch nie. In diesem Moment waren alle Mauern in ihm verschwunden. Ja, sie glaubte ihm, dass seine Strategie diesmal nicht nur eine Finte für die Gewinnmarge seiner Bank war, sondern dass er tatsächlich die Welt zum Besseren verändern wollte, dass er ernsthaft den Versuch wagte, mit einem durch Russland gestärkten Europa weltweit eine soziale Marktwirtschaft zu etablieren, aber ihre Rachegefühle hatten ihn da reingetrieben! Sie hatte es provoziert, zuerst, um ihn zu vernichten, und dann, um ihn wieder zu lieben. Sie erinnerte ihn daran, wie er vor dreiundzwanzig Jahren mit seinem missglückten Ölgeschäft vor seinem erkalteten Essen saß und Helms verzweifelt die Stirn geboten hatte, wie er drei Jahre später durchgesetzt hatte, Rehmer zu unterstützen, und, fügte sie nach einer kleinen Pause hinzu, wie er vor fünfzehn Jahren auf dem Friedhof um ihre Hand anhielt, nachdem er Schilling geopfert hatte, für sie und seine Karriere. Ja, dafür hatte sie ihn geliebt.

»Deswegen bist du vor mir geflohen«, sagte er leise. »Ich sehe dich noch zwischen den Grabsteinen entschwinden.«

»Deswegen bin ich wieder umgekehrt und habe dich geheiratet«, flüsterte sie.

Ihre Augen weiteten sich etwas, als sei sie über sich selbst erstaunt. »Jetzt ist alles wieder da, nur fünfzehn Jahre älter.« Sie blickte ihn an, mit leicht aufeinander gepressten Lippen. Ihr Gesichtsausdruck, bei dem das Mienenspiel in einer unbestimmbaren Schwebe zwischen Ernst und Heiterkeit blieb, war eine exakte Kopie seines eigenen. »Meine Liebe zu dir ist in dieser Zeit im Verborgenen gewachsen«, fuhr sie fort, »ohne dass ich das Geringste davon bemerkt habe.«

»Du hast sie perfekt vor mir geschützt«, sagte er und grinste.

Sie warf sich mit einem Lachen über ihn und presste seine Hände hinter den Kopf.

»Sie hat nur auf eine passende Gelegenheit gewartet, sich zu zeigen.« Sie runzelte die Stirn. »Gibt es so etwas?«

»Wenn du es dir ausdenken kannst.«

Sie richtete sich wieder auf.

»Weißt du, wann ich mich endgültig wieder in dich verliebt habe? Im Fernsehen. Während dieses Interviews mit diesen zwei Politdamen, die dich am liebsten in deinem Sessel vernascht hätten.«

»Bist du sicher? Da warst du doch nur eifersüchtig.«

»Ich war noch nie eifersüchtig«, stellte sie in einem Ton fest, der jeden Widerspruch ausschloss. Sie versuchte sich zu erinnern.

»Du warst plötzlich im ganzen Raum, in allen meinen Gedanken. Als ich meinen Liebhaber streichelte, streichelte ich dich.«

Er fuhr zärtlich über ihre Hand. Ihm war, als hätte er sie noch nie so vorsichtig und durchdringend berührt.

»Du siehst, in schlechter Absicht das Gute schaffen. Das ist dir geglückt.«

»Ich dachte, wenn ich an deine Seite trete, kann ich dich beschützen. Wie ein Schutzengel.« Sie lachte kurz auf und öffnete die Minibar. »Was für ein Blödsinn. Dieser gesunde Lebenswandel macht kitschig. Ich sollte wieder mehr trinken.«

Vor sich sah er plötzlich das junge Mädchen, das seinen Vater im Garten mit lustigen Anekdoten aufhielt, bis die Mutter im Haus die Spuren des nachmittäglichen Ehebruchs verwischt hatte. Er drehte ihr Gesicht zu sich her, das den Ausdruck gewechselt hatte und jetzt blass und verletzlich im blauen Licht des Fernsehers schimmerte.

»Dass du mir das alles erzählt hast, zeigt, wie sehr du mich liebst.«

»Aber«, sie senkte den Kopf, als schämte sie sich ihrer Worte, »dass alles damit anfing, dass ich dich zerstören wollte, das liegt jetzt wie ein Fluch über uns.«

»Unsinn.«

Sie lachte auf, als sei alles plötzlich wieder nur ein Spiel.

»Du hast doch mit diesem abergläubischen Scheiß angefangen.« Sie ahmte ihn nach. »Der Fernseher stiehlt meine Seele!«

»Deswegen hör ich jetzt auch wieder damit auf.«

Er stellte den Fernseher ab, bevor er mit ihr schlief. Diesmal gab es keine körperlichen Probleme, im Gegenteil. Sie trug ihn mühelos mit sich fort.

Er hatte sich lange Mühe gegeben, ihre Liebe zu ihm zu wecken, aber als diese Liebe jetzt wie ein erstaunlich starkes Echo zurückflog, konnte er nicht verhindern, dass sie ihn ein wenig langweilte, denn er kannte bereits alle ihre Schattierungen und Formen; schließlich hatte er sie erfunden. Oder lag es an ihrem Geständnis? War ihre Liebe nur eine leidenschaftliche Form, um Verzeihung zu bitten für alles, was sie ihm angetan hatte und noch antun wollte? Jedenfalls wirkte diese Liebe stumpfer als die scharfen Messer des leidenschaftlichen Hasses, mit denen sie ihn bisher verletzt hatte. Sie war vielleicht ehrbarer, gut gemeint, aber damit auch zwangsläufig weniger aufregend. Seine Gedanken wanderten zu Vera, deren Bild ihm in diesem Augenblick gerade deshalb so verlockend erschien, weil sie weit entfernt war. Er kannte dieses Phänomen bis zum Überdruss und er hätte sich gewünscht, anders mit seiner Frau zu schlafen, so wie früher, in nachtschwarzer Leidenschaft, die durch einander ins Ohr geflüsterte Gemeinheiten zu einer Gratwanderung wurde. Aber das war vorbei. Sie liebte ihn. Es war, als würde er ein letztes Mal einen seit vielen Jahren vertrauten Weg gehen. Man kennt jede Biegung, spürt die losen Steine an den bekannten Stellen, wartet auf eine sanfte Steigung, eine kleine Senke, notiert mit einem Blick die gleich gebliebene Form und Farbe der Wände. Es ist alles bis ins letzte Detail bekannt und die Intensität des Gefühls rührt allein aus der Gewissheit des Abschieds. Ihre neue Welt der Liebe war so fein gesponnen, dass er sie in ihren Armen nicht spüren konnte. Nichts ist unwirklicher als die Wirklichkeit. Er schwang sich an den Bildern von Vera, die wie Gemälde in seinem Kopf schaukelten, leidenschaftlich empor, bis die Bilder verblassten und in Worten und Strategien wiedergeboren wurden, die unendlich größer und faszinierender erschienen als jeder Leib und doch ohne dieses Fundament nicht denkbar gewesen wären. Katharina umschloss ihn fest mit allen Gliedern, während er Schritt für Schritt seinen Weg zu Ende dachte, wohl wissend, dass sie seine wiedererwachte Kraft als Grundstein nahm, auf dem sie ein Gerüst neuer, wahrer Liebe baute, getragen von seiner doppelbödigen Vision. So und nicht anders brachten sie das Gute in die Welt. Einmal blickte er hinunter in ihre zu dunklen Mondsicheln geschlossenen Augen, ihren halb geöffneten Mund. Er war gewiss, auf dem Höhepunkt ihres Triumphs würde sie ihn verstoßen, überdrüssig wie eines Pokals, den man errungen hatte, ohne zu wissen, wofür. Sie würde ihn Vera in die Arme werfen, die zu jung und im Kopf viel zu gesund und normal war für seine Ideen. Es konnte nicht sein, dass seine Frau ihn plötzlich einfach nur noch liebte. Es existierte in ihr die Liebe neben dem Hass, die Leidenschaft neben der Verachtung, die Verbrüderung neben dem Verrat, und so musste es bleiben. Dieser Gedanke erregte ihn so sehr, dass es geraume Zeit brauchte, bis sich ihre Atemzüge gemeinsam wieder beruhigten. Ihre Augen starrten neben ihm in die Dämmerung.

»Eine Umdrehung der Welt gegen den Uhrzeigersinn der Mächtigen«, sie sprach die Worte, als suche sie in ihnen neue Zuversicht, »dafür muss ich dich lieben. Ich habe gar keine andere Wahl.« Sie legte sich auf die Seite und drängte ihren Körper gegen seinen. Er spürte die Falten des Lakens zwischen ihnen auf seiner Haut. »Und doch will ich, dass du es lässt.«

»Wenn ich es lasse, kannst du mich nicht mehr lieben. Was bin ich dann noch? Wieder der mediokre Banker, den du verachtest.«

»Das ist nicht so wichtig«, sagte sie und zündete sich eine Zigarette an. »Ich will, dass du lebst.« Sie inhalierte so tief, dass sie husten musste. »Und vielleicht, vielleicht ... oh Gott, ich hab solche Angst davor, uns als normale Menschen zu sehen. Aber vielleicht könnte es ganz schön sein.«

»Ja, sicher«, sagte er, um sie zu beruhigen. »Wenn wir es beide wollen.«

Er verspürte den unwiderstehlichen Wunsch, ins Bad zu gehen und sich dort in Luft aufzulösen. Das konnte nicht sein, dass sie ausgerechnet jetzt, wo sie dabei waren, die Welt zu erobern, ihre Sehnsucht nach stillem Glück entdeckte. Das quälte ihn beinahe noch mehr als ihre schlimmsten Eskapaden. Oder war das nur ein neues diabolisches Spiel?

»Wenn's mit mir nicht klappt«, sie lächelte und blies ihm etwas Rauch in die Augen, »kannst du immer noch mit Vera glücklich werden. Sie liebt dich, egal wie du bist.«

»Ja«, dachte Steinfeld, »aber liebe ich sie so, wie sie ist? Liebe ich in Vera nicht ebenso die Vorstellung der kleinen, mystischen Madonna, die meine eurasischen Träume beflügelt, wie Katharina in mir die Vorstellung eines Mannes, der die Größe ihres Vaters besitzt? Besser noch, eine Größe, die die Verbrechen ihres Vaters für immer verdeckt und sie aus seiner Kälte erlöst? Sind wir wirklich nicht in der Lage, etwas anderes als unsere Vorstellung vom anderen zu lieben?« Er erhob sich und ging ins Bad. Der abgestandene Geruch der körperlichen Liebe versetzte ihn in Katerstimmung.

»Komm, wir gehen zum Dinner von diesem Demokratenheini. Spendengelder einsammeln für die notleidenden amerikanischen Banken.«

»Ich nehme die Abendmaschine nach Frankfurt.« Die Silhouette ihres nackten Körpers glitt hinter ihm durch den leicht beschlagenen Spiegel. »Ich fühl mich nicht wohl.« Sie hustete erneut. Diesmal länger. »Du hattest Recht. Ich sollte in dieses Sanatorium gehen.«

»Sie weiß«, dachte Steinfeld und machte dabei seinen Wunsch zu ihrem, »dass es für sie keine normale Liebe gibt. Sie wird mich am meisten lieben, wenn ich nicht bei ihr bin. Wenn sie mich im Fernsehen sieht. Wenn sie von mir hört. Wenn all die lästigen Dinge, die der Alltag mit sich bringt, zwischen uns nicht stattfinden.« Er seifte sich sorgfältig zwischen den Beinen ein.

23. Kapitel: Juni 1989

Der nächste Tag war besonders schön. Das New Yorker Klima zeigte sich von seiner besten Seite. Katharina musste einen angenehmen Heimflug gehabt haben. Gerlach hatte sie in der Lufthansa-Maschine begleitet. Kohelka und Mazarek waren zu Steinfelds Schutz zurückgeblieben, dafür war Gerlach zu alt und ohnehin war er für Katharina die beste Amme. Mazarek behandelte sie stets wie Luft und Steinfeld war inzwischen mehrmals aufgefallen, dass sie Kohelkas Gesellschaft mied, wo immer es ging. Steinfeld hatte hinter der Abneigung seiner Frau nicht selten unkontrollierbare Zuneigung erlebt und ein neues Sexualabenteuer wollte er ihr im Augenblick nicht zumuten. Je länger er darüber nachdachte, umso klarer wurde ihm: Ihr Geständnis und der Wunsch nach einem gemeinsamen, einfachen Leben bedeuteten keineswegs Stabilität, sondern es handelte sich im Gegenteil um die ersten Vorzeichen einer neuen Krise. Es wäre falsch gewesen, Kohelka vorzeitig zu verheizen. Da war mehr zwischen ihm und Katharina als platte Gier. Kohelka konnte ihm, wenn die Katastrophe ausbrach, durchaus von Nutzen sein. Und während er all das überdachte, einsam beim Frühstück sitzend, liebte er seine Frau, liebte sie mit jedem Kilometer mehr, den das Flugzeug sie von ihm forttrug.

Auf der Modepräsentation, die er am späten Vormittag besuchte und deren japanischer Designer sich durch Farben und Formen der Unterwasserwelt inspirieren ließ, wurde er plötzlich von mehreren großen Stofftieren umringt. Sie dienten Werbezwecken und in ihrem Innern steckten schwitzende, erschöpfte Kleindarsteller. In einem besonders aufdringlichen Polypen, dessen Fangarme Steinfelds Sicherheitsbeamte, insbesondere Kohelka, immer wieder der Lächerlichkeit preisgaben, verbarg sich Vera. Steinfeld war ebenso überrascht wie erfreut. Eine ihrer Sepiaspitzen legte sich spöttisch um seinen Hals.

»Glaubst du immer noch nicht an Schicksal?«

»Ich glaube an weibliche Intuition.«

Er war absolut sicher, dass Katharina Vera angerufen hatte. Es passte exakt zu ihrer Art, Geschenke zu machen. Während er Vera aus ihrem Krakenkostüm half, machte er sich über Kohelka lustig, der, wie Steinfeld fand, übernervös auf den Vorfall reagiert hatte. Kohelka zuckte gelassen die Achseln. Er war es gewohnt, sich wegen scheinbar übertriebener Sicherheitsmaßnahmen Vorwürfe anzuhören. So was mit stoischer Ruhe hinzunehmen, gehörte zu einer professionellen Ausbildung. Es wäre nicht das erste Mal gewesen, dass aus einer lustigen Situation im Handumdrehen eine tödliche entstand. Während Vera aus ihrem Kostüm schlüpfte, wies Steinfeld auf eine überdimensionale Torte, die als Nachtisch am Buffet aufgebaut wurde, und forderte seine beiden Leibwächter auf, sich ein Stück zu nehmen.

Es war diese Art von Großzügigkeit, die Kohelka an Steinfeld mochte. Er gönnte seinen Untergebenen etwas. Vielleicht gönnte er ihm sogar seine Frau. Jedenfalls hatte Kohelka manchmal irgendwie dieses Gefühl.

Steinfeld wartete, bis seine beiden Bodyguards den Mund voller Creme hatten, dann zerrte er Vera in einen Fahrstuhl, dessen Türen sich knapp vor dem hinterher eilenden Mazarek schlossen. Mazarek hieb in hilfloser Wut gegen die Stahltür, wobei ihm etwas Sahne auf seinen weinroten Blazer spritzte.

»Dieser Idiot! Dieser verdammte Idiot!«

Kohelka schluckte rasch runter.

»Nicht so laut, er kann uns über Funk hören.«

»Soll er ruhig!«, schrie Mazarek in sein Mikrofon. »Ich hab diese Extratouren langsam satt. Wie soll man diesen Mann beschützen?!«

Der Pressereferent griff sich Kohelkas Gerät: »Herr Steinfeld, diese Stadt hat eine der höchsten Kriminalitätsraten der Welt. Bitte warten Sie unten auf uns.«

Kohelka nahm in Ruhe einen neuen Bissen Torte. Ein kurzer Blick auf Veras Figur hatte ihm genügt, um zu wissen, dass Steinfeld nicht warten würde.

»Hat er wenigstens Kondome dabei?«

Steinfeld verließ lachend mit Vera den Fahrstuhl und schaltete sein kleines Empfangsgerät aus.

Mit ihrem Künstlerdasein hatte sie auch ihre ehemaligen Wohnverhältnisse wieder aufgenommen. Die Straße, in der sie wohnte, war menschenleer, mit Abfällen und Schlaglöchern übersät, der Wohnblock mehr als sanierungsbedürftig. Eine nackte Glühbirne erleuchtete ein enges, giftgrün gestrichenes Treppenhaus, in dem es nach Moder roch. Der Putz blätterte von den Wänden.

Dieses traurige Bild änderte sich schlagartig, als sie die Wohnung betraten. Zwar gab es auch hier genügend Risse an den Wänden, aber Vera hatte sie mit selbst geschossenen und mosaikartig übereinander geklebten Fotografien und japanischen Masken verdeckt. Ein Schrein mit russischen Heiligenbildern leuchtete neben einem Zimmerspringbrunnen und einer bronzenen Buddha-Statue. Über dem Gasherd, der einzigen Heizquelle innerhalb der Wohnung, hing eine Jugendstilreklame für eine längst verschwundene Zigarettenmarke. Das Haar der Frau bestand aus dem Rauch der Zigarette. Schwere alte englische Holzmöbel, die sie auf dem Flohmarkt erstanden hatte, verdeckten die feuchten Wände und machten die Wohnküche überraschend gemütlich. Insgesamt war die Wohnung, mit extrem schmalen Fenstern, die nur spärlich Licht durchließen, eine ganz eigene Mischung aus eurasischem Schmuckkästchen und geschmackvoll eingerichteter Totengruft. Verstärkt wurde dieser Eindruck durch Veras Vorliebe für Kerzenlicht. Über alle Räume waren Leuchter verteilt. Steinfeld war fasziniert und fühlte sich auf Anhieb heimisch. Jedes Detail war nicht nur mit liebevoller Fantasie ausgesucht, sondern erstaunlich stilsicher und selbstbewusst arrangiert. Obwohl sie auf den ersten Blick in denkbar krassem Widerspruch dazu stand, erinnerte ihn diese Wohnung wie keine andere Räumlichkeit an seinen Bungalow. Mit einem Schlag wurde ihm klar, dass sich Vera mit erstaunlicher Geschwindigkeit zu einer jüngeren, verspielteren Schwester von Katharina entwickelt hatte. Als habe Katharina ihr ihren Atem eingehaucht und sie als ihr Geschöpf auf Steinfeld losgelassen. Mit jedem Meter frisch geschnittenem Film, den Vera ihm vorführte, mit jedem Telefonat, das sie lässig und absichtsvoll in seiner Gegenwart mit ihren zahlreichen Zufallsbekanntschaften führte, verwandelte sie sich in seinen Augen mehr und mehr in eine Amazone, die sich weder von seinem Charme noch von seinem Geld und seiner Macht bändigen ließ. Ihre Krankenschwesterpersönlichkeit hatte offensichtlich endgültig ihrer wiederentdeckten Wildheit Platz gemacht. Dadurch wurde sie unwiderstehlich.

»Wenn sie wirklich so wäre wie jetzt«, dachte Steinfeld, »müsste ich sie tatsächlich auf der Stelle heiraten.« Aber war das nicht nur Maskerade, antrainiert für ein Wiedersehen? Nein, dazu war es zu perfekt. Hinter jedem Wort, jedem Handgriff, jedem Lächeln konnte er Katharinas Handschrift spüren, aber auf seine arglose Nachfrage, ob sich Vera und Katharina in letzter Zeit einmal getroffen hätten, erhielt er nur die erstaunte Antwort: »Nein, wieso, du warst doch die ganze Zeit mit ihr zusammen.«

Hatten die wenigen Tage über Weihnachten in seinem Bungalow Vera genügt, Katharinas Geschmack nachempfinden und auf Flohmarktniveau reproduzieren zu können, oder war die Übereinstimmung zufällig? Er musterte einen Clown neben ihrem Bett, dessen rostrotes Wams sie als Nadelkissen benutzte.

»Der sieht mir nicht aus, als ob er allzu viel gelacht hätte in letzter Zeit.«

»Clowns weinen doch immer. Selbst, wenn's ihnen gut geht.«

Während er versuchte, sie einzufangen und an sich zu ziehen, neckte er sie, weil sie keine Kondome im Haus hatte.

»Du warst mir also die ganze Zeit treu?«

»Im Gegensatz zu dir.«

»War doch nur fürs Fernsehen.«

»War es nicht.«

»Nein, du hast Recht«, stimmte er scheinbar zu, »Katharina und ich hatten eine sehr schöne Zeit.«

Er verspürte wenig Lust, ihr den tieferen Sinn seiner ersten Antwort zu erklären. Im Augenblick hatte er genug von medialer Liebe und sehnte sich nach durch und durch körperlicher Lust. Je mehr seine Vision Gestalt annahm, umso begieriger griff er nach all jenen Momenten, in denen er noch Wirklichkeit vermutete. Warum hatte Katharina ihm Vera diesmal geschickt? Sollte Vera eine Hilfe für ihn sein oder eine Falle? Lag es an ihm, das zu bestimmen? Konnte er Katharina wirklich trauen? Je mehr er sich auf das große Spiel um die Welt einließ, umso weniger hatte er das Gefühl, in seinem Emotionshaushalt noch die Spielregeln zu bestimmen.

»Was wird das hier?« Veras Gesicht tauchte dicht vor seinem auf. »Ein kleiner Quickie als Dessert?«

»Was dagegen?«

»Überhaupt nicht.« Sie löste sich wieder, elegant wie eine Tänzerin. »Ich habe mir fest vorgenommen, immer dann zu gehen, wenn ich mich ernsthaft in dich verliebe.« Sie ließ sich das erste Mal von ihm küssen. »Beim letzten Mal war es noch schwierig.« Ihre Lippen wichen spielerisch vor ihm zurück. »Aber inzwischen bin ich perfekt.«

Sie entzog sich ihm erneut, und als sie sich endlich hingab, dauerte es lange, bis es ihm gelang, sie zu erregen. So lange, dass er an absolut nichts mehr dachte, sondern nur sich selbst spürte, seinen Herzschlag, seinen Atem. Wie früher auf der Aschenbahn. Nur dass er zum ersten Mal Heinrich nicht davon-, sondern ihm entgegenlief. Es war wunderbar. Sein Körper glänzte von Schweiß. Zwei Tropfen fielen in ihre Augen. Überrascht blickte sie ihn an. Sie hatte Recht behalten. Nicht sie fiel aus der Rolle, er tat es. Das Glücksgefühl, für einen Augenblick von allem Zwang befreit zu sein, nicht mehr denken, nicht mehr grübeln, nicht mehr jedes Gefühl strategisch planen zu müssen, sondern einfach nur Veras Gesicht betrachten zu können, war so groß, dass es ihm Tränen in die Augen trieb, die glücklicherweise von seinem Schweiß nicht zu unterscheiden waren.

Er überlegte sich, wie es wäre, wenn er sie jetzt noch einmal bitten würde, seine Frau zu werden? Er unterließ es. Nicht, weil es völlig wahnsinnig war. Nicht, weil er wenige Stunden zuvor mit seiner Frau zusammen die Weltgeschichte ins Rollen gebracht hatte. Nicht, weil seine Scheidung in weite Ferne gerückt war. Nicht, weil Katharina sich ihm so schutzlos dargeboten hatte wie noch nie. Das alles waren nicht seine Gründe. Zum ersten Mal hatte er Angst vor Veras Nein. Die Kerzen, die sie angezündet hatte, flackerten im Halbdunkel.

Die Kälte des Schlafzimmers trieb sie in die Küche. Sie kochten zusammen, und während Vera ebenso geschickt Gemüse schnitt, wie sie mit Filmstreifen umging, offenbarte sich Steinfelds völlige Hilflosigkeit in alltäglichen Dingen. Nach einem kleinen Schnitt in den Zeigefinger empfahl sie ihm Plastikbesteck. Er weigerte sich,

ihr Heftpflaster zu benützen, und sie stillte, während sie weiter-
kochte, die kleine Blutung in ihrem Mund. Da war sie wieder, seine
kleine Krankenschwester, aber diesmal auf ganz andere, aufre-
gende Art. Er hätte sie am liebsten noch mal ins Bett gezogen, sie
aber bestand darauf, dass er den Tisch deckte. Da das Geschirr aus
Platzmangel ebenso gedrängt wie sorgfältig in den Schränken an-
geordnet war, gab es Scherben. Es handelte sich um einen Teller
des einzigen wertvollen Services, das sich seit vielen Generationen
in Familienbesitz befand und das Veras Mutter ihr als Weihnachtsgeschenk in den Westen nachgeschickt hatte. Trotz des nicht wieder
gutzumachenden Verlustes gelang es Steinfeld, Vera zum Lachen
zu bringen. Das war einer der Gründe, warum sie ihn liebte. Er besaß die nötige Souveränität, seine Missgeschicke mit jungenhaftem
Charme zu verkaufen. Dieser Mann, der das Leben in sich so verzweifelt suchte, verstand es in einzigartiger Weise, seinem Umfeld
Leben einzuhauchen.

Er verlängerte seinen Aufenthalt in New York um zwei Tage und
rief deswegen Kohelka an. Mazarek, der sich bereits große Sorgen
um seinen Arbeitgeber gemacht hatte, war verstimmt, weil Steinfeld seinen neuen »Pitbull« – so titulierte er gelegentlich seine zwei
engsten Bodyguards – ihm bei der weiteren Terminplanung vorzog.
Steinfeld hatte mit der Berufung Kohelkas auch in seinem Sicherheitsbereich das System konkurrierender Liebhaber geschaffen, das
sich sowohl in seinem Berufs- wie auch im Privatleben stets als erfolgreich erwiesen hatte. Die durch ständige Konkurrenz freigesetz-
ten Energien durften sich nicht gegenseitig lähmen, sondern mussten sich potenzieren, darin bestand die eigentliche Kunst des »divide
et impera«. Hinter diesen nicht von der Hand zu weisenden Vor-
zügen lag noch die tiefere Wahrheit, dass Steinfeld so seine Empfindungen nie auf eine Person konzentrieren musste, sondern sie immer auf mehrere verteilen konnte. Dies war ihm seit Heinrichs
Selbstmord zur selbstverständlichen Gewohnheit geworden.

Er erkundigte sich bei seinem Referenten noch kurz nach dem
weiteren Verlauf der Pressekampagne und trug Kohelka auf, sich
bei Katharina für das liebevoll ausgesuchte und fantasievoll ver-
packte Geschenk zu bedanken, das inzwischen längst seine Kraken-
arme um ihn gelegt habe, und das er hoffe, in wenigen Tagen unbeschadet mit nach Hause zu bringen, dann legte er auf.

Vera warf die Arme von hinten um seinen Hals.

»Du glaubst doch nicht im Ernst, dass ich mit dir zurückfliege.«
Das glaubte er nicht, das wusste er. Aber klugerweise sagte er das nicht. Stattdessen tauchte er mit Vera ab in ihre Welt und wurde so innerhalb weniger Stunden wieder zu einem Teil von ihr. Gemeinsam streiften sie über Flohmärkte und er war fasziniert von Veras Schlagfertigkeit und Geschick, mit denen sie die Preise herunterhandelte. Die geborene Brokerin.

»Wie eine russische Marktfrau«, neckte er sie.

»Was willst du?«, gab sie zurück. »Wir Russen sind Sparen gewöhnt.«

Bereits im Bett war ihm aufgefallen, wie praktisch sie war. Selbst wenn die Leidenschaft noch so groß war, traf sie immer die nötigen Vorkehrungen. Ihr Laken wurde nie beschmutzt. Diese Fähigkeit setzte sich auf sympathische Art beim Studieren des Stadtplans und beim Erwerb von U-Bahn-Karten fort. Sie erreichte sogar, dass Steinfeld das Guggenheim-Museum zum ermäßigten Preis besuchen konnte. Sie bestand darauf, ihn einzuladen. Ihr kleiner roter Rucksack wippte vor ihm wie die erste Andeutung einer Sturmwarnung im harmlosen Frühsommerwind. In diesem Augenblick schien alles trügerisch klar und eindeutig, als sei die Rückkehr zu Katharina nur ein überflüssiger Umweg gewesen, die Spätausgabe eines Nachtmagazins, dessen Nachrichten man bereits bis zum Überdruss kannte und vergaß, sobald man den Fernseher abgestellt und sich dem Leben zugewandt hatte. Aber sobald er sich wieder in seine Strategien vergrub, konnte diese Scheinwelt magische Größe gewinnen und die Leere ausfüllen, die ihn im alltäglichen Leben stets nach kurzer Zeit bedrohte. All diese höchst widersprüchlichen Augenblicke reihten sich zu einer Perlenschnur nicht kompatibler Teile. Und diese Schnur zog sich immer enger zusammen. Wie eine Fata Morgana war das Gefühl, sie müsste ihn erwürgen.

Voller Begeisterung stürzte er sich mit Vera in das Vorhaben, eine gebrauchte Lederjacke zu erwerben. Der Spitzenbanker auf der Suche nach lukrativen Ramschangeboten, Steinfeld inhalierte die Situation geradezu. Vera schenkte ihm schließlich eine wattierte Jacke, um, wie sie sagte, sein kaltes Herz zu wärmen. Sie nötigte ihn, die Augen zu schließen, und er spürte einen harten Gegenstand unter seiner Nase, der nach Holz roch: ein schöner alter Diskus, der in der Hand lag, als sei er für ihn gemacht. Vera bestand darauf, dass er ihn im angrenzenden Central Park sofort ausprobierte, und räumte ebenso charmant wie energisch eine Wiese als Zielgebiet für ihn frei. Sie war eine hervorragende Organisatorin.

»Wirf schon, die gehen weg! Na wirf schon!!«

Sie lief dem Diskus begeistert hinterher, setzte Markierungen, scheuchte erneut Leute beiseite. Es war, als ließen sie gemeinsam Drachen steigen. Jetzt war der richtige Augenblick, genau jetzt, als sie mit dem Diskus in seine Arme lief: Er bat sie, mit ihm zurückzukommen. Natürlich weigerte sie sich. Er schloss eine Wette mit ihr ab: »Wenn ich den Diskus ganz weit über die Bäume dort werfe, kommst du mit.«

»Und wenn du verlierst? Bleibst du dann in New York?«

»Zwei Wochen?«

»Solange ich will.«

Natürlich gewann er. Er fühlte sich wie ein griechischer Halbgott. Der Alltag, den er so inbrünstig gesucht hatte, war längst wieder in einen Traum verwandelt. Neben ihm hustete ein Kind. Seine Mutter putzte ihm die Nase ab. Es war ihm unangenehm, denn es erinnerte ihn an den Husten seiner Frau. Ihr Husten erschien ihm plötzlich wie ein Relikt aus einer hässlichen, unbeherrschbaren Wirklichkeit. Er verdrängte den Gedanken und schloss Vera so fest in die Arme, dass sie in seiner neu gekauften Jacke beinahe erstickte. Automatisch dachte er, und der Satz flog ihm aus der mit Katharina verbrachten Zeit zu, »wir beide werden die Welt aus den Angeln heben!« Falsch, korrigierte er sich. Bei Vera musste er nichts Besonderes sein. Bei ihr konnte er dort weitermachen, wo er vor zwanzig Jahren aufgehört hatte. War sein privates Ich nicht vor zwanzig Jahren stehen geblieben, wie die letzte Uhr, die er gekauft hatte? Er fühlte sich mit einem Mal so frei wie der Diskus, der in steilem Bogen über die Bäume schoss. Vera und er passten prima zusammen. Er schleuderte seine Ehe mit Katharina mit jedem weiteren Wurf aus sich heraus, bis sie zwischen den Wolken verblasste und es ihm vorkam, als hätten die letzten Jahre außerhalb seiner Person stattgefunden. Katharina könnte ihn so ausgelassen, pubertär und kindisch immer nur verachten. Vera nicht. Vera würde ihn genauso lieben. Ein Blick in ihre blauen Augen, die ihr Gesicht beherrschten wie strahlende Zauberkugeln, beseitigte jeden Zweifel. In diesem Augenblick liebte sie ihn auch. Und sie vergaß völlig, dass Helms es war, der ihr geraten hatte, zu Steinfeld zurückzukehren.

Sie liebten sich, von einigen spärlichen Blättern verdeckt, im Gesträuch, malten sich aus, wie sie überrascht, vielleicht sogar ausgeraubt würden. Steinfeld hatte wie immer kein Bargeld dabei.

»Sie werden uns nackt durch den Park laufen lassen«, flüsterte sie leise lachend in sein Ohr. Seine Lust floss wie selbstverständlich zu ihr und wie in einem geschlossenen Stromkreislauf wieder zu ihm zurück. Die Leidenschaft schien wie ein Perpetuum mobile, das nie versiegen konnte. Sie wollte, dass er sie liebte wie einen Mann.

»Nein«, sagte er, »ab heute bist du meine Frau.«

Heftig vergrub er seinen Mund in ihrem. Er spürte ihre Hände, die seine Hose öffneten, und wie ein Blitzlichtgewitter zogen die Erinnerungen an die jungen Männer durch seinen Kopf, die ihn an ähnlichen Orten auf dieselbe Art bedient hatten. Sie schien zu spüren, dass seine Gedanken ihr entglitten, packte sein Haar und bog seinen Kopf zurück, um ihn ansehen zu können.

»Ich wollte bereits mit dir schlafen, als ich fünf Jahre alt war. Und du hast es genau gewusst!«

»Ich hatte keine Ahnung«, keuchte er grinsend.

Sie lachte, während ihre Körper immer heftiger gegeneinander stießen.

»Du Lügner!«

Ihre schlanken Beine schlangen sich um sein Becken und erinnerten ihn kurz an die Fangarme ihrer Verkleidung.

»Du hast ein kleines Mädchen verführt. Gib es wenigstens zu!«

Sie atmete tief durch, um die erste Welle höchster Lust weiter hinauszuzögern. »Ich wusste zwar noch nicht, wie's geht, aber ich wollte es. Ich hab erst ein halbes Jahr später bei meinen Eltern nachgesehen.« Sie grinste. »Danach wollte ich die nächsten zehn Jahre nicht mehr.«

Ihre makellosen Zähne blitzten auf. Sie liebte es, ihm Geschichten zu erzählen, während sie mit ihm schlief. Sie redete sich in die Erregung hinein. Plötzlich kam es ihm vor, als spielten sie ein Puppenspiel der Liebe. Wie Kinder, die das große Spiel der Erwachsenen nachspielten. Für Vera war das ein notwendiger Schutz, Steinfeld konnte das heraufziehende Wolkenfeld einer Melancholie nicht länger verscheuchen. Die Wirklichkeit war ihm wieder einmal durch die Finger geglitten. Oder war er unfähig, sie noch adäquat wahrzunehmen? Er erregte Vera jetzt so sehr, bis sie nicht mehr reden konnte und ihn in die Schulter biss. Als sie sich dafür entschuldigte, lächelte er beinahe traurig.

Zwei Tage später stieg er mit Vera am Rande des Rollfelds für Privatmaschinen aus einem Taxi, als sei das völlig selbstverständlich. Zwei Tage Urlaub von seinem Reich. Er kannte die Folgen. Im Flugzeug wartete bereits eine Flut von Faxen und eine seitenlange Telefonliste. Einer von Veras Vorteilen bestand darin, dass sie stets mit leichtem Gepäck reiste. Steinfeld betrachtete liebevoll den kleinen Koffer aus hellem Leder in ihrer Hand, wohl ahnend, es waren Dinge wie dieser Koffer, der nicht mehr richtig schloss und nur mit mehreren Expandern zu bändigen war, die ihm in wenigen Monaten auf die Nerven gehen würden.

Sie blieb plötzlich stehen.

»Ich glaube, ich möchte doch nicht mit.«

Ihre blauen Augen wurden durch den altertümlichen Hut, den er für sie auf dem Flohmarkt erworben hatte, noch vergrößert.

»Das kannst du nicht machen. Ich hab gewonnen.« Er hakte sie unter und führte sie zur Einstiegsluke. »Diesmal entkommst du mir nicht.«

Mazarek eilte auf sie zu. Er hatte sich allergrößte Sorgen gemacht.

Kohelka enthielt sich eines Kommentars und überwachte das Auftanken der Maschine. Sie war nagelneu. Steinfeld hatte sie vor vier Wochen im Zuge der Fusionsverhandlungen von Laureus bekommen, wohl nicht zuletzt, um sein Vertrauen in die technischen Fähigkeiten der Belegschaft zu erhöhen. Er freute sich auf die bequemen Sitze. Mazarek ging ihm mit seinem vorwurfsvoll besorgten Ton auf die Nerven. Steinfeld wusste natürlich, wie er ihn am wirkungsvollsten bestrafen konnte.

»Die beiden sind nur bei mir«, sagte er, während er am Fenster Platz nahm und Vera neben sich zog, »weil ich sie besser bezahle, als sie mit ihren Erpressungen verdienen könnten. Es ist bequemer, mein Staubsauger zu sein, als Staubsauger zu verkaufen.«

Mazarek verletzte daran am meisten, dass Steinfeld ihn mit Kohelka auf eine Stufe stellte. Aber Steinfeld wäre nicht Steinfeld gewesen, wenn es ihm nicht gelungen wäre, Mazarek bereits mit dem nächsten Satz wieder zu versöhnen.

»Wie eine Katze, die mit den Mäusen spielt«, dachte Vera. Sie hatte das Gefühl, es sei eine Vorführung seiner manipulativen Fähigkeiten, eine Art Warm-up für die nächsten Besprechungen.

»Was haben Sie denn?« Steinfeld ließ Mazarek zwei Tassen Kaffee für sich und Vera servieren. »Lachen Sie mal. Ich hab euch doch so ein schönes Flugzeug gekauft.«

Kohelka nahm grinsend im Cockpit Platz. Die zwei Düsentriebwerke schoben die Maschine an den Start.

Während sie beschleunigten, fragte Vera: »Wie willst du das deiner Frau erklären?«

»Sie hat das doch alles arrangiert.«

Vera starrte ihn sprachlos an. Sie hatte seit Monaten keinen Kontakt mit Katharina.

Als das Flugzeug abhob, begriff Vera das gesamte Ausmaß des Missverständnisses. Sie wollte es ihm erklären, als plötzlich die Triebwerke aussetzten. Das Flugzeug ging wie ein Stein zu Boden. Das Letzte, was sie sah, war der Asphalt der Startbahn, der durch die Scheibe des Cockpits auf sie zuraste. Dann schlug die Verbindungstür mit einem Knall zu. Den Aufschlag spürte sie nicht mehr. Sie war ohnmächtig geworden.

Kohelka versuchte, sich Spinnweben aus dem Gesicht zu wischen. Doch es war Blut, das aus unzähligen Wunden sickerte. Das durch den Schlamm rutschende Wrack war in den Treibhäusern einer Gärtnerei zum Stehen gekommen. Überall Glassplitter. Wie durch ein Wunder waren seine Augen unverletzt. Er spürte, wie jemand seinen Sicherheitsgurt löste. Es war Steinfeld. Blut lief ihm aus Nase und Ohren. Ansonsten schien er bis auf einige Schrammen unverletzt.

»Keine Sorge«, sagte er. »Morgen steht ein neues da.« Kohelka hätte ihn küssen können. Dann sah er Mazarek. Ein langer Glassplitter ragte wie eine Speerspitze aus seiner Brust.

»Was ist mit Ihrer Begleitung?«

»Hat Glück gehabt.«

Steinfeld schloss Mazarek die Augen. Er erschrak vor sich selbst, als er feststellte, wie ruhig er war. Der Absturz schien ihm nur logisch. Er war nicht im Geringsten überrascht. Er hatte das Schicksal so lange herausgefordert, dass er sich jetzt, endlich an der Grenze angekommen, wie am Ende einer langen gefahrvollen Reise fühlte. Für ihn bedurfte es nicht des geringsten Beweises: Dies war kein Zufall, es handelte sich um einen Anschlag. Aber er hatte ihn überlebt. Und seine Gegner würde dieser Misserfolg lähmen. Er fühlte sich unendlich frei, unverwundbar. Alle Gipfel, die er bisher erklommen hatte, waren nichts dagegen. Eine weitere Hornschicht war über sein letztes Lindenblatt gewachsen.

Wenig später saßen die drei Überlebenden in Wolldecken gehüllt in einem Sanitätsraum. Steinfeld drückte immer wieder Veras linke Hand. Die Rechte war bandagiert, ein angebrochenes Handgelenk, nichts Ernstes.

»Der eine fällt vom Pferd, der andere vom Himmel.«

Sie versuchte vergeblich, sein Lächeln zu erwidern.

»Ich hab's ja gewusst. Du bist mein Schutzengel. Solange du bei mir bist, wird mir nichts passieren.«

Sie presste ihre Lippen auf seinen Handrücken, aber sie spürte nichts. Sie stand unter Schock.

Oliver sprang die Stufen vor dem Eingang nach unten und begrüßte seinen Vater ahnungslos. Mit etwas Mühe sprach er den Satz: »Papa, was hast du mir mitgebracht?«

Steinfeld schenkte ihm den Diskus, den er mit Vera gekauft hatte.

»Und ich hab Vera mitgebracht.« Ein Blick zu Katharina, die sie in der Eingangstür erwartete. »Das wolltest du doch?«

Sie gingen ins Haus.

Katharina war froh, ihren Mann und Vera unverletzt zu sehen. Doch damit war der erfreuliche Teil des Abends beendet. Denn natürlich gelang es Steinfeld nicht, ihr entgegen seiner eigenen Überzeugung einzureden, der Absturz sei ein Unfall gewesen, obwohl ein erster Untersuchungsbericht diese Version zu bestätigen schien.

»Keine äußerlichen Anzeichen von Fremdeinwirkung ...«

»Schluss!«, unterbrach Katharina ihn laut. »Schluss mit allem, verstehst du?!«

Steinfeld wollte es nicht glauben: »Du hast mir jahrelang gepredigt, ich soll endlich mal was Großes, was Außerordentliches tun. Jetzt tu ich was und nun passt es dir wieder nicht!«

»Ich wollte nicht, dass du dabei draufgehst!«

Nicht mehr, wollte er hinzufügen, unterließ es aber. Er verstand genau, was sie so rasend machte, dass sie sogar damit drohte, wieder Beruhigungstabletten zu nehmen. Es war genau das eingetreten, was sie zunächst geplant hatte. Und obwohl sie keinerlei Schuld traf, fühlte sie sich mitschuldig. Er konnte nicht verhindern, deswegen ein klein wenig Schadenfreude zu empfinden.

»Komm schon, eine gewisse Risikobereitschaft muss man mit-
bringen.«

Er legte je einen Arm um die beiden Frauen und zog sie mit sich
auf die Couch.

»Die können mich nicht töten. Vera, sag's ihr. Du hast es doch
gesehen.«

Katharina schüttelte fassungslos den Kopf.

»Glaubst du wirklich, du bist unsterblich, weil du einmal Glück
gehabt hast? Du bist krank, größenwahnsinnig!«

Sie hasste ihn, weil er nicht auf sie hörte. Sie hasste sich, weil sie
sich noch einmal in ihn verliebt hatte. Sie hasste ihn besonders,
weil sie sich von ihm zu einem gemäßigteren Lebenswandel hatte
verleiten lassen. Aber das ließ sich auf der Stelle ändern. Wie zu ihren schlimmsten Zeiten stürmte sie aus dem Haus.

Steinfeld wollte Mazarek zu Hilfe rufen, doch der war tot.
Kohelka hatte sich in die Notaufnahme abgemeldet. Steinfeld war
sicher, dass er sich auf ganz andere Art pflegen ließ, aber die hatte
er sich heute verdient. Er rief Richter an. Der sollte Katharina beschatten, damit sie keine Dummheiten machte, womöglich wieder
Tabletten und Rauschgift nahm. Obwohl es sinnlos war, bat er ihn,
Helms nichts von einem eventuellen Rückfall seiner Tochter zu erzählen.

Vera erhob sich langsam, ging zur Tür. Steinfeld, der auf der
Couch zusammengesackt war, hob müde den Kopf.

»Wo willst du hin?«

Vera hatte genug gesehen. Das war nicht die kalte, überlegene
Katharina, die ihr ihren Mann überreicht hatte wie ein Geburtstagsgeschenk. Diese Frau liebte ihren Mann, hemmungslos und
verzweifelt. Sie liebte ihn so sehr, dass sie vielleicht zum ersten Mal
in ihrem Leben bereit gewesen wäre, ihr privates Glück mit ihm zu
suchen. Nicht, dass es ihr gelungen wäre, doch sie hätte es versucht. Aber das war ohnehin nebensächlich. Denn für Steinfeld
würde es kein privates Glück geben, weder mit Katharina, noch mit
ihr, noch mit sonst jemandem. Steinfeld war durch und durch von
der Macht infiziert. Es war ihm noch nicht einmal in den Sinn gekommen, dass er nicht nur sein Leben, sondern auch ihres aufs Spiel
gesetzt hatte. Für ihn war selbstverständlich: Wer sich mit ihm einließ, hatte den Weg bis zum Ende mitzugehen. Sie erinnerte sich:
wie bei den Stones. Damals hatte sie noch darüber gelacht.

»Deine Frau hat völlig Recht«, sagte sie. »Ich hoffe, sie läuft so weit weg, dass du sie nie mehr einholst.«

Steinfeld begriff. Gerade jetzt, wo er beide Frauen dringend gebraucht hätte, damit sie seine Fantasie zu Höchstleistungen stimulierten, verlor er sie. Was wollten sie? Glück? Glück langweilte ihn. Es bedeutete, das Schwert aus der Hand zu legen und in seliger Mittelmäßigkeit zu versinken. Auch und gerade privat. Es war nicht so, dass er es nicht gekonnt hätte, er wollte es nicht. Er entschied sich bewusst dagegen! Er hob den Kopf und sein Gesicht wirkte im Gegenlicht der Stehlampe wie ausgeschnitten.

»Ja, haut alle ab! Geht doch!«

Er warf Vera ihren Mantel hinterher. Draußen regnete es.

24. KAPITEL: 1. BIS 17. JULI 1989

Kohelka packte Dent an den Aufschlägen seines gelben Bademantels. Er riss ihn aus seinem Liegestuhl hoch und setzte ihn so unsanft wieder zurück, dass der Bezug durchbrach. Für Kohelka war die Sache klar. Dent hatte den Flugzeugabsturz organisiert und in Kauf genommen, Kohelka zu opfern. Dent saß in seiner zerstörten Liege wie ein Wellensittich im Netz. Er lächelte und behauptete, Kohelka sehe Gespenster. Ehe Kohelka erneut zupacken konnte, erinnerte Dent ihn an all die Fotos, die er von ihm besaß. Kohelka wusste, dass er nichts gegen Dent unternehmen konnte. Aber es tat gut, wenigstens seine Liege zu zerstören.

Dent streckte ihm versöhnlich die Hand hin, Kohelka hob ihn mit einem Ruck aus dem Stuhl und stellte ihn unsanft auf die Füße. Dent schenkte ihm einen scheinbar bewundernden Blick.

»Welch animalische Kraft.«

Er bot ihm zur Regeneration eine seiner üblichen Wassernixen an, die sich im Pool tummelten. Kohelka nahm lieber einen Drink. Am frühen Morgen hatte er Katharina schwimmen gesehen.

Reusch hatte für die Bank einen echten Medien-Event organisiert. Es war ihm gelungen, den bekanntesten weiblichen deutschen Tennisstar für eine groß angelegte Werbekampagne zu verpflichten. Das Mädel war prima. Mit derselben Präzision, mit der sie die Bälle übers Netz drosch, hielt sie ihr Gesicht in die Kamera. Keppler nahm eine der Sporthosen, in denen der Star posiert hatte, heimlich für seine Tochter mit. Ein Plakat mit dem aktuellen Werbeslogan der

Bank wurde hinter dem Tennisstar an die Wand getackert: »Erfolg durch Menschlichkeit.«

Reusch machte sich Sorgen um Steinfelds Gesundheit. Der hatte sich noch nicht einmal von einem Arzt auf eventuelle Spätfolgen hin durchchecken lassen.

Die Journalisten wurden hereingelassen und bestürmten Steinfeld mit Fragen nach seiner Verfassung. Steinfeld antwortete mit einem Wort: »Blendend!«

Mit federnden Schritten eilte er auf die Tenniskönigin zu, schüttelte ihr die Hand, winkte den Fotografen zu. Er starrte in die Blitzlichter und sah die Positionslampen der Landebahn auf sich zurasen, bis sie in seinem Kopf zerbarsten.

Vera saß an einem Cafétisch und schrieb an ihrem Manuskript. Sie musterte das weiße Deckblatt. Ihr Blick glitt über die dunkle Öffnung des U-Bahn-Einganges, die auf die sonnendurchflutete Fußgängerpassage starrte, und heftete sich auf die glitzernde Glasfassade der Hermes-Bank. Es entbehrte nicht einer bitteren Ironie, dass sich im Schatten der internationalen Finanzwelt einer der schlimmsten Drogenstriche Europas etabliert hatte. Ihr Stift huschte über das Papier und hinterließ einen ersten Titel: »Das Blut der Krokodile.«

Ein Schatten fiel über den Tisch. Helms, in Begleitung von Richter, war hinter sie getreten und bat um ein kurzes Gespräch. Er lehnte seinen Stock an den Tisch, Richter schob ihm den Stuhl zurecht. Helms setzte sich so, dass er die Sonne im Rücken hatte. Die Gläser seiner Sonnenbrille waren so dunkel wie die einer Blindenbrille.

»Ich sollte das Haus nur noch nachts verlassen«, scherzte er. »Wie ein Vampir.«

Er bat Vera erneut, Steinfeld jetzt nicht im Stich zu lassen. Vera konnte ihre Augen nicht vom Griff seines Stocks losreißen. Ihr Hals passte ziemlich genau in das gebogene Ende. Die Sicherheitsvorkehrungen würden verstärkt, erläuterte Helms unterdessen. Außerdem werde ein Schlussstrich unter Steinfelds Schuldenerlasskampagne gezogen. Das könne er Vera versprechen.

»Und wenn er nicht endlich spurt, soll ich Sie verständigen. Meinen Sie das?«

»Ich würde Sie nie einem solchen Konflikt aussetzen. Ich mag

Sie, und weil das so ist, bin ich sicher, dass Sie als Mitarbeiterin von unschätzbarem Wert für ihn sind.«

Wo, hätte sie am liebsten gefragt, im Bett? Aber sie beherrschte sich. Das war nicht das Niveau, auf dem man mit Helms verkehrte. Zwei Tropfen liefen unter Helms' dunkler Brille hervor und hinterließen eine schmale, glänzende Bahn auf seinen Wangen. Natürlich handelte es sich um das Resultat seiner Augenkrankheit, aber allein das Bild, das Helms bot, sah so unwirklich aus, als würde einem Stein in der Wüste Wasser entspringen. Helms betupfte sein Gesicht mit einem Taschentuch, das so rein war wie seine Ironie: »Sie sehen, wie sehr mir das Wohlergehen meines Schwiegersohns am Herzen liegt.«

Er nahm seine Brille ab und wischte die Gläser sauber, damit Vera seine Augen sehen konnte, deren Blau nur noch matt durch einen grauweißen Film schimmerte.

»Sie haben nur ein Leben. Verschleudern Sie es nicht.«

Er setzte die Brille wieder auf und musterte Veras Manuskript.

»Ah, interessant. Wie lautet der Titel?«

Vera nannte ihren neuen Titel.

»Haben Sie einen Verlag?«

Vera schüttelte den Kopf.

»Da müssen Sie doch schon aus Recherchegründen zu meinem Schwiegersohn zurück. Wenn Sie einen guten Verlag wollen, kommen Sie zu mir.« Er erhob sich und griff nach seinem Stock.

»Der Titel ist zu drastisch. Trifft nicht den Stil unseres Hauses.«

Richter führte ihn zu seiner Limousine. Zwischen den sommerlich gekleideten Passanten wirkte er in seinem schwarzen Anzug tatsächlich wie ein alter Vampir. Vera erhob sich ebenfalls, ging auf die andere Straßenseite und sah sich nach einem Taxi um, das sie zum Flughafen bringen sollte. Nur weg! Doch dann spürte sie, dass sie allein beim Gedanken an einen Flug zitterte. Der Absturz hatte deutliche Spuren in ihr hinterlassen. Sie fuhr stattdessen zum Bahnhof und stieg in einen Zug Richtung Amsterdam. Sie hatte Bekannte dort und Amsterdam schien ihr weit genug weg von den kommenden Ereignissen und von Steinfeld. Wie hatte sie nur so naiv sein können zu glauben, sie könnte für Steinfeld und seine Frau je etwas anderes sein als ein Gewicht, das nach Bedarf auf die eine oder andere Waagschale gelegt wurde. Wenn sie bliebe, würde sie zwischen

425

den beiden zu Staub zerrieben. Nichts war vorbei. Katharina und Steinfeld würden ihr Spiel weiterspielen bis zum bitteren Ende. Sie hatten gar keine andere Wahl. Sie hatten längst verlernt, wie normale Menschen zu leben. Sie fühlte sich von beiden benutzt und beschmutzt. Trotzdem war es schwer wegzufahren. Vor allem, wenn sie an die Tage mit Steinfeld in New York dachte. Er brauchte sie. Wenn er noch einmal zu einem Leben außerhalb des Karussells von Macht und Intrige zurückfinden konnte, dann nur durch sein kleines russisches Mädchen. Gerade deswegen musste sie weg von ihm, ehe er auch sie zu einem nur noch in strategischen Schachzügen denkenden Geschöpf formen konnte, denn dann waren sie beide rettungslos verloren. Aber da war noch etwas anderes. Etwas, das sie so wenig wahrhaben wollte, dass sie beinahe im Laufschritt den nächstmöglichen Zug nahm, um nur möglichst schnell Abstand zwischen sich und Steinfeld zu bringen. Helms hatte klug gewählt. Sie liebte Steinfeld inzwischen so sehr, dass sie die Fähigkeit in sich spürte, ihn zu hassen.

Katharina stand das erste Mal seit zwei Jahren wieder unter Tranquilizern. Normalerweise tauchte das Rohypnol ihre Wahrnehmung in eine angenehme, schwebende Dämmerung, aber heute war ihre Angst so groß, dass sie durch die Tabletten nur mühsam gedämpft wurde. Sie verspürte Lust, diese Angst mit der Schere, die vor ihr auf dem Schreibtisch lag, in Stücke zu schneiden und an eine Pinnwand zu heften, die vor ihr an einer blendend weißen Tapete hing und mit verschiedenen Zeitungsausschnitten gespickt war. Sie musste sich konzentrieren. Sie musste ihre Angst im Zaum halten. Ihre Stimme musste normal klingen. Sie versuchte, einige Worte aus den Artikeln vor ihr aufzuklauben und in ihre Sätze einzubauen, aber es gelang ihr nicht. Die Worte auf dem Papier waren fremd und suchten ihren eigenen Weg, sie suchte nach ihren eigenen Worten. Der befreundete Chefredakteur einer angesehenen Tageszeitung, in dessen Büro sie sich befand, hörte ihr mit wachsender Verwunderung zu.

Sie wollte, dass der Flugzeugabsturz in der Öffentlichkeit als ein Anschlag auf Steinfelds Leben dargestellt wurde. Sie wollte, dass Steinfelds Schuldentaktik als hinterhältiger Beutezug entlarvt wurde. Sie wollte, dass Steinfelds promiskuitiver, bisexueller Lebenswandel öffentlich gemacht wurde, und ihr eigener auch.

Der Redakteur zupfte einen nicht vorhandenen Fussel vom Ärmel seines hellbraunen Cordsamtjacketts. Er hatte Katharina schon öfter betrunken und möglicherweise auch unter härteren Drogen erlebt, aber das hier war etwas anderes. Ihn beschlich das ungute Gefühl, er wohne einem letzten, entscheidenden Dammbruch bei, einem Naturschauspiel, dessen er als rein zufälliger Beobachter überhaupt nicht würdig war.

»Warum, um Himmels willen, sollte ich so was schreiben?«

Ihre Antwort klang erstaunlich.

»Weil ich dieses Arschloch liebe.«

Dass sie in die Fäkalsprache verfiel, wertete er ebenfalls als kein gutes Zeichen.

»Hab ich das richtig verstanden? Du willst ihn ruinieren, weil du ihn liebst?«

»Ich will ihn ruinieren, weil er sonst draufgeht.«

Das einzig Plausible an ihrer Geschichte war, dass Steinfelds Schuldenerlasskampagne offensichtlich einen doppelten Boden besaß. In Finanzkreisen spekulierte man darüber bereits seit längerem, aber niemand in Europa besaß momentan die Chuzpe, Steinfelds in allen Medien festgeklopftes Image als charismatischer Spitzenbanker mit sozialem Gewissen und politischen Visionen anzugreifen. Und jetzt kam ausgerechnet seine Frau daher! Für ihre Behauptung, Steinfelds Flugzeugabsturz sei ein Anschlag gewesen, gab es keinerlei Anhaltspunkte.

»Du wirst verstehen«, der Chefredakteur jonglierte einen Kugelschreiber zwischen seinen Fingern, »ich brauche Fakten, Beweise, sonst kann ich so etwas nicht bringen.« Er wich ihrem Blick aus. Wie bei vielen Männern in Spitzenpositionen gehörte Mut nicht zu seinen hervorstechendsten Charaktereigenschaften, und um diese Story zu bringen, hätte es geradezu selbstmörderischen Mutes bedurft.

Hier würde sie keine Hilfe finden. Was tat sie in diesem intellektuellen Fuchsbau? Aber was sollte sie sonst tun? Sie spürte mit abgrundtiefer Gewissheit in sich, wie Steinfelds innere Uhr ablief. Die Uhr, die sie das letzte Mal aufgezogen hatte.

Sie zündete sich eine Zigarette an und blies verächtlich den Rauch durch das Nichtraucherbüro.»Du kannst es nicht bringen, weil dreißig Prozent deiner Zeitung einem Konzern gehören, dessen Anleihen die Hermes-Bank emittiert.«

»Das ist Unsinn.«

»Ja, natürlich.«

Richter betrat den Raum. Er war von einem der Mitglieder des Werkschutzes verständigt worden, fünf Minuten, nachdem sich Katharina an der Pforte hatte anmelden lassen. Sein Sicherheitssystem funktionierte. Katharina war nicht sonderlich erstaunt, als er den Raum betrat.

»Der Herr Richter! Haben Sie sich eigentlich inzwischen 'ne anständige Platte von den Stones besorgt oder geben Sie Ihr Geld lieber für Schuhe aus?«

Sie schnippte etwas Asche auf seine blank polierten Schuhspitzen. Richter versuchte so höflich, witzig und verbindlich zu sein, wie er das in unzähligen Deeskalationskursen gelernt hatte. Für Katharina genügte das nicht.

»Es geht um sein Leben!«, schrie sie abrupt auf, sodass die Redaktionsmitarbeiter noch am anderen Ende des Flurs zusammenzuckten. »Kapiert ihr das nicht?!«

Beide Männer waren daraufhin einverstanden, dass sie noch eine Rohypnol nahm. Richter brachte ihr ein Glas Wasser.

»Also«, der Chefredakteur hob ihr beschwichtigend beide Hände entgegen, »wir sollen deinen Mann kaputtschreiben, um sein Leben zu retten.« Er schüttelte den Kopf. »Das ist die verrückteste Geschichte, die ich jemals gehört habe.«

»Ich auch«, sagte Richter. »Und deswegen gehen wir jetzt.«

»Und wenn ich nicht will?«

»Dann«, sagte Richter und wischte mit einem Taschentuch die Asche von seinen Schuhspitzen, »bin ich leider befugt, Ihnen zu sagen, dass Ihr Vater eine Entmündigung in Betracht zieht.«

Sie reagierte mit keiner Miene, aber die Drohung zog ihr den Boden unter den Füßen weg. Sie wusste, dass Helms zu so etwas fähig war, ohne mit der Wimper zu zucken. Die Angst, die sie bisher mit Medikamenten mühsam kontrolliert hatte, gewann endgültig die Oberhand. Der Rauch ihrer Zigarette verwandelte sich in ein Fangnetz, das man über sie geworfen hatte. Ihre Bewegungen wirkten wie abgezirkelt. Sie drückte ihre Zigarette sorgfältig aus, erhob sich und ließ sich in den Mantel helfen.

Richter führte sie zur Tür. Es wirkte wie ein freundliches Unterhaken, aber sein Griff war so fest wie ein Schraubstock. Sie warf dem Redakteur einen letzten Blick über die Schulter zu.

»Wenn ich jetzt da drüben im Hilton einchecke, dich anrufe und dir meine Zimmernummer durchgebe, schreibst du 's dann?« Sie blieb kurz stehen und wiederholte: »Schreibst du 's dann?!«

Der Redakteur hob die Schultern.

»Du weißt, wie gerne ich deine Zimmernummer hätte. Aber fairerweise muss ich dir sagen, selbst wenn ich es schreibe, wird es niemand drucken.«

Er hätte gerne noch etwas Tröstliches gesagt. Noch lieber wäre er mit ihr gegangen, hätte versucht, ihr zu helfen. Aber das hätte sie nicht zugelassen. Sie brauchte keine Hilfe, jedenfalls nicht die, die er ihr geben konnte.

Katharina Steinfeld verfügte über die Kunst, selbst dann noch überlegen zu wirken, wenn sie abgeführt wurde. Richter brachte sie im Fahrstuhl nach unten. Mit jedem Stockwerk, das sie tiefer glitten, wuchsen ihr Hass und ihre Verachtung auf alle Männer, die sie geglaubt hatte zu benutzen und die doch jedes Mal ein Stück von ihr mitgenommen hatten. Sie hatte es im Griff gehabt die letzten Jahre. Anständige, freundliche Begleiter, keine destruktiven One-Night-Stands mehr. Steinfelds Pakt hatte funktioniert. Jetzt überkam es sie wieder, die unbändige Lust, wildfremde Männer wie Messer zu benutzen. Sie gegen alles und jeden zu richten und zuletzt gegen sich selbst. Die bruchstückhaften Erinnerungen an frühere Hotelnächte trieben ihr die Schamröte ins Gesicht. Einmal hatte sie einen gezwungen, sich am Telefon von seiner Frau zu trennen, bevor sie mit ihm schlief. In jeder Erniedrigung lag zuletzt eine Erniedrigung der eigenen Person. Sie erinnerte sich, wie sie als kleines Mädchen von einer Hausangestellten zum Klavierunterricht geschleppt wurde, nachdem sie eine ganze Woche lang wieder nicht geübt hatte. Als sie auf dem Klavierstuhl saß und zu spielen begann, hatte sie trotzdem für einige Takte an das Wunder geglaubt, sie spiele das Stück perfekt, bis die Klavierlehrerin sie rüde unterbrochen hatte. So war es auch jetzt: Nachdem sie geglaubt hatte, endlich eine plausible Rechtfertigung für ihre Liebe zu Steinfeld gefunden zu haben, entpuppte sich alles als hohle Einbildung und nichts blieb als die hässliche Gewissheit, Steinfeld würde sterben, sterben durch ihre Schuld! Nichts war perfekt, außer den Bildern von ihnen im Fernsehen. Bis dass der Tod euch scheidet! Alles in ihr bäumte sich auf und kristallisierte sich zu dem Wunsch, jemandem weh zu tun. Sie stieß ihren Absatz heftig auf Richters

Mittelfußknochen. Dessen Gesicht zerplatzte vor Schmerz, aber er hielt sie weiter fest. Sie drohte damit, Passanten um Hilfe zu bitten.

»Lassen Sie mich sofort los! Wenn ich um Hilfe schreie, gibt es einen Riesenaufstand. Männer helfen mir immer!«

Richter ließ sie tatsächlich los und bat sie, ihm zum Wagen zu folgen. Sie setzte sich auf eine Bank. Die Anspannung verschwand aus ihrem Gesicht, ging über in ein unkontrolliertes Zittern.

»Sie brauchen keine Angst zu haben«, sagte Richter.

»Warum? Sagen Sie jetzt bloß nicht, weil Sie bei mir sind.«

Er zog ein schmales Etui aus der Innentasche seines Jacketts und bot ihr in der Art einer Zigarette eine Beruhigungsspritze an. Katharina fühlte sich zu erschöpft, um zu lächeln, also nickte sie. Eines musste man Richter lassen. Er wusste, was sie jetzt brauchte.

»Waren Sie schon mal verliebt?«

Richter schwieg und drückte den Kolben ein Stück in die Kanüle. Ein Tropfen Beruhigung quoll aus der Nadel.

»Für so was sind Sie viel zu feige.« Sie lachte kurz auf. Ihr Lachen erinnerte Richter an seine Lieblingsschokolade. Bittermandel.

»Oder zu klug.«

Sie entblößte einen ihrer Arme.

»Wenn das mein Vater sehen könnte. Geben Sie her.« Richter schien unschlüssig, ob er ihr die Spritze in die Hand geben sollte.

»Geben Sie schon her, ich hab mehr Übung.« Richter überreichte ihr die Spritze. »Und halten Sie Ihre Jacke vor meinen Arm, sonst werden wir gleich als Fixer verhaftet. Das wär 'ne Schlagzeile!«

Sie lachte, während Richter fluchend seine Jacke mit zwei Händen über ihren Arm hielt. Im nächsten Augenblick bohrte sich die Nadel, für ihn völlig überraschend, in seinen Hals. Das Beruhigungsmittel erreichte seinen Kopf mit der Wucht eines Faustschlags. Katharina sprang auf und eilte auf ein Taxi zu.

Richter riss die Spritze von seinem Hals, schleuderte sie zu Boden und stolperte zu seinem Wagen, um die Verfolgung aufzunehmen. Aber die medizinische Entwicklungsabteilung des BKA hatte ganze Arbeit geleistet. Dieses Medikament würde jeden Gewaltverbrecher in Sekundenbruchteilen ruhigstellen. Der Verkehr schwamm nur noch in Zeitlupe an ihm vorbei. Er brauchte drei Anläufe, um sich den Hörer des Funktelefons zu greifen und die richtige Nummer zu wählen. Leicht überbelichtet tauchten die nächtlichen Bilder einer Wiese vor ihm auf. Steinfelds Faustschlag in sein Gesicht. Damals hatten die beiden Wahnsinnigen wenigstens nur ihre Autos zu Schrott gefahren. Inzwischen machten sie sich selber fertig. Kohelka musste ihn abholen.

An Olivers Geburtstag war Katharina immer noch nicht zu Hause. 9. 7. 1989. Steinfeld feierte gemeinsam mit dem Fahrer Gerlach, dem Kindermädchen und der Haushälterin Konopka sehr spartanisch den sechsten Geburtstag seines Sohnes. Nicht einmal ein Anruf von ihr. Nach dem Geburtstagskaffee gingen sie mit dem neuen Fußball, den Steinfeld als Geschenk hatte besorgen lassen, in den Garten. Er strich Oliver über den Kopf, als habe er Scheu, ihn zu fest zu berühren.

Jedes Mal, wenn er seinen Sohn sah, musste er sich erst wieder an den Gedanken gewöhnen, sein Vater zu sein. Bis vor zwei Jahren hatte er dabei noch Widerwillen überwinden müssen, mittlerweile tat er es gern. Obwohl er seine Sprachbarrieren inzwischen beinahe gänzlich überwunden hatte, war Oliver immer noch ein Kind, das bedeutend mehr dachte als sagte. Gegenüber Steinfeld hatte er noch kein einziges Wort über das Verschwinden seiner Mutter verloren.

Er spielte ihm den Ball zu, Steinfeld schoss zurück.

»Ich schieße einen Pass wie Lothar Matthäus!«

»Nein, wie Schuster!« Vom Fußball verstand sein Sohn zugegebenermaßen mehr als er. Vor einigen Tagen hatte er versucht, ihm Diskuswerfen beizubringen. Es war noch zu früh. Oliver durfte man nicht drängen, man musste auf ihn warten, genau wie auf seine Mutter. So viel hatte Steinfeld inzwischen begriffen. Er stellte sich in die Mitte des weiß gestrichenen Garagentors und forderte Oliver auf zu schießen.

»Das hat die Frau Konopka verboten!«

»Komm schon, ich halt sowieso jeden Ball!«

Oliver donnerte das Leder in die linke untere Ecke. Das Garagentor dröhnte. Vater und Sohn betrachteten den hässlichen schwarzen Abdruck.

»Das sagst du der Konopka.«

»Klar, meine Schuld. Ich hätt ihn halten müssen.«

Oliver grinste, als hätte man ihm noch ein Geburtstagsgeschenk gemacht.

Das Telefon auf dem Gartentisch klingelte. Oliver presste aufgeregt den Hörer ans Ohr.

»Gib her!«

»Sie will dich nicht sprechen. Sie will mir gratulieren!«

Steinfeld nahm seinem Sohn den Hörer aus der Hand. Katharina hatte bereits aufgelegt.

»Hat sie gesagt, wo sie ist?«

Oliver schüttelte den Kopf. Steinfeld drückte die Rückruftaste. Es handelte sich offensichtlich um einen öffentlichen Münzfernsprecher.

Als sie wieder ins Haus kamen, verdrückte Richter ein Stück von Olivers Geburtstagskuchen. Dabei sah er nicht besonders glücklich aus. Steinfeld beauftragte ihn, das Münztelefon zu lokalisieren, von dem aus Katharina angerufen hatte.

Oliver sagte, er müsse noch sein Zimmer aufräumen, und ging nach oben. Im Gegensatz zu Kohelka konnte Steinfeld, der ehemalige Musterschüler, nichts Seltsames am Verhalten seines Sohnes finden. Kohelka winkte ihn kurze Zeit später an die Videoüberwachungsanlage. Oliver befand sich inzwischen an der hinteren Gartenmauer. Er hatte eine Aluminiumstehleiter aus dem Geräteschuppen geholt und begonnen, die Mauer zu überklettern. Die Kinderfrau befürchtete, er könnte sich wehtun.

»Wenn wir ihn aufhalten, finden wir seine Mutter nie«, sagte Kohelka.

»Lassen sie ihn.« Steinfeld hielt die Kinderfrau zurück. »Ich hätte das auch geschafft.«

Oliver erreichte tatsächlich unversehrt die andere Seite. Steinfeld, Kohelka und Richter liefen auf die Straße. Kohelka hängte sich unauffällig an das Geburtstagskind, das an den hohen Mauern entlang Richtung Ortskern lief. Er musste gehörig Abstand halten, um Olivers Aufmerksamkeit nicht auf sich zu lenken. In diesem noblen Ortsteil war selbst um die Mittagszeit die Straße menschenleer. Steinfeld und Richter folgten in einem unauffälligen Mittelklassewagen.

Steinfeld sah auf die Uhr. Die nächste Sitzung nahte.

»Dass man jetzt schon seine eigenen Kinder beschatten muss.«

»Da hab ich hier schon ganz andere Nummern erlebt.«

Richter wischte sich etwas Schweiß vom Hals. Es war drückend heiß und der Einstich schmerzte immer noch.

Steinfeld grinste schadenfroh. »Tja, mein Lieber. Bei uns wird Ihnen wenigstens nicht langweilig.«

Kohelka glaubte seinen Augen nicht zu trauen. Katharina empfing ihren Sohn vor dem Geldautomaten der örtlichen Hermes-Bankfiliale. Ihre abrupt reflexartigen, dann wieder zeitlupenhaften Bewegungen ließen den Schluss zu, dass sie immer noch unter dem Einfluss starker Tranquilizer stand. Sie hatte ihre Kleidung gewechselt, trug inzwischen einen kurzen Wickelrock und ein abenteuerlich gebatiktes Sweatshirt. Selbst diese Klamotten konnten ihre Schönheit nicht restlos entstellen. Offensichtlich hatte sie ihr Portmonee samt aller Kreditkarten verloren. Mit einer Kreditkarte, die ihr Sohn offensichtlich Steinfelds Brieftasche entnommen hatte, ließ sie Geld aus dem Automaten. Weinend verabschiedete sie sich von Oliver, nachdem sie ihm hundert Mark für ein Geburtstagsgeschenk seiner Wahl überlassen hatte. Der ließ ihre Gefühlsausbrüche reglos wie eine kleine Statue über sich ergehen. Sie stieg in ein Wohnmobil mit Surfbrett und Vogeldreck auf dem Dach. Hinter dem Steuer wartete ein jüngerer Typ auf sie, dem Kohelka auf Anhieb zutraute, Katharinas teure Kleidung verklopft zu haben.

Steinfeld wollte seinem Sohn den Anblick eines Zugriffs auf seine eigene Mutter ersparen. Während das Dickschiff wendete, drehte Katharina auf dem Beifahrersitz einen Joint. Richter folgte dem abenteuerlichen Gefährt, Kohelka würde später dazustoßen. Steinfeld erteilte ihm letzte Instruktionen. Er war inzwischen völlig sicher, dass Kohelka mehr als nur professionelles Interesse mit Katharina verband. Die Art und Weise, wie er ihr nachgeschaut hatte, als sie in das Wohnmobil kletterte, hatte Bände gesprochen. Es war das erste Mal, dass Steinfeld in einem Blick Trauer und Gier gleichzeitig wahrgenommen hatte, und so vertraute er Katharina ausgerechnet Kohelka an.

»Passen Sie auf sie auf. Versuchen Sie, das mit den Beruhigungsmitteln hinzukriegen. Ich würde ihr gerne einen Aufenthalt in einem Sanatorium ersparen. Ich weiß, wie sehr sie das hasst. Nur wenn es nicht anders geht. Es liegt an Ihnen ...«

Kohelka versuchte, sich darüber klar zu werden, was Steinfeld ihm hier mit den Worten eines besorgten Ehemannes verklickerte. »Wie weit kann ich denn mit meinen Therapiemaßnahmen gehen?«

»Da lasse ich Ihnen freie Hand. Wissen Sie«, Steinfeld warf einen Blick auf seinen Sohn, der einsam vor ihnen die Straße hinunterging. »Ich glaube, das ist etwas, was uns beide verbindet. Uns verzeiht man alles, weil wir alles verzeihen.«

Er eilte seinem Sohn hinterher, während Kohelka ihm verblüfft nachsah. Der Mann hatte Recht. Gleichgültig, wie übel jemand Kohelka mitspielte, er hatte seine Gegner nie gehasst. Nicht mal den Typen, der ihm Claudia ausgespannt hatte. »Konnte eben nur einer absahnen«, dachte Kohelka, »er oder ich.« Es war diese völlig stressfreie Einstellung, warum sie ihn bei der GSG 9 genommen hatten. Das hatte ihm einer seiner Vorgesetzten einmal gesteckt. Vielleicht war das auch Steinfelds Erfolgsrezept: jederzeit völlig entspannt immer nur das Allerschlimmste von seinen Mitmenschen zu erwarten. Damit lag man meistens richtig.

Er nahm über sein Handy mit Richter Kontakt auf. Ein letzter Blick galt Steinfeld, der seinen Sohn erreichte und ihm den Arm um die kleinen, eckigen Schultern legte, während er mit ihm hinter einer hohen Hecke verschwand.

Wenn Oliver unter starkem Druck stand, hatte er immer noch leichte Sprachprobleme. Es dauerte einige Zeit, bis er den Satz sortiert hatte. »Warum hast du so viel Geld und die Mama gar keins?«, formulierte er schließlich mühsam.

»Geld kann man nicht nur ausgeben«, erwiderte sein Vater. »Das muss man erst mal verdienen.«

Sein Sohn blickte zu ihm auf. Die starke Sonne blendete ihn, sodass er die Augen zusammenkniff.

»Aber ich verdiene auch nichts.«

»Du bist ja auch noch klein. Wenn du groß bist, verdienst du auch was.«

»Ja?«

»Mach dir keine Sorgen.« Steinfeld sah erneut auf die Uhr. Er war bereits zu spät. »Die Hälfte deiner Gene ist ja von mir.«

Während Kohelka und Richter sich auf einem heruntergekommenen Campingplatz in der Nähe Hanaus für ihren Zugriff bereit machten, rekapitulierte Kohelka noch einmal, was Steinfeld ihm aufgetragen hatte. Passen Sie auf sie auf ...

Angesichts des Geschreis, das aus dem Wohnmobil drang und selbst hartgesottene Dauercamper aus ihrer nachmittäglichen Lethargie riss, war das ein nahe liegender Vorschlag. Katharina schien fest entschlossen, ganz nach unten in den Sumpf zu tauchen, möglicherweise in der großen Sehnsucht, darin zu ersticken.

Kohelka löste zunächst die Situation in bewährter GSG-9-Manier. Es war einfacher als eine Übung nach durchzechter Nacht. Mit Richter und ihm stand zwar nur die Hälfte eines üblichen Einsatzteams zur Verfügung, aber dafür handelte es sich auch bei ihrem Gegner nur um eine halbe Portion. Kohelka zerstörte die Tür mit einem Fußtritt, setzte Katharinas Begleiter mit einem Ellbogencheck außer Gefecht und empfahl ihm, ihre Kreditkarten herauszurücken. Der Typ saß nach Luft japsend auf einem aufklappbaren Doppelbett und konnte angeblich keinerlei Auskünfte mehr erteilen, auch nicht über die fehlenden Kreditkarten. Richter schüttelte missbilligend den Kopf, während er den Inhalt von Schubladen und Schrankfächern über den Fußboden verteilte. Kohelka musste immer übertreiben. Der entdeckte die Kreditkarten und etwas Bargeld schließlich zwischen einigen ungewaschenen Unterhosen. Zweifellos ein gutes Versteck. Der Typ begann inzwischen loszugreinen. Angeblich hatte er unglaublich viel Geld für Katharina ausgegeben und sie stahlen ihm gerade seinen als Surflehrer ehrlich verdienten Lebensunterhalt. Richter wies ihn darauf hin, dass er sich in ein Gebiet verirrt hatte, in dem es bis auf einige Baggerseen denkbar wenig Möglichkeiten zur Berufsausübung für ihn gab. Kohelka drückte den Kopf des Surflehrers in die schmutzige Wäsche und zwang ihn, die Karten eigenhändig rauszuholen. Richter hielt angewidert eine kleine Plastiktüte bereit, in der die Kreditkarten verschwanden. Katharina lachte, bis ein Hustenanfall sie stoppte.

Draußen hatte sich eine kleine Menschenmenge versammelt. Richter und Kohelka mussten Katharina dringend hier wegschaffen, bevor jemand auf die Idee kam, die Presse zu rufen. Nicht auszudenken, wenn neben den glänzenden Bildern vom Ehepaar Steinfeld, das die Vision einer gerechteren Welt unter der medialen Führung eines politisch denkenden Bankiers ausrief, die hässliche Wirklichkeit einer mit Alkohol und Drogen vollgepumpten, verzweifelten Frau die Runde gemacht hätte. Katharina schwankte leicht und versuchte, sich an der aus einer Angel gerissenen Wohnmobiltür festzuhalten.

»Dabei hab ich Surfen immer gehasst. Da muss man das Gleichgewicht halten.«

Richter und Kohelka waren beide erleichtert, dass sie nicht nach Hause wollte. Sie besaßen genügend Mitgefühl, um Oliver diesen Anblick seiner Mutter ersparen zu wollen.

»Ich übernehme die nächsten achtundvierzig Stunden die Verantwortung für sie«, sagte Kohelka. »Dann sehen wir weiter.«

Richter überließ dem ungleichen Paar den Wagen.

»Blamier mich nicht.«

Er würde sich ein Taxi nehmen. Er war froh, die beiden aus seinem Blickfeld verschwinden zu sehen. Als er nach Hause kam, genehmigte er sich als Erstes einen doppelten Drink und stellte den Fernseher an. Dort waren die Katastrophen weit genug weg.

Katharina wollte in kein Hotel. Sie wollte nicht reden und sie wollte auch nicht berührt werden. Jedenfalls noch nicht. Sie saß hinten im Fonds, sagte manchmal »rechts« und »links«, weiter nichts. Kohelka hatte längst aufgegeben herauszufinden, wo sie hinwollte. Es war immer noch heiß. Das Kopfsteinpflaster glänzte, als könnte es die Reifen zum Schmelzen bringen. Kohelka hatte den Rückspiegel so gedreht, dass er sie ständig im Blickfeld hatte. Ihre Schminke war zerlaufen und ihr lila und weiß gebatiktes Sweatshirt bildete unter den Achseln zwei unübersehbare dunkle Flecken. Trotzdem besaß sie Klasse.

Er zog Vergleiche mit Claudia, seiner rothaarigen Ex-Erpresserfrau. Claudia hatte bestimmt eine schärfere Figur, längere Beine, bessere Titten, keine Falten auf der Stirn und so weiter. Er war verdammt geil auf sie gewesen, aber er hatte trotzdem nie Probleme gehabt, sie beim Ficken mit anderen zu filmen, im Gegenteil. Im Augenblick war er nicht sicher, ob er bei Katharina genauso locker hätte draufhalten können. Verrückt!

Sie schickte ihm einen spöttischen Blick in den Spiegel, als könne sie jeden seiner Gedanken erraten. Ihre Augen wirkten trotz der Hitze wie gefroren. »Anhalten.«

Der Wagen kam vor einem heruntergekommenen Backsteinbau zum Stehen, an dem sie bereits dreimal vorbeigefahren waren. »Rodeo« blinkte über dem Eingang. Das E war nicht mehr erleuchtet. Als er ausstieg, um ihr die Wagentür zu öffnen, traf ihn die Hitze mit voller Wucht. Er fühlte sich wie eine Teigfigur, die in den Backofen geschoben wurde. Hinter ihr trottete er zum Eingang.

»Treffen wir hier jemand Bestimmtes?«

»Ja«, sagte sie, ohne sich umzudrehen. »Uns beide.«

Sie trat an die Theke, bestellte eine Flasche Scotch und zwei Gläser.

»Brauchen Sie Eis?«

»Nicht, solange ich deine Augen vor der Linse habe«, dachte er, aber er sagte nichts. Er stellte sich vor, wie er ihr die Augen aus dem Gesicht nahm und zur Kühlung auf seinen Oberkörper legte. Von dort aus starrten sie ihn weiter an. Sie goss beide Gläser randvoll.

»He.« Unbehaglich musterte er den Whisky vor sich, auf den er bereits viel mehr Bock hatte, als gut für ihn war. »Das kann ich nicht machen. Dafür werd ich nicht bezahlt.«

Sie hob sein Glas kurz an und stellte es mit einem leisen Klack auf die Theke. »Austrinken oder abhauen.«

Kohelka sah die Finger ihrer schmalen Hand, die sich züngelnd neben sein Glas legten. Als sie die Hand zurückzog, blieb eine kleine weiße Tablette auf dem Tresen zurück.

»Nimm am besten zwei«, sagte sie, »nüchtern bist du mir zu langweilig.«

Kohelka wollte ihr die restlichen Tabletten wegnehmen. Sie hob nur leicht die Hände, als wolle sie sich ergeben. Doch das wollte sie keinesfalls.

»Wenn du mich auch nur berührst«, sagte sie und setzte diese lächelnde Maske auf, an der alles abzuprallen schien, »wenn ich den kleinsten Kratzer habe, hast du morgen die fünf besten Anwälte des Landes auf dem Hals. Du fasst keine Katharina Helms an.« Unbewusst benutzte sie ihren Mädchennamen. »Es sei denn«, ihr Lächeln verwandelte sich in ein bezauberndes Angebot, »sie möchte es.«

Mit jedem Satz, den sie sagte, wurde sie jünger. Er wagte nicht daran zu denken, wie jung sie sein würde, wenn er sich jetzt noch ein paar hinter die Binde kippte.

»Wann waren Sie denn das letzte Mal in so 'nem Schuppen?«

»Mit siebzehn.« Sie lachte, »Glaub ich jedenfalls.«

»Was haben Sie damals so getrieben?«

»Das Gleiche wie jetzt. Männer angemacht.« Sie füllte erneut sein Glas. Sie war die erste Frau in seinem Leben, die ihm nachschenkte. Normalerweise hatte immer er den Frauen nachgeschenkt. Es war eine gute Abwechslung. »Manchmal Darts gespielt.«

»Ich auch.« Er grinste und versenkte die Hälfte seines neuen Glases. »Lust auf 'n Spiel?«

»Ich glaube, dann wird's akut lebensgefährlich hier drin.« Sie tauchte ihren Ringfinger in ihren Whisky und malte einen Kreis um seinen Mund.

»Benutzen Sie immer Männer als Zielscheiben?«

»Sonst treffe ich nicht.«

Sie versuchte, ihn zu küssen. Er wich aus. Bisher waren ihm alle Frauen in seinem Leben mehr oder weniger egal gewesen. Er hatte Schiss davor, dass sich das ändern könnte. Hilflos versuchte er zu erklären, dass er ihre Ehe nicht kaputt machen wolle, dass er nur auf sie aufpassen dürfe ...

»Ich dachte, du würdest besser werden, mit Whisky.« Sie schnitt ihm das Wort ab und beobachtete amüsiert, wie er vor ihr in die Seile ging. »Was redest du für einen unglaublichen Scheißdreck? Glaubst du im Ernst, du könntest meine Ehe gefährden?«

Er starrte in sein Glas. Das machte er immer, wenn er nicht mehr weiterwusste und kurz davor war zuzuschlagen. Aber zuschlagen ging diesmal nicht.

»Er hat dich doch geschickt. Du kannst machen, was du willst, ich kenne deine Auftraggeber immer.« Sie drückte beinahe kameradschaftlich ihre Schulter gegen seinen Arm. »Er will, dass du auf mich Acht gibst! Pass auf, unsere Ehe funktioniert über Fernsteuerung.«

Sie malte mit Whisky eine imaginäre Rennstrecke um jedes ihrer beiden Gläser und verband sie mit einer Schleife.

»Ich steuere ihn über Vera und er steuert mich über dich. Warum tun wir das?« Er sah sie hilflos an. Er hatte wirklich keinen blassen Schimmer. »Weil wir immer befürchten, unser nächster Crash könnte in einem Totalschaden enden. Deswegen haben wir menschliche Puffer eingebaut. Ist doch logisch, oder nicht?« Er nickte. Mehr fiel ihm dazu nicht ein. Sie stieß ihr Glas leicht gegen seines. »Puff!«

Obwohl er ihre verdammte Tablette nicht angerührt hatte, war ihm jetzt schwindlig. Er verspürte unbändige Lust, ihren Körper mit Dartpfeilen zu spicken. Sie fing seinen Blick ein und hielt ihn mit ihren Augen fest. Da nahm er plötzlich zärtlich ihren Kopf zwischen seine Pranken und stammelte, dass sie ihm das sicher nicht glauben könne, aber sie bedeute ihm wirklich was. Kaum dass er es herausgewürgt hatte, hätte er sich dafür erschießen können. Das

Schlimmste war: Sie glaubte ihm. Warum auch hätte sie zweifeln sollen?

»Meinst du wirklich«, sagte sie beinahe mitfühlend, »es interessiert mich, wie viel oder wenig ich dir bedeute?«

Er merkte selbst, wie blödsinnig es war, sich vor ihr aufzuspielen, aber die Worte liefen ihm davon, krochen vor ihm an der geleerten Whiskyflasche hoch und verschwanden darin. Sie bestellte eine neue.

»Ich könnte dir was sagen, ich könnte dir wirklich was Wichtiges sagen ...«

»Na dann sag's doch.«

»Du bist so was von arrogant!«

Er stieß seinen Hocker nach hinten, der krachend umfiel.

»Jede andere Frau hier hat mehr Herz als du!« Schwankend wie ein angeschlagener Boxer bewegte er sich vor ihr.

»Jetzt wird's langsam 'n bisschen peinlich.« Sie nahm einen kleinen Schluck aus ihrem Glas. »Macht nichts, ich mag das.«

»Ich geh jetzt.« Kohelka umarmte mit einer umfassenden Bewegung, die ihn beinahe zu Boden riss, die gesamte Bar. »Mit der ersten Frau, die sagt, dass sie mich liebt.«

Er stolperte die Barreihe entlang, sprach einige Frauen an. Dabei bevorzugte er die Damen, die in der Nähe von Holzpfeilern Platz genommen hatten, an denen er Halt finden konnte. Tatsächlich verließ eine mit ihm das Lokal. Katharina beobachtete durch ein staubmattes Fenster, wie die beiden eng umschlungen zu einem Wagen schlichen. Sie trat an einen Tisch, an dem vier Typen, die körperlicher Gewalt nicht abgeneigt schienen, einem Kartenspiel nachgingen. Etwas Spielgeld lag in der Mitte. Katharina legte für jeden noch einen Hunderter dazu. Ein Typ, dessen ärmellose Jeansjacke offensichtlich schon viele Heimspiele der Frankfurter Eintracht durchlitten hatte, sah als Erster hoch.

Weniger als eine Minute später beobachtete Katharina durchs Fenster, wie die vier Typen die Autotür aufrissen und Kohelka aus dem Wagen zerrten. Kohelka, durch die Verletzungen, die er sich bei dem Flugzeugunglück zugezogen hatte, noch gehandicapt, hatte ihrem rustikalen Kampfstil nicht viel entgegenzusetzen. Sie spürten allerdings seine defensive Routine und traten deshalb besonders erbarmungslos zu. Seine Begleiterin gab Gas und fuhr in Schlangenlinien davon. Katharina ging nach den ersten Fußtritten an ihren

Platz zurück, von dem aus man nicht auf die Straße sehen konnte. Nach einem kurzen, für Kohelka hoffnungslosen Kampf wurde er wieder in die Kneipe geschleift und wie ein nasser Sack vor Katharina abgelegt.

»Der geht dir heut nicht mehr fremd.«

Nach einem letzten Tritt setzten sich die Typen wieder an ihren Tisch und erhöhten die Einsätze. Kohelka starrte Katharina aus blutunterlaufenen Augen an. Er brauchte eine ganze Weile, um wenigstens wieder auf die Knie zu kommen.

»Bei dei'm Mann ist dir das doch auch scheißegal.«

»Das ist was anderes«, sagte sie.

»Klar.« Er lächelte und seine Zähne wirkten neben dem Blut, das ihm aus der Nase lief, besonders hell. »Der ist ja frei. Ich bin nur dein Lakai.«

Sie kniete sich neben ihn und wischte mit einer Serviette sein Gesicht ab. »Das darfst du nicht sagen.« Sie nahm ihn in den Arm, als hätte sie sich nie etwas anderes gewünscht. »So war das nicht gemeint. Bestimmt nicht.«

Er wollte sie wegstoßen, doch als er die Tränen in ihren Augen sah, begriff er, wie klein sein Schmerz im Vergleich zu ihrem war. Er wollte ihr über die Wange streichen, aber seine Hand blutete zu stark. Einer der Typen hatte sie in eine Glasscherbe getreten. Sie nahm ihn wieder in die Arme.

»Tut mir Leid«, flüsterte sie. »Ich weiß auch nicht, warum ich so bin.«

Er spürte ihre Tränen an seinem Hals.

»Du kannst natürlich gehen«, sagte sie und erhob sich. Sie setzte sich wieder an die Bar und trank weiter, als wollte sie nie mehr etwas anderes tun. »Geh nur.« Ihr Lächeln hätte einen Stahlträger durchschneiden können. »Ich komm schon klar.«

Kohelka setzte sich neben sie und nahm einen weiteren Schluck. Ihr Gesicht wurde wieder ein paar Jahre jünger und sie wischte ihm noch mal das Blut ab, diesmal mit Spucke. Ein Blutstropfen aus seiner Nase fiel in ihren Drink.

Das Hotelzimmer besaß kahle, trübe, weiße Wände, Furniermöbel, einen Korbsessel und eine kleine Kochnische. Man konnte die Vertreter geradezu riechen, die hier üblicherweise morgens ihren Instantkaffee aufbrühten. An diesem Abend hätten sie sich die

Gebühr für das übliche Pornoprogramm sparen können. Kohelka, der sich bisher allein auf Äußerlichkeiten kapriziert hatte, machte plötzlich die Entdeckung, wie zweitrangig das Äußerliche in Wirklichkeit war. Um die Birne wieder klar zu kriegen, redete er sich ein, es geschehe nichts weiter, als dass der gut konservierte Körper einer Vierzigjährigen auf ihm herumturnte. Mit einem Schlag regungslos, blickte sie unverwandt auf ihn herab. Er konnte förmlich hören, wie sie die Sekunden zählte, bis er jede ihrer Falten taxiert und sich vergewissert hatte, dass sie nichts weiter war als eine ganz gewöhnliche, nicht mehr ganz taufrische Frau. Dann gab sie den nächsten Einsatz. Mit atemberaubender Geschwindigkeit verwandelte sie sich wieder in die unnahbare Sirene, deren Verderben wie süßes Gift in seine Adern strömte. Er warf einen Seitenblick auf ihre schäbige Kleidung, die sauber zusammengelegt auf einem Stuhl lag. Gegenüber ruhten, ebenso sorgfältig gefaltet, seine Klamotten. Was sie in einem Nobelinternat verinnerlicht hatte, hatte er bei der Bundeswehr gelernt. Hinter all den Dingen, die er wahrnehmen konnte, verbarg sich, was er bestenfalls erahnen, aber nie hätte formulieren können, und gerade das lieferte ihn Katharina vollkommen hilflos aus: Sie tat Unrecht mit einer Selbstverständlichkeit, die den Gedanken an Unrecht gar nicht aufkommen ließ.

Während sie auf ihm thronte und geschickt seine Bewegungen kontrollierte, hatte sie zu reden begonnen. Er lauschte fasziniert dem Klang ihrer Stimme und verstand kein Wort. Sie hätte ihm das Telefonbuch vorlesen können und er wäre vor Lust vergangen. Sie sagte ihm, sie würde ihm alles über Steinfeld erzählen, sie würde ihm alle Beweise besorgen, die er bräuchte, um Steinfeld fertig zu machen, wenn Kohelka damit an die Öffentlichkeit ginge. Aber, fügte sie atemlos hinzu, sie wisse, dass Kohelka, der Laufbursche, alles nur an Dent weiterleiten und dieser Steinfeld nur im Verborgenen erpressen würde. Also erzählte sie ihm nichts, sondern forderte Kohelka mit einem leichten Biss in seine Ohrmuschel auf, ihr etwas zu erzählen. Alles, was er ihr bereits in der Kneipe hätte erzählen können und dann doch nicht erzählt habe. Alles, was er wisse. Sonst höre sie sofort auf, mit ihm zu schlafen. Als Kohelka das nicht glaubte, löste sie sich von ihm. Er starrte sie an, als hätte sie ihm einen Eimer kaltes Wasser über den Schädel gekippt.

»Moment mal!« Er schüttelte den Schweiß aus seinen Haaren. »Was willst du wissen?«

»Du weißt schon, was mich interessiert«, erwiderte sie sanft.

Ja, das wusste er. Und ihm war vollkommen klar, wie sinnlos der Versuch wäre, sie anzulügen. »Ich sollte wenigstens was dafür verlangen«, dachte er. »Sie bitten, Dent meine Bilder abzuluchsen.« Er war sicher, nichts gesagt zu haben, und trotzdem hörte er ihre Antwort dicht an seinem Ohr: »Ich kann ja mal mit meinem Mann darüber reden. Soll ich ihm mitteilen, in welcher Situation du mich gefragt hast?«

»Was soll's«, dachte er, »eigentlich will ich gar nichts dafür. Ich hab jahrelang für zweifünf brutto mein Leben riskiert, diesmal riskier ich 's eben für 'n guten Fick.« Das stimmte nicht. Er riskierte es, weil er wollte, dass sie ihn respektierte. Aber das wusste nur sie.

»Am Zwanzigsten hab ich frei.«

»Ich seh schon, du brauchst dringend Erholung. Wo machst du Urlaub?« Ihre Zehen kitzelten seine Waden. »Na komm schon. Vielleicht flieg ich mit.«

»Gefällt dir Rotterdam?« Er wischte sich eine Ladung Schweiß von der Stirn. Obwohl es draußen längst dunkel geworden war, war es immer noch sehr heiß. »Die Roten in Managua sind irgendwie an NVA-Waffen gekommen.«

»Wie unfair.« Sie streckte einladend die Hand aus und zog ihn wieder in sich hinein. »Das muss Dent natürlich ausgleichen.«

Er schloss die Augen und lachte.

»Das ist ja Folter.«

»Was dachtest du denn? Dass wir zum Vergnügen hier sind?«

Ihr Becken stand wieder still. Er spürte, wie er in ihrem Körper zitterte. Normalerweise machte er einfach drauflos und hatte nichts dagegen, schnell fertig zu werden. Mit ihr war es anders. Auf eine ihm unerklärliche Weise schaffte sie es, dass er immer geiler wurde, je länger es ging. Er hatte längst jedes Zeitgefühl verloren. Sie wartete jedes Mal, bis er aufhörte zu zittern und wieder zu reden begann. Dann schnalzte sie spöttisch mit der Zunge, als gebe sie einem Pferd die Sporen, und bewegte sich erneut wie eine Schlange auf ihm.

»Ich dachte«, keuchte er, »diese DDR-Scheißer sind pleite, aber Waffen haben die immer.«

Es sah nicht gut aus für die Contras, die Even-Bank und Kohelkas Beherrschung.

»Steinfeld drückt ihnen die Kehle zu«, keuchte sie in sein Gesicht. »Und du wirst dafür sorgen, dass diese Faschistenbrut vollends ... ganz ... erstickt ...«

Bei den Details über Ankunftszeit, Ort und Name des Schiffes, in dem sich die Waffenlieferung Dents an die Contras befinden sollte, ging das Bett zu Bruch. Er bot an, die restlichen drei Füße auch noch wegzutreten, damit sie wieder in die Waagrechte kamen.

»Lass«, sagte sie und warf einen Blick auf das ramponierte Bett. »Ist doch ein schönes Bild für ein untergehendes Schiff.«

Sie zog ihn über sich und rutschte lachend auf dem Rücken mit ihm nach unten. Durch den Vorhang ihrer Haare sagte sie: »Dann wirst du ja deine zweite Aufgabe vorübergehend vernachlässigen.«

»Welche?«

Spaßhaft stieß sie ihr Becken so heftig gegen ihn, dass sich ihre Knochen in seine Hüfte bohrten.

»Mich zu vögeln bis zur Scheidung. Ein kümmerlicher Plan. Deinetwegen werde ich mich bestimmt nie scheiden lassen.«

Kohelka befand sich kurz vor dem Höhepunkt seiner Leidenschaft.

»Hör jetzt mit dem Gequatsche auf.« Er hatte das Gefühl, sich gleich in Luft aufzulösen. »Bitte hör auf ...«

»Wir sollten Schluss machen«, führte sie ihren Gedankengang unbarmherzig weiter. »Schließlich weiß nun jeder vom andern, was er wissen muss.«

Sie drückte ihn von sich weg und starrte auf die weißen Wände, als gäbe es dort ein neues Land zu entdecken. Er zog sie mit Gewalt an sich, aber sie fühlte sich so starr und leblos an wie eine Schaufensterpuppe. Er ließ sie los. Sie erhob sich, ging ins Bad. Er hörte, wie die Dusche ansprang. Sie wusch sich seinen Schweiß vom Körper. Er wünschte sich, er hätte die Sehnsucht nach ihr auch so leicht abwaschen können.

Sie kehrte zurück und zog sich an. Sie war schnell fertig.

»Warum gehst du nicht endlich? Hast du Angst, ich lasse dich von ein paar Zimmermädchen zurückbringen?« Ihr Lachen wirkte wie aufgezogen. »So erschöpft, wie du bist.« Sie ging zur Tür.

Kohelka sprang aus dem Bett und verstellte ihr den Weg.

»So lässt du mich nicht stehen, das machst du nicht mit mir, das nicht!«

Katharina musterte ihn von oben bis unten.

»Nanana ...«

Kohelka packte sie an beiden Schultern und stieß sie zurück. Sie flog ungefähr fünf Meter durch den Raum und knallte mit dem Rücken auf das schiefe Bett. Er warf sich auf sie, ehe sie wieder hochkommen konnte. Seine Gedanken wurden schwarz. Wenn er sie nicht unbedingt hätte ficken wollen, hätte er sie gekillt.

»Zieh dich aus.«

»Ich hab keine Lust, noch mal zu duschen.« Ihre Ruhe war nicht gespielt. Sie hatte einfach keine Angst. Das machte ihn rasend. Rasend und geil. Er packte sie an den Armen und riss sie an seinen Mund. Sie verdrehte den Kopf, sodass er nur ihre Wange traf.

»Hast du mir nicht erzählt, GSG-9-Männer verlieren nie die Kontrolle?«

»Zieh dich aus!«

Sie blickte erstaunt auf die Waffe, die plötzlich gegen ihr Ohr gerichtet war.

»Du willst mich zwingen? Ich weiß, das kann ganz amüsant sein, aber das möchte ich jetzt nicht. Ich finde, das entwertet irgendwie unseren Abend.«

Kohelka legte mit dem Daumen den Sicherungsbügel um.

»Das ist kein Spaß!« Die Worte explodierten in seinem Mund. »Ihr könnt nicht alles mit mir machen, irgendwann geht ihr zu weit, und dann kommt ihr in ein Gebiet, wo nur das hier zählt!«

Er hielt mit der rechten Hand ihre Haare fest, mit der Linken bohrte er ihr den Lauf seiner Waffe ins Ohr.

»Das«, sagte sie mit einem kurzen Kopfrucken, »ist überhaupt nichts. Nur das zählt.«

Sie drückte mit den Fingerspitzen ihrer rechten Hand seinen Zeigefinger gegen den Abzug. Er sah ihr Gesicht in tausend rote Teile zerspringen. Es klickte. Ihr Gesicht war noch da. Beide starrten sich einen Augenblick an. Er glaubte, sich in einem von Dents Snuffmovies zu befinden. Er wartete immer noch auf den Schuss. Als er ihr Lachen hörte, wusste er, dass sie noch lebte. Er presste sie so fest an sich, dass sie aufschrie.

»He, nur weil du mich nicht erschießen kannst, musst du mich nicht zerquetschen.«

Sie zog seine Hand mit der Waffe vor ihr Gesicht. »Ist das die gleiche, mit der du auf der Terrasse unseres geschätzten Ex-Außenministers aufgeräumt hast?« Ihre Finger strichen über den schwarzen Lauf. »Ich weiß, dass du seit damals das Magazin immer rausnimmst. Die anderen Ballermänner nennen dich deswegen Heißluft-Joe.«

Mit einer kurzen Handbewegung löste er das Magazin aus dem Griff und ließ es in seine freie Hand fallen.

Es war voll. Ihre Augen wurden eine Spur größer. Sie legte die Hand vor ihren Mund, als fürchtete sie sich zu lachen.

»Wieso bin ich nicht tot?«

»Sie hat versagt.«

Sie hob kurz die Augenbrauen, suchte dann ihren Schuh, der unters Bett gerutscht war. Kohelka schleuderte die entladene Waffe aufs Bett. »Ist dir eigentlich klar, was für ein verdammtes Schwein du gehabt hast?!«

»Das wird sich noch rausstellen«, sagte sie mit dem Kopf unterm Bett, »ob das ein Glück war.« Sie schlüpfte, auf dem Boden sitzend, in ihren zweiten Schuh.

»Da muss ich dem Dent-Konzern für seine mangelhafte Qualität bei der Waffenherstellung ja richtig dankbar sein. Wenn deren restliches Gerät nicht besser ist, kannst du genausogut zu Hause bleiben.«

Plötzlich fiel ihr etwas ein. »Oh Gott, welcher Tag ist heute?«

»Dienstag.«

»Welches Datum?«

»Der siebzehnte, glaub ich.«

Von draußen schien längst wieder die Sonne durch die schmutzigen Scheiben.

»Der siebzehnte«, wiederholte sie, »ist immer ein guter Tag zum Sterben.«

Kohelka zuckte die Achseln.

»Kennst du hier irgendwo einen Laden, wo man schwarze Klamotten kriegt«, fragte sie.

Kohelka schüttelte den Kopf. Er ließ sich ein Branchenfernsprechbuch bringen.

Steinfeld stand, eine Tasse mit englischem Tee in der Hand, auf der Terrasse. Seine Augen musterten seine Frau, die in schwarzem Kleid und Hut über den frisch gemähten Rasen auf ihn zuschritt. Sie kam von Carola Schillings Beerdigung. Sie war, ebenso wie ihr Mann, an den Folgen eines Herzinfarkts gestorben.

»Beide sind sie an gebrochenem Herzen gestorben«, sagte Katharina. Ihr war, als stünden die Gespenster der Schillings hinter ihnen. Steinfeld hatte keine Zeit gehabt, zur Beerdigung zu gehen, das tat ihm Leid. Aber wie sehr, fragte er sich, konnte er noch so etwas wie Reue empfinden? Was an ihm war noch echt? So intensiv wie noch nie verspürte er die Angst, in der Aufgabe zu verschwinden, die er sich gestellt hatte, und er überwand sie auf seine Art.

»Alles was du an mir verachtest, ist echt«, sagte er unvermittelt zu seiner Frau.

»Das ist nicht wahr! Das willst du dir nur einreden.«

Er aber starrte sie an wie ein dunkles Spiegelbild, als habe er sich bereits aufgelöst und existiere nur noch als Gespenst auf dem Bildschirm und in der öffentlichen Meinung. Sie erwiderte seinen Blick, doch seine Augen waren leer und sie fühlte sich von ihm im Stich gelassen wie noch nie. Nachdem er sich jahrelang in seine Arbeit geflüchtet hatte, verflüchtigte er sich jetzt in seiner Vision. Zumindest, was ihre Person betraf.

»Oh, ich verstehe«, fuhr sie mit spöttischer Stimme fort, »für das einfache, ursprüngliche Leben hast du dir eine andere ausgesucht. Ich habe also die Wahl: dich tot zu sehen oder dich an dieses ... Kind zu verlieren.« Unerwartet heftig fügte sie hinzu: »Deine Gefühle zu ihr sind auch nur Hirngespinste!«

Er musterte sie erstaunt. War sie nach all den Jahren tatsächlich noch zur Eifersucht fähig? Auf Vera, die sie selbst wieder gefunden hatte? Sie meinte, das sei doch ein schönes Kompliment für ihn.

»Na schön«, dachte er, »drehen wir mal wieder alle Aspekte unserer Ehe wie einen Zauberwürfel und landen zur Abwechslung auf dem hellroten Feld der Eifersucht.«

Ein heftiger Hustenanfall nahm ihr die Luft und warf ihren Oberkörper nach vorne. Er stützte sie, bis sie sich wieder aufrichten konnte. Als sie ihm ihr blasses Gesicht zuwandte, hatte sich ihr Ausdruck völlig verändert. »Bitte lass mich jetzt nicht im Stich«, schienen ihre Augen zu flehen, ehe sie sie hinter einer Sonnenbrille versteckte. Sie schob sich eine neue Zigarette zwischen die Lippen. Er gab ihr unter sanftem Protest Feuer.

»Wie bei den Stones.« Sie verscheuchte mit ihrem Rauch einige Mücken von der Terrasse. »Ich verlasse dich nur in der Kiste.«

Sie hustete erneut und er empfahl ihr, endlich einen vernünftigen

Arzt aufzusuchen, statt alles auf psychische Ursachen zu schieben. Er hatte von seiner Sekretärin ein Sanatorium in der Schweiz heraussuchen lassen. In das Land der Schokolade und Milchkühe hatte sie als Schulmädchen bereits ihr Vater abgeschoben. Sie hätte Steinfeld etwas mehr Fantasie zugetraut. Sie unternahm einen letzten, verzweifelten Versuch, zu ihm durchzudringen.

»Hör bitte damit auf«, flüsterte sie.

»Womit?«

»Das weißt du genau. Sprich mit meinem Vater. Ihr werdet eine Lösung finden, sodass du dein Gesicht nicht verlierst.«

Ihre Hände legten sich schmal und weiß auf seine Schultern und ihr Gesicht kam ihm so nahe, dass er durch die dunkle Brille die Silhouette ihrer Augen sehen konnte.

»Ich verspreche dir, ich werde dich respektieren, ohne dass du das durchziehst ...«

»Du willst deine Rache nicht mehr«, entgegnete er spöttisch.

Ging es ihm etwa darum? Zu sterben und ihr die Schuld zu hinterlassen?

»Nein«, sagte sie erschöpft. »Ich will dich ... uns ... ich will nicht an deinem Grab stehen.«

Einige Fliegen summten gegen die Scheiben. Sie spürte, dass ihr die Vitalität, mit der sie ihn in ihre Abgründe gezogen hatte, bei dem Versuch, ihn zu Harmonie und Bescheidenheit zu bekehren, völlig fehlte. Sie sprach von etwas, das außerhalb ihrer verzweifelten Vorstellung niemals existieren konnte. Ihr Gespräch verkam zu einer didaktischen Veranstaltung zur Aufarbeitung von Eheproblemen. Die Vernunft raffte unerbittlich alles Lebendige dahin. Steinfeld brachte seine Argumente wie bei einer Vorstandssitzung auf den Punkt: Er konnte nicht aufhören. Das war die Chance, auf die sie beide ihr ganzes Leben gewartet hatten. Die Chance, sich in die Geschichtsbücher einzuschreiben, wirklich die Welt zu verändern. Diese Chance war das Resultat ihrer Idee! Auch wenn sie im Bösen geboren wurde, sie würde im Guten enden. Ein zweiter, ausführlicher Untersuchungsbericht stellte dem Flugzeugabsturz angeblich eindeutig das Zeugnis eines Unfalls aus. Warum also die plötzliche Panik? Sie würde wieder gesund und er würde die Finanzwelt neu gestalten. Humaner. Menschlicher. Zu seinem Vorteil und zum Vorteil der ganzen Welt. Ein passendes Beruhigungsgeschenk für die Amerikaner würde ihm bestimmt noch einfallen.

»Danach höre ich auf. Gib mir noch ein Jahr. Dann werden wir lernen, einfach und bescheiden miteinander zu leben. Ich verspreche es dir.«

Sie einigten sich auf diese neue Lüge. Teilweise aus Erschöpfung, aber auch, weil ein nicht unbedeutender Teil von ihnen sich maßlos nach dieser Lüge sehnte. Auch Steinfeld benötigte jetzt diese Lüge, die er vor kurzem noch verschmäht hatte, denn mit ihr gelang es ihm scheinbar erneut, Katharina einzureden, dass sie füreinander geschaffen seien. Gekonnt spielte er Veras Bedeutung herunter. Andere Personen hätten zwischen ihnen nie eine entscheidende Rolle spielen können und könnten es auch in Zukunft nicht.

»Selbst wenn ich es wollte«, er lächelte und küsste zart ihre erhitzte Stirn, »es geht nicht und das weißt du.«

»Die Lüge nicht mehr als Lüge empfinden«, dachte sie. »Er relativiert die Gefühle zu Vera, wie er eine Bilanz frisiert. Es gelingt ihm inzwischen in Sekundenbruchteilen, seine Emotionen den Gegebenheiten glaubhaft anzupassen. Natürlich geht es nicht um Vera. Ich habe längst eine andere, gefährlichere Rivalin bekommen.«

Sie starrte auf ihre schmale, schwarze Gestalt, die sich im Licht der untergehenden Sonne mehrfach in den Scheiben spiegelte. Es war der Tod, den er ihr vorzog. Die schmerzhafte Vorahnung, eines Tages ohne ihn auf dieser Terrasse der vergehenden Sonne nachzublicken, ließ sie für einige Minuten reglos verharren. Sie ließ sich von ihm sogar ihre Zigarette aus der Hand nehmen. »Du wirst dich nicht als Erster verpissen«, dachte sie. »Das wirst du mir nicht antun!« Schließlich versprach sie wieder einmal, ihre Therapie aufzunehmen und mit den Tabletten aufzuhören. Als ob das noch eine Rolle gespielt hätte!

Gemeinsam brachten sie ihren Sohn zu Bett. Sie sah ihn zum ersten Mal wieder, seitdem sie ihm aufgetragen hatte, Steinfelds Kreditkarte zu stehlen. Sein Gesicht schimmerte wie eine freundliche kleine Laterne im Halbdunkel des Kinderzimmers.

»Mama, brauchst du wieder Geld?«

Katharina klammerte sich an die Gitterstäbe seines Hochbetts und bat ihn um Verzeihung. Nach wenigen Worten begann sie hemmungslos zu weinen. Vergeblich wartete sie darauf, dass die Tränen etwas von ihrem Schmerz fortspülten.

»Sag der Mama, dass du sie lieb hast.« Steinfeld streichelte ihren

Nacken. Sie fühlte sich so schuldig, dass sie sich am liebsten selbst guillotiniert hätte. »Na komm.«

»Bitte lass ihn«, schluchzte sie.

»Hab dich lieb«, sagte Oliver, ehe sie es verhindern konnte.

Steinfeld nahm die beiden in den Arm.

25. KAPITEL: 18. BIS 31. JULI 1989

Ein oberflächlicher Betrachter hätte tatsächlich an ein Wunder glauben können.

Katharina unternahm alle Anstrengungen, ihrer Rolle als gute Ehefrau gerecht zu werden. Es wirkte beinahe so, als kehrte sie in die ersten beiden Jahre nach ihrer Heirat zurück, in Wirklichkeit zelebrierte sie den Anfang ihrer jugendlichen Ehe wie ein verzweifeltes Ritual. Sie sprach häufig von vergangenen Zeiten, spielte wieder Klavier, rauchte natürlich dabei. Sie versuchte sogar wieder zu singen, bis ihre Halsschmerzen zu stark wurden. Ihre jugendliche Euphorie von damals war einem manischen Getriebensein gewichen. Dieselben Handgriffe, aber aus anderen Gründen. Sie versuchte, während sie fiel, das Netz unter ihrem Trapez zu knüpfen. Fast schon komisch wirkten ihre Putzattacken auf das Haus, sie räumte auf, warf weg, scheuchte eine Kolonne von Reinigungskräften durch die Räume. Selbst die Basstasten des Flügels wurden geschrubbt, bis sie wieder annähernd weiß waren.

Die körperliche Arbeit schien ihr gut zu tun. Sie hatte wieder Appetit und wurde etwas kräftiger. Sogar ihrer Stimme ging es besser, seit sie sich zwang, nur noch in den Arbeitspausen zu rauchen, die immer kürzer wurden. Sie scherzte mit ihrem Mann darüber, dass sie nun endlich die Vorteile eines Lebens als Workaholic zu schätzen wisse.

Die Tage vergingen nach einem genau festgelegten Zeitplan. Olivers Logopäden wurde gekündigt. Zum ersten Mal in ihrem Leben empfand sie Spaß dabei, mit ihrem Sohn eine allgemein verständli-

451

che Sprache einzuüben. Manchmal zündete sie abends sogar Kerzen an. Sie redete sich ein, wie sehr sie sich darauf freute, dass Steinfeld in einem Jahr aufhören wollte. Dies war der neue Fixstern ihrer Beziehung und sie vermied sorgfältig, ihn mit verunsichernden Fragen wie der nach Steinfelds möglichem Nachfolger in eine Supernova zu verwandeln. Schwappte doch einmal ein verborgener Zweifel aus ihrem Mund, so zerstreute ihn Steinfeld mit liebenswürdigem Understatement von der Art, es sei doch letzten Endes völlig unwichtig, wer an der Spitze der Hermes-Bank stehe, einmal in die richtige Richtung gedreht, sei ein solcher Koloss nicht aufzuhalten. Er verfügte über ein reichhaltiges Sortiment solcher Beruhigungspillen, die den Vorteil besaßen, dass sie nicht gesundheitsschädlich waren. Es war angenehm, sich auf dem Lager gemeinsamer Lügen auszuruhen. Sie hatten sich das immerhin fünfzehn harte Jahre lang verdient. Katharinas Ärzte wurden zunehmend arbeitslos.

Das Liebesleben des Paares war nicht länger berauschend, aber regelmäßig und liebenswürdig. Sie verzieh ihm großmütig mit Arbeitsüberlastung und Müdigkeit leicht begründbare Pannen, sie glich sich all seinen Launen und Indisponiertheiten an wie ein zärtlicher Schatten, sie prostituierte sich so perfekt, wie es nur eine Ehefrau tun kann. Es ging ihr blendend, denn sie hatte beschlossen, sich selbst zu ignorieren. Sie schien völlig darin aufzugehen, für andere da zu sein. Das ging so lange gut, bis der Ablauf ihrer selbst auferlegten häuslichen Pflichten ein Maß an Perfektion erreicht hatte, das sich nicht mehr überbieten ließ. Denn etwas blieb, was sie nicht wegputzen konnte: der immer häufiger wiederkehrende stechende Schmerz in ihrem Kehlkopf. Er war das einzig Wirkliche in ihrem Leben und erinnerte sie unerbittlich daran, dass ihre Zeit nicht endlos war. Es gelang ihr immer weniger, die Schmerzen als Folge des Hustens ihrer Kindheit oder einer chronischen Erkältungskrankheit abzutun. Warum sollte sie ausgerechnet jetzt, da sie weniger rauchte als jemals zuvor, Raucherhusten entwickeln? Ihre Angst keimte zunächst nahezu unbemerkt, gedieh prächtig im Schatten ihrer hausfraulichen Tätigkeiten, schlug finstere Wurzeln und wuchs sich zu einer fleischfressenden Pflanze aus, die völlig überraschend liebliche Blüten trieb. Während sie schrubbte, kochte, Wäsche aufhängte und Möbel polierte, schien ihr ihr Ende so logisch und unausweichlich, dass es sie beinahe fröhlich stimmte. Ihr neuer Verdacht gab ihr das Recht, die Sonnenterrasse als Erste zu verlassen.

Oliver, einen Malblock mit verschiedenen Tierzeichnungen in der Hand, sah ihr verwundert zu, wie sie ihren vor dem schneeweißen Garagentor geparkten Wagen von Hand wusch. Er würde sich erst Jahre später darüber klar werden, was an diesem Tag an seiner Mutter anders war. Seit ihrem Geburtstagstreffen am Bankautomaten war sie selbst bei der Gartenarbeit farblich stets perfekt gekleidet. Aber an diesem Tag trug sie eine graue Bluse und eine farblich nicht dazu passende braune Hose. Ihr Gesicht war so weiß wie der Schaum, der wie sommerlicher Schnee über ihrem Wagen lag. Man hätte glauben können, sie löste sich zwischen all ihren Reinigungsmitteln auf.

Sie warf einen Blick auf einen etwas aus der Form geratenen Tiger und schickte Oliver zum Fußballspielen auf den Rasen. Er maulte, weil er nicht aufs Garagentor schießen durfte. Aber das hatte sie gerade geputzt. Da ihr lautes Rufen schwer fiel, holte sie ihr Personal über das Haustelefon zusammen und gab ihnen den Rest des Samstagnachmittags frei. Die Freude darüber war angesichts des traumhaften Wetters groß und alle drängten sie, doch rasch in die Waschanlage zu fahren. Das lehnte sie ab, versprach aber, sich später bei einem Tee auszuruhen. Oliver sah die drei Frauen und den Gärtner den Kiesweg zur Auffahrt hinunterschlendern, während er wieder einmal gleichzeitig Bernd Schuster und Rudi Völler war. Ihre lachenden Gesichter verschwanden im Schatten der Birken.

Als Steinfeld gegen sechs Uhr nach Hause kam, war das Garagentor verschlossen. Gut gelaunt spielte er seinem Sohn den Ball zurück. Die letzten Verträge der Fusion von VAG mit Laureus waren endlich unterschrieben. Er hatte das schlechte Gewissen der Laureus-Leute wegen der abgestürzten Maschine erbarmungslos benutzt, um in letzter Sekunde noch einige Vorteile herauszuschlagen.

»Sie müssen barfuß durchs Feuer gehen, um noch mit VAG zusammenzukommen.«

Der Satz hatte unter allgemeinem Gelächter des VAG-Vorstands jeden weiteren Einwand Ilks beiseite geschmettert. Er bekam selbstverständlich ein neues Flugzeug, eine Sonderanfertigung, die allerhöchsten Sicherheitsstandards entsprach. Der gesamte Laureus-

Vorstand hatte geschworen, vor der Auslieferung ausgiebige Selbstversuche in Form von Probeflügen zu veranstalten.

»Tun Sie das lieber nicht«, hatte er gesagt. »Nicht jeder hat so viel Glück wie ich.«

Suchend blickte er zur Terrasse. Katharina hatte sich in den letzten Wochen angewöhnt, ihm wieder wie früher über den Rasen entgegenzulaufen und ihn zu begrüßen. Er liebte nach wie vor ihren auf den Zehen wippenden Schritt. Oliver schoss ihm den Ball gegen den Fuß.

»Wo ist deine Mutter?«

»Sie wäscht ihr Auto.«

»Wo?«

»In der Garage.«

Er sah die Wasserlachen auf dem Vorplatz. Das Weiß des geschlossenen Garagentors blendete ihn. Um Oliver nicht zu erschrecken, zwang er sich, nicht loszulaufen. Mit schnellen Schritten eilte er zu dem Tor und versuchte es zu öffnen. Er hatte es geahnt. Der Griff bewegte sich nicht. Alle Hoffnung, die er während der letzten Monate geschöpft hatte, flog wie unter einem Windstoß davon. Jede Sekunde, die verrann, hinterließ ein Ticken in seinem Schädel. Aber da war noch ein anderes, ein wirkliches Geräusch. Ein laufender Motor. Hinter der Tür. Mit der elektrischen Fernbedienung versuchte er das Tor zu öffnen, es zuckte nur kurz. Aus Sicherheitsgründen gab es eine Handverriegelung, die sich nur von innen öffnen ließ. Er raste ins Haus und mit jedem Schritt schwand ein Stück seiner Selbstsicherheit. Er brüllte vor Wut, als er den Schlüssel zur Verbindungstür mit dem Keller nicht sofort fand. Er stürzte wieder nach unten und steckte den Schlüssel ins Schloss. Er ließ sich nicht drehen. Sie hatte den Zweitschlüssel von innen stecken lassen. Er vergaß, das Licht einzuschalten, stolperte durch den halbdunklen Kellergang wieder ins Freie und rief über sein Autotelefon Hilfe herbei. Sobald er in Kontakt mit der Außenwelt geriet, wurde seine Stimme ruhig, sachlich, überlegen.

Nachdem er aufgelegt hatte, brach die Verzweiflung wieder aus ihm heraus. Panik. Die Strahlen der untergehenden Sonne trafen ihn wie Pfeile. Das goldene Licht seines Traums. Seine Zukunft wich wie Frühnebel vor ihm zurück, der sich in der unbarmherzigen Sonne seiner Vergangenheit auflöste. Er hämmerte und trat gegen die Tür, bis sie mit schwarzen Abdrücken übersät war. In diesem Augenblick spürte er mit jeder Faser, welch ungeheure Leere Katharinas Tod in ihm hinterlassen würde und dass diese Lücke mit keiner Vision dieser Welt zu füllen war. In diesem Augenblick war er bereit, sein Vorhaben in Grund und Boden zu stampfen, seinen Beruf an den Nagel zu hängen, und als sie immer noch nicht antwortete, willigte er sogar in eine Scheidung ein. Wenn sie nur irgendwo, so weit entfernt von ihm, wie sie wollte, weiterlebte! Immer wieder sagte er: »Wir machen alles so, wie du es willst. Bitte, mach auf. Mach um Gottes willen auf!«

In diesem Augenblick war er bereit, ihr alles zu geben, ohne zu bedenken, dass er, was sie brauchte, gar nicht besaß. Sein Blick fiel auf seinen Sohn, der auf den roten Sandsteinen der Begrenzungsmauer saß und ihn mit beinahe unheimlicher Ruhe musterte. Steinfeld setzte sich neben ihn, tastete nach seiner Hand. Erst viel später wunderte er sich, warum Oliver nicht geweint hatte. Er hingegen weinte, wild und hemmungslos. Mit jeder Sekunde, die verstrich, steigerte sich seine Gewissheit, dass Katharina tot war. Für immer aus seinem Leben verschwunden. Er weinte um all die verblichenen Sehnsüchte, er weinte um die erhofften, die geglaubten, die vorgestellten, die tatsächlichen und die verwelkten Empfindungen, er weinte um ihre Liebe ebenso sehr wie um ihren Hass, am meisten aber weinte er um all ihre Leidenschaft, in der sie gebrannt hatten, fünfzehn Jahre lang. Er spürte die Hand seines Sohnes, die liebevoll wie ein kleiner Glückskäfer in all diesem Elend über seine Wange krabbelte.

»Nicht weinen, Papa, weinen darf nur die Mama ...«

Undeutlich hörte man Polizeisirenen. Steinfeld war seinem Sohn so nahe wie noch nie.

Helms besuchte seine Tochter zwei Tage später. Die makellose Pflege einer auch von Helms bevorzugten Universitätsklinik hatte bewirkt, dass sie sich von den äußerlichen Folgen ihres Selbstmordversuchs bereits wieder etwas erholte, trotzdem war sie immer noch ziemlich schwach. Helms hatte seine Meinung geändert, was selten vorkam. Er wollte, dass seine Tochter sich scheiden ließ, bevor sie in dieser Ehe vollkommen kaputt ginge. Er wollte nicht, dass sie dasselbe Schicksal erlitt wie seine Frau. Zum ersten Mal sprach er von seiner Mitschuld am Tod von Katharinas Mutter. Er wirkte sehr überzeugend. Katharina hätte ihm zu gerne geglaubt, aber das durfte sie nicht. Alles an ihm, warf sie ihm vor, sei Strategie, selbst die Gefühle zu seiner Tochter.

»Du willst doch nur, dass ich mich scheiden lasse, damit er als Vorstandssprecher untragbar wird.«

»Vielleicht wäre das besser für ihn.«

»Es wäre vor allem besser für dich!«

Sie drehte den Kopf zur Seite, damit er ihr Gesicht nicht sehen konnte. Das Weiß im Raum erinnerte sie an das weiß gestrichene Garagentor.

»Ich weiß, dass du mir nicht glauben kannst, dass es mir in erster Linie um dich geht. Ich wünschte, das wäre anders.«

Er ging, ohne mehr als ihre Fingerspitzen berührt zu haben. An der Tür blieb er stehen, kehrte langsam an ihr Bett zurück. »Ich muss dir noch etwas sagen.« Seine Stimme klang ernst. »Ich habe heute Morgen mit deinen Ärzten gesprochen.«

Am Nachmittag erschien Steinfeld mit einem Blumenstrauß: viele Rosen und Dornen. Sie bat ihn, einige Blütenblätter auf ihr Kissen zu legen. Sie sah wie aufgebahrt aus zwischen den roten Blättern. Ihr Gesicht blühte im Zentrum so rein wie das Laken.

Er war fest entschlossen, ihr mit größtmöglicher Offenheit zu begegnen. Er habe seit längerem gewusst, ohne es wahrhaben zu wollen, eröffnete er ihr, dass sie ihn zu sehr liebe, als dass sie ein Leben an seiner Seite weiterhin aushalten könne. Er dürfe ihr diese Liebe zu ihm nicht weiter zumuten. Sie müssten sich scheiden lassen. Er sah, wie ihre Augen kurz aufleuchteten. Ihr erster Gedanke war natürlich, dass er dann gezwungen wäre, den Ritualen der Bank zu folgen und als Vorsitzender zurückzutreten. So könnte sie sein Leben, das sie in ihren wilden Hassvorstellungen so oft ausgelöscht hatte, wie sie freimütig gestand, vielleicht doch noch retten. Denn wenn er seine Schuldenerlasspläne weiter verfolgte, war er in akuter Gefahr, für diese Gewissheit hatte ihr ein Blick in die Augen ihres Vaters genügt.

Er widersprach. Die Scheidung, ja, aber er würde trotzdem weiterkämpfen, für ihre gemeinsame Vision. Sie schüttelte den schmalen Kopf auf den weißen Kissen, bis ihr schwarzes Haar die Augen verdeckte. Die Nähe zum Tod, zum tatsächlichen, individuellen, körperlichen Tod hatte ihr eine Autorität auch in Beziehungsfragen verschafft, der er nichts entgegenzusetzen hatte. Sie bestand darauf, ihn »freizugeben«, frei davon, groß zu sein, frei für ein Leben, das ihm gehörte, nicht der Bank, nicht der Geschichte, nicht einmal ihr. Vielleicht ein Leben mit Vera. Das konnte er nicht akzeptieren.

»Ich kann dich nicht wegen eines anderen Menschen verlassen«, sagte er zärtlich.

»Aber für eine Idee.«

Er fasste plötzlich fest ihre Hand.

»Vielleicht nicht einmal dafür.«

Sie lächelte schwach. Es war rührend, dass er das jetzt sagte, aber selbstverständlich konnte und durfte sie ihm das nicht glauben. Und selbst wenn sie ihm geglaubt hätte, war es zu spät. Sie ließ ihm die barmherzige Illusion, dass sie die Scheidung brauchte, damit ein weiteres Zusammenleben mit ihrem medialen Prinzen sie nicht in einen neuen Selbstmordversuch trieb. In Wirklichkeit gab sie ihn auf, weil sie inzwischen zuverlässig von der Bösartigkeit ihrer Erkrankung wusste. Der Kehlkopfkrebs war gestern diagnostiziert worden. Der behandelnde Professor hatte den Befund ihrem Vater am Morgen mitgeteilt und der hatte es ihr vor zwei Stunden gesagt. Sie hatte ihm und ihren Ärzten ausdrücklich verboten, Steinfeld davon zu berichten. Sie würde es ihm bis nach ihrer Scheidung verschweigen. Auch der operative Eingriff musste so lange warten. Sie erinnerte sich an den Gesichtsausdruck der Ärzte, als sie nach einem kurzen Augenblick der Stille gesagt hatte: »Da haben Sie mich ja ganz umsonst gerettet.«

Im Gegensatz zu ihnen konnte sie darüber lachen. Helms hatte ihre Hand gedrückt. »Mein tapferes Kind«, hörte sie noch einmal in Gedanken seine Stimme. Der rätselhafte Husten ihrer Kindheit, die bösen Träume und Ahnungen hatten sich endlich in einer alltäglichen, unromantischen Krankheit manifestiert. Sie wunderte sich, wie klein und irgendwie selbstverständlich ihr dieses Ende vorkam. Sie strich unendlich zart über Steinfelds Gesicht, das dem ihren immer näher gekommen war.

Sie hatten so viele Jahre gebraucht, um sich auf gleicher Augenhöhe zu begegnen. Und während sie sein Gesicht liebkoste, begriff sie in ihrem Schmerz auf einmal, mit welcher Kälte Helms selbst ihre tödliche Krankheit benutzte. Er hatte genau gewusst, dass ihr der Gedanke, als kranke Frau an Steinfelds Seite zu leben, genährt von seinem Mitgefühl, so vollkommen unerträglich war, dass ihr gar keine andere Möglichkeit als die Scheidung blieb. Wieder einmal hatte Helms alles genau berechnet, nur eines hatte er außer Acht gelassen: Die Gewissheit, dass Katharina ihn als Vollstrecker ihrer Idee weiter aus der Ferne liebte, würde Steinfeld neben dem Trennungsschmerz die nötige Kraft geben, seine Aufgabe zu erfüllen. Die Liebe zu ihrem Mann würde so zur letzten Rache an ihrem Vater. Sie sah, wie Steinfelds Augen darum baten, ihn jetzt nicht im Stich zu lassen. Aber sie war mit ihren Kräften am Ende. Er drückte ein letztes Mal ihre Hand und sie verfolgte beinahe erleichtert, wie er hinter der sich lautlos schließenden Tür verschwand. Ihre Augen glitten auf den grauen Schirm des stummen Fernsehers. Sie beschloss, ihren Mann nur noch wie ein Gemälde an der Wand zu genießen.

Äußerlich gefasst schritt Steinfeld die Linoleumflure hinunter, auf denen sich in Lichtpfützen die Deckenbeleuchtung spiegelte. War das zu seiner Rechten noch dieselbe Bank, auf der er mit Carola Schilling auf das Obduktionsergebnis ihres Mannes gewartet hatte, oder war sie durch ein neueres Modell ersetzt worden? Wurde er jetzt etwa vom Schicksal für seine Untaten bestraft? Solche moralischen Kausalketten schienen ihm lächerlich. Wenn, dann wurde seine Frau bestraft, für zu viel Gefühl, zu viel Leidenschaft, zu viel Sehnsucht. Und er wurde mit robuster Gesundheit gesegnet, weil er sich rechtzeitig in eine überpersönliche Grauzone katapultiert hatte, in der jede individuelle Empfindung durch das Wissen um ihre Bedeutungslosigkeit gedämpft wurde. War es nicht eine letzte, grausame Ironie des Schicksals, dass seine Frau, die ihn mit all ihrer verzweifelten Kraft dorthin getrieben hatte, in all ihren großartigen Fehlern zu menschlich geblieben war, um ihm folgen zu können?

Er verspürte in letzter Zeit die zunehmende Gewissheit, dass, wenn man überhaupt von so etwas wie göttlichen Gesetzen sprechen konnte, sie den menschlichen geradezu entgegengesetzt waren. Möglicherweise waren die menschlichen Gesetze nur erfunden worden, um der Allgemeinheit die göttlichen vorzuenthalten. Moses war vom Berg Sinai herabgestiegen, nachdem er das genaue Gegenteil von Jahwes Gesetz in Stein gemeißelt hatte.

Er erinnerte sich an die Worte von Helms: »Wenn wirkliche Macht sich zu offen zeigt, lebt sie gefährlich, denn dann greift jeder Idiot nach ihr!« In einer der Toiletten wusch er sich das Gesicht mit kaltem Wasser, bis er seine Haut nicht mehr spürte. Er blickte in den Spiegel und hatte für den Bruchteil einer Sekunde den Eindruck, sein Antlitz sei verschwunden.

Wieder einmal vertraute er sich völlig der Richtung an, die seine Beine einschlugen. Sie führten ihn in die Untergrundstadt des Frankfurter U-Bahn-Geländes. Seine Leibwächter hielten den gewünschten Abstand. Hier unten war es angenehm kühl. Er spürte den dunklen Luftzug aus den Schächten, wenn die Züge einfuhren, musterte die kleinen Ausverkaufsschachteln der nebeneinander aufgereihten Läden, die davor herumlungernden Gestalten, sein Kopf drehte sich manchmal nach den eilig an ihm vorbeistrebenden Frauen mit den großen, frisch gefüllten Plastiktaschen, Kondome des Konsums; er durchmaß dieses unterirdische Dorf, auf dessen Toiletten der Kapitalismus in seiner archaischsten Form betrieben wurde, als müsse er seine Grenzen neu vermessen und könne es sich dadurch einverleiben. Sex gegen Geld, Geld gegen Drogen. Wie ein an die Wasseroberfläche zurückgekehrter Taucher sog er gierig die von kaltem Rauch, billigem Fusel, Essensresten und geschäftigen Leibern geschwängerte Luft in sich ein. Sein kleines unterirdisches Dorf schien ihm wie ein Versuchsballon zukünftigen Lebens. »Liebe?«, fragte er sich höhnisch im Takt seiner Schritte. Die Menschheit würde eines fernen Tages ohne Sonnenlicht existieren müssen, warum nicht auch ohne Liebe? Er hatte gehofft, sein Kunststudent sei verschwunden, aber er stand immer noch an derselben Stelle, an der er ihn vor drei Jahren das letzte Mal gesehen hatte, als habe er sich nie wegbewegt, zwischen einem Buchladen und einem Geschäft für Damenschuhe. Natürlich war er längst nicht mehr Student und auch für einen Stricher viel zu alt. Er stand da wie ein zerschundenes Paket, falsch verschickt und vergessen. Eine Fratze des Todes. Steinfeld wollte weitergehen, wurde jedoch magisch wieder zu ihm zurückgezogen.

»Erinnerst du dich noch an den Diskus?«

Sein Student sah ihn an, als befürchte er, geschlagen zu werden. Als er begriff, dass ihm kein Unheil drohte, zog er die laufende Nase hoch und lächelte ein unterwürfiges Lächeln, das Steinfeld im Ungewissen ließ, ob er ihn erkannte oder nicht. Steinfeld erkundigte sich nach seinem Namen. Herrmann. Er war sich nicht sicher, ihn jemals danach gefragt zu haben. Er wollte ihm etwas Geld in die Hand drücken und weitergehen, aber in diesem Moment schwang die Eingangstür des Buchladens vor ihm auf. Er hatte das Gefühl, die Titel in den Regalen starrten ihn höhnisch an. Die Gedichtbände standen weit hinten in der Ecke.

In einem Hotelzimmer ließ er Herrmann duschen und bat ihn, ihm einige Zeilen Trakl vorzulesen. Herrmann konnte sein Glück über ein sauberes Handtuch und Bett kaum fassen. Er las nicht schlecht. Steinfeld hatte Verfasser und Interpret klug gewählt:

»Gewaltig ist das Schweigen des verwüsteten Gartens,
da der junge Novize die Stirne mit braunem Laub bekränzt,
sein Odem eisiges Gold trinkt.
Die Hände rühren das Alter bläulicher Wasser
Oder in kalter Nacht die weißen Wangen der Schwestern.«

Etwas lachte bitter in ihm auf. Glaubte er wirklich, Kunst könnte ihn retten? Ihm das Bezahlen der Rechnung ersparen, die er sich selbst ausgestellt hatte? Was war das Spiel der Liebe wert, wenn er es nicht ernst nahm, sondern in Gedichte flüchtete? Hinter dem sich ständig zuspitzenden Spiel um sein Leben stand nichts anderes als die drohende Auslöschung seiner individuellen Persönlichkeit, die sich immer deutlicher als zu schwach und in jeder Hinsicht unzureichend für seine weit gesteckten Ziele erwies. Wer bestimmte hier noch? Er, Steinfeld, oder sein medialer Schatten? War das eine noch vom anderen zu trennen? In seinem Magen brannte die Sehnsucht, sich zu spüren, gleichzeitig mit dem Drang, sich auszulöschen. Er nahm Herrmann das Buch aus der Hand und schleuderte es wie einen Diskus in die Ecke. Er verzichtete bewusst auf jegliche Sicherheitsvorkehrung und riskierte eine Infektion mit dem tödlichen Virus. Er schloss die Augen und die Gestalt seiner Frau schimmerte in ihrem Trauerkleid vor ihm wie ein weißer Fisch in einem schwarzen Teich. Hinterher drückte er Herrmann einen Scheck über fünftausend Mark in die Hand. Der ausgemergelte Mann küsste seine Hände. Steinfeld spürte, wie sein Magen sich hob.

»Du müsstest mich umbringen«, sagte er zum Abschied und schloss die Tür hinter sich.

Noch lange, nachdem er gegangen war, hielt Steinfeld in Gedanken seine leichenblasse Frau im Arm. Die Gegenwart des Todes hatte Einzug in sein Leben gehalten und forderte ihn zu neuen Kraftanstrengungen heraus.

Er unterließ jede weitere Taktiererei, die neuen Gerüchten über seine Scheidung zusätzliche Nahrung hätte geben können, sondern trat vor den Vorstand und verkaufte ihm die Ereignisse der letzten Tage mit folgenden Worten: »Meine Frau hat all die Jahre bedingungslos und tapfer zu mir gestanden. Und sie würde es weiter tun. Aber ich kann, ich darf ihr das nicht länger zumuten. Ihr gesundheitlicher Zustand ist ernst. Sie braucht Ruhe, Erholung, Abstand von dem enormen Druck der Entscheidungen, die in den kommenden Monaten gefällt werden müssen. Allein eine räumliche Trennung ist leider nicht mehr genug.« Er wartete und ließ seine Worte in ihre Gemüter tropfen. Dann fuhr er fort: »Ich muss meiner Frau die Chance geben, ein Leben unabhängig von mir zu führen. Ich darf in dieser Runde vielleicht etwas sehr Persönliches hinzufügen: Meine Frau und ich achten und lieben uns zu sehr, als dass wir ihre Unabhängigkeit ohne einen klaren Trennungsstrich erreichen könnten. Wir haben es oft genug versucht.«

Er verlangte eine öffentliche Abstimmung. Helms' Kalkül ging nicht auf. Keiner stimmte gegen ihn.

Zwei Wochen später wurden Katharina und Otto Steinfeld geschieden. Nach der entscheidenden Frage des Richters, ob beide in die Scheidung einwilligten, ging Steinfeld zu Katharina und ihren Anwälten.

»Sag mir, dass es das Richtige ist.«

Katharina wollte etwas erwidern, doch sie konnte nicht sprechen und griff sich stattdessen an den Hals. »Die Menschen verstummen in meiner Gegenwart«, hatte Steinfeld irgendwann nach einem ihrer Hustenanfälle einmal scherzhaft zu ihr gesagt. Jetzt war es so weit. Seine Frau war verstummt. Die Erotik war ihr seit Beginn der Chemotherapie von den Knochen geschmolzen. Steinfeld wusste immer noch nichts von ihrer Krankheit. Er schrieb ihre erloschenen Augen und ihre fast durchsichtige Haut, unter der ihre Knochen zu schimmern schienen, dem Trennungsschmerz zu. Denn auch wenn sie sich am Telefon immer wieder einzureden versucht hatten, dass dieses Scheidungspapier eine reine Formalität sei, wussten sie doch beide: Es ging um die Auflösung ihres Rituals. Ihre

Handgelenke waren wieder die eines kleinen Mädchens. Selbst ihre Lippen waren dünner geworden. Steinfeld spürte das erste Mal eine tiefe Liebe jenseits allen Verlangens zu ihr, eine Liebe wie zu einer jüngeren Schwester, die er beschützen musste. Aber Katharina war zu stolz für eine solche Liebe, sie würde sie immer zurückweisen. Auf eine ganz andere Art waren sie nun doch wieder das Geschwisterpaar geworden, das so viele Jahre mit- und gegeneinander um Helms' Zuneigung gerungen hatte.

Die Verzweiflung über das Ende, über all die Kraft und Hoffnung, die beide vergeblich in diese ungewöhnliche Beziehung investiert hatten, übermannte sie. Sie nahmen sich heftig in die Arme, verbargen den Schmerz nicht nur vor der Öffentlichkeit, sondern auch voreinander. Keiner von ihnen wollte dem andern den Anblick seines Schmerzes zumuten. Es war eine letzte Geste des Respekts, die sie einander zollten. Der Richter räusperte sich schließlich verlegen. Wie aus weiter Entfernung hörten sie seine Stimme: »Sie müssen sich nicht scheiden lassen.«

Steinfeld nahm den Kopf aus ihren Armen und blickte sie an.

»Wir haben so viel Zeit verschwendet«, sagte er leise.

»Nein«, sie schüttelte den Kopf, »haben wir nicht. Wir hätten nicht anders leben können …« Ein Hustenanfall unterbrach sie, aber ihre Augen sprachen weiter: »Wir haben alles richtig gemacht«, sagten sie. »Vielleicht haben wir nur vergessen, dass die Liebe medialer Geister nicht mehr spürbar ist.«

»Du hast mich doch zu dem gemacht, was ich bin«, schrie es in ihm, »jetzt kämpfe gefälligst mit mir!«

Sie schüttelte leicht den Kopf. »Selbst wenn ich wollte«, erwiderten ihre Augen, »ich kann nicht mehr. Es gibt kein Zurück. Frag nicht, warum.«

»Nicht einmal mein Vater kann dich jetzt noch aufhalten«, sagte sie leise. »Geh alleine da hinaus und tu es.« Und nach einer kurzen Pause: »Ich halte meine Hand über dich.«

Steinfeld blieb einsam im Gerichtssaal sitzen. Er versuchte, in die Welt der auf ihn zustürzenden Ereignisse zurückzukehren, sich in seine Strategien zu vertiefen. Er begann, einen Gedanken zu entwickeln, und plötzlich war er spurlos verschwunden. Wie zerschnitten und willkürlich wieder zusammengeklebt lagen nach kurzer Zeit fünf verschiedene Entwürfe für seine Schlusssinfonie bereit: die verschlungenen Tonfolgen der Ranküne neben der Zwölftonmusik der Camouflage, die dröhnenden Durakkorde der Diabolik, gepaart mit der mathematischen Zerstörungswut einer Fuge, all diese Melodieansätze verloren sich in den Misstönen eines völlig verstimmten Orchesters. Er kam sich vor wie ein taub gewordener Konzertmeister, der die Kontrolle über seine Musiker und Noten verlor.

Vera saß bereits geraume Zeit neben ihm. Sie hatte Steinfeld noch nie so am Boden zerstört gesehen. Der Grund, warum sie Steinfeld verlassen hatte, sprang ihr bei ihrer Ankunft wie ein Bumerang entgegen: Nie war ihr deutlicher gewesen, wie sehr Steinfeld seine Frau liebte. Dass er sich und seinem kleinen Mädchen immer etwas vorgemacht hatte. Dass er sie nie so verzweifelt würde lieben können wie Katharina. Aber je weniger er in der Lage war, ihr etwas vorzuspielen, umso weniger konnte sie ihm böse sein. Sie glaubte zu begreifen, wie sehr er unter der hoffnungslosen Liebe zu seiner Frau litt, und sie war bereit, ihn von diesen Leiden zu erlösen. Diesmal würde sie die Kraft haben zu warten, bis er sie und seine Liebe zu ihr entdeckte.

Und tatsächlich schenkte sie ihm neue Kraft. Schmerz und Hoffnung begannen sich in seinem Innern zu Plus- und Minuspolen zu ordnen, um für die kommenden Ereignisse die nötige Spannung zu erzeugen. Vera war gerade zur rechten Zeit zurückgekehrt. Mehr denn je erschien sie ihm wie eine Tochter, die Katharina und er gemeinsam gezeugt hatten. Er vergaß dabei völlig, dass Vera damit automatisch auch zu Helms' Schachbrett gehörte, der seine Verbindungen zu den Jesuiten an Steinfelds Universität benutzt hatte, um Vera über eine ehemalige Kommilitonin von der Scheidung in Kenntnis setzen zu lassen.

Nach wie vor schmerzte Steinfeld der offizielle Trennungsstrich unter seine leidenschaftliche Beziehung zu Katharina, aber für einen Moment war dieser Schmerz verschwunden und kehrte wieder, ins Unwirkliche transformiert, als ein Gefühl, das man beim Anblick eines dramatischen Schauspiels empfindet. Ihm war plötzlich, als sei seine gesamte Gefühlswelt an eine Zweckmäßigkeit gekoppelt, der er nicht mehr entrinnen konnte, selbst wenn er gewollt hätte. Veras jugendliche, blaue Augen waren sein Licht. In ihnen konnte er ausruhen, neue Kraft schöpfen. Die verzweifelte, vergebliche Annäherung an seine Frau, die ihn bis zur mutwilligen Herausforderung todbringender Krankheiten getrieben hatte, erschien ihm nur noch wie ein merkwürdiger Traum. Er würde gleich morgen früh einen Arzt aufsuchen, um diesen Spuk aus seinem Leben zu verbannen. Er nahm Veras Hand und spürte, wie sie die seine wärmte.

»Das ist der Preis, den man zahlen muss«, sagte er. »Das ist der Preis. Arbeiten Sie wieder für mich?« Wieder einmal verstand er es, das unpersönliche »Sie« wie eine wunderbare, aus französischen Filmen entwendete Liebeserklärung klingen zu lassen.

Vera lächelte und nickte.

26. Kapitel: August 1989

Winterstein schob seinen Bauch wie einen antifaschistischen Schutzwall vor sich her.

Steinfeld wartete bereits seit über zehn Minuten im Konferenzraum eines Westberliner Hotels auf ihn, das zu einer Kette gehörte, die mehrheitlich von der Hermes-Bank kontrolliert wurde. Er verfolgte über eine Videoeinspielung zu getragener Musik einen langsamen Schwenk über den aus teurem Marmor, Glas, polierten Messinggeländern und frisch gebügelten Angestellten zusammengesetzten Prunk des Foyers. Jeder Raum dieses Hotels strahlte eine professionelle Kälte aus, die nicht kontraproduktiv wirkte, sondern das luxuriöse Ambiente verstärkte. Es erfüllte ihn mit sanfter Genugtuung, diesen kleinen Teil seines Reiches in funktionierender Ordnung zu sehen.

Winterstein entschuldigte seine Verspätung mit dem Hinweis auf die unter dem wachsenden Freiheitswillen der ostdeutschen Bevölkerung zunehmend nervös werdende Regierung. Für Steinfeld war das eine gute Nachricht. Unter intellektuellen Gesichtspunkten war die Masse möglicherweise ein denkbar dumpfes Geschöpf, aber sie besaß einen untrüglichen Instinkt für Veränderungen, den man als zuverlässige Konstante in alle Pläne einbauen konnte. Die Leute fühlten, dass ihr Regime am Ende war und der Deckel bald vom Topf fliegen würde.

Er hatte Winterstein hergebeten, damit er die sozialistische Regierung in Nicaragua und die gleichgesinnten Rebellen in El Salvador mit weiteren NVA-Waffenlieferungen unterstützte. Die Contras und ihre willfährige Schuldenpolitik gegenüber den US-Banken durften auf keinen Fall gewinnen. Ermunternd für Winterstein musste in diesem Zusammenhang wirken, dass es dem sandinistischen Geheimdienst zwei Tage zuvor gelungen war, eine Schiffsladung mit Waffen aus Dent'scher Fabrikation abzufangen. Selbstverständlich verriet Steinfeld nicht seine Quelle, sondern dachte nur wehmütig an sie. Winterstein hatte natürlich längst durchschaut, dass Steinfeld keinesfalls seine altruistischen Gefühle für sozialistische Regimes entdeckt hatte, sondern durchaus eigennützige Ziele verfolgte. Er versuchte, den Preis für seine Waffen in die Höhe zu treiben, indem er auf die Schwierigkeit verwies, angesichts der angespannten innenpolitischen Lage ausgerechnet jetzt NVA-Gerät ins Ausland zu verkaufen.

»Die Waffen brauchen wir eigentlich zur Landesverteidigung.«

»Da gibt's bald nichts mehr zu verteidigen«, unterbrach ihn Steinfeld ungeduldig. »Je weniger Waffen, umso größer die Chance, dass eure Betonköpfe nicht wieder ein paar Unschuldige zusammenschießen lassen.«

»Wie weit seid ihr denn?«

»Die Amerikaner und Russen haben im Prinzip zugestimmt«, erklärte Steinfeld nicht ganz wahrheitsgemäß. »Die Engländer werden machen, was die Amerikaner wollen, und die Franzosen kriegen wir noch.«

Während Winterstein sich wie immer auf ein üppiges Essen stürzte, blieb Steinfeld beim Tee.

»Denken Sie an Ihr Versprechen. Der Kuchen wird nicht ohne uns verteilt. Wir haben eine durchaus funktionierende Industrie mit guten Absatzmärkten im Osten.«

Steinfeld erkaufte sich sein Vertrauen, indem er ihn in einen seiner geheimsten Pläne einweihte. Zumindest tat er so. Für Winterstein hörte es sich in der Tat hochinteressant an. Steinfeld plante zusätzlich zur europäischen eine Art zweiter internationaler Zentralbank, speziell für den Osten, möglicherweise mit Sitz in Berlin. Dort würden Kredite westeuropäischer Geberländer zur Modernisierung der osteuropäischen und sowjetischen Wirtschaft gesammelt.

»Und welche Rolle spielen dabei die amerikanischen Banken?«

Steinfeld lächelte sein zufriedenstes Raubtierlächeln, das nach erfolgreicher Fütterung.

»Ich glaube, die sind momentan zu sehr mit der Lösung bestehender Kreditprobleme beschäftigt, um sich massiv in neuen Märkten zu engagieren.«

Schön, dachte Winterstein, die wollte er also raushalten. Wenn das wirklich gelänge und er unter Steinfelds Oberaufsicht eine solche Bank in die Finger bekommen könnte, hätten er und seine gesamte Abteilung ausgesorgt. Aber Winterstein hatte die Amerikaner gut genug kennen gelernt, die würden dabei nicht so einfach mitspielen.

»Die Amis haben noch nicht aufgegeben. Es gibt so einen geltungssüchtigen Historiker bei uns, der seit Jahren an einem ziemlich drastischen Werk über die Hermes-Bank und Ihren Vorgänger Helms arbeitet.«

Der Nibelungenschatz! Helms hatte Recht gehabt. Sie würden ihn nie loswerden. Steinfeld nahm noch einen Schluck Tee.

»Hat er das Material von Ihnen?«, fragte er in einem Tonfall, in dem sich andere nach der Uhrzeit erkundigen.

»Wo denken Sie hin? Ich bin nicht die gesamte Stasi. Andere Leute bei uns unterstützen das Projekt. Die haben jahrelang vergeblich einen westdeutschen Verlag dafür gesucht und in den letzten Wochen ...«

»Simsalabim ...«

»... gab es plötzlich drei Verlage, die das drucken wollen. Raten Sie mal, wo deren Konzernmutter sitzt.«

»Wir sind ein freies Land. Jeder darf drucken, was er will.«

»Vor allem, wenn er amerikanische Freunde hat.«

Winterstein schnaufte kurz. Der schnelle Wortwechsel forderte seinen Tribut. Er vergewisserte sich noch einmal, ob er richtig gehört hatte.

»Auch wenn Helms' Ruf ruiniert wird?«

»Ich bin sicher«, entgegnete Steinfeld, ohne mit der Wimper zu zucken, »er wird sich zu wehren wissen.«

Gegen die Amis, gegen Helms, zahlte Winterstein im Stillen zusammen, gegen wen wollte Steinfeld noch antreten?

»Das ist riskant.«

»Natürlich«, sagte Steinfeld, »deswegen hab ich ja Sie mit im Boot. Uns kann so leicht nichts umwerfen!«

Am Morgen hatte er das Ergebnis seines Bluttests abgefragt. Negativ. Kerngesund. Abgehakt. Er war bester Stimmung.

»Wissen Sie«, er lehnte sich in der Ledergarnitur zurück und umspannte die Rückenlehne mit beiden Armen, »wenn Sie gelegentlich Ihr Leben aufs Spiel setzen, fühlen Sie sich hinterher wie neugeboren.«

Winterstein waren solche Gedanken fremd. Die einzige Gefahr, der er sein Leben aussetzte, bestand in zu cholesterinreichem Essen. Im Prinzip hatte er nichts dagegen, wenn Steinfeld sein Leben riskierte, solange etwas für ihn dabei heraussprang. Aber riskierte Steinfeld nicht zu viel? Er würde jedenfalls nicht mit ihm untergehen. Er beschloss, sich umgehend einen Rettungsring zu besorgen. Er blickte durch die Gardinen auf die Mauer, die sich einige hundert Meter weit entfernt durch die Stadt zog. »Ick gloobe, wir werden auf dem antifaschistischen Schutzwall bald 'n Verdauungsspaziergang machen.«

Darauf stießen sie mit einem Digestif an.

Die Schneiderin hatte ihr graues Kostüm etwas enger gemacht, nun saß es wieder wie angegossen. Katharina schritt den Flur zur VIP-Lounge des Flughafens Frankfurt entlang. Ihr Gesicht wirkte wie die maskenhafte Statue, die ihr Vater nach ihrem Tod neben die ihrer Mutter stellen würde. Sie hatte ihre Bestrahlungen vorübergehend unterbrochen und befand sich auf dem Weg nach New York, um vor der UNO einen weiteren Vortrag im Sinne ihres Mannes und der Ärmsten dieser Welt zu halten. Seitdem sie wusste, welches Ende ihr bevorstand, und im Gegensatz zu ihren Ärzten zweifelte sie keine Sekunde am Ausgang ihrer Krankheit, hatte sie eine unheimliche Ruhe erfasst. Die Angst um Steinfeld war wie weggeblasen. Sie hätte nicht einmal mehr sagen können, ob sie ihn liebte. Wenn Liebe eine schicksalhafte, unauflösbare Verbundenheit bedeutet, den Respekt, der sich mit jedem weiteren Schritt in die Pflicht verwandelt, den Weg des anderen, wie weit er sich auch vom eigenen entfernte, nicht aus dem Auge zu verlieren, ja, dann liebte sie Steinfeld. Aber es war eine Liebe, die ihn nicht mehr sehen und berühren musste, sondern die im Gegenteil das Licht persönlicher Begegnung geradezu scheute.

Kohelka erwartete sie an der Bar. Als er sie sah, bestellte er zwei Whisky ohne Eis. Sie setzte sich und überwand die Übelkeit, die aufgrund der Bestrahlungen in regelmäßigen Abständen in ihr hochstieg. Das fiel ihr relativ leicht, war sie es doch seit frühester Jugend gewöhnt, Schmerzen so lange zu ignorieren, bis sie nicht mehr vorhanden waren.

Kohelka sah braungebrannt, ansonsten aber gar nicht gut aus. Katharina konnte sich den Grund denken, hatte sie doch Steinfeld bereits am Abend danach genauestens über ihr Gespräch mit Kohelka in jenem Hotelzimmer unterrichtet. Für Steinfeld war es eine neue Bestätigung seiner These, wonach das Gute vorzugsweise mit schlechten Mitteln zu erreichen sei. Wie sie ihn kannte, hatte er daraufhin entsprechend gehandelt. Und in der Tat: Dents Waffenlieferung war abgefangen worden, die Unterstützung der Contras hatte sich zum Desaster entwickelt, die Roten blieben mit Wintersteins NVA-Waffen an der Macht. Damit waren die Aussichten für Even, von einer amerikafreundlichen Regierung Nicaraguas Schulden zurückgezahlt zu bekommen, denkbar gering.

Katharina nippte an einem stillen Wasser und versuchte, schmerzfrei zu schlucken. Es gelang ihr nicht. Warum war sie noch einmal als globale Mitstreiterin an Steinfelds Seite getreten? War das ihre Art, Steinfelds Bild in ihr zu Ende zu malen, bevor sie endgültig ging? Wo war der heftige, aus irrationalen Ängsten geborene Wunsch geblieben, Steinfelds Karriere zu zerstören, um sein Leben zu retten? Sie konnte sich noch genau an den Augenblick erinnern, in dem der Umschwung in ihr stattgefunden hatte. Es war der Moment, nachdem Kohelkas Waffe versagt hatte, es war dieses ungeheuerliche, letzte, groteske Geschenk des Zufalls, das sie nicht als solches akzeptieren konnte, sondern zum Beginn ihres neuen Schicksals machte. Sie hatte den letzten Abschnitt ihres Lebens geschenkt bekommen, um Steinfeld zu helfen, seine Aufgabe zu erfüllen, nicht um ein persönliches Glück mit ihm zu suchen, das es nicht gab.

Kohelka hatte nach jener Nacht im Hotelzimmer bei Steinfeld gekündigt. Auslöser war ebenfalls der Augenblick, in dem sie abgedrückt hatte. Kohelka hatte sofort begriffen, dass er diesen Augenblick nie mehr würde vergessen können. Deswegen hatte er gekündigt. Steinfeld, der sich spätestens seit Katharinas Bericht über Dents Waffenlieferung denken konnte, was sich zwischen Kohelka und seiner Frau abgespielt hatte, war gezwungen gewesen, Kohelkas Kündigung zu akzeptieren. Weil er begriffen hatte, wie wichtig Katharina für Kohelka geworden war und wie leicht es insofern gewesen wäre, weitere Informationen von ihm zu bekommen, hatte er ihn nur ungern ziehen lassen und ihm eine großzügige Abfindung gezahlt.

Kohelka war zum ersten Mal in seinem Leben alles restlos egal gewesen, selbst die Fotos, die Dent von ihm besaß. Er hatte sich eingeredet, mit dieser Einstellung Katharina näher zu kommen, aber Dent gönnte ihm nicht einmal dieses Heldentum. Er hatte ihn nicht auffliegen lassen, sondern als Ausbilder nach Mittelamerika geschickt. Kohelka, der im Gegensatz zu Dent wusste, was ihn nach seinem Verrat dort erwartete, hatte diese Strafe mit stoischer Ruhe akzeptiert. Für ihn war das eine Art Bezahlung für seine Nacht mit Katharina. Er war dort alles andere als ein Held, sondern ein schmutziger Söldner, der unter anderem dafür kämpfte, dass die Even-Bank eine günstige Anleihe für den Dent-Konzern am Markt platzierte, um wieder Geld in die angegriffenen Kassen zu spülen. Er hatte gehofft, mit dem vergossenen Blut wenigstens Katharina aus seinen Gedanken verbannen zu können, aber das ging nicht. Nicht einmal, als er seine engsten Weggefährten das letzte Mal sah. Ihre an gefesselten Körpern zuckenden Köpfe, auf die die Panzerketten der Sandinisten zurollten. Und jetzt saß er hier, schüttete den dritten Whisky hinunter und erniedrigte sich mit jedem Satz vor ihr.

»Du hast ja keine Ahnung, wie das ist.« Seine Pranken klatschten etwas zu laut auf das dunkle Holz der Bar. »Kameradschaft, so was kennst du nicht! Das waren meine Männer und ich musste sie im Stich lassen ...«

»Wieso?« Sie verzog ihre Lippen, die sie dafür hasste, dass sie denen ihres Vaters immer ähnlicher wurden. »Du hättest doch mit ihnen krepieren können, wenn sie dir so wichtig waren.«

»Na ja.« Kohelka grinste, als hätte er verbotenerweise eine Scheibe eingeworfen. »So wichtig waren sie mir dann auch wieder nicht.«

Er sah die Zeit vor sich weglaufen wie seine durch den roten Staub flüchtenden Beine, er wollte ihr etwas völlig anderes sagen, aber dazu hätte er sie berühren müssen, und er fühlte ihre kalte, herablassende Ablehnung so deutlich, dass sich jedes weitere Wort erübrigte. Es war ihm von vornherein klar gewesen, dass es so laufen würde, er hatte sich in vorauseilendem Trotz mit einem denkbar bunten Hawaiihemd und einer olivgrünen Hose wie sein eigenes Negativklischee präsentiert, aber trotzdem pochte unzerstörbar in

470

ihm die Sehnsucht nach der Frau, die den Mut hatte abzudrücken. Nach dem fünften Whisky bot er ihr an, ohne Bezahlung für sie da zu sein. Sie lehnte mit der feinsinnigen Begründung ab, sie brauche keine Aufpasser mehr, ihre Gesundheit erlaube es ihr nicht, ihren despektierlichen Lebenswandel weiterzuführen. Die Wand zwischen ihnen wurde mit jeder Sekunde dicker. Ein Abschied. Für Katharina war es unvorstellbar, Kohelka rein privat zu sehen.

»Okay.« Er nickte und klopfte mit seinem Glas mehrmals auf die Theke wie auf einen Richtertisch. »Du brauchst mich nicht mehr. Warum wolltest du mich überhaupt noch mal sehen?«

»Damit du mir was versprichst.« Sie machte eine Pause und wartete, bis er ihr in die Augen sah. »Du wirst meinem Mann nichts tun.«

Er lachte ungläubig und suchte in seinem Glas nach einer Antwort, die zynisch genug klang, um seine Sehnsucht nach ihr zu verbergen.

»Ich denke, ihr seid geschieden.«

»Er ist trotzdem mein Mann.« Ihre Stimme wurde ernst. »Versprich es.«

»Das«, er lachte verlegen, »das ist doch bescheuert. Warum sollte ich ...«

»Pass gut auf«, unterbrach sie ihn. »Wenn ihm etwas geschieht, dann werde ich dich aufspüren lassen, wo du auch bist, und du wirst dafür bezahlen. Auch wenn du nicht schuld bist.«

Sie stellte sich auf die Zehenspitzen, küsste ihn auf die Wange und enteilte zu einem Flugsteig. Er ging auf die Toilette und betrachtete den Abdruck ihrer Lippen im Spiegel.

Die Suite Steinfeld, wie die Privaträume des Vorstandsvorsitzenden innerhalb der Hermes-Bank inzwischen allgemein genannt wurden, war mit voll gekritzelten Blättern, Kugelschreibern, Buntstiften, leeren und halb vollen Mineralwasserflaschen sowie den Verpackungen von Fertiggerichten übersät. Die Papierkörbe quollen über von geschreddertem Material. Eigene und fremde Gedanken, die Steinfeld gnadenlos aussortiert und als zweitklassig eingestuft hatte. Zangenangriff! Gemeinsam mit Vera konstruierte Steinfeld den zweiten Teil der Schere, der ebenso scharf durchdacht sein wollte wie der Schuldenerlass, um der A. P. Even das goldene Kalb, die in der Londoner Innenstadt keine zehn Minuten von den englischen Kronjuwelen entfernt gelegene Investmenttochter Even Sternway, endgültig zu entreißen. Steinfelds für diesen Zweck konzipiertes Team bestand aus Vera und zwei ihrer Kommilitonen von Duisburg-Hamborn, die ihm Pater Hohenbach empfohlen hatte. Es handelte sich um ein Mathematikgenie, das seit zwei Wochen jeden Tag dieselbe Kleidung trug, von der er sieben Garnituren besaß, und einen angehenden Topjuristen mit einer Vorliebe für braune Halbschuhe und feindliche Übernahmen. Um sein Team zu Höchstleistungen zu animieren, hatte Steinfeld ein Poster von der Even Sternway über dem mit zwei Computern bestückten Schreibtisch anbringen lassen. Unter dem weißen, vom Londoner Verkehr teilweise rußgeschwärzten Säulenbau, der auch ein kleines Museum hätte beherbergen können, war auf einem kleinen Schild das jährliche Emissionsvolumen angebracht: 1,8 Milliarden Dollar.

Alle Berechnungen und Verkaufstexte, die inzwischen entworfen wurden, beruhten auf folgender Annahme: Die USA würden in Bälde gezwungen sein, die Schulden der durch den Steinfeldschen Schachzug befreiten Länder wenigstens zu stunden, um der Schuldenerlasskampagne den Wind aus den Segeln zu nehmen. Im Gegenzug würden sie, um sich wenigstens langfristig wieder Gewinne dort zu sichern und den US-Banken den bisher verwehrten Zutritt zum inländischen Finanzierungsgeschäft freizuräumen, von den wirtschaftlich vielversprechenderen Schuldnerländern verlangen, ihre Währungen freizugeben und Mittelamerika möglicherweise sogar in eine Freihandelszone umzuwandeln. Das hätte zur Folge, dass unter anderem der mexikanische Peso freigegeben und stark fallen würde. Im Augenblick glaubte die Öffentlichkeit aber noch, die Schulden würden einfach erlassen und die lateinamerikanischen Währungen dadurch gestärkt. Nun lag es nahe, über eine spanische Tochterbank, die er vor wenigen Monaten gekauft hatte, mithilfe einiger Anwälte eine Bank auf den Cayman-Inseln zu gründen und von dort eine scheinbar sichere, festverzinsliche Anleihe auf den Markt zu bringen, die man in Dollar kaufen konnte, die aber in Wirklichkeit an die Wertentwicklung des mexikanischen Peso gekoppelt war. Die Alternative, die spanische Bankentochter die Anleihe direkt über eine mexikanische Bank platzieren zu lassen, verwarf Steinfeld, da die Gefahr der Enttarnung zu groß war. Der Köder konnte nur funktionieren, wenn bis nach dem Verkauf im

Dunkeln blieb, dass die Hermes-Bank am anderen Ende der Kette lauerte.

Während Vera und ihre beiden Kommilitonen mit internen Zinsfußberechnungen und der Formulierung von Kleingedrucktem für den verführerisch in Rot-Weiß-Schwarz glänzenden Verkaufsprospekt beschäftigt waren, erfand Steinfeld für das Projekt die schöne Bezeichnung »Schirmanleihe« als eine Art internen Kosenamen. Unter dem Schirm einer scheinbar festverzinslichen mexikanischen Staatsanleihe in Dollar verbarg sich ein hochspekulatives Papier, das an den Peso gekoppelt war. Als Köder bauten Steinfeld und seine drei Musketiere sogar noch einen zwanzigprozentigen Puffer in die Anleihe ein. Das bedeutete, der Peso musste um mehr als zwanzig Prozent fallen, ehe der Anleiheeigner Währungsverluste schrieb. Niemand aber konnte sich zu diesem Zeitpunkt vorstellen, dass angesichts der anstehenden Schuldenerlasspolitik der ohnehin als relativ stabil geltende Peso um mehr als zwanzig Prozent fallen könnte. Die Anleihe war maßgeschneidert für große amerikanische Pensionsfonds, an denen die A. P. Even in nicht unerheblichem Umfang beteiligt war. Eine perfekte Zwickmühle. Je mehr die US-Banken ihre durch die Schuldenerlasspolitik entstandenen Verluste mit einer Freihandelszone abzufedern versuchten, umso erbarmungsloser würden ihre Pensionsfonds unter Beschuss geraten.

Steinfelds Team arbeitete Tag und Nacht. Vera konnte wieder einmal beobachten, welch betörenden Duft Steinfelds Gedankenwelt ausströmte, sobald man sie nur einmal tief einatmete. Natürlich durchschaute sie sowohl die Infamie als auch die Gefährlichkeit seines Plans. Aber er verstand sich ausgezeichnet darauf, ihre Gedanken immer wieder aus dem Bereich der Risiken in das Universum der Chancen hinauszulenken.

»Im Grunde«, pflegte er ihren Widerspruch zu provozieren, »dient nichts mehr der Moral als das Verbrechen. Nur das Verbrechen bewahrt die Moral vor dem Erschlaffen. Wenn sich aber eine Moral trotz einer immensen Zunahme des Verbrechens zum Sterben niederlegt, so ist das nur ein Zeichen dafür, dass sie ohnehin untauglich geworden ist, beziehungsweise nicht mehr zu den Menschen passt, die sie ausüben.«

»Oder die Menschen nicht zu ihr«, warf sie empört ein.

»Es ist aber leichter, die Moral zu ändern als die Menschen«, konterte er mit einem Lächeln, das sie rasend machte, weil es ihr das Gefühl gab, er nehme sie nicht ernst.

»Das ist aber falsch!«

»Nur so lange, wie es noch jemanden gibt, der die alte Moral so vehement vertritt wie du. Du siehst«, er zog sie zu sich her und küsste sie gegen ihren Willen auf die Stirn, »wie sehr wir einander brauchen. Mit dem Verbrechen überprüfen wir ständig unsere Moral.«

Manchmal hatte sie das Gefühl, er benötigte solche Auseinandersetzungen, um seine Leidenschaft zu wecken. Dann wieder glaubte sie, er sei tatsächlich ein verzweifelt Suchender. Und wenn er ihr dann auf den Kopf zusagte, er sei nichts von alledem und seine Schattenspiele sollten lediglich verschleiern, dass er in Wirklichkeit über keinerlei Grundsätze verfüge, konnte sie ihm das am allerwenigsten glauben. Dafür schien ihr seine Persönlichkeit zu überzeugend, zu strahlend. Er dagegen wunderte sich immer wieder darüber, wie ernst sie ihn nahm. Katharina hatte nichts und niemanden ernst genommen, nicht einmal den Tod. Das war vergnüglicher gewesen und doch ertappte er sich immer öfter dabei, wie Veras jugendlicher Ernst ihn rührte. Besonders wenn sie über Glaubensfragen redeten.

»Ich bin ein gläubiger Mensch, der an nichts glaubt«, sagte er dann stets, um ihr nicht unnötig weh zu tun.

»Also ein Buddhist?«

Ihre Augen forderten so ernsthaft eine Wahrheit, dass er sich Mühe gab.

»Nein, ich glaube an keine Lehre, jedenfalls nicht immer an dieselbe. Ich glaube an das ewige Gesetz des Wandels. Obwohl vielleicht auch das irgendwann zum Stillstand kommt.«

»Aber warum tust du das dann?« Sie wies auf die Überreste eines arbeitsreichen Tages. »Wofür riskierst du das alles?«

Er zuckte die Achseln.

»Vielleicht will ich einmal das Räderwerk der Weltgeschichte bewegt haben. Nur so, aus persönlicher Eitelkeit.«

»Aber das ist völlig sinnlos.«

»Ja. Seltsamerweise befriedigt es mich trotzdem mehr, als würde ich mir einreden, ich täte etwas für die Menschheit.«

»Trotzdem, viele Menschen finden es gut und richtig, was du tust! Ich auch!«

Er nahm sie in die Arme und legte ihren Kopf an seine Brust.

»Ich tue es im Einklang mit vielen Menschen. Aber im Grunde tue ich es nur für mich.«

»Und für Katharina«, dachte sie. »Ist es dein Abschiedsgeschenk für sie? Wenn es so ist, wirst du es mir niemals sagen.«

Er legte ihr zärtlich eine Haarsträhne hinters Ohr und sah sie an.

»Glaubst du wirklich, die Menschen könnten sich je zu einer überlegten Navigation ihres Schicksals zusammenfinden?« Er küsste sie.

Plötzlich stand Reusch im Raum. Er war betrunken und hatte angeblich seit längerem geklopft. Steinfeld hieß ihn so willkommen, wie er war, und schaltete hastig die Computer aus. Aber Reusch hatte auf den Bildschirmen genug gesehen. Er versprach, dicht zu halten, unter der Bedingung, dass Steinfeld und Vera die beiden Flaschen Laffitte mit ihm leerten, die er wie zwei Trommelstöcke schwenkte.

»Weiß doch eh jeder Bescheid.« Sein Glas stieß klirrend gegen die beiden von Steinfeld und Vera. »Die Aktie der Even sieht aus wie ein alter Mann beim Pissen.«

Steinfeld machte ihm nachdrücklich klar, wie sehr er auf seine Verschwiegenheit während der nächsten Wochen angewiesen war. Innerlich verfluchte er seine Unvorsichtigkeit. Die sentimentale Einsamkeit seines alten Freundes konnte ihn den Kopf kosten.

»Seit wir uns kennen, denkt er, ich verrate ihn.« Bekümmert schüttelte Reusch den Kopf. »Nur weil ich mich einmal danebenbenommen habe. Aber mit diesem ersten und einzigen Verrat hab ich den Grundstein für deine Karriere gelegt.«

Steinfeld lächelte sein Champagnerlächeln.

»Dafür bin ich dir auch seit über zwanzig Jahren dankbar.«

»Was hab ich dir im Kloster geschworen?« Reusch schwenkte Glas und Gesicht Vera entgegen. »Sie müssen wissen, wir beide sind eigentlich Nonnen.« Auffordernd hielt er Steinfeld sein frisch geleertes Glas hin. »Was war unser Gelübde? Sag schon!«

Steinfeld schwieg und kraulte sein Kätzchen.

Drei Tage später erhielt Steinfeld überraschenden Besuch. Er hatte bereits im Flur Helms' Zigarrenrauch gerochen und gewusst, dass es Ärger geben würde. Reusch war einfach der geborene Judas. Er brachte das Kunststück fertig, ihn mit der ganzen Kraft seiner verlogenen Sentimentalität aufrichtig in die Arme zu schließen und ihm gleichzeitig das Messer in den Rücken zu jagen. Da er Reuschs Fähigkeiten oft genug zu seinem eigenen Vorteil benutzt hatte, konnte er ihm nicht wirklich böse sein, nicht einmal, wenn er in Betracht zog, dass Reusch damals auf der Jagd möglicherweise seinen Tod in Kauf genommen hatte. Solange er den Verrat eines Freundes überlebte und die daraus resultierenden Schuldgefühle ihm unbestreitbare Vorteile einbrachten, war er bereit, ihn hinzunehmen. Soll und Haben. Reuschs Konto war im Plus.

Spöttisch sortierte er einige Unterlagen für den Bericht an seinen Schwiegervater und warf einen Blick auf die Uhr. Drei vor halb elf. Er lehnte sich in seinem Sessel zurück und ließ den Gedanken zu: Er konnte nur Menschen in seiner Nähe ertragen, die ihn im Stich ließen. Er wischte sich kurz über die Handflächen, als klebe dort noch roter Staub von der Aschenbahn.

Helms betrat den Raum. Wie immer drehte er, obwohl er nichts mehr erkennen konnte, den Kopf misstrauisch nach allen Seiten. Der in hellen Farben gehaltene, lichtdurchflutete Raum voll nüchterner Eleganz rief stets Unbehagen in ihm hervor. »Ich könnte hier keinen klaren Gedanken fassen«, pflegte er zu sagen. »Und auf was soll man sich nach Feierabend freuen, wenn man so ein schönes Büro besitzt?« Heute sagte er zunächst nichts, sondern stützte sich auf seinen Stock, während Steinfeld ihn zu dem unbequemsten seiner Besucherstühle führte. Anderes Mobiliar lehnte Helms ab, weil er angeblich darauf einzuschlafen drohte. Helms hatte in stillschweigender Solidarität mit seiner Tochter ebenfalls abgenommen. Sein dunkler Anzug schlotterte, mindestens zwei Nummern zu weit, um seinen Leib. Er sah erschreckend harmlos aus.

»Ich war unten bei Keppler und Reusch«, sagte er, während er sich setzte. »Es sieht ja sehr erfreulich aus dieses Jahr.«

»Vor Steuern zweiundsiebzig Prozent plus. Kann sich sehen lassen.«

Steinfeld erhob sich und suchte vergeblich den Aschenbecher, der ausschließlich für Helms' Besuche reserviert war. Helms war der einzige Besucher, dem Steinfeld das Rauchen gestattete. Er konnte den Aschenbecher nicht finden und ließ von seiner Sekretärin einen anderen bringen.

»Ja.« Helms entsorgte sorgfältig den Aschenkegel seiner Zigarre, wobei er es vermied, den fremden Aschenbecher mehr als unbedingt nötig zu berühren. »Es hat sich einiges verändert. Seit dem letzten

Krieg war es ein Grundsatz in diesem Hause, die Dinge nicht mehr mit Blut, sondern immer mit Geld zu regeln.«

Steinfeld hatte wieder hinter seinem Schreibtisch Platz genommen, sodass der alte Lehrer und sein Lieblingsschüler in der Hierarchie spiegelverkehrt zueinander saßen.

»Du weißt so gut wie ich: Geld ist keine Konstante. Du gibst es aus und es verwandelt sich in Dinge, die du nicht kontrollieren kannst.«

»Was ist Geld?« Helms sog beinahe unanständig gierig an seiner Zigarre. Der Professor, der auch seine Tochter behandelte, hatte ihn vor zwei Tagen wieder einmal dringend ersucht, endlich das Rauchen aufzugeben. Helms hatte ihn ausgelacht und ein altes lateinisches Sprichwort auf den Kopf gestellt: Ein gesunder Geist erzwingt einen gesunden Körper. »Geld«, spann er seinen Gedanken weiter, »ist bedrucktes Papier. Und deswegen ist Geld Metaphysik. Alles am Geld, was man nicht greifen kann, der Wille zu Einfluss, Gewinn, Liquidation, ist das Wichtigste am Geld wie am Leben überhaupt. Geld ist ein Beleg für die Geisterhaftigkeit des Lebens.«

Steinfeld hatte ihn seit Jahren nicht mehr so lange reden gehört. Ein untrügliches Zeichen, dass Helms ihm noch viel mehr zu sagen hatte. Es sei eine höhere Kunst, schloss er jetzt einen ersten Bogen, die Dinge mit Geld zu regeln.

»Die finanziellen Transaktionen sind das Knochengerüst, mit dem wir das Ungeheuer Menschheit zwingen, nach unseren Bedingungen auszuschreiten.«

Gerade weil auch er sich die Hände im Dritten Reich schmutzig gemacht habe, habe er sich nach dem Krieg eisern an diesen Grundsatz gehalten.

»Dieses Haus hält sich unter meiner Leitung ebenfalls an diesen Grundsatz«, erwiderte Steinfeld. »Nicht aus blindem Gehorsam, sondern weil ich ihn für richtig halte. Es wird kein Blut vergossen. Nicht von mir.«

Er zwang Helms, deutlicher zu werden, und konnte so ausloten, wie viel der alte Mann wirklich wusste. Helms teilte ihm mit, der Kanzler habe ihn dringend ersucht, mit Steinfeld zu sprechen. Der amerikanische Präsident sei höchst erbost. Was sei das für eine Freundschaft, in der sich die Vereinigten Staaten um die deutsche Wiedervereinigung bemühten, wenn sich gleichzeitig eine der größten deutschen Banken für einen Schuldenerlass einsetze, der eine Reihe amerikanischer Institute in den Ruin treibe. Der Kanzler habe wie immer den nichts ahnenden Biedermann gegeben und versprochen, dem für ihn ohnehin unverständlich altruistischen Treiben Steinfelds entgegenzutreten. Der Präsident, offensichtlich von seinen Geheimdiensten in Kenntnis gesetzt, habe sich damit nicht beruhigen lassen. Es könne nicht sein, dass die Wiedervereinigung mit der Lieferung von NVA-Waffen in den Hinterhof der USA erkauft werde! Damit würden amerikanische Berater erschossen. Die USA hätten die Sowjetunion zu Tode gerüstet und zum Dank dafür rüste dieser Steinfeld mit seinem Busenfreund Winterstein in ihrem Hinterhof die Kommunisten auf! Wenn das die neue Art deutscher Freundschaft sei, dann könnten die Deutschen gerne eine ganz neue Art amerikanischer Freundschaft kennen lernen!

»Und was hat der Dürre gesagt?«, fragte Steinfeld. Er bekam die Antwort, die er erwartet hatte. Der deutsche Kanzler hatte versprochen, der Sache umgehend ein Ende zu bereiten. Der amerikanische Präsident hatte daraufhin die deutsche Souveränität betont und seinen Willen, sich nicht in innerdeutsche Angelegenheiten einzumischen. Der Kanzler hatte die üblichen bundesrepublikanischen Diener vollführt: Durch die Wiedervereinigung kämen natürlich enorme Kosten auf die BRD zu, man werde den Verteidigungshaushalt noch mehr vernachlässigen müssen als bisher, was bedeute, dass man in Zukunft noch mehr auf den Schutz durch die amerikanischen Freunde angewiesen sei. Der Präsident hatte sich mit dem Satz verabschiedet, wirksamen Schutz könne es nicht zum Nulltarif geben. Der Kanzler hatte noch einmal versichert, wie treu Deutschland an der Seite seines großen Bruders stehe und deshalb in einem neuen Europa nichts zum Schaden, aber viel zum Nutzen der USA entstehen werde.

Steinfeld war klar, dass Helms nicht nur in eigener Sache, sondern auch als Vertreter des deutschen Kanzlers vorsprach, hinter dem sich kein Geringerer als der US-Präsident verbarg. Das einzig Erfreuliche war, dass bisher weder Helms noch der amerikanische Präsident von der Schirmanleihe etwas zu ahnen schienen. Es musste ihm gelingen, Reuschs Verrat zumindest noch etwas hinauszuzögern, denn dass Reusch dem von allen Seiten aufgebauten Druck nicht lange standhalten würde, davon musste er ausgehen. Vor allem galt es zu verhindern, dass Reusch in alkoholisierter Angeberlaune

Keppler davon berichtete, um ihm zu beweisen, dass Steinfeld ihm, Reusch, mehr vertraute als Keppler, denn Keppler würde keine Sekunde zögern, damit zu Helms zu laufen. Während diese Gedanken sich in einem Teil seines Gehirns zu einer neuen Strategie formierten, hatte ein anderer zu einem begeisternden Vortrag angesetzt. Es gab nur einen Weg, Helms ins Boot zu holen. Er musste ihn von der Richtigkeit seines Tuns überzeugen. Tenor: Die Dinge ändern sich. Es ist heute möglich, dass ein geschiedener Mann diese Bank leitet. Es ist möglich, dein mit den Amerikanern geschlossenes Abkommen neu zu definieren und damit die Hermes-Bank zu einer der mächtigsten Banken dieser Welt zu machen.

»Even hat durch sein Mittelamerika-Abenteuer 700 Millionen verloren.« Steinfeld hatte sich von seinem Stuhl erhoben und lieferte Helms das Schauspiel des mitreißenden Feldherrn, der seine Truppen zur alles entscheidenden Schlacht aufruft. »Und er wird, wenn der Schuldenerlass kommt, allein dort unten noch weitere 1,5 Milliarden verlieren.« Er stützte die Hände auf den Schreibtisch und sah Helms eindringlich an. »Wir haben ihn jetzt da, wo ich ihn schon immer haben wollte.«

Helms stellte belustigt fest, dass sein Schwiegersohn den ernsthaften Versuch unternahm, einen beinahe Blinden zu hypnotisieren. Aber Steinfeld verstand es zugegebenermaßen wie kein anderer, das Feuer in seinen alten Adern zu entzünden. Die Möglichkeit, die Sieger der letzten beiden Weltkriege mit einem kühnen ökonomischen Schachzug zu bezwingen, klang so verführerisch, dass er für einen Augenblick nicht abgeneigt schien, mit seinem Schwiegersohn in diese letzte Schlacht zu ziehen.

Steinfeld spürte, was in Helms vorging. Er sah das Zucken in seinen nahezu erloschenen Augen, als Helms die Brille abnahm, sorgfältig zusammenklappte und vor sich auf den Schreibtisch legte, und er fuhr weiter fort, ihn mit begeisternden Sätzen über die neue Ära zu bombardieren, die angebrochen sei und nach neuen Grundsätzen verlange.

»Ich wusste schon«, sagte Helms und lächelte, »warum ich dir meine Tochter ans Bein gehängt habe. Ohne die Ketten deiner Ehe schlägst du einfach über die Stränge.«

Er straffte seinen Rücken, sodass er noch eine Spur aufrechter saß als sonst, und Steinfeld blickte seit langer Zeit zum ersten Mal wieder ohne die Barriere der Brillengläser direkt in seine Augen.

»Damit wir uns richtig verstehen«, sagte Helms, »ich mag den Präsidenten ebenso wenig wie du. Diese protestantischen Predigten. Dieses pastorale Geschwätz von Freiheit und Größe. Eine unerträglich einfallslose Medizin, die die Amerikaner dem Rest der Welt verordnet haben.« Er blies eine letzte Rauchschwade in die Luft und zerdrückte mit ironischem Bedauern den kaum noch vorhandenen Stummel seiner Zigarre im Aschenbecher. Offensichtlich hatte er keine zweite dabei und innerhalb der Bank war von Steinfelds Sekretärin allen strengstens untersagt worden, ihm Nachschub zur Verfügung zu stellen. »Wenn es ihnen gelingt, uns auch noch den Rest unserer Kultur zu rauben, rauben sie uns unsere Identität. Das ist viel entscheidender als alles Kriegsgerät, das sie benutzen.«

In diesem Augenblick glaubte Steinfeld tatsächlich, er habe es erreicht. Helms war auf seiner Seite! Helms entging nicht, wie die Begeisterung Steinfelds Handbewegungen eine Spur zu getragen werden ließ, wie seine Stimme diesen hellen, jugendlichen Klang annahm, den Helms immer so geliebt hatte. Diese Entschlossenheit, alles, was gedacht werden konnte, auch zu tun! Es war der größte Schmerz, den er seit langem empfand, dass er seinem Schwiegersohn in diese Schlacht nicht folgen durfte. Steinfeld war kurz davor, ihn in die Finesse der zweiten, tödlichen Angriffszange einzuweihen, als Helms ihn unterbrach. Steinfeld solle nicht zu messianisch argumentieren, konstatierte er sarkastisch und schob damit seine Gefühle beiseite, das erinnere ihn an die dunkelste Figur der deutschen Geschichte.

»Was du tun willst«, sagte Helms und setzte seine Brille wieder auf, »ist größenwahnsinnig, ist maßlos, ist zutiefst«, er lächelte, »deutsch.«

Steinfeld begriff: Helms hatte Angst. Die alte deutsche Krankheit, die er so abgrundtief hasste. Helms würde aus Angst vor der deutschen Vergangenheit die deutsche Zukunft verspielen.

»Das Allerwichtigste ist doch die Wiederherstellung einer deutschen Identität, eines echten deutschen Selbstbewusstseins.«

»Das bekommen wir nur durch die deutsche Wiedervereinigung.« Helms' Stimme hatte an Schärfe deutlich gewonnen.

»Nein«, entgegnete Steinfeld heftig. »Das bekommen wir nur durch einen Sieg, nicht durch ein Geschenk.«

»Die Demütigung einiger amerikanischer Banken ist bedeutsamer als die Wiedervereinigung? Mit dieser Meinung stehst du ziemlich alleine da.«

»Ich bin dein Schüler.« Steinfeld ließ sich wieder in seinen Stuhl fallen, starrte Helms trotzig an und zitierte: »Dass alle etwas sagen, heißt noch lange nicht, dass es richtig ist.«

»Das ist von dir«, erwiderte Helms gelassen, »und abgesehen davon, dass ich diesen Satz inhaltlich voll unterstütze«, er beugte sich leicht nach vorne und faltete die Hände auf der Tischplatte, »nicht alle sagen es, ich sage es! Die deutsche Wiedervereinigung ist mit nichts anderem aufzuwiegen.«

Steinfeld merkte, dass er zu weit gegangen war. Die Wiedervereinigung in Frage zu stellen war ein nicht wiedergutzumachender Fehler. Vergeblich versuchte er abzuschwächen und verwies auf die Werte der deutschen Kultur, die denen der russischen in ihrem Wesen viel ähnlicher seien als dem angelsächsischen Materialismus, der in seinem Wesen zutiefst undeutsch sei.

»Das sagt der Richtige. Deine Medienpolitik überschwemmt das Land doch geradezu mit diesen Werten.«

Steinfeld behauptete, das sei nur vorübergehend. Nach einem Jahrzehnt der Gier sei wieder eine Periode des Verzichts einzuleiten. Allerdings müsse der Übergang moderat gestaltet werden, solle es nicht zu gesellschaftlichen Verwerfungen kommen, die der Demokratie abträglich sein könnten. Und hier sah er in der Wiedervereinigung durchaus eine Gefahr. Die ostdeutsche Bevölkerung werde das Vertrauen in eine Demokratie ohne Wohlstand ebenso nachhaltig verlieren, wie es durch den Augenschein westlichen Reichtums und die Versprechen der Politiker geweckt werden könne.

»Deswegen benötigen wir eine stärkere Kontrolle über die Medien.«

Steinfeld registrierte einmal mehr mit Erstaunen, wie sehr das mediale Erlebnis des Nationalsozialismus die Aversion des alten Mannes gegen die modernen Massenmedien geprägt hatte.

»Die Medien befinden sich in den richtigen Händen«, meinte er beruhigend. »Dafür haben wir gesorgt. Abgesehen davon sind sie Huren. Sie werden sich immer an die ökonomischen Machtverhältnisse anpassen.«

»Unterschätze sie nicht«, entgegnete der alte Mann. Er sah immer wieder mit Besorgnis, wie Steinfeld glaubte, die öffentliche Meinung zu beherrschen, nur weil er souverän auf ihren Wellenkämmen tanzte. Seiner Ansicht nach war das ein fataler Irrtum. »Die Medien entwickeln durchaus ein mächtiges Eigenleben. Sie verkörpern die neue Religion. Man kann nicht jeden Tag beten, ohne gläubig zu werden. Was dort verkündet wird, inhaliert die Bevölkerung bis ins tiefste Unterbewusstsein!«

»Du meinst«, sagte Steinfeld listig, »sie sind das einzig wirksame Sedativum, um eine Bevölkerung im Elend von der Revolution abzuhalten.«

Geschickt schlug er den Bogen zur deutschen Wiedervereinigung. Um die sozialen Härten abzufedern, die die Wiedervereinigung zwangsläufig mit sich bringe, sei es von allergrößtem Interesse, dass die Hermes-Bank als Speerspitze eines neuen, selbstbewussten Europas in die amerikanische Machtdomäne einbreche. Nur so könne es gelingen, Wohlstand und neues Selbstbewusstsein zu schaffen. »Und am Ende«, versuchte er den Alten ein letztes Mal zu ködern, »schaffen wir vielleicht auch wieder eine neue, blühende deutsch-russische Kultur.«

Helms hatte längst begriffen, dass es Steinfeld um viel mehr ging als nur um einen schlichten Raubzug gegen die A. P. Even. Er wollte als visionärer Banker eines den USA mindestens ebenbürtigen Europas in die Geschichte eingehen. Er wollte offenkundig wirtschaftliche mit politischer Macht verbinden. »Mein Homunkulus droht sich in gefährlicher Art und Weise zu verselbstständigen«, dachte Helms. Er wiederholte einen seiner Lehrsätze: Wirkliche Macht habe im Verborgenen zu agieren.

Steinfeld war nicht bereit einzulenken: »Unser Haus wird durch meine Maßnahmen zu einem der mächtigsten Geldinstitute der Welt. Ich hoffe immer noch, dass du dich mit dieser neuen Situation anfreundest.«

»Glaubst du wirklich, damit kannst du sie erlösen?«, fragte Helms abrupt. Steinfeld runzelte verwundert die Stirn. Für einen Moment wusste er nicht, was Helms meinte. »Gleichgültig was du tust, du kannst Katharina nicht glücklich machen«, sagte Helms mit großem Nachdruck. »Auch wenn du ihr die Welt zu Füßen legst. Nein, es gibt nur ein Glück für sie. Und an diesem Glück wirst du nur sehr mittelbar beteiligt sein.«

Mit unbewegtem Gesicht eröffnete Helms seinem Schwiegersohn, dass Katharina seit geraumer Zeit an einer Krebserkrankung leide und vermutlich nicht mehr lange zu leben habe. Steinfelds Gesicht zeigte ebenfalls keine Regung. »Warum sagst du es mir«, jagte es durch seinen Kopf, »warum jetzt?« Er kannte die Antwort. Helms schreckte vor nichts zurück, ebenso wenig wie er selbst.

»Sie will nicht, dass du es erfährst«, schloss der Alte. »Ich soll es auch nicht wissen. Aber du weißt ja ...«

»Alle Leute kommen mit ihren Sorgen zu dir.«

»Auch du kannst jederzeit ...«

»Ich weiß.«

Helms unterließ weiteren Zuspruch. Es wäre unpassend gewesen. Es entstand eine Pause, in der sich in Steinfeld die Gewissheit ausbreitete, dass seine Frau sterben musste. Mit jeder Sekunde, die verstrich, wurde diese Gewissheit massiver, während die Gegenstände in seinem Blickfeld unmerklich an Durchsichtigkeit gewannen. Er konnte noch keine Trauer empfinden, im Augenblick spürte er nur eine große Erschöpfung, als sei er sein Leben lang mit äußerster Anstrengung vergeblich gelaufen.

»Ich bin dein aufmerksamster Schüler gewesen«, hörte er sich weitersprechen. »Glaubst du wirklich, ich kann Berufs- und Privatleben nicht trennen? Soll ich dir sagen, warum dir die Wiedervereinigung so viel bedeutet? Weil du mit schuld warst an Deutschlands Untergang!«

»Wenn du so weitermachst«, erwiderte Helms heftig, »wirst du Mitverantwortung tragen für meinen!«

»Ja, alter Mann«, dachte Steinfeld und konnte sich einer plötzlich aufscheinenden Schadenfreude nicht entziehen, »den Nibelungenschatz wirst du nicht los.«

»Die trägst du ganz allein selbst«, sagte er laut. »Vielleicht ist das die Wiedergutmachung, die du leisten kannst. Nicht die Wiedervereinigung, sondern dass du endlich die Verantwortung übernimmst für dein Tun!«

Helms fand wortlos seinen Stock und ging ohne fremde Hilfe zur Tür. Steinfeld hielt sie ihm auf. Helms spürte die stählerne Hand, die sich mit jedem Schritt in seiner linken Brust zusammenzog, während er Steinfelds Sekretariat betrat. Es gelang ihm, den Augenblick, da sie sich zur Faust ballte, hinauszuzögern, bis Steinfeld die Tür hinter ihm schloss. Dann schienen sich ihre Finger wie Pfeile von innen durch seinen Brustkorb zu bohren und schleuderten ihn gegen den Sekretärinnentisch. Er kannte Frau Gardes, seit sie vor über zwanzig Jahren als Aushilfe in der Bank angefangen hatte. Er verbot ihr, in einem Stuhl nach Luft ringend, Steinfeld zu holen oder ihm irgendetwas von seinem Schwächeanfall zu erzählen. Sie reichte ihm ein Glas Wasser, das er zitternd leerte und mit einem entschlossenen Knall auf den Tisch zurückstellte, als könnte er so jegliche Schwäche vertreiben.

»Ich verlasse mich auf Sie«, sagte er und umklammerte dabei mit einer Kraft, die ihr Gesundheit suggerieren sollte, ihre Hand. »Er hat im Augenblick andere Sorgen. Mir geht es schon wieder gut.« Er zwang sich aufzustehen und selbstständig zum Fahrstuhl zu gehen.

Mit unbewegtem Gesicht nahm Steinfeld in der nächsten Sitzung des Vorstands zur Kenntnis, dass jedes Mitglied darüber informiert war, wer hinter der neuen Schirmanleihe steckte, die mit überwältigendem Erfolg am amerikanischen Markt platziert worden war. Keppler gratulierte ihm im Namen der anderen. Alle stimmten aufgrund der unerwarteten Gewinne Steinfelds Plänen zum Erwerb der Even Sternway begeistert zu, allerdings unter einer Voraussetzung: Keppler verlangte, dass die Zustimmung der Franzosen zur deutschen Wiedervereinigung durch die Veräußerung des gesamten Tankstellennetzes der DDR erkauft würde. Er besaß offensichtlich Rückendeckung vom Kanzler für diesen Plan, der sich für alle außer Steinfeld ebenso harmlos wie vernünftig anhörte. Ein amerikanischer Ölkonzern würde zum Schein mitbieten, um den Preis für die Franzosen in die Höhe zu treiben. Außerdem steigere das die französischen Incentives an die deutschen Politiker.

»Dann kriegt der Kanzler französischen Champagner.« Keppler hatte schon lange nicht mehr versucht, witzig zu sein.

»Mit dem kann er seinen russischen Kaviar runterspülen«, setzte Reusch nach. Steinfeld sah in zwölf lachende Gesichter. Natürlich lachte er ebenfalls, obwohl ihm absolut nicht danach zumute war. Er wusste, dass Helms vorübergehend Erholung in seinem Landhaus an der Côte d'Azur gesucht und wen er dort getroffen hatte. Sein Schwiegervater hatte unter dem Druck einer möglichen Hebung des Nibelungenschatzes bestimmt nicht lange gebraucht, um einen Plan zu skizzieren, wen man gegen Steinfeld aufbringen konnte: »Wir müssen unseren französischen Freunden für ihre Zustimmung eine Menge bieten«, hörte er ihn zu Even sagen. »Ich fürchte, da wird für die Einheimischen nicht mehr viel übrig bleiben.«

Even hatte dieser Vorschlag bestimmt auf Anhieb gefallen, denn er schob den kommunistischen Seilschaften rund um Winterstein den schwarzen Peter zu. Dafür war Even immer zu haben.

Jetzt blieb Steinfeld nichts anderes übrig, als gut gelaunt zuzustimmen, wenn er seine Sternway-Pläne realisieren wollte. Reusch war der Erste, der, in Steinfelds Büro zitiert, erfahren durfte, dass Steinfelds gute Laune nur gespielt war. Wütend und ohne Einleitung fiel Steinfeld über den mutmaßlichen Verräter her. Reusch schwor, er habe nichts ausgeplaudert, aber natürlich glaubte ihm Steinfeld nicht.

»Denkst du, ich kapier nicht, was hier läuft?!« Reusch stellte verwundert fest, dass er Steinfeld zum ersten Mal schreien hörte. »Du bist nach wie vor der Lakai von Helms! Ihr wollt Winterstein gegen mich aufhetzen!«

»Ich will niemanden gegen dich aufhetzen«, sagte Reusch leise.

»Das besorgst du ganz alleine!«

»Ach so.« Steinfeld fixierte ihn kalt. »Es ist also meine Schuld, dass du mich immer wieder verraten musst.«

Seine Augen glitten über Reusch zur Decke, als existiere der und alle Probleme, die er machte, für ihn nicht mehr. Reusch begriff, wie sinnlos es war, sich zu verteidigen. Er verließ, an der in der Tür stehenden Vera vorbei, das Büro. Vera legte Steinfeld die neuesten Emissionszahlen der Anleihe auf den Tisch. Die waren hervorragend. Steinfeld registrierte grinsend, dass sie in letzter Minute ein AA-Rating von Standard and Poors erhalten hatten.

»Was hat uns das gekostet?«

»Dreieinhalb Millionen«, versetzte sie kühl. »Und einen Hinweis im Verkaufsprospekt: Dieses Rating bezieht sich ausdrücklich nicht auf Risiken, die durch Währungsschwankungen entstehen können.«

»Wie klein gedruckt?«

»Ziemlich klein. Auf Seite zwölf von fünfzehn Seiten.«

Steinfeld visierte sie über seinen Zeigefinger an, als wolle er sie erschießen.

»Wer liest schon das Kleingedruckte bei 12 Prozent Kupon?«

Zum erfolgreichen Launch der Schirmanleihe hatte er gestern seinem Team einen Betriebsausflug der besonderen Art spendiert. Gemeinsam mit Pater Hohenbach und einer von ihm ausgewählten Studentenschar besichtigten sie eine Art Museum des BKA, in dem mit Puppen und Autos die spektakulärsten Mordanschläge der RAF während der letzten fünfzehn Jahre nachgestellt waren. Tatsächlich zogen sich die Schussbahnen simulierenden Fäden wie Spinnweben durch den Raum. Man betrachtete die Gehirne von Baader, Meinhof, Ensslin, studierte forensische Details. Steinfeld forderte die Studenten dazu auf, alternative Theorien zu den offiziellen Tötungsversionen von Buback, Ponto, Schleyer zu entwickeln. Voll krimineller Energie entwickelte er vor seiner staunenden Studentenschar mögliche Anschläge auf seine eigene Person. Angeblich hatte sein Schwiegervater von ihm verlangt, auf eine allzu üppige Innenausstattung bei seinen Fortbewegungsmitteln zu verzichten, da die eingebauten Luxusgegenstände die Insassen im Falle eines Anschlages besonders leicht verletzen könnten, aber das hatte Steinfeld abgelehnt.

»Wenn mir schon nicht mehr allzu viel Zeit bleibt«, ging er über diese weitere unterschwellige Drohung von Helms hinweg, »will ich sie wenigstens genießen.«

Vera hatte darüber nicht lachen können. Die Leichtigkeit, mit der Steinfeld mit seinem Tod kokettierte, erschreckte sie.

Bei ihrem nächsten Treffen aß Winterstein zum ersten Mal nichts, er war stinksauer. Er hatte Informationen, dass Steinfeld hinter seinem Rücken vorab einen Ausverkauf der DDR betrieb, um die Wiedervereinigung von seinen »westeuropäischen Freunden« genehmigt zu bekommen. Wintersteins Informationen waren so detailliert, dass sie weder von Reusch noch von einem anderen Vorstandsmitglied stammen konnten. Da mussten technisch versierte Untergebene am Werk gewesen sein: Er wurde in seiner eigenen Bank ausspioniert. Er kam sich beinahe vor wie Rehmer. Aber er würde nicht freiwillig zurücktreten, bestimmt nicht.

»Diese osteuropäische Zentralbank«, schnaufte Winterstein, »daran ist doch gar nicht zu denken. Das war nur ein Köder für mich!«

»Lieber Freund«, Steinfeld pickte mit spitzen Fingern ein Schinkenröllchen von der kalten Platte, »Sie wissen doch am besten, es läuft nicht immer alles so wie geplant. Ich gebe zu, ich muss zur Zeit etwas improvisieren.«

»Auf meine Kosten!«

Steinfeld versicherte ihm, er und seine Leute würden keineswegs zu kurz kommen, und bot ihm die kalte Platte an. Winterstein zeigte immer noch keinen Appetit. Er drohte, sich nicht weiter einer Veröffentlichung des historischen Materials über Helms zu widersetzen. Und der Schmutz bliebe auch an Steinfeld und seiner Bank kleben. Dann werde man ja sehen, ob die russischen Freunde mit Steinfeld noch Geschäfte machen wollten.

Steinfeld hob bedauernd beide Handflächen: »Sie essen nicht, Sie trinken nicht, was wollen Sie? Meinen Kopf?«

Winterstein erhob sich für seine Körperfülle erstaunlich schnell. »Ich werde mir jedenfalls nicht weiter selbst ins Bein schießen.«

Nachdem er gegangen war, fühlte sich Steinfeld so einsam wie noch nie. Das lag natürlich zum geringsten Teil an Winterstein.

Vor zwei Tagen hatte er noch einmal den vergeblichen Versuch unternommen, seine Frau zurückzugewinnen, die mittlerweile in einem teuren Hotel in München wohnte, wenn sie sich nicht stationär in einer Klinik aufhielt. Wie ein kleiner Junge hatte er ihr seine nagelneue, mit allen erdenklichen Schikanen ausgestattete Limousine vorgeführt. Ihr war sofort klar gewesen, warum: Er wusste inzwischen von ihrer Krebserkrankung. Und er wollte Absolution, obwohl er, wie sie ihm sofort erklärte, völlig schuldlos war.

»Der Tod war immer in mir«, hörte er ihre Stimme noch einmal wie aus weiter Ferne, »seit ich denken kann. Ich habe ihn stets ganz deutlich an meiner Seite gefühlt, so wie andere Kinder Engel. Der Tod war mein Freund. Irgendwann ist er auf Reisen gegangen. Jetzt ist er zurückgekehrt.«

Sie war der festen Überzeugung, er wolle nur aus Mitleid zu ihr zurück, einem Mitleid, das in seinem tiefsten Kern nicht einmal ihrer Person galt, sondern viel weiter bis in seine Jugend zurückreichte, und das konnte sie nicht annehmen. Steinfeld bestritt das verzweifelt, aber je ausgefeilter er argumentierte, umso stärker wurde ihre Gewissheit. Beinahe tat er ihr Leid. All seine Intelligenz, all seine Selbsterkenntnis nützte ihm nichts. »Es gibt Strömungen in uns«, erklärte sie ihm, »die uns unser Leben lang mit unbezwingbarer Macht in eine Richtung reißen. Wenn wir sie brechen, brechen wir uns, unser Leben, unsere Person.« Lieber lustvoll in der Hölle verbrennen als in einem dieser wohltemperierten Käfige überleben, die man therapierte Persönlichkeit nennt, hatte sie einmal einem ihrer Therapeuten entgegengeschleudert. Und im Gegensatz zur vorherrschenden Meinung sah sie im Lauf der Welt einen unbestreitbaren Beweis dafür, mit welcher Überlegenheit der Wahnsinn jegliche Vernunft dominierte. Sie hatte immer gehofft, mit ihren fantasievollen Seelenkrankheiten einer gewöhnlichen Krankheit zu entkommen, jetzt hatte das Leben sie in seiner gemeinsten Form eingeholt und den Wahnsinn ihrer Träume zur hässlichen Wirklichkeit verkehrt. Wenn das Leben sie unbedingt noch den Unterschied zwischen angenehm geträumtem und furchtbar erniedrigendem Wirklichkeitsschmerz lehren wollte, so war sie bereit, auch diese letzte Ungezogenheit des Schicksals lächelnd hinzunehmen, denn das Lachen über alles und jeden konnte ihr niemand nehmen. Dieses Lachen würde sie mit sich forttragen in die Ewigkeit.

Steinfeld war nicht entgangen, wie die Gedanken seiner Frau sich von ihm entfernt hatten. Er unternahm einen letzten Versuch, sie zurückzugewinnen.

»Du denkst, Dent steckt hinter dem Flugzeugabsturz.« Er sah ihr fest in die Augen. »Möglicherweise täuschst du dich.«

»Glaubst du immer noch, es war ein Unfall?«

»Nein«, sagte er, um ihren Gedanken in eine bestimmte Richtung zu lenken, »das glaube ich nicht.«

»Du denkst, es war mein Vater.«

Er schwieg, um zu sehen, wie sie diesen Gedanken ertragen konnte. Sie ertrug ihn erstaunlich gut.

»Er hat mir alles erzählt«, sagte sie leise. »Endlich weiß ich, wie man in jungen Jahren zum Oberbefehlshaber einer bedeutenden Bank bestellt wird. Man braucht einen Schatz. Einen Goldschatz!« Ihr Blick flüchtete durch die Scheiben, aber draußen war es inzwischen ebenso dunkel wie im Wagen. »Ich habe so etwas immer geahnt«, fuhr sie fort, »auch wenn ich es mit aller Macht verdrängte.« Ihr Lächeln schnitt wie eine Klinge durch die Nacht. »Der goldene Schatten meines Lebens.«

»Du weißt, warum er dir das erzählt hat«, sagte er.

Sie wandte ihm ihr Gesicht zu. »Er dachte, du würdest ihm sonst zuvorkommen.«

»Das war nicht nötig«, sagte Steinfeld. »Du warst ohnehin auf meiner Seite.«

Stille breitete sich zwischen ihnen aus.

»Ich seh mir immer noch alle Sendungen im Fernsehen mit dir an«, sagte sie leise.

»Wo sind jetzt alle«, fragte er stockend, »die an meiner Seite waren?« Seine Augen klammerten sich an sie, als wäre sie tatsächlich immer der einzige Halt in seinem Leben gewesen. »Wo bist du?«

»Ich bin dir am nächsten«, erwiderte sie zärtlich, »wenn ich weit weg von dir bin. Ich bin ein Phantom, genauso wie du, Steinfeld. Mein geliebter Fantomas ...«

Sie hatte ihn ein letztes Mal geküsst und ihre Lippen waren so heiß und zart wie noch nie. Aber vielleicht lag das auch nur an ihrer krankheitsbedingt stets etwas erhöhten Temperatur.

Jäh überfiel ihn die Erkenntnis, dass ihm selbst die schlimmste ihrer Eskapaden unendlich fehlen würde. Gleichzeitig kroch ihm eine jämmerliche, kleinmütige Angst durch die Gedärme, die nichts Befreiendes mehr, sondern nur noch etwas Lähmendes besaß und die er so noch nie verspürt hatte.

In den nächsten Tagen verfiel er in hektische Betriebsamkeit, um sich nicht genauer beobachten zu müssen. Er zwang Vera und seine Sekretärin Gardes, mit ihm seine Privaträume innerhalb der Bank nach Wanzen zu durchsuchen. Er verbot, das Hauspersonal zu Hilfe zu rufen. Mit klammheimlicher Freude riss er Bilder von den Wänden, kippte Papiere über den Boden, untersuchte Lampen und bog mit einer Schere die Gitter der Klimaanlage beiseite, ein Akt willkürlicher Zerstörungswut, der nicht zuletzt in der Aussicht Befriedigung fand, dass Vera wieder Ordnung in seine Unterlagen bringen musste.

Seine Wut wurde durch ihre großen, blauen Augen, die ihn erschrocken und verständnislos anblickten, noch verstärkt. Wie unscheinbar und harmlos hatte doch die Liebe zu diesem Mädchen über Jahre hinweg in ihm geschlummert, wieso hatte er sich von Katharina anstiften lassen, sie zum Leben zu erwecken? Und war Katharinas tödliche Erkrankung nicht die gerechte Strafe für sie beide? Er schrie sogar, was nun wirklich völlig sinnlos war, Keppler und Reusch an und beschuldigte sie, Winterstein die geplante Aufteilung des DDR-Vermögens verraten zu haben. Was hatte er denn anderes erwartet?

Vera beschloss, in ein Hotel zu ziehen. Er drückte den Hörer, den sie bereits in der Hand hielt, wieder auf die Gabel.

»Du gehst nirgendwohin. Du bist ab sofort meine einzige Vertraute. Das hast du dir selbst eingebrockt!« Er kündigte an, mit sofortiger Wirkung die Geschäfte von seinem verlassenen Bungalow aus zu erledigen, nicht mehr von der Bank aus. Und Vera werde ihm folgen. Was blieb ihr anderes übrig, nachdem er ihr erzählt hatte, wie krank Katharina war?

»Sie will mich nicht mehr sehen«, murmelte er. »Sie will in Frieden sterben. Verstehst du das? Ich verstehe es.«

Er verspürte plötzlich heftigen Blasendruck und begab sich auf die Toilette. Über einem der Waschbecken beschlief Reusch völlig geräuschlos und mit nicht mehr als für den Vollzug unbedingt nötigen Regungen eine der kroatischen Reinigungskräfte. Er sah Steinfeld im Spiegel, trat einen Schritt zurück, schloss seinen Reißverschluss und drehte sich um, grinsend wie ein ertappter Schuljunge. Die Frau verschwand hastig mit ihrem Arbeitsgerät.

Steinfeld musterte Reusch. Er wusste genau, dass Reusch es darauf angelegt hatte, von ihm erwischt zu werden.

»Ich weiß, wie sehr du Zuwendung nötig hast«, sagte Steinfeld, »aber man muss es nicht übertreiben.«

Reusch starrte ihn an. Sein Gesicht war so weiß wie die Kacheln hinter ihm an der Wand. »Ich weiß nicht mehr weiter«, sagte er leise. »Weißt du ’s?«

»Gib mir ein paar Wochen.« Steinfeld klopfte ihm matt auf die Schulter. »Wird schon.«

Er kehrte so schnell wie möglich zu Vera zurück. Sie beide, erklärte er ihr mit beinahe fiebernden Augen, seien nun verpflichtet, das Rad der Welt in jenem Sinne weiterzudrehen, den auch Katharina mit ihrer Arbeit für die UNO verfolgt habe. Wie hätte Vera ihn da noch verlassen können? War es nicht ein Zeichen ihrer Hochachtung vor Katharina, wenn sie Steinfeld auf jede erdenkliche Art und Weise behilflich war?

Trotzdem fühlte sie sich unwohl in dem Haus, in dem Steinfeld fünfzehn Jahre seines Lebens mit Katharina verbracht hatte. Aber sie überwand sich. In den nächsten Tagen war Steinfeld schwach, manchmal beinahe hysterisch. Vera wusste, er benahm sich so, weil er es nicht ertragen konnte, dass seine Frau an einer tödlichen Krankheit litt. Weil er sie, je weiter sie weg war, umso verzweifelter liebte. Aber auch das war Vera bereit zu ertragen, denn es war ihr nur allzu verständlich. Auch sie begann Steinfeld jetzt auf dieselbe Art und Weise, wie durch eine Glaswand, zu lieben. Diese Liebe, die einzige, die er anzunehmen bereit war, schenkte ihm neue Kraft und die hatte er bitter nötig. Er befand sich in einem Zweifrontenkrieg, in dem der Puppenspieler Helms die Fäden zog. Er hatte die Kongruenz zwischen seinem und dem Willen seiner Puppen gesucht und arbeitete mit der Schnittmenge. Auf der einen Seite die A. P. Even und ihr deutscher Lakai Dent, auf der anderen Seite Winterstein.

»Helms geht auf Nummer sicher«, dachte Steinfeld, während er auf die dunkle Silhouette seines Brunnens starrte. »Kreuzfeuer, meine Taktik.« Sie würden bis zum Letzten gehen. Sie wollten seinen Tod. Kaum hatte sich diese Erkenntnis glasklar in seine Gedanken geschrieben, schwand seine beschämende Angst so plötzlich, wie sie gekommen war. Mit einem Mal fühlte er nur noch erlösende Müdigkeit. Er fand den Weg zu seiner Couch und Vera deckte ihn zu. Gedanken, wie mit der Schere aus seinem Gehirn geschnitten, lösten sich auf: »Wenn mir der Vorstand nicht weiter folgt und ich mit Rücktritt drohe, werden sie mich gehen lassen?« Letzte Hoffnung auf Katharina. »Noch einmal mit ihr beginnen. Als Dozent an meiner Universität, als Privatier.« Er riss die Augen auf. Niemals. Wie um die Trennung noch einmal zu unterstreichen, hämmerte er sich ein: Sie konnte ihn nur als den visionären Wirtschaftslenker lieben, der er nicht zuletzt durch sie geworden war. Sie hatte ihn zu ihrem Geschöpf gemacht und auf dem Altar ihres Vaters geopfert. Auch er war für Helms immer nur Mittel zum Zweck gewesen, wie Rehmer. Seine Lippen verzogen sich zu einem bitteren Lächeln, das nicht zu seinem üblichen Arsenal zählte. Alles, was Helms während der letzten zwanzig Jahre in die Wege geleitet hatte, war nur dem Ziel der Wiedervereinigung geschuldet, selbst Katharinas Liebe zu ihm. Auch wenn sie es nicht wusste. Nicht wissen wollte. Helms würde ihn opfern, wenn er auch nur einen Schritt weiter gegen die Wiedervereinigung anging.

Er musterte seine Hände, als müsse er sich erst wieder daran gewöhnen, dass sie zu ihm gehörten. Es war ihm bereits in den letzten Monaten aufgefallen: Seine Fingernägel wuchsen rasch, wie die eines Toten. Möglicherweise war er nur ein Opfer selektiver Wahrnehmung und sie waren früher ebenso schnell gewachsen. Er musste ins Bad gehen, zur Schere greifen und sie kürzen. Seine Augen folgten dem Metall, das durch seine Hornhaut schnitt. Plötzlich erschreckte ihn, dass er einen Teil von sich abtrennte, ohne das Geringste zu spüren. Wie zur Kontrolle stieß er die Scherenspitze in die Haut seines Unterarms. Einmal leicht, dann kräftiger, bis sich ein kleiner Blutstropfen bildete. Er schloss die Augen und spürte den Schmerz mit scheinbar endloser Verzögerung. Seine Gedanken schienen Fäden zu spinnen, die sich in seinem Gehirn zu unentwirrbaren Knoten verwickelten. Der Schmerz verflüchtigte sich vorübergehend, und wenn er die Augen öffnete, sah er unzählige glimmende Sterne in der Luft. Er schlurfte mit müden Schritten zur Couch zurück und legte sich erneut auf die Streckbank seiner Gedanken. Hätte er die Idee der Entschuldung auch ohne Katharinas Dias gehabt? Sicher. Sie kursierte schon lange auf den Datenbahnen seines Gehirns, er brauchte sie nur aufzuheben. Es war nicht Katharinas Idee gewesen, sie hatte sie im Nachhinein zu ihrer Idee erhoben. Und war es mit ihrer Liebe nicht dasselbe? Hatten nicht auch ihre Gefühle im Angesicht des Todes eine Größe vorgetäuscht, die sie nie besessen hatten? Welche seiner Wahrnehmungen war die richtige? Ihm kam es vor, als zappe er zwischen zahllosen Programmen seines Gefühlslebens hin und her.

Gemeinsames Fernsehen auf der Couch. Vera hatte etwas zu essen gemacht. Die Haushälterin hatte zwei Wochen nach Katharinas Selbstmordversuch gekündigt.

Das Fernsehen gab ihm wieder einmal Recht. Die USA hatten, für die Öffentlichkeit überraschend, ein Freihandelsabkommen mit Mittelamerika geschlossen. Damit war dieser Markt auch für die Raubzüge der US-Banken geöffnet. Vera war richtig aufgeregt. Gemeinsam erwarteten sie die Entwicklung des Pesos nach Freigabe des Kurses. Der Kurs stürzte, wie Steinfeld vorhergesagt hatte, um mehr als zwanzig Prozent und pulverisierte den Puffer, den sie in die Anleihe eingebaut hatten. In wenigen Stunden stürzte er um bis zu vierzig Prozent ab. Das bedeutete empfindliche Verluste für die amerikanischen Pensionsfonds, die sich mit diesen Anleihen eingedeckt hatten, und an denen wiederum die A. P. Even beteiligt war. Auf CNN konnten sie live beobachten, wie der Aktienkurs der A. P. Even innerhalb einer halben Stunde um acht Prozent nachgab. Andere US-Geldinstitute profitierten vom Absturz des Pesos, weil man sich davon auf längere Sicht eine Gesundung der mexikanischen Wirtschaft versprach, was zumindest eine teilweise Rückzahlung der mexikanischen Schulden erhoffen ließ.

»Du siehst«, sagte Steinfeld, »ich hab mir auch ein paar Freunde gemacht.«

Vera kickte ihm einen seiner Hausschuhe, die sie entsetzlich fand, von den Füßen. Gemeinsam feierten sie die gewonnene Schlacht. Das war ihr Werk.

Verzweifelt versuchte Steinfeld, seinem Geisterhaus Leben einzuhauchen, seine Liebe zu Katharina zu verdrängen. Er benötigte dafür eine Leidenschaft, die Vera während der letzten Wochen schmerzlich vermisst hatte. Er bestand darauf, gemeinsam in seinem ehelichen Schlafzimmer zu nächtigen, und überredete sie damit, dass er hier seit mindestens fünf Jahren nicht mehr geschlafen habe. Das entsprach sogar beinahe der Wahrheit.

Er beobachtete Vera, die ruhig an seiner Seite lag. Ihr Atem roch selbst im Schlaf gut, ein wenig nach warmer Milch. Er versuchte, den Schlaf herbeizulesen. Als das nicht funktionierte, nahm er zwei Tabletten seiner Frau. Er begann zu schweben, weckte Vera und schlief erneut mit ihr, als könne er so das Schlafzimmer neu in Besitz nehmen. »Es ist ein Ammenmärchen«, dachte er, »dass man im Zustand der Verzweiflung nicht zu sexuellen Höchstleistungen fähig ist.« Er genoss ihren zitternden, jungen Körper in seinen Armen. Doch Vera spürte genau: Seine Leidenschaft meinte nicht sie. Sie glitt an ihr vorbei wie ein Sturm, der draußen vor fest verschlossenen Fenstern tobte. Sie meinte auch nicht Katharina, obwohl er selbst das wahrscheinlich glaubte. Er begann zu verbrennen. Es war, als hätte sich die todbringende Krankheit seiner Frau auf seine Seele gelegt. Die Puppen auf seinem Schrein beobachteten sie durch die offenen Türen.

Die nächsten Tage waren schon morgens so warm, dass sie auf der Terrasse frühstücken konnten. Vera kannte seine Frühstücksrituale bereits von ihren gemeinsam verbrachten Nächten innerhalb der Bank und nahm sie klaglos hin.

Ihre rebellischen Fluchtreflexe schienen erloschen. Er brauchte sie ja so sehr und sie fühlte sich auf angenehme Art und Weise missbraucht. Ärgerlich verdrängte sie diesen letzten Gedanken in ihr Unterbewusstsein, wo er weiter seine Kreise zog. Sie schien in ein Chamäleon verwandelt, das sich mit liebevollem Blick all seinen guten und schlechten Gewohnheiten anpasste. Sie wurde stiller, verständnisvoller und glich sich immer mehr dem Bild an, das er von ihr malte. Das hätte ihm zu denken geben sollen. Dieser Zustand konnte nicht von Dauer sein. Er aber war so damit beschäftigt, die globalen Machtverhältnisse zu verändern, dass er jede Annehmlichkeit dankbar hinnahm, mochte sie auch noch so verhängnisvoll sein.

Natürlich war es völlig unmöglich, die Bank vom Bungalow aus zu führen. Eines seiner ersten morgendlichen Gespräche mit Gerlach galt meistens der Route in die Bank, die aus Sicherheitsgründen täglich geändert wurde. Obwohl Steinfeld durch die Schuldenerlasskampagne gerade in der linksorientierten Öffentlichkeit außerordentlich an Popularität gewonnen hatte, war er seit seinem Flugzeugabsturz in der Hitliste des BKA der durch Terrorismus gefährdeten Persönlichkeiten in die ersten drei Ränge aufgestiegen. Die Logik des amtierenden BKA-Chefs, wonach die Terroristen Steinfeld seine Sympathie bei einer ihnen näher stehenden Klientel neideten, war nicht gänzlich von der Hand zu weisen.

Vera sah ihn stets in eine von drei schwarzen Limousinen steigen. Dann sprang sie auf, lief die Terrassenstufen hinab und blickte den Wagen nach, deren Reifen leise über den Kies knirschten. Denn bis auf weiteres hatte er ihr Arbeitsurlaub im Bungalow verordnet. Mit einem Augenzwinkern begründete er das damit, ihre Gespräche seien so geheim, dass sie nur außerhalb der Bank geführt werden dürften. Ihr war klar, dass er dadurch Katharinas Platz mit ihr besetzte, sie nahm aber auch das klaglos hin. Mit erhobener Hand lief sie ihm bei der Abfahrt stets einige Schritte nach. Dabei trug sie einen rosa Bademantel, den er geschmacklos fand. Er bat sie jeden Tag, sich einen anderen zu kaufen, aber sie hatte beschlossen, ihn als letztes kleines Zeichen der Rebellion zu behalten.

Sie blieb meistens stehen, bis sich die dünnen Staubfahnen verzogen hatten, und stellte sich vor, wie er hinten im Fonds Unterlagen studiere, je ein Sicherheitsfahrzeug vor und hinter seinem Wagen. Manchmal saß er auch im ersten oder dritten Wagen, eine zusätzliche Erschwernis für mögliche Attentäter. All diese Sicherheitsvorkehrungen kamen ihr manchmal seltsam unwirklich vor, wie ein unwilliges Signal Steinfelds an seine Außenwelt, ein Ritual zur Beschwörung seiner Unverwundbarkeit, an die er ohnehin nicht glaubte und die er im Grunde auch gar nicht anstrebte. Sie verdrängte den Gedanken, dass er das Spiel bewusst auf die Spitze trieb, um noch vor seiner Frau zu sterben, damit er nicht um sie würde trauern müssen. Stattdessen machte sie sich Sorgen um ihn.

Sie fuhr die ersten Punkte der Strecke in Gedanken und in allen Variationen immer mit: Die Bushaltestelle und die Telefonzelle, oder die Litfaßsäule, gefolgt von zwei Ampeln, oder die Schwimmhalle und die Autobahnauffahrt. Anschließend ging sie rasch ins Haus, kleidete sich an und flüchtete anschließend nach draußen. Sie verbrachte möglichst wenig Zeit allein in jenen Räumen, wo ihr aus jedem Winkel Katharinas Gesicht entgegenblickte. Ihr graute vor dem Winter. Sie hoffte, bis dahin sei Steinfelds Feldzug erfolgreich beendet. Sie nahm sich jeden Tag vor, anschließend sofort wieder auszuziehen und ihr Studium zu Ende zu führen. Vor dem Gedanken, wie sich dann ihre Beziehung zu Steinfeld gestalten sollte, flüchtete sie in den Garten. Dort hielt sie es alleine aus. Ein bequemer Stuhl, ein Telefon, der Gartentisch im Schatten einer mächtigen Zeder, die Steinfeld als über fünfzigjährigen Baum zur Vollendung seines Anwesens hatte pflanzen lassen und unter deren mächtigem Nadelschirm auch Katharina bevorzugt Schatten gesucht hatte. Vera zwang sich, weiter an ihrem Buch zu schreiben. Wenn sie sich einzureden versuchte, sie sei nur bei Steinfeld, um möglichst intensive Recherche zu betreiben, konnte sie lächeln.

Aus welchen Quellen sie die folgenden Informationen bezog, ließ sie aus Gründen ihrer eigenen Sicherheit im Dunkeln. Vieles vermochte sie auch nicht zweifelsfrei zu beweisen, sondern setzte es aus Andeutungen zusammen oder zog aus Ergebnissen eigenmächtige Rückschlüsse auf Durchführung und Planung. Nicht umsonst hatte sie die Romanform gewählt.

27. KAPITEL: SEPTEMBER 1989

2. SEPTEMBER 1989, 17.15 UHR – Ministerium für Staatssicherheit, Raum K 318.

Winterstein ließ gegenüber einigen hochrangigen Stasi-Offizieren durchblicken, dass bei einer Privatisierung der DDR-Schlüsselindustrien nach der Wiedervereinigung die Strohleute der Stasi nicht in erhofftem Umfang eingesetzt würden. Alles, was von Wert sei, Öl, Chemie, Optik, würde laut Winterstein einer so genannten Treuhand überantwortet und käme unter den internationalen Hammer. Er zog mit beiden Händen die von Hosenträgern gehaltenen Hosen hoch, ein sicheres Zeichen seiner Nervosität. Von allen Seiten wurde er mit Fragen bombardiert. Was mit seinen viel gepriesenen Westkontakten sei? Vor wenigen Wochen habe das noch ganz anders geklungen. Er kenne sich doch im Westen aus. Habe man nicht garantiert ...

»Im Kapitalismus gibt's nur eine Garantie«, sagte Winterstein. »Sich durchsetzen, mit allen Mitteln.«

Einige Genossen glaubten, erkennen zu können, er habe abgenommen.

10. SEPTEMBER, 8.30 UHR – Anwesen Helms.

Immer wenn sich die Haustür vor ihm öffnete, vermisste Richter für einen Sekundenbruchteil das Gesicht der jungen Katharina, die eine Bierflasche über dem Kopf balancierte. In Helms' Büro war es so dunkel, dass Richter über einen Stuhl stolperte, als er auf Helms zuging, dessen schwarze Gestalt sich auf der gegenüberliegenden Seite gegen die lockere Finsternis des Raumes abzeichnete. Helms erhob sich hinter seinem Schreibtisch und kam mit der Sicherheit eines Sehenden auf ihn zu. Nur an seiner tastenden Hand hätte man erkennen können, dass seine Sehkraft nahezu erloschen war. Helms schien Richters Gedanken erraten zu haben. »Sie entschuldigen die Dunkelheit.« Seine Zähne blitzten beim Sprechen unter seinem Schnurrbart. »Sie vermittelt mir die Illusion, ich sähe genauso gut wie Sie.«

Er ging zum Fenster, dessen Jalousien die Morgensonne aussperrten. Mit der Zielstrebigkeit eines alten Mannes, der nur noch begrenzte Zeit zur Verfügung hat, kam er übergangslos zur Sache. Schließlich erwartete er, dass sein Schwiegersohn ihm zum achtzigsten Geburtstag die Wiedervereinigung zum Geschenk machte. Das aber gestaltete sich zunehmend schwierig. Helms nannte allerdings nicht die Gründe, registrierte Richter amüsiert, die man vermutet hätte.

»Steinfeld hat zu viele Feinde. Wir müssen alles tun, um sein Leben zu schützen. Even, Dent, Winterstein, Ilk, keiner von denen darf jetzt durch nachlässige Sicherheitsvorkehrungen in Versuchung geführt werden.«

Er öffnete die Jalousien einen Spalt, als könne er heimlich noch irgendetwas von der Schönheit seines frühherbstlichen Gartens wahrnehmen. Die verhangenen Fenster glichen Lichtschächten, durch die der Tag so schmal und blass hereinkam wie durch dünnes Porzellan. »Der Mut der Deutschen entsteht immer aus Angst«, gedachte er seines Schwiegersohnes. »Mutig werden wir erst in ausweglosen Situationen. Vielleicht manövrieren wir uns deshalb mit Vorliebe in solche hinein. Wir benötigen das sichere Ende vor Augen, um einmal im Gewand des Helden wandeln zu können.«

DIE DINGE NIE MEHR MIT BLUT REGELN, SONDERN IMMER MIT GELD.

»Steinfeld ist der erste Mensch, der mich zwingt, meine eigenen Gesetze zu verletzen«, sagte er, während das Licht ein Gitter auf sein Gesicht zeichnete. Richter verstand: Helms hatte gerade Steinfelds Todesurteil gefällt. Wie um es noch einmal zu bekräftigen, führte Helms ihn zum Abschied durch die Bibliothek. Dort warteten drei Anwälte, die gegen das mittlerweile in der DDR veröffentlichte Buch über ihn und seine Tätigkeit innerhalb der Hermes-Bank während der letzten fünfundfünfzig Jahre vorgehen würden.

Helms entließ Richter in dem vagen Glauben, das Buch und Steinfeld hätten etwas miteinander zu tun. Die wahren Zusammenhänge verschwieg er ihm natürlich. Das Buch an sich war völlig ungefährlich. Seine Anwälte hatten bereits über hundertfünfzig Stellen gefunden, die belegbar falsch waren. Das Buch war nur eine dezente Drohung. Noch hielten die amerikanischen Freunde ihr Wissen über seinen Nibelungenschatz unter Verschluss. »Sie brauchen mich noch«, dachte Helms bitter. Er wusste, was als Gegenleistung verlangt wurde.

12. September 0.35 Uhr – Dorian Gray.
Eine Diskothek war unter Garantie einer der besten Orte, um abhörsichere Gespräche zu führen. Richter hatte hier bereits mehrere Spezialisten für den finalen Rettungsschuss angeheuert, der nicht von staatlicher Seite abgesegnet war. Ein Blick auf die geil zurechtgemachten tanzenden Nacktschnecken sorgte eventuell dafür, dass der Geschäftspartner bei der Festlegung der geschäftlichen Konditionen etwas abgelenkt war. Er gewann allerdings nicht den Eindruck, dass im Falle von Kohelka Ablenkung noch vonnöten war. Der Junge machte auch so einen reichlich zerfahrenen Eindruck. Richter gab ihm zu verstehen, dass sich das Problem Steinfeld ohne Kohelkas Einmischung lösen werde.

»Wenn Steinfeld etwas passiert, wird der Verdacht auf Dent und auf Leute wie dich fallen«, brüllte er ihm ins Ohr. »Deswegen dürft ihr auf keinen Fall etwas damit zu tun haben. Sag das deinem Vampir und seinen amerikanischen Blutspendern.«

Kohelka schien erleichtert. Er wollte kein Held mehr sein und er war auch keiner, er war nicht mal mehr ein brauchbarer Killer. Er hoffte, dass Dent ihm endlich erlaubte, sich zur Ruhe zu setzen. Richter bestellte zwei Drinks und schüttelte unmerklich den Kopf. Der Junge war nervlich ein Wrack. Von Katharina waren ihm nichts als ihre Tranquilizer geblieben, die er jetzt schluckte. Dem Vernehmen nach hatte er Claudia wiedergetroffen. Sie war inzwischen mit einem CSU-Politiker aus Traunstein liiert, den sie mit ihrer erotischen Gymnastik vom Telefonsex erlöst hatte. Der Mann war Claudia so dankbar, dass auch für Kohelka eine kleine Leibrente rausprang, fünfzehnhundert Mark monatlich auf Lebenszeit. Dafür erzählte er dem CSU-Mann nichts von Claudias früheren Schandtaten. Der glaubte, er lebe mit einer ehemaligen

Kindergärtnerin zusammen. Was in gewissem Sinne gar nicht so falsch war.

»Weißte«, brüllte Kohelka Richter ins Ohr, »wenn de nicht bereit bist, Frauen alles zu verzeihen, bleibste einsam.«

Es war einer der sich häufenden Momente in Richters Leben, in denen er froh über seine Einsamkeit war.

Noch in derselben Nacht rief Kohelka Katharina in ihrem Hotelzimmer an. Sie brauchte geraume Zeit, um ihn zu verstehen. Er wiederholte immer wieder, er werde ihrem Mann nichts tun, aber andere. Da braue sich was zusammen. Katharina solle ihren Mann warnen. Und ihm schöne Grüße ausrichten.

»Ich mag deinen Mann! Mehr ist dazu nicht zu sagen.«

Die Verbindung wurde unterbrochen. Er war so betrunken, dass Katharina nicht wusste, ob sie ihn ernst nehmen oder seinen Anruf als verzweifelten Annäherungsversuch abtun sollte.

13. SEPTEMBER, 9.20 UHR – Hermes-Bank, Büro Steinfeld.

Reusch knallte eine Zehnzeilenmeldung auf Steinfelds Schreibtisch: Der ehemalige GSG-9-Mann Kohelka hatte sich mit einer Überdosis Tabletten das Leben genommen.

»Der und Selbstmord«, sagte Reusch, »das ist doch Bockmist!«

Steinfeld war sich weniger sicher. Man hatte Kohelka mit dem Oberkörper auf dem Esstisch seines Appartements liegend gefunden. Neben ihm ein Abschiedsbrief, auf den er sich erbrochen hatte. Der inoffizielle Polizeibericht zitierte den mit Pommes frites und Steakresten verschmierten Satz: »Warum kann man nicht alles vergessen, was man fickt?«

Steinfeld lächelte traurig über so viel inoffizielle Wahrheit. »Kohelka hat die Überdosis genommen«, dachte er, »von der man immer befürchten musste, dass Katharina ihr zum Opfer fällt. Er hat den Selbstmord begangen, der ihr nie geglückt ist. Auch wenn Reusch das nicht glauben konnte.«

»Wir sind keine Richter, sondern Bankiers«, sagte er leise und dachte dabei an Helms.

»Das war dein bester Mann. Dein bester Schutz!«

»Er hat längst nicht mehr für mich gearbeitet.« Steinfeld schüttelte den Kopf, als wolle er Reusch und seine Einwände abschütteln wie eine lästige Fliege. »Das hat nichts mit mir zu tun.«

Aber Reusch ließ sich heute nicht so leicht abschütteln. Er war gekommen, um Steinfeld zum Rückzug zu bewegen. Er glaubte, sie übernähmen sich mit dem Kampf gegen die Even-Bank. Dieser Meinung sei der Rest des Vorstandes und des strategischen Planungsstabes auch.

»Hat Helms dich geschickt?«, fragte Steinfeld kurz.

»Niemand hat mich geschickt.« Vergeblich versuchte er, Steinfelds Blick von der Decke runterzuholen. »Merkst du nicht«, schrie er beinahe, »dass du hier nur noch Feinde hast?«

Steinfeld musterte ihn kühl. »Das hat sich auf der letzten Sitzung nicht so angehört.«

»Die jubeln nur, weil ...«

»Weil was?«

Reusch überlegte kurz, ob er es ihm sagen sollte. Es war grotesk. Je mehr er versuchte, Steinfeld zu helfen, desto mehr wurde er in dessen Augen zum Verräter. Der Mann, den er über alles liebte, würde ihn nie lieben.

»Weil sie dich abgeschrieben haben.« Er hielt Steinfelds Blick stand. »Das hier stehst du beruflich nicht durch.«

Steinfeld drehte ihm den Rücken zu und blickte durch die getönte Glasscheibe, die, von keiner Strebe geteilt, die gesamte Südseite seines Büros einnahm. Er hatte das Gefühl, sie würde vor seinen Augen zerspringen und er fiele hinab zu den Menschen dort unten und würde im freien Fall zu einer Miniatur wie sie.

»Lass dem Vorstand den Gewinn aus deiner Schirmanleihe, daran stirbt die A.P. nicht. Aber hör auf mit dieser Schuldenerlasskacke«, hörte er Reuschs Stimme.

»Glaubst du wirklich, ich trete jetzt vor die Presse und sage, ich habe mich geirrt?«

»Du weißt besser als ich, wie man eine Medienkampagne umdreht. Du ziehst dich einfach etwas zurück und die Argumente der Gegenseite überwiegen plötzlich. Wo kommen wir hin, wenn keine Schulden mehr bezahlt werden? Wo bleibt die Verlässlichkeit des Systems? Wer wird noch Geld verleihen wollen? Soll ich dir noch zehn Gründe aufzählen?«

Steinfeld schwieg, Reusch schöpfte etwas Hoffnung. »Du hast den Bogen ohnehin bereits überspannt. Diese Legende vom Banker mit dem sozialen Gewissen zieht keine zwei Wochen mehr. Dann kommt sie wie 'n Bumerang zurück. Steig vorher aus, dann fällst du nicht so tief.« Er lachte kurz. »Alte Börsenweisheit.«

»Ich habe andere Rückschlüsse aus meinen Medienbeobachtungen gezogen«, sagte Steinfeld. »Man kann dem Publikum alles servieren, selbst einen Banker mit sozialem Gewissen. Man muss es nur oft genug wiederholen.«

Er wandte sich Reusch wieder zu und Reusch war beeindruckt, wie perfekt Steinfeld trotz seiner verzweifelten Lage seine Rolle gab. Reusch glaubte, in Steinfelds Mundwinkeln klammheimliche Freude darüber zu entdecken, dass Reusch sich so um ihn bemühte. Er wäre am liebsten gegangen, aber der Impuls, Steinfeld retten zu müssen, wurde umso stärker, je vergeblicher ihm seine Bemühungen erschienen.

»Dann verzichte wenigstens darauf, die Even Sternway zu kaufen«, versuchte er Steinfeld ein letztes Zugeständnis zu entlocken.

»Das wäre«, erwiderte Steinfeld, »als würde ich mir den Teller vollladen und dann nicht essen.«

Selbst die Taktik des kleinsten gemeinsamen Nenners war missglückt. Steinfeld wollte alles. Er würde seinen Plan nicht ändern. Trotzdem bedankte er sich bei Reusch, der als Einziger den Mut gehabt hatte, ihm die Wahrheit zu sagen. Er ergriff sogar seine beiden Hände.

»Nie erwarten, dass einer gegen die Interessen der Bank handelt«, zitierte er lächelnd die Mönche.

Reusch zog seine Hände weg. »Du Arsch!«

Steinfeld wollte sich nicht helfen lassen, weder von ihm, noch von Katharina oder Vera, nicht einmal von Helms. Er winkte ihnen allen ein letztes Mal besonders strahlend zu, ehe er endgültig von Bord ging.

Vergeblich versuchte Reusch sich dagegen zu wehren, dass Steinfeld die Hand auf seine Schulter legte, während er ihn zur Tür geleitete.

»Komm, Albert, gegen meinen Diskusarm hast du immer noch keine Chance.«

Steinfeld öffnete ihm die Tür. »Hast ja Recht. Halt dich fern von mir.« Er lächelte dabei so siegesgewiss, dass Reusch sich unendlich klein vorkam. »Schlecht für die Karriere.«

Reusch ging. Gleichgültig wie oft er Steinfeld noch sehen würde, dies hier war ein Abschied. Er durchquerte das Sekretariat beinahe im Laufschritt und betrat den Flur. Steinfeld sollte wenigstens nicht sehen, wie nahe es ihm ging.

13. SEPTEMBER, 22.30 UHR – Hermes-Bank, Suite Steinfeld.

Vera und Katharina, von Reusch alarmiert, versuchten unabhängig voneinander, Steinfeld über das Sekretariat zu erreichen, vergeblich. Steinfeld war für niemanden zu sprechen. Sie probierten es auf seinem Handy, dort kreiste die eintönige Wortschleife: »Ihr Gesprächsteilnehmer ist vorübergehend nicht erreichbar.« Steinfeld hatte die Klingeltöne abgestellt und starrte auf die stummen Hilferufe, die in Wellenbewegungen über sein Display zogen. Er konnte nicht umhin, Helms zu bewundern, der, ohne einen Finger zu rühren, Steinfelds gesamte engere Umgebung mobilisiert hatte. Alle machten sich plötzlich Sorgen um sein Leben, das auch für Helms – und Steinfeld konnte diesen kalten Luftzug hinter aller Sorge deutlich spüren – nicht mehr unantastbar war. Er lud seine völlig überraschte Sekretärin auf ein Glas Wein ein. In den fünf Jahren, die sie jetzt bei ihm war, hatte Steinfeld noch nie auch nur annähernd etwas so Privates getan. Er stieß mit ihr auf seine Feinde an. Dafür würden sie mehrere Gläser brauchen. Ihre graublauen Augen wirkten auf ihn, als blicke er durch ein Fernglas auf einen weit entfernten, verschleierten Himmel. Er sagte ihr, er würde heute Nacht wieder einmal in der Bank schlafen.

13. SEPTEMBER, 22.45 UHR.

Katharina schaltete in ihrem Münchner Hotelzimmer ein Politmagazin ab, das Steinfeld zum Thema hatte. Der Gedanke, dass all diese Bilder von ihm bleiben würden, wenn er einmal nicht mehr war, beruhigte sie nicht, sondern zauberte wie eine magische Kugel die Angst um ihn, die sie bereits überwunden zu haben glaubte, wieder hervor. Die Tatsache, dass sie diese Bilder seiner Person vorgezogen hatte, erschien ihr plötzlich als eine Schuld, die auf grausame Art eingelöst würde. Kohelkas Selbstmord war ein weiterer Bote des Todes, der Einzug in die Welt ihrer Visionen hielt. Sie hatte das deutliche Gefühl, Steinfelds Tod nicht ertragen zu können, und wünschte sich für einen Augenblick, ihre Liebe wäre groß genug für ein gemeinsames Sterben.

Sie erreichte Vera im Bungalow, ihrem ehemaligen Heim. Sie stellte sich vor, wie Vera auf ihrem Platz auf der Couch saß, die Beine unter dem Oberkörper gefaltet, und wie um eine stärkere Verbundenheit zwischen ihnen herzustellen, setzte sich Katharina in derselben Haltung auf ihr Bett. Sie sagte ihr, sie habe beunruhigende

Informationen, Steinfelds Leben sei in Gefahr. Sie wies Vera auf die Zehnzeilennotiz in einer Tageszeitung hin, die Steinfeld abonniert hatte. Mehr war Kohelka dem deutschen Nachrichtenwesen nicht wert. Dieser Mann habe sie letzte Nacht noch angerufen und sie gebeten, Steinfeld zu warnen. Veras Panik verstärkte sich. Der Bungalow wirkte mehr denn je wie ein Geisterhaus. Katharina sprach ihr Mut zu. Wenn jemand Steinfeld noch umstimmen könne, dann Vera. Sie selbst habe es zu oft und vergeblich versucht. Sie legte auf. Sie hatte alles getan, was sie konnte. Es war nicht ihre Schuld, dass ihr Rettungsversuch auf Vera wie die unmissverständliche Botschaft wirken musste, dass sie Steinfeld immer noch liebte. Das war Vera ohnehin klar. Mehr als den Gefallen, unheilbar krank zu werden, konnte sie ihr wirklich nicht tun. Steinfeld hatte mit seinen beiden Frauen eine geschickte Rochade vollzogen. Vera war plötzlich zur einsam wartenden Ehefrau geworden und sie zur fernen Geliebten. So unerreichbar, wie Vera viele Jahre lang durch ihre Jugend gewesen war, war sie jetzt durch ihre Krankheit.

Katharina lächelte unmerklich und zündete sich eine der fünf verbotenen Zigaretten an, die sie sich täglich noch gönnte.

13. SEPTEMBER, 23.30 UHR.
Das Display war auf Knopfdruck erloschen. Keine Anrufe mehr. Nach dem dritten Glas Wein nannte Steinfeld seine Sekretärin das erste Mal beim Vornamen. Sylvia Gardes war eine in jeder Hinsicht vernünftige, auf praktische Art kluge Frau, die mit beiden Beinen so fest auf der Erde stand, wie das nur jemand konnte, der mit Steinfeld ausschließlich beruflich zu tun hatte. Steinfeld gelang es in kürzester Zeit, die Atmosphäre einer einsamen Insel zu schaffen, auf der sie mit einigen guten Flaschen Rotwein festsaßen, während der Rest der Welt immer weiter von ihnen wegtrieb. Er spürte wieder einmal die Sehnsucht nach völlig verantwortungsloser Freiheit jenseits aller Vernunft. Es war beinahe wie früher, wenn er einen Freier becircte. Er brauchte hinter seiner offiziellen Maske die Tür zu seiner Einsamkeit und Verzweiflung nur einen Spalt zu öffnen und die Menschen flogen ihm wie magisch angezogen zu. Sie alle wollten das Licht löschen, in dem sie verbrannten. Sylvia war nach drei Stunden so weit, dass sie sagte, sie würde die Nacht bei Steinfeld verbringen. Sie machte eine kleine Pause und fügte hinzu. »Aber ich bin jetzt verheiratet.«

»Seit wann?«

»Seit zwei Jahren«, sagte sie. »Ich habe Ihnen eine Einladung geschickt, aber Sie waren in Tokio.«

»Stimmt.« Er konnte sich beim besten Willen nicht erinnern. »Tut mir Leid.«

Sie nahm noch einen Schluck Wein und stellte ihr Glas neben seines.

»Ich kann trotzdem bleiben, wenn Sie wollen.«

Sie hatte diesen Satz schon viele Male zu ihm gesagt, aber in diesem Zusammenhang klang er trotzdem anders. »Wenn ich sie heute bei mir schlafen lasse, brauche ich in vier Wochen eine neue Sekretärin«, dachte er. Ihre Arbeitskraft war zu wertvoll, um sie für ein flüchtiges Abenteuer zu opfern. Er ermahnte sich zu freundlicheren Gedanken. Sie war zu nett, um sie wegen ein paar tröstlicher Stunden aus der Bahn zu werfen. Trotzdem hätte er ihr Opfer möglicherweise akzeptiert, aber so billig funktionierte die Erlösung nicht mehr, nicht einmal vorübergehend. Und von sinnlosen Opfern hatte er genug.

»Gehen Sie nur. Ich feiere Feste sowieso am liebsten alleine.«

Er sah ihrem Rock hinterher, der sich bei jedem Schritt an ihre Beine schmiegte. Das Kätzchen maunzte und sprang auf seinen Schoß. Steinfeld streichelte es und dachte an Vera. Vielleicht sollte er auch sie gehen lassen. Aber er hatte nicht die Kraft, das hier alleine durchzustehen. Er brauchte Vera und sie machte sich. Die große Kraft, die er bereits in dem kleinen Mädchen gespürt hatte, wuchs im Stahlbad seiner widersprüchlichen Gefühle, da konnte durchaus etwas Interessantes entstehen. Man musste es auf jeden Fall versuchen. Er sah auf dem Display des Sekretariatsanschlusses, dass sie erneut anrief, und überließ sie dem auf stumm geschalteten Anrufbeantworter.

14. SEPTEMBER 0.20 UHR.

Veras Panik hatte inzwischen einen neuen Höhepunkt erreicht. Wie konnte er sie in diesem verdammten Haus sich selbst überlassen? Weiterhin war er nicht erreichbar. Sie verfluchte ihn dafür, dass er sie mit ihrer Angst allein ließ. Wozu? Sie hatte immer öfter das Gefühl, er quälte sie nur aus einer versteckten Bosheit heraus, möglicherweise, weil sie Katharinas Platz in seinen Augen nur unvollkommen ausfüllte. Sie erschrak, als sie plötzlich einen Hass in sich spürte, der sich bislang nie bemerkbar gemacht hatte. Er brannte in ihrem Herzen und kam ihr völlig fremd vor. Hatte Steinfeld bereits Katharinas Gefühlsleben in sie implantiert? Das Einzige, was an ihrer Beziehung zu Steinfeld real war, war der Beischlaf, die Lust, aber nur im Augenblick, wenn es stattfand. Hinterher fühlte sie sich immer, als habe sie das alles nur geträumt. Die Wände schienen sich vor ihr zu verschieben. Vera stürzte nach draußen.

Während sie in ihrem Wagen in der Dunkelheit über die Autobahn raste, versuchte sie erneut vergeblich, Steinfeld zu erreichen, brüllte auf den Anrufbeantworter im Sekretariat: »Ich komme jetzt in die Bank! Sorg dafür, dass ich reinkomme! Ich weiß, dass du da bist!« Ohne Rücksicht auf andere Mitarbeiter, die möglicherweise so spät noch anwesend waren, brüllte sie das »Du« heraus. Sie sah ihn überlegen lächeln, sein verdammtes Kätzchen im Arm. Sie hatte Lust, es zu erwürgen. Steinfeld hatte ihr einmal erzählt, Katharina habe als kleines Mädchen immer eine Katze gequält, wenn sie sich besonders verlassen gefühlt habe. »Nein, ich werde keine Katharina«, hämmerte es in ihr. »Du wirst mich nicht zu einem Ersatz für deine Frau umformen!«

Ihr Fahrstil war halsbrecherisch. Sie atmete tief durch, wechselte auf die rechte Spur, zwang sich auf die vorschriftsmäßigen achtzig Stundenkilometer herunter. Ein Tanklastwagen überholte und schob sich vor sie. Dann zwei weitere PKWs. Der Tanklastwagen fuhr schnell, deutlich über dem Tempolimit. Der Abstand zu ihm vergrößerte sich rasch auf mehrere hundert Meter. Plötzlich explodierte er. Vera stieg in die Bremsen. Ihr schien, als würde der Tank von zwei kurz aufeinander folgenden Explosionen zerrissen, aber sie konnte nicht glauben, was sie da sah. Sie kam sich vor wie in einem Albtraum. Doch die Wrackteile, die wie Fackeln gegen ihre Windschutzscheibe flogen, waren real.

20. SEPTEMBER, 17.30 UHR – Einkaufszentrum, Cafeteria.
Ohne dass ein Zusammenhang mit diesem rätselhaften Vorfall hätte nachgewiesen werden können, traf sich Richter, mit einer Legende als V-Mann des BKA ausgestattet, mit dem drogensüchtigen RAF-Spitzel Hein Dirksen. Er behauptete, Dirksens neuer Kontaktmann zu sein, der bisherige sei versetzt worden. Für einige Informationen aus der Szene wollte Dirksen – wohl wie üblich – Stoff von seinem neuen Verbindungsmann. Richter weigerte sich,

Dirksens Informationen seien nichts wert. Da Dirksen auf Turkey war, hatte Richter wenig Mühe, ihn zu provozieren. Dirksen wurde so wütend, dass er Richter unter dem Tisch eine Waffe in den Schritt drückte. Richter rückte jetzt nicht nur den Stoff raus, er setzte, scheinbar voller Angst, Dirksen auch die Spritze. Dirksen konnte sich den Stoff nicht selber spritzen. Angeblich litt er an einer Spritzenphobie, seit ihn sein Vater im Alter von fünf Jahren auf dem Operationstisch festgehalten hatte, während ein Kinderarzt eine äußerst schmerzhafte Betäubungsspritze setzte, um einen Abszess am Hals aufzuschneiden. Richter wollte das alles gar nicht so genau wissen. Auch nicht, dass sein Vorgänger die Nadel viel gefühlvoller in die Ader gedrückt habe. Er dachte kurz an Katharina und fasste sich unwillkürlich an den Hals. Wenigstens war die Toilettenzelle, in der die Prozedur stattfand, einigermaßen sauber. Er gab der Toilettenfrau fünfzig Pfennig Trinkgeld.

Auf dem Parkplatz stellte Dirksen fest, dass Richters Stoff ihm nicht den nötigen Kick besorgt hatte. Richter kommentierte das relativ unfreundlich. Diesmal hielt Dirksen ihm im Schutz eines Lieferwagens die Waffe direkt an den Kopf. Er stand ziemlich unter Strom, Speichel lief aus seinem rechten Mundwinkel. Es fiel Richter nicht schwer, Angst zu zeigen. Enorm unter Druck, gab er Dirksen gezwungenermaßen nicht nur ein Päckchen mit angeblich besserem Stoff, sondern zusätzlich Informationen, mit denen Dirksen bei seinem RAF-Kader auftrumpfen konnte. Er begann mit der in Wirklichkeit frei erfundenen Anlieferung einer hochmodernen Abhöranlage an den Verfassungsschutz und steigerte sich bis zum angeblich bereits feststehenden Hotel der englischen Premierministerin bei ihrem nächsten Staatsbesuch. Absolutes Highlight unter der mit Waffengewalt erzwungenen Redseligkeit Richters war die Nachricht, dass der Schutz des Spitzenbankiers Steinfeld löchrig sei. Dirksen mochte das nicht glauben, witterte eine Falle. Offensichtlich beschäftigte sich die RAF seit längerem mit Steinfeld. Drei Limousinen im Konvoi, zwischen denen Steinfeld spontan wählen könne, da sei nur schwer was zu machen.

»Ja, drei Autos«, sagte Richter und ließ den Rest des Satzes in der Luft hängen.

»Und was? Was noch?« Der Lauf von Dirksens Waffe bohrte sich in Richters Wange. Er schien dringend neue Informationen zu benötigen.

»Sie glauben mir ja ohnehin nicht«, sagte Richter undeutlich.

»Ich will's trotzdem hören.«

»Zwei Flugzeuge«, vollendete Richter, als habe er damit etwas unheimlich Wichtiges von sich gegeben.

»Anschlag auf Rhein/Main, für wie blöd hältst du uns?«

Richter schwieg. Dirksens Pupillen, verengt vom guten Stoff, fingen seinen ausweichenden Blick ein.

»Die Bank hat ein Flugzeug am Rhein/Main. Was ist mit dem zweiten?«

»Das zweite gibt's noch gar nicht«, sagte Richter schnell. »Vergiss es.«

Dadurch war Dirksens Neugier natürlich geweckt und so erfuhr er schließlich, nach einigen weiteren Ausflüchten Richters, dass es in Kürze für Steinfeld nicht nur ein weiteres Flugzeug, sondern auch einen zweiten Flugplatz geben würde. Ein kleines, unauffälliges Übungsgelände der Bundeswehr in der Nähe von Offenbach. Die Zeitersparnis für Steinfeld war beträchtlich.

Dirksen verschwand in einem roten Kleinwagen, Richter grinste. So gab man unverdächtig eine Information an den Gegner weiter und machte ihn unfreiwillig zum Verbündeten. Er fasste sich noch einmal an den Hals und stellte sich vor, wie er Katharina eine Spritze setzte. Ganz langsam.

25. September, 17.30 Uhr bis 23.00 Uhr – Hermes-Bank, Suite Steinfeld.

Steinfeld und Vera arbeiteten mit einer Selbstverständlichkeit an den Übernahmemodalitäten für die Even Sternway, die Vera gespenstisch schien. Sie wurden weiterhin vom besten Jurastudenten ihres Jahrgangs unterstützt. Benders hellbraune Schuhe wateten ungerührt zwischen den verstreut am Boden liegenden Akten umher, auf der stetigen Suche nach dem einen, dem perfekten Entwurf.

Er war so in seinen Paragrafendschungel vertieft, dass er das Lebensgefährliche der Aktion wahrscheinlich nicht einmal dann registriert hätte, wenn Vera es ihm ins Ohr gebrüllt hätte. Für Bender war schlicht undenkbar, es könne etwas gefährlich sein, was juristisch erlaubt war. Steinfeld hatte Benders schwachen Punkt sofort entdeckt: das Kätzchen. Vera hätte die beiden prügeln können, wenn sie gemeinsam das verdammte Vieh fütterten. Es gelang ihm immer wieder, sie grundlos eifersüchtig zu machen, und darüber war sie besonders wütend. Er hielt sie auf ironischer Distanz, damit auch nicht die leiseste Gefahr aufkommen konnte, sie könnte ihn in irgendeiner Weise von seinem Weg abbringen. Häufig behandelte er sie mit Geringschätzung, vor allem in Gegenwart Dritter machte er sich auf eine charmante Art über sie lustig, die im Grunde verletzend war. Es gab eine Ausnahme: das Bett. Dort nahm er sie ganz und gar ernst. Diese Verwandlung erstaunte sie immer wieder. Wie er von einem kalten, verletzenden Geschäftspartner innerhalb weniger Minuten zu einem leidenschaftlichen, fantasievollen Liebhaber mutieren konnte. Sie verglich seine Persönlichkeit mit einem Fächer, den er je nach Belieben auf- und zuklappte. Das hätte sie nicht gestört. Was sie störte, war der Wind, der aufgekommen war und ihrer Meinung nach mit Steinfelds Fächer spielte.

Am Abend, nachdem Bender sie noch mit einem zweistündigen Vortrag über deutsches Anleiherecht in Atem gehalten hatte, saßen sie anschließend zu zweit vor den Spätnachrichten. Plötzlich legte er ein Zeitungsbild vor ihr auf den Tisch. Vera erkannte sofort den brennenden Tankwagen auf der Autobahn. Steinfeld hatte ihr verschwommenes Gesicht unter den Zuschauern erkannt und es mit einem blauen Kugelschreiber eingekreist. Vielleicht war es auch einer seiner Mitarbeiter gewesen.

»Wieso hast du mir nicht erzählt, dass du dabei warst?«

Sie zuckte die Achseln. Sie war wie ferngesteuert ausgestiegen und hatte in die Flammen gestarrt. Die Autobahn war für zwei Stunden gesperrt worden. Zwei Stunden, in denen sie sich dort hatte brennen sehen, gemeinsam mit Steinfeld. Die Feuerwehr hatte die Überreste der beiden Fahrer aus dem geschmolzenen Stahlgestänge geschnitten und in Leichensäcken abtransportiert.

»Du bist danach zu mir in die Bank gekommen und wir haben ...« Er lächelte leicht. »Es war übrigens besonders schön.«

Sie blickte kurz zu ihm auf.

»Entflammt.«

Er lachte und zog sie in seinen Arm.

»So langsam entwickeln wir dieselbe Art von Humor.«

Er betrachtete noch einmal das Schwarzweiß-Foto, das die Realität gnädig verfremdete.

»Welches Auto hast du da benützt? Eines von meinen?«

Er dachte, es war ein Anschlag. Auf ihn.

»Nein, meins.«

»Du kannst dich so weit wegschießen, wie du willst«, dachte sie triumphierend, »du bist immer noch hier. Und du hast immer noch Angst.« Ihr Triumph bestand nicht zuletzt in der gemeinsamen Angst, die sie zu Verbündeten machte.

»Warum hast du mir nichts erzählt?«

Sie glaubte, in seinen Augen die Explosionsflammen zu sehen.

»Das war ein ganz normaler Unfall.« Sie kopierte sein Lächeln.

»Und von Unfällen hatte ich an diesem Abend genug.«

28. SEPTEMBER, 12.30 UHR – Luxusrestaurant.

In Steinfelds Umgebung war man zunehmend um seine Sicherheit besorgt. Angeblich hatte er inzwischen auf der inoffiziellen Hitliste der RAF den amtierenden Bundesbankpräsidenten auf Platz zwei abgelöst. Steinfeld lag nun knapp hinter dem Vorsitzenden des Bundesverfassungsgerichts und spottete, den werde er in Kürze auch noch überholen. Er habe sich noch nie mit einem zweiten Platz zufriedengegeben. In allen Sicherheitskonzepten, die ihm vorgelegt wurden, ging es ausschließlich um terroristisches Bedrohungspotenzial. Er hätte sich lächerlich gemacht, wenn er auf die Möglichkeit eines geheimdienstlichen Anschlags hingewiesen hätte, noch dazu durch ein anderes demokratisches Land, einen Verbündeten. Und es wäre vollkommen absurd erschienen, seinen engsten Vertrauten und Schwiegervater Helms mit so etwas in Verbindung zu bringen. Mit derart abstrusen Verdächtigungen hätte er sein Mandat als Vorstandsvorsitzender auf der Stelle niederlegen können. Also schwieg er und ließ zu, dass ein von Reusch vorgeschlagener Mann vom Verfassungsschutz einstimmig zum neuen Sicherheitchef der Bank gewählt wurde.

Es handelte sich um einen langjährigen Freund von Richter, der weiterhin als graue Eminenz und offizieller Mitarbeiter des VS im Hintergrund die Fäden zog.

Steinfeld verfolgte das hektische Treiben, das der neue Sicherheitchef um ihn veranstaltete, wie eine Bienenkönigin ihren Schwarm. Mächtig und hilflos.

Peter Furne von A. P., mit dem Steinfeld sich wegen der Übernahmemodalitäten der Sternway-Bank traf, nannte Steinfelds Bewachung »exzessiv«, nachdem Steinfeld ihm erklärt hatte, dass es sich bei den restlichen Gästen im Restaurant des Grandhotels ausnahmslos um seine Bodyguards handelte. Seine Sicherheitsberater seien der

Ansicht, das sei aufgrund der Terrorismusgefahr unbedingt nötig. Furne hob unmerklich den Kopf. Seine Augen wirkten über seinem schräg vorstehenden Unterkiefer wie zwei nur wenig geöffnete Dachfenster.

»Gibt es die RAF überhaupt noch?«

»Wenn nicht«, dachte Steinfeld, »müsste man sie erfinden. Warum sollte es nicht ebenso Fantomterroristen geben wie Serienhelden oder soziale Bankiers?«

»Es sind gerade die unsichtbaren Feinde, Peter«, sagte er und entkleidete einen Zahnstocher, »die wir besonders fürchten müssen.« Er fuhr sich mit dem Zahnstocher über die Lippen und fügte süffisant hinzu: »Wenn Sie mich umbringen wollen, haben Sie sich einen denkbar schlechten Zeitpunkt ausgesucht.«

Er erinnerte sich an eine lästige Diskussion, die er gestern mit dem neuen Sicherheitschef und Reusch geführt hatte. Angeblich entsprach sein Bungalow nicht den sicherheitstechnischen Erfordernissen. Er fiel in die Kategorie »nicht schützbares Objekt«. Steinfeld hatte angeboten zu unterschreiben, dass er im Falle seines Todes die gesamte Verantwortung übernehme. Als das nichts fruchtete, hatte er sich schlicht geweigert, aus seinem Bungalow auszuziehen. Reusch konnte das nicht verstehen. Dort erinnere ihn doch alles an Katharina. Genau das war der springende Punkt. Steinfeld passte Vera seinen Erinnerungen an Katharina an und das ging nirgendwo besser als in der Ruine seiner Ehe.

Beide Männer gaben die Speisekarte zurück, ohne mehr zu bestellen als Mineralwasser und Kaffee. Furne war gespannt, wie Steinfeld ihm die umfassende Niederlage der A.P. Even versüßen wollte. Der verlor wenig Zeit.

»In diesem Lokal musste ich vor über zwanzig Jahren zur Kenntnis nehmen, dass ich bankrott bin«, sagte er. »Und wissen Sie, wer mir diese frohe Botschaft überbracht hat? Meine spätere Frau.«

»War bestimmt eine spannende Ehe.«

»Es war eine ganz wundervolle Ehe«, Steinfeld drehte den Zahnstocher um den Finger, an dem immer noch ein schlichter, goldener Ring steckte, und fand mühelos den Übergang, »so wie die zwischen uns beiden. Im Grunde ist es nur Kooperation«, fuhr er mit einem Lächeln, aus dem er jegliche Ironie verbannte, fort, »unsere Bankhäuser wachsen durch den Ankauf von Sternway zusammen. Trinken wir auf das Ende von hundert Jahren Rivalität.« Er hob sein

Mineralwasserglas Furnes Kaffeetasse entgegen. »Auf eine ebenbürtige Partnerschaft.«

Das war angesichts des exorbitanten Unterschiedes in der Bilanz beider Banken derart unverschämt, dass Furne seinen Kaffee in einem Zug leerte. Er brannte in seinem Magen, während Steinfeld ihn daran erinnerte, wie die Hermes-Bank und Siemens vor hundert Jahren von A. P. Even und General Electric aus dem amerikanischen Markt rausgedrängt wurden.

»Da ist es nur fair«, Steinfeld zeigte sein strahlendstes Lächeln, »wenn Sie uns jetzt Ihr Schmuckstück in London überlassen.«

»Fair?« Furne bestellte noch einen Kaffee. »Sie kastrieren unsere Pensionsfonds mit Ihren mexikanischen Junkbonds und reden von Fairness? Sie wissen genau, wie viele Rentner Sie damit über die Klinge springen lassen, oder muss ich es Ihnen vorrechnen?«

»Nun«, entgegnete Steinfeld freundlich, »das ist sicher sehr bedauerlich, aber soll ich Ihnen vorrechnen, wie viele Menschen wir in der Dritten Welt durch den Schuldenerlass vor dem Hungertod bewahren?«

Furne lächelte und seine strichdünnen Lippen schienen kurz in seinem Gesicht zu verschwinden. »Kommen Sie mir nicht mit Ihrer Sozialbankerscheiße! Damit verschaffen Sie vielleicht ein paar Journalistinnen feuchte Höschen, aber wir wissen beide, Sie haben uns nur abgezockt, damit bei Ihnen mehr unterm Strich steht als bei uns.«

Er zitierte die zynische Songzeile eines avantgardistischen Rockmusikers, den Katharina und Steinfeld zu Beginn ihrer Beziehung gerne gehört hatten: »We are only in it for the money.«

Steinfeld war sicher, dass Furne bestenfalls wusste, wie man Michael Jackson buchstabierte, und ihm diese Zeile von einem pfiffigen Berater auf die Lippen gelegt worden war, aber darum ging es nicht. Viel wichtiger war, dass Leute wie Furne nicht in der Lage waren, in anderen Kategorien als Geld zu denken. Die offene Verbindung von wirtschaftlicher und politischer Macht, wie sie Steinfeld vorschwebte und die in einer Welt, in der die Macht nationaler Regierungen immer schneller schwand, dringend notwendig schien, war mit Leuten wie Furne nicht zu machen. Der Einzige in Steinfelds Umgebung, der in diesen Kategorien zu denken verstand, war Helms. Es würde aber in Zukunft nicht mehr genügen, wahre Macht im Verborgenen wirken zu lassen, wie es sein alter

Lehrmeister propagierte. Das Vakuum, das die Regierungen in naher Zukunft hinterlassen würden, musste für die Massen transparent mit politisch verantwortungsvoller, wirtschaftlicher Kraft gefüllt werden, wenn sich nicht andere, irrationale Kräfte breit machen sollten. Aber mit Technokraten wie Furne konnte man bestenfalls ein paar Portefeuilles füllen. Börsenmakler und Devisenhaie konnten kein Land regieren, geschweige denn die Welt. Das war eine mehr als groteske Vorstellung. Sie würden mit ihrer blinden Gier die Welt in neue soziale Revolutionen treiben. Aber er musste mit Furne klarkommen, hier und jetzt, sofort. Im Grunde war es relativ einfach: Er musste ihn kaufen.

Während er versuchte, ihm als Ausgleich für die Sternway die Finanzierung »unserer französischen Freunde« bei der Übernahme des ostdeutschen Ölgeschäfts schmackhaft zu machen, spürte er, wie wenig ihn dieser Deal in Wirklichkeit interessierte. Niemand begriff, dass die Entschuldungspolitik für ihn der erste Schritt in eine Welt war, in der sich globale Wirtschaft mit politischer Verantwortung verband. Und niemand wollte ihm dorthin folgen.

Furne starrte ihn ungläubig an. Die Finanzierung einer französischen Ölfirma, das war alles? War Steinfeld sich wirklich noch über die Folgen seines Handelns im Klaren?

»Sie wissen genau, dass wir das nicht tun können«, sagte er so ruhig wie möglich. »Wir können nicht den schärfsten europäischen Konkurrenten von Exxon finanzieren.«

»Sie müssen internationaler denken, Peter«, erklärte Steinfeld beinahe fröhlich.

»Das kann für uns nicht heißen, dass es keinerlei Verlässlichkeit mehr gibt! Wir paktieren nicht mit jedem.« Furne wollte anfangen zu handeln, Forderungen zu stellen, Steinfeld in die Höhe treiben. Er wollte zu einem ersten Zahlenfeuerwerk ansetzen, doch dann musterte er Steinfeld aufmerksam. Dieser Mann war eindeutig größenwahnsinnig. Furne gratulierte sich insgeheim zu diesem Geistesblitz.

Die Verbindung von deutsch und größenwahnsinnig würde Steinfeld unter Garantie das Genick brechen. Furnes Lippen verschwanden mit einem neuen Lächeln. »Trotzdem, Hut ab! So wie Sie hat uns noch keiner aufs Kreuz gelegt!«

Steinfeld wünschte sich plötzlich, Furne zöge einen Revolver und würde ihn erschießen. Stattdessen bestellte Furne zwei Gläser Châteauneuf und stieß mit Steinfeld an. Es handelte sich um denselben Jahrgang, den auch der Ehrenvorsitzende der Hermes-Bank bevorzugte.

30. SEPTEMBER, 15.30 UHR – Villa Helms.

Die Besorgnis erregende Diagnose über Steinfelds geistige Verfassung sprach sich schnell bis zu Helms herum. Helms stimmte ihr nicht zu. Natürlich wollte Steinfeld zu viel, aber er war sich im Klaren darüber, dass er scheitern würde. Steinfeld war nicht größenwahnsinnig, sondern im Begriff, Selbstmord zu begehen.

Helms lächelte traurig aus einem der Fenster, hinter denen ein Garten lag, den er nur noch über die Düfte, die er ausströmte, wahrnahm. Helms war kein Geruchsmensch, er vermisste sein Augenlicht sehr. Aber vielleicht, dachte er bitter, hatte es das Schicksal gut mit ihm gemeint, als es ihn mit Blindheit schlug. So musste er wenigstens nicht mit ansehen, was jetzt geschah. Steinfeld wartete sein Ende nicht ab, er provozierte, dass sein alter Lehrmeister das Schwert gegen ihn erhob.

Helms hatte erneut Richter zu sich bestellt: Steinfeld benötige dringend einen adäquaten Ersatz für den verstorbenen Kohelka. Richter erzählte Helms, welche Problemfälle es beim BKA in letzter Zeit gegeben hatte. Unter anderem berichtete er von einem hochverdienten BKA-Mann namens Enz, der seine Frau und seine Tochter mit überhöhter Geschwindigkeit in den Tod gefahren habe. Der Mann habe eine Auszeit vom Dienst nehmen müssen. Er sei jetzt durch eine psychologische Behandlung stabilisiert und arbeite beim Personenschutz.

»Wenn man solchen Leuten einen Gefallen tut«, sagte Helms, »sind sie manchmal besonders motiviert.«

Erneut zeigte er sich besorgt um Steinfelds Sicherheit. Vielleicht sei dieser Enz der richtige Mann. Richter solle das überprüfen.

28. Kapitel: Oktober 1989

Montag, 17. Oktober, 6.15 Uhr.
Der BKA-Mann Enz, frisch eingestellt in Steinfelds Bewachungs-
truppe, inspizierte in einem Vorausfahrzeug die Route von Steinfelds Limousine zum Flughafen. Don Ottone, wie ihn seine Ballermänner nannten, würde heute nach London fliegen. Enz hielt an
der ersten Ampel. Schräg rechts von ihm türmte sich ein achtstöcki-
ger, etwas heruntergekommener Betonbau aus den Sechzigern auf,
an dessen Front im obersten Stockwerk in leicht verrutschter Ne-
onschrift eine Werbung für die Taunussparkasse prangte. Steinfeld
hatte während seiner ersten gemeinsamen Fahrt mit Enz gewitzelt,
bei dem Klotz handle es sich offenkundig um eine Karikatur der
Hermes-Bank, die wahrscheinlich ein enttäuschter Kreditnehmer
dort hingestellt habe, um ihn bereits am frühen Morgen an die Ver-
gänglichkeit aller irdischen Güter zu erinnern.

Enz lagen solche Gedankengänge fern. Er besaß keinen Sinn für
Ironie und lachte selten. Seine Gedanken konzentrierten sich auf
die Stationen von Steinfelds Weg: die Bushaltestelle, das Schwimmbad, die zweite Ampel, die Landstraße, erstes Wäldchen, zweites
Wäldchen – Zubringer zur Autobahn – er dachte exakt dasselbe
wie Vera, wenn Steinfeld nach dem morgendlichen Abschied in einer seiner drei Limousinen die Auffahrt hinunterglitt. Die Statio
nen von Steinfelds Weg klickten mit einer Zeitverschiebung von einer Dreiviertelstunde in zwei Gehirnen wie in unterschiedlichen
Registrierkassen. Enz konnte nichts Auffälliges entdecken. Bis auf
einige Arbeiter, die an der Bushaltestelle für die Frühschicht anstan-

den, waren die Straßen menschenleer. Im Vergleich zum Vortag hatte sich nichts verändert, alles befand sich an seinem Platz. Als er das Lenkrad nach links drehte, um aus dem kleinen Ort hinauszufahren, an den Steinfelds herrschaftliches Anwesen angedockt war, sah er wieder das blutüberströmte Gesicht seiner Frau vor sich. Er versuchte, sich an den Anblick zu gewöhnen und sich nicht die Schuld zu geben, wie es ihm der Psychologe geraten hatte. Sein Schicksal zu akzeptieren! Dann sah er die abgerissene Hand seiner Tochter. Sie umklammerte noch einen Apfel, den er ihr kurz zuvor gegeben hatte. Er schluckte zwei Beruhigungstabletten gegen das leichte Zittern seiner Hände. Über Funk verständigte er seine Kollegen. Steinfeld hatte heute im Fond seiner neuen Limousine Platz genommen. Die zwei anderen Wagen nahmen sie in die Mitte und setzten sich in Bewegung. Gerlach befand sich wie üblich hinter dem Steuer, Steinfeld diktierte Briefe in ein Aufnahmegerät. Katharina rief über das Autotelefon an, Steinfeld schüttelte knapp den Kopf, Gerlach sprach mit ihr. Steinfeld verspürte eine unangemessene Aggression. Warum rief sie ihn immer noch zu jeder Tages- und Nachtzeit an, war es nicht ihr Wunsch gewesen, aus seinem Leben zu verschwinden? Sie besaß etwas von einer Sirene aus der Unterwelt, die ihn zu sich rief. Das Unangenehme war: Wenn er auf die immer unlösbarer werdenden Aufgaben blickte, die vor ihm lagen, während die herbstlich trostlosen Äcker draußen vorbeiglitten, beneidete er sie beinahe um ihr nahendes Ende. Er wehrte sich mit aller Macht gegen diesen Gedanken, der nicht zufällig in diesem Wagen heraufzog. Sein Panzerglas, die schusssicheren Reifen und die verstärkte Bodenplatte umgaben ihn wie ein Sarg. Sie schützten ihn zu Tode! Unwirsch fragte er, was Katharina von ihm wolle. Gerlach hielt ihm den Hörer hin: »Sie macht sich große Sorgen um Sie. Sie sagt, Sie seien in Gefahr.«

»Das bin ich, seit ich sie kennen gelernt habe. Ich rufe zurück.«

Widerwillig bewunderte er die Intuition, mit der Katharina den Zeitpunkt für ihren Anruf gewählt hatte. Vera hatte heute nicht wie sonst mit ihm beim Frühstück gesessen. Zum ersten Mal, seit sie zu ihm zurückgekehrt war, hatten sie heftig gestritten. Denn auch sie hatte ihn gebeten aufzuhören. Nicht nach London zu fliegen, zu dieser Konferenz, auf der der künftige Umgang mit den Schulden der Dritten Welt endgültig beschlossen werden sollte. Er wollte wissen, wer sie vorgeschickt habe, Keppler, Reusch, Helms oder vielleicht

sogar Katharina? Tief gekränkt hatte sie ihn angeblickt und erklärt, niemand habe sie vorgeschickt, das sei überhaupt nicht nötig,
sie wisse selbst sehr gut, was sie wolle und was nicht, und sie werde
ihn auf keinen Fall nach London begleiten. Sie werde nicht weiter
die Sekundantin für sein letztes, tödliches Duell spielen. Vergeblich
hatte er versucht, ihre Melodramatik mit ironischen Bemerkungen
zu dämpfen.

»Du nimmst mich nie ernst«, hatte sie ihn mit einer Lautstärke
angeschrien, die die Vergangenheit in seinem Bungalow lebendig
werden ließ, »und am allerwenigsten nimmst du meine Gefühle
ernst. Sonst könntest du sie wahrscheinlich nicht ertragen!«

Sie hatte sich in ihrem Zimmer eingesperrt und Steinfeld musste
in letzter Minute einen Ersatz für sie finden und Bender aus dem
Bett holen. Bender konnte sie zumindest fachlich ersetzen und an
seine braunen Kunstlederhalbschuhe würde er sich gewöhnen. Ach
was! In einem Anfall plötzlicher Heiterkeit beschloss er, Bender
neue Schuhe und Vera einen Morgenmantel zu kaufen. Ein Ein-
kaufsbummel durch London. Sollten seine Ballermänner zusehen,
wie sie das hinkriegten. Sollten sich alle Sorgen machen, bis sie
schwarz würden! Er war nicht ihr Goldhamster im Käfig!

Er ließ sich über sein Moskauer Sekretariat mit Semjuschin verbinden und vergewisserte sich erneut, dass die Russen zu ihrem
Wort stehen würden: Das russische Öl und Erdgas wird nicht an
amerikanische, sondern an deutsche Investoren verkauft.

Sobald er Semjuschin am Apparat hatte, wusste er, dass er einen
Fehler gemacht hatte. Semjuschin zeigte sich zwar erfreut über
Steinfelds Anruf, aber Steinfeld überhörte nicht den Ton der Verwunderung. Was hatte Steinfelds Position erschüttert, dass er sich
Semjuschins Loyalität vergewissern musste? Steinfeld versuchte
zu retten, was zu retten war, indem er Semjuschin einen gemeinsamen Abend im Londoner Nachtleben in Aussicht stellte. Für so etwas war Semjuschin immer zu haben. Lachend versprach er, seiner
Tochter nichts davon zu erzählen. Aber auch hier spürte Steinfeld
einen vorwurfsvollen Unterton. Natürlich erwarteten die Semjuschins, dass er Vera irgendwann heiratete und so die deutsch-russische Freundschaft in monarchistischer Tradition offiziell besiegelte.
Das ist die Zukunft – ironisch zog sich sein linker Mundwinkel
noch ein Stück tiefer – eine internationale Monarchie der Großkon-
zerne.

Er blickte aus dem Fenster. Der übliche Schwarm schwarzer Krähen auf dem Feld. Steinfeld schloss im Stillen eine Wette mit sich ab, ob die Tiere auffliegen würden oder nicht. Sie blieben sitzen. War das nun ein gutes oder ein schlechtes Omen für London? Er erinnerte sich an sein letztes Gespräch mit Helms. Helms' Büro war extra für diesen Termin abgestaubt worden. Er betrat die Bank nur noch selten. Aber alles stand an seinem Platz, genau wie früher, beinahe wie in einem Museum.

Helms bat Steinfeld das erste Mal seit dem Misstrauensvotum gegen Rehmer vor fünfzehn Jahren um Hilfe. Mit dem Schmutz seiner Verstrickungen innerhalb des Dritten Reiches, der durch einige DDR-Historiker losgetreten worden sei, werde er alleine fertig. Er blickte Steinfeld an und seine kranken Augen wurden durch die nutzlos gewordene Brille gespenstisch vergrößert. Er sei alt und es sei ihm gleichgültig, ob auf seinem Grab Blumen gepflanzt würden oder Dornen. Aber Steinfeld solle bitte nicht die Wiedervereinigung aufs Spiel setzen.

»Du weißt«, sagte Helms und lächelte, »dass ich in knapp zwei Monaten Geburtstag habe.«

»Du wünschst dir einen Güterzug«, entgegnete Steinfeld, »warum darf ich dir keinen ICE schenken?« Viel wichtiger als die DDR, dieser rosa Klecks auf der Landkarte, seien die Märkte im Osten und Russland als billiger Rohstofflieferant für Europa. Im Gegenteil: Wenn die Amerikaner in letzter Minute die deutsche Wiedervereinigung torpedierten, täten sie der deutschen Volkswirtschaft einen Riesengefallen. »Was glaubst du, wie viele Milliarden wir in diesen maroden Laden investieren müssen, bis er auch nur einigermaßen wieder läuft?«

Seitdem Helms nicht mehr sehen konnte, hatte sich sein feines Gespür für akustische Nuancen weiter verschärft. Es war unglaublich! Steinfeld hoffte immer noch, ihn auf seine Seite zu ziehen. »Hör auf, dich schuldig zu fühlen«, hörte er seinen Schwiegersohn sagen, »die Geschichte kann man nicht zurückdrehen.«

»Ich werde alt und mein Verstand lässt nach. Die deutsche Wiedervereinigung ...«

Helms hob leicht die Hand und ließ sie wieder auf die Tischplatte zurücksinken.

»Sie ist wie deine Brille«, sagte Steinfeld. »Überflüssig und nutzlos.«

»Ich weiß.« Helms' Stimme bekam den knappen, stechenden Tonfall, für den er berüchtigt war. »Aber ich hänge an ihr.«

Sie wussten beide: Es war vorbei. Mit dem Starrsinn eines schuldig gewordenen alten Mannes versuchte Helms, Dinge wieder zusammenzuzwingen, die längst getrennte Wege gegangen waren. Steinfeld zog unwillkürlich den privaten Vergleich. Es kam ihm beinahe so vor, als würden er und Katharina noch einmal versuchen zusammenzuleben. Er verstand Helms. Auch er hätte es getan, wenn Katharina zugestimmt hätte, gegen jede Vernunft. Er lächelte seiner Frau in stiller Dankbarkeit zu. Hatte sie ihn nicht immer gezwungen, seinen Wahnsinn im Privatleben auszutoben, sodass er sich beruflich auf die Ratio beschränken konnte? Und hatte sich das seit ihrer Trennung verändert? Er musste dieses Spiel zu Ende bringen. Dessen Größe ermöglichte es ihm, Gegenstände und Menschen, deren Verhaltensweisen und vor allem seine eigenen Empfindungen in ein mediales Zwielicht zu tauchen, das ihn berauschte.

Sobald er sein Spiel verließ, sah er sich umgeben von kleinlichem Schmerz, beschämender Angst, dem Kerker der Realität. Er konnte die Welt, aber vor allem sich selbst ohne den Tranquilizer der Macht nicht mehr ertragen.

Bei aller Taktik, die sie beide perfekt beherrschten, und obwohl sie sich natürlich keinerlei Blöße geben wollten, mischte sich doch ein Ton von Wehmut und Abschied in ihre weiteren Worte.

»Als ich hier angefangen habe«, sagte Steinfeld, »war ich fasziniert vom Bankengeschäft, weil ich dachte, das sei legaler Raub. Durch dich habe ich gelernt: Es ist die Kunst, Krieg zu führen, ohne Blut zu vergießen. Für deine Lektionen in der Kunst des Kriegführens werde ich dir ewig dankbar sein.«

»Ja«, sagte Helms, hob den Kopf und seine Brillengläser schimmerten wie Eulenaugen im Halbdunkel, »es ist die Kunst, Verbrechen zu begehen, die nicht bestraft werden können.«

Steinfelds weitere Schritte waren bereits geplant. Er würde morgen nach London zu den Abschlussverhandlungen über die Sternway-Bank fliegen. Anschließend auf der Schuldenkonferenz sprechen, im selben Saal, in dem Helms 1951 gemeinsam mit Abs den Grundstein für die Erneuerung der deutschen Wirtschaftsmacht gelegt hatte. Übermorgen würde Steinfeld dort ihre Bank zur neuen Weltmacht ausrufen. Helms erhob sich hinter seinem Schreibtisch und trat dicht vor eines seiner Gemälde. Steinfeld kam es vor, als inhaliere er förmlich das Bild. Er hatte sich inzwischen auf vier seiner Lieblinge beschränkt, Bilder, die er so oft studiert hatte, dass er sie bis ins kleinste Detail vor seinem inneren Auge entstehen lassen konnte. Zunächst blieb er vor einem Tizian stehen.

»Aus dunklen Schattierungen atmendes Licht«, murmelte er und fuhr dann in normaler Lautstärke fort: »In der Renaissance wurden die Körper in ihrem Verlangen nach Leidenschaft von den Künstlern noch wie Wäschestücke ausgewrungen.« Ohne fremde Hilfe fand er vor den Rubens. »Im Barock herrschte selbstzufriedenes, ohne Anstrengung erreichtes Glück.« Er ging weiter zu dem kubistischen Picasso. »In der Moderne wird der Mensch vom Schicksal allein gelassen und in Stücke gerissen.« Er beendete seinen Rundgang unter dem Bruegel'schen Totenschädel, Steinfelds Geschenk, das nach wie vor über den Besucherstühlen schwebte. »Wir leben in einer grausamen Zeit.«

Er begleitete Steinfeld nach unten, um im Schatten seiner beiden Wachleute einmal rund um die Bank den Nachmittagsspaziergang zu machen, den der Arzt ihm verordnet hatte.

»Neben dem Eingang des Saales, in dem du morgen sprechen wirst, steht eine Steinfigur der Sonnengöttin aus dem alten Babylon«, sagte er unvermittelt, als der Fahrstuhl im Erdgeschoss hielt. »Immer wenn ich damals nicht weiterwusste, habe ich sie angeblickt.«

Steinfeld warf einen kurzen Blick auf den Empfang, den dort postierten Strauß aus frischen Sonnenblumen, die uniformierten Hüter des Foyers, den glatten Marmor der Säulen. Er erinnerte sich plötzlich an Keppler, der sie hier vor dreiundzwanzig Jahren mit seiner an die Brust gepressten Aktentasche erwartet hatte. Seitdem hatte sich die Bank bis ins Erdgeschoss stark verändert. Vor einigen Jahren hatte man auf seine Empfehlung einen Brunnen hinter der Besuchersitzecke installiert.

Draußen verabschiedete sich Helms. Normalerweise ließ er dabei immer den Hut auf, doch jetzt nahm er ihn vom Kopf und hielt ihn schräg vor sich in die Luft, beinahe wie einen Diskus, dessen Gewicht man vor dem Wurf prüft.

Steinfeld zuckte heftig zusammen. Für einen Moment hatte er das Gefühl, der Diskus drehe sich wie eine rasende Säge durch seine Augen. Er hörte es splittern, aber es war nur der Rollsplit, über den die Reifen des Wagens bei Gerlachs Bremsmanöver schrammten.

Als das Flugzeug abhob, wurde ihm so leicht, als habe er seinen Körper auf dem Boden zurückgelassen. Das Flugzeug war, seit er den Absturz überlebt hatte, für ihn zu einem Symbol der Unverwundbarkeit geworden, ein Ort, wo er sich völlig sicher fühlte. Während die Tragflächen die erste Wolkenbank durchschnitten, kam ihm der Gedanke, dass der Wahnsinn in richtiger Dosierung ein unerschöpflicher, dunkler Brunnen sei, aus dem er die nötige Kraft für seine Vision schöpfen müsse. Katharina hatte ihn all die Jahre wie eine treue Wasserträgerin zu diesem Brunnen geführt und in seine Geheimnisse eingeweiht. Jetzt brauchte er sie nicht mehr.

Das Blau über den Wolken war so klar und intensiv, dass es ihn an einen ins Unendliche vergrößerten Swimmingpool erinnerte. Er sah ein letztes Mal Katharinas vom Chlor gerötete Augen vor sich. In Zukunft würde er alleine schwimmen. Seine Gedanken glitten zu den Überlieferungen jener Schuldenkonferenz, die vor knapp vierzig Jahren stattgefunden hatte. Er stellte sich den damals zweiundvierzigjährigen Helms vor: elegant, höflich, schlagfertig, intelligent. Er verkörperte vollendet die Grundbausteine der zukünftigen Demokratie, christliche Toleranz und Antikommunismus. Der etwa gleichaltrige Even ging die Vertreter der neuen deutschen Regierung in einem Ton an, der an die Verhöre der Nürnberger Kriegsverbrecherprozesse erinnerte. Wenn sie die Rechtsnachfolge des Dritten Reiches übernähmen, müssten sie für die Schulden des gesamten Reichsgebietes aufkommen, also auch für die der sowjetischen Besatzungszone. Abs hatte daraufhin mit seiner berühmt gewordenen Anekdote gekontert: Als für seine sterbende Großmutter, die aufgrund eines schweren Zuckerleidens ein Bein verloren hatte, der Pfarrer für die letzte Ölung geholt worden sei, habe sie ihm nachgerufen: »Also Hochwürden, wenn Sie dann die Rechnung schicken, müssen Sie das Holzbein aber abziehen.«

Die Sonnengöttin blickte auf den jungen Helms herab, der diese Anekdote für seinen Kollegen Abs erfunden hatte. Sie lächelte.

Sie lächelte immer noch, als Steinfeld seinen Vortrag vor der internationalen Schuldenkonferenz hielt. Aber sie war die Einzige. Während er von mehr Gerechtigkeit sprach, von der Notwendigkeit einer größeren Transparenz der Macht, davon, dass die Wirtschaft in Zukunft auch mehr politische Verantwortung übernehmen müsse, konnte er förmlich zusehen, wie die Gesichter der europäischen und amerikanischen Bankelite mit jedem Wort mehr vereisten. Mochten die Medien ihn noch auf Händen tragen, hier war er bereits ein Aussätziger. Er wusste, warum. Für Eingeweihte waren seine Worte nur leeres Theater. Die Gründe dafür saßen in der Mitte der ersten Reihe. Er blickte auf den alten Even und dessen Adlatus Furne. Die hatten die gute Nachricht schnell im exklusiven Kreis ihrer Freunde verbreitet. Die Tinte auf den Verträgen, die die Sternway-Bank, das Investmenthaus der A. P. Even, in den Besitz der Hermes-Bank übergehen ließen, war noch nicht trocken. Es war gespenstisch einfach gewesen, er schrieb mit schwungvollem S seinen Namen unter einige Papiere, fertig. Beinahe so, als hätte es nicht stattgefunden. Shakehands. Die üblichen Scherze.

»Was machen Sie denn mit dem vielen Geld, das Sie jetzt von uns bekommen?«

»Wir leihen es Ihrer Regierung«, erwiderte Even. »Für Ostdeutschland.«

»Und diesmal gibt's keinen Schuldenerlass«, fügte Furne hinzu.

»Wer weiß.« Steinfeld hatte Bender die Unterschriftenmappen in die Hand gedrückt. »Wenn wir uns mit dem Osten zusammentun, gehören wir vielleicht auch bald zur Dritten Welt.«

Sie waren auseinander gegangen, als hätten sie mal eben die Konditionen für eine gemeinsame Anleiheemission festgelegt.

Die Stimmung, die jetzt im Konferenzsaal herrschte, übertraf Steinfelds kühnste Erwartungen. Er hatte kurz nach dem Krieg als Student der Wirtschaftswissenschaften während eines Auslandsstipendiums ein Referat in Harvard gehalten. Nachdem er die Tochter seines Professors offensichtlich nicht zu deren Zufriedenheit ausgeführt hatte, wussten plötzlich alle, dass er auf einer nationalsozialistischen Eliteschule gewesen war. Damals war es ihm innerhalb von zehn Minuten gelungen, die Stimmung im Saal umzudrehen. Aber damals war es auch nicht um so viel Geld gegangen.

Wäre es nur Geld gewesen! Sie trauten ihm viel Schlimmeres zu: Er wolle die bestehende Ordnung verändern. Er wolle Deutschland wieder zur Großmacht erheben. Er wolle sogar das liebevolle Geschenk der Amerikaner, die deutsche Wiedervereinigung, ablehnen. Er warf einen flüchtigen Blick auf den deutschen Kanzler, der hinter seinen Brillengläsern vorwurfsvoll blinzelte. Er war ein vaterlandsloser Geselle, ein Rebell. Und das Schlimmste: Er hatte sie getäuscht. Er hatte ihre altruistische Seele, soweit vorhanden, missbraucht! Niemand hier glaubte noch, hinter seiner Schuldenerlasskampagne stecke etwas anderes als zynische Raffinesse. Sie waren nicht in der Lage, ihn differenziert zu sehen. Für sie war er ein eindimensionaler Bösewicht.

Steinfeld lächelte der steinernen Göttin kurz zu. Sie war die Einzige in diesem Raum, der er sich nahe fühlte. Er sprach weiter, während sich die Zuhörer im Saal mit Lichtgeschwindigkeit von ihm entfernten: »Im Zuge der Globalisierung wird die Macht nationaler Regierungen bis zur Bedeutungslosigkeit schwinden. Der deutsche Bundeskanzler wird dies ebenso ungern hören wie die britische Premierministerin, aber möglicherweise haben ihre Positionen in dreißig Jahren den Stellenwert, den heute Kommunalpolitiker besitzen. Wenn aber irgendwann tatsächlich große Wirtschaftsunternehmen die Welt beherrschen, müssen sie auch ihrer ethischen Verantwortung gerecht werden. Ein erster Schritt dazu ist der Schuldenerlass für die Dritte Welt.«

Allein die Vertreter der Dritten Welt, denen sich die Zusammenhänge zwischen dem Erwerb der Even Sternway und dem Schuldenerlass ebenso wenig erschlossen wie der offiziellen Medienberichterstattung, applaudierten heftig. Die PR-Abteilung der A.P. Even legte keinen gesteigerten Wert darauf, die Niederlage ihrer Bank publik zu machen.

In den Fluren standen Heilige. Steinfeld wurde von Enz und noch zwei Sicherheitskräften an ihren steinernen Gesichtern vorbeigeführt. Enz war der passende Mann für die neue Lage. Wortkarg, in sich gekehrt, ständig unter Spannung. Steinfeld fühlte, wie sich Blicke in seinen Rücken bohrten, die ihn am liebsten erdolcht hätten. Er hatte gewusst, dass es so kommen würde, und sich fest vorgenommen, es zu genießen. Warum konnte er es jetzt nicht? Er wirkte wie ein armseliger Fremdkörper zwischen den anderen Bankern und ihrer Security. Man wandte sich ab, blickte an ihm vorbei. Schließlich entdeckte er wie eine rettende Insel Semjuschin, ging strahlend auf ihn zu. Doch selbst Semjuschin schien verändert. Schließlich rückte er verlegen mit der Wahrheit heraus: Er hatte den Auftrag, Steinfeld mitzuteilen, dass die sowjetische Ölförderung nicht in deutsche Hände gelegt werde.

»Wir können es unserer Öffentlichkeit nicht verkaufen«, Semjuschin holte tief Luft und starrte krampfhaft an Steinfeld vorbei, »dass wir euch ein Drittel eures ehemaligen Staatsgebietes zurückgeben und euch als Zugabe noch unsere Rohstoffe überlassen.

523

Nicht nach dem, was ihr unserem Volk vor fünfzig Jahren angetan habt. Ich bin sicher, du verstehst das.«

Steinfeld brauchte einen Moment, um sich zu fangen. »Was hast du anderes erwartet«, hämmerte es in ihm. »Dass du ihnen ins Gesicht spuckst und sie dich dafür lieben?«

»Diese Babuschkas sind doch immer für eine Überraschung gut«, sagte er laut. Er sah kurz zu Boden und blickte Semjuschin an, als verrate er ihm einen geheimen Witz. »Ist nicht so schlimm. Wir werden unsere Wohnstuben schon irgendwie warm kriegen.« Er schlug Semjuschin ebenso auf die Schulter wie immer. Dann ging er weiter und fühlte sich bei jedem Schritt auf einer Zeitreise, von der er nicht wusste, wann sie enden würde. Die Gesichter um ihn wurden zu Eis.

»Keine Angst«, hörte er Enz' Stimme neben sich. »Wir passen alle auf Sie auf.«

Ja, lachte es in ihm, das ist ja das Furchtbare! Warum ließen sie ihn nicht endlich gehen? Er blickte sich rasch um, sah feindselige Blicke, die rasch gesenkt wurden oder sich blitzartig in höfliches Lächeln verwandelten.

»Ich weiß«, entgegnete er Enz. Von vier Seiten professionell abgeschirmt, schritt er durch das Spalier der Journalisten zu seinem Wagen, gut gelaunt, souverän, überlegen wie immer. Er warf ihnen einige klug klingende Sätzchen zu und sie stürzten sich darauf, als ob er Manna verteilte. Lächeln Nummer sieben: Mir gehört die Welt. Es stimmte mehr und gleichzeitig weniger als jemals zuvor.

»Steinfeld!!«

Zwei Bodyguards warfen sich auf ihn, rissen ihn zu Boden. Er spürte den Aufschlag nicht, hatte jegliche Orientierung verloren, sah über sich ein Gewirr aus bekleideten geometrischen Formen, Pyramiden, Kegel, Zylinder, wie auf einem abstrakten Gemälde, im Zentrum ein leerer, grauer Kreis, aus dem langsam und pulsierend zwei riesenhafte Augen wie bei einem vergrößerten Insekt hervortraten: Enz. Enz, der wieder zu spät gekommen war. Der zu langsam war. Der weder ihn noch seine Familie schützen konnte. Für den Bruchteil einer Sekunde wurde sein Leben zu einem Standbild, ehe es sich wieder in Bewegung auflöste. Enz und ein zweiter Mann stürzten auf eine Frau los und überwältigten sie. Steinfeld wurde von zwei jungen Sicherheitsbeamten wieder auf die Füße gestellt. Ihre Arme fühlten sich an wie zwei Kräne. Er erkannte Veras roten

Schal, der am Boden lag, und gleich darauf ihr Gesicht. Er brüllte seine Security an, sie loszulassen. Die Leute von Scotland Yard ließen ihn Vera erst umarmen, nachdem sie gründlich durchsucht worden war.

»Du konntest es wohl nicht abwarten, bis ich wieder nach Hause komme«, sagte er.

Sie hob ihm ihr tränennasses Gesicht entgegen und murmelte: »Ich ... ich dachte, sie erschießen dich. Jetzt gleich ... verstehst du?«

Er fühlte sich so unbeschwert und leicht, als habe sie ihn tatsächlich vor einem hinterhältigen Todesschützen gerettet, als seien sie gemeinsam einer tödlichen Gefahr entronnen. Er schloss sie noch fester in die Arme und sagte: »Das wagen sie nicht. Dafür sind sie zu feige!«

Katharina beobachtete die beiden. Sie stand ungefähr dreißig Meter entfernt, verdeckt von einer parkenden Autoreihe. Sie sah, wie Steinfeld Vera umarmte, beinahe wie ein Ertrinkender, dann ging sie alleine weg. Steinfeld hatte sie nicht gesehen.

Auch Vera hatte inzwischen Übung darin, das Wachpersonal zu ignorieren. In einer Hotelsuite, nur erleuchtet von Kerzen, fühlten sie sich wie auf einer von der Wirklichkeit abgeschnittenen Insel. Zum ersten Mal nach den beiden Nächten in ihrer New Yorker Wohnung ließ Steinfeld wieder zu, dass Vera ihre Gefühle in Kerzenlicht tauchte. In den letzten Monaten waren ihr seine Empfindungen vorgekommen wie schnelle Fische, die sich in den wechselnden Strömungen seiner Strategien hinter der Glaswand eines Aquariums bewegten. Der Vorfall auf der Straße hatte das Glas zerbrochen. Überschwänglich ergossen sich jetzt all die geflüsterten Zärtlichkeiten über sie, nach denen sie sich während der letzten Monate so vergeblich gesehnt hatte, dass sie jetzt nicht an ihre Glaubwürdigkeit zu rühren wagte. Steinfeld erzählte ihr das erste Mal von seinen Träumen. Wie selbstverständlich verbanden sich in seinen Worten plötzlich die Namen von Heinrich und Vera, eine Verknüpfung des alten, versteinerten Schmerzes mit der neuen, verleugneten Sehnsucht. Er verband sie zu seinem zukünftigen persönlichen Schicksal, und es war nicht einmal so, dass er die Unwahrheit sagte. Er entdeckte nur eine weitere von vielen möglichen Deutungen seines Lebens, und wenn er beschlossen hatte, dass sie ab jetzt seine Realität bestimmen sollte, warum nicht? Er erzählte so lebendig von seiner Zeit im Internat, als läge seine Jugend erst einige Tage zurück. Vera erinnerten seine Schilderungen sehr an die Briefe, die ihr Bruder ihr aus dem Internat geschrieben hatte.

Steinfeld sah sie erstaunt an. Er hatte noch nie etwas von ihrem zwei Jahre älteren Bruder Mischa gehört. Vera hatte nie über ihn gesprochen. Er war das schwarze Schaf der Familie. Er hatte mit zwölf Jahren angefangen, zu trinken und Gedichte zu schreiben, die für sein Alter viel zu erwachsen waren. Das Internat hatte als Katalysator für seine Trunksucht und die Qualität seiner Gedichte gewirkt. Vera und er hatten sich regelmäßig geschrieben. Mit siebzehn war er bei einem Autounfall ums Leben gekommen. Vera hatte ihm ein letztes Mal ihre Gedanken anvertraut, die Seiten verbrannt und die Asche in das Loch gestreut, in dem seine Urne lag. Seitdem hatte sie nie wieder einen Brief geschrieben.

Sie saßen nach dem Genuss von reichlich Marihuana, das Vera sich von einem Hotelpagen hatte besorgen lassen, nebeneinander auf dem Bett und stellten sich vor, auf einem fliegenden Teppich Verbindung zu den Verstorbenen aufzunehmen. Jede brennende Kerze ein Stern. Vera versprach kichernd, Steinfeld in japanische Liebestechniken einzuweisen, und suchte nach dem dafür vorgesehenen Dolch in ihrer Handtasche, doch den hatten wohl die Polizisten beschlagnahmt. Sie behalf sich mit einer Nagelschere, mit der sie rätselhafte Zeichen auf Steinfelds Haut ritzte. Er musste sich beeilen, ihre Bedeutung zu erfahren, ehe die Rötung wieder verblasste. Sie weigerte sich standhaft, seine Interpretationen zu bestätigen. Alles, was sie schrieb, blieb ihr Geheimnis. Ihre Gedanken waren ihm noch nie so schön erschienen und so nah.

»Ich liebe Frauen«, erklärte er und spielte mit ihrem Haar, »die mir einen Dolch ins Herz stoßen. Sie müssen es nur schön langsam tun.«

Die Spitze von Veras Nagelschere zielte auf seine linke Brust.

»Kannst du haben.«

»Üben wir uns noch ein wenig in den heidnischen Ursprüngen der griechisch-orthodoxen Kirche.«

Mit einem Mal war der magische Moment vorbei, entpuppte sich wie jeder Augenblick wirklich tiefer und reiner Zuneigung zu ihr als Fata Morgana. Steinfeld inhalierte ihn ein letztes Mal gemeinsam mit dem Marihuana. Er war dieses Schauspiels ein wenig müde geworden, wie jemand, der sich am Anblick einer nur kurz aufblühenden Blume übersättigt hat, in der Gewissheit, dass sie bald verwelken müsse. Sie war und blieb sein kleines Mädchen. Er genoss ihren weiteren Unterricht mit der gebotenen Heiterkeit. Er wirkte rührend vor dem Hintergrund dessen, was er mit Katharina erlebt hatte. Vera würde immer die allerschärfste Klinge benötigen, um auch nur seine Haut zu ritzen. Er ließ es mit liebevoller Belustigung geschehen und verließ sich auf den Umschwung. Wenn sie mit ihm schlief, verwandelte sie sich schlagartig in eine leidenschaftliche, erwachsene Frau, als schlüpfte sie mit jeder Umarmung, jedem Kuss in ein anderes, schöneres, gefährlicheres Kostüm. So war es auch dieses Mal. Er nahm jede ihrer Bewegungen ernster als ihre Worte. Wie mit einem Fieberthermometer konnte er an ihr den Grad seiner Zuneigung zu Katharina messen. Die Genesung von seiner Frau machte Fortschritte. Sie trieben auf ihrem fliegenden Teppich immer weiter zwischen die Lichter der Verstorbenen hinaus. Im Bett erreichte sie, was ihr mit Worten nie gelang. Sie blätterte die hintersten Seiten seiner Vergangenheit auf, bis Angst und Lust in ihm verschmolzen.

»Wenn mir etwas passiert«, sagte er unvermittelt mit von Leidenschaft rauer Stimme, »will ich, dass du die Grabrede hältst.«

Die Stille verwandelte den Zauberteppich in ein schwarzes Tuch.

»Hast du Angst?«, fragte er.

Sie stieß ihn weg.

»Ich werde das nicht tun, niemals, verstanden?!«

Es dauerte geraume Zeit, bis sie wieder zuließ, dass er sie berührte.

»Hab keine Angst«, sagte er leise und strich über ihr Haar. Ihr Kopf zuckte wie unter einem Stromschlag in seine Richtung, bis sie ihm voll in die Augen sah.

»Hast du denn welche?«

Er hatte sie unterschätzt. Das war die einfachste und beste aller Fragen. Er gab nicht die beste aller Antworten: »Solange ich auf kein Pferd steige, wird mir bestimmt nichts passieren.«

»Täusch dich nicht«, flüsterte sie in sein Ohr.

Sie wünschte sich so sehr wie noch nie, sie könnte aufstehen und gehen, aber das konnte sie nicht mehr. Nicht, seit sie wusste, dass er Katharina endgültig verlieren würde. In der Nacht wachte sie weinend auf. Sie hatte einen Traum gehabt: Steinfelds Flugzeug landete nicht mehr, sondern flog immer weiter in den Weltraum hinaus. Die Sterne ihres Traumes verwandelten sich in der Dunkelheit langsam in brennende Kerzen. Steinfeld versuchte sie zu beruhigen. Es sei alles vorbei, sein Tod nütze niemandem mehr. Die abgeschlossenen Verträge seien nicht mehr rückgängig zu machen. Sie versuchte ihm zu glauben, aber es gelang ihr nicht. Zu genau spürte sie seine Sehnsucht nach Selbstauflösung. Je mehr er ihr zu vermitteln suchte, dass sie ihn retten könne, umso weniger konnte sie daran glauben. Warum erschießt du dich nicht einfach, hätte sie am liebsten gebrüllt, aber die Antwort kannte sie bereits. Sein Leben, das sich nur noch in globalen Strategien stilisierte, durfte nur von ebenbürtigen Mitspielern ausgelöscht werden. Alles andere wäre seiner unwürdig gewesen. Als er ihr aber jetzt beinahe rührend ihre gemeinsame Zukunft ausmalte, eine Zukunft, in der er sich möglicherweise an seine Universität zurückzöge, mit mehr Zeit fürs Privatleben, vielleicht sogar Kindern, begriff sie noch etwas anderes: Er wollte gemeinsam mit Katharina sterben. Und dafür hasste sie ihn.

29. Kapitel: November 1989

Freitag, 2. November, 11.30 Uhr.
Richter und der RAF-Spitzel Dirksen trafen sich im Gewimmel von Langzeitarbeitslosen und mit ihren Kindern streitenden Müttern in der Spielwarenabteilung einer Kaufhof-Filiale. Richter erkundigte sich dezent, ob die RAF Pläne in Bezug auf Steinfeld habe. Dirksen zog die Nase hoch. Angeblich hatte er nichts in der Richtung gehört. Richter spielte mit einer Wasserspritzpistole. Er richtete scherzhaft den Lauf auf Dirksen und überlegte, wie er ihn mit einer in Wasser gelösten Cyanidverbindung umlegen würde. Ein paar Spritzer ins Gesicht und es käme innerhalb kürzester Zeit zum Herzstillstand. Keine nachweisbaren Spuren von Fremdverschulden bei einer Autopsie. Beinahe so perfekt wie die Zusammensetzung des Mittels, mit dem Schilling damals umgebracht wurde. Er hatte das Zeug nie mehr in die Finger kriegen können. Er wollte Dirksen die Spielzeugpistole schenken.

»Schenk mir lieber 'ne Krankenschwester.«

Dirksen wollte endlich seinen Schuss. Richter zog schon mal das Tütchen mit dem Zaubermittel halb aus dem Jackett. Dirksen wollte zugreifen, Richter schlug ihm scheinbar leicht die Handkante auf die Finger. Dirksen unterdrückte einen Aufschrei.

»Doch nicht hier vor all den Kindern, Mann « Richter zeigte mit der Wasserpistole auf einen brüllenden sechsjährigen Jungen, der daraufhin erschrocken verstummte. »Keine Macht den Drogen.« Er legte die Pistole ins Regal zurück und erkundigte sich erneut, ob die RAF endlich Pläne mit Steinfeld habe?

Dirksen begriff jetzt trotz Turkey, dass Richter ihm die Information absichtlich zugespielt hatte, und Richter begriff an Dirksens Reaktion, dass es zu spät war, die Sache abzublasen. Die RAF hatte offensichtlich angebissen, auch wenn Dirksen das im Augenblick noch abstritt. Richter wusste, dass die Zeit für ihn lief. In spätestens zehn Minuten war Dirksens Turkey so stark, dass er ihm alles sagen würde, um die Spritze zu kriegen. Er zeigte ihm einen Stoffaffen, der mit den Ohren wackeln konnte. Es dauerte noch ganze drei Minuten, bis er von Dirksen erfuhr, dass die RAF an Steinfeld dran war. Der Gruppe fehlte allerdings ein Sprengstoffexperte, um ihren Plan umzusetzen. Richter gab Dirksen eine spanische Telefonnummer, eine indirekte Verbindung zur ETA. Dirksen wollte die Nummer dem nächsten Papierkorb überantworten.

»Jetzt seien Sie nicht so bockig«, sagte Richter. »Auch wenn Sie 's nicht glauben können, wir sind ausnahmsweise auf Ihrer Seite.«

Dirksen glaubte ihm kein Wort. Für ihn lag der Gedanke, dass Richter ihn und seine militanten Kollegen auf frischer Tat hochgehen lassen wollte, viel näher. Richter schüttelte beinahe amüsiert den Kopf. »Wenn sonst nichts hochgeht, lasse ich dich hochgehen.« Immer wenn er Druck machte, verwendete er das kameradschaftliche Du.

»Du hast noch zwei Wochen Zeit.«

Er setzte Dirksen den Schuss in der Umkleidekabine eines schwäbischen Herrenausstatters zwei Stockwerke tiefer. In die Füße, damit Dirksens Verbindungsleute bei der RAF nichts von seiner Sucht bemerkten. Angeekelt musterte Richter Dirksens schwarz geränderte Zehen.

»Wasch dir wenigstens das nächste Mal die Quanten.« Scheißterroristen. Glücklicherweise waren sie nur eine von drei Optionen. Er kehrte in die Spielwarenabteilung zurück und nahm den Stoffaffen für die kleine Tochter seiner geschiedenen Schwester mit.

MITTWOCH, 9. NOVEMBER, 20.30 UHR.

Die Fernsehbilder gingen um die ganze Welt. Jubelnde Menschen, die über die deutsch-deutsche Mauer kletterten, Stücke herausschlugen, sie triumphierend in die Luft hielten und als Souvenirs verteilten. Umarmungen, Küsse, Rotkäppchen- und Faber-Sekt. Den Grenzübergang Friedrichstraße passierten zwei Fahrzeuge, in denen sich acht Stasi-Offiziere in Zivil befanden. Ihre Gesichter waren in der letzten Lagebesprechung von Winterstein kaum jemandem aufgefallen, obwohl Winterstein sie das erste Mal in die exklusive Runde seiner bevorzugten Mitarbeiter gebeten hatte.

Langsam schoben sich ihre Fahrzeuge durch die jubelnden Menschenmassen, die nach Westberlin strömten. Es hatte keine weitere Besprechung mit Winterstein mehr gegeben. Sie wussten auch so, was zu tun war. Einer von ihnen kannte Richter seit der Welser-Affäre vor fünfzehn Jahren.

Helms saß nach vorne gebeugt im Sessel eines Westberliner Hotelzimmers. Seine nahezu erblindeten Augen starrten auf den Fernsehschirm. Die Demontage der Berliner Mauer blieb für ihn ein Schattenriss. Die freudetrunkenen Stimmen der Reporter füllten den Raum. Even trat hinter ihn und stützte sich mit einer Hand auf die Lehne.

»Ihr Lebenswerk, Friedrich. Was empfinden Sie jetzt?«

»Ich sehe ja nichts.«

»Ich sehe ein paar Leute«, sagte Even, »die Steine abtragen.«

Helms erhob sich, drehte sich um und drückte fest seine Hände.

»Ich werde nie vergessen, wem ich das zu verdanken habe.«

»Ich weiß. Deswegen hab ich's ja getan.« Even öffnete dem Etagenkellner, der einen Malzwhisky aus dem Jahr 1961 servierte. Even fand, das sei der passende Jahrgang für diesen Tag. Er hatte beschlossen, heute ausnahmsweise seine Diabetes zu ignorieren. Der Mauerfall musste gefeiert werden. Die beiden alten Männer prosteten einander zu. Helms nippte an seinem Glas und spürte, wie die ersten Tropfen in seinen Magen rannen. Auch er war auf dringendes Anraten seines Arztes in den letzten Monaten enthaltsam gewesen und genoss die Wiedervereinigung in behutsamen Zügen.

»In einem halben Jahr wird das nächste Mal über den Vorsitz unseres Hauses abgestimmt.« Vorsichtig stellte er sein Glas ab. »Keppler wird als Nachfolger von Steinfeld die Sternway nicht fürs internationale Investmentgeschäft benützen, sondern sich ganz auf die Chancen konzentrieren, die die deutsche Wiedervereinigung bietet.«

»Ein halbes Jahr?« Even kippte den Rest seines Glases in einem Zug weg und goss sich nach. »Wir wissen doch beide, was Steinfeld im letzten halben Jahr angerichtet hat.«

Es war nur ein letzter Versuch. Even würde ihn nicht davonkommen lassen. Wahrscheinlich verdächtigte Even ihn der heimlichen Komplizenschaft mit Steinfeld. Vielleicht hatte er sogar Recht. Obwohl Helms Steinfelds Vorgehensweise verurteilte, konnte er nicht umhin, ihn für seine Kühnheit zu bewundern. Wie bei vielen großen, missglückten Weltabenteuern war möglicherweise einfach der Zeitpunkt falsch gewählt. Steinfeld war bereits von allen Seiten eingekreist. Helms ahnte, dass Even zu den beiden bereits angelaufenen Operationen gegen Steinfeld noch eine dritte mitgebracht hatte. Helms tippte auf einen geheimdienstlichen Anschlag, natürlich nicht von amerikanischer Seite. Für so etwas besaß man Söldner, zum Beispiel den Mossad. Auf diese Weise zahlten die Israelis die amerikanische Entwicklungshilfe in Naturalien zurück. Helms musste nur noch das ›Go‹ geben. Even würde ihm diesen Richterspruch nicht ersparen. Helms seufzte.

»Ich kann ihn nicht kontrollieren, ich hab's versucht. Ich habe ihn zu diesem Zweck sogar mit meiner Tochter verheiratet. Jetzt bin ich zu alt.«

»Sie sind nicht zu alt, um in drei Wochen Geburtstag zu feiern.«

Helms nickte. Sein achtzigster. Er würde einsam sein.

»Kommen Sie.« Er tastete sich mit seinem Stock zur Tür. »Wir wollen doch die Rede des Kanzlers nicht verpassen.«

Even goss sich noch einen Whisky ein. Er vertrug ihn wider Erwarten sehr gut.

»Mir ist es da draußen zu kalt.«

Helms nickte und verließ das Zimmer. Zwei Sicherheitskräfte nahmen ihn in Empfang und führten ihn zu seinem Wagen. Er ließ sich an eine wenig frequentierte Stelle der Mauer im Norden Berlins fahren. Dort stieg er aus und wurde zu den mit Graffiti besprühten Betonplatten geführt. Er blieb stehen, faltete die Hände und sprach ein kurzes Gebet.

Steinfeld und Vera saßen ebenfalls vor dem Fernseher. Die gekreuzten Tresorschlüssel auf dem Etikett der Châteauneuf-Flasche leuchteten in unregelmäßigen Abständen im Licht des flackernden Kaminfeuers auf. Natürlich brannten zusätzlich Kerzen. Vera hatte einen ausgezeichneten Braten in einer schweren Soße gekocht, nach einem Rezept, das sie mit ihrer Mutter ausführlich am Telefon besprochen hatte. Es war das erste Mal, seitdem sie gemeinsam in den Trümmern seiner Ehe hausten, dass sie ohne Schnellgerichte auskamen. Selbst den Kaffee hatten sie bisher immer bestellt und aus Pappbechern getrunken. Heute Abend war dank einem plötzlichen Anfall neuer Lebensfreude, der Steinfeld am Nachmittag überkommen und zum sofortigen Engagement frischen Hauspersonals geführt hatte, alles perfekt. Eine der unzähligen Feiern aus Anlass der deutschen Wiedervereinigung. Seine junge, gesunde Frau schmiegte sich an ihn, als hätte sie nicht vor wenigen Tagen in ihren Albträumen sein Ende vorausgeahnt. Alle kranken Gedanken waren sorgfältig unter die frisch gesaugten Teppiche gekehrt. Er kam sich vor wie in einem der Werbespots für seine Bank. Es fehlte nur noch, dass sie Schach spielten. Vera hatte sich in derselben katzenhaften Art wie Katharina neben ihm auf der Couch zusammengerollt und starrte mit ihren großen, blauen Kinderaugen gebannt auf den Fernseher. Sie hatte ein wenig zu viel getrunken, was ihre weichen Gesichtszüge noch anmutiger in der Dunkelheit schimmern ließ. Immer wieder, als müsse sie sich vergewissern, dass alles wirklich wahr sei, beglückwünschte sie Steinfeld. Jetzt könne man nichts mehr gegen ihn unternehmen. Das sei nicht mehr rückgängig zu machen. Sie füllte ihr Glas erneut, trank und wischte sich mit einer zarten Bewegung etwas Wein von den Lippen. Dann kicherte sie.

»Ich dachte eine Zeit lang wirklich, die würden uns killen. Gib's zu, du auch!«

»Wenn man in eine solche Schlacht zieht«, er starrte auf die Tresorschlüssel auf dem Etikett, »muss man mit so was rechnen.«

»Aber jetzt, jetzt ist alles vorbei.« Sie packte seinen Kopf mit beiden Händen, drückte einen Kuss in sein Gesicht und lenkte es wieder auf den Fernseher. »Du hast es geschafft. Das ist dein Werk!«

»Das ist es nicht«, widersprach er. »Es ist das Werk von Helms.«

»Wir haben ihnen beides abgetrotzt. Die Even Sternway und die Wiedervereinigung. Wer hätte das gedacht?!«

Sie war wirklich so freudig aufgeregt wie ein kleines Mädchen.

»Vielleicht ist das die letzte der Puppen, die du mir damals geschenkt hast«, sagte er.

Sie schwang ihr Glas schwungvoll über die Couch. Etwas Wein schwappte über den Rand.

»Das russische Öl kriegen wir auch noch. Ich werde Papa sagen, das brauch ich als Aussteuer.« Sie riss den Rest ihres Rotweins überschwänglich in die Höhe. »Ami, go home!«

Steinfeld lachte und schloss sie in die Arme.

»Ich muss mich doch sehr wundern.«

»Entschuldige. Es ist nur ... es ist so ... großartig.« Sie richtete sich auf und ihr Gesicht kam seinem sehr nahe. »Ich werde gleich mit einem der mächtigsten Männer der Welt schlafen! Ich rede nur noch Blödsinn, ich bin betrunken. Aber ... ist doch wahr!«

Sie warf sich auf ihn. Er holte tief Luft.

»Erinnerst du dich noch an deinen Cousin?«

»Der, mit dem du mich verwechselt hast?«

»Ich hab dich nicht verwechselt. Du warst immer mein unverwechselbares Mädchen.«

»Geliebter Lügner, du«, sagte sie leise und ihr Gesichtsausdruck rührte ihn so sehr, dass er ihre Stirn mit drei Küssen bedeckte.

»Dein Cousin hatte Recht.« Er richtete sich wieder auf. »Ich war nur der Kiesel, den die Lawine vor sich hergeschoben hat. Nichts weiter. Es gibt keine großen Männer in der Geschichte. Es gibt nur Lakaien der Macht!«

Sie sah, wie das Licht aus seinen Augen verschwand, und schüttelte energisch den Kopf. Zum ersten Mal spürte sie genug Kraft in sich, ihn nicht in seine Schwermut entgleiten zu lassen.

»Jockeys«, korrigierte sie ihn. »Jockeys auf dem Pferderücken des Weltgeschehens. Du bist aufgesprungen, du bist eine gute Strecke geritten, jetzt musst du nur abspringen, ohne dir die Hand zu brechen.«

Er war selbst erstaunt, dass seine euphorische Stimmung zurückkehrte. Übermütig hob er Vera von der Couch hoch und trug sie Richtung Schlafzimmer.

»Das werden wir auch noch schaffen.« Er stolperte im Halbdunkel über einen Holzlastwagen, den Oliver nicht zur Konopka mitgenommen hatte, bei der er vorläufig untergebracht war. Er beschloss, den Jungen so schnell wie möglich wieder nach Hause zu holen. Vera würde ihm eine gute Mutter sein. »Und wenn ich mir doch alle Knochen breche«, er löschte die Kerzen, ohne Vera abzusetzen, »dann hab ich ja eine gute Krankenschwester.«

Ihre Erschöpfung nach der Anspannung der letzten Wochen war so groß, dass sie in seinen Armen sofort einschlief, obwohl sie ihm auf dem Weg ins Schlafzimmer noch andere Pläne ins Ohr geflüstert hatte. Er betrachtete ihr friedlich schlafendes Gesicht und lächelte voller Ironie darüber, wie sehr sie bereits zu seinem Geschöpf geworden war, zu Katharinas jüngerer Schwester. Auch sie würde ihn bald nur noch bewundern und lieben können, solange er im Zentrum der Macht saß. Auch in ihrer Beziehung würde der Traum vom Ausstieg ein Traum bleiben. Vielleicht hatte er es nicht anders gewollt. Oder täuschte er sich? War sie die Rettung, die er nicht sehen wollte, weil er keine Rettung wollte? Wie die Leuchtziffern eines Weckers blinkte die Zahl 22.11. in seinem Kopf. Der Tag, an dem Kennedy ermordet wurde. Aus irgendeiner verrückten Laune heraus bildete er sich ein, wenn er dieses magische Datum überstand, würde er tatsächlich überleben. Noch dreizehn Tage. Seltsamerweise beruhigte ihn dieser Gedanke. Der Tod war wie ein Rettungsboot, das stets neben ihm hertrieb. Dieses Boot war das Schlusslicht in einer langen Kette von Trugbildern, mit denen er sich während der letzten zwanzig Jahre immer wieder den Ausstieg in eine letzte, ultimative Freiheit vorgegaukelt hatte. Nicht zuletzt die Angst, eines Tages vielleicht doch – für seine Umgebung völlig überraschend – in dieses Boot zu springen, hatte ihn zu Höchstleistungen angetrieben, aber nun spürte er, wie auch dieser Mechanismus erlahmte. Was sollte ihm, nachdem er sein großes Spiel gewonnen hatte, das Leben noch schmackhaft machen? Er schloss die Augen und wartete vergeblich auf Schlaf.

ZWEI WOCHEN SPÄTER: 23. NOVEMBER 1989, 6.30 UHR.
Der magische Tag war überschritten. Nichts, nicht einmal der Versuch eines Anschlags war geschehen. Vera und Steinfeld hatten mithilfe ihres neuen Hauspersonals zu einem äußerlich geregelten Tagesablauf gefunden, der sich beinahe gespenstisch mit dem deckte, den Steinfeld in den letzten gemeinsamen Wochen vor ihrem Selbstmordversuch mit Katharina gepflegt hatte. Oliver sollte in einem Monat nach Hause zurückkehren. Steinfeld telefonierte einmal in der Woche mit Katharina. Deren Chemotherapie hatte gut angeschlagen. Er dachte längst nicht mehr an die Magie des 22.11., dafür gab es zu viel Ärger in der Bank. Sein großer Wurf wurde längst von allen Seiten für ungültig erklärt. Die Opposition kam von völlig unerwarteter Seite. Es war grotesk. Plötzlich wollte niemand mehr innerhalb der Hermes-Bank die Even Sternway haben. Sie stand wie ein schneller Sportwagen vor der Tür, den sich keiner

zu fahren traute. Statt ein im internationalen Investmentbanking erfahrenes Management zu verpflichten, sollte das Luxusgefährt von hauseigenen Dilettanten so lange im ersten Gang ums Karree gesteuert werden, bis bewiesen war, dass sich Steinfeld einen teuren Fehleinkauf geleistet hatte. Natürlich sagte ihm das niemand. Offiziell war er immer noch der erfolgreiche Vorstandsvorsitzende, der die Bank charismatisch vertrat und dessen Entscheidungen jeder widerspruchslos mittrug.

Aber er konnte es hinter jeder geschlossenen Tür spüren, es flüsterte in allen Leitungen und drang aus jeder Klappe der Klimaanlage, dass man ihn hier nicht mehr wollte.

30. Kapitel: November 1990

Veras Finger blätterten die Seiten um. Sie starrte auf ihr Manuskript. Regentropfen fielen darauf. Ein kühler Novembertag des Jahres 1990. Am Horizont ragten die glitzernden Türme des Frankfurter Bankenviertels wie scharf geschliffene Messer in den Himmel. Dort, wo sie stand, war es friedlich und still. Ein leichter Wind rauschte in den Baumwipfeln über dem Friedhof und ein durch die Wolken brechender Sonnenstrahl ließ die herbstlichen Blätter glänzen. In zwei Wochen war Steinfeld ein Jahr tot. Sie hatte in den letzten Monaten mindestens zehnmal einen Flug nach New York gebucht, aber ihr Manuskript hatte sie gegen ihren Willen am Ort der Ereignisse festgehalten.

»Lauf, Otto, lauf«, flüsterte sie und meinte damit sich selbst. Tag und Nacht hatte sie in einem kleinen, neben einigen Schrebergärten gelegenen Appartement in Mühlberg fieberhaft geschrieben, und mit jeder Zeile war sie mehr und mehr zu Steinfeld geworden. Sie hatte seine Gedanken gedacht, sich in seiner Empfindungswelt verstrickt, vor dem Spiegel seine verschiedenen Arten zu lächeln geübt. Sie wollte nie mehr aufhören zu schreiben, denn sobald sie die Finger von den Tasten nahm, schloss sich das Fenster, durch das sie ihn sah wie in einem Vergrößerungsspiegel, und sie fiel in ihr jämmerliches Loch zurück. Sein »kleines Mädchen«. Was war sie noch ohne seine Gedanken, sein Imperium, seine süchtig machende, todbringende Vision?

Immer wenn sie in ihren Unterlagen wühlte, spürte sie sein Haar. Sie versuchte sich dann abzulenken, indem sie sich krampfhaft auf die Fakten konzentrierte, und starrte auf sein letztes Zeitungsinterview, in dem er sich gewohnt eloquent über die Vorteile und Risiken neuer Anlageinstrumente verbreitete. Oder sie griff nach ihrem einzigen Interview mit Reusch, kurz nach Steinfelds Tod. Reusch log mit einer Selbstverständlichkeit, die fast schon bewundernswert war.

»Das ist völliger Unsinn«, las sie in ihrer Tonbandabschrift. »Der Schuldenerlass steht in überhaupt keinem Zusammenhang zur Krise einiger US-Banken. Die haben einfach über ihre Verhältnisse gelebt. Fehlinvestitionen, faule Immobilien, überteuerte Beteiligungen.«

Dabei hatte Reusch Steinfeld nicht verraten. Es war Reuschs Tragik, von Steinfeld, nachdem er ihn einmal verraten hatte, immer als Verräter verdächtigt zu werden. Steinfeld hatte die richtige Strategie gewählt: Der Verräter, dem man verzeiht, wird einen nicht noch einmal verraten. Aber Steinfeld konnte irgendwann nicht mehr an diesen Mechanismus der Güte glauben. Kein Wunder, denn mit sich selbst war er bis zum Letzten gegangen, mitleidlos. Er hatte den alten Mann, der ihn liebte wie einen Sohn, gezwungen, ihn zu töten.

Sie zuckte zusammen, als eine Hupe ertönte. Vor zwei Wochen hatte sie in einem Sachsenhäuser Café einen jungen Mann kennen gelernt, Sören, dessen ungestüme Malversuche gegen jegliche Ästhetik rebellierten und Vera an Steinfelds erste Ölgeschäfte erinnerten. Seine grünen Augen funkelten über ihren Küssen. Vera verbarg ihre innere Welt ebenso sorgfältig vor ihm wie Steinfeld die seine vor ihr verborgen hatte. Sie hatte ihn im Wagen am Eingang des Friedhofs zurückgelassen. Die Sonne war endgültig verschwunden, der Regen hatte zugenommen, die erste Seite ihres Manuskripts war völlig durchnässt, sie schlug die nächste auf. Sollte der Regen ruhig alle Buchstaben wegschwemmen. Sie hatte dieselbe Methode benützt wie Steinfeld und alle anderen. Lügen durch Weglassen.

Sie sog die Regenluft tief in ihre Lungen. Sie war an der letzten Station angelangt. Der letzte Tag Steinfelds musste neu geschrieben werden, oder besser, vervollständigt. Jetzt hatte sie die Kraft dazu. Sie setzte sich unter das Vordach einer kleinen Kapelle und musterte die Grabkreuze, zwischen denen Katharina einmal vor Steinfeld geflüchtet war. Vera beschloss, nicht mehr länger zu flüchten.

Steinfeld zögerte, stieg dann statt in die vorderste in die hinterste der drei in dunklen Farbtönen gehaltenen Limousinen. Jeden Morgen dasselbe Roulettspiel. Vera trug den japanischen Morgenmantel, den er ihr in London gekauft hatte, und er hatte zum ersten Mal seit Wochen wieder gut geschlafen. Sie musste es wissen, sie hatte wach an seiner Seite gelegen. Es ging so nicht mehr weiter. Sie fühlte sich, nachdem die Angst um ihn verflogen war, nicht besser, sondern schlechter. Jeder Tag, der verging, legte sich wie eine weitere unsichtbare Schlinge um ihren Hals. In der Bank fühlte sie sich nach dem gelungenen Coup fehl am Platz, sie wollte nicht als sein Protegé Karriere machen, und um ihr Studium fortzuführen, fehlten ihr die Kraft und innere Überzeugung. War sie den Weg in die Wirtschaft nur seinetwegen gegangen? Sie wandte sich wieder der Kunst zu, schrieb an einem Buch, natürlich über ihn. Er fand das toll und neckte sie, eines Tages, sobald er sich zur Ruhe gesetzt habe, werde er als Revanche ein Buch über sie schreiben, von dem sie dann auch keine Zeile lesen dürfe. Wie immer bei ihm klang alles ganz wundervoll. Aber je mehr er davon redete, umso mehr begriff sie, dass er nicht aufhören konnte. Sobald er auch nur eine Sekunde innehielt, brach eine unvorstellbare Angst in ihm aus, die sich wie eine Sonnenfinsternis über sein Gesicht legte, bis sie ihn förmlich anflehte weiterzumachen. Doch es konnte im Augenblick keine neue adäquate Herausforderung für ihn geben. Er musste in zäher Kleinarbeit sichern, was er in kühnem Handstreich erobert hatte. Es gelang ihm nicht und es interessierte ihn auch nicht. Die Stimmung, die sich dadurch im Haus einstellte, war kalt und depressiv und übertrug sich wie ein Virus auf sie. Zusätzlich glaubte sie sich von der Last erdrückt, keine angemessene Nachfolgerin für Katharina zu sein. Sie konnte ihn nicht so verletzen und damit immer wieder neu zum Leben erwecken, wie es Katharina vermocht hatte. Sie fühlte sich von sich selbst abgekapselt, sah sich wie einen Schatten durch die Glaswände des Bungalows gehen, sie schrieb wie abgeschnitten von sich, die Worte hingen an einer blutleeren Nabelschnur, kamen ohne ihr Zutun zur Welt. Das war nicht sie, die hier schrieb, die Geisterhand Steinfelds führte ihre Gedanken. Sie war fest entschlossen gewesen, ihm beim Frühstück zu sagen, sie kehre nach New York zurück, aber sie brachte nicht den nötigen Mut dazu auf. Nein, es war anders. Sie besaß nicht die Kraft, sich von ihm zu lösen. Sie hatte sich rettungslos in seinem Spinnennetz verfangen. Der Konvoi seiner Limousinen verschwand hinter dem sich selbsttätig schließenden Tor. Praktisch gleichzeitig kam der Anruf von Richter.

»Frau Semjuschin? Ich kann Steinfeld im ersten Wagen nicht erreichen. Der Empfang ist gestört.«

Vera schwieg. Sie fühlte sich unendlich leer.

»Braucht ihr mich?«, dachte sie. »Braucht ihr dafür tatsächlich mich?«

Dabei war Richters Anruf nicht ungewöhnlich. Sie hatten häufig angerufen, weil sie ihn nicht erreichen konnten.

»Wir haben gegenüber der Bushaltestelle einen Baustellentrupp entdeckt, dessen Identität und Auftrag wir noch nicht einwandfrei klären konnten. Er muss heute die Route über die Schwimmhalle nehmen.«

»Probieren Sie 's mal im hinteren Wagen.«

Der Satz klang in ihr, als käme er von einem Band, das sie tief in sich versteckt hielt. Dabei war er völlig harmlos, ohne Folgen. Für alles, was danach geschah, war vollkommen gleichgültig, in welchem Fahrzeug Steinfeld Platz genommen hatte. Trotzdem trieb er Vera wie ein bösartiger Windstoß von der Kapelle weg. Der nasse Kiesweg des Friedhofs nahm eine leichte Biegung. Dort hinten zwischen den Ästen einiger Nadelbäume schimmerte der vom Regen verdunkelte Marmor seines Grabkreuzes. Helms hatte es ausgesucht. Es war ein schlichtes Kreuz mit gebogenen Enden, in der Art der Malteserkreuze. Sie sah es zum ersten Mal. Sie war nicht imstande gewesen, auf seine Beerdigung zu gehen. Sie hatte die Grabrede nicht gehalten. Sie war noch nie hier gewesen und auch dieses Mal wollte sie umkehren. Sie zwang sich weiterzugehen.

»Danke, da krieg ich ihn auch nicht«, hörte sie Richter sagen. »Fahren sie vielleicht heute gar nicht nach Frankfurt?«

»Ich ... da bin ich überfragt«, murmelte sie, während sie auf das Grabkreuz blickte und der Regen eine weitere Seite ihres Manuskripts durchnässte. Dieselben Worte wie damals. Zu dem neuen Sicherheitskonzept für Steinfeld gehörten zwei Flugzeuge, das alte und ein neues. Das alte stand am Flughafen Frankfurt und das neue auf einem kleinen Militärflugplatz bei Offenbach. Dem Sicherheits- und Flugpersonal wurde so spät wie möglich bekannt gegeben, mit welcher Maschine Steinfeld flog. Warum wollte Richter das jetzt plötzlich wissen? Er war doch gar nicht direkt für Steinfelds Sicherheit zuständig.

»Fliegen sie heute nicht von Frankfurt?«

»Nein, ich glaub nicht ...«

Der Satz war aus ihrem Mund geflogen wie aus einem fremden Körperteil. Sie starrte in die Luft, als könnte sie ihre Worte wieder einfangen.

»Ach, deswegen die Empfangsstörung«, sagte Richter und legte auf.

Sie wusste, wenn sie jetzt anrief und Steinfeld warnte, würde er sie auslachen. Und trotzdem spürte sie genau, dass sie anrufen musste. Sie müsste ihm hinterherfahren. So wie sie nach London geflogen war, weil sie geglaubt hatte, er würde nach der Konferenz erschossen. Aber sie konnte nicht mehr. Sie fühlte sich müde, ausgebrannt, leer. Ihr war, als hätte er sie mit in seinen Wagen gepackt und nur ihren japanischen Morgenmantel auf einem Kleiderständer zurückgelassen. Ihre letzten Sätze kreisten hinter ihrer fieberheißen Stirn. »Im hinteren Wagen.« – »Nein, ich glaub nicht.« – »Im hinteren Wagen. Nein ...« Hatte sie damit zu viel gesagt? War es ihr klammheimlicher Wunsch? Was wäre, wenn alles zu Ende ginge? Je weniger sie sich vorstellen konnte, von ihm befreit zu sein, umso mehr sehnte sie sich danach. Sie fühlte Erleichterung, spürte Tränen.

Irgendwo noch mal von vorne anfangen, ohne ihn. Ich könnte jederzeit gehen. Nein, kann ich nicht. Wenn sie jetzt erfahren, wo er abfliegt, in vierzig Minuten, das ist zu knapp, da können sie nichts mehr machen. Das Auto hält einem Panzerangriff stand, im Auto ist er ohnehin unverwundbar. Man kann jeden umbringen. Im Flugzeug passiert ihm garantiert nichts, zwei Abstürze in einem Jahr, nullkommafünf Prozent Wahrscheinlichkeit, das hat er immer gesagt. Ikarus! Keiner ist schützbar. Ruf an! Ihre Arme waren wie gelähmt.

Während sie weiter auf sein Grab zuging, fuhren ihre Gedanken noch einmal die fragliche Route ab. Steinfeld und Gerlach rollten in der letzten von drei Limousinen auf die dubiose Baustelle zu, bogen nach rechts Richtung Schwimmbad ab. Steinfelds üblicher Blick nach dem Ortsausgang aus dem Fenster. Vielleicht flog heute der Krähenschwarm auf. Vielleicht ging sein nächster Blick zum offenen Tor einer Scheune. Vielleicht wählte Richter eine von drei Telefonnummern, vielleicht alle drei. Vielleicht unternahm er auch gar nichts. Vielleicht hätte Enz nicht nur einmal in der Woche, sondern jeden Tag die Waldränder, die den Flugplatz umgaben, kontrollieren sollen. Vielleicht wären dann einige Stasi-Offiziere der RAF zuvorgekommen. Vielleicht auch jemand ganz anderes.

Gerlach summte die Stimme im Radio mit: »Wenn der weiße Flieder blüht ...« Auf der Höhe des ersten Wäldchens Gedanken des Vorstandsvorsitzenden an die Bank, nach der scharfen Rechtskurve Gedanken an Rücktritt; auf der letzten Kuppe vor dem Flugplatz Gedanken an Vera, an die Zukunft. Er rollte an den Start.

In den Regen mischten sich Tränen. Sie stand jetzt direkt vor seinem Grab. Gebettet unter Zedern. Vielleicht hatte sein letzter Blick dem vierzehnjährigen Jungen gegolten, der im Reichsturnerhemd das Staffelholz an Heinrich übergab, der es einem kleinen Mädchen in Russland weiterreichte, die mit Puppen spielte, die immer kleiner wurden, bis sie nicht mehr vorhanden waren. Das Staffelholz als Miniaturlenkwaffe. Vielleicht ...

Sicher war: Um 8.25 Uhr versuchte Katharina, Steinfeld auf dem Handy zu erreichen. Sie hörte nur: »Der Gesprächsteilnehmer ist vorübergehend nicht erreichbar.«

Sicher war auch: Um 8.30 Uhr drehte Richter in seinem Appartement, das er offensichtlich alleine bewohnte, die Dusche auf und brach innerhalb weniger Sekunden tot zusammen. Als Todesursache wurde Herzversagen festgestellt. Die Cyanidverbindung in Duschkopf und Lungen hatte sich längst verflüchtigt, als der Notarzt eintraf. Wer so viel wusste wie Richter, durfte nicht am Leben bleiben. Kleines Geburtstagsgeschenk von Even für Helms.

Zwei Wochen später räumte Steinfelds Sekretärin Gardes ihre Sachen zusammen. Möbelpacker trugen die Sachen aus Steinfelds Büro, in das Keppler jetzt einziehen würde. Keppler fragte Frau Gardes, ob sie nicht doch bleiben wolle. Sie schüttelte den Kopf. Keppler tippte auf Steinfelds Anrufbeantworter für die hausinterne Leitung. Gemeinsam hörten sie, wie Steinfeld anonym beschimpft wurde. Endlich durften alle Mitarbeiter sagen, was sie sich zu Steinfelds Lebzeiten nie getraut hätten: »Gottseidank, dass wir das größenwahnsinnige Arschloch endlich los sind!«

Keppler kam mit dem Gerät nicht zurecht und brüllte die Gardes an, das Band zu löschen. Sie stoppte das Band, löschte alles. Stille. Sie musterte einen kaum wahrnehmbaren Rotweinfleck auf dem Teppich.

»Hören Sie, wie überall im Haus die Sektkorken knallen?«
Keppler erwiderte nichts. Frau Gardes nahm Steinfelds Kätzchen mit.

Vera versuchte, Steinfeld die Grabrede zu halten, die sie ihm bei seiner Beerdigung nicht hatte halten können. Sie brach immer wieder ab. Es wurde nicht einfacher durch das frisch aufgeschüttete Grab, das sich blumenbedeckt neben dem mit Unkraut überwucherten Platz Steinfelds ausbreitete. Man hatte zwar in der Frankfurter Innenstadt eine Straße nach dem legendären Vorstandsvorsitzenden benannt, aber die Pflege seines Grabes offensichtlich vergessen.

Das frische Grab an seiner Seite gehörte Katharina. Sie war vor sechs Monaten gestorben, zwei Wochen, nachdem sie durch ihre Anwälte Vera ein letztes Mal hatte untersagen lassen, ein Buch über Steinfeld und die Hermes-Bank zu veröffentlichen. Mittlerweile hatte es aufgehört zu regnen. Wenn Vera die Luft tief einsog, glaubte sie, zwischen dem Geruch der nassen Erde und des Grases Katharinas Parfüm riechen zu können. Aber das war natürlich Einbildung.

»Geliebter Spock«, flüsterte sie und strich in Gedanken ein letztes Mal zärtlich über seine Ohren. Sie gestand, dass sie ihm den Tod gewünscht hatte. Sie zog ein Feuerzeug aus ihrer Handtasche und ließ es aufschnappen. Ein Regentropfen fiel von einem der Äste und löschte die Flamme. Sie lächelte. Ein letzter Wink des Schicksals. Sie würde ihr Manuskript behalten.

Diesmal tönte die Hupe, bis sie sich auf den Rückweg machte. Die Sonne brach durch einen Spalt zwischen den Wolken und die Tropfen schimmerten auf den Blättern. Ihre Schritte wurden schneller. Sie war wieder ganz und gar Vera und im Wagen wartete Sören auf sie. Sie würde ihn nach New York mitnehmen. Sie hatte ihm nur das Nötigste erzählt. Sie beschloss, alles zu tun, um ihn irgendwann zu lieben.

ENDE

543